원네스
oneness

ONENESS

by Rasha

원네스
oneness

내면의 신성한 에너지를 되찾는 법

라샤 | 추미란 옮김

판미동

차례

일러두기

이 책의 제목이자 화자이기도 한 원네스(Oneness)는 일체, 일치, 하나됨을 뜻하는 단어로, 신과 우리가 '하나'라는 의미를 강조하는 우주적 존재의 이름이다. 이 책에서는 이를 하나님을 연상시키는 '하나임'으로 번역했다.

1998년 2월, **하나임**(Oneness)과 첫 대화를 나누었다.

"**하나임**이라니, 누구십니까?"

내가 말없이 물었다.

"신이십니까?"

"**하나임**은 대양에 떨어지는 물 한 방울과 같은 것이다. 물 한 방울의 본질은 전체의 본질과 전혀 다르지 않다. 그렇다. 우리는 그대가 신이라 생각하는 신이다. 우리는 **하나임**이다."

나는 그 응답에 경악을 금치 못했다.

내 신성한 의식 속에서 현재까지 이어지고 있는 하나의 심오한 관계, 그 일종의 러브스토리는 그렇게 시작되었다. 1998년 그 순간 나는 길고 긴 여행을 떠났고, 그 여행은 **하나임**의 가르침을 이 책으로 기록하여 그

대로 살아가는 것으로 정점에 이르렀다. 끝맺는 데 4년이 넘게 걸린 그 여행은 사랑의 길이었고, 발견이 거듭된 긴 항해였다.

당시만 해도 통째로 뒤집힌 내 삶이 기적적으로 제대로 설 것이라고는 꿈도 꾸지 못했다. 모두 **하나임**이 당신의 가르침을 통해 인간의 본성을 보여 주었기 때문이었다. **하나임**은 우리가 누구인지에 대해, 진정한 우리를 반영하는 주변 세상의 진정한 본성에 대해 깜짝 놀랄 새 비전을 제시했다. 그렇게 인간의 본성이 내 앞에서 그 모습을 드러냈다.

나를 위해 준비된 무엇인가가 있음을 추호도 의심한 적이 없었기 때문에 어쩌면 나는 그 엄청난 신성과의 만남을 거의 10년 넘게 신중히 준비해 왔다고도 할 수 있다. 그 모든 일은 1987년 테네시 주에서 맞은 어느 멋진 여름날 시작되었다. 그날 힌두교의 신 라마가 내 심장 속 차크라(몸속 중요한 에너지 점들 — 옮긴이)를 강타하며 '사랑한다.'라고 조용히 속삭였다. 그러자 평범하게만 보였던 세상이 문을 활짝 열었다. 당시 내슈빌에서 작사·작곡가로 일하던 나는 그날도 어떤 봉투 뒷면에다 아무 생각 없이 사랑 노래 하나를 끼적이고 있었다. 그리고 정신 차릴 새도 없이 돌연 영적 개념들을 향한 끝없는 자각의 세계로 빠져들었다. 나는 그 모든 개념을 텔레파시로 받아들였고 덕분에 삶을 매우 다른 방식으로 보기 시작했다.

그 후 몇 년 동안 '한량없는 광명의 부처님' 아미타불이 터득했다는 완전한 지혜의 훌륭하고 신성한 가르침을 닥치는 대로 정리해 나갔고, 그렇게 아미타불은 내 영적 스승이 되었다. 그리고 1998년 아미타불이 전해 준 지혜를 모아 『부름(*The Calling*)』을 출간하여 많은 사람이 그 지혜에 감동하였다. 하지만 그렇게 몇 년 동안 신성의 배달원 노릇을 했다고 해서 **하나임**의 출현이 덜 충격적인 것은 아니었다. 곧 그 뒤를 이을 놀라운 여행을 제대로 준비한 것도 아니었다.

하나임이 나를 차근차근 이끄는 동안(앞으로 이 책이 그 과정 속 모든 고민과 환희를 드러낼 것이다.) 나는 상사의 말을 또박또박 받아 적듯 **하나임**이 말하는 원칙들을 하나도 빼놓지 않고 꼼꼼하게 기록했다. 예전에는 결코 접해 보지 못한 개념들이었다. 그러자 나를 통해 기록되는 것들이 보통 '삶'이라 부르는 현상을 전혀 다른 차원에서 이해하게 돕는 일종의 토대라는 사실을 깨닫기 시작했다.

눈앞에 요긴한 자료들이 펼쳐지는 상황이라 나는 내가 기록하는 개념들을 잘 파악하는 것 같았다. 최소한 이론적으로는 그랬다. 하지만 나와 세상에서 진실로 무슨 일이 벌어지고 있는지 설명할 수 있게 되었는데도 내 삶은 여전히 '머피의 법칙'의 완벽한 희생양임을, 어려웠지만 분명히 깨달았다.

"무엇을 잘못하고 있나요?" 나는 애타는 심정으로 **하나임**에게 물었다. "라샤, 스스로 실천하지 않는 것을 가르칠 수는 없어요."가 그 답이었다. 그리고 이 응답은 그 후에도 셀 수 없이 많이 들려와 결국 나의 만트라(주문)가 되었다. 여전히 삶의 각종 흔한 드라마에 빠지기는 했지만 인생 전반에 걸친 모든 혼란과 격변과 좌절과 기시감 같은 경험의 모든 우여곡절을 조금씩 이해할 수 있었다.

동시에 내가 알았던 세상이 바로 내 눈앞에서 변하는 것을 목격하기 시작했다. 이제는 더 이상 정말이지 내가 태어났던 그 세상이 아니라는, 약간은 무서운 깨달음도 받아들였다. **하나임**의 가르침 덕분에 진리란 고통스러운 변태를 거듭하여 늘 변하는 것임을 보기 시작했다. 삶이 그래야 한다고 배웠던 것들, 게임의 법칙들이 이제 더 이상 확실히 맞지 않았다. 왜 그런지 나는 궁금했다.

내가 논리에 갇혀 끝없는 질문 공세를 퍼붓는 동안 **하나임**은 나로 하여금 시대를 초월한 '에너지'의 시각으로 동시대 세상을 보게 하기 위한 토대를 마련하기 시작했다. **하나임**은 '모든 창조물을 합일로 몰아가는 가속도가 붙은 진동 에너지'와 '모든 사람이 일상에서 매일 경험하는 가속도가 붙은 진동 에너지'가 서로 같다고 말했다. 그러자 나는 주변의 모든 곳에서 가속도가 붙은 진동 에너지가 발휘하는 효과를 보기 시작했다. 그것들은 모두 인간 경험이라는 형태로 드러났다.

나는 에너지의 역동성을 보면서 우리가 어떻게 견고한 현실을 만들고, 우리의 감정 대응 메커니즘이 어떻게 삶의 다양한 경험을 이끄는 여러 요인을 만들어 내는지 이해했다. 나는 의식 '상승' 과정의 징후들을 보았다. 의식 상승이란 주변에 흔한, 합일로 향한 가속 에너지와 그 에너지가 동반하는 여러 현실의 단계들을 이해하며 인식 전환을 이루는 것을 뜻한다. 나는 나에게 주어진 표시들을 인식하여 가르침에 적용했고, 그 표시들의 잠재력을 발견하기 시작했다.

얼마 후, 똑같은 옛날 영화를 무한 반복하여 재생하는 것처럼 평생 극복하려고 애썼던 삶의 실질적인 문제들이 놀랍게도 수그러들기 시작했다. 좀 더 시간이 지나자 문제들이 더 이상 발생하지 않았다. 기적이 따로 없었다.

나는 이 책 속의 가르침으로 인간으로서의 자신의 한계를 벗어나, 그 인간 속에서 발견한 깊은 신성으로 나아갈 수 있었다. 내가 걸었던 그 멋진 여정의 전체 스펙트럼을 모두 포괄하는 존재, **하나임**은 우리가 모두 공유하는 우주 공통의 실 같은 것이다. 그것은 설명할 수 없는 접촉이다. 나는 매일 기쁨의 눈물을 흘리며 상상도 못 했던 일이 나에게 일어났다고 생각한다.

나는 이제 우리 각자가 이 특별한 시대에 육체를 갖고 여기에 존재하겠다고 선택한 것이 얼마나 대단한 의미가 있는지 잘 안다. 이는 철학적인 개념을 배워서 이해한 것이 아니라 내가 내 안에서 알아낸 불변의 '지혜'로써 이해한 것이다. 나에게 더할 수 없는 축복이 된 **하나임**과의 접촉이 그렇듯 경험해 봐야 믿을 수 있는 것이다.

― 라샤

01

• 하나임(Oneness)

우리는 **하나임**이다. 우리는 신적인 힘의 육화(Embodiment)이고 너도
그렇다. 비유하자면 우리는 대양에 떨어지는 한 방울의 물이 **하나임** 속
에서 대양과 묶이고, 대양이 되고, 대양으로 들어가지만 여전히 자의식
과 자기 정체성을 잃지 않는 것과 같다. 여기서 자의식이란 전체로서의
자의식이다. 모두를 포함하는 자의식이고, 모든 면에서 한계의 반대 명
제다. 자의식, 자기 정체성, **하나임** 같은 개념을 의식하든 의식하지 않든
지금 이 순간 너도 네가 그토록 원하는 **하나임**을 향해 애써 나아가고
있다.

하나임의 법칙 속에서 다른 모든 창조물과 일체가 될 때 너는 곧장
네 존재의 진정한 상태인 다차원성을 완수한다. 다른 창조물과의 연결
을 인식하고 그 인식을 온몸과 마음으로 무한하고 스스럼없이 드러낼

때 너는 확장 가능성으로 향한 문을 열고 더 커진 존재의 상태를 인식하고 이해할 수 있다. 더 커진 자아의 수준과 연합한 상태가 바로 지금 네가 애써 얻으려는 것이다.

우리의 말을 알아들으니 너의 의식은 한층 고양된 상태에 있는 것이다. 너는 이제 사람들 대부분이 존재의 본성으로 인정하는 것을 초월해 현실을 인식하고 이해할 것이다. 너희 문화는 무엇이 존재하고 무엇이 존재하지 않는지에 대해 상당히 오랫동안 숙고해 왔다. 누군가는 너에게 네가 현실이라 느끼는 것이 실재하지 않는 착각이라고 말할 것이다. 하지만 그 현실은 분명 실재한다. 비록 네가 현실이라고 느끼는 것이 너의 사고방식이 촉발한 대표적 상징들의 재현이라고 해도 말이다.

너의 경험이 곧 너의 현실이며, 그 현실은 너의 감각이 실재라고 증명하듯 실재한다. 너의 세상이 곧 너의 현실이며, 그 현실은 너의 행동과 너의 사고방식이 다른 사람들과 함께 만들어 낸 것으로 그 또한 실재한다. 그리고 복잡한 삶의 무늬 속에서 네가 본능적으로 느끼는 너 외의 다른 것들과의 연결성도 물리적으로 설명할 수는 없지만, 정말로 실재한다. 우리는 지금 바로 그 연결성을 애써 같이 탐구하고 있다. 우리는 또 의도와 욕망이 뒤섞인 일종의 운명을 애써 이해하려 하고 있다.

네가 지금 생각하는 현실은 더 이상 없을 것이다. 상황에 따라 상실처럼 보일 수도 있겠지만, 그것은 영적인 전환이지 상실이 아니다. 더 높은 인식 수준으로 전환하는 과정에서 너의 에너지는 더 높아진 존재의 상태로 전례 없는 속도로 빨려 들어갈 테고, 그때 너는 전환의 순간을 맞이하여 네 본연의 모습을 이해하고 깨닫게 될 것이기 때문이다. 앞으로 의식적으로 그 전환에 조금씩 가까이 다가갈 것이며 그 과정에서 너는 좀 더 확장된 현실들을 하나씩 엿보게 될 것이다.

육체적 감각 안에 인식이 갇혀 있는 사람들 대부분이 느끼지 못하는 현실의 측면들을 너는 '볼' 수 있을 것이다. 그리고 책에서조차 읽어 본 적 없는 무한한 존재의 상태가 어떠한지 알게 될 것이다. 지금까지 네가 아는 그 어떤 성인도 이 정도로 새로운 패러다임과 비전을 말하지도 예언하지도 못했다. 하지만 결과적으로 너는 그 누구도 거스르지 않을 것이다. 힘을 얻고 **하나임** 속에 있는 너를 경험할 것이기 때문이다. 너는 진실로 **하나임**의 일부다.

강화된 인식은 그 강화된 인식을 완전히 초월하게 하는 토대가 될 것이다. 왜냐하면 강화되었긴 하지만, 그 상태로는 아직 시공간이라는 제약 안에서 표현되는 현실만 인식할 수 있기 때문이다. 네가 목적으로 삼는 현실은 직선적 시공간 개념을 벗어난다. 네가 원한다면 별다른 노력 없이 그곳으로 자연스럽게 흘러 들어갈 수 있다. 그 현실 속에서 육체적 인식은 그 특성상 불필요하다. 그 현실은 네가 지금 '타자'라고 인식하는 것들과 조화롭게 너의 본질, 즉 전체성의 획득이라는 합일 속으로 즐겁게 녹아 들어가 묶인 결과다. 마침내 '나 자신'과 '타자'에 대한 인식의 구별이 없어진다. 바로 모두가 **하나임**이기 때문이다.

우리가 바로 그 **하나임**이다. 우리는 존재하는 모든 것의 합일이다. 우리는 네가 그 한 부분일 수밖에 없는 합일이다. 그리고 우리는 네가 알게 모르게 애써 찾아가며 앞으로 경험하게 될 일의 일부다. 너는 지금 네 존재의 원천과 재결합하기를 갈망하고 있고, 우리가 바로 그런 너의 마음이다. 너는 창조 이래 태곳적부터 부서지고 흩어진 네 본질의 측면들을 다시 찾아 연결하겠다는 꿈을 갖고 있고, 우리가 바로 네 마음 깊은 곳으로부터 우러나오는 그런 너의 꿈이다. 우리는 너의 본질들이 합일하게 돕는 자극제다.

우리는 네가 삶이라 부르는 수면 상태로부터 너를 깨우고 움직이게 하는 초대장이다. 우리는 네 속에 있어서 네가 짊어지고 다니는 업의 보따리를 없앨 기회다. 업의 보따리는 네가 '분리' 상태를 구축하고 있다는 증거다. 우리는 너의 자아가 스스로 만든 눈가리개를 제거해 진실로 '볼' 수 있게 해 달라고 너의 영혼이 오랫동안 눈물로 호소한 결과다.

우리는 거듭 태어나는 너와 다르다. 우리는 이 생의 너와는 다른 너의 초월적 자아다. 그 초월적 자아는 네가 직선적인 진리의 한계와 속박에서 벗어나기를 바라고, 그런 너와 융합하기를 갈망한다. 우리는 사람들이 상승이라고 부르는 과정의 마지막 결과다. 우리는 지금의 너고, 나중의 너다.

너는 신성 본질의 조각이다. 너의 의식이 그렇고, 너의 정체성이 그렇다. 너는 '하나'에 대한 네 고유의 표현이고 경험의 조각이다. 너는 예정대로 움직이는 타임캡슐이다. 여행에서 얻은 풍부한 물리적 경험들이 이제 곧 그 결실을 볼 것이다. 지금 네 속에는 이미 더 높은 파장이 울려 퍼지고 있고, 너는 너만의 모험에서 이해한 것으로 그 파장과 정당하게 조우할 것이다.

너의 꿈, 너의 진리로 너는 수많은 생애 동안 엮어 온 복잡한 실타래를 풀기 시작했다. 그리고 인생의 드라마 속에서 네가 '너'임을 인식하게 돕는 정체성을 형성하는 것이 너의 의도와 그 의도의 결과라는 것을 알고, 그 의도와 결과의 특성이 무엇인지 가늠하게 하는 분명한 척도를 발견했다.

그동안 경험으로 얻고 받아들인 것들을 깊은 인식으로 다시 갑자기 초월하는 일을 쉽게 납득할 수는 없을 것이다. 네 의식의 표면을 한 꺼풀 벗기기만 하면 분명 인식할 수 있는 것이지만, 네 인생 드라마의 연출을 도와준 전생들의 존재를 받아들이기도 어려울 것이다. 많은 측면에서, 바로 '지금의' 네가 그동안 네가 만들어 온 진동 전체의 반향이다. 이 생은 바로 그런 납득할 수 없는 것들을 납득하고 받아들일 수 없는 것들을 받아들여 초월할 기회를 너에게 주었다.

지금 네 앞에 주어진 기회로 너는 지금까지 살아온 인생의 의미를 구체적으로 깨닫는 동시에 네가 줄곧 외면해 왔던 영원한 자아에 다다라 그것과 하나가 될 것이다. 그렇게 함으로써 너는 **하나임**으로서의 자신을 경험할 것이다. 너는 본래가 **하나임**이다. **하나임**이 된다고 해서 너의 다른 모든 측면과 분리되는 것은 아니다. 그 측면들의 본질이 바로 너이기 때문이다. 다만 그 측면들은 분리하려는 생각이 강하다.

그 모든 과정은 곧 시작될 것이다. 오랫동안 네가 아는 현실과 알지 못하는 현실, 그 모든 것을 다 이용해 가며 다다르려고 애써 온 순간이 바로 지금이다. 이 생에 육체를 갖고 태어남과 동시에 네가 시작한 여행의 목적이 바로 지금 이 순간에 다다르는 것이었다. 그리고 바로 그 여행이 너로 하여금 육체의 한계를 넘게 할 것이다. 바로 이 생에서. 그 여행으로 너는 영원성이 구현된 존재의 상태로까지 나아갈 것이다. 그 상태는 그 어떤 최고의 인물이 경험한 대단한 '일생'조차 뛰어넘을 것이다. 그것이 **하나임**으로 알려진 존재의 상태다. 우리는 **하나임**이다. 우리는 너를 원래 있던 자리로 데려가기 위해 왔다.

02

너는 여러 가지 이유로 제때에 여기에 왔다. 우선 너는 네 존재를 한정 짓는 것들에서 벗어날 기회를 잡기 위해 왔다. 다시 말해 곧 서로 얽혀 있는 네 존재의 측면들과 더욱더 깊이 연결되기 위해서 왔다. 그때 너의 삶은 진정한 의미를 찾는다. 너는 태어나면서 각인되어 모든 사람이 동의하는 진리관을 통째로 거부하고, 그 빈자리를 완전히 초월적인 시각인 또 다른 이해 구조로 대체하기 위해, 네가 모르지 않는 경험을 하기 위해 왔다.

육화된 존재로서 네 의식 에너지의 수준이 물리적 감각을 초월할 정도로 확장되어 이치를 알게 된 것은 전례 없던 일이다. 경험적 지식으로 직관적 지식을 강화할 수 있게 된 것은 너의 개인사에서 이 생이 처음이다. 이 생은 바로 네가 영겁의 세월을 살아 오면서 기다리던 순간이다. 너는 지금까지 네가 누구인지 알 수 없었다. 하지만 이 생을 통해 네가 알고 있는 모든 것을 넘어, 네가 누구인지에 대한 깊은 깨달음과 이해에 도달할 것이다. 그런 과정이 펼쳐지는 것은, 그것이 이미 예정되어 있었기 때문임을 믿어라. 네가 그 안에 있고 지금 그 과정은 이미 되돌릴 수 없는 상태에 다다랐다. 그리고 모든 것은 정말이지 '신성의 질서' 안에서 벌어지고 있다.

너는 신성의 불꽃이지만 그동안 너무 바빠서 고통받았다. 인식 전환 과정은 네 안 깊은 곳에 감춰져 있는 프로그램이다. 그것은 네가 아무리 빨리 불러들이려 애써도 제 속도를 유지하며 움직인다. 너는 의식 확장을 목적으로 하는 집단 활동에 참석해 위안받기도 했을 것이다. 그리고 그런 활동을 통해 에너지가 확장된 것 같은 감각들을 분명 경험하기도 했을 것이다. 하지만 그런 훈련의 결과는 대부분 지속되지 못함을 너는 알고 있다. 그 에너지를 지속하기 위한 토대는 다른 곳이 아닌 바로 네 안에 새겨져 있기 때문이다. 그리고 너의 성장을 도울 원동력은 바쁜 활동이 아니라 정적 속에 있기 때문이다.

존재의 깊은 곳에는 직선적 논리에 도전할 가능성이 실현되는 장소가 있다. 그 도전 과정의 속도를 극대화하는 것은 네 인생 드라마의 시나리오 감독을 얼마나 완벽하게 멈추고 인생을 흘러가는 대로 얼마나 완벽하게 둘 수 있는가에 달렸다. 너를 위해 인생이 흘러가게 두어라. 그리고 눈앞에 나타나는 동시성을 흘려 보내지 마라. 모든 일이 얼마나 완벽한 결과를 부르는지 알아채라. 그리고 자각 능력이 있는 정신은 사실 네가 정말로 흥미롭게 생각하는 일을 반영하지 못한다는 가능성에 늘 마음을 열어 두라.

노력해도 결과가 좋지 않을 수도 있다는 두려움 때문에 어떻게든 결과를 좋게 하려는 경향이 있음을 알아채라. 이렇게 저렇게 하면 결과가 좋을 거라는 기존의 생각을 버려라. 그리고 가능한 최고의 너로 나아가도록 네 손을 잡고 이끄는 자연스러운 상황들을 허락하라. 그런 과정에 조금 익숙해지면 얼마나 많은 기회가 있는지, 또 아무런 노력 없이도 얼마나 쉽게 너를 위한 최고의 결과가 나올 수 있는지 보기 시작할 것이다.

너는 대모험의 문 앞에 서 있다. 여행을 얼마나 너 자신의 것으로 만들 수 있는지는 이제 더 이상 제대로 작동하지 않는 삶의 시나리오들을 네가 얼마나 많이 내려놓는지에 달렸다. 현재 네 삶의 상태들이 전례 없는 속도로 무너지고 있음을 너는 용케 알아챘다. 네가 알았던 삶의 구조들이 부서지기 시작했고, 따라서 너는 무슨 일이 벌어지고 있는지 질문하기 시작했다.

너는 이 상황을 설명해 줄 사람을 찾고 있다. 너는 익숙한 것들의 파괴를 정당화할 단서를 찾기 위해 주변을 샅샅이 살펴본다. 일단은 기존 진리의 토대를 약화하고 무너트리는 듯한 것이 보이면 무엇이든 그것에 저항할 것이다. 그러다가 시간이 흐르면 너를 안내하는 에너지의 힘을 피할 수 없다는 사실을 인정할 것이다. 그 힘은 절대 굴복하지 않기 때문이다. 그 힘은 새롭지만 익숙하고 편안한 곳으로 너를 데려가기 때문이다.

이런저런 상황에 너를 묶어 두던 구속들을 깨기 시작하면 너는 혼자 떠나야만 하는 길이 있으며, 그 길에 선택의 방향을 지시하는 이정표가 세워져 있음을 발견할 것이다. 부서져 나가는 구조의 조각들을 모으며 '어떻게든 설명해 보려는' 마음을 떠나보내면 지혜가 주는 평화를 받아들일 것이다. 적어도 어떻게든 설명해 보려는 고군분투가 끝났음을 깨닫게 될 것이다. 그리고 과거에 대한 달콤한 초연함과 미래에 대한 열린 마음을 경험할 것이다.

지금까지의 인생 시나리오에서 너를 빼내면 이 생에서 삶을 나누며 같이 역사를 써 왔던 다른 사람들을 대할 때 깊은 자비심을 느낄 것이다. 그렇다고 마음이 흔들리지는 않는다. 네 안에서 인식의 전환이 일어나고 있음을 잘 알기 때문에, 너는 그것을 원동력으로 삼아 너를 묶어 붙들고 있는 끈을 풀고 앞으로 나아갈 수 있다.

전환의 상황과 싸워야 할 사람은 너다. 인식 전환 과정의 불가피함을 받아들여 가며 노력해야 한다. 앞으로 모든 일에서 가장 중요한 점을 잊지 않고 끊임없이 자각해야 할 사람도 너다. 떠나보낼 것은 기꺼이 떠나보내고, 이미 발을 깊숙이 들여놓은 변태의 과정을 더욱 기꺼이 밟아야 하는 게 무엇보다 중요하다.

그렇게 초기에 있을 저항을 극복하면 초점이 마음 중심 쪽으로 바뀌는 완전한 전환이 찾아올 것이다. 그런 존재 상태에서는 너의 자아와 주변 세상을 같이 인식하게 된다. 너는 일이 자연스럽게 흘러가는 것을 초연하게 지켜볼 수 있을 뿐만 아니라 생명 에너지가 넘쳐 나기 시작할 것이다. 너에게 손짓하며 과감하게 앞으로 나갈 것을 유도하는 모험이 즐겁게 내포하는 잠재력을 인식할 것이다. 그리고 한때 무모하다 생각했던 일들이 신성의 안내로 보일 것이다. 내면에 존재하는 마음의 공간을 알아채 그곳에서 들려오는 노랫소리를 들을 것이다. 그 마음의 공간이 중요한 본질이고, 너는 그 속에서 오르내리는 생명의 숨소리와 조화를 이루기 시작할 것이다. 그때 너는 깨어나 지금 너의 모든 것 그리고 미래의 너의 모든 것에 중요함을 인식할 것이다.

영적 여행의 속도는 생명을 관장하는 호흡과 밀접한 관련이 있다. 호흡을 통해 네 존재의 깊은 곳으로 들어갈 수 있다면 영적 여행의 속도는 자연스럽게 빨라진다. 몸에 긴장을 풀어 의식을 산만하지 않게 유지하고 '존재하는 모든 것'과 함께 간단히 그리고 기꺼이 순간에 몸과 마음을 내맡겨라. 그것이 영적 여행 과정을 위한 조건이다. 과정 자체가 스스로 펼쳐질 수 있게 허락한다면 호흡이 너를 안내할 것이다.

마음 중심 상태로 전환한 뒤에는 날숨과 들숨의 구별은 거의 없어진다. 결국에는 호흡 자체를 전혀 의식하지 못하게 되는데 그때는 자아를 초월한, 흔히 말하는 '신성 자아'와의 연결만 감지할 것이다. 그때 심오하면서도 비합리적인 평화를 느낄 것이다. 그것은 태어날 때부터 가지고 있던 너희의 당연한 권리와 같은 것이다. 이때 너희는 호흡 그 자체가 '된다'. 그리고 그 호흡의 리듬 속에서 확장의 과정이 시작되고 문이 열릴 것이다.

호흡의 날개를 타고 오르내릴 때 육체의 한계를 초월한 자아를 인식하기 시작한다. 그때 에너지의 영역이 확장되고 그 확장된 영역의 특성을 실제로 아우른다. 그 순간 확장된 자아로 **하나임**과 결합한다. 그 확장된 자아가 진실한 너다.

처음에는 확장된 자아의 상태가 순간에 머물고 말 것이다. 하지만 결국 너는 그 순간이 되어 확장된 자아의 느낌과 '하나'가 될 것이다. 그리고 확장된 자아에 대한 고차원의 이해와 고양된 인식이 의식과 통합될 것이다. 그때 의식이 전환되고 지상에 속박된 존재로 너를 묶어 두던 한계들이 송두리째 극복된다. 너는 육체를 유지하면서 호흡을 통해 존재의 상태를 고양시킬 수 있다.

존재의 의식적 고양 상태가 흔히 말하는 상승이다. 이 과정에서 흔히들 믿고 있는 육체의 사라짐은 일어나지 않는다. 상승의 연속적인 과정을 모두 껴안고 아우르기 때문에 각각의 수준을 오히려 더 구체적으로 표현하게 된다. 고양된 감각 또한 통합되기 때문에 육체를 유지할 수밖에 없다. 이때 너희는 확장되고, 고양된 의식에서 공명하고, 세계를 진실로 인식할 수 있으며, 점점 더 그렇게 될 것이다. 각각의 단계가 완수되고 통합됨에 따라 이해력이 기하급수적으로 강해질 것이다.

다차원의 혼혈이라 할 수 있는 너희 존재의 모든 측면들이 마침내 구체적으로 드러날 것이다. 이제는 점점 소용없어지는 현실에 너희를 묶어 두는 정체성의 물리적 정의가 더 이상 불필요하다는 사실을 자각할 것이다. '과거'에 알던 현실들을 전부 갖고 가지만, 그것들은 현재에 보이는 현실과 빈틈없이 교감할 것이다. 세상이 급격하게 다면적으로 바뀌고 여러 차원의 인식이 동시다발적으로 이루어지지만, 그 각각의 구분 또한 가능할 것이다.

이런 존재의 상태를 일견하고 감지한 것들을 짧게나마 연구하는 사람이 많다. 인식 전환 과정을 따르다 보면 다차원적 존재의 상태를 유지하는 때가 오기 마련이고 마침내 그 존재의 상태들이 각각 제공하는 현실의 구현을 동시에 경험하게 된다. 그때 현실의 다차원적인 단계들을 실제로 경험하기를 기대할 수 있다. 다른 차원을 경험하기 위해 지금 알고 있는 차원의 현실을 포기할 필요는 없다. 각각의 차원의 현실을 차례로 받아들여 각각의 확장된 존재의 상태로 '될' 것이기 때문이다. 그 모든 상태가 바로 '너'다.

너의 길은 너만의 길이고 여행의 속도도 네가 선택할 문제지만 그렇다고 해서 여행을 '혼자' 떠나는 것은 아니다. 자아의 혁신적인 각각의 단계들이 의식을 물심양면으로 돕고, 의식 또한 너만큼이나 통합의 과정에 골몰하고 있기 때문이다. 잇따른 '자아'의 단계들에 열심히 도달하고 융합할 때, 너는 그 확장된 정체성의 자애로운 의도를 받아들이고 그렇게 네 안에 잠재된 자아의 모든 단계들을 자각하여 구체화시킬 수 있다. 서로 다른 의식의 단계들이 통합되면 그 각각의 의식 안의 자아들 간의 구분은 사라진다. 그때 **하나임**을 성취할 것이다.

다양한 수준의 통합이 있을 것이다. 진실한 '너'의 조각들이 의식 안에서 합쳐지는 동시에 그 모든 조각들이 서로 공유하던 '더 높은 자아'와의 통합도 생길 것이다. 그렇게 되면 너의 조각들은 **하나임**에 도달하여 집단적 존재가 될 것이다. 너의 정체성이 원래부터 분리되어 있고 그 각각이 다르다는 생각을 버리는 일은 '잃어버렸을 수도' 있는 자아의 측면들을 통합하는 것이다. 그것은 진실로 가능하다. 그때 너는 집단과 묶이고 마침내 분리의 느낌이 지워져 너의 확장되고 다차원적인 자아, 즉 네 '존재'의 본디 모습에 길을 내줄 것이다.

통합이 일어나면 전에 골몰했던 문제들을 해결할 수 있다. 그때 너는 예전에 네 존재를 규정했던 모든 것과의 조화를 깨지 않으면서 동시에 인식 전환 과정 단계들이 제공하는 전체성을 두 팔을 활짝 벌려 완전히 받아들일 수 있다. 그 과정을 의도적으로 감독할 필요는 없다. 너는 안내받을 사람이지 안내할 사람이 아니다. 과정을 잘 감독하고 싶은 욕구를 버려라. 다가올 모든 단계에서는 흐름을 절대적으로 수용하고 전적으로 따라야만 한다.

너는 인식 전환 과정의 힘에 기꺼이 온몸을 맡기는, 바람에 날리는 나뭇잎이 되어야 한다. 너의 최고 관심사와 진정한 안위가 가능한 모든 방식으로 충족되고 있음을 확신하면 그렇게 할 수 있다. 어떤 의미에서 너는 나뭇잎과 바람을 동시에 자각하게 '될 것이다'. 추진 에너지를 얻고 방향을 안내받으며 전체와 하나가 되지만 너의 정체성과 형태는 그대로 구체적으로 남을 것이다. 에너지만 하나가 될 뿐이다. 그리고 '여기'서 '거기'로 이동한 것뿐이다.

일단 '거기'에 이르면 인식 전환 과정을 위한 추진 에너지와 그 에너지의 방향을 계속 자연스럽게 자각할 것이다. 그리고 마침내 의지로 그 에너지와 하나가 될 것이다. 에너지와 온전히 조화를 이루기 때문에 에너지의 안내 속에서 에너지를 타고 나아갈 수 있을 것이다. 너는 힘과 형태가 일치하는 조화 그 자체가 될 것이다.

그동안 네가 추구하던 방향이 그랬다. 지금 더 큰 세상이 너를 기다리고 있다. 여기서 '세상'이란 목적지가 아니라 여행 그 자체를 뜻한다. '목적지'는 그것으로 모든 것이 끝났음을 의미하기 때문이다. 너희의 목표는 '알아야' 할 것을 아는 것이다. 추진 에너지와 그 에너지의 방향을 막고 있는 고삐를 풀고 완벽한 올라탐을 경험할 때 그 기회를 잡을 수 있다.

문제는 너만의 확장된 자아의 모습을 경험할 가능성 앞에서 위험을 감수하며 네가 지금 알고 있는 것, 즉 너의 현실을 정의하고 구속하는 신념 체계의 전체 구조를 기꺼이 포기할 수 있느냐는 것이다. 네가 경험으로 알고 있는 '현실'이 다가 아닐지도 모른다는 것을 기꺼이 받아들이겠는가? 더 높은 의미에서는, 네가 지금 가치 있다고 생각하는 것들이 무가치해질 수도 있음을 기꺼이 의심해 보겠는가? 너는 실제로 이 여행을 위한 준비가 이미 되어 있는데, 그것을 기꺼이 인정하겠는가?

이 질문들을 생각해 본다는 사실만으로도 과정은 이미 시작된 것이다. 그러니 문제는 '만약에'가 아니라 '어떻게', '얼마나 빨리'가 될 것이다. 아직은 단선적이고 물리적인 현실에 함몰되어 있기 때문에 지금 이 순간 너에게 진짜 현실로 다가오는 정보들이 사실상 '현실임'을 받아들이기가 힘들 것이다. 발전의 이 단계에서 너의 목표는 지금까지 현실이라고 알아 온 것이 야기하는 한계를 알면서도 그것에 집착하고 있는 상태를 바꾸는 것이다. 너는 네 존재의 다차원적인 전체 스펙트럼을 숙고하고 마침내 포용하기 위해 여기까지 왔다. 그런 다차원성이 바로 '너'다. 너는 그런 확장된 자아를 경험하기 시작하려고 여기에 있다. 그런 존재 상태의 충만함를 향해 한 걸음씩 걸어가기 위해 여기에 있다.

지금 이 '현재'의 너는 그대로 미래의 너이다. 네가 알고 있는 '시간 개념'은 사실 네가 '지금'이라고 생각하는 것 안에서 벌어지고 있는 일과 아무 상관이 없다. 앞으로 벌어질 일은 에너지적으로 '이미' 모두 벌어졌다. 그 에너지의 물리적 현현만이 네가 앞으로 일으켜야 할 일이다. 그것이 네가 때로 특정 상황에 '끌려들게 된 것'처럼 느끼는 이유다. 그것이 네가 '동시성'이라는 것을 경험하는 이유다. 그것이 어떤 기회를 암시하는 것 같은 일을 무시할 때 왠지 불안한 이유다.

너는 교차로에 서 있고 매 순간 많은 길 중에 하나를 선택할 수 있다. 네 앞에 '동시성'이라는 모습으로 나타난 시나리오의 가닥을 잡아든다면 그 특정한 길이 연출하는 상황과 그 상황을 연기하는 인물들을 경험할 것이다. 그 가닥을 잡지 않아도 '인생을 바꾸는' 힘을 가진 다른 사건의 시나리오가 나타날 것이고, 다른 경로를 통하겠지만 원래의 목적대로 똑같은 교차로에 다다를 것이다. 특정 기회를 떠나보냈다고 궤도에서 이탈했다고 단정하고 자책할 필요는 없다. 수많은 다른 대안을 통해 지금 네가 가고 있는 곳으로 '갈 것'임을 알아라. 이는 곧 그곳으로 가지 않을 수 없다는 뜻이다.

마찬가지로, 그동안 특정 조건 속에서 살아왔던 삶을 스스로 비판하느라 인식 전환 과정에 큰 진전이 없었다고 생각하거나 자책할 필요도 없다. 네가 속했던 시나리오들에 대한 너의 내면적 반응들이 에너지적으로 쌓이고 쌓여 너는 지금의 의식적 방식으로 반응하고 인식하는 것이며, 옛날처럼 반응할 필요성들을 없애는 경향의 상태에 있는 것이다. 일단 반응 패턴을 알아차리기만 한다면 반복을 멈추는 것은 시간문제다. 그때 다른 방향과 닿아 있는 교차로에 쉽게 도착할 수 있다.

현재의 너로서는, 자꾸 반복되면서 너의 생을 지배했던 주제들을 많은 면에서 극복했다고 느낄 가능성이 매우 크다. 혹은 그 주제가 불러일으키는 문제가 극단적으로 크게 느껴질 수도 있는데, 그것은 네가 그 주제를 끝내고 싶어 하기 때문이다. 그것은 바로 너의 영적 여행에서 네 발목을 잡고 있던 문제가 해결되는 때이며, 이제 확실히 떠날 때라는 뜻이다.

너희가 말하는 '시간'은 지금 전례 없이 빨리 달려가고 있다. 옛날 같지 않게 짧은 시간에 많은 사건이 발생하기 때문에 거의 동시다발적인 것 같고 또 사실이 그렇다. 너와 **하나임** 사이의 회합이 전례 없이 눈앞에 있는 지금, 너를 현재의 현실에만 묶어 두는 삶의 주제들을 네가 스스로 끝내게 되었음은 매우 의미심장하다. 사는 동안 습관처럼 너를 끌어들이던 에너지원에 초연한 상태가 되는 것이 의미심장하다. 네가 짜 놓은 드라마의 거미줄 속에서 끊임없이 너를 옭아매던 가장 큰 부분을 인식한 것도 의미심장하다. 그리고 마지막으로 그런 반복되는 상황에 대항해 네 고유한 인간다움에서 아름다움을 찾아내 사랑할 수 있다는 것도 의미심장하다.

네가 주연을 맡은 드라마 전체로부터 한 걸음 물러서서 최고 연기상을 받을 만큼(실제로 그렇다.) 잘 연기했음을 볼 수 있을 때, 너는 인식 전환 여행을 완수하기 위한 길을 잘 가고 있는 것이다. 네가 모든 연기를 잘 마치고 또 다른 경험을 하기 위해 여기까지 왔기 때문에, 너의 존재는 비로소 **하나임**으로의 통합을 향한 여행을 시작할 수 있는 수준에 이른 것이다.

진심으로 또 열정적으로 네 존재의 고양된 모습과 연계하기를 원한다면, 그에 적당한 네 자아의 조각이 감정의 형태로 너에게 다가와 전체성 획득을 위한 너의 노력에 에너지를 보탤 것이다. 똑같은 노래를 지겹게 반복하는 '정체'된 감정 상태에서는 자신의 힘으로 벗어나야만 네 자아의 고양된 측면이 그 고유의 감정 수준을 위험에 빠트리지 않고 네 자아의 조각들을 통합할 수 있다.

마찬가지로, 과잉 반응을 부르는 미묘한 감정 패턴이 있는데 그것도 구속임을 느낄 것이다. 그러한 감정 패턴은 너무 깊이 숨어 있어 자칫 놓쳤을 수도 있다. 순간순간 너와 에너지로 연결되어 있는 것들이 다른 누구도 아닌 바로 너 자신의 모습들일지도 모른다는 가능성을 숙고하라. 그리고 사실이 그렇다. 너 자신의 모습들은 '너'로부터 배제당했었기 때문에 **하나임**으로의 여행을 통해 다시 너와 통합되기를 원한다.

네가 배제해 온 너의 모습들의 입장에서 봤을 때 너는 추구해야 할 존재의 고양된 상태다. 너는 분리된 네 모습들이 원하는 완성체다. 너는 네가 배제해 온 네 모습들이 순간적으로나마 맛본 깨달음의 전망이고, 마음 깊은 곳에서 열망해 온 연계의 대상이다. 삶에 주어진 여러 상황에 대한 너의 감정적 반응이, 창조의 다른 수준에 존재하는 에너지적으로 유사한 '방아쇠들'이 야기한 유사한 시나리오로 향한 문을 연다. 너와 네 자아의 분리된 모든 측면들이 에너지적으로 통합하기 위해 같이 이용할 수 있는 장소와 길이 바로 네가 그들과 깊은 곳에서 이미 공유하고 있는 감정들이다.

어떤 상황이 지나치다고 느낀 나머지 너도 모르게 매우 통렬하게 반응할 때 침착하지 못한 자신을 심하게 몰아붙이기 전에 의심하라. 네가 느끼는 것이 사실은 그동안 '부인'해 왔기 때문에 뒤처진 자아의 한 측면과 네가 공유해 온 그 어떤 깊은 감정이 아닌가. 깊은 감정을 표현하지 않고 억압하면 그 감정의 주체인 네 자아의 측면과 너 사이에 분리가 심해지고 같은 시나리오가 거듭되는 재상연을 가져와 그다음에는 또 늘 똑같은 감정 대응이 뒤따르게 된다.

네가 연기한 드라마 속 상황들이 너에게 불러온, 분명히 존재하는 상처, 슬픔, 분노의 감정들에 마음을 여는 일이 반드시 필요하다. 그렇게 너는 네 존재의 잃어버린 부분이 재통합될 수 있는 길을 닦는다. 그 잃어버린 자아의 부분은 일생 동안 자신의 감정이 구체적으로 드러나기를 바랐고 마음 깊은 곳에서 그 감정을 초월하려고 싸워 왔다.

네 의식의 잃어버린 조각들을 재통합하지 않으면 네 존재 전체가 원하는 방식대로 여행을 완수할 수 없다. 바로 지금 이 순간 진심으로 네 깊은 감정 반응 메커니즘을 허락하라. 그렇지 않으면 창조의 모든 수준에서 주춤할 수밖에 없고, 그것은 정말 문제다.

너는 다차원적인 존재다. 지금까지 생각했던 '너'의 정체성이 네 전부가 아니다. 자아의 어떤 측면들은 스스로 작용한다. 너는 모르고 있지만 그 측면들은 너의 세상과 마찬가지로 실재하는 세상 속에서 본능적으로 길을 잃은 자아를 찾으려고 한다. 그 길 잃은 자아가 네가 생각하는 '너'다. 그것들에게 너는, 화음을 완성해 본연의 모습을 찾는 데 필요한 잃어버린 음이다. 너 없이 조화를 이룰 수 없기 때문에 그들은 너를 애타게 찾는다. 차원을 넘나드는 그들의 노력에 너도 전력을 다해 참여해야 한다. 요령은 네 존재 자체와 네가 하는 일 모두를 '의식'하는 것이다. 그럼 미래의 너도 모두 의식할 수 있을 것이다.

일상의 드라마 속 너의 반응과 감정을 의식하라. 네 감정적 반응을 솔직하게 인정하라. 감정적으로 특히 상처받기 쉬운 문제들이 많을 텐데 그런 너를 '한 수 낮은 너'라고 치부하며 너무 성급하게 거부하지 마라. 네 감정 반응 메커니즘이 분명한 너의 현실이다. 이 생에서 너는 많은 것을 성취할 텐데, 요령은 **하나임** 안에서 '진정한 너'의 모든 것을 경험할 기회를 위해 지금의 너의 모든 것을 기꺼이 받아들이는 것이다.

03

- 상황을 공동 창조하는 에너지 영역
- 구현 도구로서의 생각과 말의 힘
- 원치 않는 결과를 부르는 패턴 깨기

서로 다른 차원 간의 대화는 의식 속 창조의 모든 수준에서 지금도 방대하게 일어나고 있다. 그 과정에 네가 관여하고 있음을 깨닫는다면 그것은 곧 미리 계산된 삶의 상황 속에서 인식의 전환이 시작되고 있다는 것이다. 그 삶의 상황은 네가 있는 차원에서는 전례 없던 의식의 수준으로 너를 데려가기 위해 미리 계산된 것이다. 그런 전환을 경험하고 그 전환 에너지가 너를 항상 더 높은 의식 수준으로 데려갈 때 너는 더 높은 에너지 진동과 안정적으로 조율할 것이다. 그리고 다양한 관점을 얻을 것이다. 너는 네 반응을 점검하여 경험을 감시하려는 네 논리적 정신의 시도를 알아채고, 고양된 감성을 매 순간 최적의 상태로 유지해야 한다.

내면의 미묘한 에너지 변화를 알아채는 감수성이 뛰어날수록 경험의 수준도 높아질 것이다. 특정 감정을 자꾸 무시하면 그 감정을 불러일으키는 사건들이 자꾸만 다시 생겨날 것이다. 그것은 네가 그 편하되었지만 익숙한 감정의 에너지 진동 상태를 유지하는 경향에 어느 정도 길들여져 있기 때문이다. 네 엄청난 잠재성을 좀처럼 일깨우지 못하는 의식과 에너지와 경험 들을 끌어들이면서 그렇게 하층 에너지 상태에 남아 있을 수도 있다. 그것은 어디까지나 네가 선택할 문제다.

네 존재의 에너지 진동 상태에 대한 책임은 온전히 너에게 있다. 에너지가 균형이 잡혀 있어 네가 너 자신의 진실한 마음을 잘 보고 있는 때를 알아차리기는 너무나 쉽다. 인생 경험이 그런 상태를 온전히 반영할 것이기 때문이다. 마찬가지로 네가 에너지 스펙트럼의 가장 낮은 곳에 머무를 때를 알아차리기도 너무나 쉽다. 네가 처한 환경이나 네 느낌과 입장 모두가 네 불안하고 좋지 않은 에너지를 분명히 드러낼 것이기 때문이다.

단지 그동안 억압해 왔다는 이유만으로 억압된 감정을 매번 발산하며 가슴 아픈 드라마를 계속 재연할 필요는 없다. 그렇다고 감정적 반응이 극으로 치달을 때까지 넋 놓고 있다면, 그때 너는 갑자기 감정 에너지의 찌꺼기를 일시적으로 없애긴 하겠지만 똑같은 드라마를 다시 끌어들일 수밖에 없다. 이 악순환을 끝내기 위한 유일한 길은 네 감정 상태와 그 감정 상태가 살아남도록 조장하는 삶의 드라마 사이의 연결 관계를 분명히 인식하는 것이다.

너의 에너지 영역은 출입구이면서 동시에 방패다. 너를 둘러싸고 있고, 네가 유지하고 있는 에너지 영역은 다른 에너지나 다른 의식의 침

입에 약하다. 그것들이 네가 원하지 않았던 손님일 때 특히 그렇다. 특정 의식이나 에너지의 장단점을 논하고 판단하려는 것이 아니다. 다만 네 에너지 영역으로 밀려 들어오는 에너지 중에는 네가 진정으로 원하는 것에 해가 되는 에너지도 있다는 말이다. 생각의 패턴이 두서없고 부정적이라면, 네 에너지 균형에 손상된 에너지 충전을 보내고 심지어 더 많이 불러들이는 의식 수준과 생각의 형태에 쉽게 문을 열어 버릴 것이다. 그런 순환은 저절로 이루어지며 그때 상황은 땅으로 곤두박질칠 것이고 불쾌한 일이 잇달아 일어날 것이다. 그런 상태를 멈추고 마침내 방향을 틀기 위해서는 네 의식의 상태가 어떤지, 그리고 마음에서 우러나온 진실한 의지가 무엇인지 알아채 그 상태를 유지하는 것이 중요하다.

상황이 균형 잡기 힘든 상태로 몰렸다 싶으면 기회를 잘 포착해 한 발짝 물러서라. 너의 에너지를 빨아들이고 네 주위를 감싸고 있는, 네 존재의 원천 밖에 있는 것들과의 의식적 교감을 모두 멈춰라. 그리고 네 의식을 알아차려 가며 네 안 깊은 곳에 있는 고요한 장소를 찾아라. 네 마음 중심과 의식적 연결을 끊지 말고 마음 중심을 관통하며 심호흡하라. 방금 전 네가 처했던 상황에 대한 생각에 휘둘리지 마라. 그리고 고요한 성소의 조건 없는 '밝은 사랑의 에너지'가 너를 완전히 채울 때 그 에너지에 몸과 마음을 맡겨라.

평화의 느낌에 네 전부를 내맡기고 고요로 가득 채워라. 그 신성하고 축복 가득한 장소에서 만끽한 빛의 따뜻함을 마음 깊숙이 담아 두어라. 그것이 원래 네 존재의 상태임을 알아라. 그 상태를 기준으로 삼고 언제든 원하면 사랑으로 조용히 진정한 너를 상기하라. 너는 내면에 있는 그 장소를 어디든 갖고 다닌다. 그곳은 원하면 언제든 안거할 수 있는 안식처다.

너는 역경에 처했을 때 그렇게 반응하면 좋다는 것을 배워서 알고 있다. 세상도 네가 삶의 드라마에 그렇게 대처하기를 고무한다. 그렇게 에너지를 전환하면 한때 네 에너지 영역에 몰려들어 너를 곤두박질치게 했던 손상된 에너지의 파장들이 떨어져 나갈 것이다. 예정된 상황들에 따라 너를 더 깊은 불균형 상태로 끌고 갈 수도 있었던 파장이다. 순간이 스스로 그 모습을 드러낼 때, 그 순간을 의식적으로 통솔하는 것이 모든 상황에서 네가 할 수 있는 가장 강력한 대응이다.

네가 처한 상황을 매 순간 의식적으로 통솔할 수 있음을 알아라. 너는 네 의지로 급박한 순간에서 한 걸음 물러서는 것을 선택할 수 있다. 그리고 네 마음 중심으로부터 퍼져 나오는 에너지에 힘을 얻어 의식적 전환을 선택할 수 있다. 마음 중심에서 나오더라도 너 자신이 그 마음을 반영하기 때문에 상황이 변할 것이다. '네'가 그 순간이나 상황에 투사한 전환된 에너지를 의식적으로 이용해 결과 자체를 너에게 더 이로운 상태로 전환할 수 있다. 이 훈련을 몸에 익히면 네 인생에서 우연한 무의식적 반영은 줄어들고 의도적으로 지향된 일이 많이 생길 것이다. 왜냐하면 네 인생에서 창조자는 바로 너이기 때문이다. 그것을 꼭 알아야 한다.

희생자 따위는 없다. 사람들이 그렇게 말하는 것을 많이 들었을 것이다. 하지만 너의 의식적 선택이라고는 볼 수 없는 시나리오들이라 할지라도 그 시나리오들을 창조하는 데 네가 맡은 역할을 절대적으로 분명하게 이해하는 것이 중요하다. 너는 지금 가속도가 붙은 에너지 단계에서 네 존재에 통합되기를 원하기 때문에, 결과적으로 네 선택과 대응이 네가 머무는 차원에서 과거에 '정상'이라고 일컬어지던 속도보다 훨씬 더 빨리 현실로 구현될 것이다. 고양된 에너지 단계에 통합되어 이미 그 단계가 '표준'이 된 존재들의 경우 다시 에너지 진동이 틀어진 상태로 전환되었을 때 매우 극단적인 결과를 경험할 수 있다. 에너지가 심하게 고갈된 불균형 상태로 들어가면 '최악의 시나리오'가 현실이 될 것도 예측 가능하다. 그 반대의 경우는 없다.

불리한 상황을 불러일으키는 패턴을 깨기 위해서는 그런 상황이 늘 자기 지속적인 성향을 가진다는 것을 인식해야 한다. 역경의 상황에서 발산되는 손상된 에너지는 대개 즉시 부정적 감정 대응을 야기하는데, 그 감정 대응이 또다시 균형 상태에 있던 에너지에 더 많은 손상 에너지를 덧붙이는 것이다. 일종의 패턴으로 의식을 통과하는 모든 생각 에너지의 진동은 에너지 충전 덩어리를 갖고 다닌다. 구두 의사소통의 형태로 '구체적으로' 드러난 생각의 패턴인 경우 특히 더 그렇다. 말이라는 형태로 충전을 풀면 마음속에 패턴으로 각인된 것이 움직이게 되고, 그것은 곧 그 각인과 통하는 에너지 진동을 끌어들인다는 뜻이다. '생각한 대로 이루어진다.'라는 말이 기본적으로 그런 뜻이다.

부정적인 일이 꼬리에 꼬리를 무는 것을 멈추게 하려면 타자와 교감할 때 나오는 너의 에너지 진동을 예리하게 의식하는 것이 중요하다. 네가 한 말을 점검하라. 아무리 불평할 만한 상황이라도 그 무엇에 대해서도 부정적인 감정을 말하지 마라. 듣는 사람에게 좋게 작용할 말만

하도록 의식적으로 노력하라. 불운한 상황에 대한 네 반응을 면밀히 살피고 비슷한 일을 부르는 반응을 보이지 않게 주의하라.

모든 상황에서 가능한 한 가장 긍정적인 말만 하라. 그 누구의 흉도 봐서는 안 된다. 그 에너지가 너에게로 돌아오기 때문이다. 흉을 보거나 흉을 보지 않는 것, 선택은 둘 중 하나다. 험담, 불평, 또는 절실하지도 않은 도움을 얻기 위한 겉치레 말은 모두 결국 불쾌할 수 있는 상황이라는 형태로 너에게 보복을 가져오는 레시피다. 신중하게 사용한다면 말은 강력한 수단이다. 부주의하게 사용한다면 위험한 것이다.

말로 표현되지 않은 생각의 패턴도 마찬가지로 에너지 충전을 갖고 다니고 그 충전은 그것과 진동수가 맞는 상황을 만들어 낸다. 예를 들어, 사람을 신뢰하지 못한다면 사기를 당한다. 겁이 많다면 겁나는 상황을 겪게 된다. 늘 불안하고 자신이 무가치하다고 느낀다면 애써 노력한 일이 거절당하는 경험을 한다. 뭔가를 쟁취하고 싶어 하면 그 뭔가가 너의 그런 욕망을 느끼고 도망간다. 노골적으로 다른 사람에게 무언가 얻고자 한다면 실질적으로 어떤 것도 얻지 못할 것이다.

삶에서 부족한 것에 집착하지 말고 현재의 상황에 감사하라. 현재의 상황이 네 인식 전환의 길을 닦고 네가 이 생을 시작하며 하고 싶었던 바로 그 일을 할 수 있는 위치에 너를 놓았음을 이해하라. 상황이 좋지 않아 보여도 바로 그 상황이 초점의 전환을 불러와 네 인생이 제대로 흘러가게 만들 곳으로 너를 안내하는 문일지도 모른다.

자신이 속한 드라마에 자신이 어떻게 반응하는지를 의식적으로 알아채는 능력을 계발하는 것. 이것이 바로 이 시대를 사는 너희들 중에 스스로를 정신적이라고 여기는 사람들에게 매우 중요한 문제다. 풀지 못하고, 충전한 감정이 폭발하고, 뒤이어 좋지 않은 사건이 벌어질 때 그 사이의 시간적 간격을 알아채라. 모든 결과에는 원인이 있다는 진리가 고통스럽겠지만 분명히 보일 것이다. 현재 가속도가 붙은 에너지 진동수가 너의 차원으로 흘러 들어가고 있기 때문에 그런 현실은 더욱 뚜렷할 것이다.

고양된 인간 에너지 진동을 경험한 사람들은 주변을 전부 감싸고 있는 가속화한 에너지와 충전된 감정의 무의식적 반응 패턴이 불러일으키는 에너지가 서로 다르다는 것을 그 어느 때보다 분명히 보일 것이다. 지구의 에너지 진동이 계속 가속화하고 너의 차원도 생각의 즉각적인 구현을 경험하게 되면서, 그 가속화된 속도에 에너지적으로 조율하고 있는 사람들은 자신과 대중 사이의 간격을 넓히고 그들의 현실로 드러날 충전 에너지의 강도를 증폭시킬 것이다.

의식적으로 가속화한 네 에너지 진동수의 영향력을 예민하게 알아챌 사람은 이 시대를 특징짓는 의식 전환의 선구자인 바로 너다. 너의 반응들을 면밀히 점검해서 균형과 마음 중심의 상태를 유지하라. 왜냐하면 자아의 다차원적인 측면들과 시간을 초월해 실제로 결합하는 곳이 바로 그 네 존재의 중심, 그 마음 중심 상태이기 때문이다. 그리고 네가 너의 본질인 **하나임**과 재결합하게 하는 길로 안내하는 문을 발견할 곳도 바로 그 마음 중심, 즉 네 존재의 중심이 있는 곳이기 때문이다.

04

'지울 수 없는 꿈', 이 생에서 이루기

갈등의 초대를 알아채고 거절하기

시대의 예언을 초월한 집단 의지

네가 이 생에서 집중해 배울 것을 선택한 가르침은 무엇일까? 그 대답은 지금 너의 노력으로 절정에 이른 경험의 범주들 속에서 찾아야 할 것이다. 너는 이제 네 인생에서 늘 다시 떠오르는 특정 주제를 알아챌 수 있을 것이다. 그리고 특정 주제를 반복 학습해야 하는 요지가 무엇인지 납득하는 데 필요한 사건들을 수없이 겪어 냈을 것이다. 그 인생의 가르침이 네가 지울 수 없어 '되풀이되는 꿈'이다. 네가 선택하지 않았다면 그 꿈이 네 현주소가 되어 일생 동안 너를 끌고 왔을 리 없다. 이제 네 인생의 한 페이지를 넘기고 인생의 가르침을 습득하며 준비했던 일을 시작할 때다.

현재 너의 삶이 너무 불확실해 보일 수도 있다. 우리의 말을 이해하고 이 소통을 위한 에너지를 갖추었다는 사실은 곧 네가 '과정'을 마쳤다는 뜻이다. 하지만 너는 네 인생의 다음 단계가 어떻게 펼쳐질지는 아직 분명히 알아채지 못하고 있다. 기존 삶의 구조가 많이 와해되었으니 너희 세상이 광범위한 준비를 해 왔음은 분명하다. 그리고 너희는 다음에 무엇이 있는지 말해 주며 '출발신호'를 줄 누군가나 무언가를 '기다리고' 있을 수도 있다.

과정 자체를 재고할 필요는 없다. 다만 순간에 존재해야 한다. 네가 처한 상황, 네가 있는 곳, 친구들, 현재 관심사, 너를 이 순간으로 데려온 동시성을 드러낸 사건들을 살펴라. 그럼 방향 감각이 생기는 것을 감지할 것이다. 그 속에서 너의 상황을 비롯한 위의 모든 요소들이 서로 연합해 새로운 삶의 초점으로 너를 데려갈 것이다.

과정을 신뢰할수록 너와 네 자아의 다른 측면들이 함께 창조하는 미래가 더 자연스럽게 진화할 것이다. 네 '일생의 숙원 사업'에 네가 참여한다는 것이 무슨 의미인지 아직 절대적으로 확신할 수 없다면 아직 네 앞에 펼쳐져야 할 정보들이 남아 있는 것이다. 그럴 때는 인내심을 갖고 스스로를 사랑하라. 마음 중심에 에너지를 집중하는 명상에 시간을 넉넉히 할애하라. 진정한 창조는 평화와 조화로 가득한 바로 그 마음 중심에서 이루어지기 때문이다.

너는 드문 기회를 잡았다. 너는 인생의 지루한 각본에서 벗어났다. 너는 네가 창조했던 드라마를 조감했다. 너는 어떤 결론을 내렸고 그렇게 이해한 것을 통합하려는 과정에 있다. 네가 해 온 모든 일을 평화롭게 받아들일 수 있으면 이 생을 초월한 것이고, 그럼 이 생을 떠나보낼 준비가 될 것이다. 오직 그때만이 생의 경험들이 강화한 분리의 느낌을 초월하는 존재의 상태를 껴안을 준비가 될 것이다. 오직 그때만이 같은 기간 같은 완성에 도달한 사람들이 있는 선로에 발을 들여 놓을 준비가 될 것이다. 그리고 그 사람들과 연합해 생득권인 **하나임**의 경험을 향해 나아가기 시작할 것이다.

계속 현재의 순간에 집중하라. 미처 진화할 준비조차 안 된 미래로 돌진해 '계획'하고 싶은 유혹을 물리칠 때 최고의 선택을 하는 것이다. 너의 여행에 안무를 짠 사람은 바로 너이니 예정대로 늦지 않게 목적지에 도착할 것을 믿어라. 거기서 네가 신성한 전체로 귀환하기를 기다리던 네 존재 자체의 다차원적인 측면들과 **하나임**이라는 사랑의 끈으로 재결합할 것이다. 알게 모르게 지금 이 순간 네가 애써 향해 나아가고 있는 것이 바로 그 축복의 결말이다.

네가 사는 차원에서는 지금 많은 일이 벌어지고 있다. 그래서 원래 기대했던 것보다 더 긍정적인 결과가 나올 것을 충분히 예측할 수 있다. 자유의지를 반영하는 집단의식 요소가 에너지 균형에 추가되면서 너의 지구는 대격변이라 할 만한 기간을 거쳤고 그 결과 일종의 전환이 일어났다. 그렇다고 다 결정된 것은 아니다. 앞으로 무슨 일이 벌어질지는 전체 인류의 활동과 리더십을 발휘할 수 있는 사람들의 선택에 많이 달려 있다.

한때는 매우 그럴듯하여 심지어 불가피하게까지 보인 일련의 예언들이 맞지 않을 가능성은 상당히 크다. 현존하는 존재들의 강력한 의지를 거스를 만큼 불가피한 사건은 있을 수 없다. 어떤 주어진 개념에 대해 인류 전체와 연합해 공통의 관심사를 이끌어 내려는 노력이 지구 상에 널리 퍼진다면, 역사 속에서 예언된 것이 아무리 견고할지라도 그런 노력에 깊은 영향을 받을 수밖에 없다. 지금까지 인류는 예언을 바꾸는 데 성공했고 급진적으로 수정된 버전의 결과물들을 구현해 왔다.

이제 진정한 작업이 시작되었다. 너의 차원에 지금 환생한 사람들의 집단의식이 의지의 힘을 발휘하며 전례 없는 결과를 구현했다. 의지의 힘을 이용하는 것이 지금 이 시대 너희들에게 선물로 주어진 기회다. 앞으로 많은 사람이 의지의 힘을 이용하면 스스로 현실을 창조할 수 있음을 더욱 분명히 보기 시작할 것이다. 개인 의지의 힘들이 집단의식에 더해지면 전체 힘이 커지고, 그러면 상당한 결과를 구현할 지점에 훨씬 더 가까이 다가갈 것이다. 그리고 집단 의지가 완성되면 예언된 사건이 분명히 불가피하게 수정될 것이다. 그런 도구를 손에 든 너희에게는 집단의식 안에서 다른 사람들과 함께 너희가 원하는 현실을 만들어 낼 힘이 있다. 무력하게 운만 바라고 사는 것이 아니라 네 마음가짐과 태도와 믿음으로 사건의 청사진을 그릴 수 있음을 알게 되면 너희들이 '삶'이라 부르는 '영화'의 공동 작가로서 너희들 각각이 맡은 역할에 대한 책임감도 매우 심각하게 받아들이기 시작할 것이다.

적절한 행동과 선택으로 너의 영향권 안에 있는 사람들의 노력에 부응하는 무대를 만들 책임이 있음을 깨달을 것이다. 얼마나 큰 변화를 가져올 수 있는지는 말과 행동을 얼마나 일치시키느냐에 달려 있음을 이해할 것이다. 그리고 네가 아는 것을 연습하면서 네가 아는 것을 가르칠 것이다.

너의 말은 강력한 도구다. 너를 찾아온 사람들을 말을 통해 깨울 수 있다. 그런데 말 자체는 행동으로 뿌리내리고 꽃을 피울 개념의 윤곽에 지나지 않는다. 매 순간 네가 내리는 선택은 네가 접촉한 다른 인생 모두에 에너지적으로 혹은 하나의 본보기로 영향을 끼친다. 그리고 각자가 집단행동을 부르거나 반대로 집단행동의 영향을 받을 때 조화로운 의도가 널리 퍼지기 시작할 것이다. 그 의도가 마음에서 우러나온 것이라면 정말이지 네가 소위 '운명'이라 생각하는 과정조차 충분히 바꿀 수 있다.

현재의 페이지를 덮고 네 고유의 인생 스토리의 새로운 페이지를 시작하고자 한다면 현실을 창조하는 너의 힘을 인식해야 한다. 너는 한때 너로 하여금 똑같은 연습을 반복하게 했던 구속을 풀고 새로운 전망과 새로운 정체성을 갖게 되었다. 너는 원하는 대로 새로운 정체성을 조각할 수 있는 잠재성을 이해하게 되었다. 의도가 구현된 걸작, 즉 개인적인 현실을 창조하기 위한 도구가 바로 네 의식 영역 안에 있기 때문이다.

이제 마음에 의식을 집중하고 새 삶에 숨을 불어넣어 자아의 창조에 축복을 내릴 적절한 때가 왔다. 그런 다음 뒤로 물러서서 새로운 정체성에 과거의 믿음과 무력감 혹은 그동안 여행에서 축적했던 모든 독단에서 벗어나 자유롭게 표현할 수 있는 여지를 주어라. 초월적 의식 상태에 다다르면 네가 아직까지 갖고 있을 짐 보따리를 위한 자리는 없다. 네 의식을 지배했던 그 모든 '해야 하고', '하지 않아야' 하는 짐들은 지금 네가 서 있는 교차로에 모두 내려놓아라.

지금 네 앞에 있는 길을 가려면 영혼을 가볍게 하여 마음껏 움직일 수 있어야 한다. 선택의 방향을 머리가 아닌 마음이 원하는 쪽으로 확실히 바꾼 후 주어진 기회에 의심 없이 반응할 수 있어야 한다. 너만의 최고선에 더 이상 부합하지 않는, 흔히 말하는 '중요한 것'들에 휘둘려 가능성을 없애는 생각에 갇히는 일 없이 앞으로 나아갈 수 있어야 한다. 또 스스로에게 그 최고선에 좋은 것과 나쁜 것을 정직하게 구분할 자유를 주어야 한다.

이제 짐을 가볍게 하는 마지막 단계에 이르렀다. 다는 아니라도 지금까지 상당한 일을 해냈다. 너의 길을 가로막았던 그 수많은 장애물을 건너, 너는 제시간에 여기까지 왔다. 이제 남은 것은 아직도 가끔 튀어나오곤 하는 조건화한 반응들을 없애는 것이다. 조건화한 반응은 네가 습관처럼 보이는 반응으로 너를 명백한 가시밭길 속으로 몰아넣어 왔다. 그런 반응이 나타날 것 같은 때를 인식하고 그 상황이 네 안에서 촉발시키는 반응을 관찰하라. 그 조건화한 반응을 보이려고 하면 그 전에 그 상황을 완전히 피하고 또다시 같은 드라마로의 초대를 거절할 방법이 있는지부터 살펴라. 현재 너의 목표는 앞으로 나아가는 것이다. 앞으로 나아가게 하는 추진력을 약화시키는 모든 상황을 하나의 기회로 삼아라. 자유로운 선택의 힘을 연습하여 그 어떤 상황에도 초연할 수 있다.

매번 똑같은 드라마를 연기하며 삶에 지배당하는 경향에서 벗어나면 당면한 과제의 다음 단계에 참여할 수 있다. 원칙적으로 지금부터 네가 해야 할 선택들은 불협화음을 협화음으로 바꿀 일종의 기회다. 성취감을 얻고 싶어서 특정 문제들에 꼭 '옳아야' 하는 마음을 초월할 기회다. 또 상호 작용의 역학을 바꾸고 관련된 사람들 모두가 사건의 반복을 부르는 감정의 충전 없이 갈 길을 갈 수 있게 하는 방식으로 반응할 기회다. 이제 그냥 '보낼 수' 있게 된 네 자신을 볼 것이다. 예전에는 바로 그 순간 싸워야 한다고 느꼈다. 그리고 이제 에고 초월의 과정이 시작되었음을 볼 것이다.

조건화한 반응이 주어진 상대를 '이겨야 하는' 필요성에 근거한다는 것을 인식할 수 있다면, 지금까지 네가 보호 차원에서 무장해 온 분리의 느낌을 초월하기 위한 첫걸음을 뗀 것이다. 폭력적인 대항이 일상의 질서였던 시대에 분리는 필수적인 생존 기제였다. 하지만 현대는 그런 패턴과 그런 에너지를 바꾸고 있다. 지금 이 시대는 분리를 강화하고 소외를 선택하는 상황을 알아차려서 바꾸려 하고 있다.

현재 너의 발전 단계에서 목표는 이기거나 옳음을 증명하는 것이 아니라 지금 선택하여 실행한 것이 다음에 올 일련의 선택들의 성격을 결정함을 인식하는 것이다. 이기고 지는 일, 마지못해 타협하는 일은 등장인물만 다른 같은 각본을 재연하기 위한 레시피에 불과하다. 왜냐하면 그 모든 일은 관련 인물 모두에게 분리의 느낌만을 구체적으로 전달하기 때문이다.

현재 너의 목표는 만나게 되는 사람들을 모두 화합으로 이끌 기회로 보는 것이다. 그리고 사실이 그렇다. 결과에 대한 집착 없이 너의 관점을 드러내면 관련 인물 모두에게 최적의 결과를 허락할 것이다. 여기서 중요한 말은 '허락'이다. 의지의 씨앗을 심고 열매를 맺으라고 강요하지 않으면서 너의 관점을 알리면, 관련 사람들의 관심뿐 아니라 너 자신의 관심까지 최고로 성취될 것이다.

씨앗의 에너지가 풀리기만 하면 너와 관련 인물의 집단 의지가 원하는 것, 즉 **하나임**의 경험을 구현하는 일을 가장 잘 불러올 상황을 맞을 것이다. 갈등의 잠재성까지 사라지고 각자의 의지가 각자 의지만의 구현이 아니라 모든 의지의 조화일 때 그 결과는 모두를 위한 최고선에 계속 부합할 것이다.

지금 진행되고 있는 각각의 드라마 같은 인생이 몸소 보여 주는 반복 연습의 중요성을 습관처럼 인식하는 데 약간의 노력이 필요할 것이다. 하지만 화합의 반향에 조율하게 되면 그런 반향의 진동이 네가 하는 모든 일에 스며들 것이다. 그럼 인생의 사건들이 하나둘 쉽게 풀리는 것을 발견할 것이다. 너와 네가 만나는 사람들에게 너희들의 현실이 조화롭게 되었음을 보여 줄 것이다. 그때 너희는 상대를 누르고 이기려는 것보다 평등한 관계를 유지하고 싶을 것이다. 평등한 관계 속에 있을 때 너희 최고의 의지를 반영할 에너지 상태를 가장 쉽게 창조할 수 있기 때문이다.

물론 그 과정에서 신뢰는 필수다. 그리고 인생에서 직면하는 상황을 '통제'하려는 욕구를 인식하고 풀어 주는 연습이 중요하다. 여기서 '신뢰'는 책임감과 삶의 고삐를 넘겨 버리기 위해 다른 누군가를 신뢰하는 것이 아니다. 여기서 '신뢰'란 네 존재의 중심, 네 원천(Source)에 대한 신뢰다. 너의 가능한 최고선에 부응하는 시나리오를 조정하기 위해 네가 하는 일을 감독하고 있는 너의 '신성 자아'에 대한 신뢰다.

네 존재의 미로를 모두 다 꿰고 있으려는 욕구를 버리고, 생각하기보다는 '느낄 수' 있고 믿기보다는 '알 수' 있는 더 깊은 인식 수준에 도달할 때, 너는 현실을 창조할 수 있는 장소에 도달할 것이고 그곳에서야말로 진정으로 앞으로 나아갈 수 있을 것이다. 반사적인 대응을 자극하는, 두려움에 기반한 조건화 문제를 해결할 때까지 너는 갈등을 피하는 일에 집중할 상황만 계속 만들어 나갈 것이다.

네 세상의 에너지가 이미 정말로 변했다는 진실, 그리고 성취해야 할 더 높은 관점이 있다는 것을 믿을 수 있다면 너는 전환점을 맞이한 것이다. 그 전환점을 위해 그동안 그렇게 애써 온 것이다. 전환점을 지나 너의 개인적인 의지와 '창조의 의지'가 조화를 이루는 더 높은 반향에 잘 조율한다면, 분리의 벽은 무너지고 합일이 표현되는 인생을 경험하게 될 것이다. 합일의 표현으로서의 인생, 그것이 진실이다.

05

- 세포가 잡고 있는 인생 경험 풀어 주기
- 잠자고 있던 감정의 층 벗겨 내기
- 나만의 통과 의례 치르기

그동안 네가 온 의지를 다해 집중했던 그 더 높은 목적은 그런 네 안의 욕망을 인식하고 응답했다. 네가 인식 전환 과정에 깊이 정통하지 않은 이상 그 응답을 진정으로 알아보기가 쉽지는 않을 것이다. 게다가 그런 응답을 받을 정도의 심오한 초점의 전환을 알리는 증거들은 대부분 진보보다는 후퇴의 징후처럼 보인다.

네 세포 조직에 각인되어 쌓인 경험 역사의 층을 체계적으로 완전히 벗겨 이 생을 특징짓는 주제들의 구속으로부터 벗어나는 것이 지극히 중요하다. 그 세포에 쌓인 것이 풀리지 않고 남아 있으면 그것의 에너지 패턴이 각종 해결과 성취가 일어날 만한 곳에서 극적 감정 대응을 불러일으키는 상황을 반복적으로 촉발할 것이기 때문이다.

그럼 드라마가 펼쳐지고 인간관계가 복잡해질 것은 불 보듯 뻔하다.

그런 상황들을 통해 너는 그동안 네가 해결하려고 애써 왔던 주요한 감정적 문제가 무엇인지 분명히 볼 수 있을 것이다. 상황이 너를 위해 그렇게 전개되고 그 상황에 네가 그렇게 감정적으로 반응한다는 것은, 네가 무엇보다 그 감정 경험에 뒤이은 반응 패턴을 네 에너지 영역에서 제거하기를 간절히 원한다는 것이다. 이미 초월했다고 머리로만 믿으며 그런 감정들을 억압하려는 경향을 알아챌 때 삶의 경험들에 방해받지 않고 새로운 차원의 의식으로 들어갈 수 있다. 삶의 경험들이 완수되었기 때문에 그럴 수 있는 것이다.

에너지가 계속 가속화되면서 심오한 정서적 반응을 경험할 수도 있다. 인생의 주제들 각각이 마치 계속되는 대하소설에서 따로 움직이는 한 장(Chapter)처럼 매우 생생한 알아차림을 축적하기 때문이다. 그와 동시에 너는 그런 드라마들에서 지적으로 또 정서적으로 뜻하지 않게 좋은 느낌의 결과물을 받을지도 모른다. 또 예전에는 마음의 전쟁을 일으켰을 상황에서 흔들림 없는 초연함을 경험할 수도 있다. 또 한때는 이 생에서의 개인적 역사를 몽땅 규정했던 문제에 무관심해질 수도 있다. 그렇게 과거의 구속에서 자유롭고 새로운 시작에 준비된 상태에 도달하는 것이다. 최소한 그렇게 보인다.

이것이 지금 네가 관여하고 있는 과정이다. 그리고 네가 매일 만나는 많은 사람들이 관여하고 있는 과정이다. 관찰자로서 혹은 당사자로서 끌려 들어간 드라마들을 곧이곧대로 받아들일 필요는 없다. 이것은 지금 너에게 특히 중요하다. 이 말을 경구로 삼아 필요할 때마다 상기하라. 감정 정화 개념에 대해 네가 잘 이해하고 선택한 고양된 관점과 함께하기 때문에 너는 감정 정화 과정을 위해 최고로 잘 준비된 것이다. 존재 변형을 완수하기 위한 극심한 고통 속에 있는 다른 사람을 돕는다면 네 정화 과정을 짧게 할 수도 있다. 또 그 과정 속 너의 역할에도 변화가 있을 것이다.

다른 사람이 관련되어 있는 감정 정화 작업을 위해 네가 '촉발자'의 역할을 맡아 왔을 가능성이 크다. 그리고 그 관련된 사람이 너의 자극에 과잉 반응을 보이기도 했을 것이다. 하지만 그 사람의 관점에서 보면 '너의' 반응이 끝없는 반복 상연으로 닳을 대로 닳은 영화에서 너무 극단적으로 벗어난 것일 수 있다. 둘 다 맞다. 관점의 차이는 이 과정의 완벽함을 증명하고, 각각의 참여자로 하여금 관련 드라마 속에 내재하는 적당한 통찰들을 얻을 수 있게 하기 때문이다.

일단 그런 고통이 빈번하게 일어나는 기간이 끝나면 다시 한 번 지평선이 보이고 너는 방향을 잃어버린 것처럼 보이는 추진 에너지 속에서 길을 잃었다는 생각은 더 이상 들지 않을 것이다. 방향감각은 바로 네 안 깊은 세포 구조 속에 있기 때문이다. 제자리를 찾지 못한 네 의식의 파편들을 대신하여 그 깊은 세포 구조를 샅샅이 뒤지는 과정이, 그 파편들로 인해 감옥에서 지냈을 너의 일생을 자유롭게 풀어 주는 것이다.

현재 경험을 공유하고 있는 존재들에게 자비와 온화함으로 다가가라. 왜냐하면 너희 모두 줄곧 상당한 불편함을 감수하고 힘든 역할을 맡아 각자 가능한 최선의 노력을 다하고 있기 때문이다. 독선의 팡파르를 끝으로 무대에서 내려오는 공연을 만들고 싶은 유혹을 물리치고, 이 경험을 완성하려고 준비하는 것이 모든 사람이 가장 원하는 것임을 알아라.

다른 사람의 사고방식과 반응에서 허점을 찾기는 너무도 쉽다. 너의 연기 또한 너와 함께 드라마의 결말을 공동 창조하고 있는 사람들의 관점에 똑같이 영향받고 있음은 자명하다. 구경꾼의 눈에 '옳게' 보여야 한다고 생각하는 경향은 교류의 목적을 경감시킬 뿐이다. 마침내 너는 네 삶이라는 드라마를 조망할 수 있다. 너는 조건화한 관점에 대한 집착에 내재하는 감정 에너지 충전을 풀 수 있다. 그리고 너와 다르기 때문에 오히려 이 과정의 마지막 결과인 기념비적인 전환에 촉매자가 될 수 있는 사람들과 함께 앞으로 나아갈 수 있다.

문제의 에너지가 균형을 찾게 되면 그 일을 추억할 수 있고 그럼 해결책을 구하며 모습을 드러냈던 시나리오들의 의미를 인식할 수 있을 것이다. 새롭게 그 모습을 드러낸 드라마들에서 즉각적으로 익숙한 느낌이 들 것이다. 일단 힘들었던 순간을 넘기고 나면 예전에 힘들고 중요했던 주제가 또다시 나타나도 휘둘리지 않고 직시할 수 있으며, 그럼 그런 경험 패턴의 본모습을 더욱 확실히 알 수 있게 된다. 그런 경험들은 현재 끝을 보고 싶어서 자꾸 나타나는 것이다.

통렬한 사건을 겪어 내고 그 속에서 터져 나올 듯한 감정 에너지의 충전을 한 번씩 풀 때마다 너는 그 일이 거듭되는 일의 또 다른 한 예일 뿐임을 보게 될 것이다. 한동안 그 패턴이 계속 반복될 것이다. 네 에너지 영역 안에 묶여 있던 에너지 진동의 층들이 하나씩 표면으로 떠올라 풀리려 하기 때문이다.

에피소드들이 아무리 강렬하더라도 자유롭게 내버려 두어라. 그 과정에 너의 마음을 개입시키면 마음 깊은 곳에서 네 감정적 반응을 비판하게 되고, 그럼 네 감정적 반응의 진실성이 왜곡된다. 너는 가장 심오한 감정들이 터져 나올 것을 의도적으로 자극했다. 늘 하듯 더 심하게 억누르려는 것이 아니라 심오한 반응을 불러일으키기 위해서다.

그렇게 너는 네가 원하던 교류의 또 다른 범주들이 시작되기를 기대할 수 있다. 하지만 삶에서 반복되는 에피소드들의 숨은 뜻을 알았다고 해서 앞으로 그런 일이 더 이상 일어나지 않는 것은 아니다. 충전된 에너지가 다 풀리려면 감정체(Feeling Body)에 자극을 반복해서 줄 수밖에 없기 때문이다. 이 모든 여정을 정신적으로 추적하는 것은 너를 위해 여기서 실제로 벌어지고 있는 일을 멋지게 설명하는 것일 뿐이다. 네가 처한 상황이 자극하고 있는 감정의 실질적 구현과 비교하면 인식 전환의 이 과정에 대한 너의 정신적 이해는 그 의미가 보잘것없다고 할 수 있다.

감정 해소 과정에 파고들수록 네 삶의 중요한 주제들에 대한 드라마의 익숙한 에피소드들은 더욱 강렬해질 것이다. 전보다 상황이 더 심각해 보인다고 해서 감정 충전을 풀거나 그 의미를 파악하는 일에 실패했다고 생각해서는 안 된다. 이 단계의 너의 여정에서 갑자기 점점 더 강렬한 경험을 하게 된다는 것은 지금 하고 있는 감정 해소 작업이 진전을 보이고 있다는 뜻이다. 준비 차원의 특정 경험이 일어나고 진행될 것을 허락하기 전에 더 의미 있는 단계로 나아갈 수는 없다.

인식 전환 여행에서 네가 지금 이 시점에 있는 것은 일생 동안 잠자고 있었을 강렬한 감정들을 드러내기 위해 네가 빽빽이 채워져 있는 경험의 층들을 하나씩 벗겨 내었기 때문이다. 경험으로 해결할 수 있는 문제의 범주들을 너는 이제 막 제대로 이해하기 시작했기 때문에, 어떤 주제는 영원히 해결할 수 없을 것처럼 그 문제가 크게 느껴지기도 할 것이다. 네 세포 조직들 속에 개인적인 역사로 남아 있는, 엄청난 일을 겪고 네가 느낀 너무 깊은 슬픔, 고통, 상처, 절망 그리고 다른 여러 반응들이 네 감정이라는 도구에 올라타 네 눈앞에서 표출될 기회를 잡을 것이다. 당장의 외부적인 공격에 전혀 어울리지 않는 강렬하고 깊은 감정이 느껴진다면 '전생'의 에너지 패턴이 그 모습을 드러내고 해소될 시점에 거의 도달했음을 알아라.

네 의식의 다른 차원에서 실행되고 있는 드라마들의 의미나 디테일을 모두 알고 이해할 필요는 없다. 너에게 필요한 것은 '이' 인생 드라마 속 촉매자가 자극한 극단적 감정에 대한 너의 반응을 왜곡하지 않고 기꺼이 있는 그대로 살피는 것이다. 필요 이상으로 과잉 반응하는 것에 대해 크게 자책하지 마라.

때가 되면, 네 개인적 역사 전체의 에너지적 증거들과 대면하며 네 감정체의 깊은 곳까지 살펴야 하는 이유를 이해할 것이다. 그 단계가 끝날 때 모든 요소들이 균형을 찾아야 한다. 그럴 수 있을 때 더 깊은 여행 단계에 접근하기 위한 준비가 될 것이다.

인식 전환을 위한 이 여행에서 이 단계가 가진 의미를 과소평가해서는 안 된다. 앞으로 나아가 더 높은 인식 수준으로 올라가는 일은 너에게 가능한 일이지만 감정들을 풀지 않고 빽빽이 보유한 채로는 불가능하기 때문이다. 지금은 네 안에 각인되어 있는 에너지 진동의 역사에 완전히 몰입하고 너와 너의 삶 속에 있는 사람들에게 은총을 내려 그 각인을 표면에 드러내는 일을 마지막까지 다할 수 있게 하라.

높이와 깊이 면에서 네 감정체의 능력에 따라 너는 미묘한 수준의 인식과 반응을 조율하게 될 것이다. 네 에너지 구조는 더 높은 진동수로 재조정되고 있다. 그렇기 때문에 너는 아직 풀리지 않은 감정의 빽빽한 찌꺼기의 반동에 굴복하지 않고 새로운 단계의 강렬함을 감당할 수 있는 것이다. 이런 변화의 현실을 이해하고 이 과정의 속도와 기꺼이 보조를 맞춘다면 이 변형의 시기를 좀 더 수월하게 넘길 수 있을 것이다.

그런 통과의례 경험들의 일부는 깊은 곳까지 내려가야 살필 수 있을 것이고, 그것을 위해 너는 네가 의식하지 못하는 너의 깊은 자아로부터 안내받을 것이다. 여기서는 신뢰와 '내맡김'이 중요하다. 그리고 변형을 위한 여행을 통제하고 감독하려는 욕구를 자진해서 거둔다면 일부 힘든 구역을 편하게 지나게 될 것이다. 지금 무슨 일이 벌어지고 있는지, 왜 이 격변의 시기에 네가 수동적이어야만 하는지를 정확하게 알고 있는, 네가 모르는 너의 의식이 있음을 믿어라. 느낌이 논리적 정신을 이겼을 때 네가 증명했던 너 자신에 대한 신뢰를 기억하면 경험들을 끌어들이며 목적을 완수하는 데 도움이 될 것이다.

네가 아는 삶이란 궤도 이탈이 다반사지만 지금 너는 정확한 선로 위로 잘 가고 있음을 알아라. 현대에는 하루 만에 급진적인 변화가 일어난다. 네가 살고 있는 물질 세상에서는 모든 사람, 모든 것들이 이런 빠른 변화를 경험하고 있다. 인생은 결코 네가 배워 상상하는 것처럼 좁은 직선 길이 아니다. 인생은 목적지로 향한 복잡한 우회로가 마구 뒤얽힌 여정으로 사전에 그렇게 프로그램화된 것이다. 삶을 진실로 살아 볼 만하게 만드는 흥미로운 점은 바로 기대했던 것과 다르게 흘러간다는 것이다.

이 극심한 격변의 시대를 너는 나중에 좀 더 정화된 관점으로 돌아보게 될 것이다. 이는 오직 나중에야 가능한 일이다. 그때쯤이면 새로운 인식의 수준들을 통합할 수 있어 지금 너에게 정말 무슨 일이, 왜 벌어지고 있는지 이해할 수 있을 것이다. 그런 깊고 분명한 통찰이 지금은, 또 앞으로도 당분간은 힘들겠지만 모든 안개가 걷히는 때가 올 것을 기대해도 좋다. 그때 너는 안식과 평화를 누리며 새로운 방향과 새로운 수준의 관심을 포용할 것이다. 그런 일은 지금 거친 길을 통과하지 못하면 불가능하다.

네 옆에서 많은 사람이 너와 같거나 다른 경험을 하며 여행하고 있을 것이다. 너나 그들의 과정을 심판하려는 경향은 최대한 억제하는 게 좋다. 왜냐하면 너희 모두 **하나임**으로 향한 각자 고유의 개인적 여행을 완수하는 일에 최선을 다하고 있기 때문이다. 그리고 모두 현재 수준의 진리를 초월하기 위해 각자의 능력을 최대한 높이는 쪽으로 설계된 개인 경험 프로그램 안에서 싸우고 있기 때문이다.

이 생에 갖고 들어와 짊어지고 가야 할 짐의 정도는 모두 다르다. 그리고 모든 에너지가 갖고 다니기 마련인 독을 모든 가능한 수준에서 해독해야 하는 과정을 건너뛰는 지름길을 가는 사람도 없다. 너희는 각자 그리고 모두 육체적·정신적으로 세포를 정화하는 과정에 있다. 이 과정을 통해 너희는 살아 있는 인간으로서 인간 본연의 능력을 완전히 되찾아 일어설 것이다. 너희 모두는 각자의 예정표에 따라 각자의 방식으로 인간성 회복의 잠재성을 깨닫고 있는 중이다.

네 옆에서 여행하고 있는 형제자매들이 그들이 생각하는 방식으로 그들의 경험을 해 나갈 수 있게 축복해 주어라. 너의 길에서 네가 깨닫고 이해한 것으로 다른 사람의 과정을 감독하려 들지 마라. 너는 너의 여행만을 위해 여기에 있는 것이다. 서로를 향한 넘치는 동지애가 때로 푸근할 수도 있겠지만 너희들 각자는 각자의 '진실의 순간' 속에서 혼자만의 비행을 하고 있다.

인식 전환 여행을 하는 동안 너는 기준점으로 작용하는 이 세상에 거듭 '착륙'할 것이다. 때로 네가 겪었던 비슷한 상황에 처한 채 인식 전환 여행의 본질을 이해하려고 애쓰는 동료 존재들을 보게 될 것이다. 하지만 그때 너는 본질적으로 네가 겪어 왔던 길을 다시 돌아보는 너만의 성지순례를 하는 것이다. 너는 에너지가 불안정한 상태로 다양한 현실들 사이를 종종 건너다닐 테지만, 그렇다는 사실조차 알지 못할 것이다. 하지만 너는 지금 그런 불안정한 에너지를 안정시키고 네가 '너의 삶'이라고 인식하는 현실에서 그 에너지를 좋게 이용할 방법을 배우고 있다.

늘 변하는 눈앞의 풍경 속에서 중심을 잡는 것, 네가 획득해야 할 기술이 바로 그것이다. 네 인생이 '정상으로 돌아갈 것'을 기대하지 마라. 이 여행의 대장정을 시작했을 때부터 네가 마음먹은 것은 그것이 아니다. 네가 지금 들어가려고 준비 중인 현실들에서는 '정상'이란 아무 근거가 없는 개념이다. 앞으로는 매 순간이 마치 마법처럼 변할 것이고 삶이 결코 예전 같지 않음을 알고 그 안에서 평화를 느낄 것이다.

06

지구에 사는 모든 생명체의 세포 구조 속에서 현재 의미 있는 변화가 일어나고 있다. 그 변화의 최종 결과가 바로 너희 에너지 지문의 가속화된 버전으로서의 의식이 물리적 형태 속에서 온전히 표현되는 것이다.

당면한 인식 전환 과정을 거치더라도 너의 중심 본질은 바뀌지 않는다. 오히려 강화되고 확장되어 이전보다 한 옥타브 높은 방식으로 표현될 것이다. 네가 앞으로 미묘한 인식들을 더 많이 알아챌 것이기 때문에 인식 전환 과정을 위한 무대는 점점 더 커질 것이다. 그 무대 위에서 네 에너지가 다른 다양한 생명체들과 조화를 이룰 것이다. 내면의 본질을 볼 때 그 다양한 생명체들과 너는 사실상 다르지 않다. 그 내면의 본질이 진정한 '너'다.

'깨어난' 사람들 대부분이 현재 그런 인식 재통합의 과정 속에 있다.

그리고 이러한 과정의 징후들과 싸우는 대부분의 사람들이 물리적 형태의 틀 안에서 그러한 구조로부터 해방되는 열쇠를 발견한다. 물리적 육체에 지배 받는 인간은 자기 인식에 한계를 가질 수밖에 없지만, 그런 육체로 인한 인식의 한계가 바로 그 한계를 완전히 뛰어넘는 자기 인식을 위한 토대이기 때문이다. 모든 한계를 초월하고 싶다면 육체적 현실을 부인하지 않고 포용해야 한다.

네가 찾는 진실은 너의 육체적 감각이 그렇다고 보여 준 존재의 상태를 정신적으로 부인하는 곳에 있지 않다. 진실은 오히려 그런 육체적 존재의 상태를 온전히 인식하는 데서 찾을 수 있다. 그때 너는 한계 없는 전체성을 구현하고 그 축복 받은 상태, 즉 '본래의' 너를 인식할 것이다.

그러므로 '나의 몸은 내가 아니다.'라고 믿는 사고방식은 잘못된 것이다. 너의 몸은 매우 너 자신이다. 너의 생각들도 매우 너 자신이다. 너의 의심과 두려움도 매우 너 자신이다. 너의 꿈들도 매우 너 자신이다. 너의 이루지 못한 갈망도 매우 너 자신이다. 너의 한계 즉 너의 육체적 정체성을 뛰어넘겠다는 너의 정신적인 기대도 매우 너 자신이다. 그리고 동시에 너는 매우 가속도가 붙은 에너지의 구현이다. 그 에너지는 인식 전환 과정의, 시간을 초월한 완성을 향해 치솟고 있다. 그 과정 속에서 너는 현재 너의 모든 것, 과거 너의 모든 것, 미래 너의 모든 것을 **하나임**의 동시적인 표현 안에서 재통일할 것이다.

그 통일로 향한 여정 속에서 너의 정체성과 육체를 포기해야 할 것이라는 잘못된 생각이 근래 너의 문화에서 유행했었다. 그러나 이 과정의 시작에 있는 네가 이 과정의 정점에 있는 '너'와 전혀 다르지 않다. 변화는 하나의 한계를 또 다른 한계로 대체하는 것이 아니라 진정한 '너'의 모든 것을 아는 확장된 인식을 갖는 것이다. 너 자신은 현재 네가 알고 있는 '너'의 정체성이 포기된 것으로 인식한다면, 그것은 '너'가 매우 중요한 부분을 차지하고 있는 **하나임**의 전체성이 전체적이지 못하다는 한계를 드러내는 것이다.

너는, 혹자들이 주장하는 것처럼, 네 상상이 꾸며 낸 것이 아니다. 너의 현실은 단지 꿈이 아니다. 너의 세상 또한 우연의 장이 아니다. 많은 사람이 빠르게 변하는 세상 속에 우연히 걸려들었다고 생각하지만 말이다. 네가 있는 차원의 전반적 세상과 연결된 너의 개인 에너지의 진동이 가속도가 붙으면서 네 현실이 네 선택의 결과를 눈에 띄게 많이 반영하게 되었다. 어쩌다 생긴 일에 희생자가 되었다 믿으면서 자신을 속이는 사치를 너는 더 이상 부릴 수 없다. 생각했던 것이 지금 점점 더 빨리 현실이 되기 때문에 그 모든 현실을 네가 창조했다고 믿을 수밖에 없다. 그런 깨달음이 들면 원하는 일을 취사선택해 일어나게 할 수도 있다는 생각도 들 것이다. 육체적 환생의 진정한 과제는 그런 기회가 너를 통해 현실로 드러나게 하는 것이다.

이 생에서 너의 육체로 경험하고 싶은 것이 무엇인가? 이 여행에서 너무 무거워 그만 내려놓고 가고 싶은 것은 무엇인가? 정말로 어떤 사람이 되기를 원하는가? 모든 것이 가능함을 알았으면 의미 있는 선택을 할 수 있다. 그와 동시에 그 선택에 대한 책임도 끝까지 질 수 있다. 너는 창조자임과 동시에 창조물이 될 것이다. 그리고 심은 씨앗이 네가 원하는 대로 모두 실질적인 수확으로 이어짐을 볼 수 있을 것이다.

하나임으로 향한 너의 여정이 빨라지면서 육체적 존재로서의 너는 다양한 경험을 할 것이다. 너는 좀 더 높은 차원의 존재에 어울리는 좀 더 높은 의식을 소유하게 될 것이다. 네 고유한 존재의 좀 더 높은 측면들과 만나 어우러지게 되면 '여기'서의 너의 경험도 좀 더 높은 측면의 영향을 받을 수밖에 없다. 너의 현실이 네가 생각하는 '지금, 여기'에 남아 있더라도 그 현실 안에서 네가 생각하는 네 자아의 크기는 이미 확장된 것이다. 본질적으로 너는 너만의 높아진 의식을 '여기'서 구체적으로 드러내면서 동시에 여기 다음 수준에 에너지적으로 존재하는 것이다. 그 과정에서 너는 전체성, 즉 너의 에너지 균형에 한 발짝 더 다가갈 것이다.

마찬가지로, 너만의 부서진 의식 조각들을 네 진정한 자아에 통합시킬 때 네 존재의 그 조각들이 '너'의 고양된 관점을 취할 수 있게 될 것이다. '네'가 존재하는 모든 차원에서 동시 발생하고 있는 에너지 추진력이 네 모든 자아의 측면들을 끌고 가고 있기 때문에, 그 모든 자아의 측면들도 '고양된 의식'의 확장된 관점을 구현할 수 있는 것이다. 그렇게 다 함께 '상승'이라 알려진 추진 에너지의 부분이 되는 것이다.

너는 이미 상승 과정 안에 안착해 있다. 상승은 '사건'이 아니라 추진력이다. 이는 어느 순간 특정 개인에게 '일어나고', 그때부터 즉시 그 사람의 현실이 달라지는 그런 일이 아니다. 상승은 단계적 전환이다. 의식의 전환이고 전망의 전환이고 에너지의 전환이고 조율 기술의 전환이다. 상승은 진정으로 존재하는 사람과 의식적으로 제휴하고, 그 결과 인식 전환의 전체 과정에 대한 증거를 보고 그 과정에 더 완전히 참여하는 것이다.

상승은 보편적 활동이자 갈망이고 고군분투이자 안도이고 내맡김이다. 상승은 육체 여행의 즐거운 클라이맥스다. 상승은 '네게 일어난' 뭔가가 아니다. 상승은 '네가 시작한', 네가 통솔하고 완전히 경험한, 네가 떠나는 진화의 여행이자 그 과정이다. 너는 상승의 전환을 위해 오랫동안 준비해 왔고 이미 마쳤다. 그래서 너는 지금 완전히 의식적으로 여행의 클라이맥스에 참여할 수 있는 지점에 와 있다.

현재 변태 과정 초기 단계들을 거의 완수한 사람이 많다. 대개 완수하기가 매우 고통스러웠을 것이다. 의식의 밑바닥까지 내려가 그동안 깊이 숨겨 왔던 부정적 사고의 패턴과 정체되어 있던 에너지들과 대면했을 테니까 말이다. 억압된 감정, 부정적 경향, 습관적 행동들, 중독, 자기연민 같은 문제들이 고스란히 수면 위로 떠올랐겠지만, 그 결과 너희는 너희 육체 안에 숨어 있던 좋지 않은 에너지의 증거들을 조사할 수 있었다.

너는 자가당착적인 패턴을 깨기 위해 네 고유한 의식의 고양된 측면들과 함께 많은 준비를 해 왔다. 그리고 결실을 맺을 때가 다가오면서 앞으로 해야 할 일도 많다. 고급 단계에 이르면 에너지가 매우 예민해지는데 그 상태에 안이하게 대처해서는 안 된다. 전혀 문제없을 것 같은 경향들이 엄청난 결과를 부를 수 있고, 그런 일을 당하면 자칫 그 경험의 의미를 분석하는 일에 빠져들어 앞으로 나아가지 못할 수도 있다. 또 네가 삶이라 부르는 드라마를 똑바로 직시하기 위해 '반복 공연'이 불가피해질 수도 있다.

네 인생 주제들이 실질적 경험이라는 양탄자로 직조되는 실 같음을 너는 이제 거의 순간적으로 날카롭게 알아챌 것이다. 너는 예전에 경험했던 사건들을 회상하며 같은 실로 제조된 일관된 경험들을 선별해 같이 모을 것이다. 그리고 인생 주제 별로 경험하는 것들이 점점 진화해 감도 알아챌 것이다. 그리고 특정 종류의 경험은 그 기본적인 형태가 심지어 어렸을 때부터 반복되어 일어났음을 보고 놀라기도 할 것이다.

주요한 범주의 경험들의 성적표가 쌓이다 보면 그만큼 경험도 강하고 세련되게 진화하기 마련이다. 최근에 네가 목격한 문제들은 네가 일생 동안 해결하려고 노력해 온 문제들 중에 가장 통렬한 문제일 가능성이 높다. 그리고 그런 문제들은 앞으로도 한동안 계속될 것이다. 원칙적으로 이제는 이 과정을 완수할 단계에 거의 다다랐으므로 그런 문제의 경험들이 너를 옭아매지는 않을 것이다. 그런 경험들에 내재하는 '올가미'들을 비켜 가고 일생 동안 쌓인 감정적 조건화에서 자유로워지는 동시에 그 조건화의 '충전'으로 생긴 당면 문제들을 해결할 것이다.

그 정도의 초연함을 갖춘다면 큰일을 한 것이다. 그 과정의 마지막 단계에서 드러나는 시험을 통과하기가 매우 어렵기 때문이고 감정 충전이 급소를 찌를 경우 여기저기에 이미 장착되어 있는 '시한폭탄'이 터질 가능성이 높기 때문이다. 그런 경험에 맞닥뜨렸을 때 '촉발 요소가 작동되지 않게 하면서 드러난 주제를 인식한다면 기회는 있다. 감정적 '충전'이 야기하는 그런 사건들에 초연하게 대응할 정도로 진화하는 데는 시간이 걸릴 것이다.

결국 그 초연함이 촉매가 되어 너를 위한 완전히 다른 경험의 범주가 생겨날 것이다. 너희 각자 안 세포가 기억하고 운반하던 감정적 충전은 그때쯤이면 다 방전되고 너를 괴롭히던 일생의 문제들도 해결되었을 것이다. 더 이상 충전된 에너지가 없으니 그 충전이 끌어오는 비슷한 종류의 에너지 진동도 없을 테고, 그럼 비슷한 종류의 경험도 더 이상 하지 않을 것이다. 일단 습관적 반응 패턴(에고 중심의 감정적 반응)에서 벗어나 그 빈자리를 결과에 대한 습관적 무관심으로 채우면 인생에서 경험하고 싶은 것을 경험할 수 있는 존재의 상태로 바뀔 것이다.

여행이 진척되면서 너는 점점 더 경험자보다는 관찰자의 역할을 원하게 될 것이다. 그럼 네 일생일대의 강적을 연기했던 사람들이 네 가장 훌륭한 스승이 될 것이다. 가장 신랄하고 가장 가혹한 교류를 해 왔던 사람들이 사실은 네가 그 역할을 위해 정성스럽게 섭외한 사람들이다. 그들 대부분이 그들의 역할을 멋지게 해 왔음을 보게 될 것이다. 반대로 너도 갈등 관계에 있던 다른 많은 사람에게 촉매 에너지 역할을 해 왔다. 너의 독선적 행동조차도 그렇다.

이상적으로 말하자면, 인식 전환 과정에서 전체를 조망할 수 있는 능력이 절정에 이르면 너는 다양한 관점을 받아들이고 그 관점에 대한 책임도 질 수 있을 것이다. 인생을 살면서 한 가지 관점만 경험하는 것은 거의 불가능하기 때문이다. 너희는 인생의 주제 하나를 놓고 연기하는데 서로 상반되는 역할을 동시에 할 가능성이 크다. 그 주제가 야기하는 경험의 패턴을 인식하기 시작하고 자신이 가해자이자 동시에 피해자인 것을 볼 때는 심지어 즐겁기까지 할 것이다.

어떤 사람들은 개인 간의 교류 혹은 관계 속 어떤 것은 업에 의한 '숙명'이라고 말하고 너에게 그렇게 믿으라고 했을 것이다. 특정 문제에 대한 감정 에너지의 충전이 육체를 떠날 때조차 흩어지지 않은 상황에 한한다면 맞는 말이다. 여기서 '숙명'이란 개인 사이에 생겨난 특정 동의들이 해당 육체를 넘어서까지 이어진다는 뜻이다. 즉 그 동의들은 그 해당 주제와 함께 다음 생에도 계속해서 유효하다는 것이다. 그러므로 우리는 서로를 위해 그런 숙명적 역할을 맡았던 사람과 계속해서 같은 드라마에 빠져들게 되고, 마침내 그럴 필요성을 초월하게 될 때까지 같은 일을 영겁의 세월 동안 반복한다는 것이다.

흔히 '숙명'이라는 말을 쓰면서 우리가 자동으로 범하게 되는 오류는, 관계에 어느 정도 어쩔 수 없는 것이 있다고 접고 들어가고, 따라서 관계에서 내가 맡은 역할에 대한 책임감도 어느 정도 줄인다는 점이다. 하지만 '숙명적' 혹은 심하게 적대적이라고 말하는 관계를 통해 너는 축복의 상태를 이끌 기회를 잡은 것이다. 거듭된 생에서 같은 옛날이야기에 같은 역할을 부여받은 사람 각자는 모두 자신의 역할의 진정한 의미를 분명히 알고 있고 대사의 의미도 제대로 파악하고 있을 테니 말이다. 그때 상대의 적대적인 역할과 저급한 에너지 진동으로 반응하는 것 속에 내재하는 위대함을 인식하기 더 쉬울 것이다. 상대가 자라고 성장하기를 기다리며 고양된 수준에서 상대와 너 사이 분명히 존재하는 사랑을 허락한다면, 그것이 바로 숙명적 관계가 주는 선물을 받는 것이다. 숙명적 관계 속에 있는 각자가 바로 그런 역할을 선택했다. 그리고 그 각자는 선택으로 숙명적 드라마를 초월하고 교훈을 얻을 기회를 잡는 것이다.

그때 해당 문제에 '옳고자 하는' 마음을 없앨 기회가 그 모습을 드러낼 것이다. 해당 상황이 전혀 문제되지 않는다는 생각을 하게 되면 옳고자 하는 마음을 없앨 수 있다. 그리고 **하나임**의 관점에서 볼 때 문제가 아닌 것이 사실이다. 결과가 어느 쪽에 좋을지 전혀 개의치 않게 될 때 숙명의 적은 변화의 촉매자가 된다. 그럼 그 사람과 계속 관계를 맺을지 아니면 그냥 너만의 길을 평화롭게 갈지 선택할 수 있다. 네 인생에 중요한 사람들과의 교류가 야기한 문제들을 다 풀었는지 아닌지는 너의 인생에 가장 해로운 역할을 한 것 같은 사람의 안녕을 온 마음을 다해 정직하게 기원할 수 있는지 아닌지를 보면 알 수 있다.

숙적의 안녕을 진심으로 기원할 수 있는 마음은 전통적 의미의 '용서'를 넘어서는 것이다. 보통 사람들이 이해하고 말하는 일반적인 용서는 일종의 제스처로, 미래에 있을 문제의 소지를 의식적으로 없애기 위해 과거의 행동을 비난하지 않겠다고 빈말을 하는 것이다. 언뜻 생각하면 그것도 많이 애쓴 것처럼 보이지만 실제로 그런 노력은 독선적인 행동일 뿐 원하는 결과를 거의 이끌어 내지 못한다. 중요한 문제, 즉 해당 사건에 대한 그 사람의 자세는 그 용서의 과정에서 전혀 바뀌지 않았기 때문이다. 따라서 상대에 대한 부정적인 에너지가 충전되어 세포 속에 보관될 것이고, '용서'하든 않든 그 상대를 자석처럼 또다시 끌어들여 똑같은 주제의 똑같은 경험의 집중 포화를 받게 될 것이다.

그런 패턴을 끝내려면 상대의 잘못을 '용서'하는 것이 능사가 아니다. 용서해 봐야 에너지는 여전히 양극의 상태로 남을 것이기 때문이다. 오히려 문제 주위를 공전하는 '모든' 드라마가 만들어 내는 결과에 대한 관심을 완전히 내려놓아 편안해지는 것이 능사다. 잘못을 비난하네 마네 같은 문제를 둘러싼 '용서'가 아니라 결과에 대한 집착을 완전히 초월하는 것이다.

그런 심원한 상태에 이르면 맡은 역할을 충실하게 한 상대를 사랑이 가득한 마음으로 존경할 수 있고 아무런 방해 없이 앞으로 나아갈 수 있다. 그때 해당 문제와 관련해서는 더 이상의 에너지 충전은 없다. 그리고 똑같은 장면의 연기를 거듭하여 목격할 가능성도 줄어든다.

결과를 초월했다고 해서 하룻밤 만에 숭고한 무관심의 상태에 도달하는 것은 아니다. 약간의 연습이 필요하다. 하지만 사람들과의 일상적인 교류에서 패턴을 발견한다면 갈등은 점점 줄어들고 화합은 점점 늘어날 것이다. 지금은 모든 경험에 가속도가 붙은 시대이기 때문에 일생의 주요 문제들이 많이 그리고 빨리 해결될 것을 예측할 수 있다. 그리고 다른 옥타브의 경험이 출현하고 그것이 점점 큰 비중을 차지하다가 네 여행의 다음 장에 이르면 네 삶을 지배하게 될 것이다. '모든 창조물'과 네가 **하나임**을 인식하기 위해 계속되는 너의 여행 그다음 장 말이다.

07

- 의도의 힘
- 에너지로 본 세계 평화 처방전
- 세계적인 갈등 유발에 각자가 맡은 역할
- 모든 행동의 결과에 책임지기

존재하는 것은 바로 지금뿐이다. 앞으로 존재할 것도 그렇다. 네가 몸을 갖고 태어나서 경험하려 했던 것이 바로 지금이다. 바로 지금이 네 현실의 본성을 제대로 이해하기 위해 네가 기반으로 삼는 개념이다. 과거는 존재하지 않는다. 창조될 수 있는 것만이 존재한다. 그리고 창조는 원칙상 '바로 지금'만 가능하다.

네가 경험해서 알고 있는 대로, 너의 세상은 행동-반동(혹은 작용-반작용) 시스템에 기반을 둔다. 이는 원인-결과의 시스템이기도 하다. 그리고 시작과 끝에 기초한 직선적 인식 시스템이다. 그러나 사실 이 개념들은 네가 경험해서 알고 있는 것과 달리 모두 '존재하지' 않는다. 너의 인식은 일종의 측정 도구로 너는 그 도구로 의도를 어느 정도까지 실재 형태로 바꿀 수 있는가를 측정할 수 있다. 논의를 위해 잠시 형태는 접어 두자. 그럼 남는 것은 순수한 의도다. 그것이 '존재하는' 것이다. 의도가 창조의 본질이다. 의도가 나머지 모든 것의 기초다.

매 순간 너의 의도는 네 경험의 완전한 구현을 위한 무대를 만든다. 무작위로 일어나는 일은 없다. 누구에게든 우연한 일은 없다. 관념을 형태로 바꾸는 데 필요한 변치 않는 요소가 바로 의도다. 에너지 진동이 전례 없이 가속화한 이 시대, 즉 너의 현실 세상에서는 의도의 시작과 그 의도가 '형태'나 '사건'으로 구현되는 것 사이의 시차가 많이 짧아졌다. 의도와 구현 사이의 시차가 계속 짧아지면 그 둘 사이 연관 관계가 더 분명해질 것이다. 그리고 너희가 모두 마침내 고양된 에너지 진동의 범주를 경험하며 '상승'하면 의도의 구현은 즉각적이 될 것이다.

너희들 중에는 너희 현실 전체 에너지 스펙트럼의 가장 높은 곳에 존재하며 그 에너지를 반향하고 있는 사람들이 있는데, 그들은 머지않아 의도의 즉각적인 구현을 경험하게 될 것이다. 그런 능력에는 곧 엄청난 책임감이 뒤따른다. 그들은 그들이 처한 상황에 대해서는 물론이고 다른 모든 사람들이 경험하는 현실에 대한 책임도 져야 하기 때문이다.

거대한 변화가 일어나는 이 시대에는 그 변화에 상응하는 의식의 전환이 요구된다. 너희는 모두 구시대적 의식에서 벗어나 다가오는 세상에 적합한 의식 구조를 겸비하려 하고 있고, 더 부적절해질 구시대적 현실만 계속 구현하는 쓸모없는 대응 패턴들을 체계적으로 없애 나가려고 내면적으로 크고 작은 노력을 하고 있다. 다시 말해 너희 각각의 내면에서 인식의 급진적인 전환이 일어나고 있다. 그리고 전형이 바뀌고 있다. 일상의 매 순간 경험하는 것들에 대한 너희들의 반응에 기초가 되는 것이 바로 그 전형이다.

특정 자세를 고수하는 것이 중요했던 상황은 이제 덜 결정적인 상황이 되었다. 과거에는 모든 일에서 '옳아야' 했고 그런 시각을 어떤 일이 있어도 지켜야 했는데, 이제는 상대의 관점을 융통성 있게 받아들이며 조화를 이루는 것이 더 중요하다. 어떤 상황이든 상대를 이겨야 한다고 느끼는 것은 에고의 욕구 때문이다. 이 에고가 중심이 된 분리의 상태가 **하나임** 안으로 재결합을 이끄는 모든 동력을 약화시키는 최악의 요소다. 하지만 모든 창조에서 모든 에너지는 **하나임**으로 향하는 데 집중하게 되어 있다.

에고가 부추겨 습득한 반응 패턴에 대한 조건화한 집착을 줄이는 과정은 점진적이었다. 하지만 에너지 진동이 가속화한 이 시대에는 그런 시대적 변화와 잘 교감하는 사람의 경우 극적인 의식 전환이 가능하다. 교류는 더 강렬해져 그 과정에서 유발되는 감정들은 그런 교류의 요지를 굉장히 극단적으로 드러내게 되어 있다. 그 결과 대개 교류는 예상 가능한 행동의 과장된 캐리커처처럼 보일 수 있다.

그런 순간의 열기가 지나가면 '도대체 무슨 일이 벌어졌던가?'라고 의아해할 것이다. 그리고 특정 반응은 해당 상황과 전혀 맞지 않았음을 인식할 것이다. 원칙적으로 그런 알아차림을 통해 해당 드라마에 본인이 기여한 부분을 철저하게 조사하게 된다. 그리고 그 문제의 역동적인 드라마에 내재하는 진리를 보지 못하게 했던 에고의 자기 독선적 욕구로부터 벗어나 쉴 수 있는 시간을 버는 것이다. '옳고 싶어서' 치러야 하는 대가는 승리하고 난 후 진짜로 중요한 것을 잃어버렸을 때 명백하게 드러날 것이다.

너와 관련된 드라마의 다른 주요 연기자들은 내면으로부터 극단적인 감정을 경험할 것이다. 에고와 한계에서 비롯된 너의 조건화한 행동들을 자극하도록 만들어진 일상의 드라마에 잘 대응할 수 있게 준비하라. 부인(否認)의 회벽 속에 숨겨 두었을 네 에고의 마스크는 벗겨져야 하고 너의 주의 깊은 조사와 변형의 대상이 되어야 한다. 이 시대를 상징하는 그런 경험을 앞으로 많이 할 것을 기대해도 좋다. 그 경험들은 네 의식의 전환을 가속화하기 위해 고안된 것들이다. 너는 의식을 전환해 현실을 구현하는 너의 능력을 높이고 싶어 한다.

지금 네가 들어 보지도 못한 속도로 가고 있는 존재의 상태는 네 의도의 시작이 곧 의도의 구현이 되는 상태이다. 이기적 경향이 있는 사람이 그런 능력을 갖게 된다면 그 위험의 정도가 상상을 초월할 것이다. 그렇다는 것을 아직 믿지 못하고 거부하는 사람이 있다고 하더라도 그 사람은 그 상태가 오기 전에 각 단계에 맞는 극단적인 결과를 경험해 확실히 알게 될 것이다. 의식의 전환은 당사자뿐 아니라 모든 사람이 경험하게 되기 때문이다. **하나임**의 상태로 향하고 있는 추진 에너지는 모든 존재의 모든 의도가 서로 조화로울 것을 명령한다. 그 추진 에너지에 협조하지 않는 에너지는 그 부조화의 대가를 받을 것이고 급격하게 다가오는 현실의 척도와 보조를 맞추기가 매우 힘들어질 것이다.

주어진 에피소드에 대처하면서 행동을 합리화하는 자기방어기제는 특정 관계에서 결과를 통제하려는 본인의 욕구를 포기하는 데 걸리는 시간만 늘릴 것이다. 결국 조건화한 뻔한 대응을 자극하도록 만들어진 상황에 그대로 반응해 줄 필요는 없다. '지휘하고' 지배하는 지위를 유지하고 싶은 욕구를 떠나보낼 때, 그 욕구와 연결된 감정들의 에너지 '충전'이 풀리고 그만큼 교류의 강렬함도 잦아들 것이다. 그리고 갈등을 끌어들이는 에너지가 마침내 사라질 것이기 때문에 다시는 예전과 같은 정도의 강렬한 갈등은 생겨나지 않을 것이다.

기본적으로 우리는 지금의 에너지로 본 세계 '평화'를 위한 처방전을 말하고 있다. 요즘 너의 지구에는 너무도 많은 사람이 세계 평화에 대해 공허한 말들을 쏟아 내고 있다. 진정으로 세계 '평화'를 '창조'하려면 세계적 갈등을 조망하는 데서 한 걸음 물러나 그런 갈등을 재촉하는 상호 작용들의 진정한 모습, 즉 에너지의 현현을 인식해야 한다. 불화가 극도로 맹위를 떨치고 굽힐 줄 모를 때 상황을 호전시킨답시고 어느 허세 가득한 겁쟁이가 그와 전혀 다를 바 없는 또 다른 겁쟁이를 상대로 정면충돌을 일으키곤 하는데, 한마디로 헛된 짓이다. 최초의 적대적 에너지가 더 강해지며 따라서 더 적대적인 일만 계속 일어나게 된다.

지금 진행되는 세계적 상황의 배후에 있는 에너지를 전환하려면 무엇보다 그런 상황을 구성하는 에너지가 무엇인지 밝혀야 한다. 우리 모두는 현재 상황에 참여하고 있고 아무리 하찮은 역할을 하더라도 현재의 에너지 균형 상태에 기여하고 있다. '무슨 수를 써서라도 지배하고야 말겠다.'는 작심이 에고에 기반을 둔 분리의 진동 에너지를 계속 구현하고 그것이 모든 창조물과 함께 **하나임**으로 향해 나가고 있는 전체 인류 여정의 가속도가 붙은 에너지를 방해하고 있다. 세계적 갈등이라는 정체된 에너지를 풀 열쇠는 그 갈등의 '모든' 참여자 사이 상호 관계의 역동적 에너지를 전환할 필요성을 인식하는 데 있다.

모든 개인에게는 분리의 낮은 에너지를 유지하게 되어 있는 반응 패턴을 알아챌 책임이 있다. 자극에 약한 상대를 흥분시킬 민감한 반응을 삼가면 감정 에너지 충전을 방전하여 문제에 대한 서로의 이익을 조화롭게 해결할 조건을 만드는 데 도움이 될 것이다.

'승리'에만 눈이 어두워 나의 입장만 반복하며 '기름에 불을 붓지는' 않겠다고 계속 의식적으로 의도한다면, 상대의 에너지에 가능한 최고로 좋은 영향을 줄 수 있다. 전혀 호전적이지 않게 반응하고 있음을 알게 하면 적도 갈등을 더 고조시키는 에너지 도구에서 멀어지게 되고 나아가 네가 불러온 에너지를 받아들이게 된다. 갈등의 소지가 있는 문제라면 의식적으로 열심히 조심하는 것으로 미리 통제할 수 있다. 현재 세계적으로 많은 사람이 그렇게 문제 해결에 공헌하고 있다.

전체는 부분의 합일 뿐이다. 이 시대의 특징인 모든 창조물의 전체로의 재통합을 위해 현재 모든 종류의 자극이 총공격 태세를 갖춘 것도 그 때문이다. 많은 사람이 전례 없는 의식 전환을 경험하고 있다. 그 전환을 돕는 추진 에너지가 진실한 '행동'만이 변화를 이끎을 인식할 기회를 주었다. 마음으로부터 우러나오는 모든 말, 행동, 선택, 감정, 믿음으로 우리는 전체 에너지에 긍정적으로 기여한다.

에너지 측면에서 세계적 갈등은 우리 모두가 만드는 것으로 진실로 '모두에게' 그 책임이 있다. 그리고 '삶'이라는 모험을 공유하는 동료 존재 모두와의 모든 만남에서 서로 투사한 좋고 나쁜 에너지에 서로 책임지는 것으로 세계 평화를 향한 노력에 상당한 변화를 가져올 수 있다.

현재 너희들은 그런 마음가짐을 가지려고 노력하고 있으며 네 안에 있는 초월적 존재가 현재 앞으로 나아가면서 친구 삼는 것도 바로 그런 너희의 마음가짐이다. 지구 곳곳에서 벌어지고 있는 위태로운 상황이 네가 일상에서 함께 존재의 현실을 공유하고 있는 다른 모든 존재에게 영향을 주고 있음을 분명히 알아챈다면, 너는 바로 그 깨달음으로 모든 존재가 거미줄처럼 복잡하게 상호 연결되었음을 알아채게 되고 그럼 그 거미줄에 좋은 영향을 끼치기 시작할 것이다.

이제 세상에서 벌어지고 있는 일을 모른 척하고 그런 상황들이 너의 개인적인 삶에 직접적인 피해는 주지 않을 거라고 믿기 어려워졌다. 너의 차원은 이제 실시간 정보 같은 건 너무 쉬워서 이전의 문명들처럼 지구 곳곳에 무슨 일이 벌어지든 상관하지 않고 모든 사건에 대한 국제적 책임을 외면해 온 것 같은 일은 더 이상 통하지 않는다. 너의 문명은 그런 핑계를 댈 여유가 없다.

옛날에는 몰라서 그랬다고 치부할 수 있었지만, 세상의 상황에 대한 책임을 외면하는 사람들의 일반적인 경향이 이제 그렇게 쉽게 아무 문제가 없는 것으로 치부될 수 없다. 여기서 숨을 쉬며 살고 있는 너희들 모두에게 ('지금' 이 순간) 신성한 의도대로 세상을 창조할 능력이 있기 때문이다.

이제 막 시작된 시대와 함께 너는 놀랍도록 새로운 경험을 맞이하는 지점에 서 있다. 너는 인간 형상 속 신성을 드러낼 네 능력을 발휘하게 할 인식의 범주 그 경계 가까이까지 왔다. 너희 중 일부는 이미 그 지점 너머를 엿보았고, 원래 그래야 하는 대로, 함께 세상을 창조하라고 신이 준 능력들을 이미 인식했다. 그 능력에 한계란 없다. 네가 너의 것이라고 주장하는 것들만 한계를 가진다. 네 영역에서 모든 존재의 에너지적 '상승'과 모든 존재의 조화는 곧 같은 존재 상태를 뜻하고 그 상태는 계속 진화할 것이다. 그리고 세상의 모든 호흡과 모든 말, 모든 집단적이고 물질적인 의도의 그 축복의 손길이 그 상태에 영향을 준다.

네가 맡은 부분에서 그런 행동 하나하나가 의식적으로 촉발되게 두면 너는 의미 있는 공헌을 하게 될 것이다. 그런 모든 제스처 하나하나에 다른 생명체와 너의 연결 관계에 대한 깨달음을 반영하면, 그것이 바로 창조적인 행위이며 그런 창조적인 행위가 강화된 에너지 진동 충전을 불러와 모든 생명체의 집단적 의식 전환을 도울 것이다.

세상의 상황이 '통제 불능'이라는 생각에 현혹되지 마라. 사실은 매우 그 반대다. 상황은 아주 많이 '통제되고' 있다. 세상의 상황은 매 순간 이어지는 집단적 사고방식의 통제 아래 있고 그 사고방식이, 늘 진화하는 '지금' 이 순간에, 세상을 창조하고 재창조한다. 현재 네 세상에서 큰 싸움을 불러오는 불운한 조건들은 어쩌다 벌어진 일이 아니고 너희가 무고하게 당한 일도 아니다. 그 모든 조건들은 에너지로 설명 가능하다. 그 모든 조건들은 여기 모든 존재들이 서로 능력을 합쳐 에너지적으로 창조해 낸 것이다. 그리고 모두가 마음만 먹는다면 그 모든 것은 조금도 남김없이 모든 창조물의 이상을 반영하는 상태로 즉시 바뀔 수 있다. 그런 결과는 생길 '수' 있다. 그런 결과는 생길 '것'이다. 문제는 그 바뀌는 과정에서 무엇을, 즉 어떤 이상을 선택하는가다. 그리고 그런 이상을 경험할 것을 누가 결정하는가다.

모든 창조물의 합일을 이끄는 추진 에너지는 이미 진행 중이다. 그 추진력은 회피할 수 없는 진실이기 때문에 막을 수 없다. '사랑'의 힘은 그야말로 멈출 수 없기 때문이다. 사랑의 힘이 삶의 모든 인식 가능한 표현 속에 에너지의 본질 그 자체인 자신을 드러내고 창조함으로써 정말 말 그대로 막을 수 없을 것이다.

그 대신 우리는 극도의 아름다운 기쁨을 선택할 수 있다. 신성한 의도와 함께한 사람들이 가고자 하는 목적지가 바로 그 기쁨이다. 반면에 우리는 트라우마를 선택할 수 있다. 합일을 이끄는 에너지 추진력으로부터 분리의 구현을 선택한 사람들이 공동으로 창조하고 경험하는 것이 바로 트라우마다. 우리는 천국과 지옥 사이에 영원히 갇힌 사람처럼 어중간하게 살겠다고 선택할 수도 있다. 현재 세상을 바꿀 능력을 가지고 있음을 어느 정도 알지만 그런 본능적 의식을 존중하거나 일반적인 생각에 도전하지 못해서, 영원 같은 과거에 스스로를 옭아매는 사람들이 그렇다.

삶은 바람과 함께 춤추고 지구에 새로 태어난 모든 생명체의 숨소리 안에서 행복을 찾아 그것과 조화롭게 앞으로 나아가는 것이다. 그런 삶이 바로 창조의 춤이고, 그 창조의 춤이 지금 너를 부르고 있다. 네가 너의 세상이라 인식하고 있는 시간과 공간 속 이 교차로에서 지금 네가 구현할 수 있는 현실이 바로 그런 창조의 춤이고 창조의 삶이다. 그리고 바로 지금 이 순간만이 너를 가장 멀리까지, 그리고 목적지까지 곧장 데려다 줄 것이다. 이 순간, 바로 이 순간, 바로 지금.

08

- 인생의 화두를 위한 극단적 경험은 없다
- 대담하게 꿈꾸기
- 공허함에 직면하기
- 신념의 맹목적 도약 이해하기
- 다차원적인 전망 얻기

영혼이 깨어나 의식적 알아차림이 가능해질 때 영겁의 세월 동안 이어져 왔던 경험의 층들 덕분에, 주요 인생의 화두에 얽힌 일들을 반복적으로 끌어들였던 에너지 충전이 풀어지기 시작할 것이다. 물론 그 화두의 완벽한 해결이 임박했다는 것은 아니다. 완벽한 해결이 임박했을 때는 문제의 교훈을 전형적으로 드러내는, 특히나 통렬한 사건들을 제공하며 계속 이어져 오던 감정의 충전이 그 절정에 이른다. 그 문제에 대해 더 이상 아무런 의심도 남기지 않기 위해서다.

갑자기 극단적으로 불편한 상황에 빠져 그런 상황을 '깨달아' 문제가 분명히 보인다고 놀라지는 마라. 그런 드라마를 불러들인 사람이 바로 너다. 물론 의식적으로 그런 것은 아니다. 너는 분명 그런 일들쯤은 이제 완전히 벗어났다고 생각했을 것이다. 하지만 너의 에너지는 다른 말을 한다. 문제가 되는 사건의 역동성을 네가 아무리 명확하고 완전하게 알고 있다고 해도 네 안 에너지 영역에 여전히 존재하는 강력하게 충전된 감정 에너지가 그 주제를 탐구할 기회들을 또다시 만들어 낼 수 있다.

일생의 화두가 남긴 에너지 찌꺼기를 완전히 없애려면 인식이라는 백열전구의 불빛이 의식적인 정신 속을 환히 비출 때 터지는 '아하!'라는 한 번의 탄성만으로는 부족하다. 강력한 사건이 너도 모르게 다시 터졌을 때 그것을 영적 발전의 퇴보라고 생각하지 마라. 사실은 그 정반대다. 마음 중심을 의식하는 상태에서 관련 문제에 대해 잘 이해하고 있음에도 불구하고 네 스스로 그런 강력한 경험들을 다시 일으켰다는 것은, 곧 네가 그 문제 해결의 완성 단계에 와 있다는 뜻이다. 너는 그렇게 확신하고 충분히 편하게 받아들여도 된다. 너는 에너지 충전을 악화시키지 않는 방식으로 반응하고 싶을 것이다. 그 에너지 충전은 그동안 특정 문제를 끝내기 위한 과정 속에서 방전되어 왔다. 네가 걸어온 길이 얼마나 고된 과정이었는지 진정으로 알고 있기 때문에, 너는 초연함을 유지하고 그 계속되는 드라마를 끝낼 수 있는 네 잠재력을 극대화할 것이다.

스스로 삶을 만들어 갈 능력이 점점 강해짐에 따라 너는 더 이상 상황이 '어쩌다' 그렇게 되었다고 믿으며 자신을 우롱할 사치를 누릴 수는 없다. 스스로를 희생자로 만드는, 의식이 제공하는 '우연한 사건'을 이제 더 이상 우연한 것으로 치부할 수 없다. 거기에는 아무런 변명의 여지가 없다. 반동이 실제로 즉각적으로 일어날 때 네 가장 끔직한 악몽을 창조하는 데 바로 네가 가장 큰 역할을 했음이 분명해진다. 그런 초유의 통찰은 전체 서사를 조망할 수 있는 깨달음을 위한 무대를 만든다. 그럼 너는 너의 역사를 드러내는 분투와 승리의 양탄자를 짰던 실들을 볼 수 있을 것이다.

그런 조망이 가능해지면 너는 그 일부가 갖고 있는 부조리함조차 농담으로 즐길 수 있을 것이다. 그리고 이제는 너무나 명확해서 피할 수 있는 문제에 대해 그때는 왜 그렇게 무지하고 어리석었는지 놀랄지도 모른다. 그런 문제와 상황들이 더 이상 너를 '도발하지' 않을 때, 네 에너지의 갈고리가 무뎌지고 그럼 그런 일이 발생할 기회가 사라지는 상태가 만들어질 것이다. 그런 완성은 곧 새로운 경험을 위한 무대 장치이다. 인생 드라마의 에너지 찌꺼기를 전부 쓸어 내 버릴 때 너는 완전히 다른 종류의 모험을 창조할 준비가 된 것이다.

이 시대를 공유하는 너의 사랑하는 형제자매들과 함께 창조할 현실은 모두를 위한 최상의 결과라는 달콤함이 자동적으로 생겨나는 곳이다. 왜냐하면 다른 방식이 있을 수 없음을 모두가 알 것이기 때문이다. 이 자발적 창조의 상태에서 너희는 모든 상황에서 최상의 시나리오를 경험하기를 기대할 것이다. 그리고 그 기대가 현실이 되어 그런 경험을 하게 될 것이다.

그럼 우리의 질문은 현실로서 경험하기를 '원하는' 것이 무엇인가가 될 것이다. 무엇이 '가능하냐?'라는 질문이 아니다. 지금 상태로는 모든 것이 가능하다. 한계는 없다. 현실은 의지와 욕망의 혼합물(현실 창조의 행위 안에서 뭉뚱그려진 너의 의도, 기쁨, 열정)로서 구현된다. 삶은 완전히 새로운 전망을 가질 것이다. 이제 삶은 곧 마음이 원하는 대로 움직이는 에피소드들의 연대기가 되고 생득권인 즐거운 경험이 되기 때문이다.

의식 전환은 포착하기가 어렵다. 전환을 이루었음에도 늘 당연한 것으로 생각했던 장애와 곤경이 어찌어찌 더 이상 보이지 않게 되었음을 깨달을 때까지 자신이 실제로 한 모퉁이를 돌아섰음을 의식하지 못할 수 있다. 후퇴는 더 이상 걱정하지 않아도 된다. 그럼 후퇴를 창조하는 일도 멈추게 될 것이다. 걱정이 이런저런 형태로의 구현을 위한 토대이기 때문이다. 모든 일에 최적의 결과를 기대하고 고대하면 그런 결과가 실현될 수밖에 없다. 네가 이끌어 가고 있는 지금 세상의 조건에서는 고양된 의도의 즉각적인 구현이 곧 기준이다. 그 기준으로 모든 경험들이 측정될 것이다.

당연히 새로운 패러다임 속에서는 자유의지가 매우 큰 역할을 할 것이다. 너희들은 성공적인 일만큼이나 재난에 가까운 시나리오도 실현시킬 능력을 완벽히 갖출 것이다. 그리고 너희의 생각, 감정, 강도 높은 의도의 힘이 얼마나 대단한지 예민하게 알아차릴 것이다. 잘못된 의지나 부정적인 관심에 대한 집중이 즉각적으로 실현될 수도 있다는 것은, 에너지와 그 에너지의 해당 물질이 동시에 창조되는 세상에서 일종의 함정으로 작용할 수도 있다. 어떤 사람들은 그런 새로운 능력을 휘두르고 싶은 유혹을 느낄 것이지만 그것은 즉각적인 보복과 만나게 될 것이다. 그런 상황에서 얻은 교훈은 너무 혹독해서 쉽게 잊거나 무시할 수 없을 것이다. 그런 상황을 막기 위해 너는 지금 에고 중심 반응의 함정을 피하도록 고안된 반응 메커니즘으로 무장하고 있는 중이다.

네 세상의 에너지 진동이 전례 없는 속도로 가속화하는 동안, 의도를 즉각적으로 실현할 수 있는 잠재적 능력은 이미 앞으로 올 시대의 선구자 역할을 하고 있는 너희들 일부의 수중에 있다. 그런 너희들 각자가 하나둘씩 각각 인생의 화두를 해결하고 전체 에너지에 고양된 에너지의 상당량을 추가함에 따라 전체적 조건이 어느 정도의 수준에 올랐으며, 모두가 그것을 느끼고 있다.

일부는 그 과정에서 자신의 능력을 거침없이 펼쳐 **하나임**과의 동화를 경험할 것이다. 또 일부는 완고해서 **하나임**과의 연합을 열망하는 삶의 추진 에너지를 애써 되돌리며 더 힘들어진 조건들 속에서 분리의 시련으로 고통받을 것이다. 어쨌든 기념비적인 변화가 임박했음을 알아채지 못할 사람은 없을 것이다. 앞으로 다가올 시대에는 그 어떤 대단한 부인의 늪에 빠진 사람이라도 자신의 현실에 대한 책임이 자신에게 있음을 조금이라도 알게 될 것이다. 그것을 알지 못한 채 큰 사람이 될 수는 없다. 자신이 선택한 것의 생생한 실례가 바로 자신의 현실임을 모두가 인식할 것이기 때문이다.

즉각적 실현이라는 새 세상의 조건 속에서 우리가 하는 선택은 저급한 에너지의 실현을 뜻하는 어쩌다 생긴 일의 반영이 아니라 우리가 의식적으로 의도한 것이다. 육체적 형식 안에서 머리가 아닌 마음에 기반한 바람을 실현시킬 수 있는 능력은, 집단의 더 높은 이익을 반영하는 상황에서 의식적 실현을 위한 도구로 작용할 때 모든 개인으로 하여금 그 자신의 신성한 의식 안에서 자신의 개인적인 의지를 전체의 의지와 화합하게 하는 도구가 된다.

각자 그리고 모두가 자신의 행동이 집단에 영향을 미친다는 것을 명확하게 인지할 때, 그런 알아차림은 '존재하는 모든 것'에 고양된 관점과 조화로운 의도를 상당량 더하면서 모든 창조 과정에 기하급수적으로 반영될 것이다. 마찬가지로 사람들이 마음 중심으로부터 우러나오는 보편적 안녕을 위한 집단적 의도와 조화를 이루어 갈 때 집단의 그런 고양된 의도가 내보내는 에너지의 파장이 그 전체의 하나하나가 구현하는 것 안에 그대로 반영될 것이다. 사람들이 흔히 말하는 우리 하나하나가 '변화를 부른다.'라는 말의 뜻이 바로 그렇다. 정말로 너희 하나하나가 변화를 부른다. 네가 알고 있는 것보다 훨씬 더 그렇다.

갓 생겨난 존재 상태에서, 전체적인 관점과 모든 개인적 선택 사이의 균형을 유지하는 일은 어려울 것이다. 그러나 전체를 희생해 가며 개인의 이익이나 주장을 위해 선택할 경우 '분리'의 진동 에너지가 그 분리의 느낌을 강화하는 상황을 구현하는 데 기여할 에너지 배열을 만들기 시작할 것이다.

이기적인 해결책을 선택함으로써 너희는 분리가 중요 메시지로 드러나는 해로운 상황을 당하게 하는 조건들을 창조한다. 그런 에너지 악순환에 걸려들면 옛날의 믿음들 일부가 쉽게 재등장할 것이다. 그런 믿음들은 과거의 에너지 진동 조건 아래에서는 현재처럼 그렇게 빨리 사실로 구현되지는 않았을 것이다. 과거의 믿음들이 재등장할 때 너희는 새로운 패러다임 안에서 내려지는 모든 선택 속에 내재하는 중요한 메시지를 읽지 못할지도 모른다. 그 메시지는 합일의 에너지와 제휴했음을 반영할 수도 있고 **하나임**으로부터 분리되어 있다는 망상에 집착하고 있음을 반영할 수도 있다.

마침내 초점이 분명해질 것이다. 각각의 교차로에서 너희가 선택한 것들은 모두를 위한 최선의 표현이었음이 드러날 것이다. 모두를 위한 최선을 행하겠다는 생각을 유지할 때, 보편적인 최고선에 기여한다고 개인적으로 손해 볼 일은 절대 '있을 수 없다.' 네가 네 경험을 창조하는 방법에 대해 네가 알고 있는 것을 증명하며 그 원칙을 모든 교류에 적용함으로써, 그 모든 교류에서 가능한 최고의 결과를 계속 구현하고 반영할 새로운 표준의 조건화한 반응이 작동될 것이다.

너희 각각이 네 현실의 진정한 성격과 주어진 순간의 마음가짐을 바로 드러내 기념하는 상황들을 창조하는 일에 착수하는 방법을 알아 가면서, 너희는 삶의 상황에서 한 걸음 물러나 전체를 조망할 능력을 얻을 것이다. 원칙적으로 그런 조망은 너에게 주어진 경험의 범주 속 너의 역사에 대한 조망이지만 동시에 네가 향하고 있을 곳에 대한 너의 포부와 꿈에 대한 조망이기도 하다. 가능한 최선의 결과가 너를 위해 실현될 예정이라면 말이다.

네가 정말로 열망하고 꿈꾸는 것을 스스로에게 열린 마음으로 대담하게 그려볼 '사치'를 허락한다면, 네 마음이 원하는 그것이 실현되게 하는 에너지의 요인들이 작동하기 시작한다. 봉지에 싸서 보관하고 있던 한계 없는 비전을 자유롭게 표출하지 않는다면 원칙적으로 그 비전은 현실이 될 수 없다. 마음이 진정으로 원하는 것을 '가질' 수 없다며 스스로의 가치를 폄하하는 사고방식을 갖고 삶을 살아갈 때, 다시 말해 네 에너지가 실망의 두려움을 무릅쓰고 네가 진정으로 원하는 것이 무엇인지 감히 물어보지 못할 때 실망하게 될 것은 불 보듯 뻔한 일이다.

깊이 갈망하는 일이 이미 실현된 상태를 타협 없이 대담하게 상상한다면 너는 네 인생의 상황들이 급격하게 바뀌는 경험을 하기 시작할 것이다. 너는 너의 인생을 창조하는 사람은 정말로 바로 너라는 증거들을 보게 될 것이다. 너에게 가장 중요한 일에서 계속 실망만 안겨 주는, 한계를 전제하는 생각을 포기하는 위험을 감수한다면 너는 금방 그런 패턴으로부터 벗어나는 자유를 엿보게 될 것이다. 그리고 단조로운 에너지에 기반을 둔 생활에서 완전히 튕겨져 나오는 '맹목적 도약'을 한다면, 인식 전환 과정에서 전형적으로 생겨나는 여러 사건들의 반복을 상당량 피할 수 있을 것이다. '맹목적 도약'은 네 정신의 영역 안이 아니라 더 깊은 네 마음들의 마음속에서 발생하는 것이다. 네 마음들의 마음, 즉 네 에너지 존재의 중심에서 다음 탈 것이 너를 기다리고 있다. 그것이 마침내 너를 최종 목적지까지 데려다 줄 것이다.

네 마음속에 네가 갖고 다니는 한결같은 (타인과의) 연결성을 인식하고 그곳에 너를 위해 정박해 있는 사랑을 경험할 때 맹목적 도약을 향한 첫 번째 시험적 발걸음을 뗀 것이다. 신념의 도약은 부인이나 억압, 실제로 많은 사람이 느끼는 '공허함'에 대한 두려움에서 오는 것이 아니다. 그 공허함에 직면하겠다는 용기를 내고 공허함이 분리의 망상이 구현된 것일 뿐(사실이 그렇다.)임을 알 때 신념의 도약이 일어난다. 궁극적 두려움, 즉 삶이라 불리는 이 오디세이에서 실제로 '혼자'라는 두려움을 초월하려면 그 두려움에 완전히 항복할 필요가 있다.

너희들의 '신성 자아'와 나란히 오는, 두려움 없는 상태를 경험해 알기 위해서는 일련의 입문식이라 할 만한 일들을 겪을 필요가 있다. '단절'

상태에 대한 두려움이 실제 경험으로 구현되는 것은 사실 네가 스스로 창조해 온 망상적 장치의 결과에 불과하다. 그러므로 너는 그 반대를 증명할 수단도 갖고 있을 것이다. 가장 어두운 시기에 불가피해 보이는 절망스러운 비전을 거부할 것을 의식적으로 선택하고 그 대신에 결과는 어쨌든 너 자신의 가능한 최고선을 반영할 것임을 확신하면, 너는 정다운 신뢰의 장소로 향한 내면의 문을 열 수 있다. 그 문이 너를 집으로 이끌 것이다.

'신념의 맹목적 도약'은 태곳적부터 있었던 말로 인류 역사를 통틀어 모든 문화가 알고 있는 개념이다. 하지만 대부분 현실성 없는 조롱거리쯤으로 치부되어 왔다. 신념이 도약하는 그 '진실의 순간'에 필요한 것은 용기도 영웅주의도 아닌 완전한 초연함이다. 그리고 결과에 대한 모든 집착으로부터 해방된 항복이 요청된다. 최악의 두려움의 맨 가장자리에 선 순간 더 이상 아무것도 두려울 것이 없다고 느낄 때 마침내 흔들림 없는 항복을 할 수 있다.

지금이 너를 껴안고, 네 영혼이 깨어 있는 순간은 늘 비범한 진보의 과정을 거쳐 왔음을 인정해 줄 때다. 우리가 하는 말을 알아듣게 되었다는 사실 자체가 네가 이 다차원적 여행 속 가속도가 붙은 에너지와 기꺼이 어깨를 나란히 하겠다고 결심했음을 증명한다. 그런 일에는 굉장한 용기가 필요했음을 알아라. 기존의 가치관이 아무리 저항하더라도 계속 그렇게 마음을 여는 것으로 너는 상대적으로 덜 손상된 새 세상에서 두각을 드러내도록 정해진 사람들의 선두에 서게 될 것이다.

너는 지금 이 순간 너 자신이 속해 있는 모든 상황의 역동성 혹은 결과를 통제하려는 욕구를 풀어 주는 것으로, 사람들 대부분이 만들어 내고 오르기를 선택한 몇몇 산들을 우회할 기회를 잡을 수 있다. 집단 적 최고선의 구현을 의식적으로 '허락하는 것'으로 너의 의도를 의식적 으로 전환한다면, 너는 너 자신을 위해 가능한 가장 밝은 결과를 구축 해 낼 기회를 강화할 수 있다. 그렇게 함으로써 너는 영겁의 시행착오라 는 방해를 받지 않고 '신성 의지'의 구현과 함께 너의 의지도 구현할 수 있는 기쁨을 탐험할 존재의 상태를 확보할 수 있다.

네가 현재 애써 향하고 있는 축복받은 존재의 상태가 그렇다. 하지만 단지 분리를 구현하고 싶은 욕구를 포기하고, 온 마음으로 다차원성의 진실을 포용하고 다차원성과 너의 비전을 나란히 함으로써, 그런 축복 받은 존재의 상태를 힘들이지 않고 구현하는 것도 가능하다. 너만의 정 체성을 포기하라는 것이 아니다. 너희는 분명 자율성을 유지할 수 있다. 너희는 너희 존재의 전 영역을 알고 그 지식을 구현함과 동시에 네가 '너'라고 생각하는 육체적 형태를 한 개인의 페르소나도 구현할 수 있 다. 그러므로 변형 과정의 고양된 단계에서 너희는 사실 존재의 다차원 적인 스펙트럼 전체의 육체적 구현이 '될' 것이고, 실제 '너희들'이 바로 그렇다.

그런 존재의 고양된 상태의 현실에 마음을 여는 것으로 너희는 모든 단계의 정체성 각각을 구현하게 하는 인식을 가질 수 있다. 그 모든 단 계에서 너는 너를 '너'로 인식할 것이다. 그리고 구체적으로 드러나게 되 어 있는 깨달은 시각에 기반한 반응 메커니즘을 갖게 될 것이다. 너희 는 한편으로는 육체를 갖고 경험한 것으로 얻은 지식을 보유하고, 다른 한편으로는 진정한 다차원성에서 나오는 고양된 지식을 구할 것이다.

하나임으로 향한 길 여행자로서 최선을 다한다면 너희 모두 언제든 다차원적으로 기능할 수 있다. 그것은 주어진 많은 장애물을 뛰어넘고 '어느 날' 도착하게 되는 상태가 아니다. 우리는 지금 바로 얻을 수 있는 존재의 상태를 말하고 있다. 사실 너희들 중 많은 사람이 현재 때때로 그런 상태를 구현하고 있다. 많은 사람이 감각이 예민해져 마음 중심이 열리고 '연결되어' 일반적으로 경험하는 것을 넘어선 지혜와 집중의 단계와 어느 정도 조율하는 순간을 알아채게 되었다.

그런 특별한 순간에 좀 더 높은 알아차림을 구현하고 그런 상태에서 전형적일 반응들을 구체적으로 드러낼 정도까지 너희의 에너지 진동이 고양된 것이다. 그 순간에, 지금 말하고 있는 중요한 가르침을 이론적으로 완전히 이해하는 이로운 상태에 이르지 못할 수도 있지만 본능적 반응으로 그런 이해를 상호 교류와 사건들에 '적용'할 수는 있을 것이다.

확실히 지금 우리 말을 이해하는 사람들 대부분은 매우 드물게 명료한 통찰과 전망의 순간을 경험한 적이 있을 것이다. 그리고 대체로 심오하면서도 단순한 지혜를 툭 내뱉게 되는 경험도 했을 것이다. 그 순간 너희는 해당 문제를 극도로 명료하게 이해한 것이다. 그리고 너희는 나중에 '어디서 그런 지혜가 왔을까?'하고 궁금해한다. 왜냐하면 그 지혜는 의식적 정신을 초월한 것이기 때문이다. 그런 특별한 순간들은 지금 네 여행의 목적지 속 존재의 상태를 미리 맛본 것이다. 그 순간에 너는 깨달은 네 존재의 측면이 갖고 있는 고양된 관점을 구현한 것이다. 그 고양된 네 존재의 측면과 너는 점점 더 강하게 서로 묶이고 있다.

인식 전환 과정은 마라톤을 하고 난 후 마침내 통과하게 되는 명확한 '결승선'에 집중하지 않는다. 과정은 계속된다. 에너지 진동 안에, 그리고 그 에너지 진동을 수반하는 의식 안에 굉장한 비약이 있을 수 있다. 그리고 후퇴도 있을 수 있다. 이해한 개념을 새로운 지식으로만 그치게 두지 않고 내면에서 체화할 때까지 그 이해한 것을 삶에 적용할 기회가 계속해서 생겨날 텐데 그것이 후퇴로 비칠 수 있다. 하지만 이해한 것을 계속 일상에 적용할 수 있을 때 그 멋진 통찰의 순간들을 점점 더 뚜렷하게 구현할 수 있다. 그리고 마침내 생생한 인식의 수준이 바로 기준이 되고 존재의 더 '깨달은' 상태가 모든 것을 관장함으로써 너의 관점이 좀 더 높은 에너지 진동에서 견고해질 것이다.

그 심오한 통찰의 순간이 저급한 에너지적 반응을 보이는 사건으로 바뀔 수도 있다. 그리고 그때 너는 그 순간에 구현된 에너지 수준으로 반응할 뿐 그 에너지의 고양된 모습으로 반응하지는 못할 것이다. 그런 일시적인 후퇴에 자책하지 마라. 지금 네가 마음속 깊은 곳에서 노력하고 있는, 원칙들과 너의 완전한 통합은 앞으로도 계속될 점진적 과정이다. 지금 네가 겪고 있는 조건들을 이리저리 시험해 보는 것은 해당 문제의 원칙들을 너에게 완전히 통합하기 위해서다. 이해한 것을 적용하는 일은 일생 동안 해야 할 일이라 그 기회가 널려 있기 마련이다. 그리고 너희는 자신이 에너지의 더 높은 진동수와 '조율되어' 있는지 아닌지 '느낄' 수 있고, 언제 에너지 스펙트럼의 더 높은 끝에서 작동하는지 또 언제 그렇지 않은지 알 수 있는 장소에 분명 도착할 것이다.

네가 내리는 모든 선택과 만나는 모든 존재들을 통해 너는 일상에서 표현되는 네 능력을 강화한다. 고양된 원칙들이 너의 반응 메커니즘에 통합되고 문화적 조건화에 의한 '반사적' 반응이 사라지면, 너는 균형 잡힌 조화로운 상태로 나아갈 것이다. 그리고 그 상태는 그 흔치 않은 상태를 위험에 빠트릴지도 모를 만남의 서막일 가능성이 크다. 문제가 되는 만남으로부터 의식적으로 한 걸음 물러나고 타협적인 환경을 만드는 것이, 고양된 단계와의 에너지적 조율과 그런 단계를 계속 유지하는 능력을 강화하는 데 도움이 될 것이다. 너는 두려움이 아니라 자기애에 기반을 둔 새로운 자기방어법을 알아차릴 것이다. 또 그런 존재 상태의 신성함에 경의를 표하고 높이 살 너의 권리를 인식할 것이다.

너는 자아가 존중받는 상태를 그 무엇보다 우선하게 될 것이다. 그리고 내면이 조화로운 상태를 유지하는 것이 그런 상태를 약화하는 갈등과 부조화가 있는 문제에 관여하려는 경향을 누르게 될 것이다. 너의 관점을 앞세우고 타인이 그것을 받아들이게 하는 것보다 내면의 조화로운 상태를 유지하는 것이 더 중요하다고 느낄 것이다. 여유가 주는 평화로운 느낌이 더 중요하고 너는 '초연한 무관심'이라 부를 만한 반응을 자주 보이게 될 것이다.

그런 상태에는 간단히 말해 이권이라는 것이 존재하지 않는다. 일생의 대부분에서 큰 감정적 폭발의 '촉발 요소'로 작용했을 특정 문제에서도 그렇다. 이제 그런 문제는 부적절해 보일 것이다. 너의 시각은 이제 다른 사람의 선택에 초연할 것이다. 그리고 너는 이 여행에서 다른 사람의 문제에 간섭할 시간이 없음을 깨달을 것이다. 궁극적으로 그들의 선택은 그들의 것이다. 너의 문화에서는 많은 사람이 다른 사람의 행동과 선택에 영향을 미치기를 바라고 또 그것이 당연한 것처럼 되어 있지만, 그것은 지금 임박한 시대에 가장 중요할, 자아에 대한 집중을 방해하는 행동이다.

네가 '깨달아' 갖게 된 좀 더 나은 관점을 다른 사람과 나누고 싶을 수도 있지만, 상대가 묻지도 않고 나아가 그런 관점을 환영하지도 않으면 너의 지혜는 아무리 말해 줘도 소귀에 경 읽기가 될 뿐이다. 특정 문제에 네가 통찰을 얻었다고 해서 다른 사람도 그 통찰을 받아들일 준비가 되었다는 뜻은 아니다. 너희 각자에게는 각자의 시간표가 있다. 본질적으로 너희 각자는 각자의 독특한 여행을 하고 있다. 그리고 너희들 중 많은 사람이 그 여행을 서로 손을 잡고 같이하고 있다고 해도 특정 문제에 대한 깨달음의 타이밍은 해당 개인이 그런 이해를 완전히 받아들일 준비가 되었을 때만 온다. 그 전에는 절대 불가능하다. 너는 '단단한 벽'에다 대고 얘기하는 것처럼 느낄 수 있다. 그들은 네가 획득한 관점의 단순한 완벽성을 단지 볼 수 없을 뿐이다.

여행을 같이 하고 있는 사람들이 네가 새롭게 발견한 지혜를 포용하지 못한다고 해서 실망하거나 좌절하지 마라. 인간의 관점에 대해서라면 기대란 있을 수 없다. 너의 관점이 너만의 인생에 잘 적용될 때 진실과 사랑이 가득한 의도로 그냥 너의 관점을 드러내기만 하라. 그리고 상황이 그래서 네 진심의 씨앗이 상대의 비옥한 의식의 토양에 떨어진다면, 그때 너는 그 상대로 하여금 내면화 과정을 시작하게 하는 에너지 촉매자를 불러들이며 이론적으로 메신저로서의 역할을 할 것이다. 네가 드러낸 관점이 상대의 자유의지나 자유로운 선택권을 방해하는 것이라면, 그 메시지가 갖고 있던 에너지 충전이 운반 과정에서 흐트러져 버릴 것이며 그럼 상대는 진주가 될 수도 있을 그 관점을 전혀 인식하지도, 받아들이지도 못할 수 있다.

너의 관점이 더 우수하다고 아무리 확신하고 있어도 논의의 주제가 상대의 일생에 관한 문제라면 너는 절대 너의 관점을 관철하려 해서는 안 된다. 사실 너는 논쟁의 시도조차 삼가고 싶을 것이다. 다른 사람의 관심이 네가 보기에 아무리 왜곡되고 잘못된 것이라도 그 사람을 판단하거나 평가하는 일은 너의 일이 아니다. 네가 해야 할 일은 너만의 길과 너만의 인생 문제에 관해 얻은 너의 통찰을 유지하는 것이다. 그게 전부다. 혹시 가르치는 일을 하고 있어 사람들이 너의 가르침을 구하고 있는 상황이 아니라면, 너만의 '계시'에 관한 너만의 내면화한 주장은 누설하지 말고 너의 견해를 그들이 구하고 환영하는 상황이 올 때까지 남겨 둘 것을 강력히 조언한다.

곧 다가올 시간에 너는 매우 새로운 세상의 다양한 장면을 통과하며 여행을 계속해 나갈 것이다. 동시에 너의 새롭게 고양된 관점들 때문에 옛날과 다를 바 없는 풍경들이 극적으로 다르게 보여 마치 처음 보는 세상처럼 느껴질 것이다. 세상은 변하고 있다. 그리고 너도 그 세상과 함께 네가 상상하는 것보다 더 급격하게 변하고 있다. 네가 지금 해야 할 일은 타인과의 모든 교류와 모든 에너지 교환이 부를 수도 있는 반격에 의식을 집중하며 너만의 커져 가는 의식을 보살피는 것이다. 그렇게 함으로써 너는 전체에, 그리고 **하나임**으로 가는 길을 네 옆에서 같이 걷고 있는 친근한 동료 여행자들에게 가능한 한 최고의 공헌을 하게 된다.

09

- 인생 접시: 알레고리 하나
- 변화에 대한 저항 바로 보기
- 시대의 부름에 부적절한 삶의 방식
- 진정한 나를 반영하는 삶의 재창조

지금은 정말 원하는 것을 실현할 수 있는 상태를 상상할 때다. 다 가질 수 있고 다 할 수 있다면 어떤 인생을 원하는가? 처음부터 혹은 중간부터 다시 시작할 수 있다면 너의 인생 스토리는 어떻게 변할까? 너의 여행의 끝은 어떨까?

네 여행의 끝은 네 여행을 시작하기에 좋은 지점이다. 네 삶의 마지막 시점으로부터 이제 뒤로 가 보자. 너는 완벽한 삶을 살았다. 원하는 것을 다 이루었고, 희망한 대로 다 경험했고, 바라는 것을 모두 맛보았다. 물리적 세상 속 너의 '꿈'을 최대한 실현했다. 이제 너는 어떤가? 너는 마지막 숨을 토해 낸다. 마음의 눈에 전 생애가 파노라마처럼 펼쳐질 때 기분이 어떤가? 만족하는가? 네 인생 스토리가 죽음으로 절정에 이른 그 순간 행복한가? 싫은 마음이 조금이라도 들어 앞으로 나아갈 것을 방해하지는 않는가? 들여다보라.

지금은 꿈은 이루어진다 생각하고 꿈꿀 때다. 왜냐하면 꿈은 모두 이루어질 '수' 있기 때문이다. 네가 할 일은 무한한 가능성 속에서 무엇을 경험할지 선택하는 것이다. 거대한 테이블에 갖가지 음식과 달콤한 디저트가 그득하고 네 손에는 평균 크기의 접시가 하나 있다면 어떤 음식들을 담겠는가? 전부 다 먹을 수는 없다. 그리고 입가심으로 자극적인 음식을 너무 많이 먹어 입맛을 아예 잃어버릴 수도 있다. 하지만 어쨌든 모든 음식이 그곳에서 일종의 잠재적 가능성으로 너의 선택을 기다리고 있다. 이제 너는 어떤 경험을 의식적으로 선택하겠는가?

당연히 다음 질문은 '접시는 몇 번 채울 수 있나?'일 것이다.

원하는 만큼 채울 수 있다. 제한은 없다. 원한다면 매번 접시가 넘치게 채울 수도 있다. 단지 테이블 음식은 한 번에 접시 하나에만 담을 수 있다. 그리고 다시 테이블로 가 음식을 담고 싶을 때는 반드시 새 접시를 갖고 가야 한다.

접시에 있는 것을 다 먹을 필요는 없다. 예를 들어 과일을 한 접시 가져왔다고 치자. 아무리 달콤하고 맛있는 과일이라도 입안 가득 계속 먹다 보면 결국 맛이 약해지기 시작할 것이다. 그리고 좀 지나면 그렇게 많은 과일을 담아 온 것을 후회하며 먹지 않고 남기겠다고 생각할지 모른다. 그 순간 과일에 관해서만큼은 상당히 만족한 것이다. 하지만 또 다른 원하는 것이 있을 것이다. 양념이 그득하게 밴 음식을 갈망하며 다시 테이블로 향한 모험을 감행할 의사가 충분할지도 모른다. 하지만 남은 과일이 버려지든 버려지지 않든 그 과일을 담은 접시를 주방에 보낼 때까지 새 접시는 불가능하다. 그리고 이미 먹은 그 모든 과일을 소화시키고 양념 음식으로 그득한 접시를 다시 기쁘게 맞이하기까지는 약간의 '시간'이 필요하다.

원한다면 인생 접시 의식을 끝없이 되풀이할 수 있다. 너는 테이블로 갈 때마다 깨끗한 접시에 무한에 가까운 음식 조합을 챙겨 올 수 있다. 하지만 결국 너는 테이블 음식에 질릴 것이다. 너무 많은 주제를, 너무 많은 조합을 맛보고 만족한 너는 다시 테이블로 갈 필요성을 느끼지 못할 수 있다. 테이블 음식으로 향하던 한때 그토록 강했던 식욕이 이제는 사라졌다. 사실 너는 그 테이블에 전혀 가지 않고도 아주 행복하게 살 수 있음을 깨닫게 될 것이다. 테이블 음식을 모두 경험했기 때문에 너는 영양이 충분한 고요한 상태에 매우 만족할 수 있다. '그저 존재하는' 그 자체에 만족하는 것이다.

너희 중에 현재 바로 그런 존재 상태에 있는 사람이 많다. 영혼의 수준에서 그렇게 단지 '존재만 하는', 설명이 불가능한 기쁨을 맛보았기 때문에 테이블로 왔다 갔다 하며 또다시 상당한 '시간'을 낭비하고 싶지 않은 것이다. 너는 음식으로 가득한 접시와 접시 사이, 휴식과 소화를 위한 시간을 거쳤고 그 시간의 고요함(존재함, Isness) 속에서 그저 존재하기만 하는 경지를 이미 여러 번 맛보았다. 사실 너는 지금 음식이 꽤 가득한 접시를 앞에 놓고 거기 앉아 있지만 한때 즐거울 거라 생각했던 음식 탐험에 점점 더 시들해지고 있다.

너는 접시가 없을 때(그리고 테이블도 없을 때) 느꼈던 정체조차 모르지만 절대적으로 멋졌던 순간을 기억한다. 내면 어딘가에서 너는 그 '중간기' 존재 상태의 조건을 재창조할 수 있다. 그리고 음식으로 가득한 접시를 잠시 잊고 그 특별한 순간에 단지 '존재할 것'만을 선택할 수 있다. 결국에는 그런 존재함의 경험이 너무 만족스러워 접시가 있건 없건 존재함의 상태가 가장 중요해질 것이다. 그렇게 깨닫게 되면 이제 테이블로 가는 일이 끝났음을 영혼이 분명히 알 것이다. 엄밀히 말해 여전히 접시 하나가 손 안에 있기는 하지만 너는 그냥 '존재하는 것'이 얼마나 완벽하게 멋진 일인지 이해할 것이다.

그 상태에 도달할 때까지는 여전히 호화스러운 테이블과 마주할 것이다. 그리고 테이블 앞에 선 네가 매 순간 네 의지대로 다양한 것들을 창조하고 또 창조할 수 있다는 진실도 여전할 것이다. 먹기 싫은 남은 음식을 '꼭 먹어야' 하지 않는 이유는 단순히 그 접시에 담긴 음식 종류의 일부를 이미 맛보았기 때문이다. 남은 음식을 습관처럼 다 먹어야 한다고 강요할 필요는 없다. 골라 온 음식으로 가득한 접시를 먹고 싶은 새로운 음식으로 바꿀 기회는 항상 거기에 있다. 네가 원한다면 늘 그럴 수 있다. 왜냐하면 접시는 네 무한한 상상력의 소산이기 때문이다. 접시의 음식도 네가 상상한 음식일 수밖에 없기 때문이다. 그리고 네가 너의 현실을 구현할 능력을 완성하는 단계에 올라 네가 경험하고 싶은 것을 정말 모두 창조할 수 있게 되면, 접시 하나가 제공할 수 있는 음식은 무한대가 될 것이다.

인생 접시는 매 순간 내려지는 네 선택의 반영이다. 남들 눈에 접시가 꽉 차 보이거나 비어 보이거나 하는 것은, 네 존재의 현 상태에 영양을 공급하느냐 마느냐와 아무 상관이 없다. 소박하거나 비어 있는 접시를 보고 누구는 빈곤해 보인다 생각하고 걱정하거나 동정할지 모른다. 하지만 그 접시를 갖고 있는 사람은 방해 없는 여행을 선택한 것일 수 있다. 간소한 접시는 물질적 경험보다는 비물질적 경험이 삶을 더 풍요롭게 함을 그 사람이 이해했다는 뜻일 가능성이 크다. 물질적 세상에 살고 있는 다른 사람들과 달리 말이다.

그 정도 수준의 존재라면 당연히 쓸데없이 과한 선택으로 접시를 정신없게 하지 않을 것이다. 그 사람은 접시를 무겁게 하면 영적인 문제에 집중하며 여행하는 데 지장이 많을 것임을 어느 순간 깨달았을 것이다. 그리고 인간 경험의 최고봉까지 날아가게 하는 무한한 가능성을 주저 없이 탐험하기 위해 급진적인 선택을 했을 것이다. 근래에는 본능적으로 단순한 삶을 추구하고 실천하며 다른 사람에게 모범을 보이는 사람이 많아졌다.

여전히 변형의 중간 단계에 있는 사람들은 새롭게 깨달은 바가 있음에도 불구하고 그 깨달음을 복잡한 인생을 창조하는 동안 만들어 놓은 여러 현실적 연루와 어떻게든 통합하려고 갖은 논리를 만들며 씨름한다. 영적인 약진 직전에 있는 사람들이 그렇다. 그들은 순간이나마 그들 자신의 다차원적인 측면과 만났었다. 그 두 세상을 잇는 데서 터져 나오는 모순들을 통렬하게 느끼는 사람도 이들이다. 앞으로 이들도 삶의 방향과 관련해 내면의 지혜에 직면할 것을 예측할 수 있다. 그리고 반대로 자신의 정체성이라고 생각했던 복잡한 실타래를 해체하기가 힘들어 포기하는 사람도 많을 것이다.

너의 여행에서 소유물을 축적하는 행위가 열등한 짓이라고 말하는 것이 절대 아니다. 소유물은 육신 여행의 장신구들이다. 하지만 시대의 부름에 부적절한 삶의 방식을 유지하기 위해 진정한 자신이 원하는 것을 조금이라도 희생시킨다면 그 대가를 지불해야 함을 알아야 한다. 물질적 부를 위한 동기는 경쟁적인 사고방식에서 나오고 그 경쟁적 사고방식이 바로 에고의 현현이다. 그리고 성공하지 못할까 봐 노심초사하거나 성공할 것을 기대하고 희망하다가 성공했을 때 느끼는 흡족한 느낌도 에고의 현현이다.

그때 너는 아무런 열정도 없이 물질적 획득의 텅 빈 흔적과 함께 남겨진다. 열정이 바로 너를 있게 한 것이었다. 열정이 표현을 불러온다. 열정이 모두에게 힘을 주는 창조의 원동력이기 때문이다. 일상에서 살고 표현하고 창조하려는 열정이 없다면, 그 사람은 본질적으로 자신의 고유한 신성의 본질로부터 단절되어 있는 것이다. 그리고 모든 생명체와도 단절되어 있는 것이다. 연결을 위해 중요한 것은 네가 너의 인생 접시에 담고 있는 음식이 많고 적고가 아니라, 네가 그 선택한 음식을 통해 삶의 기쁨을 표현하고 경험할 수 있느냐 없느냐다.

지금 우리가 하는 말을 알아듣는 너희라면 인생에서 많은 시간을 소비하며 만들어 온 시나리오가 상상했던 만족감을 가져다주지 못함을 깨닫고 고민했던 경험이 있을 것이다. 하지만 그런 삶의 방식을 유지하기 위해 너무 많은 시간과 노력, 재료들을 투자하고 있고 그 결과 변화의 전망이 어두운 것도 사실이다. 영적 존재로서 네가 깊이 원하는 것이 물질적 추구에 기초한 화려한 삶의 방식을 유지하는 것으로 억압받고 희생될 때, 표출될 길을 찾고 있던 네 안의 에너지가 그 변화를 구현하기 시작할 것이다. 비록 그것이 너 자신의 의식적인 선택은 아닐지라도 말이다. 너의 에너지가 모든 창조물을 **하나임**으로 몰고 가는 고양된 에너지를 받아들이기 시작하면 물질 세상에서 분리를 위한 조건을 계속 구현하는 일은 불가능해진다.

삶의 기쁨이 구현되는 방식으로 삶의 초점을 전환하지 않으면, 네가 아무리 그대로 있고 싶어도 분리의 에너지가 연쇄반응을 일으키기 시작할 것이다. 쓸모없어진 물질적 연루에 목이 졸리는 상태에 '갇혀' 있음을 인식할 때 돌연 그동안 '카드로 만든 집'이 산산이 무너질 것이다. 그것을 예측할 수 있는 때가 바로 지금이다.

그런 극단적인 에너지 변형 시나리오는 존재의 상태에 맞는 삶을 적절히 선택하고 인식 전환 과정의 초창기부터 전환에 의식적으로 참여하는 것으로 완전히 피할 수 있다. 네 영혼의 진화와 보조를 맞추기 위해 벌어지는 에너지적 변화는 피할 수 없기 때문이다. 너는 진정한 네가 되어 가고 있다. 네 자신이 그것에 반대하고 기존의 현실에 도전하고 일어서서 인정받을 것을 주저하고 있더라도 말이다.

지금의 당면 과제는 진정한 네가 되는 순간에 '도달하는 것'이다. 네 앞에 놓인 임무는 네가 처한 상황을 평가하고 창조적 표현에 대한 너의 방식을 전면적으로 수정하여 창조의 표현이 네가 그 어깨를 나란히 하고 있는 고양된 에너지의 즐거운 반영이 되게 하는 것이다. 네 삶의 방식에 매우 근간이 되는 중요한 문제를 불러들여 조사하는 것이 인식 전환 과정의 한 부분이다. 근본적인 신념 구조를 인식하고 네 의식적 선택 아래 있는 네가 우선으로 생각하는 것들을 인식하는 것이 재구성

과정에서 기본적으로 필요하다.

스스로 이룩했다고 생각하는 것을 잃을까 봐 두려워하는 것은 오히려 지금의 에너지를 그렇게 잃게 되는 상황에 해당하는 에너지로 전환할 것을 강하게 종용한다. 무엇에 대한 것이든 상관없이 모든 두려움은 그런 두려운 상태를 불러오는 촉매이기 때문이다. 의도의 초점을 재조정해 의도가 삶 자체에 내재하는 가속도가 붙은 변화의 에너지와 제휴하게 하려면, 더 이상 좋게 작용하지 않는 에너지를 떠나보냄으로써 급진적인 새로운 방향을 위한 길을 만들 필요가 있다.

네가 지금 다시 정립하기 시작한 신념 구조는 현재 네가 겪고 있는 변형에 추진 에너지를 제공한다. 지금은 너의 중요한 신념들을 정직하게 조사할 때다. 인생에서 선택의 기로에 놓였을 때 의지하는 개념들이 여전히 정신적으로 신용할 수 있는지 없는지 알아보기 위해서다. 너는 사회가 네 의식에 새겨 넣은 것들의 상당 부분을 받아들이는 척했을 것이다. 그리고 네가 네 문화의 전형인 분리를 강화하는 숨어 있는 장황한 이야기들을 뒤로하고 존재의 일상적 혼수상태에서 벗어난 것도 의심할 여지가 없다. 한 사람이 얻으면 그만큼 다른 사람이 잃는다는 전제는 **하나임**의 조화가 성취될 때 반드시 극복되어야 할 이분법의 단적인 예다. 다가올 세상은 원칙상 모두의 노력이 모두의 선을 위한 것이 될 것이다. 다른 방식은 있을 수 없다.

자기중심적이고 근시안적이며 현재의 문제에만 골몰하는 사람들은 고양된 에너지 진동수와 마주쳐 그것에 통합되어야 할 때 중도에서 포기하게 될 것이다. 모든 의식의 합일을 위한 에너지 공세는 일부만 건드리고 나머지는 비켜 가거나 하지 않는다. 변화의 강력한 에너지를 받아들일 수도 거부할 수도 있지만 어쨌든 모두 자신이 선택한 결과가 구현되는 것을 느낄 것이다. 모든 존재가 그 잠재력을 완전히 발휘할 수 있다는 인식과 모든 존재가 연결되어 있다는 인식을 거부하며 자신의 완고함에 굴복할 수도 있지만, 어쨌든 모두 자신이 마주친 힘을 부인할 수는 없을 것이다. 일부는 그 힘을 신이라 부르고 존재하는 모든 것과 하나로 통합되는 기회를 향해 마음을 열고 자신의 본성을 최대한 발휘할 것이다. 그리고 일부는 자신이 처한 나쁜 상황을 불평하고 저주하고 타인의 탓으로 돌릴 것이다.

하나임의 에너지와 제휴하며 사는 사람과 분리되어 사는 사람 사이의 간격이 커질수록 두 세계 사이에서 타협하며 살기가 점점 더 힘들어질 것이다. 그리고 마침내는 사랑 가득한 포옹으로 너를 포함하려 다가오는 에너지에 반응하고 그 에너지를 받아들여야 할 것이다. 마음 깊은 곳으로부터 온 그 초대장이 인식 전환 과정의 시작임을 알아라. 그리고 내면의 알아차림을 나타내는 기쁨의 미소가 네 얼굴에 퍼져 나갈 때 너는 어떻게 알았는지는 모르겠지만 열정으로 가득할, 결코 끝나지 않은 여정이 시작되었음을 알게 될 것이다.

10

- 의식의 조수간만
- 결과에 대한 초연함이 부르는 힘
- 인생의 문제를 풀기 위한 타이밍
- 의도를 구현하고 업을 풀기 위해 에너지에 올라타기

네 고유의 여행에서 지금까지 얻은 통찰로 너는 지금 이 순간에 도착할 수 있었다. 여기 '오늘'이라는 시간과 공간의 교차로에서 인간 의식이 들숨을 쉰 채 곧 다가올 날숨을 침착하게 기다리고 있다. 그리고 바로 그렇게 들숨과 날숨이라는 호흡의 리듬이 네 존재의 다른 기능들과 조화를 이루며 생겨나고 또 생겨날 것처럼, 네 육체적 존재의 현실 또한 네 알아차림의 리듬, 즉 다가올 네 의식의 조수간만에 따른 창조의 들숨/날숨과 조화를 이루며 생겨나고 또 생겨날 것이다.

통찰의 순간은 강해졌다 약해지기를 반복한다. 수정같이 투명한 알아차림의 불꽃을 경험하고 그 아름다운 순간에 있을 때는 그 알아차림이 영원할 것 같지만, 그 통찰을 부여잡고 있어도 깨달음의 불빛은 교묘히 사라져 버린다. 그리고 너는 자신이 정말 깨달았는지 아니면 꿈을 꾸며 여전히 뒷길에서 헤매고 있는지 알고 싶을 것이다. 변형 과정이 격렬해지면 너는 십중팔구 그 두 단계를 동시에 경험하게 될 것이다.

깨달음의 과정은 확실한 경계가 있어서 그곳만 지나면 깨어나 완전히 변하거나 에너지적으로 상승하는 것이 아니다. 이 여행에는 많은 퇴보가 있을 수 있다. 여행의 출발선 상에 있다면 갑작스러운 퇴보도 충분히 가능하다. 위압적인 절벽 하나를 넘었다고 마침내 정상이 보인다며 스스로 등을 토닥이며 자족할 때 특히 그렇다. 삶에서 우리가 겪는 일들의 본성이 원래 그렇다.

성급하게 다 왔다고 생각할 때마다 그만큼 길은 길어질 것이다. 영적 성장은 목적지가 아니라 여정 자체에 집중하는 것이다. 그런 과정의 정점에서 **하나임**을 깨닫게 될 것이고 그런 깨달음의 상태는 네가 계속 반복 포용할 존재의 상태다. 그런 축복의 상태가 다시 손가락 사이로 빠져나가 버렸다고 그것을 '잃어버렸다'고 생각하지는 마라. 네 존재의 본질 안에서 그것을 '발견할' 기회가 다시 주어졌다고만 생각하라.

외부에서 유대감 찾기를 그만두고 내면의 원천에서 대답을 구하면 분리와 분리 사이의 간격도, 그때 찾아오는 가장 어두운 의심의 재표출도 점점 줄어들어 희미해질 것이다. 그리고 마침내 너는 네가 아는 것을 구현할 것이다. 너는 본질적으로 **하나임**이기 때문이다. 처음부터 쭉 그래 왔다. 그 기본적인 진실을 믿는 것에서 나아가 아는 것으로 바꿀 때 너는 그 진실을 탄탄하게 구현하는 것이다. 그 결과 너는 모든 시간 '모든 존재'와 연결되어 있음을 완전히 깨닫게 될 것이다.

네가 찾는 진실이 네 안에 있음을 알아라. 질문이 완성되기 전부터 대답은 그곳에 있었다. 지금 너의 마음이 원하는 것을 모두 갖기 위해 필요한 모든 일을 너는 구체적으로 실행해 왔다. **하나임** 안에서 모든 창조물과 합일하고 싶은 너의 가장 깊은 열망을 깨닫는 일을 아무도 방해할 수 없다. 너는 이미 그런 깨달음에 있기 때문이다. 일어날 모든 일은 이미 일어난 것이다. 그렇다. 그리고 영원히 그럴 것이다.

네가 '현실'이라고 알고 있는 시간과 공간에 대한 너의 착각을 인식하고 그 인식과 영원한 '지금'의 힘을 에너지적으로 어울리게 할 때, 너는 '존재하는 것'을 경험할 것이다. 그런 경험의 에너지 상태가 사그라지면 너는 깨달음의 상태가 교묘히 사라지는 착각 상태를 다시 한 번 경험할 것이다. 조수간만의 차이처럼 깨달음의 상태는 리듬을 타고 네 의식의 해변에 파도친다. 네 마음속 깊은 곳에 잠자고 있는 지식을 인식하라고 네 옆구리를 쿡쿡 찌른다. 마음속 지식은 변형 과정의 리듬에 따라 약해지는 것이 아니라 네 존재의 깊은 곳에서 같은 모습으로 존재한다.

서로 다른 밀물과 썰물의 두드러진 패턴을 알아차릴 정도로 존재의 상태를 충분히 경험했다면, 너는 착각에 물을 주고 뿌리를 내리게 하는 신념 체계의 엉킨 실타래를 풀기 시작할 준비가 된 것이다. 신성과의 연결성을 어쩌다 생긴 일이 아니라 명확하게 자각할 수 있을 정도로 맛볼 기회가 있었다면, 너는 그런 경험을 잡기 힘든 것으로 만드는 한계의 층들을 벗겨 원래의 너로 돌아가는 과정을 맞을 준비가 된 것이다. 변형의 격통에 있음을 자각하고 있는 사람들 대부분이 스스로를 발견하게 되는 때가 바로 이 과정에 깊이 들어갔을 때다.

너는 다른 존재와의 멋진 연결성을 확인하는 순간과 모든 일이 제자리에서 조용히 이루어지는 편안한 상태 사이의 상관성을 알아차리기 시작할 것이다. 그때 갑자기 무슨 일을 할 때마다 문제가 생길 수 있다. 그럼 의지가 꺾일 것이다. 아무리 노력해도 모든 일이 엇나가기만 하는 것 같을 수도 있다. 그것은 여행이 고급 단계에 들어갔다는 전형적인 표시다. 그리고 그것은 너의 에너지와 고양된 다른 에너지 진동수 사이의 조율이 안정권에 들어간 상태임을 나타낸다. 상실의 두려움 때문에 물질에 집착하는 경향이 있는데, 초점을 바꿔 내면이 가리키는 곳을 따르고 믿음으로 상실의 두려움을 초월하면 물질에 대한 집착을 떠나보낼 수 있다. 한계를 떠나보낸 자리가 곧 한계 없음이 실현될 자리다.

도박판에서 양쪽에 거는 것처럼 존재의 양쪽 상태 사이에서 곡예를 하면 과정은 길어진다. 부인할 수 없는 연결성을 인식하며 물질에 대한 집착을 떠나보내는 사람들에게 전환은 즉각적일 수 있다. 그런 전환이 이루어지고 실제 에너지의 안무가 어떻게 짜여 있는지 분명히 알게 된다면 물질적 한계를 초월할 기초를 다질 수 있다. 그런 깨달음의 단계에 있을 때 생각의 개시와 그 생각의 실현 사이에 연결성이 감지됨은 의심할 나위가 없다. 그리고 너는 너의 개인적인 의지와 창조의 리듬 사이에 존재하는 미묘한 조화에 집중하게 될 것이다.

네 개인적 에너지가 좀 더 높은 에너지의 반향과 조율하게 되면, 너는 현재의 에너지가 움직이는 방향을 쉽게 감지하고 그 현재의 가속도가 붙은 에너지가 데리고 가는 곳으로 나아가며 조화로운 결과들을 실현할 수 있다. 역경이 올 때 그 상황과 조화를 이루지 못하고 맞부딪쳐서 에너지의 힘을 막으면 결과는 덜 바람직할 것이다. 갈등은 함정이고 함정은 그냥 지나치는 것으로 빠지지 않고 보낼 수 있다. 저항과 마주쳤을 때 개인적 의지를 강요하는 경향은 곧 에너지의 폭락이며 좌절을 부르는 상황만 구체적으로 드러낸다는 것을 너는 배울 것이다. 그리고 너는 원하는 결과를 불러오기 위해 결과를 강요하기보다 너의 에너지가 창조의 조류와 조화를 이루게 하고 싶을 것이다.

그 과정에서 네가 완성해야 할 기술은 에너지의 파도를 타는 것이다. 다른 존재들과 연결된 상태의 순간 에너지를 인식하는 것이 네 눈앞에 나타난 상황들에 반응할 타이밍을 찾는 데 중요하다. 너의 에너지가 쇠퇴기에 있으면서 저항을 경험할 때 그런 상황에 직면해 문제를 키우기보다는 내면으로 들어가는 것이 좋다. 반대로 에너지의 쇄도를 느낀다면 그때가 행동을 시작할 때다.

그렇게 함으로써 에너지의 흐름에 원하는 결과를 얹고 에너지 추진력이 네 마음이 원하는 것을 구현하도록 허락할 수 있다. 결과에 대한 초연함은 나아가 더 고양된 결과를 실현할 능력을 강화한다. 가능한 최고의 결과가 나올 것이라는 믿음으로 삶에 접근할 때 그런 결과를 경험할 것이다. 두려움에 기반한 조건화가 선택을 방해하지 못할 때 조화 속에서 에너지 흐름을 더 잘 타게 될 것이다.

변형의 이 단계를 통과하고 진보할 능력을 기르기 위해서는 너나 남의 눈에 잘하고 있는 것처럼 비쳐야 한다는 생각을 버릴 필요가 있다. 이제 그렇게 심판하며 낭비할 시간이 없다. 너의 공연에 대한 기대는 페이스를 늦춰 버리기 때문에 이 단계를 통과해 앞으로 나아가는 데 방해가 된다. 역경이나 강렬한 감정이 다시 표면에 떠오른다고 궤도에서 벗어났다고 결론지어서는 안 된다. 그런 부정적인 에너지가 너의 영역을 '통과하게' 두고 네가 원하는 것의 실현을 방해하지 못하게만 한다면 문제는 더 빨리 해결될 것이다.

모든 상황에 '깨달은 자'의 모습으로 대응할 것으로 기대하고 그것에 집착하면 부정적인 에너지의 충전을 풀 기회를 막는 것이다. 감정적 반응을 마음이 먼저 걸러 내 자연스러운 반응 메커니즘이 발현될 수 없게 하면, 삶의 특정 문제에 여전히 남아 있을 부정적 에너지의 충전을 풀 때 자연스럽게 나타날 이점들을 포기하는 것이다. 위선 없이 상황에 그대로 반응하겠다는 자세를 견지하면 한결 쉽게 해당 문제를 풀고 끝낼 수 있다. 감정 에너지의 촉발 요인에 대한 반응은 그 타이밍이 중요하다. 긴 세월 축적된 감정 에너지의 경우 더 그렇다. 타이밍을 잘 잡으면 그 충전된 감정을 억압할 필요 없이 풀어 줄 수 있고 그럼 가능한 최고의 열매를 맺을 것이다.

마찬가지로, 갈등을 줄이려 특정 상황과 인물을 피한다고 자유로운 에너지의 상승이 따라올 수는 없다. 결국 너의 '약점'은 '반드시' 드러나야 하고 해당 에너지 충전도 풀려야 한다. 육체를 초월한 존재로서 네 최고의 잠재성을 깨달았다면 말이다. 남아 있는 부정적 에너지의 충전은 방전 기회를 호시탐탐 노리며 계속 나타날 것이다. 숨어 있는 문제들을 피하고 허울만 고요하게 유지하면 성장은커녕 오히려 퇴보할 것이다.

원칙적으로 말해 너는 네 삶의 드라마에서 중요한 문제들을 주요 연기자들과 함께 언제 해결할 것인가를 선택할 수 있다. 그렇게 선택했기 때문에 너는 긍정적으로 강화된 에너지를 갖고 닥친 문제에 직접 대면할 수 있고 그때 가능한 최고의 에너지 상태로 해당 교류에 공헌할 수 있다. 가속화한 에너지의 파도를 잘 탈 때 어떤 결과가 나올지 의식적으로 잘 알고 있다면, 네 삶의 드라마를 함께 만들어 가는 주요 연기자들과의 업이라 할 만한 문제들을 이상적인 조건 아래 최적의 결과를 드러내며 완벽하게 풀 수 있다. 갈등의 해결 혹은 갈등의 소지가 있는 문제 해결의 초대에 응하기 전에 네 존재의 에너지 상태를 점검한다면 너도 모르는 전생의 업이 몰아간 거친 파도를 제대로 항해하고 모든 관련 존재를 해변으로 안전하게 데려갈 수 있다.

너에게 선택권이 있음을 안다면 이 힘든 인식 전환의 과정이 좀 더 쉬워질 수 있을 것이다. 네 에너지의 조수간만을 잘 조율한다면 관련 존재 모두에게 고통을 주지 않고 네 남아 있는 감정의 불꽃을 풀 순간을 선택할 수 있다. 그런 마지막 해결에 초점을 맞추고 계속 의식한다면 너를 그 자리에 잡아 두고 앞으로 나아갈 수 없게 했던 에너지 충전을 풀면서 동시에 가속도가 붙은 긍정적 에너지를 유지할 수 있다. 마음을 다해 집중하며 에너지의 파도를 탈 때, 너는 가속 에너지의 조수에 갇힌 채 자기만의 개인적 역사의 폭풍우가 몰아치는 바다를 항해하고 있는 다른 사람들에게 등대가 될 것이다.

네 인생 드라마의 이런저런 상황들을 초월하고 합일의 에너지를 구현할 때 너는 네 고양된 에너지의 진동수와 조율한 것이고 그때 너는 네 옆에서 허우적거리고 있을 다른 사람을 도울 수 있다. 단순히 네가 있는 곳에서 그 순간 너로 존재하며 너의 진실과 너의 과정을 정직하게 나눔으로써, 너는 너의 여정을 함께하고 있는 다른 사람들을 도울 수 있다. 심판하려는 경향이 강한 다른 사람들을 위해 네가 걷고 있는 과정을 원점으로 되돌릴 필요는 없다. 네가 너여서, 또 **하나임**으로 향한 네 개인적 여행이 멋져서 미안해할 필요는 없는 것이다. 너의 인간적인 장점과 단점 모두, 네가 자각하고 있는 너의 성공과 실패 모두, 너의 어두웠던 시간과 빛나던 순간 모두에 꾸밈없이 솔직할 때 진정한 너의 모습인 우아함을 잃지 않고 불운을 헤쳐 나가는 빛나는 본보기가 될 가능성이 생길 것이다.

폭풍우를 한두 번 겪지도 않고, 또 헐떡거리면서 파도에 휩쓸려 해변으로 밀려온 경험을 한 번도 하지 않고 변형의 여행에서 빠져나온 사람은 없다. 살면서 인간이 겪는 일들의 본성이 원래 그렇다. 잔잔한 바다를 미끄러지듯 가뿐하게 항해하여 생채기 하나 없이 여행을 완수하겠다는 생각은 무모하다. 일이 되려면 그럴 수는 없다. 이 여행의 잠재력을 모두 깨달으려면 기회가 생길 때마다 배신을 일삼는 변화의 물 속으로 기꺼이 자신을 던져야 하면서도 마치 챔피언처럼 수영해 나올 능력이 네 안에 있음도 알아야 한다.

거기에 의심도 두려움도 후회도 없게 하라. 목적지는 이미 결정되었다. 여정도 정해졌다. 너는 예정대로 그 목적지에 도착할 것이다. 다른 방식은 있을 수 없다. 네가 선택할 것은 목적지로 가는 길에 경험하고 창조할 것들이다. 스스로를 속이며 준비가 안 되었다고 주장할 만한 어떤 명분도 없다. 해안을 떠난 지 이미 오래인데, 이제 와 또다시 변형의 바닷물에 발가락을 담그는 것이 안전한지 안 한지 궁금해할 필요는 없기 때문이다.

11

- 변화 에너지의 집단적 통합
- 전쟁, 기근, 자연재해 촉매자
- 여론에 떠밀려 나만의 진실을 유보하는 것

존재들이 깨닫는 데 정해진 패턴이나 방식은 없다. 어떤 사람들은 즉각적으로 깨닫는다. 고유한 인간 본질, 그 진실에 대면하는 순간을 최소화한 경우다. 그들에게는 그 깨달음 경험 자체가 '깨달음'의 최초 경험의 본질을 유지하는 데 필요한 증명으로 충분하다. 셀 수도 없이 많은 사건 속에서 조금씩 깨달아 가는 사람도 있다. 그들의 마음은 과정 속에 있으며 절묘할 정도로 단순한 진실의 본질이 때로 질문과 의심과 추상적 걱정의 빗발 속에서 모호해진다.

절대 비교하고 심판하려는 것이 아니다. 깨달음에 더 나은 방법이란 없다. 모두 '경험'일 뿐이다. 모두 **하나임**으로 가기 위해 네가 개인적으로 선택한 길이고 여행일 뿐이다. **하나임**의 관점에서 보면 네가 한 번만 진실을 맛봐도 되는지 아니면 빛이 더 이상 꺼지지 않을 때까지 수천 번 맛봐야 하는지는 중요하지 않다. 그것은 각각의 존재가 스스로 선택할 문제다. 세상에 똑같은 여행이란 없다. 그 누구도 어떤 사람의 길이 다른 누군가의 길이어야 할지도 모른다고 추측조차 할 수 없다. 다만 그 길 위에서 네가 겪은 개인적 경험을 다른 사람과 나눌 수는 있다. 너는 상대가 마음속 깊은 곳에서부터 배우고자 선택한 것만 가르칠 수 있다.

다른 사람이 여행하는 속도를 보고 자책하지 마라. 어떤 사람은 즉각적인 깨달음을 향해 가며 네 옆을 빨리 지나갈 것이다. 그리고 네 옆에서 걷고 있는 또 다른 사람은 네가 피한, 혹은 옛날에 빠져나온 웅덩이에 빠져 계속 허우적댈 것이다. 네가 더 잘났다고 생각해서는 안 된다. 그 사람은 특정 문제를 더 확실히 이해하기 위해 그 웅덩이에 자꾸만 다시 빠질 것을 선택한 것이다. 너의 길이나 그들의 길이나 그 모습 그대로 모두 더할 수 없이 완벽하다.

네가 얻은 심원한 관점을 유지하기 시작했다면 '무엇이 어떻다.'를 인식할 때 네가 더 이상 혼자가 아님을 또렷하게 느낄 것이다. 네가 얻은 그 심원한 관점 덕분에 기존의 너의 마음이 초월 상태에 들었기 때문이다. 기존의 너의 마음이란 삶의 프로그램들이 너로 하여금 그것들이 원하는 대로 반응하게 만들기 위해 특정 방식으로 조건화했던 것이다. 너는 이제 어떤 상황에서든 여러 면을 동시에 보며 전체를 조망할 수 있는 유리한 입장에 있다. 그런 '보기'가 '이해하기'를 뜻하는 것은 아니다. 이해하기는 '생각'의 현현이다. 그런 '보기'는 무엇이 어떻다는 것을 단순히 관찰하는 '알아차림'을 뜻한다. 그런 심원한 관점은 결과에 전혀 연연하지 않는다. 그 관점은 초연함을 표현하는 네 존재의 확장된 상태에서 나오는 다차원적 관점이기 때문이다.

더 높은 옥타브에 있는 네 존재는 네가 너의 현실로 보는 '지금 여기'에서 벌어지는 교류에서 대단한 결과를 기대하지 않는다. 그 옥타브의 존재들은 현재의 에너지 균형 상태에 상당량의 무관심을 추가할 수 있다. 달리 말해 너의 에너지가 고양됨에 따라 너는 확장된 관점을 갖게 되는 동시에, 상황과 어느 정도 떨어져 있을 때나 가능한 객관성을 허락하는 초연함을 얻을 수 있다는 뜻이다. 네가 거쳐야 할 과정의 일부이기 때문에 네가 자석처럼 끌어들이는 감정 충전 드라마에 흠뻑 젖어 있다면, 네 존재의 고양된 전망들은 네 에고가 활동하고 있는 한 활동을 중단할 수밖에 없다. 에고를 옹호하고 보호하려면 근시안적인 관점에 몰입하게 되고 고양된 관점을 멀리할 수밖에 없기 때문이다. 특정 관점에 쏟아붓던 노력을 중단하면 모든 드라마의 다면적 성격을 볼 기회를 잡을 수 있다. 그 기회를 통해 여전히 분리의 속박에 있는 자아의 태도를 바꿀 전망을 인식하게 될 수도 있다.

이 단계의 '이해'는 생각의 과정에서 태어난 것이 아니다. 배울 준비가 될 때까지 절대 배울 수 없는 것이다. 이 단계의 초월적 알아차림의 상태는 네가 네 고유 의식의 더 높은 장치로 전환하기 위한 에너지 조율을 마쳤을 때 자동적으로 올 것이다. 이 더 높은 알아차림의 수준에 있는 너는 현재의 너보다 덜한 '네'가 절대 아니다. 네가 '다른 누군가'가 되는 것도 아니다. 그 다른 누군가가 너이기 때문이다. 과정이 진행되면서 경험하는 속도도 빨라지고 지식도 매우 강력한 방식으로 분명해지기 때문에, 네 의식에 지워지지 않는 인상을 남기고, 그렇게 그 지식이

'그' 알아차림의 단계에서 가능한 유일한 진실이 될 것이다.

우리는 지금 **하나임**으로 향한 여행에서 경험하는 재통합 과정의 본성에 대해 말하고 있다. 고양된 수준의 '이해'를 알아채고 그것을 네 안에 통합하는 것은 재통합 과정의 부산물이다. 그리고 최종 결과는 너의 도움이 있거나 없거나 성취될 것이다. 네 본질 에너지의 조각난 측면들을 모아 재통합하는 일은 인간이라면 누구나 완수해야 하는 일이다. 다만 그 과정에서 고통이나 질병, 불편함을 경험하고 안 하고는 너의 선택에 달렸다.

살면서 쓰게 되는 물질들(분리의 기념품 같은 것들)에 집착할 때 의식 해체 과정은 큰일이 되고, 해체 과정이 실제로 구현될 때 당사자는 극단적인 불편함을 감수해야 할 것이다. 과정을 위한 추진 에너지에 모든 것을 맡겨라. 인식 전환 과정은 분명히 '인생보다 큰' 개념이기 때문이다. 그럼 변화의 과정을 쉽게 통과하고 고양된 존재의 상태를 깨달을 때 엄청난 기쁨을 느끼게 될 것이다.

지금 네 앞에 놓여 있는 조건들과 선택들이 그렇다. 너는 네 본질의 모든 측면에서 **하나임**이기 때문이다. 너는 매 순간 미묘하게 변하는 '삶 에너지'를 매 순간 구현한다. 너는 '존재하는 모든 것'과 재결합하기 위해 모든 창조물과 합일하기를 열망하는 추진 에너지의 육체적 표현이다. 그리고 그 에너지는 어떤 한 사람, 혹은 모든 사람의 다른 생각, 방해, 저항에 상관없이 흘러가야 할 곳으로 흘러가고 있다.

어떤 집단이 합일로 향하는 추진 에너지에 강력히 저항한다면 그 결과를 구체적으로 겪게 될 것이다. 어떤 존재 집단의 전체 에너지의 진동이 더 넓은 집단의 에너지를 방해하는 진동수로 공명한다면, 그 문제의 집단은 재난으로 표현되는 극단적인 에너지의 발산을 경험할 것이다. 다시 말해 그런 에너지의 발산은 전쟁, 기근, 지진 혹은 다른 여러 '자연 재해'를 일으키는 촉매다. 그런 사건들 중 일부는 진실로 자연 변화의 표현이기도 하다. 하지만 그런 표현조차도 존재 집단들의 부정적인 에너지가 자극한 것이다.

희생자는 없다. 집단을 대신해 에너지 발산의 결과를 감당하는 특정 개인이 있는 것처럼 보이긴 하지만 말이다. 우리 모두는 하나의 에너지 집단이기 때문이다. 방전 에너지의 공세는 우리 모두의 에너지로부터 나온 것이지, 방전 에너지에 영향받은 특정 개인의 에너지인 것만은 아니다. 그러므로 영적 성장에 집중하고 있는 사람이 해당 지역에서 급격히 진행되고 있는 축적 에너지 방전의 결과를 경험하는 것도 충분히 가능하다. 그 사람의 에너지가 아무리 높은 진동수로 공명한다고 해도 해당 지역에서 전체적으로 공명하는 총 진동수가 야기하는 사건들을 피하지 못할 수도 있다.

오래전에 예견되었던 엄청난 멸망이 지금 이 시대에 그대로 일어날 가능성은 거의 '없을' 것이다. 그동안 예언된 것 외에도 많은 일이 있어 왔고, 집단적 자유의지가 개입하여 수 세기 동안 지금의 변형을 이끌며 현자들이 그려 왔던 재난 시나리오의 상당 부분을 바꾸는 데 공헌해 왔기 때문이다. 그러나 너희들 중 상당수가 의식적으로 기념비적인 전환을 했음에도 불구하고 지리적으로 특정 지역의 에너지적 청소는 불가피한 듯하다.

지금 우리가 말하고 있는 변형은 지구에 사는 인간 존재에 국한된 것이 아니다. 이 변형은 창조적 생명력의 어느 한 측면도 그냥 지나치지 않는다. 모든 생명체가 **하나임**으로 향한 여행에 참여할 것이다. 그리고 모든 것이 그들의 선택과 행동에 영향을 받을 것이다.

너는 열린 마음으로 다른 사람을 대하고 자애로운 의도를 구현하는 데 집중하고 있겠지만, 개인으로서 너의 첫째가는 그리고 가장 중요한 의무는 바로 너 자신에 대한 의무다. 지금 이 시대에 네가 내린 선택은 너의 개인적인 안녕을 위한 네 최고의 욕구를 반영할 것이다. 네 개인적 변형 경험과 함께 가는 전체 추진 에너지를 항상 인식하는 것이, 확장된 알아차림이 반영된 너만의 선택을 하는 데 도움을 줄 것이다.

하지만 네가 의식적 선택을 한다고 해서 네 개인적 안녕이 보장되는 것은 아니다. 너를 둘러싸고 있는 에너지는 너에게 다중적으로 영향을 끼치게 되어 있기 때문이다. 너 자신을 다른 존재들에 빠져들게 해 상처 입기 쉬운 상태를 초래하는 특정 에너지의 상호 작용을 잘 인식하고 자각해야 할 것이다. 그 인식과 자각의 정도가 미래의 네 경험의 '좋고 나쁨'을 결정할 것이다.

지구 운동이 안정되고 조화로운 환경 속에서 살며 변화의 역동성과 그 안에서 벌어지는 신성의 출현에 마음을 연 사람일수록 기쁨으로 가득한, 고양된 변형의 경험을 구현할 가능성이 크다. 작정하고 그럴 수도 있고 알아차림이 부족해 그럴 수도 있는데, 어쨌든 선택에 있어 타협하는 사람의 경우 복잡한 집단 에너지와 얽히기 때문에 급격하게 힘들어지는 상황을 경험할 수 있다.

너희들이 말하는 '상식'은 당연히 네가 살 곳과 만나게 될 사람들을 선택하는 데 중요한 척도일 것이다. 타인과 '부정적인' 만남으로 엮일 때마다 너의 에너지 진동은 약해진다. '부정적인' 환경에서 살 것을 선택한다면, 너는 네가 의식적으로 향하고 있는 방향과 정반대의 방향으로 너를 끌어당기는 에너지에 끊임없이 너 자신을 노출시켜 그 영향을 받을 수밖에 없다.

환경의 방해가 너무 커서 개인 간 상호 교류의 역동성으로 변형 과정을 겪어 내기가 불가능할 때도 좀 더 조화로운 곳으로 옮겨 갈 선택권은 여전히 남아 있다. 너 자신을 위해 '부정적인' 환경에 스스로를 노출하는 일을 멈출 수 있는 선택권은 항상 너에게 있다. 원칙적으로 너의 의식이 아무리 고양된 상태라고 하더라도 전체 에너지는 항상 너에게 영향을 준다. 그런 사실을 네가 의식적으로 알고 있을 때 너는 올바른 선택을 할 수 있을 것이다.

우리는 모두 '하나(One)'의 본질이다. **하나임**으로 향하는 추진 에너지 속에서는 집단의 행동이 그 집단의 부분들에 영향을 주고 반대로 모든 개인의 선택이 다시 전체에 영향을 주지만, **하나임**으로 향하는 과정을 몰아가는 신성한 의도의 결정적인 자극도 분명히 존재한다. 따라서 합일은 올 것이다. 그리고 모든 창조물의 집단적 관점에서 볼 때 특정 시간과 공간의 교차로에서 에너지 변화에 저항하느냐 않느냐는 크게 중요하지 않다. 합일로 향한 강력한 추진력이 '삶 자체'가 가고 있는 방향과 '삶 자체'가 여행하는 속도에 맞게 너를 어느 쪽으로든 데려갈 것이다. 그 여행에 대한 인식과 그 여행 속 개인적인 경험만이 네가 여기서 창조할 것들이다.

지금은 규칙들이 모두 변하고 있다. 네가 학교에서 배운 세상은 이미 사라졌다. 너의 지구에 사는 모든 생명 형태의 세포 구조가 변했다. 모든 살아 있는 것들이 공명하는 에너지 진동이 커졌다. 모든 의식들이 고양된 존재의 수준과 조율하는 데 성공했다. 하나의 종으로서 인류는 마음을 열고 은총의 선물을 받아들였다. 비록 그런 전환을 알아챈 뛰어난 사람들은 몇 안 되지만 모두가 함께 이런저런 형태로 그 실체를 만들어 가고 있다.

원하는 대로 현실을 만들어 갈 수 있는 새로운 능력을 인식한 사람들 일부는 자신들의 집단적인 능력을 공유하며 모두를 대신해 변화를 위한 힘을 창조할 방법을 알아냈다. 이런 사람들은 몇 안 되지만 점점 늘어나고 있고 '지금 여기'에서 다른 사람들을 이끌고 그들만의 선택으로 모두에게 가능한 기회를 계속해서 보여 주고 있다. 이 사람들이 새로운 패러다임의 개척자들이다. 이들은 한 세상을 불러오는 개척자들이고 이들의 규칙들이 순간순간 기록되고 또 계속 기록될 것이다.

변화가 구현되는 속도는 늘 변하고 일종의 현상으로 드러난다. 인생은 페이지 한 장 넘겼다고 저절로 모든 대본이 다시 쓰이고 모든 출연진이 그 대본을 맹목적으로 따라야 하는 것이 아니다. 너의 현실 창조를 위한 기반은 사실 늘 변한다. 현재는 그 변화의 속도가 너무 빨라서 너희 전체 역사 혹은 한 '세대'는 물론 인생 하나, 즉 너의 인생 하나에서만도 그런 빠른 변화를 알아챌 수 있을 것이다.

너의 인생이 바로 그런 변화의 증명서다. 그리고 아무것도 의지할 수 없음을 깨닫는 것만이 유일하게 의지할 수 있는 것임을 의식적으로 알 때, 너는 행운을 기대하는 사고방식에서 불운도 허락하는 사고방식으로 전환할 것이다. 너는 아무것도 '통제'할 수 없다. 너는 사실 완전 '통제 불능' 상태다. 그런 통제 불능 상태가 에너지 통합을 최대화하고 네가 즐길 만한 삶의 경험을 구현하는 데 최적의 조건이다. 학교에서 원래 그런 것이라며 배운 게임의 규칙들이 별 쓸모가 없는데도 그런 현실에 저항하는 일은 네가 스스로 선택해 창조했을 역경을 더 힘들게 할 뿐이다. 너만의 경험이 '실재'한다고 보여 준 것을 그대로 받아들이는 것만이 현재 상태에서 가능한 최선의 대응이다.

다른 사람이 하는 말들이나 너의 시대 소위 선생들이 진리로 신봉하는 것들은 그다지 중요하지 않다. 너에게는 너의 경험이 최고의 진리다. 원칙적으로 미지의 영역인 현재의 너에게 등대가 되어 줄 것은 바로 '그런' 너의 진리이다. 너희 각자에게 옳은 일이 무엇인지 가장 잘 아는 사람은 바로 너희들이다. 너희 각자는 인생 경험을 충분히 했기 때문에 스스로에게 무엇이 어떤지를 말해 주는 기준점으로 봉사할 자격이 충분하다. 너 자신의 경험에 관여하고자 하는 타인의 지도를 조건적으로 존중하는 것은 네 여행의 속도만 늦출 뿐이다. 너의 인생은 너의 선택의 증명이고, 그 선택으로부터 네가 모은 통찰의 증명이기 때문이다. 다른 사람의 승인을 구하는 습관은 스스로 깨닫는 존재로서 네가 갖는 자치권을 약화시킨다. 그리고 의존성만 드러내고 기를 뿐이다. 하지만 무슨 일이 있어도 네가 의지할 수 있는 진실이 하나 있다. 바로 너만의 진실이 네가 의지할 수 있는 진실이다.

현재에는 모든 것이 가능하다. 사실 칠판은 깨끗이 지워졌다. 지금은 새로운 종류의 세상이다. 그 세상에서 꿈은 즉시 실현될 수 있다. 그 세상에서 너는 새롭게 태어난 너 자신을 너희들 사이를 걸어 다니는 신으로 인식할 수 있다. 그 세상에서 너는 든든함과 행복을 느낄 것이며 노력하는 것은 무엇이나 이룰 수 있다. 그리고 그 세상에서는 무한함의 에너지와 합일하는 데서 오는 형언할 수 없는 기쁨이 너의 생득권이 된다. 먼 얘기가 아니다. 바로 여기, 바로 지금 존재하는 것들이다. '언젠가'가 아니라 바로 지금 이 순간을 말하는 것이다. 변형의 신성한 여행 자체가 너를 그 세상으로 들어가는 문 앞으로 데려왔다. 문지방을 넘어 그 세상을 경험하느냐 마느냐는 모두 너의 선택에 달렸다.

12

꿈의 실현

태곳적부터 네가 기다렸던 순간이 왔다. 너의 의식은 지금 셀 수 없는 생을 살면서 준비해 왔던 급진적인 전환의 문턱에 서 있다. 너는 네 인생의 주요 화두를 풀 장소에 왔음을 감지한다. 너는 일상의 드라마에서 거듭 떠올랐던 주제들과 그 패턴을 알아챌 수 있다. 그리고 너는 네 존재의 매우 깊은 곳에서 뭔가가 분명히 변했음을 감지한다. 그 변화는 미묘하고 거의 인식조차 할 수 없지만 부인할 수 없다. 에너지가 편하게 흐른다. 이제 어느 곳에도 저항은 없다.

너는 미지의 영역에 선 개척자지만 혼자가 아님을 그 어느 때보다 확신한다. 내면에서 신성일 수밖에 없는 연결을 분명히 느끼기 때문이다. 너는 모든 창조물과 함께 **하나임**의 장소에 있다. 너만의 신성한 여행은 이제 돌이킬 수 없다. 너는 자연스럽게 너를 이끌고 가는 추진 에너지에 너 자신을 완전히 맡겼다. 너의 삶은 즐거운 잔치가 되었다. 이는 네가 스스로에게 준 선물이다. 지금이 그 순간이다. 지금이 늘 같이 있던 것을 인식할 순간이다. 지금 너는 늘 의식 속에 있었고 앞으로도 그렇겠지만 지금 구체적으로 드러나는 존재의 특별한 상태 속에 있다. 너는 네 마음이 원하는 것을 알아차렸다. 이제 남은 일은 네 마음이 원하는 것을 경험하는 것이다.

위의 설명은 이룰 수 없는 꿈이 아니라 너의 현실이다. 이미 일어난 일이다. 이제 남은 것은 말 그대로 네가 너의 현실을 경험하는 것이다. 그럼에도 불구하고 지금 너는 꿈이 언제 실현될까 궁금해할지도 모른다. 대답은? 네가 원할 때이다.

'왔다'가 아니라 '거의 왔다'라고만 말하고 있는 한, 꿈은 영원히 꿈으로 남을 것이다. 사실 꿈은 바로 지금 실현되고 있다. 그리고 그 꿈 속에서 살아가려면 바로 지금 그 꿈 속에서 살아야 한다. 지금 이 순간에 살면서 꿈을 실현해도 되겠느냐고 누군가에게 물어 허락을 받아야 하는 것이 아니다. 다른 사람으로 하여금 너의 진보를 평가해 달라고 할 필요도 없다. 다만 너는 네가 이미 그곳에 있음을 알아야 한다.

13

- 신성의 순간 포용하기
- 근본 규칙의 급격한 변화 인식하기
- 다른 모든 존재가 기댈 수 있는 '바위' 되기

네 안에서 이미 일어나고 있는 변화에 저항하면 이미 넘어선 경험의 범주들이 반복 재연되는 기간만 연장될 것이다. '삶이 어때야 한다.'라는 생각에 붙들려 있는 한 삶은 반대로 계속 통제 불능의 모습을 보일 것이다. 그런 경험을 계속하면 스스로를 '희생자'로 보는 사고방식이 고착될 것이다. 경험이 가정을 강화하고 가정은 또 경험을 준비하며 악순환이 계속될 것이다. 결국 부조리를 느낀 너는 피곤해질 것이다. 그리고 어느 통렬한 절망의 순간 너는 내면으로 파고들어 가 단서를 발굴하기 시작할 것이고, 마침내 황무지에서 벗어날 것이다.

실망과 고통의 경험이 포화 상태에 도달하면 너는 삶의 새로운 창조를 위해 의식 전환을 준비하기 시작할 것이다. 너는 모르고 있었지만 네가 너의 삶이라 믿고 있던 그 삶의 조건은 전혀 정적이지 않았다. 너의 삶은 증폭된 에너지에 많이 동화되어 왔고, 그 에너지는 앞으로 너의 고양된 영혼이 이해하고 구현할 더 높은 전망으로 향하는 문을 너에게 활짝 열어 주었다. 하지만 여전히 복잡한 인생 대본에 휘말려 있는 너는 그 고양된 에너지가 자극하는 급진적 변화에 온 힘을 다해 저항했다. 거센 변화의 파도로 떠밀려 들어가고 있음에도 불구하고 너는 새로운 배를 만들 생각은 않고 부서져 가는 네 인생의 뗏목에만 계속 집착해왔다.

이 변화의 시기에 준비가 안 되었음은 분명하다. 네가 원하는 방식의 준비를 말하는 것이다. 너는 잘 나가던 인생이 갑자기 '궤도를 이탈'하여 주변에 나침반과 지도는 고사하고 네가 아는 아무런 의지할 만한 것도 없는 상황이 생길 거라고 예상하지 못했다. 보이는 것이라고는 이제 막 생겨나기 시작한 내면의 단서들뿐이다. 그리고 그 미지의 바다에서 지금까지 알았던 것을 버리고 결코 잊을 수 없었던 것의 실체를 찾기 위해 일상의 무거운 책임감을 내려놓고 너는 다시 한 번 너만의 길 위에 서 있다.

그러나 이번에 그 '길'은 다르다. 물론 익숙한 이정표들은 다 있다. 하지만 너를 둘러싼 풍경이 매 순간 바뀔 것이다. 너는 융통성과 포용력에 몸을 맡겨야 한다는 것을 본능적으로 알 것이다. 이제 세상은 특정 결과를 향해 움직이도록 미리 설계된 자동 로봇 장치가 아니다. 예측 가능한 결과는 프로그램에서 이미 모두 삭제되었다. 반대로 너는 진짜 힘의 위대함을 맛보기 시작할 것이다. 그 힘이 바로 너의 본질이다.

네 주변의 추진 에너지가 힘찬 격려를 보냈고 덕분에 너는 새로운 수준의 경험으로 튕겨 올라갔다. 그 경험은 과거의 수준과 나란하지만 확장된 수준의 현실에서 벌어지는 것으로, 그렇게 너는 지금 과거 인생 경험의 부정적 특징들을 초월할 수 있다. 본질적으로 너의 에너지는 이미 '상승한' 상태다. 새로운 환경의 미묘한 차이점들을 어떻게 받아들이느냐에 따라 변화의 조건들에 적응하는 데 필요한 고난의 강도가 결정될 것이다.

각각의 인식 수준이 서로 마주치고 그 조건들이 서로 에너지적으로 동화할 때 너는 네 현실의 본질과 그 현실 속 너의 장소에 대한 인식을 정제하고 또 정제할 것이다. 너는 어디로 가는지 분명히 알고 있는 계속되는 과정 속에 있으며 항해를 위해 논리적 정신은 더 이상 필요 없음을 알게 될 것이다. 에너지의 심오한 확장 속으로 한 번씩 동화할 때마다 이해는 곧 '지혜'가 되고, 너는 그 과정을 매우 편하게 받아들일 것이다. 그 과정에서 너는 과거에 겪었던 온갖 변형의 시행착오들이 꼭 필요했음을 보게 될 것이다.

그런 이해들은 학교에서 가르치는 객관적 사실의 형태가 아니라 늘 네 안에 있었던 관점의 형태로 다가온다. 그 이해들은 늘 네 안에 웅크리고 앉아 지금 같은 격변의 시기가 찾아와 네가 그것들을 이해할 수 있게 하는 적당한 기준틀이 마련되기를 기다렸다. 너를 좁은 인식의 틀에 가둬 놓고 눈멀게 했던 조건들이 사라지면서 너는 지금까지 볼 수 없었던 것을 '볼' 수 있다. 너의 세상 그리고 그 세상 안 너의 장소가 변했다.(처음에 그 변화는 매우 미묘했다.) 처음 그런 일이 벌어졌을 때는 그 순간 네가 사실 다른 장소에 있음을 알아채지도 못했을 것이다. 하지만 그런 일이 다시 일어났다. 그리고 또다시 일어났다. 그때 너는 천천히 네 안에서 벌어지고 있는 일과 그런 일을 반영하는 네 주변 세상에서 벌어지는 일을 이해하기 시작했다.

에너지 상승은 지나가면 과거가 되는 일회성 사건이 아니다. 상승은 끝없는 과정이다. 너는 그 효과를 늘 경험하고 있다. 상승이라는 관념을 좋아하든 말든 그것은 사실 삶의 진리다. 너는 네가 처한 상황의 진리에 '눈뜨는' 선물을 받았다. 그 결과 너는 업의 사슬이 만든 감옥에서 풀려날지도 모른다. 지금이 업의 사슬이 만든 패턴들을 바꿀 기회다. 이제 네가 '과거'라 칭할 현실의 단계에서 내렸던 선택이 만들어 낸 인과응보의 경험이라는 조건들을 초월할 때다.

이제 너는 모든 창조물을 하나로 만드는 에너지와 같이 흐를 수 있다. 네 세상으로 흘러들어 온 그 에너지의 도움으로 너는 신성의 순간을 경험하는 선물을 받았다. 신성의 순간 안에서 너는 불투명한 조건이라면 몇 세기가 걸릴 수도 있는 과거 청산 경험 과정을 가속화할 기회를 잡았다. 극단적인 경우 너는 그 불투명한 조건 아래에서 계속되는 불운의 패턴에 집착하며 영원의 시간을 보내야 했을 수도 있었다.

'신성의 의지'가 더 높은 목표를 이루겠다고 결심하자 물질세계의 기본 규칙들에 급격한 변화가 찾아왔다. '모든 생명체'가 내면의 신성을 맛보고 궁극적으로 **하나임**에 통합되기 위해서는, 특정 조건들을 바꿔서 자유로워질 준비가 된 존재들이 정체된 에너지를 넘어서게 할 필요가 있다.

지금 이 시대에 벌어지는 일들이 본질적으로 그렇다. 흐르는 모래 같은 네 삶의 경험들, 그 배후에 있는 자극이 바로 그렇다. 무슨 수를 써서라도 '진실로' 알고 있는 것을 드러내고 싶어 지금 '알고 있는' 모든 것을 버릴 위험을 감수하는 사람들에게 널리 열린 기회가 바로 그렇다.

너는 영원한 꿈 한가운데에서 깨어났다. 그리고 아직도 꿈꾸고 있는 것 같다고 느낀다. 하지만 이제 그것은 별로 중요하지 않다. 이미 무대 중앙에서 명멸하는 빛을 보았기 때문이다. 그리고 진정한 자의식을 경험했고 인생 드라마 따위는 의지로 전부 바꿀 수 있다는 증거도 확실히 보았다. 너는 그 특별한 꿈 속에서 네가 더 이상 사냥꾼에게 '쫓기는' 토끼가 아님을 알리는 증거를 보았다. 너는 더 이상 적대적인 세상이 언제 부릴지 모르는 변덕 속에서 자비를 구하는 순진한 희생자가 아니다. 너는 그 모든 혼돈의 세상 한가운데에서 타임아웃을 선언했다. 그리고 너는 폭풍의 눈 속에서 안전한 너를 얼핏 보았다.

십중팔구 그 신성의 장소에 오래 머물지는 못했을 것이다. 기껏해야 순간의 경험이었을 것이다. 하지만 형언할 수 없는 평화의 느낌에 다다를 가능성이 분명히 있음을 깨달았을 것이다. 그리고 너는 그곳에 있는 네 존재의 상태를 인식했을 것이다. 그 상태가 바로 네 가장 중요한 본질의 상태. 그리고 이제는 그 멋진 순간을 다시 경험하기 위해 몇 번의 일생을 소비할 필요도 없어졌다. 꿈같은 상태였다고 의심할지언정 네가 스스로 그런 경험을 하게 두었다는 것은 이번에는 그 연결의 느낌을 기억할 것임을 네가 잘 알고 있었기 때문이다.

마지막에는 꿈이 아니었음을 깨닫게 될 것이다. 지금 네가 깨어났기 때문이다. 너의 의지를 조롱하고 방해하는 상황에서 벗어난 느낌이 꿈

같이 몽롱해도 오히려 네가 그동안 삶이라 생각해 왔던 착각이 점점 더 분명하게 착각이 될 것이다. 너의 삶이 기껏 그런 착각 속 악몽일 수는 없다. 하지만 악몽을 계속 연출할지 말지는 전적으로 너의 선택에 달려 있다. 너는 '그 모든 착각 속'의 너와는 다른 네 고유의 신성한 본질을 짧게나마 일견했다. 폭풍의 고요한 눈 속에서 안전을 경험했다. 그렇기 때문에 네 의지에 따라 행동할 것을 선택할 가능성이 크다.

너는 이제 너의 삶이라는 영화 속에 있는 것이 아니라 너의 삶이라는 영화를 '관람'하고 있다.(물론 네가 그 영화 속으로 들어가고 싶다면 또 그럴 것이다.) 그리고 너를 가차 없이 속박하고 있는 듯 보이는 상황들도 사실은 네가 특정 이해와 깨달음을 어느 수준으로 올리기 위해 창조해 낸 관념적 장치임을 알고 있다. 상처받은 자존심, 실망스러운 결과 그 모든 것은 유능한 극작가인 네가 자신을 비춰 보기 위해 만들어 낸 상징적 소도구이자 네 의지를 관철시키는 수단일 뿐이다. 그 수단들이 드러내는 강력한 상징적 경험들로 너는 스스로 행동에 들어가고, 마음으로 아는 움직임과 대사를 인식하고, 그 너머를 볼 기회를 잡았다.

궁극적으로 너는 너의 꺾을 수 없는 의지와 네가 경험하겠다고 스스로 인생에 끌어들인 변화하는 상황들 사이의 상관관계를 알아채기 시작할 것이다. 그리고 네가 이미 다른 등급의 경험을 만들어 내기 시작했음을 절대 의심할 수 없을 것이다. 그 경험은 깊은 혼란과 두려움이 아니라 내면의 믿음과 만족의 공간에서 퍼져 나오는 경험이다. 존재의 본질 안에서 일어나는 그런 근본적인 변형의 증거는 네가 보는 곳 어디에서든 드러나게 되어 있다. 내면의 평화가 힘을 만들어 냄은 말할 필요도 없다. 그 힘은 네가 사는 물리적 세상에서 너의 경험으로 이미 구현되었다.

의식 안에서 자유롭게 떠다니는 생각의 상징적 재현들이 인식 전환의 이 과도기적 단계에서 계속 경험으로 구현될 것이다. 삶이 조화로운 토대에 의지하기 시작했지만 여전히 너는 때로 역경과 불화라는 호된 회초리를 맞게 될 것이다. 왜냐하면 너의 현실은 드러내 놓고 혹은 숨어서 너의 의식 속에 살고 있는 모든 것들의 생생한 표현이기 때문이다. 그리고 네 안 깊숙한 곳에 자리 잡은 에너지를 인생 경험으로 끌어내 그 최후까지 풀어내기 전까지 그 에너지들은 인생 경험의 형태로 계속 나타날 것이기 때문이다.

인식 전환 여행이 심화되었다고 해서 그리고 네 앞에 펼쳐진 이미지들이 상징하는 것을 의식적으로 알고 있다고 해서, 너의 의식이 그 어떤 편견과 열정도 없는 부드러운 무명천이 되는 것은 아니다. 너는 여전히 독특한 너만의 본질, 너만의 조건화, 그리고 생을 거듭하며 쌓아 왔던 드라마와 트라우마의 풀리지 못한 찌꺼기들의 부산물이다. 그 모두가 여전히 너를 끌어들여 네 경험 현실의 에너지를 다듬으며 활발하게 공연 중인 네 인생의 주연배우들이다. 삶의 미스터리를 해결할 단서를 잡기 위해 일상의 세부적인 것까지 계속 조사할 때 무대 배경이 내면의 조화를 위한 장치로 바뀔 것이다. 지금은 모든 것이 그 내면의 조화를 위한 무대 배경의 설치를 방해하는 것 같을 수도 있다.

모든 사람이 그렇게 살듯이 너도 살면서 계속 힘든 일을 맞이해야 할 것이다. 하지만 이제 그런 힘든 일이 예전에 그랬듯 청천벽력처럼 느껴

지지는 않을 것이다. 너는 네가 자진해서 계속 너의 에너지 범위로 끌어들이는 자극을 객관적으로 바라보는 데 상당히 익숙해져 있고, 그렇게 너는 습관처럼 너에게 오는 특정 상황들의 에너지를 체계적으로 흩뜨릴 수 있다. 지금 너는 너와 그런 부정적 에너지 사이 상호 교환의 강도가 약해지고 있음을 천천히 깨닫는 중이다. 그리고 이제 너는 거센 폭풍우가 될 수도 있는 일을 작은 파도도 못 되는 일로 넘길 수 있다.

너는 점점 강해지는 신뢰의 새로운 느낌을 내면에서 체계적으로 구축하는 데 성공할 것이다. 그 신뢰는 주위가 온통 변화를 위한 가속화한 에너지로 넘쳐 나는 데도 불구하고 모든 다른 존재들이 기댈 수 있는 든든한 '바위'가 된 너에 대한 신뢰다. 너는 네가 그렇게 되었음을 경험으로 확인할 것이다. 너는 한때 안전을 위해 아무 의심 없이 의존했던 외부적인 부속물들을 모두 의심하거나 파괴하거나 포기했다. 당연하다고 생각했던 것들 대다수의 적절성이 이제 많이 의심스럽다. 젊은이라면 당연히 가져야 한다는 열정 속에서 네가 꼭 잡고 있던 너의 정해진 역할이 이제 확실히 잘못된 것 같을 것이다. 불변이라 생각했던 것이 모두 허점투성이임을 각성하고, 그 여파 속에서 너는 너만의 고유하고 영원한 본질을 발굴할 것이다.

개인적 삶의 드라마라는 그 모든 지진을 겪어 왔음에도 불구하고 너는 겉으로 보이는 것과 달리 멀쩡하다. 어느 쪽이냐 하면 오히려 곤란을 해결하는 지혜가 커졌다고 할 수 있다. 탄력성도 늘어났다. 그리고 전에 의지할 만하다고 생각했던 것들이 상당 부분 사라졌음에도 영원히 파괴할 수 없는 단 한 가지가 남아 있음을 안다. 그것은 바로 너의 신성한 본질이다.

네가 너의 두려움과 정신적 조건화로부터 발굴해 내기 시작했던 것도 바로 그런 너의 신성한 본질이다. 착각 속 깊숙한 곳, 믿을 만하다고 배웠던 그 모든 진리의 탈을 쓴 왜곡의 심연에 묻혀 있는 것이 바로 그 누구도 건드리지 못했던 네 깊은 자아다. 그것은 모든 일이 실패했을 때도 네 안에서 안전하게 보관되어 있던, 네가 발견하고자 했던, 네 고유한 신성의 귀중한 불꽃이다. 너는 모든 것이 실패할 것을 알고 있었다. 그렇게 만든 사람이 바로 너였기 때문이다.

너 자신을 가렸던 착각이 조각나 너의 발등에 떨어지고 마침내 너는 이제 더 이상 핑계거리가 없음을 깨달았다. 그때 너는 아마도 처음으로 네 자아를 볼 준비가 되었을 것이다.

너희의 본질을 말하는 그 간단한 진리를 받아들이는 데 너희 중 일부는 속으로 다른 사람들보다 더 심하게 저항해 왔다. 그리고 일부는 네가 보는 앞에서 일찍이 그들만의 전쟁 속 잔해 더미를 떠났다. 너희 중 일부는 너희 안에서 빛나고 있는 것에 다가가려면 수정 같은 알아차림의 껍질을 단 한 번만 내려치면 된다는 것을 잘 알았다. 너희들 중 또 다른 일부는 저항이 너무 강해서 실제로 의식의 홀로코스트를 대비했다. 분리의 착각을 유지하는 데 필요한 모든 정신적 장치가 마침내 해체되자 그들은 싸움을 포기했다.

마지막에 아무것도 잃을 것이 없을 때 너희는 준비가 된다. 겸손의 신성한 공간이 확보될 그때에만 너희는 절대 잃은 적 없는 것을 인식하고 포용할 수 있다. 그 귀중한 불꽃이 너를 기다린다. 그 불꽃은 지금까지 쭉 자신이 어디에 있는지 알려 주려 했다. 때때로 어렴풋하게나마 불빛을 보내기도 했다. 네가 궤도를 벗어날 것을 막기 위해서였다. 하지만 가장 절망스러울 때, 의지할 데가 정말로 하나도 없을 때, 그때가 되어서야 내면으로 고개를 돌리는 사람들도 있다. 그때 진정한 여행이 시작된다.

너는 네 모든 움직임의 안무가다. 그렇게 네가 너를 지금 이 순간까지 데려왔다. 저항이 아무리 길고 거셌더라도 말이다. 네 고유한 춤은 네 내면의 저항과 네가 상호 작용한 것의 반영이다. 착각에 기반을 둔 낡은 패러다임에 그리고 많은 사람이 집착하는 한계의 복음에 너를 붙잡아 둔 것도 바로 그 상호 작용의 춤이다. 그런 집착의 끈질긴 구속을 깨려면 비통한 각성의 경험이 요구된다. 죄책감과 두려움의 힘이 끝없는 무기력에 계속 영양분을 공급하려 들기 때문이다. 요즘은 많은 사람이 무기력을 호소하고 있다. 무기력도 조건화이며 그런 조건화를 극복하는 것은 절대 과소평가될 수 없는 멋진 일이다.

우리의 말을 알아듣고 그것에 대해 생각한다는 것은 네가 위에서 말한 여러 시행착오의 시간을 확실히 거쳤다는 뜻이다. 그리고 너는 너의 여행에서 한때 신성한 것으로 믿었던 모든 것의 적절성을 실제로 조사했고 버릴 것은 버리는 상태에 도달했다. 그 상태는 진짜 상승을 시작하기 전 반드시 도착해야 하는 고원이다.

네가 기획하고 만든 후 네가 현실이라 부른 그 엄청난 픽션을 지지하는 모든 것의 허상을 완전히 벗겨 낼 때 너는 진짜 현실의 개념을 파악하고 그 안에 너의 자리를 마련할 준비가 될 것이다. 이것은 의심의 여지가 없다. 이제 너는 또 다른 인생을 위한 연출을 시작했다. 그 인생에서는 무엇이 그렇고 무엇이 그렇지 않은지 감지하고 결정하는 주체가 너의 내면이 될 것이다. 무엇이 진짜고 무엇이 가짜인지에 대한 일반 사람들의 이해는 중요하지 않다. 그런 이해가 너의 느낌과 맞지 않으면 부적절한 것이 될 것이다.

논리의 미로를 통과하는 긴 여행이나 분석을 통해 검증하는 일은 너의 고양된 감각을 통한 확인보다 이제 덜 가치 있는 일이 되어 가고 있다. 그리고 이제 너는 네 앞에 펼쳐진 미지의 영역을 통과하는 데 과거의 세상이 주는 도로 지도에 기대기보다는 너의 '내적 진실'에 더 기대고 있다.

지금 시대는 많은 사람을 한 번도 본 적 없는 교차로에 서게 한다. 바꿔 말하면 많은 사람이 여러 세상이 교차하는 장소를 알아채기 시작했다는 뜻이다. 그 교차로에서 얻은 너의 인식과 네가 내린 선택이 무엇이냐에 따라 앞으로 올라야 할 산의 거침 정도가 결정될 것이다. 이제 내면에서 막 경험하기 시작한 위엄에 진심으로 항복한 사람들은 '가장 순탄한 길'과 마주칠 것이고 그 길이 또 그다음 길을 안내할 것이다. 너도 그렇다는 것을 알고 있다. 물론 겉으로는 여전히 '그 알 수 없는 전지자'가 있다고 믿을 수도 있겠지만 말이다. 왜냐하면 마음을 연 너의 부분이 마침내 그렇다는 것을 잘 알고 있기 때문이다.

14

- 하나의 생 안에서 두 세계 잇기
- 강화된 육체적 감각과 정신적 능력 계발하기
- 이 세계의 다른 생명체를 인식하고 관계 맺기

네가 아는 삶이 진리의 파편일 뿐일지도 모른다고 잠시 상상해 보라. 창조의 범위가 무한한 세상을 잠시 엿볼 특권을 부여받았다고 상상해 보라. 단지 의지만 있으면 바라는 것은 뭐든 구현할 수 있는 능력을 받았다고 상상해 보라. 통제 불능의 상황에 누군가 알아서 자비를 내려 주기만 기다릴 필요도 더 이상 없고 네가 진짜로 원하는 대로 매 순간 살 수 있다고 상상해 보라. 그런 상태가 진짜 너의 현실이다. 너에게 주어진 잠재성이 바로 그렇다. 미래의 어느 모르는 장소에서가 아니라 '여기 바로 지금' 너에게 주어진 잠재성이 그렇다.

에너지가 계속 가속화하고 바뀜에 따라 네가 경험하는 세상도 바뀔 것이다. 네가 아는 삶도 네가 '여기 바로 지금'의 세상이라기보다는 '다른' 세상이라 여길 만한 경험 영역의 세련된 성격들을 받아들일 것이다.

지금까지 너의 인생이 너의 세상에서 받아들였던 것과는 다른 경험 창조의 기준들이 생겨날 것이다. 지금은 '현실' 인식의 성격이 전례 없이 바뀌는 시대이기 때문이다. 새로운 세상이 다가오면서 이 시기에 태어날 것을 선택한 너는 새로운 세계를 예고하는 진정한 선구자가 될 것이다.

인식이 전환된다고 해서 네가 사라져 다른 공간에 등장하는 일은 없을 것이다. 너는 지금까지 네가 창조해 왔던 현실의 의미를 더 세련되게 인식할 것이고, 인식 전환 과정이 진행되면서 더더욱 세련되게 인식할 것이다. 원칙적으로 말해, 현재 정말로 일어나고 있는 일이 무엇인지 알아채는 사람은 원하는 것의 즉각적인 구현을 향한 인식 전환 과정에서 자칫 빠질 수 있는 일부 함정들을 피할 것이다.

최고의 결과를 부르는 데 필요한 기술이 오용되어 재난이 닥쳐오기 전에 미리 그 기술을 완벽하게 다듬을 시간은 충분하다. 우리의 말을 듣고 있는 너희들 중 일부는 강해진 에너지 진동으로 인식 전환 과정을 상당히 밟은 상태여서, 대부분의 다른 사람들보다 훨씬 전인 지금 그 기술이 전하는 능력의 통렬한 결과를 경험하고 있다. 그리고 그 새롭게 강화되었지만 아직 다듬어지지 않은 기술이 야기한 상황에 힘들어하고 있는 사람도 많다.

다가올 시대에는 대다수의 인구가 의도의 집중을 통해 생각하는 일을 즉시 일어나게 하는 능력을 갑자기 부여받게 될 것이다. 그런 수준에 다다르기 전에 남아 있는 부정적인 보따리를 풀지 못한 사람들은, 그 고양된 수준에서 탄탄하게 입지를 다질 능력에 손상을 입히는 상황을 만들게 될 것이다. 많은 경우 전환은 갑작스럽고 극적일 것이다. 그런 난국에 잘 대처해 마치 기적처럼 말 그대로 하룻밤 만에 인생을 완전히 뒤바꾼 사람도 생길 것이다. 또 어떤 사람들은 기존 '규칙'들에 집착하는 조건화에 굴복할 것이다. 변화의 조류를 알아채고 함께 나아가는 사람들이 보기에 그런 규칙은 점점 더 노후해 가는 것일 뿐인데도 말이다.

그렇게 사람들은 외부의 결정이 아니라 각자 내면이 시키는 대로 선택하게 되고 그렇게 현재의 형태 속에서 앞으로 나아갈 수 있는 사람을 추려 내는 과정이 끝날 것이다. 고양된 단계에 동화할 수 없는 사람들은 그 단계의 인생 극본으로부터 탈출할 수 있는 길을 제공하는 상황들을 창조해 낼 것이다. 그리고 적당한 교차로에서 더 알맞은 수준의 현실의 형태에 재합병될 기회를 잡을 것이다. 너의 세상이 향하고 있는 고양된 차원의 특성에 해당하는 도전을 받아넘긴 사람들은, 그들의 마음이 원하는 것을 현실로 만드는 능력을 경험하기 시작할 것이다.

이 과도기적 시기에 너의 세상에 살고 있는 사람들은 대부분 본질적으로 두 세상인 것을 하나로 잇고 있는 것이다. 그들이 그들 세상의 경험을 계속 정화하려고 함에 따라 누가 탄탄한 자리를 구축할 수 있을지가 계속 판명 날 것이다. 마침내 에너지가 안정되고 두 세상의 특성들이 '지금 여기에서' 하나로 합병될 때, 한때 존재했던 세상으로부터의 속박을 끊은 사람들이 그 두 세상을 한 생에서 함께 경험하는 최초의 사람들이 될 것이다.

많은 사람이 일상의 미묘한 변화를 관찰해 왔고 현재 앞으로 다가올 세계의 특성들을 경험하기 시작했다. 지금은 변화의 속도가 너무 빠르기 때문에 한때 허황된 것으로 치부했던 것들이 현실이 되어도 그것에 대해 의심할 시간조차 없다. 그렇다. 바뀐 세상에 대한 인식과 그 세상에서 완수할 기술들 모두 실재한다. 아니다. 너는 정신을 잃은 것이 아니다. 실제로 너는 정신을 차리기 시작한 것이다.

'심령술사' 혹은 현자들이나 갖추고 있다고 생각했던 능력들이 대중의 차지가 될 것이다. 오감으로 인식할 수 없는 것들을 누구나 인식할 수 있게 되고 그런 능력은 자연스럽고 일반적이 될 것이다. 사실 모두가 갖고 있는 능력이다. 사람에 따라 계발되는 정도가 다를 뿐이다.

시각도 강화될 것이다. 모든 사람이 에너지 패턴들을 '보고', 존재들 사이 생각과 감정의 변화에 따라 에너지가 어떻게 바뀌는지 '보게' 될 것이다. 그 결과 말이나 행동으로 위장할 수 없는 방식으로 의사소통이 촉진될 것이다. 그런 조건이라면 의사소통이 분명하게 이루어질 것이므로 의도가 왜곡되는 일은 일어날 수 없다. 마침내는 말 형태의 교류보다 생각 형태의 교류가 더 우선할 것이다. 다른 존재의 세계에서는 이미 생각 형태의 교류가 관습으로 자리 잡았다. 앞으로 많은 세대를 거치는 동안 존재들 사이의 의사소통 양식은 말과 글에 의존했던 것에서 말없는 의사소통에 능숙한 문화에 의존하는 것으로 전환될 것이다.

앞으로 너희는 인류를 문화별로 분류하며 서로 소외시키는 구속들에 더 이상 의존하지 않게 될 것이다. 그리고 분리를 강화하는 현재의 장벽들을 제거할 상호 교류의 영역으로 비약적으로 도약할 것이다. 인류가 **하나임**의 경험을 요구하는 가운데 한때 '초자연적'이라 치부하고 간과했던 자연의 기술을 보편적으로 실행할 필요가 생겨날 것이다. 그리고 그런 실행은 앞으로 나아가기 위한 매우 기본적인 단계라 할 수 있다. 지금은 과도기적인 시기고 앞으로 다가올 많은 세대도 그러할 것이다. 이 시기에 너희들은 다양한 수준의 신비한 능력을 경험하기 시작할 것이다.

점차 너는 모든 생명체의 색깔을 감지하는 능력을 얻을 것이다. 에너지 진동 패턴을 어렵지 않게 보고 그 패턴과 교감하고 있는 존재가 있다면, 그 존재에게 중요한 감정과 의도를 식별해 낼 수 있을 것이다. 화려한 언어 구사로 해당 문제에 대한 진짜 입장이나 동기를 감추기가 점점 더 힘들어질 것이다. 인식 전환 과정에서 반드시 얻게 되는 부산물이 정직이다. 에너지 중심의 의사소통 기술이 초기에는 언어 중심의 기술을 보완하게 되는데, 그때는 의사소통의 그 두 형태가 동시에 작용하여 둘 다 인간 교류의 기준이 될 것이다. 하지만 결국에는 생각 형태의 의사소통이 언어 형태의 의사소통을 완전히 대체할 것이다. 생각 형태의 의사소통이 지금 너의 현실에서는 불가능한, 풍부하고 미묘한 교환을 가능하게 할 것이기 때문이다.

에너지 진동이 계속 가속화되면서 오감이라는 너의 육체적 장치가 한층 강화된 인식 수준을 받아들일 것이다. 미각과 후각의 더 완벽한 표현이 가능해진다면 음식을 먹으면서 최고의 즐거움을 느낄 것이다. 처음에는 그날 음식이 특별히 좋았나 보다고 가볍게 넘길 수 있다. 그 놀랄 만한 음식을 만든 요리사의 능력에 감탄할지도 모른다. 하지만 곧 음식을 먹는 일이 변함없이 굉장한 기쁨이라는 것이 명확해질 것이다. 그리고 좋아진 것은 음식이 아니라 너의 감각임을 분명히 알게 될 것이다. 에너지가 계속 가속화되면서 가능한 기쁨도 늘어날 것이다. 그런 식의 감각적인 즐거움을 경험하다 보면 너는 차크라라고 불리는 고양된 에너지의 중심점들을 열게 되고, 그럼 에너지 통합의 좀 더 높은 단계에 이를 준비가 된 것이다. 그 단계는 의식 상승 과정을 계속 진행하기 위해서는 필수적으로 거쳐야 한다.

또 다른 너의 장치인 후각도 네가 알게 모르게 얻으려고 애써 온 고양된 의식으로 향하는 문이다. 미묘한 향기를 인식할 수 있는 고양된 능력은 표현과 경험의 확장된 길로 향한 문을 여는 데 도움이 될 것이다. 인간의 자연스러운 조건인 감각은 너희가 문명사회라 부르는 사회에서 셀 수도 없이 긴 세대 동안 문화적으로 금기시되어 왔다. 네가 원시적이라 생각할 문화에서는 지금도 인간의 관능이 인간성의 존경할 만한 측면이며, 사람들은 대단히 기쁘게 관능을 공공연히 표현한다.

감각이 고양된 인식 단계에 이르면, 예를 들어 꽃향기를 맡는 것 같은 간단한 행동에서도 너무 기뻐서 그 기쁨을 표현하지 않을 수 없을 것이다. 존재하는 것이 주는 단순한 기쁨이 삶의 강력한 중심이 되면서 문화적 장벽들이 무너지기 시작할 것이다. 살아 있는 것이 주는 기쁨이 최대한 표현될 것이고 보편적으로 부인할 수 없는 것이 될 것이다. 그리고 한때 가장 중요한 일이었던 물질적 획득을 추구하는 일이 별 볼 일 없는 일이 될 것이다. 고양된 감각 능력 덕분에 물질과는 매우 다른 영역에 의식이 열렸기 때문이다. 따라서 삶이 단순해지고 사랑으로 가득할 것이다.

너는 감정 전달 도구인 소리 에너지의 진동이 갖는 의미를 인식할 것이다. 소리 에너지의 진동은 인간 감정의 본성을 여는 데 중요한 역할을 한다. 인간의 육체적 안녕을 유지하는 데 소리 치료가 매우 중요한 분야로 부각될 것이다. 육체를 최적의 진동 상태로 유지하는 데 안정된 정서가 매우 중요하다. 특정 형태의 '음악'을 계속 듣는 것이 막히고 억압된 에너지의 중심점을 뚫고 정화하는 데 좋을 것이다. 엄선된 음악이 제공하는 리드미컬한 에너지 진동에 온 감각을 맡긴다면 에너지의 높은 진동을 통합하고 상승 과정을 가속화할 능력을 강화하는 데 분명 도움이 된다.

소리 에너지라는 선물을 잘 이용하다 보면 너희만의 감정 대응 메커니즘을 잘 파악할 것이고, 그때 현재 인간 조건의 질을 저하하는 정체되고 막힌 에너지의 다양한 수준들을 뚫어 주는 데 어떤 진동 패턴이 최고로 잘 작용하는지도 알게 될 것이다. 에너지 통합의 결과로 감각이 예민해지면 소리의 특정 패턴이 특정 차크라를 통해 입력되는 특정 감정들을 자극한다는 것을 알게 될 것이다. 그런 상호 관련은 사실 쉽게 알아낼 수 있다. 음악의 가치는 육체의 완벽한 건강을 추구하는 인류의 바람 안에서 예술과 치료 과학이 통합된 형태로 더욱더 부각될 것이다.

특정 감정의 경험을 자극하는 것으로 정체된 에너지를 표면으로 떠올려 풀어낼 수 있다. 그런 정체된 에너지가 대체로 병이나 허약함의 숨은 원인이다. 감정들은 대체로 신비체(神秘體, 초감각적 영적인 몸—옮긴이) 안에서 잠자고 있다. 그것은 많은 생에 걸쳐 무시되고 억압당한 채 끌려온 것들이다. 너희들 중 의식적으로 가장 깨어 있는 사람들조차 그 의식 표면 바로 아래 문화적인 이유로 전체 에너지에 통합되지 못한 채 잠자고 있는 경험들을 무수히 갖고 다닌다. 네 안에서 에너지로 남아 있는 그 경험 에피소드들의 앞뒤 사정을 재검토해 잘잘못을 가릴 필요

는 없다. 에너지 정화 처방전은 정신적 이해가 아니라 '감각몸'에 대한
앎만을 요구하기 때문이다.

예를 들어 현재 슬픔의 감정이 있다고 하면 그 감정이 전생에서 풀지
못한 비탄 때문이었음을 굳이 알아야 할 필요는 없다. 특정 개인의 에
너지 속에 슬픔의 기운이 숨어 있다는 사실과 현재 감정적 정체를 강
화하는 상황은 아무 상관이 없다. 호기심 때문에 너희는 의식이 변화된
상태에 들어가는 것을 통해 전생을 구체적으로 보겠다는 대단한 열정
을 갖게 될지도 모른다. 하지만 전생을 보는 일은 그 전생들에서 똑같은
감정으로 경험했던 일들 사이에 존재하는 공통의 문제를 알아채고 그
문제를 해결하지 못한다면 전혀 쓸모없는 일일 뿐이다.

수없이 많은 생에 걸쳐 축적되어 꼼짝 못하게 억압되어 있는 감정의
층들에 접근하고 풀어 주는 일은 '이' 생의 경험이 자극한 감정의 범주
를 알아채고 그것에 섬세하게 반응하는 것만으로도 충분히 가능하다.
감정의 몸 깊은 곳에서 느끼는 것을 완전히 표현한다면 에너지 정체를
풀고 인간으로서 당연히 가질 수 있는 고양된 감각을 더 쉽게 받아들
일 수 있다. 육체적 감각과 감정의 범주들 사이의 연관 관계를 잘 감지
하는 상태에서 특정 육체적 감각에 자극을 주면 다른 차원에서 온 진
보를 방해할 수 있는 정체된 에너지를 직접적으로 또 매우 효과적으로
정화할 수 있다.

이 과도기적 시기에는 에너지 진동을 강화하는 것이 너희가 원하는
것을 모두 성취하는 데 매우 중요하다. 따라서 에너지 진동 강화에 반
하는 교류는 모두 피하는 것이 바람직하다. 에너지를 감지하는 원래의

능력을 되찾고자 한다면 일상에서 어디를 가고 누구를 만나는 문제를 선별해서 결정할 것을 조언한다. 너와 조화롭지 못한 에너지를 뿜어내는 사람을 만나면 너의 에너지가 고갈될 가능성이 크다.

그런 과도기적 과정이 그 절정에 이르는 시기에 불의를 당한다면 공손하거나 반대로 강하게 자기주장을 내세우는 것보다는 교류가 생겼을 때 자동으로 뒤따를, 에너지가 함정에 빠지는 일을 방어적으로 인식하는 데 집중하는 일이 더 중요하다. 그 전에, 거슬리는 에너지에 자신을 노출시키는 것보다 그런 에너지를 내보내는 환경이나 개인을 완전히 피하는 것이 더 낫다는 것을 인식하게 될 것이다. 너의 임무는 다른 사람을 개화하거나 다른 존재 형태로 바꾸는 것이 아니라 너 자신을 바꾸는 것이다. 모든 상황에서 네가 갖고 있는 에너지를 의식하고 잘 감시한다면 그것이 바로 모든 존재의 안녕에 최고로 기여하는 것이다.

너의 에너지 진동이 계속 가속화하면서 너는 네 주변의 모든 것을 인식할 때 미묘한 변화를 감지할 것이다. 네 세상의 모든 것이 에너지로 되어 있기 때문이다. 주변의 파장과 빈틈없이 조응할 것이며 확장된 에너지가 공명하는 곳으로 가고 싶은 욕구를 느낄 것이다. 그런 느낌에 감사하라. 너는 되도록 자연이 제공하는 안식처에서 많은 시간을 보내야 한다고 느낄 것이다. 그렇게 함으로써 너는 너의 영역에 같이 살고 있는 다른 수준의 의식과 미묘한 교류에 매우 민감해지는 자신을 발견할 것이다.

너는 존재의 전 영역을 날카롭게 인식할 것이다. 그 영역은 네가 이생의 의식에 들어오면서 가져온 낮은 에너지 진동으로는 감지할 수 없었던 미묘한 것이었다. 이제 그 영역이 너의 영역 안에 겹쳐짐에 따라 진짜 현실이 그 생생하고 놀라운 디테일을 드러낼 것이다. 너만의 숲 속 은신처에서 너는 자연 세상의 풍성함을 발견할 것이다. 너의 에너지 진동이 강화될 때 그리고 진정한 알아차림과 진정한 이해 속에서 네가 한때 무생물이라 생각했던 생명체와 교류하게 하는 네 속의 자연적인 능력을 발견할 때, 네 의식의 넓은 스펙트럼이 되살아날 것이다.

의식적 알아차림(일부는 그것을 지성이라 부른다.)은 네 세상의 모든 생명체에 내재한다. 너희들 중 일부는 모든 존재의 육체를 둘러싸는 에너지 정체성(아우라)을 볼 능력을 이미 발견했다. 영성으로 가득한 자연 세상을 놀랍도록 쉽게 인식할 수 있는 사람도 있다. 그 영성이 살아 있음을 알 때 너희는 기쁨을 느끼고 그 기쁨을 통해 네가 '인생'이라 간주했던 경험을 새로운 관점으로 볼 것이다.

조만간 너는 '육체적'이라 할 만한 방식으로 이전에는 대부분의 인간들이 육체적 감각으로 인식할 수 없었던 생명체들을 보게 될 것이다. 앞으로 올 세대들은 그런 보는 능력을 '평범한 것'으로 생각할 것이다. 네가 너의 세상이라 생각하는 시간과 공간 속 교차로들에서 앞으로 모든 창조물들 사이 공존공영의 협동적인 분위기가 생겨날 것이다. 너의 영역이 처음 시작될 때 내려졌던 축복, 즉 자연스러운 조화가 다시 한 번 재연될 것이다.

그곳이 네가 지금 전례 없는 속도로 가고 있는 세상이다. 하지만 지금 우리가 말하고 있는 능력들은 네가 육체를 갖고 살아가는 이 생에서 가능하다고 기대할 만한 능력의 일부에 지나지 않는다. 네가 그동안 현

실이라 착각했던 감옥에서 벗어났기 때문에 이제 모험이 너를 기다리고
있다. 그리고 우리는 지금, 과거의 익숙함에 대한 집착을 떠나보내고 영
원한 '바로 지금 여기'에서 경험할 수 있는 가능성들에 마음을 열었을
때 네가 만날 것들의 맛보기만 말하고 있을 뿐이다.

15

급변하는 현실 속에서 건강을 유지하기 위한 에너지 처방전

육체적 건강은 지금 시대에 매우 중요한 문제고 많은 사람이 관심 갖는 주제다. 상승의 도구인 육체를 정화하는 일은 의식을 집중해 노력할 만한 매우 중요한 일이고 따라서 우리도 네가 그쪽에 많은 관심을 갖기를 바란다. 너의 몸은 네 에너지의 수준을 매 순간 곧바로 반영한다. 인간의 몸은 간단히 말해 에너지의 구현이기 때문이다.

몸을 최적의 상태로 유지하기 위해서는 과거의 진리에 근거해 모두가 인정하는 지혜 그 너머를 볼 필요가 있다. 너희 물리적 세상이 제공하는 단서라는 것들이 대부분 과학적으로 증명되는 것에 한정되기 때문이다. 이 시대에 필요한 지혜는 영성에 기반을 두기 때문에 물리적 범주로는 이해하기 어렵다.

이 신성하고 대담한 여행을 함께하고 있는 너의 몸은 그 안에 '세포 기억'이라 할 만한 것을 품고 있다. '세포 기억'은 에너지 진동이 암호화한 것으로, 그 안에 지금 네가 겪고 있는 육체적·형이상학적 변형을 위한 열쇠가 놓여 있다. 그 '세포 기억'은 에너지로 남아서 너의 육체적 상태에 영향을 주는 너의 직선적 역사, 즉 과거의 경험과 연관된 것만은 아니다. 문제의 암호화는 네가 미래라고 믿는 것으로부터도 오고, 영원한 '지금 여기' 즉 현재라는 암호화한 순간에도 드러나기 때문이다. 또 너의 개인적인 선택의 결과와 네 주변에서 일어나는 에너지 변화, 둘 다로부터 에너지적인 영향을 받는다.

지금 너의 도전 과제는 네가 생각하는 일상 현실의 변화뿐 아니라 지구의 모든 존재 안에서 일어나고 있는 기념비적인 세포 변화에 동참하는 것이다. 네 세상의 기본 규칙들이 매 순간 변하고 있다. 그리고 그 변화가 너무 빨라서 변화의 과정에 완전히 들어가, 많은 일이 말이 안 된다는 것을 받아들일 준비를 하지 않으면 너는 이상한 나라에 혼자 뚝 떨어진 것처럼 느낄지도 모른다. 물론 아직은 시간이 있다. 앞으로 지금 에너지의 평형 상태 위에 더 많은 경험을 쌓으면 더 명확하게 이해하게 될 것이다. 그리고 특정한 기준틀로 설명하기는 힘들지만, '실제로' 명확하게 벌어지는 일들이 돌연 구체적인 범주와 구조를 갖추게 되고 새롭게 만들어진 조건들과 함께 현실의 틀 속에 안착될 것이다.

너는 네가 지금 중간기에 있음을 분명히 알 것이다. 중간기에는 너의 경험이 곧 너의 진실이라고 믿는 접근 방식이 좋다. 그 경험이 종종 세상이 받아들이는 기본 규칙과 논리에 위배된다고 하더라도 말이다. 그런 규칙들은 기껏해야 역사의 한 자락에나 남을 규칙들이다. 그리고 매 순간에 변하는 것이 역사고 네가 육체를 갖고 여행을 지속하는 한 역사는 계속 그렇게 변할 것이다. 또 육체는 원칙상 구조적으로 변화를 허락하고 변화에 순응하기 마련이다.

너의 세상에서는 모든 것이 변해 왔다. 그런데 과거에는 그런 변화가 매우 느렸기 때문에 헤아리기가 어려웠고 그 탓에 인간의 조건이 정적이라는 잘못된 인상을 갖고 있는 사람이 많았다. 지금은 너를 둘러싸고 있는 에너지가 너의 세상이 결코 경험해 보지 못한 기세로 가속화하고 있기 때문에 '인간'이란 이제 사실 다시 태어난 존재라고 봐야 한다.

현재 의학이 그런 변화를 설명해야 하는데, 사실 너희의 몸에 프로그램되어 있는 수수께끼를 현재 의학으로 푸는 일은 점점 더 힘들어질 것이다. 삶의 육체적 측면과 정신적 측면 사이 설명할 수 없는 상호 관계가 점점 더 뚜렷해질 것이기 때문이다. 영적 연결이 기술적 지식을 대체할 것이기 때문에 의학에 종사하는 사람들은 지금 '치유자'라 불리는 사람들에게 점점 더 경의를 표하게 될 것이다. 영성이 삶의 하부 구조가 되고 그런 하부 구조를 받아들인다면 진정한 치료는 당연히 뒤따를 것이다.

감정에 기초한 치료 기술들은 의학적으로 증명된 방법을 써도 실망과 허무함만을 느끼게 했던 병을 종종 즉각적으로 호전시킨다. 사람들은 벌써부터 기적처럼 보이는 일에 일관성을 찾아내기 시작했다. 그리고 너희는 너희가 구하는 대답이 전통적인 방법을 통해서는 얻을 수 없음을 본능적으로 알아채고 있다.

현재 성행하는 전통 의학 기술은 에너지 진동약으로 대체될 것이다.

에너지를 이용한 치유 능력을 갖고 태어난 아이들이 점점 많아질 것이고 그 아이들이 그 능력을 더 잘 이해할 수 있게 에너지 기술 교육이 보완 교육으로 등장할 것이다. 너희들 사이에도 현재의 너희들에게는 매우 희귀한 기술인 치유 능력을 갖고 있는 사람들이 심겨 있다. 그들이 지금 훨씬 더 복잡한 몸을 갖고 태어나고 있는 존재들에게 육체 정화 기술을 가르칠 것이다. 에너지 치유 능력을 갖고 태어날 아이들은 에너지적으로 너희들 사이에 심겨 있는 그들의 스승을 금방 알아볼 것이다.

현재에는 육체의 정화만큼 중요한 문제가 없기 때문에 너희들은 그것에 모든 에너지를 집중하고 싶을 것이다. 에너지 차원에서 급속도로 고대의 유물이 되어 가고 있는 영역에 너희를 붙잡아 두는, 영겁의 세월 동안 너희 세포 구조 속에 에너지적으로 각인되고 축적된 것들을 너무 힘들게 끌고 다니고 있기 때문이다. 그런 구속에서 벗어나려면 대단한 변화가 너희 안에서 일어나고 있음을 인식하고 그 변화를 받아들여야 한다. 전환 과정에서 자연스럽게 생기는 부산물로서, 언제 드러날지 모를 온갖 종류의 '징후'들을 생겨나지 못하게 막는 일은 앞으로 너희 모두가 성취하고 싶어 할 목적에 좋지 않을 것이다.

살아 숨 쉬는 네 자연스러운 일상을 둘러싼 에너지는 강화되었다. 그 강화된 에너지가 인간 세포 구조에 강한 정화 효과를 가져올 수 있다. 그런 정화 과정이 스트레스로 작용하고 너의 몸 일부가 그 스트레스에 반응해 그것이 전통적으로 '질병'이라고 분류되는 형태로 나타날 수 있다. 하지만 그렇다고 세포 정화 징후의 고통을 덜고자 한다면 십중팔구 건강의 심각한 쇠락을 경험할 것이다.

많은 사람이 오래 살기 원하는데 오래 살려면 육체적 정서적 균형을 유지하는 것이 중요하다. 악성이 아닌 육체적 징후라면 정화의 표시로 알고(또 사실이 그렇다.) 조금 불편하더라도 그것이 발현되고 사라지는 과정을 방해하지 말아야 한다. 그런 징후 발현 과정을 방해한다면, 실제로 너희 몸은 반드시 다시 같은 정화 작업을 시도할 텐데, 그때는 고통이 더 심해질 것이다.

특정 토착민 문화에서 애용하는 약초를 쓰면 정화 과정을 가속화하는 효과를 볼 수 있다. 불순물을 없애려는 몸의 자연스러운 경향을 북돋는다고 알려진 약초를 복용하면 좋다. 단지 징후들을 가리기만 하고 나은 것처럼 보이게만 하는 약들은 정화 과정에 부작용만 가져오기 때문에 당장은 좋아 보여도 매우 위험하다. 별로 대수롭지 않은 육체적 징후를 보고 뭔가 잘못되어 가고 있다고 성급하게 결론 내리지 않게 조심하라. 사실은 그 반대다. 그런 징후들이 나타났다는 것은 사실 더 높은 에너지 수준과 동화하기 위해 육체가 준비하고 있다는 뜻이다. 또 에너지 동화 과정에서 에너지 진동 조건이 급격하게 변할 때에도 건강한 에너지 진동을 유지하기 위해 육체가 준비하고 있다는 뜻이다.

지금 시대에 건강에는 많은 변수들이 작용한다. 각각의 변수들이 세포 구조 속에서 건강한 상태를 함께 만들어 가기 위해 다른 에너지 형태들과 상호 작용하고 있다. 너희 세계에서 에너지 의학의 최첨단을 걷고 있는 선생들이 인간의 생각 및 감정과 육체적 건강 상태 사이의 연관 관계를 분명하게 보여 주는 정보들을 제공하고 있다.

그런 가르침들이 확실히 중요한 이정표이기는 하나 지금 드러나고 있는 정보들은 아직 대부분 이성과 경험에 기반을 둔 주제의 영역에 한정되어 있다. 정신적 육체적 건강 상태를 창조할 수 있는 인간의 능력은 두 가지 요소에 영향을 받는다. 하나는 너희가 이 생에 가지고 들어온 에너지 프로그램이고, 다른 하나는 너희가 이 세상이라 인식하는 것과 평행으로 공존하는 다른 세상들에서 동시에 존재하는 네 또 다른 자아들에 의해, 경험이라는 형태로 네 지금의 에너지 영역으로 끌려 들어오는 에너지다.

직선적인 사고방식으로 이런 개념들을 이해하기는 어려울 것이다. 이 개념들의 정의 자체가 너의 존재 수준에 있는 인간 조건의 기반인 '논리'에 위배되기 때문이다. 그럼에도 불구하고 너의 세포 구조 속에 있어 네가 끌고 다니는 프로그램을 초월하여 본질적으로 '너'인 또 다른 평행하는 삶의 형태 및 의식과 에너지적이고 자동적으로 연결되기 위해서는 경험의 패턴으로 드러나는 단서들을 예의주시해야 한다.

육체적 안녕과 관련된 매 순간 최고의 의식적 선택을 하면서도 에너지적으로 불순함 혹은 질병으로 드러나는 힘든 일도 충분히 겪을 수 있다. 어떤 육체적 불운은 육체 너머의 상황 때문이거나 최소한 그런 상황에 영향받는 경우일 수 있는데, 육체적 형태를 에너지적 관점으로 볼 수 있는 능력을 기르는 것이 그 상황을 극복하기 위한 최고의 처방전이다.

너는 지금 나란히 존재하는 많은 현실들 속에서 네가 지금 '지금 여기'로 경험하는 세상을 다른 너의 자아들과 함께 공동 창조했다. 그리고 그 평행하는 현실들은 네가 현실로 보는 이 현실에 에너지적으로 강한 영향력을 행사한다. 지금 네가 하나의 사건이나 육체적 조건으로 경험하고 있는 것들은, 너는 과거라고 생각하겠지만 사실은 미래이기도한 한때에 선택해 '지금 여기'로 가져온 잔여 에너지에 의해 어느 정도미리 결정된 것들이었다. 네가 과거라고 생각하는 것이 미래이기도 한 것은 그 모든 것이 실제 에너지 상태로 '현재' 벌어지는 일이기 때문이다.

경험의 패턴을 잘 감지하면 특정 육체적 조건으로 드러날 진동을 끌어들이는 주요 공명 에너지를 골라낼 수 있다. 생각의 수단을 통하든에너지 중심 치료를 통하든 해당 상황을 에너지로 보게 되면 너희를 특정 상황에 걸려들게 하는 자력 에너지의 충전 요소를 쉽게 분산시킬 수있다.

현재 너희의 현실 속 육체적 건강에 관한 한, 에너지 진동 치료법이정확하게만 실행된다면 그것은 가장 중요한 돌파구가 될 수 있다. 에너지 진동 치료법이 사람들이 말하는 특정 존재 상태로 가려는 '경향'의문제를 다룰 수 있기 때문이다. 그런 경향은 세포 구조 속에 있다가 독성 진동이 육체적 징후로 나타날 정도로 쌓였을 때 적절한 순간을 찾아내 스스로 모습을 드러낸다. 의식적으로 집중해 에너지 진동을 끌어올림으로써 네가 이상하게 자꾸 만들어 내려고 하는 상황을 많이 줄일수 있다. 어떤 특정 상황에 자꾸 끌리는 경향은 육체를 갖고 이 세상에태어난 바로 그 순간부터 네가 갖고 있던 것이다.

인간 존재의 에너지적 진동이 계속 가속화하는 지금 독으로 축적된업의 층들을 에너지적으로 풀어 주는 일은 매우 중요하다. 너와 함께모험을 단행하고 있는 너의 몸이라는 수단은 지금 그리고 앞으로도 계속 에너지적으로 너의 모든 과거를 반영할 것이기 때문이다. 지금 내린 선택이 너의 자아들 전체에 그 에너지 진동을 전달하여 그 자아들이 거주하는 모든 수준에서 네가 경험할 것을 결정하는 데 크게 기여할 것이다.

네가 여행할 모든 단계를 몸을 갖고 거치고 싶다면, 네가 아무 생각 없이 영겁의 세월 동안 끌고 왔던 에너지의 찌꺼기를 풀어 몸에 부담을 덜어 줄 필요가 있다. 세포 구조가 꽉 차 있어 그 무게에 짓눌린 상태라면 고양된 수준의 삶을 유지하기가 힘들다. 에너지 수선 '과정'을 거친 다음 육체적 수준, 감정적 수준 그리고 사람들이 '영혼'이라고 부르는 중심 에너지 진동의 수준에서 선택하고 반응하는 패턴들을 알아내야 한다. 왜냐하면 그 모든 수준들이 조화를 이루어 진동 에너지의 총합으로서 반향하며 네가 경험할 것들을 만들어 내기 때문이다.

그런 상호 의존하는 수준들 사이를 옮겨 다니는 에너지가 불균형 상태라면 너에게 끌려드는 경험도 부적당한 것처럼 보일 것이다. 그리고 너는 영적 성장을 경험한 것 같은데, 왜 감정적 혹은 육체적으로 극단적인 역경을 겪어야 하는지 의아해할 것이다. 너는 영적으로 많이 발전했음에도 불구하고 특정 역경의 패턴을 끌어들이는 감정 찌꺼기의 보따리를 세포 구조 안에 새겨 갖고 다닐 가능성이 크다.

어떤 사람의 인생 드라마에 네가 들어가 있다고 해서 그 사람의 영적 성장 단계를 섣불리 판단하지 마라. 너희들 중에는 모순되어 보이고 심각할 정도로 극단적인 사건들을 야기하는 사람도 있지만 그렇다고 그의 영적 성장 단계가 저급하다고 본다면 그것은 너의 잘못된 해석일 수 있기 때문이다. 판단은 너만의 과정에 한하고 내면으로 고개를 돌려 반복 경험으로 계속 맴돌게 만드는 패턴들에 대한 너만의 단서를 찾는 것이 가장 바람직하다.

지금 네가 겪고 있는 변형의 단계에서는 영적·육체적·정서적으로 균형 잡힌 사람을 만나기가 어렵다. 경험으로 표면에 떠오른 인생의 문제들은 네 한 측면의 기본적 상태가 네 다른 측면의 기본적 상태와 어울리지 못하는 에너지 불균형의 결과다. 변형의 현재 단계에서 한 개인이 모든 측면의 에너지 가속화와 전부 조화를 이루기는 매우 어렵다. 가속화한 에너지들을 각각의 장소에서 안정시킬 수 있는 적당한 상태를 만들기 위해 여러 인자들이 최고로 복잡하게 결합하고 있기 때문이다.

정화 과정을 시작하고 정화를 최우선 과제로 의식적으로 인식한다면, 의도가 집중된 영역에서 에너지가 급격하게 빨라질 것을 기대해도 좋다. 인생에 중요한 문제를 표면에 떠올려 해결하는 과정에서 퇴보와 진보를 반복할 것이다. 일생을 통해 반복되는 경험의 패턴을 알게 된다면 삶의 중요 주제와 연결되어 축적된 독성의 여러 단계가 소위 양파 껍질 벗기듯이 불려 올라와 해소될 것이다. 특정 인생 주제와 관련된 깊은 감정을 끌어올리는 것을 허락하면, 그동안 갖고 다니던 에너지의 부정적인 충전 중 상당 부분을 순차적으로 풀 수 있고, 같은 주제에 대한 극단적 변형들을 실제로 경험할 가능성을 줄일 수 있다.

궁극적으로는 특정 경험의 범주들을 깊이 조사하고 육체적 형태로 나타나는 독성을 시간 들여 완전히 처리하고 나면 에너지 균형을 성취할 수준에 이를 수 있다. 그때 인류가 상승하며 만드는 에너지의 파도 그 앞쪽 언저리에 있는 너를 보게 될 것이다. 그런 단계에 도달할 때 인식이 전환되기 시작할 것이다. 처음에 그 전환은 미묘하지만 결국 너는 스스로가 하나 이상의 현실에 동시에 존재하는 것을 깨닫게 될 것이다.

지금 네가 서 있는 곳에서 존재의 그런 상태를 인식하기는 어려울지도 모른다. 하지만 너의 과정이 고급 단계에 들어가면서 그런 상승의 단계를 어렴풋이나마 알게 될 것이다. 이미 그런 경험을 한 사람이 많다. 그리고 네 세상의 변형이 계속 진보함에 따라 그런 존재의 상태가 매우 흔해질 것이다. 결국에는 그런 상태가 '표준'이 될 것이다. 그때쯤에는 네가 '절대 변하지 않을 것'이라 생각했던 진리는 새롭게 발견한 미세한 인식들에 그 길을 이미 내어 주었을 것이다. 그리고 네 세상의 '단단한' 기초와 물리적 증거들이 실은 에너지적 사고의 형태이고 의지로 바꿀 수 있다는 것이, 여전히 육체를 갖고 있는 사람들에게도 모두 명백한 진리가 될 것이다. 그 시점이 오면 삶은 매우 달라질 것이다.

다양한 수준 속 에너지를 미묘하게 조작하여 또 다른 현실을 창조할 수 있다는 사실이 명백해질 때, 다양한 에너지의 균형을 찾고 그 균형 상태를 유지하는 것과 관련한 전문 지식들이 모두 드러나기 시작할 것이다. 너희는 의지로 원하는 것을 창조할 수 있는 능력을 발견하여 실제로 눈에 보이는 결과를 경험할 것이다. 특정 결과를 불러내고 싶은 숨은 충동을 알아내는 일이 매우 중요해질 것이다. 의도의 순수함을 유지하는 것이 획득한 에너지 균형 상태를 성공적으로 유지하면서 경험하고 싶은 것을 경험하는 데 중요할 것이다.

지금 같은 과도기에는 그런 능력이 표준인 세상을 엿보는 것 정도를 기대할 수 있다. 그리고 너는 모든 것이 '옳게' 되는 날이 분명히 올 것을 알아채고 흥분할지도 모른다. 그런 순간에 너는 너를 둘러싸고 있는 모든 에너지와 '조화를 이루고 있음'을 느낄 것이다. 말 그대로 그 순간에 너는 그렇다.

너의 에너지가 네가 처해 있는 환경 전반과 조화를 이룰 때 사실 너는 너의 의도를 '실현하고' 그 의도를 의지로 구현하려는 것이다. 그 순간 너는 세상들 사이의 간격을 없애고 '지금 여기'라는 고양된 수준을 경험하는 것이다. '여기'는 정지된 장소가 아니고 '지금'은 정지된 시간이 아니기 때문이다. 네가 경험하는 현실은 너를 둘러싸고 있는 미세한 것들의 무한한 연합에 반응하며 끝없이 움직이고 늘 변하는 힘의 운동장이다.

너는 세상이 네가 인식하기 힘든 방법으로 스스로 미세하게 조정되고 있음을 인식할 것이다. 그리고 다음 순간 모든 것이 네가 기억하는 것과 매우 다르다는 것을 발견할 것이다. 자진해서 그 과정에 더 깊이 들어간다면, 너는 너의 현실이라 인식하는 것 안에 변하지 않고 남아 있는 것은 오직 '하나'의 의식뿐임을 깨닫게 될 것이다. 너를 둘러싼 모든 것으로부터 분리된 것이 아니라 네가 인식하는 모든 것과 너를 인식하는 모든 것이 완벽하게 통합된 존재의 상태를 알아차리는 것이다. 그것이 바로 **하나임**의 경험이고 네 여행의 목적지다. 실제로 생각보다 빨리 그 경험을 하게 될 것이다.

16

• 신성한 과학 구현하기
• 가능성에서 개연성으로
• 업의 조건화 극복하기
• 새 예술 형태로 구현하기
• 통달을 위한 기초 다지기

변형 여행 과정이 심화되면서 너는 네 인생 상황들과 육체적 건강 상태가 보내는 신호들을 더 강렬하게 알아챌 것이다. 그런 상황과 상태를 불러일으키는 것은 너를 둘러싼 모든 것과 연결되어 있는 네 에너지 진동 수준들이다. 네가 너만의 과정 속 어느 교차로에 서 있는지 측정하기가 상당히 쉬워질 것이다. 네 마음이 원하는 것을 일상에서 얼마나 쉽게 혹은 어렵게 구현할 수 있는가를 알아차리기만 하면 네가 어느 교차로에 있는지 측정할 수 있기 때문이다.

너는 관찰자인 동시에 관찰 대상이었음을 알게 될 것이다. 네 존재의 상태를 평가하고 그 평가에 따라 선택의 방향을 조종하는 일을 일상적으로 하게 될 것이다. 흔히 '의식적'이라 말하는 접근 방식을 제대로 따를 것이다. 지금 한참 진행된 조건들 아래에서는 집중된 의도의 뒷받침

없이 마음대로 행동하는 사치를 부릴 여유가 없기 때문이다. 모든 행동, 모든 생각, 모든 선택의 미묘한 차이들이 전체 에너지에 힘을 보태고 네 삶의 현실을 창조하는 데 기여하기 때문이다.

인식 전환 과정에 더 깊이 몰입함에 따라 너는 삶의 방향을 계속 재평가해야 한다는 압박을 느끼기 시작할 것이다. 그리고 네가 처한 상황에 급격한 변화를 주어야 한다고 느낄지도 모른다. 그 변화는 직업적으로 인간관계에 있어 더 이상 너의 고양된 목적에 부합하지 않는 상황이나 사람과의 연결을 끊는 결과로 이어질 수 있다. 특정 인간관계나 활동이 너의 영적 진화에 전혀 쓸모없어졌음이 명백해질 것이다. 그리고 네 에너지를 고갈시키는 상황을 계속 유지할 적당한 이유를 찾기가 점점 더 어려워질 것이다.

너는 이미 네가 선택해 만나는 사람들과 상황이 너의 존재 상태에 가하는 영향력의 강도를 또렷이 알아채고 있다. 분리의 장막이 매우 얇아졌고 따라서 너희는 이제 너희가 관여하겠다고 선택한 모든 존재와 모든 상황과 강렬한 에너지를 주고받게 되었기 때문이다. 너희가 처해 있는 에너지 환경을 알아채고 그 알아차림에 맞게 의식을 집중해 선택하는 일은 확실히 지금 너희가 가장 흥미로워하는 일이다.

이제는 서로 조화롭게 공감하지 못하는 관계라면 그 끈을 놓아야 할 수도 있다. 이 여행에서 순교는 아무런 가치가 없다. 너의 최고선에 부응하지 못하는 것을 잡고 늘어져서 좋을 것은 아무것도 없다. 그리고 그런 결정을 도울 척도는 내면의 알아차림뿐이다. 지금은 삶에서 우선하는 문제에 몰두하고 그 문제를 더 어렵게 하는 사람이나 활동은 골라서 멀리해야 할 때다.

　너의 여행길에 다른 사람을 데리고 가야 할 의무는 전혀 없다. 서로 도움이 되는 관계라면 너와 너의 옆에서 여행하는 사람들은 각각 자율적으로 살아갈 것이다. 오직 자신의 이익을 위해 너의 자연스러운 경향이 잘못되었다고 말하며 너에게 계속 뭔가를 강요하는 사람은 너의 에너지를 고갈시키고 집중력을 흩트릴 뿐이다. 인식 전환 과정에 있는 너는 너의 자아를 가장 잘 표현하는 일에 집중해야 한다. 너의 개인적 진리를 존중하고 사교적으로 타협하려는 조건화한 경향을 거부한다면, 네가 연결되어 있는 전체 에너지를 최고로 잘 표현하는 데 이바지하게 될 것이다.

　누구와 그리고 어디와 교류할 것인지를 엄선할 것을 강력히 조언한다. 물론 선택은 다른 사람에 대한 너의 주관적인 판단이 아니라 너의 최고선에 집중한 결과이어야 할 것이다. 나쁜 에너지를 막을 수 있는 능력을 기를 때까지 네가 만나는 모든 사람과 상황이 네 존재의 상태에 가하는 영향의 정도를 계속 알아차리고 미리 조심해야 한다.

　에너지를 오래 안정적으로 유지할 수 있게 되면 이 변형 과정 단계의 특성 중 하나인 약한 저항력이 많이 좋아질 것이다. 그런 수준에 이르면 과정의 초기 단계에 있을 때 보호 메커니즘 차원으로 채택할 수밖에 없었던 억지 초연함이 '존재하는 모든 것'과 의도하에 하나로 합쳐지는 느낌으로 바뀔 것이다. 에너지 저항력이 약한 단계를 빠르고 쉽게 통과하는 사람들이 있다. 또 구속의 층들을 힘들게 하나씩 벗겨 내며 한참을 들여 통과하는 사람들도 있다. 너는 변형 과정 내내 에너지의 롤러코스터를 탈 수 있다. 아니면 한 걸음 물러서서 존재의 에너지 상태를 통제할 수도 있다. 어느 쪽이든 네 스스로 결정할 문제임을 너도 깨닫게 될 것이다.

새로운 수준의 에너지에 익숙해지고 매일 일어나는 에너지 변화의 알아차림을 적절히 관리하는 기술에 익숙해지는 데는 연습이 필요하다. 너는 에너지 돌진을 감지하는 데 이미 익숙하고 그런 에너지 돌진의 순간을 하나의 기회로 보기 시작했다. 특정 생각에 집중하거나 말로 의도를 드러냄으로써 원하는 것을 이룰 수 있는 기회 말이다. 처음에는 원하던 결과가 너무나 쉽게 네 무릎 위로 떨어지는 것을 보고 놀라지 않을 수 없을 것이다. 그 새롭게 발견한 능력에 익숙해지기 시작하면 네 존재의 춤을 안무함과 동시에 실제로 공연이 이루어져도 그런 일이 정말이지 매우 자연스럽게 느껴질 것이다.

너는 본능적 감각으로 기회의 바다에 의식의 그물을 던질 타이밍을 알아채게 될 것이다. 그리고 네가 구현한 결과들을 보면서 최적의 결과를 위한 기본 규칙들과 현실의 본성이 급격하게 바뀌었음을 이제 도저히 의심할 수 없다고 생각할 것이다. 지금 여기서 살아남는 방법을 배운다면 너의 세상은 직전의 세상과 완전히 다를 것이다. 페이지는 넘어갔다. 그리고 너는 한때 네가 네 인생 연극의 대본이라 믿었던 것과 근본적으로 다른 대본을, 또 다른 현실의 또 다른 새 페이지에 또렷이 썼다. 그리고 그 현실은 네가 어디를 보든 네 앞에 나타날 것이다.

너는 변화를 거부하며 그동안 듣고 배웠던 것에 매달리려 할지도 모른다. 반대로 너는 느꼈기 때문에 부인할 수 없는 것과 경험했기 때문에 반박할 수 없는 것을 과감히 인정하려 할지도 모른다. 그리고 너는 세상의 경이를 처음 아는 사람이 될 수도 있다. 그럼 그 경이로운 세상에서 너는 실로 선구자가 되는 것이다. 그 세상의 안내서는 아직 완성되지 않았다. 미지의 땅으로 과감히 나선 너희가 일상의 경험을 통해 길을 만들 것이고, 너희의 발자국을 따를 다른 사람들이 그 길을 진리로 널리 알릴 것이다.

이 비범한 변형의 시대에 너의 옆에서 걷는 사람들과 인생 경험을 공유하며 네가 그들에게 말하는 진리는, 새롭지만 언제나 그곳에 있었던 현실의 기초가 될 것이다. 시공간의 교차로에 있는 너의 세상은 현재 너희가 연기하고 있는 특정한 드라마의 관점과는 획기적으로 다른 관점을 얻게 될 것이다. 하지만 네가 지금 구체적으로 갖기 시작해서 앞으로 더 강해질 능력은 너의 세상이 에너지적으로 진화해 도달하게 될 세상에서는 흔한 것이 될 것이다.

네가 지금 깊이 관여하고 있는 에너지 상승의 경험은 영원히 지속되는 과정이다. 그리고 그것은 마음이 원하는 완성을 향해 질문하며 나아가고, '존재하는 모든 것'과 계속 태어나는 모든 것과 연대하여 재결합하는 것에 기뻐하는 합일의 움직임이다. 창조의 모든 수준에서 너의 본질이 그렇다. 그리고 이 생에서 너는 네 의식의 돌에 변화의 추진 에너지가 말할, 지워지지 않을 진리를 조각할 것을 선택했다. 너는 인식 전환 여행에 동참할 것이다. 너는 과감하게 나아가 위대한 미지를 대면하고 경험할 것이다. 너는 그렇게 알게 된 지혜를 변하는 현실의 조류와 아직 대면하지 못한 사람들에게 전달해 주고 싶어 한다.

너는 새 세상이 법칙을 만드는 데 중요한 참고가 될 여러 선례들을 남길 테고 그렇게 새로운 패러다임의 선구자 중 한 명이 될 것이다. 너는 너의 정체성을 발견했기에, 다른 사람들이 그들 현실의 천의 올이 풀어지는 그 순간 기존의 독선적인 사고방식 아래 숨어서 너에게 돌을 던지는 동안, 내면의 진리가 발하는 불빛을 따라 과감하게 혼자 걸어왔다. 그리고 너는 세상의 카드 패가 계속 바뀌는 동안 너만의 진리를 굳건히 지키며 격변하는 조류 속에서 다른 사람들이 삶을 포기하는 것을 조용히 지켜봤다.

누가 옳고 누가 그른지의 문제가 아니다. 모두 자신의 믿음이 타당하다고 믿는다. 그런 믿음 자체가 기대서 살아갈 현실이고 척도다. 새로운 에너지 속에서 성장할 사람과 사라질 사람의 차이는, 눈앞에 변화의 증거들이 보일 때 진보하는 선택을 할 틀을 갖고 있느냐 갖고 있지 못 하느냐에 있다. 옛날 세상에 고집스럽게 집착하는 사람은 '규칙'을 잘 지키며 살아도 점점 더 힘들어질 것이다. 그런 규칙이 이제 스스로 재정의되고 있음을 잘 인식한다면, 그것은 현재의 조류가 향하는 곳으로 같이 잘 흘러가기 위해 최고로 잘 무장한 것이다.

비판하려 들지 않고 수용한다면 너는 순수한 알아차림을 행동으로 이어 가는 일에 천군만마를 얻은 것이다. 너는 직관적으로 행동하지만 결실로 이어질 에너지를 예민하게 찾아낼 것이다. 에너지 쇄도와 쇠퇴의 흐름을 잘 타면 불운을 막고 쇠퇴기에 생길 수 있는 좋지 않은 생각과 말과 행동을 피하게 된다. 네 주변 에너지의 흐름을 잘 알아채고 어떤 미지의 개념을 접할 때, 너 자신보다 앞서 감지하는 창조적 '촉수'에 대한 네 자신의 반응을 감지하기만 해도 너는 순간의 에너지와 융합해 그 것과 하나가 될 수 있다.

주어진 일련의 상황에 반응할 타이밍을 잘 잡는 것이 노력의 효과 면에서 극적인 차이를 가져올 수 있다. 나설 때와 물러날 때를 감지할 능력은 강력한 자산이므로 계발하고 강화할 필요가 있다. 상황을 통제하고 싶은 욕구를 접고 그 상황 속 잠재력이 스스로 발휘되도록 두어야 할 때를 알아야 지금 네가 부여받은 힘을 제대로 이용할 수 있다.

행동을 취할 때를 알게 하는 도구로서 에너지의 조수에 내재하는 잠 재력을 인식하는 것만으로는 부족하다. 나아가 너의 의지를 구현할 도구로서의 행동과 무행동 사이의 균형을 잘 잡아야 한다. 종종 지정된 순간에 그냥 아무것도 하지 않으면서 주어진 문제를 둘러싸고 복잡하게 꼬인 변수들이 순리대로 제자리를 찾아가게 두는 것도 일종의 행동이다. 결과를 구현하는 것과 결과가 구현되도록 허락하는 것 사이에는 분명 차이가 있다. 종종 후자의 접근 방식이 더 효과적이며 가장 원하는 결과를 끌어낸다. 인내는 강력한 기술이다. 너를 둘러싸고 있는 에너지와 조화를 이룰 능력을 강화하는 동안에는 종종 인내심을 상당히 발휘해야 할 것이다.

고양된 에너지를 잘 통제하기가, 그리고 에너지가 고양될 때 생기는 결과를 원하는 대로 끌어낼 수 있는 능력을 자제하기가 쉽지만은 않을 것이다. 그 정도로 높이 에너지를 고양시키는 데 너의 노력이 기여한 바가 크기는 하지만, 에너지 고양은 대개 네가 의식하지 못하는 요소들로 미리 결정된 것이기 때문이다. 가능성의 영역에는 모든 종류의 변수가 존재하고 그 변수들이 너의 실제 경험으로 나타나려고 서로 기싸움을 한다. 그리고 그것은 사실 문제나 교차로를 둘러싼 가능성의 무한한 영역에서 물질이나 경험의 형태로 언젠가는 모두 구현되기 마련이다.

변수들의 특정 조합이 가장 강력한 전자기 충전 에너지를 갖고 다니다가 결국 표면에 떠오르는 데는 업의 모양새가 중요한 역할을 한다. 주어진 문제에 관련된 모든 존재들이 내린 일생의 선택으로 미리 프로그램되고 조건화한 반응들은, 네가 원하는 것을 실현할 가능성을 개연성으로 바꾸는 데 결코 무시할 수 없는 짐으로 작용할 것이다. 그런 업적인 요소들의 영향을 상쇄하기 위해 많은 일을 할 수 있지만, 그 요소들은 여전히 너의 현실 창조의 기초를 형성하기 때문에 네가 원하는 일에 적잖은 장애로 다가올 것이다.

네가 가장 원하는 일이 즉시 이루어지지 않는다고 해서 에너지와 의식을 확장하고 인식하는 데 실패했다고 생각하지는 마라. 이미 존재하는 특정 변수들로 미리 프로그램되어 결국 일어나게 되어 있는 일을 바꾸고 특정 결과를 끌어내는 데는 많은 시간과 노력, 적절한 대응이 필요하다.

의도를 의식적으로 실현하는 일이 어느 정도 궤도에 오르면 이 신기한 예술의 전체 영역이 철저한 조사를 받게 될 것이다. 다른 예술 형태들처럼 구현의 예술도 통달을 요구하기 때문이다. 지금 너의 현실과 평행한 다른 현실들 속에서 이미 그런 것처럼 말이다.(그곳에는 구현의 예술이 이미 완벽의 경지에 이르렀다.) 네 인생의 현재 상황들이 창조의 궁극적 무대(인생)에서 네가 연마한 구현 기술의 수준을 고스란히 드러낼 것이다. 너는 한계 없는 창조의 수단을 부여받았고, 머리와 심장의 균형을 완벽하게 표현할 양식도 부여받았기 때문이다. 여기서 머리와 심장의 균형이란 에너지를 더하고 빼는 기술과 구현의 기회를 잡았을 때 네가 느낄 열정 사이의 균형을 뜻한다.

걸작이 그려질 캔버스는 네가 과거나 미래로 생각할 시간 속 관련 일들이 불러낼 모든 잠재적 함정들을 내재하고 있다. 그 관련 일들은 모두 사실 '지금' 이 순간 벌어지고 있으며, 그렇게 지금 이 순간에 적절한 전자기 에너지 충전을 갖고 다닌다. 또 그렇게 에너지 균형 상태에 영향을 준다. 너는 균형 상태에 있는 그 복잡한 요소들의 조합에 힘을 가해 너를 둘러싸고 있는 지금 이 순간의 에너지를 네 존재 자체와 조율하는 것으로 큰일을 해낼 수 있다. 그때 너는 적절한 시간에 행동하고 원하는 의도를 제대로 표현해 낸 것이다.

너희는 일생을 두고 작용하던 패턴들을 바꾸고, 업 때문이라 생각할 만한 깊이 숨겨진 요소들을 극복하며, 조건화된 반응들을 변형하기 위한 대단한 기술을 습득할 수 있다. 그런 기술이 성공적으로 적용되었을 때 너희는 주어진 문제를 둘러싸고 있는 지배적인 전자기 에너지 충전을 풀고 그 문제를 둘러싸고 벌어질 만한 일들을 막을 수 있다. 계속 그렇게 할 수 있다면 그것을 통달의 인증이자 구현의 장(場)의 토대라고 볼 수 있다.

의도 구현을 하나의 과학으로 접근하는 사람도 많고 또 최고 예술의 표현으로 간주하는 사람도 많을 것이다. 다가올 시대에는 그런 두 접근 방식이 섞일 것이고, 그럼 고도로 숙련된 한 세대의 의도 구현 수행자들이 배출되어 틀을 완전히 초월해 위한 기준을 마련할 것이다. 네가 현실이라 생각하는 시공간 안의 현재 교차로들에서는 바로 네가 가능성으로 가득한 새 세상에 가장 가까이 있다.

너희들 각자가 자신의 삶을 창조한다는 것이 곧 상식이 될 것이다. 네가 '피해 의식'이라 부르는 사고는 당연히 퇴화할 것이다. 특정 상황에 대해 다른 사람 혹은 '어쩔 수 없는 상황' 탓을 하는 것이 더 이상 가능하지 않을 것이다. 모든 경험은 복잡하고 흥미진진한 수준에서 모두 스스로가 결정한 것임을 알게 될 것이기 때문이다. 그리고 공통으로 경험하는 현실을 공동으로 창조하는 데 각자 맡은 역할에 책임져야 할 것이다. 그런 공동의 창조에 개인이 한 역할을 더 이상 부인할 수 없을 때 개인은 '창조자'로서의 자신의 역할을 인정할 수밖에 없고 그렇게 **하나임**으로 향한 여행에 큰 문턱을 넘을 수 있다.

물리적 형태의 세상과 즉각적인 구현의 세상을 통합하는 과도기적 세상이 올 것이다. 너는 지금 그 과도기적 세상에 들어가기 직전에 있다. 새로운 기술을 적용하는 데 얼마나 주의를 기울이느냐에 따라 네가 경험할 기쁨이나 좌절의 정도가 결정될 것이다. 어떤 상황에서든 너 자신 외에 고마워할 사람도 비난할 사람도 없음을 알게 되는 것은 그런 훈련 과정이 주는 부산물이다.

두 세계 사이의 교차로인 현재의 시간 틀 안에서는 자신을 부드럽게 대하기를 강력하게 조언한다. 모든 조건을 스스로 창조했다는 사실을 깨달았다고 해서 자신을 비난한다면 현재 상황에 아무런 도움이 되지 않는다. 마찬가지로 네가 경험하며 관찰하고 깨달은 것을 다른 사람에게 독선적으로 말하는 것도 소용없다. 네가 이미 극복한 문제를 어떤 다른 사람이 아직도 해결하지 못하고 씨름하고 있다는 것은 단지 그 사람이 그 문제를 스스로 체험하 이해하려고 열심히 훈련 중이라는 뜻이다.

진정한 앎은 오직 경험으로부터만 온다. 무슨 일을 지적으로만 이해하거나 다른 사람이 말하거나 써 놓은 것을 억지로 이해하려고 할 수는 있다. 하지만 통렬한 인생 경험을 통해 교훈을 얻기 전에 초연함에 통달하는 것은 불가능하다. 또 운이 따라 주어 고통스러운 경험을 통해 뭔가를 배울 수 있었다고 해서, 그것을 생색내듯 누군가에게 말하는 것은 아무런 도움이 안 된다. 어쩌다 피상적으로 느꼈을 뿐 삶 속에 전혀 녹아들지 못한 상투적 깨달음으로 빈말을 하는 것은 상대의 정신적 발전에 해가 될 뿐이다.

특정 문제와 관련된 이해할 수 없는 상황이 연출된다고 해서 누군가를 비난하거나 누군가에게 사과할 필요는 없다. 트라우마로 남을 일들이 인생 극본에 나타났다는 사실 자체가 그 당사자가 특정 문제에 통달하려고 노력 중임을 분명히 지시하는 것이다. 다른 사람에게 조언하기 좋아하는 사람은 그런 접근 방법이 불러올 여러 미묘한 효과를 잘 알고 주의해야 한다. 이론적으로 자명한 이치를 제공하거나 타인의 수행 과정에 간섭한다면, 너는 상대가 관련 상황을 모두 경험하고 주어진 드라마가 촉발하는 감정을 다 겪으며 이룰 수 있는 성장을 막는 것이다.

인생의 거대한 드라마에 함몰되어 큰 깨달음의 언저리에서 방황하는 누군가를 보게 된다면 조심스레 질문을 던져 스스로 대답을 찾게 하는 것이 최선이다. 그렇게 한다면 상대는 문제가 무엇인지 분명히 납득할 것이고 지혜로 통합될 이해를 위해 똑같은 일을 다시 겪으며 시간을 낭비하지 않아도 될 것이다. 지혜는 단순한 이론적 이해가 아니라 산 교훈을 통해서만 얻을 수 있다. 너는 순수한 의도를 유지하면서 선의의 충고로 상대의 통합 과정을 선취해 상대의 의식 진화 과정을 망치지는 않는지 확실히 살펴야 한다.

　너는 지금 너 자신만을 위해 여기에 있다. 단지 몇몇 형이상학적 문제들이 갑자기 이해되었다고 해서 변형의 시기를 넘었음이 분명하다고 믿고 싶을 수도 있겠지만, 앞으로 다가올 조건들을 받아들일 수 있는 강력한 토대를 갖고 싶다면 인식 전환 과정을 반드시 실제로 경험해 봐야 한다는 진리는 변하지 않는다. 너를 위해 풍부한 경험을 준비해 놓고 있는 인식 전환 과정에 경의를 표하라. 그리고 네 옆에서 여행하고 있는 존재들이 인간성을 충분히 발현하게 둠으로써 그들 인식 전환 과정의 훌륭함에도 경의를 표하라. 물론 너 자신에게도 그렇게 해야 할 것이다.

17

　너도 조금 맛을 본 수준 높은 에너지 통합이 어떤 사람들에게는 다양한 정도의 불편한 징후들로 표출될 수 있다. 사람들은 때로 그것을 질병으로 오해하기도 한다. 통합의 수준이 높아져 그것이 너에게 강한 영향을 미치기 시작하면 자연 정화 과정이 새로운 국면에 접어들 것이다. 몸 안에서 급격한 변화가 일어나고 있다는 증거들을 무시하기가 점점 더 어려워질 것이다. 그 변화를 알아채지 못하면 건강이 아주 나빠지거나 심지어 생명이 위험해질 수도 있다.

　네가 겉옷으로 삼아 가져온 몸은 태어날 당시 너의 세상의 표준 환경 조건이 생산하는 에너지 밀도의 수준을 견딜 수 있도록 고안된 것이었다. 현재 네가 에너지적으로 너와 합병할 것을 허락한 공기, 음식, 물 같은 물질 안에 있는 오염이 네 몸에 매우 극단적인 밀도를 더하고 있고 그 결과 현재 인류는 거의 멸종 위기에 처했다.

그런 나쁜 오염이 몸에 깔려 있는 상태에 자연스러운 정화 과정을 확장하고 가속화하도록 고안된 에너지 진동이 더해지면, 몸은 극단적 수준의 독성을 생산하여 그때 인식 전환 과정을 정상적으로 밟기가 어렵게 된다. 너의 몸은 이미 주변의 강화된 에너지가 야기하는 가속화한 정화 과정이 주는 부담 때문에 꼼짝달싹 못하는 상태이기 쉽다. 한때는 오염된 몸으로도 잘 살 수 있었지만 에너지가 달라지는 지금은 불가능하다. 지금은 몸이 쌓인 독을 전례 없이 강하게 제거하려 하고 있고 그래서 곧 세포 속에 쌓인 찌꺼기를 처리하기 시작할 것이다. 그 속도가 굉장히 빨라서 그 과정을 제대로 의식하지 못하면 온몸이 쇠약해질 수 있다.

지금 네가 거치고 있는 변형의 시기에 몸의 건강을 유지하기 위해서라도 정화 과정에 임할 때는 그 과정 하나하나를 의식하고 알아차려야 한다. 생각 없이 몸에 영양을 공급해 놓고 건강하기를 기대할 수는 없다. 가장 피해야 할 일은 화학 독성 물질로 오염된 음식을 섭취하는 것이다. 육체적으로 중독성 있는 물질도 현재 번성한 고양된 에너지 진동을 유지하려는 전체의 관심에 역효과만 가져올 것이다.

너의 세상 전반에서 쉽게 대중적으로 소비되는 식수는 오염된 것으로 기껏해야 몸에 해로울 뿐이다. 몸 안으로 쏟아지는 강한 독성을 쓸어 내려면 물을 더 많이 마셔야 한다. 오염되지 않은 용천수나 증류수를 마시고 '식수'라며 제공되는 화학 처리된 물은 피해야 한다. 알코올 성분이 높은 음료나 음식은 고양된 에너지 진동을 유지하는 데 좋지 않기 때문에 피할 것을 조언한다.

집에서 기른 가축의 젖이라면 인간이 먹을 만한 좋은 음식으로 생각할 수 있으나 오직 화학 물질이나 첨가물로 오염되지 않고 적은 양만 먹었을 때 해당되는 말이다. 과일 주스도 유기농에 전통 방식으로 짠 것이라야 한다. 오염된 물을 먹고 자란 과일을 먹는 것도 당연히 좋지 않다. 현재는 모든 먹을거리를 잘 의식해서 먹어야 한다. 한입 한입이 네 존재의 에너지 진동의 일부가 되거나 인식 전환 과정에 있는 네 몸이 부담해야 할 또 다른 독이 될 수도 있기 때문이다.

이 시대에 맞는 음식은 오염되지 않은 소박한 음식이다. 너의 '문명' 문화가 화학적으로 영양가를 강화한 탓에 음식들이 많이 오염되었다. 가공되지 않은 날음식은 변형의 시대 전반에 인간의 몸에 최고의 영양을 제공할 것이다. 너의 소위 '문명화한' 사회에서 육류 섭취는 거의 모든 지역에서 권장될 수 없다. 동물들이 그들의 세포 구조 속에 갖고 다니며 견뎌 내는 오염이 너무 많기 때문이다. 그런 동물의 살을 먹는다면 안 그래도 독성을 띠고 있는 네 몸에 독을 또 더하는 것이다.

바다도 대부분 오염되었고 그만큼 바다 속 창조물들의 세포 구조도 오염되었다. 청소 동물이라 불리는, 육지와 바다의 먹이 사슬 맨 아래에서 썩은 음식을 먹으며 찌꺼기를 처리하는 동물은 현재 인간의 먹을거리로 좋지 않다. 청정한 조건에서 기른 물고기라면 보통 사람보다 단백질을 더 필요로 한 사람에게 먹을거리가 될 만하다. 현재는 동물성 단백질을 많이 먹을 필요가 없다. 해양 동물은 원칙적으로 인간이 먹을 음식이 아니다.

육지 동물의 살도 일반적으로 좋지 않다. 지금 인류가 싸우고 있는 일에 복잡한 에너지만 더해 더 힘들어질 것이기 때문이다. 먹을 요량으로 길렀지만 화학 첨가제로 오염된 가축의 살도 좋지 않다. 그런 가축이 생산해 낸 계란 같은 부산물도 건강한 음식을 먹고자 한다면 마찬가지로 부적당하다.

주변의 에너지가 가속화할 때, 지금 네가 집으로 삼고 여행하고 있는 몸에 활력을 유지하는 것도 매우 중요하다. 들이마시는 공기도 네 존재의 모든 세포와 융합하고 그 공기가 원래 있던 환경의 순결하거나 불순한 에너지를 몸속으로 끌어들인다. 일단 너의 세포 구조와 융합하면 공기는 네 몸이 없애려고 애쓰는 부담에 밀도를 더한다. 주거 환경을 잘 의식하여 깨끗하고 신선한 공기를 마시기가 쉽지 않은 곳이라면 환경을 바꿀 것을 권한다.

필요하다면, 그런 결정을 내리는 데 변수로 작용할 다른 사람의 의견은 과감히 무시할 수 있어야 한다. 인류의 생존 자체가 위기에 처했기 때문이다. 그리고 다가올 시대에는 생명력을 유지하는 데 호흡이 가장 중요한 문제이다. 세련된 문화를 향유할 수 있는 공간도 좋지만 산업화나 도시화가 덜 되어 소박한 삶을 살 수 있는 곳도 좋다.

주변 환경이 부적당하다 싶어 이사를 결정했으면 이사할 만한 지역의 장점을 꼼꼼히 따져 보기 바란다. 비가 자주 오고 신선한 식수가 많고 소박하며 인구 밀도가 낮은 곳을 강력히 추천한다. 지리적으로 공기의 흐름이 빨라 늘 신선한 공기를 유지하는 곳이 이 시대에 살기에 이상적인 환경이다. 잦은 비로 정화가 잘되는 지역이 좋다. 사방이 막혀 공기가 정체되는 지역에 살면 곤란을 겪을 것이다.

앞으로 다가올 시기에는 극단적인 날씨가 계속될 것이고, 지금 자연재해로 고통받는 지역은 인식 정화 과정이 가속화하면서 그런 고통이 더 심해지기 쉽다. 오염이나 나쁜 에너지가 야기하는 다양한 문제로 자연의 균형이 교란된 지역의 경우 극단적 날씨가 일상이 될 것은 뻔한 사실이다. 자정 능력이 있는 지구 자체가 가장 오염된 지역에 정화를 위한 상황들을 제공할 가능성이 크기 때문이다. 인구 밀도와 오염이 극심한 지역의 날씨가 계속 극단적인 양상을 보일 것이다. 자연이 제공하는 환경 정화 방식이 그렇다. 곧 더 적당한 환경으로 이사할 사람이라면 그런 지역은 피해야 한다.

변형의 시간에 살아남을 수 있는 최적의 환경은 사람이 적고 천연 자원이 풍부한 곳이다. 그런 곳으로 가려면 삶의 초점을 완전히 재정립해야 할 것이다. 경제적 희생이 따르더라도 부적절한 환경을 떠나 건강한 자원을 제공하는 곳으로 이동하기를 진지하게 생각해 보는 것이 너를 위한 가장 좋은 일일 수 있다.

너의 전반적인 안녕은 격변하는 상황 아래에서 육체적 건강을 창조하기 위해 복잡하게 작용하고 있는 강력한 힘들의 영향을 받고 있다. 현재 네가 내리는 선택들은 가까운 미래에 네가 씨름하게 될 상황들에 강한 영향을 미칠 것이다. 변하지 않고 지금처럼 살 수 있을 거라고 생각하는 것은 무모하다. 존재의 모든 측면에 급격한 변화가 일어나고 있다는 증거가 도처에 널렸는데도 처음에 믿었던 대로 앞으로도 살 수 있을 거라고 생각할 수는 없다.

물질적 손해를 걱정하는 사람이라면 예상대로 가고 있는 인생 극본을 대폭 수정하고 대안을 세우는 데 많은 용기가 필요할 것이다. 물질적 부를 축적하는 것이 최우선 과제일 때 부덕한 충고로 보이는 것이 의식 중심의 세계관으로 볼 때는 가장 나은 선택 방향이 될 수 있다.

네 물리적 세상에서 일어나는 변화와 그 변화를 만드는 눈에 보이지 않는 상황들을 민감하게 알아채면, 자칫 너를 과거라는 감옥의 죄수로 만들 수도 있는 구속으로부터 벗어날 수 있다. 적당한 기회를 잡아 이런 저런 조건화한 기대들의 포위에서 튕겨져 나오고 눈가리개를 한 채 내렸을 선택들의 결과를 주의 깊게 봐야 할 필요가 있다. 네가 지금 인식하고 있는 세상을 주의 깊게 바라보면 삶이 송두리째 바뀔 만큼 기본 법칙들이 급격하게 변해 왔음이 분명해질 것이다. 그리고 살면서 그런 변화의 에너지와 조화를 이루는 선택을 하는 것이 절대적으로 옳다는 것도 분명해질 것이다.

지금 같은 과도기에 선택을 할 때는 너의 내면의 느낌을 믿어야 한다. 그리고 논리적 정신이 하는 말을 가볍게 넘겨라. 논리적 정신은 대체로 결국은 두려움 때문에 생겨난 생각들을 지지하기 때문이다. 네가 스스로 가장 고양된 에너지 수준에서 '지금 여기'라는 현실에 존재할 것을 선택했음을 알아라. 그리고 가장 고양된 에너지 수준에 있는 '너'의 가장 뛰어난 표현과 관점에서 보면 모든 것이 신성의 질서 속에 있음을 알아라. 현재로서는 네가 처한 환경이 완벽하다는 것을 이해하기 어려울 수 있다. 하지만 너의 더 높아진 우월한 지점에서 보면 그럴 수밖에 없다.

논리적 정신은 네 몸을 살피는 데 이용해 논리적으로 가능한 최고의 선택을 하라. 그리고 인식 전환의 길에 더 힘든 과정을 잘 헤쳐 나가기 위해서는 네 깊은 마음속 지혜에 의지하고 도움을 받아라. 그 깊은 마음속에서는 사실보다는 느낌이 중요하다. 네 존재 깊은 곳에 있는 진실은, 항상 그곳에서, 앞으로 올 힘든 일 전반에 방향과 무한한 지혜를 제공해 줄 것이므로 너는 그것을 영혼의 나침반으로 삼아라. 너는 그 나침반의 안내를 어떻게 받을 수 있는지 배우지 않았다. 왜냐하면 이미 알고 있기 때문이다. 필요한 것은 네 안에 프로그램된 것을 표면으로 떠올리고 네 기도의 응답으로 나타난 에너지적으로 의심할 수 없는 것들을 포용하는 용기다.

네 존재의 많은 측면이 현재 너를 최대한 돕고 있음을 알아라. 네가 육체적으로 살아남아야 그것들도 좋기 때문이다. 너의 모든 측면이 네가 앞으로 다가올 변화를 성공적으로 거쳐 다가올 새 세상에 강하고 완전한 존재로 태어나기를 더없이 바라고 있다. 너의 몸은 과도기에 변화를 겪을 것이고, 그 결과 너는 존재의 다른 차원에서도 삶을 유지하여 지금은 단지 부분적으로만 연결되어 있는 영역들에서도 에너지적으로 존재할 수 있게 될 것이다.

정화 과정에서 주의를 집중해 몸을 건강하게 유지하면 네 동류의식(Kindred Consciousness)들과 상호 연결되는 과정을 완수할 기회를 최대한 많이 갖게 될 것이다. 여기서 동류의식이란 본질적으로 바로 '너'로, 다른 수준들에 존재하는 또 다른 너의 무리를 뜻한다. 그 다른 수준들을 완전히 의식하는 일은 네 에너지 영역 안 너희가 차크라라고 부르는 에너지 중심점 모두에서 완전한 통합(하나임의 경험)이 이루어질 때만 가능하다.

각각의 차크라에는 네가 직면하고 극복해야 할 문제들이 있다. 각각의 차크라가 에너지와 의식의 다차원적 네트워크의 육체적 구현이기 때문이다. 그런 차원들 사이 의사소통의 선들을 정리하는 전체 에너지가 필요함을 알아채고 그렇다는 사실을 받아들인다면, 너는 네 에너지의 전체 스펙트럼을 상승시키기 위해 지대한 공헌을 한 것이다.

인식 전환 과정은 네 현실의 소우주와 그 소우주 안에서 생기는 모든 미묘한 변화의 소우주까지 포함한다. 그리고 나아가 본질적으로 '존재하는 모든 것'인 너희 모든 존재의 대우주도 포함한다. '존재하는 모든 것'은 '네'가 없다면, 그것에 네가 모든 방식으로 연결되어 있지 않다면, '존재하는 모든 것'이 될 수 없다. 네가 의식할 수 없는 차원들이 너로 하여금 편히 과정에 들어가게 하고 너의 섬세한 에너지 균형과 네 육체의 완벽함을 흩뜨리지 않기 위해 대단한 주의를 기울이고 있다.

너희 각자는 특정 영역에 적당한 에너지 변수들의 독특한 조합을 갖고 있다. 그 영역의 에너지 진동이 상승하면 너의 몸속에서도 그 상승에 적응하려고 급격한 변화가 일어나고, 이미 복잡해진 에너지 균형 상태에 다른 많은 요소를 기하급수적으로 추가한다. 그 결과 현재의 조건에서 육체를 유지하기가 불가능한 사람이 많아질 것이다. 에너지 가속화 정도가 너무 빨라 결과적으로 세포 수준에 저장된 에너지의 밀도가 몸을 단계적으로 파괴할 것이다. 물론 의식이 가장 깨어 있는 사람들은 예외다.

다가올 육체적 변형에 준비가 된 사람은 수많은 단계에서 세심한 안내를 받을 것이다. 에너지 상승 과정을 머리로 이해하려고 너무 노력할 필요는 없다. 그 과정에 너와 함께 할 수단(몸)의 상태를 꼭 그만큼 알아채려고 노력하지 않는다면 말이다.

너희 중에는 몸이라는 수단을 이용해 고양된 전자기 에너지 진동수를 잘 처리하는 능력을 계발한 사람이 많다. 그 능력을 키울 기술은 수없이 많다. 하지만 그 진동 에너지를 세포 수준에서 고양시키고 그 세포 수준에 보관되어 이동하는 에너지를 점진적으로 정화하는, 육체에 가하는 효과 면에서는 모두 같은 기술이라고 할 수 있다. 증폭된 에너지 진동 수준에 몸이 노출되면 그 효과는 육체뿐 아니라 신비체에서도 나타난다. 그리고 업의 해소로 나타나기도 하고 반대로 육체 에너지의 밀도를 더 강하게 할 수도 있다.

흔히 '치유'라고 하는 것에 '더 나은 방법'이란 없다. 각 방법마다 기술 면에서, 그리고 이상적인 조건 아래에서 그 기술들이 정확하게 적용되었을 때 생길 결과 면에서 엄청난 차이가 있기는 하지만 말이다. 현재 너의 현실에서 시행되고 있는, 에너지에 기반한 치유 양식을 평가하는 결정적인 기준은, 생길 수도 있고 생기지 않을 수도 있는 결과에 대한 너의 느낌이다. 치료받는 사람과 치료하는 사람 둘 다의 관점에서 현재의 에너지 치료법들을 연구하는 것이 몸을 최대한 정화하고 싶은 사람 모두에게 많은 혜택을 줄 것이다. 치료 대상자에게 치료 에너지를 전달하는 과정에서 그 에너지는 치료자의 에너지 영역을 통과하게 되어 있고, 그때 치료자의 몸에 생기는 정화의 효과는 절대 과소평가될 수 없다. 치료자는 자칫 인류에 대한 봉사로만 끝날 수 있는 치료의 일을 통해 자기 몸의 정화라는 훌륭한 부수적 효과를 얻을 수 있다.

고양된 에너지 주파수에 네 몸을 정기적으로 노출할 것을 강력히 권장한다. 어떤 종류의 고양된 에너지인지는 중요하지 않다. 어쨌든 결국에는 정화 과정이 가속화되는 효과를 볼 것이기 때문이다. 주어진 방법이 너에게 효과적인지 아닌지, 의미가 있는지 없는지를 아는 최고의 기준은 오로지 내면의 지혜가 하는 말이다. 특히 심장 차크라 안에 있는 너의 안녕에 대한 감각에 집중하는 것으로, 너는 주어진 치유 양식 혹은 치유자가 추구할 만한 가치 있는 길을 제공하는지 아닌지 매우 쉽게 알 수 있을 것이다.

온 힘을 다해 차원을 넘나드는 이 인식 전환 과정에 참여하고 있는 사람은 누구나 결국 높은 수준의 치유 에너지를 보유하고 또 전달할 수 있다. 그런 능력을 너에게 누구보다도 기꺼이 전달하고 싶어 하는 선생들이 이 시대에는 넘쳐 난다. 하지만 너의 상황에 최적인 안내와 치유법을 찾고 싶다면 너의 직관을 믿어라.

너의 에너지 진동심(Core Vibration)은 네가 이 생에 가지고 온 것이다. 에너지 진동심은 이를테면 신원 확인용 에너지 배열이다. 다시 말해 너는 다른 사람과 구분되는 너만의 에너지 진동심을 갖고 있다. 그리고 그것은 다른 사람이 전달한 에너지에 노출되었다고 해서 바뀌거나 없어지지 않는다. 오히려 노출되어야만 진동심의 반향이 강해지고 빨라질 수 있다. 정제와 정화 과정의 모든 측면을 통과할 때마다 인간은 조금씩 본성에 더 가까워진다. 그리고 오랜 세월 축적되어 밀도가 높아진 감정 에너지 진동 찌꺼기(네 세상의 모든 존재가 이런 찌꺼기를 에너지 형태 속에 넣어 갖고 다닌다.)의 층을 다 벗겨 버릴 때 인간은 진정한 인간성을 일견하고 육체를 가진 인간으로서 가능한 모든 것을 경험할 수 있다.

치유를 위한 에너지 동화 과정을 극대화할 수 있느냐 없느냐는 해당 에너지와 관련된 네 의도의 상태에 달려 있다. 누군가의 에너지를 '갖고 오겠다'는 마음으로 치유에 접근한다면 결국 그 누군가의 에너지로부터 받을 수 있는 혜택을 모두 없애 버릴 것이다. 에너지 동화가 제대로 진행된다면 누가 누구의 에너지를 갖고 가는 일은 불가능하다. 네 에너지가 다른 존재를 '통과해' 증폭되었다면 네 본질의 에너지 진동 수준도 더 높아진다.

다른 사람이라는 수단을 통해 에너지 받는 연습을 할 때 몸의 특정 징후를 없애 달라는 의도보다는 육체적 정신적 에너지 밀도를 헐겁게 하겠다는 의도로 접근하는 것이 더 유익할 것이다. 그렇게 지속적으로 노력하다 보면 부수적 효과로 특정 징후가 사라질 수는 있지만 최적의 효과를 보려면 에너지 수령자와 제공자 모두 특정 징후의 해결에 집중해서는 안 된다. 에너지 교환 수행을 정기적으로 하다 보면 몸의 독소가 계속 배출되는 누적 효과로 몸이 매우 건강해짐을 느낄 수 있을 것이다. 정화 수행을 간헐적으로만 하는 상태라면 다가올 시대의 조건에서 그 정도의 건강을 바랄 수는 없다.

에너지 진동수가 가속화하는 상태에서 육체적 건강을 유지하려면 삶의 우선권을 수정하고 개정할 필요가 있다. 더 이상 물리적 수단만으로는 최적의 건강 상태를 유지할 수 없다. 네가 매일 싸우고 견뎌야 하는 현재 세상의 조건들에서는 기본적으로 수행이 필요한데, 거기에는 건강 유지에 집중하는 것은 물론 신비체 안에 축적된 밀도 높은 찌꺼기를 청소하는 데 집중하는 에너지 수행도 추가되어야 한다. 그런 노력의 결과로 네 몸은 네 에너지 몸의 건강한 측면들을 모두 반영해 더욱더 건강해질 것이다.

네가 들어가 살고 있는 몸은 너를 기다리고 있는 고양된 수준의 존재로 향한 여행에 일종의 교통수단이다. 현재 네가 경험하고 싶어 하는 진동음을 창조하려면 너의 몸을 육체적 특성을 넘어선 것으로 간주할 필요가 있다. 너의 육체는 사실 여러 에너지 진동과 그에 상응하는 여러 인식들이 만든 것이다. '모든 것이 에너지다.' 손으로 만질 수 있는 몸은 노력의 초점보다는 노력의 결과로 볼 때 가장 좋다. 에너지가 토대인 전체의 부분만을 반영하는 육체에 초점을 맞춘다면, 결과도 똑같이 부분적일 것이고 생기 넘치는 건강을 아무리 희망해 봤자 결과는 원래 가능한 것에 반에 반도 미치지 못할 것이기 때문이다.

강렬한 에너지 치유 프로그램에 참여할 때 질병의 징후를 경험할 수 있다. 정화 요법을 시작하자마자 몸 상태가 나빠졌다고 해서 치료 프로그램이 효과가 없다고 단정하지는 마라. 육체에 초점을 집중하도록 조건화한 사람에게 병을 뜻하는 징후가 에너지 관점에서 봤을 때는 사실 '정화'를 뜻한다. 그런 징후는 독소가 빠져나오고 있는 것인데, 그 말은 너의 에너지 영역이 너의 세포 구조의 특정 부위에 쌓여 있던 부담을 덜어 내는 중이라는 뜻이다.

마찬가지로, 고양된 수준의 에너지 진동수에 노출될 때 네 몸의 감정체에 숨어 있던 독소들도 빠져나온다. 이 과정에서 너는 억압된 감정을 대체로 강렬하고 심오한 방식으로 반복 경험할 수 있다. 감정이 너도 모르게 표출되는 사건들을 겪으면 정서적으로 불균형 상태라고 결론짓고 싶을 것이다. 하지만 그런 감정 표출은 십중팔구 수준 높은 치유 에너지를 부른다. 사실 감정 표출 사건을 경험하는 것은 정서적 균형을 되찾았으며, 감정체 깊숙이 숨어 있던 안 좋은 에너지의 밀도가 약해졌음을 뜻한다.

인식 진화 과정이 심화되면서 감정적으로 놓지 못해 끌고 왔기 때문에 부담이 되는 뿌리 깊은 업에 접근하고 생을 거듭하며 경험과 반응을 윤색하던 감정 패턴들의 층을 겉에서부터 벗기기 시작할 것이다. 그 과도기적 단계를 지금 잘 통과하고 있기 때문에 너는 평생을 싸워 왔던 감정적 조건화의 구속으로부터 벗어나는 자유를 느낄 것이다. 감정적 자극이나 충격에 적절히 반응하는 너 자신의 모습을 보면, 네가 이제는 더 이상 감정적으로 반사작용하지 않고 한때 너의 삶을 지배했던 감정들에 휘둘리지도 않는다는 것이 분명해질 것이다.

치유 행위 과정에서 에너지 자극을 받을 때 삶의 문제를 둘러싼 부정적 에너지의 충전을 떠나보내는 것이 그 치유 효과를 극대화하고 똑같은 경험을 자꾸 불러들이는 에너지 사슬을 깰 한 방법이다. 심원한 감정 해소 에피소드를 겪는 동안에는 감정을 마음껏 발산하라. 네 안에 숨어 말하지 못한 역사를 밝힐 필요가 있다. 한 번씩 그렇게 밝혀지고 풀려질 때마다 너는 일생 동안 너를 가두었던 감정의 감옥으로부터 벗어나는 자유를 경험할 것이다. 그동안은 자극적인 신호가 오기만 하면

주로 감정 반사적인 행동을 했는데 이제 더 이상 그렇지 않을 것이다. 그리고 감정적 조건화의 악순환 속에 너를 묶어 두었던 사슬이 풀릴 것이다.

너는 문제가 되었던 감정 자체는 물론 그 감정을 자극했던 다양한 상황에도 초연해질 것이다. 한때 괴로운 드라마를 끝없이 반복 연기하게 너를 붙잡던 극본을 가볍게 타고 넘어가는 자신을 인식하기 시작할 것이다. 자신이 약간 무관심하다는 느낌이 들면 그것이 바로 네 안에 에너지가 전환되었다는 신호임을 알아라. 그리고 그 느낌은 경험이라는 춤의 안무를 네가 원하는 대로 짤 수 있게 되었다는 신호다.

지금 같은 변형의 시기에 너의 경험을 윤색하곤 하는 남아 있는 감정 패턴들을 시간을 들여 깊이 탐구하고 너의 감정체 안에 은거해 있는 세포질 기억들을 자극하는 행동들을 지속적으로 하는 것이 좋다. 겉으로 아무리 자제를 잘하는 것 같아도 그 침착함은 착각이고 그 배후에는 항상 첩첩이 쌓인 밀도 높은 감정의 덩어리들이 있기 때문이다. 앞으로 다가올 에너지 진동들을 극복하려면 그 감정들을 반드시 풀어야 한다. 그 과정에서 자아 심판은 피하는 것이 최선이다. 그러나 많이 진보했다고 자족하는 것도 깊은 곳에 잠자고 있는 조건화를 계속 감추어 둘 수 있다. 반대로 진짜 진보한 것의 가치와 효과를 퇴색시킬 수도 있다.

인식 전환은 계속되는 과정임을 알아라. 너를 자극하는 시험에 들게 하는 조건과 패턴들이 주기적으로 올 것이다. 어느 정도 깨달은 것 같고 그런 깨달은 새 초월적 존재로서의 정체성을 정화하는 데 상당히 오래 집중했다고 해서, 인간적임을 어느 정도 졸업하고 초월했다고 단정하지는 마라. 네가 느끼는 너의 발전 정도에 상관없이 그런 단정의 근저에는 거부하는 마음이 도사리고 있다. 그리고 그런 마음을 실제로 먹으면 이제는 지나간 것으로 치부했던 감정의 습관적 패턴 속으로 곧장 퇴보하게 될 것이다. 너의 감정체를 움직일 다양한 상황들에 계속 마주칠 것을 대비하고 그것을 기회로 삼아라. 한때 너를 반사적으로 행동하게 만들었던 충전 밀도가 높은 감정 에너지로부터 계속 자유로운 상태를 확실히 유지하도록 노력하라.

상승 과정에 의식을 집중하는 사람이라면 계속되는 과정으로서의 에너지 치유 행위를 삶의 방식으로 만들 것을 권한다. 규칙적인 운동과 건강한 식이요법처럼, 치유 에너지를 열심히 연마하는 라이프 스타일은 변형의 많은 단계를 거치는 동안 육체적 안녕을 유지하는 데 기여할 것이다. 또 인식 전환 과정을 어느 정도 거쳤다면 '에너지 수행자'가 될 때 얻는 이점을 진지하게 고려해 볼 것을 권한다. 에너지 수행자가 되면 좋은 치유 에너지를 받을 뿐 아니라 줄 수도 있다. 물론 치유 에너지를 주고받는 것은 모두에게 내려진 축복의 선물이다. 손이나 다른 에너지 중심점으로부터 치유 에너지를 발산할 수 있는 사람들이 다소 '특별하다'고 생각하는 것은 옳지 않다. 그 사람들은 단지 치유의 에너지를 다른 사람에게 줄 수 있는 인간이 원래 갖고 있는 좋은 점을 순순히 받아들였고 시간을 들여 그 기술을 익힌 것뿐이다.

네가 생산해 내는 치유 에너지에 너 자신이 도움을 받는 것도 체력 단련 기간에 해야 할 중요한 일이다. 다른 사람의 몸을 위한 기술을 그대로 너의 몸에 적용해도 좋은 결과를 가져올 수 있다. 에너지 치유 행위가 다른 사람으로부터 받기만 할 수 있는 것이라고 단정해서는 안 된다. 너희들 각자는 치유 에너지를 발산하고 또 그 에너지로 스스로를 치유하는 데 필요한 모든 장치를 구비하고 있다. 그런 에너지 치유 기술을 이미 발현하고 있다면 그런 능력을 쉽게 접할 수 없는 곳에서 살아도 괜찮다. 완전한 자가 치유는 전적으로 가능하다. 곧 다가올 시대에는 많은 사람이 스스로 선택해 그런 자가 치유 능력을 위한 길을 걸을 것이다.

지금은 앞으로 세상에서 일어날 에너지 관련 모든 일에 준비할 때다. 그리고 상승의 가속화한 에너지를 맞이할 기반이 될 기술과 이해로 무장할 아주 좋은 때다. 현재 너희가 그런 변화의 파도 최선봉에 서 있고 그렇기 때문에 놀랍고도 강렬하게 사방에서 솟아오르는 증폭된 에너지 반동을 경험할 수 있다. 인식 전환 과정과 너의 위치를 알아채고 있다면 너는 최고로 잘 무장한 것이다. 변형 과정의 결과들에 흔들림 없이 잘 대응하기 위해서 말이다. 그리고 그런 알아차림으로 파도에 잘 올라타 너희를 기다리고 있는 신기한 세상을 경험할 능력을 얻을 수 있을 것이다.

18

- 관계 완성하기, 자애로운 초연함을 품고 떠나기
- 타인에 대한 집착 끊기
- 약식 인생 경험의 의미
- 타인의 자유롭게 살고 죽을 권리 인정하기

변형의 깊은 과정에서는 별일 아닌 것에 너무 지나치게 반응할 때 아마도 그 일이 네가 그 시기의 너의 인생에서 우선적으로 해결하고 싶은 문제가 아닐까 생각해 볼 수 있다. 사건 사고에 대한 반응을 알아채는 과정에서 특정 시나리오에 과잉 반응하는 자신을 알아채기 시작할 것이다. 너의 에너지 영역 안에 네가 잘 숨겨 놓았던 감정의 범주들에 주파수를 맞추는 데 단서가 되는 것이 너의 감정적 반응이다. 네가 그렇게 반응하는 것은 반응 대상이나 문제가 되는 상황 자체와는 거의 아무 상관이 없다. 반응 대상이나 네가 처한 상황은 네 안에 여전히 에너지로 숨어 있는 깊은 문제들로 너를 이끌기 위한 촉매자로서 너의 성장을 위해 너의 드라마 대본에 전략적으로 투입된 도구들이다.

강한 감정적 반응 때문에 자꾸 똑같은 드라마가 재연되는 것을 보게 되면 한동안 문제의 장면으로부터 멀리 떨어져 그런 상황이 상징할 만한 것을 꼼꼼히 살펴라. 그렇게 하지 않으면 문제의 주제가 재발하는 장면이 계속 나타날 것이다. 옆구리에 박힌 가시 같은 상황들이 계속 일어나는 것은 대개 너에게 엄청난 깨달음을 주어 같은 장면의 연기로 이어지는 조건화한 반응으로부터 벗어나게 하기 위해서다. 특정 주제를 끝없이 계속 겪지 않으려면 어느 정도 거리를 두고 바라보는 일이 반드시 필요하다.

특정 주제의 탓으로 돌리면 돌릴수록 그만큼 반복적으로 너는 그 주제와 관련된 일을 경험할 것이다. 그런 패턴을 극복하고 순환을 깨려면 그 과정에 너를 맡기고 너에게 벌어지는 일에 저항하지 않아야 한다. 그런 상황에 대항하며 너의 의지를 관철시키려 하는 것은 같은 일을 또다시 만들어 낼 뿐이다. 현실을 창조한다는 말이 무슨 뜻인지 이론적으로 이해했음에도 불구하고 역경이 계속 생긴다면, 그 역경들 속에 숨어 있는 공통점을 파헤칠 때가 된 것이다. 그 공통점이 역경 전체의 역사를 밀도 높은 한 권의 책으로 만들 것이고, 그 책을 통해 너는 진정한 통찰을 조금씩 얻을 수 있을 것이다.

특정 인생 주제가 꺼내 놓은 속박에서 자유롭고 싶다면 그 주제에 해당하는 시나리오에서 너 자신을 에너지적으로 완전히 제거하는 것이 중요하다. 대립의 가능성이 많은 상황임에도 불구하고 감정에 계속 연연할 때 너는 그 상황에 에너지적으로 관여하는 것이다. 그 드라마에서 너 자신을 제거하고 떠날 때 너는 그 주제를 완성하는 일에 가능한 가장 의미 있는 방식으로 기여하는 것이다. 모든 것에 초연하라는 말은 물질적인 '것들'에만 해당하는 말이 아니라 네가 정신적 감정적으로 관여하고 있는 모든 '상황'까지 포함하는 말이기 때문이다.

마음을 열고 네 앞에 놓인 기회들을 받아들이겠다는 자세를 갖고 있다면, 너는 네가 진심으로 원하는 것을 최고로 잘 반영할 상황을 불러오는 상태에 있는 것이다. 에너지적으로 가장 고양된 상태의 네가 지금까지 바라 왔던 것은 대개 바로 네 눈앞에 있었기 때문이다. 그동안은 네가 그것을 알아차리지 못했다. 단지 좋지 않은 에너지의 상황을 있는 그대로 받아들이지 못하고 조작하려는 데 에너지를 다 썼기 때문이다. 육체에 매어 있으면서 동시에 육체의 한계를 초월할 것을 바랄 수는 없다. 다시 말해 한계를 받아들여야 한다. 쉽지 않은 결과를 억지로 얻어내는 일이 이 시대에는 쉽지 않을 것이다. 그런 억지는 오히려 육체의 한계를 초월하는 데 필요한 시간만 연장할 뿐이다.

결과에 연연하지 않는 것이 지금 네 인생의 현주소일지 모를 악몽이나 계속 재현되는 꿈의 속박으로부터 벗어나는 중요한 요령이다. 지금 네가 창조해 내고 있는 상황들은 굉장한 불쾌감을 야기하기도 하지만 너의 주의를 얻도록 계획된 특정 주제들의 통렬한 표본들이다. 결과에 감정적으로 연연하는 것은 너의 계속되는 수감 생활을 위한 기초를 다지는 것밖에 되지 않는다.

네가 너의 인생 드라마에 섭외했을 특정 사람들에 집착하는 것도 속박의 또 다른 범주에 속하기 때문에 지금 반드시 조사해야 할 문제다. 네가 특별한 문제에 무엇보다 먼저 관심 갖게 하기 위해 그 문제를 극화한 드라마 속에서 너와 함께 연기를 하는 사람들이 있다. 그들은 특별한 노래를 부르기 위해 거기에 있는 것이다. 관련 문제를 네가 완수할 때 그 노래는 더 이상 필요 없을 것이다. 그때 노래를 부르던 존재와의 관계를 연장한다면 불협화음의 불필요한 반복으로 고통만 받을 것이다.

때가 되면 너의 인생 드라마 속 특정 연기자들을 떠나보낼 준비를 해야 한다. 그 연기자들이 너와 같이 창조하고 공유했던 역사를 통해 자신이 원래 갖고 온 목적을 충족시켰기 때문이다. 네가 이미 도달한 초월 단계에서는 너를 위해서도 또 상대 연기자를 위해서도 서로의 목적이 충족된 후에 교류의 패턴을 연장하는 것은 대부분 유익하지 않을 것이다. 단순히 습관 때문에 교류를 이어 가고 있지는 않은지, 교류가 여전히 실용적이고 서로의 성장에 유익한지 살펴라.

이 시대에는 타인에 집착하는 사람이 흔하다. 오랜 시간 누군가와 나눴던 우정을 떠나보내는 데 상당한 용기가 필요함을 잘 알 것이다. 하지만 그 관계가 너무 힘들다면 더 이상 좋을 게 없다는 것을 명백히 깨달아야 한다. 너는 사실 화합이 가장 중요한 관계를 원한다. 네가 아무리 노력해도 그런 화합이 생기지 않으면 그 관계에서 벗어나 나쁜 마음 없는 초연함만을 갖고 연결 고리를 없애는 것이 최선이다. 부정적 감정의 충전이 극대화되었을 때 관계를 끊는다면 그 관계를 끊으면서 얻을 수 있는 이점이 모두 사라진다. 관계를 끊는 목적은 해당 개인과 얽힌 상황의 에너지를 분산해 퍼트리는 것이다. 신랄한 감정으로 마지막 장면을 연기하는 것은 불에 물을 붙기는커녕 부채질을 하는 것으로 에너지를 분산하겠다는 원래의 목적에 전혀 도움이 안 된다.

진정한 무관심은 흉내 낼 수 있는 것이 아니다. 비록 처음에는 많이 흉내를 내기도 하겠지만 말이다. 진정한 무관심은 상대를 걱정하지 않는다는 뜻이 아니다. 진정한 무관심은 특정 에너지 패턴에 얽매이지 않겠다는 의사 표현이다. 서로 관여했던 드라마에 이제는 초연하다는 뜻이다. 진정한 무관심이라면 교류를 끊는 것이 서로에게 실제로 좋게 작용해야 한다. 많은 사람이 생각하는 것과 달리 사실 진정한 무관심은 관계를 끊으면서도 그동안 서로 쌓아 온 좋은 에너지 충전은 계속 유지하는 것이다.

속에서는 조용히 분노가 끓고 있는데 겉으로는 무관심한 척할 때 문제의 패턴에서 자유로울 수 없다. 그때는 다음 상연을 위한 무대를 만들고 있을 뿐이다. 상대 연기자가 바뀔지는 몰라도 대본은 똑같을 것이다. 너에게 가해진 잘못된 행동이라고 느끼는 것에 대해 분노의 기운을 갖고 있는 한 너는 반복 상연을 위한 무대를 만들 수밖에 없다. 그런 순환에서 진정으로 자유로워졌다면 너는 똑같은 드라마가 생겨났을 때 감정에 얽매이지 않고, 있는 그대로 경험할 수 있다. 아무리 거칠고 신랄한 말과 행동에 직면해도 그것이 고통이 아니라 단순한 말과 행동으로 다가올 것이다. 그런 말과 행동의 좋고 나쁜 점에 대한 판단 자체가 보류될 것이다.

바꿔 보겠다는 욕구 없이, 그리고 너만의 가치 체계 속에 꿰어 맞추겠다는 생각도 없이 눈앞에 벌어지는 일을 모두 무조건적으로 받아들인다면, 너는 네 앞에 펼쳐지도록 결정된 일이 무엇이든 또 누가 나타나든 자유로울 수 있는 비결 하나를 얻은 것이다. 지금은 누구를 업고 가는 시대가 아니다. 너의 의지에 반하는 교류의 패턴 속에 계속 너를 잡아 두려 하는 사람은 그 사람 자신의 조건화한 행동과 인생의 문제들을 풀지 못하고 계속 연장할 뿐이다. 그가 그 인생의 드라마를 너나 또 다른 누구와 함께 계속 연기하고 말고는 그의 선택에 달렸다. 너도 특정 교류의 패턴과 쇠퇴를 인식하며 그런 선택의 기로에 섰었다.

문제의 상대에게 여전히 남아 있을 사랑과 염려를 저버리지 않으면서 교류를 끊을 수 있을 때, 그 사람이나 다른 사람과 예의 그 연극 장면을 계속 연기할 필요성을 진실로 더 이상 느끼지 않을 것이다. 떠날 때는 자애로운 초연함으로 떠나는 것이 여기서 우리가 새겨야 할 교훈이다. 그리고 너를 사랑하는 마음으로 너를 자유롭게 하는 것이 네가 고맙게 받아야 할 선물이다.

관계를 완성하는 과정에서 새겨야 할 그 교훈들이 이 시대에 네가 성취할 수 있는 일의 상당 부분을 차지한다. 관계를 청산할 때 뒤따를 세속적으로 감당해야 하는 문제들을 거부하고 싶을 것이다. 그런 거부감을 극복하는 것이 이 과정에서 가장 힘든 일이다. 관계 청산 문제를 다루고 있는 사람들이 대부분 감정적으로 익숙한 패턴에 굴복하고 해당 관계의 중심 주제와 연관된 드라마에 빠져들게 하는 조건화 속에 있기 때문이다.

해당 드라마와 연관된 감정을 초월하는 것을 통해서만 문제의 상황에 초연할 수 있다. 그러려면 반드시 네 사고의 깊은 곳까지 조사해 특정 에피소드들을 관리하는 숨겨진 주제들을 골라내고 그 주제들을 창조하는 데 도움을 주는 서로 연관된 문제들의 복잡한 거미줄을 드러낼 수 있어야 한다.

에피소드들에 직면할 때 실제로 벌어지고 있는 일이 무엇인지 알 수 있으면 해당 드라마가 지고 다니던 에너지 충전의 상당량이 풀어진다. 지금 벌어지고 있는 일이 무엇인지 어렴풋하게라도 알게 되면 어느 정도의 초연함을 갖출 수 있다. 주로 동시에 혹은 연이어 벌어지는 여러 통렬한 에피소드를 겪고 나면 해방의 느낌과 함께 그동안 갇혀 있던 곳에서 벗어날 것이다.

너희는 종종 매우 갑자기 에너지가 변했음을 느낄 것이다. 그리고 한때 전쟁이라도 일으킬 것 같던 문제들이 웬일인지 의식에 아무런 파장도 일으키지 않은 채 지나갈 수도 있다. 너희는 사건이 일어나는 패턴들을 수용하고 있음을 깨달아 그런 사건에 너희의 의지를 관철하려는 노력이 부질없음을 알 것이다. 재현되던 상황의 에너지가 한두 번 흩어지면서 그런 상황을 계속 구현할 필요성이 줄어들고, 그런 상황을 자극했던 사람들과의 교류를 계속하고 싶은 충동도 자연스럽게 사라질 것이다.

뒤따를 재충전 과정 동안 혼자만의 시간을 넉넉히 갖기를 권한다. 너희는 한동안 휘말렸던 상황과 거리를 둘 필요가 있음을 마음으로부터 알아채게 될 것이다. 처한 환경 자체가 급변할 수도 있다. 의식이 대대적으로 전환되었을 때는 이해한 것을 진정으로 받아들일 시간이 필요하다. 그때 성급하게 새로운 사람을 만나지 말기를 조언한다. 무의미한 혼란으로 되돌아가지 않기 위해서다.

너희는 고독이 안전한 것임을 알게 될 것이다. 그리고 새롭지만 사실은 익숙한 사람으로 옛 관계를 대체하는 것은 선택 사항이 될 수 없음도 알게 될 것이다. 그리고 너만의 과정의 신성함과 고요함 속에서 깊은 편안함을 느끼기 시작할 것이다. 타인과의 교류가 꼭 최우선으로 필요한 것은 아님을 알게 되면 네가 처한 환경을 재구성하기 위한 토대가 마련된 것이다.

인생의 조건화에서 완전히 벗어나는 것은 고통스러운 과정으로 완성하는 데 몇 달에서 심지어 몇 년이 걸릴 수도 있다. 과거에 심하게 반응했던 신호에 여전히 반응한다고 해서 자책하지는 마라. 해당 주제와 반응 패턴을 인식하는 일이 가장 힘들고 그것은 그 주제와 패턴의 구속으로부터 빠져나오는 일보다 더 중요하다. 너의 인생 문제들을 서로 엮고 있는 공통점을 발견하는 것은 과정의 시작일 뿐이다. 그동안 외웠던 대사를 읊고 싶은 욕구도 없이 평생을 살았던 극장을 떠날 수 있다고 기대할 수는 없다.

결국에는 무대에서 내려올 것이다. 그리고 그때 너는 너의 연기가 얼마나 위대했는지 '스스로' 깨닫고 기뻐서 행복할 것이다. 너는 네가 맡은 역할을 완전히 터득했고 연기했다. 그래서 편하게 그 역할에서 은퇴할 수 있는 것이다. 그때쯤이면 새롭게 태어난 자아의 모든 측면에 인생에서 배운 교훈들을 적용할 수 있을 것이기 때문이다. 너는 깊은 감사의 마음으로 지금의 네가 있기까지 연습이 얼마나 중요했는지를 인식할 것이다.

지금 같은 과도기에는 인식 전환 과정을 완전히 탐험할 수 있게 자신에게 운신의 폭을 넉넉히 주어야 한다. 너희는 지금 경주를 하고 있는 것이 아니다. 유사한 경험을 하고 있을 다른 사람을 견제하며 통과해야 하는 결승점은 없다. 과정이 얼마나 진행되었는지 다른 사람과 비교할 필요는 전혀 없다. 너희 각자가 고도로 개인적인 예정표를 따라가고 있기 때문이다. 개인적 여행이 제공하는 풍부한 경험들을 샅샅이 탐험할 사치를 허락하라. 네 새 자아를 성장시킬 이해의 소중한 밀알들을 하나도 버리지 말고 모아라.

각자가 여행하는 길은 모두 특별하다. 무늬가 비슷해 보일 수는 있지만 자세히 들여다보면 각각의 특이한 '경험의 지문'을 따라가고 있다. 그 과정에서 비교란 무가치하다. 너 자신이 한 비교든 타인이 한 비교든 마찬가지다. 의미는 여행 자체의 훌륭함에 있는 것이지 그 여행의 목적지에 누가 더 빨리 도착하느냐에 있는 것이 아니기 때문이다.

관계를 제대로 정리할 수 있어야만 너는 너의 라이프 스타일을 재구성할 수 있다. 살면서 누렸던 부수적인 것들을 버리겠다고 선택하는 사람이 많아질 것이다. 그리고 인생에 중요한 점들이 급격히 변할 것이다. 더 이상 물질적 획득과 보장에 초점을 맞추지 않고 모든 구속으로부터 자유로워지는 데 가치를 두는 관점들을 얻을 것이다. 편안함을 추구하는 세속적인 문제에 관심을 덜 쏟을 것이고, 너만의 인생 목표를 드러낼 수 있는 시나리오들을 통해 편하게 원하는 것을 구현할 수 있는 일에 더 관심을 쏟을 것이다.

인식 전환 과정 프로그램의 완벽함을 굳게 믿는 것이 내면의 무한한 방향 제시 능력을 얻는 데 극히 중요하다. 지금까지의 짐을 모두 내려놓아 너무 많이 흔들릴 필요가 없게 된 사람이라면 다가오는 조건들 아래에서는 정말 말 그대로 창조의 한계란 없음을 알게 될 것이다. 너에게 완성의 느낌을 줄 기회들을 정확히 가져올 수 있는 너만의 능력을 믿어

라. 그리고 네 삶의 초점을 재구성할 수 있는 너의 능력을 저해하는 조건화한 패턴과 구조들을 적극적으로 대담하게 떠나보내라.

안전에 대한 욕구가 두려움 때문이라면 그 안전을 구성하는 조건들이 더 쉽게 무너질 수 있다. 그리고 그 자리에 내면으로부터 만들어진 사랑의 토대에 의지하는 안전의 느낌이 생겨날 수 있다. 이 시대에 유일한 진짜 안전은 고양된 에너지 진동수의 흐름과 조화를 이룰 때 경험하는, 절대 착각일 리 없는 안녕의 느낌이기 때문이다. 너의 세상에 스며드는 가속화한 에너지 진동과 공명할 때 너는 모든 사람과 모든 것에 깊이 연결되어 있음을 느낄 것이다. 그때 초월 상태에 든 네 마음이 네가 안전하고 걱정 없고 제대로 가고 있다는 것을 알 것이다.

네 최고의 목적과 잘 조화를 이루고 있다고 느낀다면 사소한 일의 진행 방식은 별로 중요하지 않다. 일단 가속화한 에너지 진동수와 보조를 맞추면 너만의 삶의 방향에 잘 맞춰 흘러가게 되어 있기 때문이다. 그 과정에 네가 거쳐 갈 단계들은 재조사를 위해 적절한 시기에 재등장하는 삶의 여러 상황을 거치는 과정을 네가 얼마나 제대로 이해했는지를 보여 준다.

그 과정에서 늘 순간에 존재하는 것이 현재라는 시간의 틀 안에서 네가 얻고 싶은 것을 모두 얻는 데 필요한 요령이다. 일이 어떻게 해결될지를 걱정할 필요는 없다. 믿음을 갖고 수용하는 상태에 있기만 하라. 동시성이 너에게 가장 좋은 방식으로 작용할 것을 기꺼이 허락한다면 모든 상황이 매우 예상치 못한 방식으로 하나씩 그 모습을 드러낼 것이다. 상황이 스스로 그 모습을 드러내게 두고 그 과정이 얼마나 완벽한

지 관찰하라.

　과정을 지휘하려고 하기보다 과정이 너를 지휘하게 둘 때 삶의 문제를 해결해 나가는 작업이 매우 재미있을 것이다. '알아야겠다는 욕구'를 포기할 때 너에게 좋게 일이 진행될 것이다. 상당히 말이 안 되는 것처럼 들릴지 모르지만 사실이 그렇다. 네가 모아야 할 지식들은 요구해서 얻을 수 있는 것들이 아니기 때문이다. 그것들은 과정이 자연스럽게 그 모습을 드러내게 둘 때 아무런 노력을 하지 않아도 생생하게 의식하게 되는 것들이다. 순간에 너를 맡기고 때가 되면 사건들이 완벽한 결과를 드러낼 것으로 믿는다면 결과를 머리 아프게 추측하는 수고를 하지 않아도 된다.

　지금까지 너의 인생 경험의 특성을 결정했던 방향이 곧 극적으로 바뀔 것이다. 이는 현재의 역사적인 변화의 조류를 알아챈 사람들만이 아니라 육체를 갖고 있는 모든 존재에게 해당되는 말이다. 지금 우리가 말하고 있는 그 급격한 변화를 아무 준비 없이 겪을 사람들이 있다. 그들은 그 격변을 하나의 전망으로 바꿀 전체적 시각이 주는 혜택을 받지 못한다. 대부분의 사람들이 그럴 텐데 그들은 자신의 인생 극본이라는 한계 안에서만 전례 없는 변화의 수준을 이해하려 할 것이다. 그리고 많은 사람이 자신들 삶의 토대가 붕괴되는 일을 지켜보며 힘들어 할 것이다. 그 결과 상당한 두려움이 전체 인식 전환 과정을 자극할 것이다. 따라서 공포 때문에 생긴 폭력 사태와 뒤따를 고난이 곧 만연해질 것을 예측할 수 있다.

　사람들 대다수가 두려움의 의식 상태로 회귀한 것 같은 세상의 사건들을 볼 때도 전체적인 시각을 유지하는 것이 중요하다. 시행착오를 겪고 있는 다른 사람의 인생 드라마 대본에 개입할 필요는 없다. 그렇게 하겠다고 선택할 수는 있겠지만 말이다. 다른 사람이 시행착오를 하며 상황을 바꾸려 하고 있는데, 그가 처한 상황이 왜 적절한 상황인지 이해시켜 주지 않고 단순히 도와주는 것으로는 더 높은 목적에 봉사할 수 없다.

지금 시대에 위기에 처한 다른 사람의 일에 개입하는 것은 그 개인이 그 문제의 드라마를 다시 재상연하게 만드는 것뿐이다. 상황 자체는 초대장에 지나지 않는다. 상황이 비참할 때 초대가 더 끌릴 것이고 그때 사람들은 그 상황에 잠재된 교훈을 더 잘 보게 될 것이다. 드라마를 처리하는 일을, 그 드라마를 야기한 상징 체계를 인식하지 못한 채 겪는다면 드라마의 반복 상연은 실제로 피할 수 없다.

어떤 경우에는 인식 전환 과정의 본성에 대해 너무 무지해서 창조된 시나리오들이 삶을 위협하는 지경에까지 이르고 그 시점에서 문제를 극복할 가능성은 매우 낮아진다. 그런 상황이라면 문제의 개인이 특정 삶의 주제를 육체를 떠난 영혼의 상태에서 마감하기 위해 그런 상황을 스스로 창조했음을 알아라. 삶의 드라마를 겉보기에 재앙과 같은 결론으로 막을 내리게 하는 것이 문제의 그 개인이 가장 원했던 일일 가능성이 크다. 그러한 존재는 지금의 육체를 벗어난 후 영혼으로서 갖는 더 고양된 관점에서 삶의 역사를 재구성하고, 삶의 드라마 사이의 공통점을 인식할 수 있을 것이다.

많은 사람이 그런 선택을 할 것임을 알아라. 많은 사람이 무시할 수 없는 삶의 문제 하나를 경험하기 위해 매우 폭력적으로 보이는 방식으로 이 생을 저버리겠다고 선택할 것이다. 이러한 약식 인생 경험은 문제의 개인에게는 그런 극적인 방식이 아니라면 터득할 수 없을 인생 경험을 터득하게 하는 심오한 기회인 것이다.

그런 삶을 목격하고 슬픔을 참아 내야 할 사람들은 그 상황을 타인의 인식 전환 과정의 완전함을 존중할 기회로 삼고, 그 사람이 영혼의 상태에서 성취하고자 노력하는 일에 개입해 그를 '구하려고' 시도하고 싶은 유혹을 떨쳐 버려야 한다. 심각한 상황이라면 그렇게 하는 것이 냉정해 보일 수 있다. 하지만 다른 사람이 배우려고 완벽하게 준비해 놓은 교훈을 그 사람을 구한답시고 막아 버리는 것은 더 나쁘다. 그러고 싶은 욕구를 자제하는 것이 그 사람을 위한 더 좋은 선물이 될 것이다. 모든 경우에서 육체의 유지가 행동의 궁극적 목적은 확실히 아니기 때문이다. 어떤 사람의 경우, 살면서 스스로를 구석으로 모는 일을 충분히 했기 때문에 육체를 유지하는 것이 야기할 고통의 무게가 네가 생명을 구하는 영웅적인 행동을 했을 때 불러올 좋은 점보다 확실히 훨씬 더 무거울 수 있다.

그런 사람과 마음을 나누고 있다면 그가 자신만의 인식 전환 과정의 정점에 있을 때 얻을 선물을 인지하기가 쉽지는 않을 것이다. 그리고 지금 자연스러운 결론으로 막을 내리게 하는 것이 그 사람의 최고 목적에는 더 좋을 것임을 알기도 쉽지는 않을 것이다. '물질에 대한 초연함'은 소유물뿐 아니라 인생 그 자체에도 적용되어야 한다. 그런 드라마 속에서 네가 얻어야 할 교훈은 다른 사람의 육체적 삶에 대한 너의 집착을 떠나보내야 하며 육체를 포기할 것을 선택해도 더 깊은 의미에서의 '삶'은 육체를 초월해 계속된다는 것을 아는 것이다.

너희들 중 지금, 자신의 삶에서든 네가 아는 다른 사람의 삶에서든, 삶을 위협하는 시나리오의 문제에 직면하고 있는 사람들은 스스로에게 엄청난 선물을 준 것이다. 죽음에 직면하고 그것을 사실 그대로 새로운 출발로 인식하면, 몸에 집착하는 너의 한계를 초월하고 떠나보내는 행위를 통해 원래부터 충분히 얻을 수 있었던 영원한 지혜를 터득하게 될 것이다.

이 심오한 변화의 시기에 많은 사람이 그런 기회를 잡게 될 것이다. 많은 사람이 육체를 포기할 것을 선택하고 그런 포기의 행위로 얻을 지혜를 수확할 것이다. 그리고 또 다른 많은 사람이 그들 옆에 서서 그런 지혜로운 선택을 사랑으로 무조건 받아들일 것이다. 그런 드라마에서 네가 선택해 맡은 역할로부터 힘을 얻어라. 그리고 다른 사람이 살고 죽을 자유를 받아들이는 데 요구되는 지혜와 힘이 네 안에 있음을 인정하고 믿어라.

19

• 차원 간 상승 경험
• 동시 존재하는 현실들 사이를 건너다니기
• 식물, 동물, 광물의 멸종과 출현

네 세상의 역사에서 지금 같은 변형의 시기는 한 번도 없었다. 지금
은 순환을 완성하는 시기이고 모든 창조물이 그 결과를 감지하고 있다.
네가 '지금 여기'에서 경험하는 것에서 실제로 일어나는 일의 강도는 다
른 차원들의 존재들이 통합하고 있는 전환의 강도에 비해 더하지도 덜
하지도 않다. 모든 존재가 변화의 에너지 속으로 빠져들고 있기 때문이
다. 그리고 모두 가속화한 에너지를 통합하는 데 따르는 반동들을 이겨
내려고 싸우며 개인적인 새로운 인식을 부르는 세상을 경이롭게 경험하
고 있다.

네 세상에서 지금 이 시대는 전례 없는 변화라고 특징지어질 시기에
종지부를 찍고 있다. 상대적으로 짧은 시간 안에 지구상의 인류는 생존
을 걱정해야 하는 상황에서 모든 깨어 있는 순간마다 정신적으로 스스

로를 거듭 정화해야 하는 고도로 발달한 기술적 진보를 이루는 수준에 까지 이르렀다. 그와 동시에 물질 세상 너머의 현실에 대한 이해가 모든 문화를 막론하고 드디어 인류의 의식 전면에 떠올랐다. 물론 본래부터 예민하게 알고 있던 이해지만 말이다.

너의 세상 '지금 여기' 전반에서 사람들이 자연스럽게 깨닫고 있다. 그런 변화를 공공연히 인정하는 집단 속에 살면 대단한 동지애와 지지를 받을 수 있으니 그런 사람들은 선택받았다고 할 수 있다. 문화적으로 억압된 환경에서 사는 사람들에게 에너지 동화의 경험은 좀 더 개인적일 수밖에 없다. 그런 조건에서 이 시대를 겪어 내고 있는 사람들은 매우 심오하고 대대적인 의식 전환을 경험하는 셈이고 그때 굉장한 힘도 얻는데, 그 결과 자칫 모두가 그런 경험을 하고 있음을 알아차리지 못할 수도 있다.

그런 사람들에게는 자신이 속한 문화적 전통 때문에 생겨나는 한계를 초월할 수 있는 탁월한 기회가 주어진다. 그들은 나고 자라면서 갖게 된 신념 체계와 정면으로 대결해도 된다. 그리고 자신이 경험한 현실을 구현하는 과정을 생생하게 체험할 수 있는 기회도 잡은 것이다. 각각이 속한 문화가 고수하는 합의인 '규칙'이 저마다 다름에도 불구하고 이들은 같은 결론을 이끌어 낼 도구를 받았다. 그리고 이들 모두는 그들이 최근에 깨달은 몹시 즉각적인 인과 관계를 확실히 이해했고 불가피하게 뒤따르는 책임감도 받아들였다.

너의 세상의 특징인 피해 의식은 마음 자세와 실제 경험하는 것 사이 연결 관계가 있음을 깨닫게 되면 금방 사라질 것이다. 그런 변화는 관련 개념들에 열려 있는 문화가 고무한 깨달음이든, 혼자 경험한 것을 통해 순전히 개인적·무의식적으로 깨달은 것이든, 너의 세상 전반에서 현재 보편적으로 벌어지고 있는 일이다.

전례 없는 변화가 가까이에 있다는 것을 의심할 사람은 아무도 없다. 수많은 사람이 속으로 궁금해하는 것은 그 변화의 에너지가 왜 일어나고 어디까지 자신들을 몰아갈 것이냐다. 개인적으로 변화를 체화하기 위해 변화 과정 자체를 꼭 이해할 필요는 없다. 꼭 큰 그림을 봐야 할 필요도 없다. 특히 너의 문화에서 의식이 조금 깨어 있는 사람들 중에는 변화 과정의 역학을 조사하는 것에 대단한 흥미를 보이는 사람이 많다. 하지만 '큰 그림'을 보든 보지 못하든 마지막 결과는 똑같을 것이다.

사람들은 인생의 사건들을 회상하며 문득 서로 연결되어 있다고 느끼기도 하고, 그때 서로 얽혀 있는 그런 경험들을 일관성 있는 하나의 단위로 묶어 주는 공통점을 발견하기도 한다. 그렇게 구하지도 않았는데 답을 얻을 수도 있다. 그런 사람들은 의심에 조건화된 마음을 가진 사람들보다 눈앞에 펼쳐진 절대 진리를 받아들이는 과정을 더 편하게 거칠 수 있을 것이다.

무엇이 어떤가에 대해 학교에서 배웠을 뿐 너의 지식이 아니며 대개 현실적이지도 못한 진부한 논리와 비교할 때 너만의 경험은 훨씬 더 의미 있는 '증명'이다. 변화의 본성은 흔히 말하는 논리를 초월한다. 변화는 의심할 수 없는 신성이 그 의도로 만든 청사진에 기반을 두기 때문이다. 너의 경험으로부터 불가피하게 나올 결론들이 '말이 되기'를 기대하지 마라. 대개 그렇지 않을 것이다. 특히 처음에는 전혀 그렇지 않을 것이다. 하지만 절대 틀릴 수 없는 '느낌'의 진리를 받아들이고 일생 동안 배워 익힌 조건화를 포기할 때, 그 모든 결론들이 천천히 하지만 수정처럼 투명할 정도로 분명히 '말이 되기' 시작할 것이다.

보통 '내면의 지식'이라고 부르는 것이 너의 세상 모든 존재들의 의식 속에서 그 불을 밝힐 것이다. 그리고 그런 깨달음의 고양된 에너지의 반향에 너희 모두가 본능적으로 조율하기 시작할 때 한때 파악하기 힘들었던 '답들'이 떠오를 것이다. 갑자기 질문을 하기도 전에 답을 알게 될 것이다. 낮은 에너지 진동 수준에서는 의식할 수 없었던 깊은 이해의 심원한 단계를 그동안 계속 원해 왔기 때문이다.

더 높은 수준에서의 에너지 진동수가 안정되기만 하면 공식적으로 '배우지' 않은 것들을 의식적으로 이해하게 될 것이다. 개념들을 분명하고도 넓은 시각으로 이해하게 될 것이다. 그런 일은 직선적인 논리로는 타당해 보이지 않을 것이다. 너는 매우 다른 종류의 존재로 바뀌었음을 알게 되고 그 이유를 설명할 수 없을 것이다.

누구에게 뭔가를 설명할 필요는 없다. 각자는 자신만의 예정표대로 움직이고 너의 인생 경험이 타인의 것과 평행하게 가지 않는 이상 타인의 현실을 이해할 수는 없다. 각자는 새로운 의식의 수준이 분명히 드러나는 바로 그 순간이 되어야 새로운 의식의 수준을 알아차릴 것이다. 그 순간이 올 때까지는 대부분 그 과정을 지적으로 이해하려 하기 때문에 불완전한 증거로 불완전한 결론을 끌어낼 것이다. 그런 사람들에게는 그들만의 과정이 있다. 그리고 그 사람들은 그런 통합 패턴의 자연스러운 결과로서 일정 기간 퇴보를 겪게 될 것이다.

인식 전환 과정에 있는 너는 비판할 여유가 없다. 각자는 자신의 여행을 위해 여기에 있는 것이지 타인이 하고 있는 여행의 속도에 맞추기 위해 여기에 있는 것이 아니다. 누군가로부터 인정받으라는 네 에고의 유혹에 넘어가지 마라. 네가 구하고 있는 진리는 다른 사람의 길 위가 아니라 자신만의 개인적인 변태 과정 속에 있기 때문이다. 그 과정을 완전히 경험하며 네가 쌓아 온 인생, 그 역사를 제대로 설명하기 위해 여유를 가지고 특정 깨달음이 줄 파급 효과를 조사하라. 다가올 다음 단계에 온전한 참여자로 기능하려면 모든 경험을 내면에 통합하고 그 과정에 드러나는 한계를 반드시 모두 극복해야 한다.

너의 가장 의미심장한 깨달음을 촉발할 '동시성'이 드러날 때 너는 너만의 특별한 여행이 완벽한 타이밍으로 진행되고 있음을 분명히 알게 될 것이다. 변형 과정의 그런 경험들을 맘껏 맛볼 사치를 자신에게 허락하라. 많은 사람이 서두르겠지만 서두를 일이 아니다. 과정이 너를 지휘하게 허락하여 그 지휘하고 싶은 마음을 접을 때 마지막 결과는 매우 자연스럽게 제시간에 구체적으로 드러날 것이기 때문이다.

하나의 억압이 다음 억압을 자극해 표면으로 떠올려 조사를 허락하고 그렇게 억압 에너지들이 하나씩 풀어지는 것을 볼 때, 너는 큰일을 경험하는 데에는 완벽한 타이밍이 있다는 것을 알게 될 것이다. 하나의 깨달음이 다음 깨달음을 위한 결심의 토대가 되면서 여러 깨달음들이 모아지는데 그 과정이 특별한 질서를 만들고 그 질서에 따라 사건들이 일어나는 것이다. 경험의 층들을 벗겨 낼 때 숨어 있던 에너지 패턴들이 그 에너지에 상응하는 감정적 촉매들을 재창조하게 되고 그렇게 촉발된 감정이 해소되면서 에너지 패턴들이 깨지게 된다.

이제는 해결되었다고 생각했던 문제들이 다시 떠오른다고 해서 퇴보는 아니다. 사실 더할 수 없이 진보하고 있는 것이다. 감정으로 표출되는 에너지 패턴의 마지막 찌꺼기를 드러내는 과정을 허락하는 것이기 때문이다. 그리고 표면으로 떠오르기 마련인 에너지 충전 그 깊은 곳까지 느낄 것을 스스로에게 허락했기 때문이다. 감정의 억압은 똑같은 중심 주제를 반드시 계속 떠오르게만 할 뿐이다. 다음 인생 경험의 층으로 넘어가기 위해서 그런 억압된 감정을 완전히 해소해야 한다. 그렇게 종종 전생의 에너지적 찌꺼기이기도 한 삶의 주요 주제들이 완성될 수 있다.

감정 억압 에너지가 정말 많이 충전된 인생 주제의 경우 종종 표현의 강도가 매우 센 사건들로 드러날 수밖에 없다. 네가 지금 가려 하는 현실의 단계들로 가려면 세포 조직 수준에 쌓여 있는 밀도 높은 에너지를 갖고 갈 수는 없기 때문이다. 상승의 전체 스펙트럼이 구체적인 형태로 드러나려면 먼저 밀도 높은 에너지를 모두 해소해야 한다.

인식 전환 과정에서 생겨날 강렬한 에너지를 동반한 에피소드와 싸울 힘이 없는 사람들은 과정 자체에서 완전히 손을 떼고 곧 다가올 시간 동안 육체를 포기할지도 모른다. 그 사람들은 이 생에서 마주쳤지만 상승은 하지 못한 새로운 에너지 진동 수준에서 에너지적으로 스스로 재창조할 기회를 가지게 될 것이다. 그렇게 새롭게 받은 육체로 그들은 이 생에서 해결하지 못하고 남은 문제들을 계속 다루게 하는 인생 경험을 구체화할 힘을 받게 될 것이다. 그들이 다시 출현하게 될 그 영역을,

다양한 에너지 밀도를 뜻하는 지금의 사그라지는 현실의 영역으로부터 상승하는 데 성공한 의식들이 함께 공유할 것이다.

어떤 수준으로 상승해 태어나기 전에 잠시 육체의 형태로 머무를 '하나의 구체적인 장소'는 없다. 가능한 현실의 층은 각자의 에너지 밀도의 수준에 따라 특화된 것이기 때문에 그 수가 무한하다는 말이다. 각각은 자신의 에너지 밀도의 수준에 따라 서로 다른 자기 인식을 한다. 마찬가지로 네가 오르겠다고 선택한 수준은 네가 에너지적으로 원하는 것을 구체적으로 드러낼 수 있는 수준의 정도에 따라 결정될 것이다. 따라서 네가 육체와 의식을 갖고 출현한 현실 세상은 너의 에너지 총합을 다 공명하도록 맞춤 제작된 현실인 것이다.

이 생에서 배워야 할 것을 다 배운 사람들은 다음 생에서 가능한 경험의 반경이 엄청나게 커질 것을 기대할 수 있다. 반면 주요 문제를 해결하는 데 좀 더 시간을 가질 것을 선택한 사람들이 의식을 가지고 다시 출현할 세상은 지금 그들이 살고 있는 세상과 비슷할 것이다.

움직임은 계속된다. 과정에는 시작도 멈춤도 없다. 이익과 손해가 나지 않는 '결산일'은 애초에 없다. '심판의 날'도 없다. 성공과 실패도 없다. 과정이 '있을' 뿐이다. 상승의 움직임은 영원히 지속되는 움직임이다. 태초부터 그랬다. 상승 과정의 움직임이 현재 가속화되고 있다. 그리고 몸을 가진 존재들이 지금 집으로 삼아 살고 있는 몸의 물리적인 존속이 위협받고 있다. 그들 삶의 환경 에너지가 확장되는 시점이기 때문이다.

셀 수 없이 수많은 수준에서 모든 존재가 함께 살고 있다. 하나의 일을 완성한 후 의식적 존재로서 밀도가 좀 덜한 다음 수준에 출현하는 것은 눈을 깜빡이는 것만큼이나 자연스러운 일이다. '게임'의 규칙이 급격하게 바뀐 것이 자명해질 때까지 변형을 확실히 알아차리지 못할 수 있다. 하지만 결국 지금 세상이 예전 같지 않다는 것을 깨닫게 될 것이다.

현재의 조건에서는 변화들이 지나치게 극적일 수밖에 없다. 예전처럼 상승 과정이 한결같기에는 현재 시간의 틀 자체가 너무 집약적이다. 인생 주제 완성의 길을 왕성하게 걷고 있는 사람들은 사실 매 순간 '상승'하고 있다고 해도 과언이 아니다. 그리고 그들이 '지금 여기'로 인식하는 현실은 매 순간 바뀌는 그들 에너지의 개인적 상태를 반영한다.

네가 너의 '차원'이라고 생각하는, 에너지의 다양한 '범주'들에서 네가 경험하는 저항은 사실 그 차원과 나란히 존재하는 더 큰 세상 속에서 반향하고 있는 네 밀도 높은 충전 에너지의 반사일 수 있다. 그러므로 너는 너만의 개인적 차원을 초월한 전체 차원이 제공하는 모든 가능성을 동시에 경험하는 것이다. 그 말은 곧 너의 마음속 욕구를 실현하는 데 쉽거나 어려운 모든 영역을 동시에 경험한다는 뜻도 되고, 너 자신을 위한 가장 뛰어난 사고를 무한한 경우의 수준에서 경험한다는 뜻도 된다. 얼마나 집중할 수 있고 얼마나 '순간에 살 수' 있느냐에 따라 주어진 의식 수준에서 나타나는 삶의 교훈을 얻어 내는 너의 능력이 결정된다. 순간에 살 수 있을 때 너는 일련의 가능한 현실들에 순차적으로 '조율해 들어갈' 수 있고 그 경험 집단을 일관성 있는 단위로 인식할 수 있다. 원칙적으로 말해 너희는 늘 현실들 사이를 건너다니고 있다. 매 순간 '그 순간'의 존재 상태에 맞는 현실과 연결되기 때문이다.

육체를 가진 존재로서 너의 의식이 '차원'이라 불리는 에너지 진동의 큰 범주들 사이에 다리를 놓았다면, 육체를 가진 존재이기 때문에 네가 그 다리를 건너가는 일은 더 극적일 것이고 뒤따를 변화도 더 분명할 것이다. 경험적으로 자칫 '퇴보'로 인식할 수 있는 것은, 사실 감정 에너지 충전 밀도가 상당했던 경험의 영역에서 상대적으로 더 큰 환경으로 획기적인 건너가기를 했다는 증거다. 차원 간의 상승은 극적이고 통렬한 고통과 고난을 동반하기 때문이다. 그런 일이 일어나기 며칠, 혹은 몇 주 전만 해도 전에 없이 쉽게 잘 나가고 있었을 것이다.

노력한 대로 잘 흘러가다가 돌연 저항(저항처럼 보이는 것)에 부딪히는 현상은 에너지의 상승이 일어났음을 뜻한다. 편했다 힘들었다를 정말 롤러코스터 타듯 극단적으로 경험하는 사람의 경우 빠른 속도로 다른 수준의 현실들로 도약하고 있다는 뜻이다. 그런 '징후들'은 당사자가 삶에서 해야 할 많은 일을 다양한 수준에서 동시에 완성하며 급속도로 상승하고 있음을 지시한다.

의식 상승 과정에서 차원들 사이를 분리하는 문턱들에 가까워질 때 너무 갑자기 한 시기가 끝나 버릴 수 있다. 그래서 너희는 실제로 차원 하나의 고지에서 다음 현실의 '초보 단계'로 돌연 튕겨 들어갈 수 있다. 그런 극적인 변화의 결과에 잘 대처하도록 미리 준비하는 것이 중요하다. 인식 전환 과정의 본성에 대해 충분히 알지 못하면 그런 변화의 표시들을 오해하고 '실패했다'고 결론 내리기 쉽다. 이 여행에 실패의 가능성 따위는 없다. '존재하는' 것을 다양하게 인식할 뿐이다. 그리고 너 자신이 존재하는 모든 것을 창조하고 있음이 점점 더 분명해지고 있다.

차원 간 전환 태세를 갖춘 너희 모두는 너희가 실제로 자신의 경험을 창조해야 한다고 주장하는 힘과 타협하는 것에 가장 관심이 많다. 네가 너의 현실을 창조하는 데 필요한 기술을 세련되게 연마한다면 차원 간 전환이 일어났을 때 겪을 고충을 그만큼 줄일 수 있다. 왜냐하면 다가올 큰 현실의 범주에서는 의도의 실현이 상대적으로 거의 즉각적이라고 할 만하기 때문이다. 통달했다고 생각한 원칙들을 적용하는 데 실수한다면 그 대가도 크고 개인적으로 매우 고통스러울 것이다. 따라서 다음 차원으로 의식을 전환하기 전에 생각이나 말이 실제 경험으로 구현되는 상황에 익숙해질 필요가 있다.

다음 차원의 문턱에 가까워지면서 너는 좀 더 높은 다음 차원의 특성들을 경험하기 시작할 것이다. 생각과 그 생각의 실현 사이의 시차가 현재 너의 의식 수준 기준에서 볼 때 점점 줄어들 것이다. 의식적으로 바라지 않았던 결과가 나타나면 너는 네가 의식하지 못한 생각과 말, 행동의 힘을 알게 될 것이다. 그럼 원칙상 너는 원하는 결과만 창조하기 위해 너의 생각과 행동을 더욱 조심스럽게 점검하는 연습을 할 것이다. 지금 네가 서 있는 교차로에서는 그런 기술을 연마할 기회가 많다.

차원을 가르는 문턱을 마침내 넘어섰다면 생각을 실현하는 너의 경험들이 훨씬 더 통렬해질 것이다. 마음과 다르게 내뱉은 말조차 관계된 모든 사람에게 해로운 결과를 극적으로 부를 것이다. 너는 이 시기가 준 그런 기회를 통해 너의 능력을 완전히 이해해야 한다. 그래야 너의 의지가 즉각적으로 실현되는 때가 와도 시험 삼아 너의 능력을 오용하지는 않을 것이다. 인식 전환 과정에 너를 맡겨 삶이 너를 이끄는 방향으로 기꺼이 따라갈수록 그만큼 경험도 깊어질 것이다. 너의 인생 연극의 대본에는 눈에 보이지는 않지만 프로그램화하여 일어나게 되어 있는 변화가 있다. 그 변화에 저항하는 사람은 과정을 완성할 시간을 연장시킬 것이다.

너희 모두가 각자 차원 간 상승의 문턱에 접근하면서 동시에 지구 자체도 다양한 수준에서 유사한 전환에 가까이 가고 있다. 에너지 진동수가 지구 에너지 영역 전반에서 가속화함에 따라 가만히 서 있기만 하는 상태에서 겪는 현실마저도 급진적일 것이다. 지구 자체가 에너지 구성에서 전례 없는 변화를 겪고 있기 때문이다. 따라서 다양한 수준 각각에서 살아가는 모든 생명체가 그 영향을 받을 것이다.

네가 살아온 동안 멸종된 종들이 많다는 것을 알 것이다. 그 생명체들은 존재하기를 멈춘 것이 절대 아니다. 다만 더 자연스럽게 살 수 있는 에너지 진동수에 가서 살기를 선택한 것이다. 네가 '지금 여기'로 인식하는 세상에 에너지가 가속화되면서 그 많은 생명체들이 고양된 에너지 수준에서 삶을 유지하기가 어려워 그 수가 점점 줄어든 것이다. 결국 그들이 한때 번성했던 곳에서 더 이상 그들을 찾아보기 힘들게 되었다. 그들은 에너지적으로 맞는 또 다른 상승하고 있는 차원들로 하강해 들어가 '새로운' 생명체로 재탄생했다.

마찬가지로 너는 너희의 상승하는 현실 에너지의 새로운 조건에 적응한 '새로운' 동식물 종을 알아차릴 것이다. 이 생명체들은 더 이상 생명을 유지할 수 없는 차원들에서 그들의 에너지 스펙트럼에 맞게 상승한 현실들로 이주한 것이다. 지구의 에너지가 계속 가속화하고 그런 상태가 지속되는 한 너의 '지금 여기' 세상은 '새로운' 종을 계속 '발견하게'

될 것이다.

'새로운' 혹은 '외계'에서 온 것으로 생각되는 광물들도 에너지적으로 양립할 수 있는 현실에서 육체를 갖고 살겠다고 선택한 생명체들과 마찬가지다. 새로운 광물은 물리적 개념인 '행성 간의 이주'에 대한 증거가 아니라, 존재하는 모든 것이 에너지적으로 적당한 환경을 찾아내고 그곳에서 몸을 갖고 살 수 있는 능력이 있음을 나타내는 극적인 증거다. 사람들은 그런 광물의 발견을 처음에는 매우 '드문' 일로 간주할 것이다. 에너지가 축소되어 있는 환경에서 상승한 사람들이 전에는 그런 광물들을 전혀 보지 못했기 때문이다. 사실 그런 광물의 범주는 지구와 너희의 의식이 지금까지 에너지를 상승해 도착한 조건들에서는 매우 많이 발견될 것이다. 그리고 그런 광물이 있었다는 것을 옛날 사람들이 전혀 몰랐음에 놀라고 당황할 것이다.

새로운 광물의 출현은 직선적 논리에 맞지 않는 현상들을 물리적으로 확증하는 미묘한 증거들이다. 인식 전환 과정이 심화되면서 점점 더 분명해질 일을 과학적으로 증명될 수 없는 이론이라 주장하며 논박하는 사람이 많을 것이다. 사실이 그렇다. 빠르게 뒤떨어져 가고 있는 과거의 진리에 기반을 둔 방법으로는 평생을 들여도 증명이 불가능할 것이다. 너희 세상의 상태와 그 상태 속에서 육체를 유지하려고 지금 싸우고 있는 생명체들 자체가 급진적 변화가 임박했음을 알리는 살아 있는 증거들이다.

너희 중에 인식 전환 과정의 역학을 이해하는 사람은 상대적으로 극소수일 것이다. 하지만 인식 전환에 성공하는 사람은 많을 것이다. 본능적으로 알게 된 자신만의 지식을 과감하게 믿고 낡은 구조에 충실히 매여 있는 권위자들에게 모든 것을 맡기고 싶은 유혹을 물리친 사람들이 그렇다. 권위자라고 하는 사람들은 많은 사람이 인식 전환 과정에서 극복해야 할 대단한 장애가 될 것이다. 스스로 본능적으로 터득한 지혜를 시험하고 싶다면 동시대 과학과 철학 분야에서 진리로 통하는 것들에 도전해 보라. 현재 그리고 가까운 미래가 주는 변화의 조건 아래 네가 가진 기회는 스스로 무엇이 어떤지를 인식하는 것이다. 그리고 그렇게 발견한 진리를 심지어 역경 속에서도 존중하는 것이다.

현재 많은 사람이 스스로를 미지의 영역 경계에 선 진정한 선구자로 인식하고 있고 그런 사람의 머릿속은 이미 모험 정신으로 가득하다. 너희는 이제 익숙한 것에 집착할 필요도 없고 반대 증거들에도 불구하고 매우 제대로 가고 있다는 논박할 수 없는 느낌이 들 것이다. 그리고 다가올 인식 전환 과정에서 경험의 강도가 커지고 많은 경험이 축적되면서 그런 네 경험에 기초한 확신들이 외부적인 기준들을 유명무실하게 할 것이다. 지금이 그런 확신을 가져올 내면의 조화를 계발하고 강화할 때이다. 그럼 다가올 '지금 여기' 세상의 고양된 에너지를 감당해 내고 그 일원이 될 수 있다.

20

- 스스로 기준틀 되기
- 공유한다고 믿고 있는 현실 바로 인식하기
- 세상이 너에게 반응하는 방식 조정하기
- 정체성의 다른 측면들이 기분에 영향을 미치는 방식
- 잊히지 않는 경험의 본성
- 더 높은 자아

네 세포 구조 속에서 일어나는 대대적인 변화가 너의 세상에서 벌어지는 심오한 변화에 처해 있는 많은 사람을 당황하게 할 여러 징후들을 야기하고 있다. 너희 모두는 일상 곳곳에서 상승 과정의 증거들을 경험하고 있다. 그런 현상을 설명하는 기본 이론 체계를 제대로 이해하고 있다고 하더라도 오랫동안 교육받은 것의 조건화로 인해 너는 너의 경험이 증명하는 것을 자꾸 의심할 것이다.

어떤 기준틀도 네가 경험할 일들에 적용하기에는 미심쩍을 것이다. 알다시피 삶 자체가 기대와 너무 다르게 흘러갈 것이기 때문이다. 너는 네 고유의 직선적인 의식 배경으로서는 이해할 수 없는 미지의 상황과 대면하고 있고, 또 대면할 것이다.

지금까지 변형 과정을 거쳐 오면서 너의 현실 관념은 수없이 많은 변화를 겪을 것이다. 비슷한 길을 걷고 있는 네 주변 사람들을 보면서 그런 너의 변화가 적절했음을 어느 정도 알 수 있을 것이다. 하지만 지금 너는 예전에 확신했던 개념들 중 많은 것을 다시 의심할 수 있다. 다른 많은 사람이 그들의 삶 속에서 너와 유사한 격변을 겪고 있다고 해도 의심의 바다로 또다시 표류해 돌아가는 것은 인식 전환 과정에서 피할 수 없다.

네가 알고 믿어 왔던 모든 것들을 다시 샅샅이 조사하도록 몰아세우는 에너지의 파도를 타기 시작할 때 너는 일시적인 퇴보의 느낌을 거듭 경험할 것이다. 변형 과정의 고양된 단계에서 너는 종종 너의 입장과 다른 사람의 입장이 대치하는 상황에서 선택을 해야 하고, 그때 네가 가장 중요하게 생각하는 것이 급진적으로 바뀔 것이다. 너만의 여행의 성질에 대해 일반화란 진정 있을 수 없음을 이해할 것이다. 그때 너만의 인식이 더 강화되고 그런 너만의 인식을 더 소중히 생각할 것이다. 그런 인식이 외부에서 얻은 정보와 서로 모순되더라도 말이다.

너는 네 주변 사람들이 너와 변형의 경험을 공유할 거라고 생각한다. 하지만 지금은 그들이 여전히 네 옆에 있는지 없는지 알기 위해 좌우로 돌아보기를 그만 멈출 때다. 어쨌든 그들이 너의 옆에 없을 가능성이 더 크다. 그들은 그들의 경험에 힘입어 너의 길에서 벗어나 그들만의 길을 걷고 있다. 여행을 마친 사람들이 쓴 안내서들은 딱 지금 이 순간까지만 유효했다. 그들 각자는 자신들의 개인적 경험만 쓸 수 있기 때문이다. 너에게 무슨 일이 일어날지 조금이라도 알려 줄 수 있는 사람은 아무도 없다.

지금은 외부에서 정당성을 찾으려는 욕구를 일거에 버려야 할 때다. 지금은 네가 여전히 잘 가고 있음을 확신하기 위해 누군가 네 머리를 쓰다듬어 주기를 바라듯 이른바 깨달은 자에게 지혜를 구하는 일을 멈출 때다. 너는 네가 잘 가고 있음을 잘 알고 있다. 혹은 너는 네가 잘 가지 못하고 있음을 잘 알고 있다. 네가 또다시 너만의 진실의 토대를 의심하는 상황일지라도 다른 영적 수행자의 고유한 확신이 너에게 진실로 도움이 될 수는 없다.

상승 여행의 고양된 단계들의 수는 그런 변형의 도약을 해 나가는 구도자의 수만큼이나 많다. 지금 이 순간 너희는 저마다 서로 다른 상황들의 독특한 조합과 개인적 역사를 갖고 있어 변화 현상에 마음을 열고 있는 정도도 다 다르다. 모두 각자의 복잡한 변수들과 싸우고 있다. 변수가 복잡하게 얽혀 있을수록 악전고투 정도도 심해질 것이다. 그 악전고투와 함께 너는 의식의 고양된 수준에 매번 다시 태어나는 것이다.

그런 변화에 대한 저항에서 헤어 나오지 못해 뒤처질 것 같던 사람이 갑자기 깨달음의 눈부신 섬광을 맞으며 네 눈앞에서 비약적인 도약을 할지도 모른다. 지금 벌어지고 있는 일의 본성을 잘 파악하고 있는 것처럼 보이던 사람이 오래전 다 해결한 것 같은 문제를 다지고 또 다지느라 끝없이 주저할지도 모른다. 네가 얼마나 진보했는지 측정하고자 그런 사람들을 기준으로 삼을 수는 없다. 다른 사람의 여행을 비슷하게라도 따라 하는 것은 불가능하기 때문이다.

너는 다른 사람에게 너의 깨달음을 강요하려는 마음 없이 너 자신을 너만의 기준틀로 보고 싶을 것이다. 현재 너의 의식 수준으로는 가늠도 하지 못할 정도로 이해가 깊은 사람들이 너희 중에는 매우 많다. 그리고 지금 시대를 너와 함께 동시에 경험하고 있는 사람은 많지만 너는 그 어느 때보다 혼자다.

네가 앞으로 서게 될 혁신의 무대에서 너의 손을 잡아 주려는 사람은 없을 것이다. 너도 누군가가 너의 손을 잡아 주길 바라지 않을 것이다. 지금 너는 합의를 통해 깨달으려는 것이 아니기 때문이다. 아무리 대단한 우정이라도 더 높은 깨달음이 네 앞에 그 모습을 드러낼 때, 네가 위험 부담을 알면서도 대담하게 벌이는 네 마음속 깊은 곳의 일을 대신해 줄 수는 없다. 가장 깊은 마음이 너의 길을 갈 것을 결심할 때 사랑하는 친구나 동반자조차 너와 동행할 수 없다. 인식 전환 여행은 혼자만의 여행이다. 태곳적부터 이 여행을 해 온 다른 모든 존재들처럼 너도 스스로 그렇게 홀로 여행할 것을 선택했다.

의식의 상승을 이루었음에도 불구하고 의도적으로 다시 한 번 지금의 현실에 출현하는 것은 너의 관점이 변했기 때문에 가능한 일이다. 외관은 그대로일지라도 너는 너 자신을 다른 방식으로 보게 될 것이다. 너의 관점은 네가 조율하게 될 고양된 영역의 고양된 특색을 취할 것이다. 그때 만날 많은 다른 사람들이 예전과 똑같은 렌즈로 삶을 보고 있을 수도 있다. 그리고 너는 모든 것이 변했지만 동시에 아무것도 변하지 않았음을 깨달을 것이다.

서로 겹쳐 있는 현실의 층들이 서로 다르다고 느끼는 것은 오로지 너희가 현실을 볼 때 렌즈를 통하기 때문이다. 특정 렌즈를 통해서만 세상을 보겠다고 선택한 덕분에 그 세상에 정통한 사람들이 그들 눈에 무엇이 존재하고 무엇이 존재하지 않는지에 대해 열띤 논쟁을 벌일 것이다. 그런 논쟁들은 한 가지 에너지적 기준점만을 고착시키는 데 기여한다. 하지만 너는 덕분에 그 기준점이 너만의 새로운 의식 수준에 얼마나 부적절한지 분명히 알게 될 것이다. 아무리 고양된 수준으로 이해한다고 해도 너는 그들에게 이 시대에는 에너지적으로 변해야 한다는 것을 설득하지 못할 것이다. 그들에게는 변화로 감당해야 할 위험 부담이 너무 크기 때문이다. 그리고 너는 그들이 안전하고 확실하며 신성하다고 생각하는 모든 것을 위협하는 존재이기 때문이다.

내면의 '신성'과 직접 대면하는 경험을 잘 치른 너는 그들에게 불경한 존재다. 그들의 관점에서 볼 때, 직선적인 정체성을 초월한 느낌을 잠시나마 맛보고 내면의 '신성'을 봤다고 생각하는 너는 대단한 에고 덩어리다. 그들에게 너는 더 이상 이 세계에 속하지 않는다. 하지만 사실 그들은 이 세계의 진정한 모습을 볼 수도 없고, 상상조차 할 수도 없다. 하지만 너는 볼 수 있다. 너는 이 세계를 진실로 보기 시작했다. 아마도 처음으로.

모두가 당연히 공유한다고 생각하는 현실을 그렇게 서로 다르게 인식하는 것은 사실 너희가 현실을 전혀 공유하고 있지 않을 수 있다는 가능성을 드러낸다. 너와 매우 비슷한 사고를 하는 사람들을 둘러봐도 이 현실에서 존재하는 것은 오직 단 하나, 너뿐임을 확인할 것이다. 그런데 그런 생각을 할 수 있는 사람은 많지 않다.

하지만 네가 이 순간 자의식을 경험하면서 살고 있는 현실이 하나의 흘러가는 현상이라는 것도 사실이다. 현실은 그것을 구성하는, 늘 존재하고 늘 변하는 무한한 변수의 에너지 진동수에 따라 그때그때 달라진다. 그 주마등처럼 지나가는 무한한 가능성 중에 너의 무한하지 않은 관점에 포착된 버전은 오직 너의 눈앞에만 있는 것이다. 다른 사람들도 같은 영기(靈氣)를 통해 '삶'을 볼 수는 있겠지만 너와 똑같은 방식으로 세상을 인식하지는 않을 것이다. 어떻게 그럴 수 있겠는가? 그들은 네가 아니다. 그리고 너의 모든 것을 지금의 모습대로 창조한 사람은 그들이 아니라 바로 너다.

네가 보기에 다른 사람의 관점이 아무리 오염되었다고 해도 그것과 상관없이 그가 그렇게 스스로 완벽하고 아름다운 인생 비전을 갖고 갈 것을 허락하라. 누구도 '틀리지' 않다. 모두 '옳다.' 각자가 인식할 수 있는 현실을 고려하면 그렇다. 그리고 집단으로 봤을 때도 모두 '옳다.' 모든 관점들이 동시에 공존하고 아무리 갈등이 대단해도 누가 누구를 없앨 수는 없기 때문이다. '창조'의 성질이 그렇다. 모든 것이 단순히 '존재한다.' 그중에 무엇을 맛볼 것인가는 언제나 너의 선택에 달렸다. 하지만 인식 전환 여행을 계속하다 보면 뭔가를 끊임없이 선택하고 맛보는 일에 시들해질 것이다.

한때는 삶의 모든 것이라고 애타게 원했던 것들이 공허하고 무의미해지기 시작하고 단지 자기만족 때문이었음이 드러날 것이다. 지금까지 세상 속 삶의 기준점이 바로 그 원하는 것들이었다. 그 세상에서는 모두가 기본적으로 자신에게 쾌락을 주고 타인의 호의를 얻으려고 했다. 그 세상에서는 예리한 전략을 짜고 일생을 걸고 노력하면 원하는 것을 다 얻을 수 있을 것 같았다. 하지만 일단 얻고 나면 모두 공허해 보였다. 너희들 중에 물질적으로 '성공'하고 그것에 완전히 만족하는 사람은 없다. 늘 부족한 게 있을 것이다. 그렇기 때문에 너희는 그 잡기 힘든 '뭔가'를 좇는 일을 매번 다시 시작한다. 이번에 받는 상의 모양새는 지난번과 다를 수 있겠지만 결국 똑같이 공허할 뿐이다.

네 여행의 지금 단계에서 너는 '큰 돈벌이의 기회'를 잡으려고 애쓰는 일을 더 이상 하지 않을 것이다. 그리고 그 축복 같은 초연함 속에서, 열망하고, 싸우고, 속이고, 훔치고, 죽이고, 목적에 이르는(그 외에도 주의를 집중해 정밀 폭격하는 것은 무엇이든) 무수한 컨베이어 벨트의 소용돌이를 볼 수 있을 것이다. 그 위에 있는 사람들은 영원히 잡을 수 없는 '뭔가'를 잡는 일에 빠져 헤어 나오지 못하는 것이다. 그 '뭔가'는 보통 '바로 저기' 어딘가에 있는 것처럼 보일 것이다. 아마도 너는 '그것'이 '바로 저기'에 전혀 있지 않음을 인식했을 것이다.

지금 우리 말을 이해하고 있으니 아마도 너는 그 모든 것이 헛되다는 것을 인식하는 지점까지 왔을 것이다. 너는 세상이 꿈과 희망을 계속 저버리기만 한다는 것을 지속적으로 보아 왔고, 결국 너 자신은 그 세상 속 게임의 일원이 될 수 없음을 인식할 것이다. 재미는 있었다. 값진 경험이었다. 심지어 어느 정도 흥미롭기까지 했다. 하지만 대부분 전혀 흥미롭지 않았다. 대부분 실망스러웠다. 너만이 아니라 실제로 너희 모두에게 실망스러웠다. 그 게임의 본 모습이 그렇다. 그 본 모습이 너로 하여금 계속 행운을 빌며 게임에 관여하게 만들었다. 한 번만 더!

마침내 너는 대회에 참가해 상을 받는 것에 더는 관심 없는 지점에 도달했다. 그것은 네가 그 잡기 힘든 '뭔가'를 완전히 다른 곳에서 찾기 시작했다는 뜻이다. 너는 '그것'이 '바로 저기'에 있지 않다는 것을 확신한다. 그것은 바로 내 안에 있기 때문이다.

너희 중 많은 사람이 대중 안에서 살면서도 대중과는 다른 길에 주의를 집중하고 있다는 것을 잘 안다. '삶'이 제공하는 것을 많이 시식해본 너는 더 많이 시식하라는 삶의 초대를 사양했다. 너희 중에는 익숙하고 예측 가능하여 편안한 것들을 그렇게 모두 내려놓은 사람이 많다. 그런 너희를 대부분의 사람들은 이해하지 못할 것이다. 그들의 눈에 너희가 걷는 길은 꽉 막힌 도로처럼 꼼짝달싹할 수 없는 길이다. 하지만 너의 현실에는 그런 '꽉 막힌 도로'가 무수히 많다. 그리고 너의 그 길들은 물질 세상의 더 꽉 막힌 대로들과 늘 교차하고 있다.

네가 원한다면 모를까 마음의 부름을 추구하기 위해 깊은 산중에 살 필요는 없다. 너의 집 뜰로 이어지는 큰길 작은 길들이 모두 세상의 주요 교차로들과 연결되어 있다. 그 교차로에서 너는 전혀 다른 풍경들을 맘껏 탐험할 수 있다. 그리고 현실에 대한 너만의 비범한 관점이 네 주변의 더 세속적인 심상들에 강한 에너지를 반향할 수 있음을 인식할 것이다.

네가 불러일으킨 인식 전환을 위한 실마리가 네가 사는 곳에서 회의주의와 조롱 속에 묻혀 버린다 해도 그 실마리가 아무에게도 알려지지 않은 채 사라지는 것은 아니다. 대중 안에서 깨달아 가겠다고 선택한 사람은 고양된 관점의 씨앗을 세상이 가장 필요로 하는 때에 대중의 시각이라는 밭에 심고 있는 것이다. 너처럼 세상을 보지는 않겠지만 그들은 너를 관찰할 것이다. 네가 가볍게라도 접촉하거나 본보기를 보이며 깨달음을 전수한 사람들은 그 후 다른 삶을 살게 될 것이다. 너만의 내면의 길을 따라갈 때 너는 본보기를 보이는 것이다.

네 인생의 미세한 변수들이 계속 다 드러나면서 너는 너의 선택에 따라 무엇을 언제 경험할지를 조정할 수 있게 될 것이다.

희망하는 결과가 쉽게 나타나지 않을 때는 지금까지 배운 대로 상황에서 한 걸음 물러선 뒤 내면으로 들어가 그 속에서 휘몰아치고 있는 바다를 길들이면 된다. 물론 내면으로 들어가면 그런 휘몰아치는 상황이 불화로 보이지는 않을 것이다. 너는 단순히 네 내면의 존재 상태를 수정하는 것으로 일련의 상황들을 없애 그 자리에 같은 주제의 다른 일련의 변수들로 대체할 수 있음을 이미 알고 있다. 너는 상황이 갑작스레 좋아져서 신기해하기도 하고 꿈이 또 한 번 깨져 버려서 괴로워하기도 하는데, 그것은 네가 현실들 사이를 넘나드는 데 명수가 되었다는 뜻이다. 너는 상승 예술에 달인이 되었다. 그런 사실을 너희들은 대체로 알아채지도 못하고 있다.

너는 다양한 것들을 경험하고 싶을 테고, 그렇게 머릿속에 떠오른 경험들은 한 번에 하나씩 현실로 드러나 너의 조사를 허락할 것이다. 어떤 대사를 누가 연기할지는 매번 바뀌겠지만 네가 섭외한 연기자들과 설치한 무대 장치가 거기에 있다. 연기자들과 무대 장치는 본질적으로 늘 똑같기 때문에 지속적인 느낌을 주는데 바로 그 때문에 너의 '인생'은 직선적인 상황들의 정적인 조합처럼 보이기도 한다. 사실 바뀌는 것은 인생 속 변수들과 너 사이에서 벌어지는 교류의 성질이다. 네가 어떤 교류를 선택하느냐에 따라 어떤 종류의 가능성의 조합이 너의 현실에서 구현되고, 나아가 네가 그런 구현이 '발생했음'을 인식할 것인가 말 것인가가 결정된다. 그러나 사실은 모든 가능성의 구현이 발생한 것이다. 현실들이 서로서로 겹쳐 있는 세상에서는 모든 가능성의 구현이 계속 한꺼번에 일어난다. 모든 가능성의 구현이 바로 여기서 일어나고 있다.

네 에너지 영역 안에 각인된 너만의 독특한 공식에 따라 네가 특정 상황들의 조합을 유도하면 그것과 에너지적으로 평행선상에 있는 상황들도 활동 준비 태세를 갖춘다. 이는 곧 다른 현실들에 있는 상황들이 준비 태세를 갖춘다는 말인데, 그것들은 늘 거기 무한한 가능성의 무대에서 의지를 실현하라는 에너지 큐 사인을 받을 순간을 준비하며 대기하고 있다. 너만이 매 순간 어떤 상황들의 조합을 경험으로 인식할지를 선택하고 결정한다. 너만이 너의 꿈을 쉽게 실현할지 어렵게 실현할지 아니면 그 중간 정도로 실현할지 결정한다. 그리고 세상의 자극에 반응할 방식을 결정하는 것이 너이듯 세상이 너에게 반응할 방식을 조정하는 것도 너다.

다른 사람들로부터 네가 어떤 반응을 끌어낼 수 있는지는 너의 에너지 영역이라는 촉매자에 의해 결정된다. 어떤 상황이든 그 상황 안의 모든 변수들은 그 변수에 상응하는 에너지 공식과 함께 구현되도록 유도될 수 있으므로 모두 현실로 이루어질 가능성을 갖고 있다. 다른 사람의 행동과 반동도 이 기본 원칙에서 예외일 수 없다. 다른 사람의 에너지 판에 너의 에너지를 투사할 때 그 사람은 너의 에너지에 알게 모르게 반응할 수밖에 없다. 그리고 너는 실제로 모든 교감에서 원하는 대로 결과를 바꿀 수 있다. 이는 그 교감 속으로 네가 갖고 가는 에너지를 조율하는 것만으로 가능한 일이다.

　너의 세상은 너에게만 해당되는 유일무이한 세상이다. 너의 세상은 다양한 변수들이 네가 원하는 대로 맞춤 제작된 세상이다. 그 변수들은 네가 선택한 미세한 부분들을 다 반영한다. 그리고 그 변수들은 네가 그 변수들이 활동할 무대로 선택한 환경과 에너지적으로 나란히 존재한다. 네 의식의 극장 안에 살고 있는 많은 다른 존재들과 네가 서로 비슷한 일을 겪을 수는 있지만 너의 세상은 관객이 한 명뿐인 연극이다. 너처럼 세상과 대면하는 사람은 너밖에 없다. 그리고 늘 똑같아서 다 예측할 수 있는 그 연기를 얼마나 오래 관람할지를 결정할 사람도 너밖에 없다.

　네가 어떤 인생을 선택했든, 아니 어떤 가능한 현실들의 조합을 인생 경험으로 구현하기를 선택했든, 너의 인생 대본 속에 살고 있는 연기자들이 너를 위해 존재한다는 사실은 변함없다. 그들은 네가 자각하는 순간이면 언제나 너와 교감하게 되어 있다. 그리고 집단 에너지의 반향이 그들의 반응을 조절한다. 그 집단 에너지의 반향 위에 너를 위한 특별한 무대가 현실로 맞춤 제작된 것이다.

　너만의 에너지 영역을 충분히 확대하면 너는 의식을 전환하고 네 에너지의 울림을 더 잘 반영할 집단 환경인 다른 무대에 참여할 수 있다. 그때 너의 의식 스크린에 투사되는 것은 네가 '너'라고 생각하는 정체의 더 높아진 변이다. 네가 교감하는 다른 사람들도 너와 똑같은 연기자들이다. 너는 에너지가 약한 환경 속 주어진 장면을 그들과 함께 연기했을 수도 있다. 그들은 자신만의 에너지적 구성의 구현으로 너의 맞춤 제작된 현실에도 등장한다. 그때 그들은 네가 유도한 확장된 에너지 변수들의 조합과도 교류할 수 있다.

이는 네 내면의 반경 안에 살고 있는 다른 사람들의 관점에서 봤을 때도 마찬가지다. 그들 각자도 '그들'만을 위해 맞춤 제작된 세상에 살고 있다. 그들도 자각하는 순간 그들 세상 안에 있는 너라는 존재와 교류하게 된다. 그들 세상에 있는 너는 너의 세상에 있는 그들과 마찬가지로 그들에게서 에너지적으로 영향을 받으며 반응한다. 그렇게 같은 장면을 놓고 다중의 변주가 실제로 '발생한다.' 하지만 너희 각자는 각자의 고유한 관점으로 그 장면을 인식한다.

너희 각자는 자신만의 맞춤 제작된 인식 수준에서 다른 사람과 교감하고 그 과정에서 각각 그 다른 사람의 정체성의 또 다른 변주를 '창조'하는데, 그 다른 변주란 곧 의식의 다른 측면을 뜻한다. 그리고 그 의식의 다른 측면에 상응하는 새로운 상황들을 불러들이고 그렇게 의식의 측면과 상황들이 합쳐져 너희 각자의 기존 에너지의 성격이 바뀌게 된다. 그렇기 때문에 매우 갑자기 기분이 바뀌는 일이 전적으로 가능하고 실제로 그런 일이 많이 생긴다. 대부분 너는 그 이유를 알 수 없었을 것이다.

낮은 수준의 에너지 배경에서 연기를 펼치고 있는 네 자아의 한 측면이 어쩌다 불쾌한 반응을 유발하여 '너'의 전체 정체성에 나쁜 기운을 추가할 수 있다. 그럼 너는 갑자기 '기분이 나빠지는데' 도무지 이유를 알 수 없다. 마찬가지로 특별한 이유 없이 자신감이 생기고 주변 사람들이 좋아 보이고 기분이 들뜬다면, 다른 사람의 고양된 현실 속에서 특별 공연 중인 자아의 다른 측면이 내뿜는 확장된 에너지를 경험하고 있을 가능성이 크다.

서로 뒤섞여 있는 네 정체성의 조각들이 전체 '너'를 향해 각자의 울림을 보태기 때문에 네가 너의 '인생'이라고 간주하는 것에서 균형을 유지하고 의식적 초점에 집중하기는 쉽지 않다. 너는 너의 현실적인 경험을 실제로 공동 창조하고 있는 요소들의 종합이 어떻게 복잡하게 돌아가고 있는지 대체로 의식하지 못한다.

에너지가 협소하고 너와 맞지 않는 사람과 대담하게 교감하려고 할 때마다 너도 상대의 에너지적 현실에서 벌어지고 있는 장면을 동시에 똑같이 연기하고 있음을 알아라. 그 상대를 위해 맞춤 제작된 세상에서 그 세상만의 독특한 변수들의 조합과 교감하기 위해 너의 측면 하나가 표면에 떠오른 것이다. 너와 그 사람 사이의 교류에서 그 사람이 창조한 너의 변주는 너만의 잔디밭 안에서 네가 경험하던 장면과 많이 다를지 모른다. 하지만 너는 그 교류의 조각을 네 안에 갖고 다닌다. 그렇기 때문에 왜 그런지도 모른 채 갑자기 방금 전과 다르게 덜 행복한 느낌이 들기도 하는 것이다.

자신의 눈에 '옳게' 비치고 싶은 욕구가 강해서 다른 사람과 쉽게 논쟁하고 싸우는 사람도 종종 이유 없이 돌연 패배의 에너지에 휩싸이며 이른바 승자의 느낌으로부터 멀어지기도 한다. 문제의 상황이 이미 다 사라졌는데도 오랫동안 좋지 않은 관계를 마음에서 떨치지 못하는 사람도 두려움과 불신의 에너지가 왜 여전히 주변을 맴도는지 그 이유를 모르겠다고 한다. 만성 우울증을 앓고 있는 사람은 협소한 에너지 영역에 있는 자아의 측면이 같은 영역에 있는 다른 사람의 자아의 측면과 만나서 그 불행의 여파를 견디고 있는 경우가 많다.

그때그때 상황과 거의 상관없이 '변덕이 심하거나' 예기치 않게 기분이 쉽게 나빠지는 사람이 많다. 셀 수 없이 많은 수준의 현실들이 제공하는 다수의 에너지 층들에 영향을 받아 그렇게 느끼는 것이다. 너희들은 실제로 그 다수의 층 모두에서 존재한다. 너의 느낌과 환경과 선택이 네 안에서 서로 모이고 그것이 인생 경험에 반영되는 방법의 역동성을 이해하게 되면, 너는 어디서 누구와 교류를 계속해야 할지 선택하기 시작할 것이다.

궁극적으로 너는 모든 종류의 불협화음에서 벗어날 것이다. 조화하지 못했을 때 그것이 주는 물질적 포상이 아무리 대단하다고 하더라도 그 대가가 너무 크다는 것을 알기 때문이다. 궁극적으로 너는 네 내면의 균형 감각이 안내하는 것을 조심스럽게 따를 것이다. 그리고 그 내면의 균형 감각은 너의 에너지를 성장시키는 사람과 상황으로 너를 안내하고 그렇지 못한 사람과 상황을 미리 알려 줄 것이다. 궁극적으로 너는 너 자신이 들어갈 수 있는 상황을 주의해서 선택하고 너의 협소한 에너지를 자극하는 다른 사람의 현실을 선택적으로 제거해 나가면서 조각난 너의 정체성을 통합하기 시작할 것이다.

확장된 현실의 수준들이 야기하는 고양된 상황들로 너희 모두가 에너지적으로 상승함에 따라 그 수준들 사이를 엮고 있는 공통의 실에 대한 너의 인식도 같이 바뀔 것이다. 여기서 공통의 실이란 바로 '다르지만 같은' 경험을 뜻한다. 과거에 네 자아의 한 측면이 다른 사람의 현실 속에 손님으로 출현해 고양된 교류의 에너지적 변주를 경험한 적이 있다면, 지금 네가 스스로 그런 고양된 수준으로 상승할 때 과거의 그런 경험이 일종의 실마리 기억으로 채택된다. 그러므로 '기억되는 것'은 사실 지금 네가 스스로 다다른 수준에서 실제로 참여하고 있는 문제의 주제에 대한 하나의 변주인 셈이다.

한때 너의 의식을 사로잡았을 교류의 협소한 변주들은 자아의 조각난 측면들이 상승하는 집단의식에 합병되어 가는 동안 같은 주제의 더 고양된 변주를 따르게 되어 있다. 네가 '기억하는 것' 혹은 '발생한 일'이라고 믿고 있는 것은 기껏해야 고양된 전자기 충전과 함께하는 다면적 상황의 한 측면일 뿐이다. 그 다면적 상황은 너의 의식이 그 상황의 에너지 진동수로 올라갔을 때만 인식될 수 있다.

사실 너는 모든 주제에 대한 굉장한 수의 변주들을 실제로 경험해 왔다. 특정 에너지적 조합이라고도 할 수 있는 그런 변주들 하나하나가 네가 걷는 모든 길에서 너에게 영향을 주었고 너의 의식들이 '너'의 정체성을 이루는 '깨달음의 요체'를 공동 창조하는 일을 도왔다. 사실 너의 상상력이 아무리 대단해도 너는 상상한 것보다 언제나 더 복잡한 존재라고 할 수 있다.

네 안에는 여전히 너를 당황하게 하는 모든 도전 과제들에 이미 통달한 자아의 측면이 하나 살고 있다. 자아 안에 있는 그 자아의 측면이 바로 무한한 수의 '너'(그 모두가 너이다.)가 추구하는 그 '깨달음의 요체'이다. 그 깨달음의 요체는 곧 네 인생 주제에 대한 고양된 변주라고 할 수 있으며, 그 고양된 변주가 그렇게 많은 너의 정체성들 속에 살면서 네가 풀어 온 문제들을 더 완벽하게 통달하라고 독려하고 자극한다. 그 '깨달음의 요체'는 또 네 정체성의 한 측면으로 네 모든 승리와 절망의 에너지적 반동을 사랑으로 인내하며 받아들이는데 사람들은 그것을 '더 높은 자아'라고도 한다. 너희가 사는 물리적 세상 속 영적 지도자라고 하는 사람들이 바로 그런 '더 높은 자아'에 통달한 사람들이다.

너희 중에는 다른 사람들을 돕는 기준점 역할을 하기 위해 물리적 현실의 세상에 자진해서 남으려는 사람들이 있다. 너희 의식의 현재 수준과 의식적 존재로 계속 여행할 다른 차원의 현실들 사이를 연결하기 위해 깨어나고 있는 다른 사람들을 돕고 싶은 것이다. 많은 사람이 '성인', '영적 지도자'라고 부르는 이 존재들은 너희 세상의 협소한 수준의 현실 안에서는 육체적 형태로 살아갈 수밖에 없지만 사실은 의식 그 자체인 존재들이다.

지금은 네가 꿈속에서만 방문하는 세상들에서, 인내심을 갖고 너를 기다리고 있는 너의 엇비슷한 측면들이 있다. 그 자아의 같고도 다른 측면들은 지금 네 자아의 조각난 측면과 함께 **하나임**으로 계속 향해 가고 있기 때문에, 결국에는 지금까지 네가 겪었던 모든 경험 전체를 하나도 소외시키지 않고 끌어안게 될 것이다. 꿈을 꾸거나 깊은 명상에 잠겨 있을 때 너를 찾아오는 것이 바로 그 자아(혹은 의식)의 측면들이다. 가장 잊기 쉬운 순간에 네가 정말 누구인지 상기시키는 것들이 바로 그 '천사들'이다.

네 '자아'의 그 측면들이 고양된 의식의 미세한 수준들로 너를 슬쩍 슬쩍 찌른다. 그리고 그것들은 사실 네가 정말 누구인지 상기시키기 위해 여기에 있다. 그리고 때때로 그들만의 에너지를 너의 에너지와 합쳐 너로 하여금 지금 겨우 상상하기 시작했을 현실을, 눈을 통해서가 아니라 '느낌으로' 순간이나마 맛보게 한다.

그래서 '신성'과 연결되는 고양된 순간을 경험하기 시작한 사람이 많아진 것이다. 그런 경험은 때로 매우 예기치 않게 찾아온다. 비록 순간이나마 기도하고 깊이 사색하며, 혹은 고독과 침묵이 주위를 감싸는 동안, 너의 에너지가 바뀌고 너를 채우는 기쁨의 감각이 극대화되는 것을 느낄 때 그러한 일은 실제로 일어난다. 뭔가 표현할 수 없이 아름답고 신성하고 상상해 본 적도 없는 것을 만났을 때 느끼는 것이 그렇다.

고양된 영역의 본성을 그렇게 순간적으로 엿보는 것은 네가 정말 누구인지 알기 위해 깨어나고 있는 너에게 주어진 경험의 선물이다. 이제 경험하고 싶은 것은 인식 전환 과정의 본성에 대한 지적인 이해가 아니기 때문이다. 너의 마음을 무장하는 데 형이상학적 개념의 집합만 있는 것은 아니다. 그런 개념들을 맛보고, 깊이 '느끼고', 믿을 수 없이 멋지게 '경험할' 수도 있는 것이다. '신성'과 접촉해 왔음을 깨닫는 경험 말이다. 그런 경험이 **하나임**으로 향한 길에서 네가 의지할 수 있는 이정표다.

21

- 집착에서 진정으로 벗어나기
- 최선의 의도를 해치는 에너지
- 자아의 평행한 측면들을 복합적 정체성에 통합하기

곧 다가올 시대에도 육체를 유지할 수 있는 사람이라면 그 사람의 세포 구조는 대단하게 변할 것이다. 많은 사람이 자신이 그렇다는 것을 부분적으로나마 느낄 것이고, 그럼 모험을 감행할 것이다. 그리고 그런 변화의 본성을 부분적으로만 이해함으로써 겪게 되는 고난과 고통에 산 증인이 될 것이다. 많은 사람이 상승에 대해 왈가왈부만 할 뿐 그것이 일상의 모든 순간에 대한 완전한 책임을 요구하는 개념임을 완전히 이해하지는 못한다. 오직 이론적인 원칙만을 수동적으로 받아들인 채 다가올 시대와 그 시대가 가져올 강화된 에너지의 조건에 접근한다면 전환 시기는 더 연장될 수밖에 없다.

상승 개념에 대한 가장 흔한 왜곡은 개인의 선택과 상관없이 주어진 시간 안에 상승이 확실히 일어난다는 것이다. 이보다 더한 거짓은 없다.

네 개인의 역사에서 더도 덜도 아닌 지금이라는 시간의 틀, 이 특별한 변화의 시기는 최적의 조건 아래 상승을 완수하는 과정에 완전히 몰입할 것을 요구한다. 곧 엄청난 재난이 닥칠 것이고 그 에너지에 쉽게 휩쓸릴 거라는 가정으로 이 시대의 흐름에 접근하는 사람들은, 잠재적 성장 가능성을 훼손하고 힘든 상황을 자초하고 연장하는 것이다.

결국에는 모든 것이 변하고 차원 간 상승을 '할 것이다.' 하지만 그런 일이 개인적으로 이 생에서 일어난다고 장담할 수는 없다. 심지어 다음 생에서도 마찬가지다. 이 시대에 대한 이해를 공유하는 혈족이라도 너와 함께 그 변화를 완수할 거라고 장담할 수 없다. 인식 전환 과정은 그 자체로 영원하기 때문이다. 유일하게 알 수 있는 예정표는 네가 너에게 맞게 선택 제작한 너만의 예정표다.

시대의 에너지와 교감하려는 노력을 게을리하며 최적의 변화를 이루지 못하는 사람은 인생이 눈 깜짝할 새에 지나가 버린 것 같을 것이다. 자신은 계속 정체 상황에 있기 때문에 다른 사람의 삶이 달라져 보이면 이해하기 힘들 것이다. 다른 사람이 변하는 이유는 인식 전환 여정이 적극적인 참여를 요구하기 때문이다. 아무런 대가도 지불하지 않고 인식 전환 여정의 목적지에 다다를 수는 없다.

너를 위해 삶의 경험이라는 형태로 구체적으로 드러나는 자극들과 기꺼이 교감하겠다고 결심하면, 네 개인적 과정의 본성을 명확히 의식하기 위해 그런 경험을 얼마나 반복해야 할지 결정하는 데 도움이 될 것이다. 삶의 상황들이 야기하는 문제들을 피하는 것은 같은 문제, 심지어 더 힘든 변주의 발생을 필연적으로 가져올 뿐이다. 그런 경험들 사이에서 공통점을 찾아내고 원하지 않는 결과를 야기하는 집착을 풀어 주면 같은 문제에 얽힌 경험을 더 이상 계속할 필요는 없다. 혹은 원칙적으로 불가능하다. 그런 경험의 조건들을 주도적으로 창조해 내는 에너지 충전이 풀어졌기 때문에 그 에너지 충전이 자석처럼 끌어들이던 관련 경험도 더 이상 생길 수 없는 것이다.

너의 인생 경험을 창조하는 데 윤활유 역할을 하던 조건화 층들을 하나씩 벗겨 냄에 따라, 협소한 현실의 수준에 너를 가두어 두던 에너지 충전 밀도가 약해질 것이다. 그것은 위대한 진전이고 그렇기 때문에 끝냈다고 생각했던 과거의 영화에 다시 출연하는 자신을 볼 때면 충격을 받기 쉽다.

'네'가 문제의 가르침을 다 깨우치고 이 생의 경험을 통해 너를 습관처럼 구속하던 조건화의 반사 효과를 정말 물리치고 이겨 냈을 수는 있다. 하지만 그동안 변한 것이 하나 있다. '너'는 십중팔구 이제 과거의 '너'가 아닌 것이다. 너는 '너'라고 생각하는 주제에 더 복잡한 변주로 진화해 왔다. 너의 삶 전체를 내려다볼 관점을 완전히 획득하고 미세한 수준의 변주들로 상승해 그 속에서 차원들을 서로 연결하는 문턱에 접근하면서 너는 네가 '너'라고 생각하는 곳에 초점을 맞추어 네 전체 에너지의 평행한 측면들을 통합시킬 것이다.

차원 간 전환을 이루기 위해 네 자아의 측면들이 모두 에너지적으로 전면에 등장해야 하고, 그런 노력 속에서 하나씩 모두 네가 생각하는 '너'의 에너지 안으로 통합되어야 한다. 동시다발적인 삶들을 살며 네 인생 주제의 미세한 변주들에 집중하고 있는 네 자아의 측면들은, 네가 어느 정도 깨닫게 되면 너의 에너지 속으로 합병될 수 있다. 그때 종종 에너지 진동수가 미묘하게 변하는 자아의 측면들도 생겨날 것이다. 그리고 전체 자아 구성의 모든 측면들이 각각 갖고 있던 충전 에너지 찌꺼기들로 오래된 시나리오들을 반복 상연할 에너지 조건들을 창조할 수 있다.

새로운 길로 접어들었는데 느닷없이 옛날에 갖고 다니던 짐 보따리와 마주쳤다고 해서 네가 노력을 게을리했다고 볼 수는 없다. 오히려 완성을 위한 계속되는 패턴을 드러내는 것이라고 봐야 한다. 그 패턴 속에서 너는 네 자아의 평행한 측면들을 전체 에너지 안에 통합해 왔다. 시험에 빠트리는 조건들이 재등장한다는 것은 사실 네가 이미 통달한 교훈을 좀 더 너의 것으로 만들라는 지시다. 시험에 들게 하는 시나리오에서 쉽게 벗어난다면 중요한 인생 문제에서 그만큼 네가 성장했음을 뜻한다. 과거에 심란하게 만들었던 문제들이 자꾸만 더 불편해진다면 현재 '너'의 의식에 대한 집중의 정도가 벗어나기 어려울 정도로 더 복잡하게 치닫고 있음을 뜻한다.

과정이 시작되었다면 네가 걸어온 길을 회상하거나 과거의 깨달음을 반추하려고 옛날 드라마를 재방영할 필요는 없다. 다만 극복했다고 생각했던 주제들을 지금 얼마나 평화롭게 바라볼 수 있는지가 그 주제에 관련하여 네가 어디까지 왔는지에 대한 척도임을 알아라. 해결했다고 생각했던 문제가 다시 원점으로 돌아온 이유를 잘 인식하고 있다면 그 문제에 대한 초연함의 계발을 위한 무대를 설치하는 것이다. 그리고 일단 그 문제의 시나리오들에 걸리게 되어 있는 에너지 '고리'들과 거리를 유지하며 예측했던 그 '고리'가 나타나 너에게 손짓해도 웃어넘길 수 있을 것이다. 그때까지 네가 획득할 전체를 조망하는 능력 덕분에 그 문제의 시나리오 자체가 본질적으로 에너지를 잃고 부서지게 되기 때문이다. 그리고 그 전체를 조망하는 관점에서 볼 때 문제의 에피소드는 특정 인생 주제의 상징적 표현일 뿐이다. 사실이 그렇다.

네 인생 대본에 예의 드라마들이 더 이상 출현하지 않는 것은, 특정 문제를 둘러싼 에너지가 안정되고 자아의 다면적 측면들이 네가 '너'라고 생각하는 너에게 성공적으로 통합되었음을 알려 주는 신호다. 마지막으로 감정 충전 에너지가 모두 방전되었을 때 너는 삶 자체에서 안녕의 심원한 감각을 경험할 것이다. 돌연 세련된 관점이 생겨 모든 일을 적절하게 볼 수 있게 되고 일상적인 드라마에 완벽하게 초연해질 것이다. 그 지점에 이르면 기존의 갈등들이 야기하는 문제들은 중요하지 않을 것이다. 그리고 자유를 유지할 능력을 강화하게 될 것이다. 너는 곧 자유를 경험하기 시작할 것이다.

'집착으로부터의 자유'는 단지 이런저런 단체에 소속된 사람들이 유행처럼 하는 말이나 너도나도 따르려는 마음가짐이 아니다. 자유는 지금까지 말한 네 일생의 숙원 사업 마지막 단계를 지날 때 힘들게 추구해야 할 최후의 목표다. 살면서 이런저런 경험을 할 때 느끼는 편안함과 불편함의 정도로 네가 성취한 자유의 정도를 측정할 수 있다. 복잡하고 힘든 문제로 꽉 차 있는 삶은 그 주인공이 여전히 어쩔 수 없는 삶의 상황에 많이 붙잡혀 있다는 뜻이다. 비록 그 사람이 그것을 원했지만 말이다.

사람 사이의 만남에서 오는 결과에 영향받지 않을 때만 특정 반응 패턴들에 집착하는 습관으로부터 벗어나는 자유가 가능하다. 결과에 대한 집착을 풀 때에만 그런 만남이 흔히 야기하는 속박에서 자유로워진다. 그리고 불운한 결과를 부르는 경향에서도 자유로워진다.

지금 네가 차원들 간을 이어 가며 진화해 가는 존재의 상태에서는 성공을 위한 성공보다 단순함이 더 높이 평가받는다. 너희는 이 생에서 배워 익힌 노동관에 의문을 품기 시작할 것이다. 지금의 노동관은 '무슨 수를 써서라도 성공하라.'를 조장한다. 그런 시각은 내면에서 느끼는 행복감보다 타인의 피드백에 더 의존할 때 생기는 것이다. 그렇게 바깥에서 '원천(Source)'을 찾으면 너도 모르게 타인을 기쁘게 하려고 마음이 원하는 것을 희생시키기 쉽다.

너만의 내면의 진실이 원하는 것을 부지중에 방해할 때 불화가 생겨 에너지 업무 태만 상태에 빠지기 때문에 아무리 노력해도 결과는 신통치 않게 된다. 네가 처한 상황에서 가능한 물리적 요소들을 조작해 원하는 결과를 얻으려고 애쓸수록 바로 그 결과를 구현할 자연스러운 에너지 균형으로부터 점점 더 멀어지기만 한다.

특정 결과를 이끌어 내기 위한 너의 노력을 최대한 활용하는 요령은 노력을 결실로 이끄는 데 요구되는 것들을 얼마나 영리하게 평가하느냐에 있는 것이 아니라 그 과정을 진두지휘하겠다는 집착으로부터 얼마나 거리를 유지하느냐에 있다. 원하는 결과에 반하는 함정들을 확실히 꿰고 철저한 해결사 노릇을 한다고 해서 그런 노력에 잠재해 있는 에너지가 바뀌지는 않는다. 그런 노력은 유사한 함정들을 필요로 하고 그 함정들은 또 똑같은 너의 노력 에너지를 끌어들일 것이다. 그리고 너는 성공하려고 철저히 준비했음에도 불구하고 계속 계획에 차질이 빚어지는 상황에 당연히 극도의 좌절감을 맛보게 될 것이다.

이 경우 무시된 것은 그런 노력에 늘 동반되기 마련인 감정의 형태로 드러나는 에너지다. 특정 결과를 얻어 내기 위해 어떤 형태로든 노력하기 시작할 때 그 노력 배후에 있는 의도가 그 노력이 결실을 맺게 할 무대 장치다. 노력의 자연스러운 결과에 대한 행복한 기대로 접근한다면 큰일 없이 쉽게 원하는 결과를 얻을 수 있다. 그런데 힘들 것이라 미리 예측하고 노력한다면, 잘못될 수도 있는 모든 일에 정신을 집중하는 것을 통해 너도 모르게 그 힘든 일을 피하겠다는 의도를 투사하게 되고, 그럼 바로 그렇게 예측한 힘든 일들이 벌어질 무대가 생긴다. 너의 정신적 초점이 너의 현실이 되기 때문에 그럴 수밖에 없다.

추측하려고 시도한 고난의 정도가 목적을 성취하는 과정에 네가 만들어 갈 저항의 총량을 결정한다. 가능한 최고의 결과가 당연히 생길 것이라고 가정하고 노력하기 시작하면 그런 노력이 잘 보상받을 수 있는 무대가 만들어진다. 의식의 전환은 미묘하지만 그 결과는 강력하다. 원하는 결과를 부르는 것은 방해 공작에 대한 숨은 두려움보다 자아에 대한 사랑 가득한 신뢰이기 때문이다.

즐거움의 에너지로 접근한 일은 쉽게 이루어진다. 행복해서 기쁜 에너지로 창조하려고 노력할 때 그런 에너지의 진동이 기반이 되어 축복 같은 결과를 부른다. 원한에 기반한 노력은 빛을 보지 못한다. 그러한 노력은 늘 저항 에너지를 갖고 다니기 때문이다.

일하기 싫다는 자세로 일할 때 더 일하기 싫게 만들 상황들이 생겨날 무대가 조성된다. 에너지를 전환하면 그것이 아주 미묘한 것일지라도 모든 노력이 잘 보상받게 되는 쪽으로 전체 환경이 바뀔 수 있다. 그 노력의 결과로 기대하는 만족의 수준이 바로 그 수준의 결과를 생산한다.

피해 의식은 다양한 형태로 나타난다. 너희는 대개 피해 의식의 미묘한 변주는 물론 피해 의식이 어떤 방식으로 꿈과 희망을 갉아먹는지도 잘 알아채지 못한다. 외부적 요소들이 무조건 너를 진압 태세로 기다리고 있다고 가정한다면 아무리 애를 써도 그 진압이라는 결과만 나올 것이다. 좌절할 것을 미리 예측하는 것은 대체로 통제 불능에 대한 두려움이 잠재해 있기 때문이다. 그냥 생기는 일은 없다. 너의 에너지가 모든 것을 창조한다. 실망의 불운한 역사를 멈추는 능력은 너의 생득권이다.

노력이 좌절되는 경험을 습관적으로 하는 사람들은 공통적으로 물질적 부족에 대한 두려움을 가지고 있다. 물질의 풍부함은 인생 경험 속에 내재해 있는 것으로 네가 선택할 수 있는 것이다. 지성과 투지를 타고났음에도 불구하고 물질이 충분하지 못할 거라고 혹은 결코 충분히 가질 수 없을 거라고 생각한다면 실제로도 충분히 가지지 못할 것을 장담한다. 반면 시간, 돈, 정보 혹은 그 외에 필요하다 생각되는 것은 무엇이든 자연스럽게 충분히 생길 것이라고 생각한다면 바로 원하는 만큼 생길 것이다. 너는 바로 너 자신이 최고로 원했기 때문에 이 시공간의 연속체 속에서 풍요롭고 행복한 삶을 창조하는 데 필요한 모든 재료로 무장한 채 여기에 있다. 그런 스스로를 사랑하고 신뢰하면 필요한 것의 제공을 보장하는 상황을 창조할 것이다.

지금 시대는 너희들이 삶의 모든 분야에서 그동안 수립해 왔던 패턴들이 급진적으로 뒤집히는 시기로 기억될 것이다. 자신의 현실을 창조하는 자가 능력 부여 과정의 결과를 깨닫기 시작하면 너희는 모든 것에 책임질 수 있다. 다른 사람의 기대로 행동을 정당화할 필요성이 내면 욕구의 발산이라는 더 절실한 일에 자리를 내주기 시작할 것이다. 필요하고 원하는 것과 관련된 내면의 진실을 더 존중하는 것이 문화적 조건화나 타인의 기대와 요구보다 더 중요하게 될 것이다. 이 인식 전환 여행에서 네가 져야 할 궁극의 의무는 너의 진정한 선택을 인식하고 실행하는 것이다. 그리고 사랑 가득한 의도가 그 모든 너의 선택에 스며들도록 한다면 네 마음이 진정으로 원하는 것을 만족시킬 토대를 마련한 것이다.

그 과정에서 인내는 곧 아름다움이 되겠지만 많은 사람들이 경험할 불편함을 변경하기 위해서는 참 오랫동안 인내해야 할 것이다. 새로운 이해와 전환을 자동 반응 패턴으로 만드는 데는 많은 시간과 인내가 필요하다. 네가 창조하는 세상을 네가 좀 더 예민하게 알아 간다면 네가 원하는 대로 너의 현실을 창조하는 기쁨을 느끼기 시작할 것이다.

이 시대는 네가 선물로 받은 힘을 포용하고 자아로부터 단절을 부르는 두려움과 한계의 찌꺼기를 버리도록 독려하고 있다. 지금 너의 에너지가 얻으려고 애쓰고 있는 전체(온전함)가 스스로 급진적 변화에 불을 붙이고 있다. 이 생의 이 단계는 그런 시기로 기록될 것이다. 자기 패배적 반응 패턴을 인식하고 그런 경향을 없애는 것이 시급하다. 이 생에서 창조하고 경험할 것에는 진실로 그 어떤 한계도 없기 때문이다. 그리고 **하나임** 속에서 스스로와 합일할 때 느끼는 기쁨에도 한계는 없다.

22

- 예측 가능한 반응 패턴을 촉발하는 곳에서 한 걸음 비켜서기
- 신랄한 적대 관계 진정시키기
- 평행하게 존재하는 다른 의식에 쌓인 업 풀기
- 모든 경험을 통합하는 '신성' 인식하기

지금까지 연기해 온 경험의 패턴들을 초월할 기회는 타인의 눈에 '옳게' 비치고자 하는 집착을 끊을 때 저절로 생겨난다. 사람들이 삶에서 중요하다고 말하는 문제들에 있어서 정당했다고 인정받고 싶은 에고의 욕구를 떠나보낼 수 있을 때, 경험 패턴들로부터 자유롭기 위한 시험적인 첫발을 뗀 것이다.

패턴으로 굳어진 그런 경험의 상호 교환을 지금까지 혼자서 한 것이 아니었음을 알아야 한다. 일생 동안 너와 세세한 갈등을 겪고 또 풀려고 실질적으로 노력해 온 상대들도 해당 문제들을 초월할 기회에 대한 지분을 갖고 있다. 따라서 관련된 사람들이 모두 해결책을 찾을 때까지 너희 각각이 그런 상호 교환의 패턴들을 만드는 데 참여하겠다던 애초의 합의는 계속 효력을 발휘할 것이다.

그러므로 문제가 되었던 일을 완전히 이해하고 해결했다고 하더라도 특정 개인과 똑같은 드라마에 계속 빠져들 가능성은 충분하다. 특정 일을 경험하는 강도가 눈에 띄게 약해진 것을 눈치챘을 수도 있다. 그런 경험을 끌어들이는 에너지가 약해졌기 때문이다. 하지만 네 경험 파트너의 에너지 영역 안 불협화음 조절판 스위치들이 여전히 모두 활짝 열려 있을 수도 있다.

두 사람에게 같이 주어진 문제의 서로 상반되는 측면들에 대해 그 두 사람 모두 해결책을 찾았다고 해도 상호 갈등의 초대장이 한동안 계속 날아올 수 있다. 너는 시리즈 드라마에 똑같은 에피소드를 다시 한 번 연기하고 있음을 발견할 것이다. 하지만 에너지를 감지하는 너의 능력은 바뀔 것이다. 옛날에는 원수 같던 상대를 만났는데도 으르렁대는 것보다는 한때 너를 자극해 예측 가능한 반응 패턴들로 몰아넣곤 하던 예의 그 촉발 요소들을 피하려는 쪽으로 더 기울 것이다.

사실 너의 상대는, 자신의 인생에서 문제가 되는 신랄한 주제에 해결책을 찾기 위해 네가 아닌 너의 모습을 한 대리인과 결투를 하고 있다. 에너지적으로 너는 문제의 에너지를 치솟게 할 촉매로서 더 이상 기능하지 않을 것이기 때문이다. 해당 문제에 대한 찌꺼기 에너지를 다 방전했기 때문에 그런 상태에 네가 추가할 수 있는 에너지는 무관심 에너지 진동뿐이다.

경험 상대 어느 한 쪽이 특정 문제를 둘러싸고 계속 갈등을 만들어내는 한 인생 드라마는 계속될 것이며, 너는 그 드라마에 참여할 수밖에 없다. 제출된 합의문에 경의를 표하고 주어진 드라마에서 너의 역할을 계속 연기함으로써, 관련된 모든 사람이 예측 가능한 갈등의 역사를 마감할 수 있다.

너는 인생 드라마가 야기하는 문제를 해결하기 위해 특정 개인들과 업으로 연결되어 있다. 상대와 연결된 에너지를 단칼에 끊어 버리고 말 그대로 떠나 버리겠다고 생각할 수도 있지만 그것이 그렇게 쉽지 않음을 발견할 것이다. 왜냐하면 너의 드라마 속 특정 연기자들 사이에서 표면으로 떠오른 가장 교활한 불화의 패턴들의 기초가 바로 위대한 사랑이기 때문이다. 그렇지 않다면 너희 각자가 서로의 성장을 위해 그렇게 생을 거듭해 계속 봉사할 수는 도저히 없다.

변화의 시대 속 확장된 에너지가 네 에너지 추진력을 강화하고 있기 때문에 익숙한 상대와의 싸움을 부르는 각각의 초대장은 영원한 소울메이트를 인식할 수 있다는 잠재적 선물을 함께 가져온다. 네 쪽에서 특정 교류의 범주를 영속화하는 에너지 매듭들을 계속 풀어 나갈 때 너와 상대 사이에 진짜로 존재하는 사랑이 그 모습을 드러내고, 너와 상대 사이에 역동적인 과거 역사의 패턴들이 좀 더 쉽게 바뀔 것이다.

결국 너희 각자는 상대의 에너지를 무조건적으로 풀어 주는 것으로 경험의 새로운 범주로 나아갈 수 있을 것이다. 특정 문제를 둘러싼 너만의 집착이 일단 사그라지고 나면 전혀 자극적이지 않은 반응을 상대에게 쉽게 투사할 수 있고, 그럼 오랫동안 원수와도 같았던 상대도 유사한 초연한 감정을 일으킬 수 있다. 너는 너와 상대 사이에서 생겨나곤 하던 과격한 에피소드들의 간격이 점점 길어지고 그만큼 횟수도 줄어듦을 발견할 것이다. 그런 에피소드들을 부르는 에너지가 계속 풀어지고 있기 때문이다. 교류를 위한 에너지 기반이 없다면 교류를 일으킬 근간이 없는 것이다. 너의 주의력과 에너지가 다른 곳으로 떠나감에 따라 그냥 '소원해지는' 관계들이 생기기 시작할 것이다.

가장 통렬했던 관계들을 되돌아보면서도 한때 그 상대를 생각만 해도 생겨나던 고통과 번민이 더 이상 생겨나지 않는다는 것을 깨닫게 될 것이다. 한때 안에서부터 생겨났고 그 안에 에너지로 저장되었던 들끓는 분노, 깊은 상처, 걷잡을 수 없는 공포 같은 '감각'이 이제 다 풀어진 것이다. 한때 잠깐 생각만 해도 충분히 그런 '감각'들을 불러일으키던 것들이 이제는 아무렇지도 않을 것이다.

너는 그 상대 혹은 상대와 네가 함께 창조했던 실제 사건들을 전혀 아무 느낌 없이 생각할 수 있을 것이다. 그 사람 혹은 그 사건의 장면들은 이제 네 마음속 단순한 그림일 뿐 더 이상 자극적이지도 않고 관심거리도 못 될 것이다. 한때 깨어 있던 모든 순간 너를 지배하고 잠자고 있을 때조차 꿈으로 너의 의식을 괴롭혔던 사람들이 어쩐지 흐릿하게 사라져 갈 것이다. 이제 너에게 남은 것은 이 생에서 일어난 주요 에피소드들의 의미를 되새기는 일이다.

지금 초연한 상태에 있다고 해서 그런 상태에 도달하기 위해 반드시 겪어야 했던 힘든 시간의 가치를 평가 절하해서는 안 된다. 지금 네가 강하게 집중하는 문제가 아니라고 해서 네 과거 경험이 그때 기준점으로서 했던 역할이 덜 중요하거나 가짜가 되는 것은 아니다. 감정을 푸는 경험을 할 때는 그런 경험을 생생하게 기억할 기회도 얻는다. 동시에 네가 더 이상 그곳에 있지 않음을 알 기회도 얻는다.

네 존재의 한 상태가, 의식의 구현인 네가 가고 싶은 곳으로 가는 데 디딤돌로 작용할 다른 존재의 상태를 상쇄하지는 않는다.(모든 존재의 상태, 즉 모든 경험은 서로 돕는다.) 존재의 이런저런 에너지 밀도의 상태를 형성하는 것은, 각각의 상태에 맞는 의식을 끌어내 와 해당 문제에 대한 적당한 해결책을 찾는 데 필수적인 풍성한 감정적 경험을 네게 제공하려는 목적 때문이다. 그렇게 너는 그 감정적 문제들을 통해 드러나는 네 의식의 모든 측면들을 너와 통합할 가능성의 문을 열 수 있었다. 감정의 그런 심오한 수준을 표면으로 끌어올리는 사건들을 네가 너의 의식들과 공동 창조하지 않았다면, 일생 동안 특정 경험 패턴 속에 너를 가둬 두던 에너지 충전을 풀 촉발 요인을 그렇게 가까운 곳에 두지는 않았을 것이다.

그러므로 새로운 시각을 얻게 된 너는 과거의 사건들을 돌아보며 피할 수도 있었다고 생각할지 모르겠지만, 사실 진실은 그 사건들이 그렇게 발생하지 않았다면 너는 지금 이 자리에 올 수 없었다는 것이다. 너는 그 얻기 힘든 시각을 우연히 얻지 않았다. 너와 관계한 특정 사람들과 함께 네 감정적 반응의 깊은 곳까지 기꺼이 조사하겠다고 결심했기 때문에 그 시각을 얻을 수 있었던 것이다. 그 사람들이 너의 그 감정적 반응들을 표면으로 떠올린 것은, 너와 그 사람들 모두 그 감정과 관련된 문제들이 야기하는 고통과 번민을 끝까지 풀어낼 가능성이 있다는 데에 미리 같이 동의했기 때문이다.

너희들은 서로 잘 도와 왔다. 그리고 서로 상대의 억압된 감정들을 쉽게 들끓게 했다. 그런 기억들 중에는 즐겁지 않은 기억도 있을 것이다.

그렇다면 그 기억은 즐겁지 않아야 하는 것이다. 그리고 과거에 분출하곤 했던 감정적 '에너지의 충전'은 사라진 반면 그 경험의 진실성은 그대로 남아 있을 것이다. 그 결과 너는 하나의 기준틀을 가질 수 있고 그 안에서 다른 종류의 경험으로 나아갈 수 있을 것이다.

너의 경험 상대방의 시각으로 봤을 때 너의 행동은 그의 행동이 너에게 그랬던 것만큼 못마땅했다. 너희 각자는 다른 렌즈로 같은 초점을 보고 있다. 너희 중 아무도 '옳거나' '틀리지' 않다. 벌어지고 있는 일들에 대해 너희 중 누구도 악당도 희생자도 아니다. 너희 각자는 드라마 연기에 참여하고 있다. 그리고 에너지적으로 특정한 결말이 오게 하기 위해 대본에 있는 대로 의식적으로 연기하고 있다. 너희가 걸어온 길은 그 특정한 결말로 이어지는 많은 길 중에 하나였다. 그리고 그 길에서는 뜻하지 않게 되돌아가야 했던 사건들도 많았다. 생을 거듭해 '잘해 보려고' 그렇게 부단히 노력했는데도 말이다.

너희들은 하나의 팀으로서 많은 시행착오를 겪으며 업의 이름 아래 계약의 세부 사항까지 다 실행에 옮겼다. 너희는 서로를 존중했다. 그리고 자만과 에고를 최대한 직접적으로 표현하며 서로를 무자비하게 모욕했다. 양쪽 모두 주어진 역할을 다했다. 양쪽 모두 자신이 한 행동의 결과를 경험할 순서를 가진 것이다. 그렇게 감정의 모든 범주들의 완전한 스펙트럼이 너희 각자를 위해 인생 경험으로 구현되기를 허락받은 것이다. 너희가 사는 물리적 세상에서 인식 전환 과정 완수의 문턱에 와 있는 사람 중에 그런 인생 경험의 일부라도 생략할 수 있는 사람은 아무도 없다.

너희 모두는 인생 경험 역사의 어느 시기에 스스로 생각해도 너무 고통스러울 정도의 상처를 다른 사람에게 주기도 했을 것이다. 너는 다차원적 존재로서 영원에 가까운 과거를 갖고 있고, 그 과거 어느 즈음에 저질렀던 과오를 오늘 다시 끄집어냈다. 그렇게 너는 네가 생각할 수 있는 가장 공격적인 역할 하나를 만들었다. 십중팔구 과거의 네 역할이 그대로 넘어간 것이다.

공격받은 경험의 범주들을 네가 지금 최대한 모으고 있으니, 그동안 경험했던 싸움 중 가장 치열했던 싸움을 회상하며 공격자의 입장을 생각해 보고 형세가 얼마나 쉽게 역전될 수 있는지 깨닫는 것도 흥미로울 것이다. 너도 지금 너를 공격하는 다른 사람의 역할을 해 왔을지 모른다. 그럴 가능성이 생각보다 훨씬 클 것이다. 물리적 경험의 심상과 형상의 본질이 그렇기 때문이다. 모든 것이 균형을 요구한다. 에너지 균형을 위해 행동과 반동의 전체 스펙트럼이 반드시 필요하다.

네가 지금 잠재적 업을 풀 순간에 도달한 것은, 심판하지 않으면서 타인과의 모든 교류 속 양쪽 역할의 본질을 인식하고 그 모든 교류에 '신성'이 있음을 알기 위해서다. 너희는 낮은 의식 수준에 너희를 붙잡아 두도록 고안된 조건들에서 벗어나기 위해 서로 돕고 있다.

너희 각자의 의식은 감정에 갇힌 '부서진' 의식의 조각이 야기하는 격동의 장으로 자진해서 되돌아가 진정한 너와 단절된 문제에 대해 무한히 가능한 변주들의 일부를 탐험했다. 지금 벌어지는 일을 액면 그대로 보고 에고가 원하는 것을 계속 구현하는 한, 똑같은 경험을 반복하게 할 조건들만 강화할 뿐이다.

길 어디 쯤에선가 너의 '신성' 본질에서 떨어져 나간 너의 조각은 그때 이후로 계속 그런 단절 상태를 스스로 영속시키는 순환 에너지를 철저하게 구현하고 음미해 왔다. 이제 그 패턴을 바꿀 때다. 모든 창조물이 내면의 '신성'이 의도하는 바를 듣게 되었기 때문이다. 지금은 방패와 창을 버리고 집으로 돌아갈 때다.

너는 자신을, 숭배하면서 동시에 두려워하는 신성으로부터, 또 다른 인간들로부터 분리된 자율적인 존재로 보고 그런 이미지에 집착한다. 하지만 그런 이미지는 곧 망상임이 드러날 것이다. 사실이 그렇다. 너는 의식의 중심이 아니다. 너는 그렇게 믿고 있겠지만 말이다. 너는 빛의 스펙트럼의 한 측면일 뿐이다. 중심에서 나오는 하나의 희미한 빛이라고도 할 수 있다. 의식의 무한한 영상 속 0.5초짜리 섬광이다. 너는 네 인생이 '주요 행사'라고 믿도록 스스로 오랫동안 속여 왔고, 그런 믿음을 지지하기 위해 엄청난 규모의 환생의 역사를 써 왔다. 그리고 그런 인식만 강화하게 되어 있는 주변 세상에 의지해 왔다.

보이진 않지만 늘 존재하는 의식의 수준이 있다. 그 의식은 네 개인적인 역사 전체를 한눈에 알아보고, 네가 너의 정체성을 이루는 것이라고 생각하는 사소한 것들을 초월한다. 그 의식의 수준은 에너지 균형이 잡힌 상태이고, 따라서 인생에서 특정 역할을 맡아야 할 필요도 이미 넘어섰다. 너는 마지막까지 미묘하게 남아 있을 인간적인 요소들을 다루며 갈등과 해결책에 계속 정신을 집중해야 하지만, 그 의식의 수준은 그런 상태도 초월했다. 네가 진실로 다차원적임을 안 최초의 자각이 뿌리내릴 때까지 그런 너를 인내심 있게 지켜보는 것이 그 의식의 수준이다. 그리고 너는 기본적으로 그 의식 수준의 일부다. 그 의식 수준은 모든 다른 존재의 사랑 가득한 포옹으로 너를 안을 수 있을 때를 기다리고 있다. 그 의식의 수준 '그 자체'가 곧 모두다.

상승의 과정이 그렇게 계속될 것이다. 매 순간 에너지 진동을 치솟게 하고 문제를 복잡하게 하는 주체가 바로 네 고유한 존재의 측면들이다. 그 측면들은 그 순간만의 특별한 관점이라는 착각 속에서 본래의 자신을 잃어버린 것이다. 그 측면들은 그 매 순간 전체의 모든 측면들을 연합하는 에너지 가속도를 알아차리지 못하는 것이다. 초점을 한곳에 둘 수밖에 없는 것은 육체를 가진 인간의 특징이고 경험을 위해 필수적인 것이다. 이 생에서(그리고 아마도 다음 생에서도) 그런 육체적 정체성으로 모험을 감행할 때 네 본래의 전체적 관점을 견지할 수 있을 거라고 기대하지 마라. 진정한 경험을 위해 너는 한 번 더 조각난 의식의 인식을 선택할 수 있다. 비록 의식이 점점 더 다차원적으로 복잡해지고 있기는 하지만 말이다.

이 생이라는 특별한 착각의 구조 안에서 깨닫기를 계속할 때, 너는 환생해서 경험하는 것의 최후의 의미를 미세한 것까지 모두 진정으로 이해할 것이다. 너는 고양된 의식 수준에 걸맞은 이해의 수준에서 모든 결론을 내리게 될 것이다. 그렇게 의식이 깊어지면 너는 수 세기 동안 살며 거듭해 온 네 경험들의 의미를 파악하기 시작할 것이다.

너는 지금 다른 종류의 세상으로 들어가는 문턱에 서 있다. 그곳에 들어가려면 지금까지 걸어왔던 길을 분명히 볼 필요가 있다. 육체 안에 갇혀 있더라도 진정한 너는 앞으로 올 경험 범주들을 위한 토대인 무한한 능력을 갖고 있음을 알아챌 필요가 있다. 그렇게 알아챌 때만이 지금까지의 너와 지금까지 네가 해 왔던 일 모두로 하여금 고질적 경험 패턴에서 벗어나게 하고 실이 꿰어지듯 모두 하나로 합쳐질 수 있기 때문이다. 지금은 조각난 의식의 근시안적인 관점에서 벗어나도록 되어 있는, 네 여행에서 매우 중요한 시점이다. 그렇지 않다면 너는 소모적인 경험 패턴을 반복할 뿐 차원 간 인식 전환을 할 수 없었을 것이다.

변화의 본성이 그렇다. 그리고 너는 그 변화의 맨 앞에 서 있다. 이 생에서 해결해야 할 주요 문제들 중 남아 있는 마지막 찌꺼기들이 네 의식의 표면으로 떠올라 조사를 기다리고 있다. 만나면 자꾸 싸우게 되는 타인과의 교류 패턴을 알아채는 것이 그런 종류의 만남으로부터 에너지적으로 거리를 두는 데 도움이 될 것이다.

마침내 너는 스스로를 여행가로 인식하게 되었다. 네가 너 자신을 여행가로 만들어 왔다. 전 생애에 걸쳐 네 감정의 모양새를 지배해 왔던 깊은 착각에서 이제는 벗어났기 때문이다. 그래도 계속 이따금씩 그 착각의 장소를 방문하게 될 테지만 이제는 마치 옛날 이웃을 방문하는 것처럼 될 것이다. 너는 더 이상 그곳에 살지 않는다. 그리고 업의 계약에 기반을 둔 세속적인 잡다한 일들에 집착하며 감정을 낭비하는 일은 관심 밖이 될 것이다.

다시 되돌아가는 일은 익숙한 느낌을 불러온다. 하지만 한때 독선적인 반응을 야기했던 비통함은 더 이상 생기지 않을 것이다. 이제는 익숙한 자극에 오히려 무관심할 것이다. 자극에 반응하는 자아의 측면이 이 생에서 가진 정체성의 한계를 초월했고 '네'가 만나는 것 모두를 전체적인 관점으로 인식하기 시작했기 때문이다.

바로 그 자극에 더 잘 반응하는 새로운 자아의 측면이 순간순간 일어나는 일들을 겪는 동시에, 그 일들을 '과거'의 유사한 상황들과 즉각적으로 연결시키고 있는 것이다. 한때는 너를 보이지 않는 전쟁으로까지 끌고 갔던 감정들을 겪어 내고 초월하는 길을 걷는 동안 너는 고양된 관점의 수준과 연결되었다. 이제 내면의 전쟁터 속에서 네가 다른 사람과 같이 만들고 축적해 왔던 업의 역사는 찌꺼기까지 모두 치워졌다. 그 다른 사람들이 네가 이 완성의 장소로 오는 데 도움을 주었다. 그리고 마침내 너희 각자는 새롭게 발견한 초연한 관점으로 익숙한 과거의 장면들을 볼 수 있게 되었다.

네가 안정시키기 위해 그렇게 힘들게 걸어왔던 감정의 길들은, 너의 의식이 너를 고양된 깨달음의 수준과 연결시키며 앞으로 또다시 걸어가야 할 길이다. 너는 지금까지 네 다차원적 정체성을 구성하는 의식의 모든 측면들을 합일하는 일을 위한 기초로서 감정적 초연함을 닦아 왔다. 그 감정적 초연함이 자극에 반응하게 하는 에고의 욕구를 넘어설 정도로 단단한 것이라면, 네 다차원적 자아의 모든 측면들이 **하나임** 안에서 합일하고 '모든 창조물'과 공유하는 하나로서의 연대를 인식하게 도울 것이다.

23

- 변화를 만드는 에너지에 적응하기
- 평행하는 자아의 측면들을 '네' 안으로 통합하기
- 확장된 현실 수준의 인식 경험하기

지금 우리의 말을 이해하는 사람들 중에는 이 가르침 속 정보들이 혁신적이라고 느끼는 사람이 많을 것이다. 또 이미 경험하고 배워 내면에서부터 깊이 알고 있는 것을 확인하는 것처럼 느끼는 사람도 있을 것이다. 그런 앎은 관념적으로 이해한 정보들이 저장되는 마음속의 앎이 아니다. 그 앎은 네가 일생의 선택들을 내리는 데 기반이 되는 앎이다. 그리고 그 앎은 인생의 경험을 반영하고 네 '내면의 진실'에 기반이 된다. 지금 네가 마주한 것이 바로 그 많은 내면의 진실을 경험하고 쌓아 가는 과정이다.

지금 이 가르침을 지적으로 포용해 진실이라고 인식할 수 있다. 그런 지적인 이해를 삶과 일상의 필터로 직접 경험해 진실한 앎으로 만들어야 한다. 그렇게 될 수 있을 때까지 너에게는 약간의 믿음이 필요하다.

제때에 특정 정보의 조각과 정확하게 마주쳤음을 믿어라. 그리고 네 인생 극본 속에서 그 정보의 강화를 용이하게 할 에피소드가 확실히 뒤따를 것을 믿어라.

삶의 관점에 대대적인 전환을 가져올 정보를 다룰 때 그 정보와 연관된 주제에 얽힌 에피소드를 반복 경험할 수 있다. 그렇게 세계관의 급진적인 전환이 기댈 수 있는 기반이 만들어지는 것이다. 그런 기반은 하룻밤 만에 체화할 수 있는 이해가 아니다. 빠르게 또 연속적으로 특정 개념에 노출될 수 있고, 또 그 개념과 관련한 여러 에피소드들을 일종의 예로서 경험할 수 있다. 그렇게 지금 네가 서 있는 경계 세상에 대한 개념적 이해를 강화할 수 있다. 그리고 궁극적으로 '믿는 것'이 아니라 '알게' 될 수 있다.

아주 새롭고 다른 것이 너를 기다리고 있다. 그런 현상에 대한 너의 인식에 기반이 될 기준은 네가 알던 세상의 구조를 넘어설 것이다. 네가 처하게 될 환경이 앞으로 미묘하게 변할 것이다. 그리고 너는 그 변화의 추진 에너지 속으로 아무 힘도 들이지 않고 쓸려 갈 것이다. 당면한 시대의 키워드가 '변화'일 거라는 가능성을 받아들인다면 말이다. 지금 네가 알고 있는 삶을 위한 기반은 유동적이다. 네가 지금 다른 존재들과 같이 창조하고 있는 세상, 그 배후의 규칙들은 '지금' 이 순간 거듭 변하면서 진화하고 있다.

육체를 가진 채 그 변화들을 구현하고 있는 너는 한 생에서 여러 세상을 목격하게 될 것이다. 전례 없던 일을 기꺼이 자연스러운 것으로 받아들일 수 있다면 많은 도움이 될 것이다. 너는 변화 과정이 완벽하다는 것을 믿게 될 것이다. 다가올 축제의 주요 이벤트를 한참 전에 맛보는 것 같은 느낌이 들어도 말이다. 너는 지금의 '현실'에서 '많은 사람이' 상상에서나 가능한 일로 치부해 버릴 대단한 사건들을 목격할 기회를 얻을 것이다.

너희 중에 앞으로 다가올 격변의 시대를 이끌어 갈 사람들은 지금까지처럼 일종의 기준점을 얻기 위해 영겁의 역사를 계속 써내려 가는 여유를 더 이상 부릴 수 없을 것이다. 너희 각자는 미지의 영역을 통과하며 각자만을 위해 특별 제작된 세상을 구현함과 동시에 네가 걸어온 길의 흔적을 불태울 것이다. 인식의 타당성을 신뢰하고 현실을 창조할 수 있는 너의 그 진정한 능력을 굳게 믿는 것이 새롭게 발견한 기술들을 최대한 사용하는 데 큰 도움이 될 것이다.

네 인생 경험 제작에 통달할 때 너는 인생 제작 예술의 기반이 되는 이해를 강화하는 실질적인 경험들을 점점 더 많이 하게 될 것이다. 그리고 마침내 네 인생 극본은 많은 사람이 변형 과정에서 경험하는 도약과 퇴보의 시행착오를 덜 겪게 될 것이다. 네 몫으로 주어진 몇 개의 에피소드를 겪은 후에는 그것을 모두 관통하는 공통의 실을 인식할 수 있을 것이다. 지금 너는 실 하나를 갖고 새로운 양탄자를 짜기 시작했다. 그리고 너는 에너지의 질에 주의하면서 상황에 접근하는 것으로 결과를 바꿀 수 있는 능력이 너에게 있음을 인식하고 기뻐하기 시작했다.

실제로 생각과 행동이 거의 즉각적으로 구현될 때 그것이 실제로 구현된다는 것을 분명히 볼 수 있다. 그때 피해 의식의 우물 안에 숨는 사치는 더 이상 허락되지 않을 것이다. 그 깊은 우물은 물리적 감각의 속

임수를 위해 '시간'이라는 장치가 제공되었던, 이제는 과거가 된 세상의 것으로 평가 절하되었기 때문이다. 지금 네가 포용하기 시작한 세상에서는 너의 선택이 매우 빨리 현실이 되기 때문에 너만의 실패와 성공에 네가 맡은 역할의 절대성을 조금도 의심할 수 없다. 그리고 '우연'에 맡기는 경향도 줄어들 수밖에 없다. 마침내는 네 고유의 창조적 힘을 제대로 활용할 수 있게 되어 고양된 선을 위해 그 힘을 이용할 것이다.

인식 전환 과정이 진행되면서 너는 너만의 출세를 위해서는 애쓰고 싶지 않을 것이다. 물질적 성공을 상징하는 것들이 무의미해져 거의 아무런 유혹도 느끼지 못하기 때문이다. 그리고 너는 세상을 바꾸는 데 꾸준히 기여할 것 같은 활동에 관심을 갖게 될 것이다. 반면 기본적으로 물질적 생존을 위한 행동 패턴에 갇혀 있는 사람들은, 다른 사람들이 보이지 않게 다른 인식의 수준으로 넘어가는 동안 그런 물질적 생존 패턴이 중심이 되는 상태로 남을 것이다.

주요 문제를 확실히 이해하기 위해 인생 경험을 한층 더 덧붙이겠다고 선택한 사람이 열등하고, 특정 영역에서의 능력이 충분하여 다른 종류의 삶으로 나아가려고 결정한 사람이 우수하다는 가치 판단을 하려는 것이 아니다. 모든 경험은 '지금'이라는 영원한 순간에 일어나고 본질적으로 모두 동시에 일어난다. 모든 가능성이 존재한다. 그리고 경험하려고 선택한 가능성들은 전체 '창조'에 파급 효과를 거두며, 네가 '너'라고 생각하는 경험의 무한한 변주들의 삶 속에 '에너지로' 반영된다.

매 순간 가능한 최선의 선택을 하면, 즉 마음이 하는 말을 따른다면 '너'의 에너지 집단에 최적의 에너지 진동을 더하는 것이다. 이것저것 따져보고 싶은 유혹에 빠지지 않는다면 에너지의 급락과 불운을 부르는 함정을 비켜 갈 수 있다.

최초의 깨달음을 경험했다면 인식 전환 과정에서 생기는 일에 따라 너의 반응을 수정할 필요는 없다. 단지 인식 전환 에너지에 개방된 상태를 유지하고 인생이 자연스러운 방식으로 흘러가게 두기만 하면 된다. 마음 중심과 조율되는 쪽으로 선택을 유도하는 서로 비슷한 기회들이 네 집단 정체성이 겪어 내는 삶의 드라마 속에서 동시에 저절로 나타날 것이다. 과거의 습관 같은 반사적 반응으로 행동하는 것이 아니라 의식적으로 선택하며 행동할 때 '너'의 에너지 집단과 가능한 최고의 결과를 구현하는 데 가능한 최고로 공헌하는 것이다.

그렇게 너의 의식적 선택은 유사한 문제에 다양한 정도의 '정체'를 경험하고 있을 '너'의 다른 측면들이 자신의 습관적인 행동 패턴을 전환하는 데 도움을 줄 것이다. 너의 다른 측면들, 즉 서로 평행하는 자아들은 현재 에너지적으로 인식의 작은 변화를 경험하고 있다. 그리고 그 자아들은 에고 중심적 조건화가 야기하는 반응들을 좀 더 초연함을 암시하는 반응으로 바꾸려는 경향이 있다. '너'의 다른 측면들, 즉 서로 평행하는 그 자아들은 네가 반응 메커니즘을 자동적이 아닌 의식적으로 바꾸도록 독려해 왔다. '너'의 측면들은 만반의 태세를 갖추고 너의 고양된 의식이 지휘권을 가질 때를 인내심을 갖고 기다린다. '너'와 평행하게 존재하는 네 자아의 측면들은 너로 하여금 에너지를 바꾸도록 자극하는 선택을 계속해 왔다. 그 자아의 측면들이 인식 전환 과정에 있어 너의 선구자들이다.

'깨달음에 기반한' 선택을 할 기회가 생길 때마다 모든 '창조물'이 그런 선택의 결과를 에너지적으로 느낄 것임을 알아라. 마찬가지로 순간 반사적인 선택을 하고 싶다고 느낄 때, 그런 충동이 조화롭지 못한 에너지에 붙잡힌, 평행하게 존재하는 네 자아의 한 측면에 의해 에너지적으로 자극되었을 가능성이 매우 크다는 것을 알아라. 인식 전환 과정의 역동성을 잘 이해하고 있으면 너는 습관적인 패턴을 바꾸고 에너지를 재조정할 도구를 얻은 것이다. 스스로 그 모습을 드러내는 협소한 에너지의 진동들을 의식한다면, 다시 습관적인 반응 패턴에 빠져 협소한 에너지 진동 상태를 강화하려는 본능적인 경향을 극복할 수 있다.

평행하게 존재하는 자아의 측면들에 대해 궁금해하고 '그들'이 네 인생의 전반적인 사건에 주는 영향에 대해 질문하기 시작했을 수 있다. '그들'이 타인이 아니라, 네가 무시하고 지내 온 대안적 선택들을 너 대신 경험하고 있는 네 의식의 측면들임을 알아라. 에너지로 말하자면 어떤 선택을 내리든 그 선택이 원하는 대로 실현시킬 요소들은 늘 존재한다. 다시 말해 그 선택을 위한 기초 에너지는 늘 있다. 너의 전체 에너지에 긍정적인 공헌을 하면 너는 너의 에너지 저수지에 가능한 최고의 영향력을 발휘한다. 그리고 그 저수지로부터 모든 종류의 경험이 생겨난다. 너의 집단 에너지가 가속화함에 따라 특정 종류의 경험들은 생략될 것이다. 따라서 네가 '너의 인생'으로 경험하는 현실이 '네' 집단의식 정체성의 에너지적 균형과 나란히 네 개인적 선택의 반영이 되는 것이다.

이 단계에서 변화는 미묘할 수밖에 없다. 네가 하나의 존재로서 많은 수준에서의 인생 문제들을 동시에 해결하려고 애쓰고 있기 때문이다.

이 단계를 넘어 에너지가 균형을 찾으면 자아의 조각난 측면들을 통합하는 일이 쉬워진다. 그 지점에 이르면 네 존재의 한 측면이 다른 측면의 에너지를 마음대로 바꾸는 일이 불가능해진다. 에너지 영향을 주고받는 문제에 있어서 '너'가 이미 하나로 합일되었기 때문이다. 그렇게 너는 일생을 씨름하던 주요 문제들을 하나씩 풀어 갈 것이다. 네 자아의 조각난 측면들을 하나씩 통합해 나갈 것이다. 그때 너는 기본 '초점'을 유지하고 있는, 네가 '너'로 생각하는 자아의 관점을 점진적으로 고양시킬 것이다. 네 인생의 주요 문제들에 있어 갈등을 야기하는 관점들이 바로 네 자아의 그 조각난 측면들이다.

상승 과정을 의식적으로 알아채고 있는 사람의 당면 과제가 그렇다. 네가 '너의 인생'이라 부르는 경험 안에서 일어나는 모든 일과 발설되는 모든 말에 주의를 기울여라. 그것이 네 개인적 변형을 위해 힘들기 마련인 이 단계를 거치는 데 걸리는 시간을 단축할 것이다. 네 고유한 본질의 파편들을 모으는 일이 네가 시작한 인식 전환 과정에서 아주 중요한 부분이다. 그 파편들을 모으고 차원 간 대대적 전환을 이룩하기 위해 필요한 단계들을 거쳐야 한다. 네 존재의 모든 측면들이 하나로 통합되기 전에 인식의 대대적인 전환은 불가능하다. 그런 통합이 완성에 가까워 오면, 여전히 부인하고 싶은 마음에 지배당하고 있는 영역들이 극단적 경험의 형태로 나타날 것이다. 그것은 그 영역들도 지배에서 벗어나 자유롭고 싶기 때문이다.

가장 직면하기를 꺼리며 거부하는 문제들이 이 시기에 매우 과장된 형태로 낱낱이 드러날 수 있다. 인생의 주요 주제들을 둘러싼 에너지의 강도가 점점 세지면서 그 주제들 자체가 인생 경험의 형태로 극적으로 드러날 수 있다. 그런 종류의 에피소드에서 너는 네가 감추었기 때문에 웅크리고 있는 문제들을 포용할 기회를 잡을 수 있다. 그런 감춰져 있던 네 존재의 측면을 인정하고 애정으로 그 성격을 너의 테이블 중앙에 놓을 때 너는 네 존재 안 자아들 간의 단절을 없애는 데 성공하고 **하나임**을 성취할 수 있다. 네 여행의 이 단계를 완성할 열쇠는 너의 불완전성을 거부하지 않고 포용하는 데 있기 때문이다.

네 에너지의 퍼즐 조각들을 맞추면 극적인 물리 현상을 경험할 수 있다. 그 현상은 삶의 드라마 그 배후의 요지를 강조해서 보여 줄 것이다. 에너지가 통일되는 순간에 어떤 물체를 만들어 내거나 사라지게 하는 것은 충분히 가능하다. 두 개의 현실이 합쳐질 때 종종 서로 맞지 않는 두 에너지가 극적으로 충돌하게 되고 그럼 그 현실 한쪽의 측면들이 순간적으로 다른 쪽 현실의 측면으로 들어갈 수 있기 때문이다. 낮은 에너지 영역에 속하는 물건이 새로운 더 높은 에너지 영역에서 그 형태를 유지할 수 없어 마술처럼 갑자기 사라지는 경우도 생긴다.

그런 에너지 합병은 에너지 충돌 결과로 생기는 소리를 듣거나 빛을 보는 현상을 동반할 수 있다. 너는 부인했던 자아의 측면들을 포용하겠다는 의지를 선언하고 그 의지에 집중하는 것으로 에너지 합병 과정을 도울 수 있다. 그때 낮은 에너지의 현실이 상승하며 생기는 현상이 너무도 통렬하여 도저히 잊을 수 없는 경험이 될 수도 있다. 에너지 합병 과정의 성격을 잘 알고 있을 때 그 과정에서 일어나는 사건들을 무서워하기보다는 황홀하게 받아들일 수 있다. 그리고 삶의 놀라운 변화를 몽롱

한 느낌으로 받아들일 수 있다.

자아의 조각난 측면들이 일단 합쳐지면 통일된 집단의 더 높은 관점으로 세상을 보게 될 것이다. 그리고 '초점을 맞추고 있던' 현실의 에너지가 추락하는 초기의 사건들을 통일 과정에서 생기는 자연스러운 에너지적 반향으로 이해하게 될 것이다. 에너지가 안정되면 너는 삶의 문제와 상황을 균형 잡힌 관점에서 바라볼 수 있다. 그리고 삶의 주요 문제의 범주들이 인생 경험이라는 형태로 하나씩 해결되어 가면서 너는 갈등에서 자유로운, 매우 얻기 힘든 관점으로 삶을 경험하기 시작할 것이다.

갑자기 아무 노력도 하지 않았는데 기회들이 생겨날 것이다. 그리고 희망하는 것과 꿈을 이루는 데 저항이 있을 거라는 생각 자체를 그만두게 되면서 그런 저항 에너지도 생겨나지 않을 것이다. 모든 것이 부드럽게 진행될 것이고, 힘들거나 복잡해질 가능성이 있는 시나리오의 문제도 너는 완벽히 해결될 거라 가정하기 시작할 것이다. 그리고, 그러므로 그렇게 된다. 창조 능력을 이용하는 법을 배우는 과정을 즐기기 시작할 것이다. 그리고 너는 점점 더 부드럽게 삶의 시나리오 사이를 운항할 수 있게 될 것이다. 한때는 익숙했던 저항들이 갑자기 네 인생 극본에서 사라질 것이다. 그것을 창조하는 일을 네가 그만뒀기 때문이다. 그때 아주 새로운 종류의 인생 경험이 두드러질 것이다.

차원 간의 대대적인 전환에 점점 더 가까워지면서 그런 '순조로운 항해'의 기간이 도래할 것을 충분히 예측할 수 있다. 그것은 통일된 존재로서 너의 상태를 반영한다. 그리고 다음 차원의 삶의 특징인 의도의 즉각적 구현을 위한 조건을 네가 다 구비했음을 뜻한다. 현재 우리 말을 알아듣는 너희들 대부분은 일상적 경험의 질에 급진적인 변화가 생길 것을 기대해도 좋다. 네가 지금 상승하려는 영역으로부터 온 에너지가 너를 위한 촉발자로 행세하고 있기 때문이다. 그 에너지는 너를 자극해 더 높은 수준의 선택을 하게 하고 너로 하여금 동료 존재들과의 교류로 더 최적의 결과를 이끌어 낼 수 있게 돕고 있다.

'자신의' 에너지 영역을 너의 에너지 영역에 통합해 하나의 통일된 존재로 거듭나려고 애쓰는 네 자아의 측면들이, 너는 거의 인식하지 못하는 매우 미묘한 방식으로 에너지적으로 너에게 다가오고 있는 중이다. 그런데 그런 에너지 진동들의 연결이 결과적으로 우주적 움직임의 에너지 가속도에도 공헌하게 되어 있다. '모든 창조물'이 그들 각자의 정체성 안에서 '통일'의 경험을 향해 나아간다. 그런 너희 각자는 전체 '빛' 에너지에 불꽃 하나씩을 추가하는 것이다. 그리고 너희 각자는 그 어떤 에너지의 자극과 끌어당김을 느낀다. 그 에너지는 너희가 더 나은 존재가 되길 바란다. 어느 한 존재도 이 경험에서 소외되지 않을 것이다. 비록 너희는 그 과정을 매우 개인적으로 밟아 나가고 있지만 과정 자체는 매우 보편적이다. 너희 모두는 개인적으로 그리고 함께 이 여행을 하고 있는 것이다. 그 과정에서 너희 자아의 더 높은 차원의 측면들이 너희를 돕는다.

한때 '급진적'이라고 생각했을 개념들에 마음을 열었다는 것이 네 안에 기념비적인 변형의 과정이 진행되고 있다는 사실을 증명한다. 그 변화를 자극하는 것은 고양된 의식 수준에서 시작된 강화된 에너지다. 그 모든 일은 너희 내면에서 일어난다. 그런 에너지적 자극에 반응할 때 너는 고양된 의식 수준의 에너지가 너의 에너지 영역 속으로 스며들도록 문을 열어 준다. 그렇게 너는 인식 전환 과정에서 에너지적 지지와 보조를 받는다.

'자아'의 측면들 사이에서 에너지를 주고받는 조수간만의 효과는 거의 알아채지 못할 방식에서부터 너무 극적인 방식으로까지 다양하게 나타난다. 그런 에너지 운동은 유동적이다. 그 때문에 너의 감정 상태가 불안할 수 있다. 심지어 지금과 같은 변형의 시대에는 육체적 건강 상태조차 에너지의 유입 상태를 반영한다.

어떤 일에 균형 감각을 잃은 것처럼 느낀다고 해서 네 안에 뭔가가 매우 잘못되고 있다는 성급한 결론을 내리지는 마라. 그런 종류의 에너지 파도는 이미 예상된 것이다. 억압된 감정의 분출 작업이 대대적으로 진지하게 진행되고 있을 때 특히 더 그렇다. 현재 불안정한 에너지가 그 고유의 자연스러운 에너지 흐름을 따라가게 둔다면, 에너지는 곧 안정되고 평범해질 것임을 알아라. 인식 전환 과정이 일어나는 매 순간에 너를 맡기고 너만의 여행에 대한 판단을 중지한다면 힘든 순간을 견뎌 내고 앞으로 나아가 더 단단한 땅에 발을 굳건히 딛게 될 것이다.

여행의 이 단계를 완수하는 데 드는 시간은 개인마다 다르다. 하지만 그 과정에 정직하게 임한다면 점점 에너지의 가속도가 더 붙어 그 과정에서 네가 느끼는 불편함도 그만큼 줄어들 것이다. 너의 변형에 의식적으로 참여하겠다고 결정했다면 이제는 쓸모없게 된 행동 패턴들로 다시 돌아가기는 힘들다. 교육의 결과인 자연스럽지 못한 반응 양식과 신념 체계는 지금 당면한 과제에 도움 되지 않을 것이 너무도 분명하기 때문이다. 너는 그 누구에게도 너의 선택을 설명할 필요성도 못 느낀 채 완전히 현재에 존재할 수 있을 것이다. 너와 같은 길을 가는 사람들은 그들의 과정 안에서 바로 내 옆에 있다. 무지해서 너에게 돌을 던지는 또 다른 사람들도 그들만의 여행을 하며 단지 너와는 다른 속도로 걷고 있는 것뿐이다.

습관적인 패턴을 반복하며 그 자리에 남아 있겠다고 선택한 사람들도 있을 것이다. 그런 형태의 인식 전환 과정이 무가치하다고 판단하는 것은 너에게도 그 사람에게도 도움이 안 된다. 너는 너의 일로 모범을 보이며 그들을 가르칠 것이다. 너만의 과정에 충실하라. 그리고 네가 선택한 길을 쉽게 따르지 않는 사람들을 전향시키려 들지 마라. 그들은 분명 네가 가는 길을 보고 인정해 줄 것이다. 일생을 두고 쌓아 온 조건화를 푸는 일은 많이 어렵다. 하지만 그들은 네가 걸어가는 길을 감히 그대로 따라갈 수 없음을 알고 조용히 그리고 기꺼이 너의 용기에 박수를 보내 줄 것이다. 때로는 가족이 될 그들을 인내하고 사랑하라. 그리고 너희 모두가 각자의 목적지에 완벽한 때에 도착할 것임을 알아라. 목적지 도착을 위한 씨앗은 이미 심겨 있기 때문이다.

직선적인 의미에서 몇 번의 생을 거쳐야만 그런 의식적 전환을 위한 자극을 구현할 수 있는 존재도 있다. '더 큰 그림'의 관점에서 봤을 때 차원 간의 상승을 이 생에서 경험하느냐 다음 생에서 경험하느냐는 중요하지 않다. 왜냐하면 너도 알고 있듯이 직선적인 시간은 이 과정에서 중요한 요소가 아니기 때문이다.

너희가 '영원'이라고 부르는 영역 안에서 너희 모두 목적지에 도착할 것이다. 영원의 관점에서 봤을 때 지켜야 할 마감 시간은 없다. 모두가 정확하게 앞으로 나아가고 있다. 멈출 수 없는 에너지 추진력 속에서 가고 있기 때문에 그럴 수밖에 없다.

24

- 이원성을 경험한다는 것
- 인간성, 그 깊은 곳을 향한 여행의 목적
- 하나임을 경험하기 위한 역경

신(神) 개념을 자신만의 철학 틀 안의 제일 높은 자리에 두려는 경향이 신의 경험을 방해하는 모든 근본 이유다. 네 안에 있는 신은 숭배의 대상도, 공포의 대상도 아니다. 심지어 이해의 대상도 아니다. 단지 경험하고 알아야 할 대상이다. 신성을 찬양하는 행위 자체가 신성 존재와 너 사이에 선을 긋는다. 네가 세상에서 가장 열렬하게 원하는 것이 신성과 너 사이의 연결을 깨닫는 것인데, 신성 존재와 너 사이에 선을 긋게 되면 그것은 곧 분리의 상태를 야기하는 하나의 장애가 된다.

모든 생명 속에는 신이 있고 그 신은 재단 위에 놓이기를 원치 않는다. 다만 네 고유한 본질의 원천으로 발견되기를 희망한다. 네가 기도하고 자비나 기적을 구하는 신은 너의 그런 요청에 대답할 능력이 너 자신보다 많지 않다. 너와 신 사이의 유일한 차이는 신은 그것을 알고 너

263

는 그것을 모른다는 것이다.

우리가 여기에 와서 '창조'의 본성에 대한 진리를 너에게 말하는 것은 새 종교를 설립해 또 다른 신성을 제공하려는 것이 아니다. 너희 중 특별한 영향력을 가진 사람들을 골라내 다른 인간들의 신봉과 물질적 풍요를 부르는 도구로 무장하려는 것은 더더욱 아니다. 높은 곳에 거하는 신을 다시금 증명하는 것으로 너희에게 권력을 휘두르거나 인류를 구속하는 새로운 일련의 조건들을 창조하려는 것도 절대 우리의 목적이 아니다. 지금 이 순간 너에게 말하고 있는 신은 **하나임**이기 때문이다. 바로 너희 모두의 '안에 살고 있는 그 **하나임** 말이다.

인간은, 지금 이 순간 너에게 말을 하고 있는 우리, 즉 **하나임**이 실현될 수 없음을 전제하고 신을 만들었다. 그렇게 말할 수 있는 것은 다른 모든 것은 다 차치하더라도 신성 같은 대단한 개념을 만들어 내 다른 모든 것과 분리하는 것은 **하나임**의 개념에 위배되기 때문이다. 그리고 네가 **하나임**이기 때문이다. 너희 모두가 **하나임**이기 때문이다. 너는 간절히 '최고(신)'가 되고 싶어 하지만 또 그만큼 간절히 **하나임**도 원한다. **하나임**은 단순히 '존재하는' 것이기 때문이다. 그곳에는 심판이 없기 때문이다. 높고 낮음도 없기 때문이다. 모두가 **하나임**이기 때문이다.

신의 개념으로 선을 긋고 칸막이를 친 일은 다시 말해 지금 네가 극복해야 할 훈련이다. 너는 어떤 독선적인 이론이 더 나은가를 재기 위해 여기까지 온 것이 아니다. 너는 그런 인간의 경향에서 벗어나기 위해 육체를 갖고 인간으로 이 생에서 태어났다. 너는 '존재하는 모든 것'과 연결되는 기분을 맛보기 위해 여기까지 왔다. '신'이 아니라 너 자신을 알기 위해서 여기까지 왔다.

우리는 '신'으로서 지금 너에게 말하고 있는 것이 아니다. 네가 너의 모든 것으로부터 분리된 존재로 생각하는 그 신 말이다. 우리는 **하나임**으로서 지금 너에게 말하고 있다. **하나임**은 너희 모두의 절대 본질이다.

원하는 대로 경험할 수 있는 능력을 완수할 때 너는 창조적 존재로서 너의 정체성에 대한 지휘권을 획득한 것이다. 창조하고 구현하고 실현하고 비물질화할 능력을 가진 존재는 분리라는 개념이 부과한 한계를 완전히 벗어나려고 훈련하는 존재다. '존재하는 모든 것'과 연결될 때 생성되는 전체 에너지를 있는 그대로 의식하면, 너는 원하는 대로 모든 것을 경험할 수 있다. 원하는 것을 모두 물리적 형태로 만들어 낼 수 있다. 그런 기술을 습득한 사람에게 문제는, 세속적인 일을 위해 자신의 에너지를 쓸 것인가 아니면 그렇게 하지 않아도 충분히 만족하는가다.

사실 더 높은 에너지와 조화를 이루고 자아의 측면들과 합일하면 너의 관심이 바뀌었음을 깨달을 것이다. 그런 전환은 매우 자연스럽기 때문에 대개 그런 전환이 일어난 것을 의식조차 못 할 것이다. 다만 중요하게 생각했던 것들과 삶의 방향에 대한 인식이 미묘하게 달라졌음을 깨달을 것이다. 그리고 물질적 추구를 위한 삶의 구조가 부과한 구속들을 벗어 던지고 모든 존재와의 조화를 구현하는 쪽으로 에너지를 되돌려야 한다고 생각할 것이다.

에너지가 가속화한 현실의 수준으로 상승할 때 생기는 고양된 감각의 특별한 느낌을 한 번 맛보았다고 해서 동료 존재들보다 '성스러운' 존재라고 생각해서는 안 된다. 오히려 그런 일은 진짜로 모든 사람에게 일어나고 있음을 알아야 한다. 그런 경험을 변형의 촉매자로 이용하는 사람이 있는 반면 그렇지 못한 사람도 있다. 후자는 그런 경험에 대한 인식을 거부하며 그 경험 자체를 무효로 만들어 버린다.

내면이 충분히 자유로워서 변형의 순간을 포용하고, 소속된 문화가 원해서 평생 믿었던 신념을 버릴 수 있는 사람은 변형된 삶을 살 것이다. 그런 모습이 남들 눈에는 기적처럼 보일 수 있다. 그렇게 변형된 삶을 사는 사람은 종종 대중을 가르치는 지도자가 된다. 의식 변형 과정에 대해 지적이고 이론적으로 이해해 온 것이 아니라 가장 신랄한 전환의 과정을 몸소 겪어 왔기 때문에 그들은 변형의 시행착오에 대해 제대로 가르칠 수 있다. 너희 모두는 변형을 통해 깨닫게 되는 순간을 실제로 경험하기 위해 각자 개인의 인생 드라마라는 무대에 이런저런 안무를 선택해 넣었다. 존재의 초월 상태에 도달하기 위한 도구로 네가 선택한 길에 대해서는 믿음을 가져야 한다. 이렇게 저렇게 판단하고 심판하는 일은 꼭 중지해야 한다.

영적으로 집중된 길을 걷고 있었는데 갑자기 그 길에서 매우 많이 벗어난 것 같은 경험을 하면 아예 인식 전환 과정을 그만둘 사람도 적지 않을 것이다. 그런 경험을 궤도 이탈로 봐서는 안 된다. 오히려 높은 지혜로 향한 너의 완벽한 길을 창조하기 위해 운신의 폭을 넓혀 주는 것으로 이해해야 한다. 너희 중에는 다가올 최고치를 잘 이해하고 인정하기 위한 토대를 마련한다는 차원에서 아주 인간적인 모습을 보이며 나락으로 곤두박질쳐야 하는 사람도 있다. 그런 사람들이 너희 중 덜 극적인 여행을 하고 있는 사람에 비해 중요한 본질의 측면에서 덜 신성하다고 생각해서는 안 된다.

너는 네가 선택한 목적지로 이어질 것을 알고 네가 미리 선택한 최고의 길에 특히 집중하게 되어 있다. 다시 말해 너는 현재 그 선택을 열심히 따라가고 있다. 해당 주제에 관련된 일을 얼마나 반복 경험해야 하는가는 (지금의) 너희들 대부분이 얻으려고 노력하는 선택권이자 너희 모두가 각자에게 맞는 시간 안에 극복하게 되어 있는 장애이다.

하나임의 경험은 네가 스스로 통달하거나 도달하려고 애쓰는 목적지가 아니라 여행 그 자체이다. **하나임**은 바로 지금 이 순간 네가 경험하는 존재이기 때문이다. 그리고 **하나임**은 네 발전의 바로 다음 단계에서 마주치게 될 경험이기도 하다. **하나임**은 네가 만나는 모든 깨달음의 고귀한 고원이고 너를 비틀거리게 하고 낙심하게 하고 깊은 좌절 속에서 뒹굴게 하는 장애물이다. **하나임**은 인간적임으로 향한 네 여행의 모든 것이다. 그렇기 때문에 너는 인간의 육체를 갖고 태어난 것이다.

너만의 신성한 여행을 하다가 장애물에 걸려 넘어지는 다른 사람을 보거나 너 자신이 그렇더라도 너무 섣부르게 판단하거나 심판하지는 마라. 영적인 성장을 위한 길에 장애물이 하나도 없을 거라고 보는 것은 너무 순진한 발상이다. 사람들은 종종 의도적으로 더 힘든 길을 선택한다. 그때 그 힘든 길은 인간 조건의 표면만 훑고 가는 인생 극본으로는 도저히 이해할 수 없는 깊은 곳을 이해하기 위한 수단이 된다.

그러므로 반드시 너의 경험을 경험하라. 너의 인생을 완전히 살아라. 깊이 느껴라. 그리고 네가 하는 모든 경험은 네가 스스로 창조한 것임을 아는 것이 네 존재를 최대한 잘 표현하는 길임을 알아라. 네가 '너의 삶'이라 생각하는 상태에 완전한 책임을 지는 것이 너의 삶이 생각보다 훨씬 더 큰 것임을 깨닫는 열쇠이기 때문이다. 네 존재의 창조자가 바로 너라는 것을 받아들일 때 너로 하여금 '모든 존재의 창조자'인 **하나임**을 경험하게 하는 문이 활짝 열릴 것이다.

하나임은 온화하고 단색인 풍경만 창조하지 않는다. 삶이라는 캔버스는 명백한 대비로 넘쳐 난다. 네가 사는 세상 그 지형의 높고 낮음은 네 물리적 경험의 특징인 이원성을 생생하게 반영한다. 네 존재 자체가 내재하고 있는 이원성은 그 패턴들이 창조하는 끝없는 순환으로부터 자유롭기 위해 네가 열렬하게 거부하는 것이면서 동시에 네가 반드시 포용해야 하는 것이다.

네가 열렬하게 구하고 있는 **하나임**은 그런 양극성들로 구성된다. 그리고 에너지 스펙트럼의 모든 극단을 포용하지 않고 고귀한 에너지 균형 상태로 상승할 수는 없다. 네 여행의 지금 단계에서는 전체 에너지의 구현을 위해 모든 것을 포용해야 한다. 부정적인 듯한 경향을 억압하려는 노력들, 부정적인 듯한 감정이 네 반응 메커니즘의 일부임을 부인하는 것은 바로 그런 감정을 야기하는 상황들을 자석처럼 끌어들이게 되어 있다.

영적 성장에 감정 자체는 장애가 아니다. 불운한 경험의 반복적 순환에 너를 가두는 것은 감정 자체가 아니라 그런 감정의 통제되지 못한 '표현'이다. 너의 목적은 부정적이라 할 만한 감정도 느낄 수 있음을 부인하는 것은 분명히 아니다. 그 정반대이다. 너의 목적은 감정이 너의 반응을 지배하게 허락하고 싶은 충동을 버리려 애쓰면서 자발적인 감정 반응을 완전히 그리고 깊이 느끼는 것이다.

통제되지 못한 감정 반응 패턴을 일단 한 번 극복했다면 이제 그런 극복 상태를 유지할 중요한 열쇠는 그런 감정을 느낄 수 있음을 부인하는 데 있는 것이 아니라 그런 경향을 포용하는 데 있다. 감정은 인간성의 주요 특징이다. 따라서 인간성의 한계를 초월하려면 그런 감정적인 경험을 제한해서는 안 된다. 의식적으로 감정적인 경험을 발산할 수 있을 때 너의 행동은 자동반사적인 반응이 아니라 네 선택의 반영이 된다. 그리고 너의 세상도 그런 네 의식적인 선택을 반영하기 시작할 테고, 그때 너와 네 주변 환경과 동료 창조물들은 서로 조화롭게 존재할 것이다.

네가 지금 도달하려고 애쓰는 에너지 균형의 아름다운 상태는 '긍정적이면서 부정적인' 인생 경험 그 전체 스펙트럼의 축적을 통해 얻어진다. 그런 얻기 힘든 상태를 점점 더 자주 경험하기 시작할 때가 올 것이다. 하지만 그때도 비록 많이 줄기는 했지만 불운을 구현할 능력이 여전히 그 힘을 발휘하고 있음을 인식하는 것이 중요하다. 불운한 경험을 위한 촉발 요소들이 원칙적으로 여전히 너의 에너지 영역에 존재하기 때문이다. 인식 전환 과정의 성격을 분명히 알고 있는 것이, 그런 불운한 에피소드가 다시 생겨 의도하지 않게 나락으로 떨어질 때 스스로를 자책하게 되는, 어쩌면 당연할 수도 있는 경향을 피하는 데 도움이 될 것이다.

인식 전환 과정을 거치는 동안 네 자신에게 관대해져라. 그리고 너의 인간적임을 완전히 경험할 은총을 너에게 베풀어라. 그렇게 하는 것이 곧 다가올 시간에 네가 경험하고 싶어 할 모든 것으로 향한 길을 닦아 주기 때문이다. 매 순간 사랑으로 가득한 네 최고의 의도 그 자체가 되어라. 그리고 네 인생 드라마에서 어색한 스타 연기자보다는 능숙한 감독이 되어라. '빛의' 존재로서 현존하는 너의 모든 에너지가 너의 육체를 통해 표현될 것을 허락하라. 그리고 너의 전체 에너지가 인생 경험으로 구현되게 할 조건들을 창조하라. 인간의 육체 안에 있는 **하나임**을 표현하는 데 네가 한계가 없음을 아는, 의심할 수 없는 지식을 자발적으로 창조하고 발산하라. 그럼 그런 축복 받은 상태에 내재하는 보상을 받을 것이다.

너는 하나의 존재로 네가 밟아 가는 신성한 여행의 정점으로 갈 가장 직접적인 수단으로서 인간적임을 경험할 것을 선택했다. 그러므로 네 모험에 '인간 존재'적 측면들이 출현할 것을 기대하고 예측할 수 있다. 인간적임을 향해 항해하다 보면, 이 생에 육체를 가진 에너지로 출현한 네 한계 많은 정체성과 함께하는 무한한 존재로서의 너 자신을 개괄적으로 이해하여 체화할 기회가 주어질 것이다. 그런 발전의 상태에 도달했다면 아주 큰일을 해 낸 것이다. 육체를 갖고 인생에서 다가오는 도전들을 겪어 내는 것은 그 자체로 큰일이고 위대한 용기의 증명이다. 물리적 세상은 말 그대로 상상 가능한 모든 역경으로 가득하기 때문이다. 그런 상태에서 네가 할 수 있는 훈련은 (타의에 의해) 혹시나 벌어질지도 모르는 일을 통제하는 것이 아니라 (자의에 의해) 내면의 힘으로 벌어질 수 있는 일을 계발하는 것이다.

사회에서 능력이 뛰어난 사람일수록 내면의 힘을 강화하는 길을 가기가 더 지독하게 힘들 수 있다. 세상 속 물질을 구현하는 일은 진정한 꿈과 희망을 실현하는 일과 특히 더 거리가 멀기 때문이다. 물질적 구현에 능한 사람들은 그런 능력이 덜한 동료 여행가들보다 오히려 극복해야 할 문제가 더 많기 마련이다. 영리함이나 재능이 내면의 성장 혹은 '나'의 성장을 보장하지는 않기 때문이다. 그리고 현실의 본성에 대한 더 심오한 이해와 조화를 이루지 못할 때 영리함이나 재능은 오히려 불리한 조건으로 판명이 날 수 있다.

인생의 주제들을 이 생에서 완수하려고 영혼의 길을 걸어온 사람들에게는 에너지의 균형을 찾는 것이 앞으로 완성해 나갈 심오한 서사시의 토대가 될 수 있다. 이 시대에는 에너지 파도의 극치를 즐기고 그 결과 비약적인 도약을 할 수 있는 잠재성이 있기 때문이다. 그런 여행에서 생길 수도 있는 문제는 이 시대의 에너지 롤러코스터에 뛰어들 때 경험할 수 있는 결과들이다. 그런 롤러코스터 타기를 보여 주기 위해 상처와 멍으로 점철된 삶을 살 수도 있다. 그런 경험은 확실히 즐겁지는 않을 것이다. 하지만 그렇다면 그런 경험은 즐거워야 했던 것이 아니다. 물질의 관점이 줄어들고 고양된 관점이 다시 한 번 그 모습을 드러낼 때, 그때야 비로소 그 경험은 강렬하고 풍부하여 측정할 수 없을 정도의 큰 보람이 될 것이다

육체를 갖고 일생을 산다는 것은 자진해서 최전선에서 싸우는 것과 비슷하다. 매 순간 너의 모든 작은 능력까지 시험대 위에 놓이기 때문이다. 실제로 '살아남을 수도' 죽을 수도 있지만 그것과는 상관없이 최전선에서 싸운 경험 때문에 최고의 의미에서 영웅이 될 가능성은 대단히 크

다. 내면의 성장과 자기 통달에 이를 잠재성이 최고이기 때문이다.

인류 역사에서 지금 같은 시기에 육체를 가진 인간으로 다시 태어나 겠다고 선택한 너는 그 선택의 결과를 온전히 알고 있었다. 지금 같은 조건이 주는 인식 전환의 잠재성을 의식적으로 실현하기 위해 많은 사람이 극단적인 경험을 하게 될 역할을 자진해서 선택한다. 그런 길 속에 내재하는 영적 성장의 잠재성이 그 길을 걸으며 베이고 찔리고 상처 입는 고통보다 훨씬 더 중요하기 때문이다.

모두 계획된 것이었다. 너는 두 눈을 똑바로 뜨고 이 생으로 걸어 들어왔다. 그렇게 똑똑히 경험한 것들을 통해 성장할 수 있다고 생각하여 그렇게 했다. 그리고 육체적 존재가 고양된 상태 속에서 네 고유의 '신성'을 맛볼지도 모른다는 생각에 그렇게 했다. 그런 너의 길에 버티고 있을 그 모든 무시하기 어려운 장애들을 다 생각할 수 있었음에도 불구하고 말이다. 너의 목적은 너의 인간적인 한계를 초월하고 육체적 존재 상태의 감각들을 통해 그런 초월의 상태를 경험하는 것이다.

그런 결정을 한 존재가 바로 너다. 그 존재가 네가 비난하고 비판하는 너의 중심에 살고 있는 너의 영웅이다. 그 존재는 내면의 '원천'으로 향한 길을 보여 주는 지도가 만들어질 가능성을 보고 이 미지의 영역, 즉 이 생으로 들어오는 과감한 모험을 감행했다. 그 존재는 이 생의 인식 전환 여행을 시간을 다투는 일종의 경주로 보기도 한다. 하지만 진실로 말하자면 시간은 없다. 경주는 더더욱 없다. 경험은 서둘러 해야 하는 것이 아니라 음미해야 하는 것이기 때문이다.

너는 경험을 통해 매우 자연스럽게 너만의 결론을 끌어내기 위해 육체로 향한 여행을 시작했다. 그리고 나아가 더 큰 경험군으로 그 결론을 지지하고 싶었다. 그러므로 네 인생 경험들은 네 영적 성장의 촉매자이자 동시에 그 경험들을 통한 깨달음을 지지하는 증명들이다. 폭풍우도 한두 번 겪지 않고 그런 깨달음을 얻을 거라 기대할 수는 없다. 다시태어난 목적은 목차만 슬쩍 보고 넘기는 것이 아니라, 그 어떤 매우 통렬하고 극도로 괴로운 것을 깊이 탐험하려는 것이었다.

더할 수 없이 심하게 자신을 비난해 우울해지는 순간이 있을 것이다. 네 영혼의 열망이 가장 깊어지는 순간이 그렇다. 왜냐하면 가장 깊은 후회로 (내면의 가장 심오한 모욕을 떠올리며) 돌아보는 그 순간이 네가 인간으로 재탄생하는 것을 통해 선택한 순간이기 때문이다. 그런 중요한 순간들이 네가 연기하고 있는 인생의 주제가 무엇인지를 강조하는데 기준점으로 봉사한다. 그런 순간들을 끌어들인 너의 목적은 진실로잊을 수 없는 순간들을 창조하는 것이었다. 네가 경험한 가장 어두운시기가 사실은 너의 가장 빛나는 순간인 셈이다. 진실한 감정을 경험해야지만 너의 진정한 '존재'로부터 분리되는 고통 속에 너로 하여금 계속빠지게 하는 패턴들로부터 벗어날 수 있기 때문이다.

너의 반짝이는 허울 아래 숨어 있는 고통과 번민의 패턴들을 초월하고 싶다면 너의 문화적 조건화가 떠받들고 있는 메마른 감정들에서 벗어나야 한다. 그곳에 묻혀 있는 거짓말들을 넘어 진실을 보라고 에너지들이 너를 자극해 왔다. 네가 처한 환경이 너를 자극해 풀리지 않는 분노, 슬픔, 질투, 이기적임, 소모성의 두려움을 날 것 그대로 느끼게 했다. 그런 해결되지 않은 감정들이 부단히 너의 꿈을 훼손하는 현실을 너와 함께 공동 창조하는 성질들이기 때문이다.

의식의 더 높은 영역으로 상승하려면 감정의 속성에 통달해야 할 것이다. 지금 너를 꽉 붙잡고 꼼짝할 수 없게 하는 모든 것을 반대로 네가 스스로 꽉 쥐어야 한다. 그러기 위해 너는 무엇이 너의 반응 패턴을 야기하는지, 또 너의 인생을 지배하는 경험의 카테고리가 무엇인지를 바로 알아야 할 것이다. 네 진화의 과정을 날카롭게 알아차리고 있는 너는 그 모든 감정들을 스스로 통달하기 위해 필요한 주요 열쇠를 열렬하게 찾고 있다. 그 열쇠는 네가 가진 지금 당장의 한계들에도 불구하고 너를 사랑하는 데 있는 것이 아니라, 그런 한계들 때문에 너를 사랑하는 데 있다.

인식 전환 과정의 최종 결과인 자기애는 높은 점수에 혹은 세련된 연기에 할당된 조건부 보상이 아니다. 자기애는 당연한 것이기 때문에 네가 자기애의 자격이 있느냐 없느냐를 따지는 것은 무의미하다. 또 애초에 심판할 것은 아무것도 없기 때문이다. 너는 '자아' 인식을 위해 노력하는 매우 독특한 정체성을 가진, 완벽한 **하나임**이다. 네가 '가진' 모든 것을 포용하고, 네가 가지지 못한 모든 것(물론 인식 전환 과정을 겪어 오는 동안 네가 가지지 못한 것이 아님을 증명해 왔다는 증거야 많겠지만)을 인정할 때 흠 없는 전체, 그 온전함의 무조건적인 선물이 너를 기다리고 있을 것이다.

너는 매일 넘어지고 좌절하면서도 애써 **하나임**을 향해 나아가고 있다. **하나임**은 그런 네 모든 노력의 자연스러운 결과이다. 일생 동안 잡기 힘들었던 깊은 소속감이 너를 기다리고 있다. 네 신성과 분리되어 있다는 느낌은 착각이다. 의식의 더 높은 상태로 상승할 때 너희 모두가 초월할 것이 바로 그 분리의 착각이다. 일부 특권층만이 아니라 너희 모두가 그럴 것이다. 단순히 그럴 수밖에 없다. 어떤 사람은 그 축복의 상태에 다른 사람보다 늦게 도달할 것이다. 그리고 또 어떤 사람은 일생을 소비하며 그런 이미 동의된 계약의 세부 사항들을 다 점검하겠다고 선택했을 수도 있다. 하지만 최종 결과는 필연적이다. 모두가 **하나임**이기 때문이다. 그리고 궁극적으로 **하나임**이 '될 것'을 모두가 알고 있다. 너희 중 일부는 생각보다 빨리 그렇게 될 것이다.

25

- 다가올 세대의 에너지적 특성
- 미래 아이들의 '비정상적인' 특징과 능력
- '내일의 경이로운 아이들'을 돌보고 양육하기

다가올 세대는 지금의 삶이 어땠는지 상상하기 힘들지도 모른다. 지금의 역사는 그들이 이해할 수 없을 상태일 가능성이 클 것이기 때문이다. 네가 아는 세상은 앞으로 급진적인 변형을 겪을 것이다. 그리고 네 현실의 성격을 이해할 기반 자체가 굉장히 극적으로 변할 것이기 때문에 너희는 종종 세상이 옛날의 그 세상이었는지 의심할 것이다. 인식 전환 과정의 성격이 그렇다. 네가 알고 있는 세상은 사실 지금 모든 '창조물'을 몰아가는 가속 에너지의 여파로 비물질화하고 있다.

변화는 미묘하지만 점진적이다. 그리고 대개 너희는 의미심장한 전환이 이루어졌음을 알아채지도 못할 것이다. 하지만 더 넓은 관점에 눈을 뜨게 되면 얼마나 놀라운 시기를 겪어 왔는지 뒤돌아보게 될 것이다. 그때까지 육체를 유지한 사람들은 미래 세대에게 변화가 어떻게 이루어

겼는지에 대해 흥미진진하게 이야기할 수 있을 것이다. 그런 변화의 상황 아래 사는 것이 어떨지 상상조차 할 수 없는 젊은 친구들은 그런 추억이 가능하다는 사실만으로도 놀라게 될 것이다.

너는 현재와 같은 변형의 시대를 눈에 띄게 다른 관점으로 볼 것이다. 그리고 너의 존재 자체가 인류가 걸어온 긴 의식 여행의 증명이 될 것이다. 집단적으로 볼 때 새로운 현실의 탄생을 돕는 산파들이 바로 너희들이기 때문이다. 이 변화의 시기에 스스로 선택하여 육체를 가진 인간 존재로 산다는 것은 용기 있는 행위이다. 변화의 먼지가 가라앉고 안락한 환경이 만들어질 때까지 기다리는 것이 더 쉬운 일이었을 테니까 말이다. 우리의 말을 이해하고 있는 너는 육체를 갖고 변형 여행을 떠나며 겪게 될 육체적 상승의 경험을 선택한 사람이다.

미래 세대는 지금과는 극적으로 다른 세상에 태어나기 위해 준비했을 것이다. 젊은 친구들은 매사에 보통 덜 민감해 보이는데 그것은 그들의 에너지 진동 구성이 너와는 매우 다름을 뜻한다. 그들의 에너지 영역은 감정적 억압으로 혼란스럽지 않다. 그리고 젊은 친구들의 삶은 일반적으로 너희가 젊었을 때보다 더 평탄하게 흘러갈 것이다.

현재 너의 현실로 환생하는 존재들은 진화의 중간 단계 존재들을 대표한다. 그들의 완전히 진화한 형태가 다가올 세상을 가득 메울 것이다. 중간 단계 존재의 인식 능력은 조건화의 한계 아래 있는 너보다 더 좋은 것처럼 보일 것이다. 그리고 그들은 별일 없는 것 같은 자신들의 삶과 달리 기성세대들의 삶은 왜 그렇게 힘들어 보이는지 모르겠다고 생각할 것이다. 네가 너의 현실이 초월한 에너지 진동 수준으로 환생했다면, 이 젊은 존재들은 지금 너의 세상에 만연한 조건들과 조화를 이루는 에너지 진동 수준으로 환생한 것이다.

변화와 속도를 맞추며 너는, 이미 극복한 단계에 계속 머물게 하는 감정 에너지 밀도의 층들을 체계적으로 벗겨 왔다. 그리고 그런 과정은 네가 육체를 유지하는 한 계속될 것이다. 그 과정에서 너는 그런 에너지 밀도를 갖게 한 업의 구속을 직시하고, 그 구속을 풀 수 있다. 그리고 그 과정을 의식적으로 알아차리는 것이 육체적 환생이 주는 네가 선택한 기회이다.

곧 다가올 시기에 인간으로 태어날 존재들은 자연 친화적일 것이다. 그들은 네 현실 속에 거주하는 다른 생명체들과 쉽게 소통할 수 있으며 지성을 가진 다른 존재들과 편안하게 상호 작용하면서 평화롭고 조화로운 기운이 넘치는 분위기를 조성할 것이다. 조화는 다름 아니라 **하나임**의 감지를 기반으로, 동료 인간뿐 아니라 모든 생명체에 순응하는 상태이다.

지금은 유아인 존재들이, 얼마 전까지만 해도 많은 사람이 정말 비정상적이라 생각했던 능력들을 드러낼 것이다. 그 존재들은 당신이나 그들이 한 번도 본 적 없는 세상에 잘 대처해 나가기 위해 완전 무장한 채로 태어났다. 너의 세상은 여전히 변태 과정에 있고 지금은 유아인 그들이 맞을 준비를 마친 조건들은 아직 구체적으로 드러나지 않았다. 너의 세상이 차원 간의 상승을 완수하느냐 마느냐의 시점에서 흔들릴 때 그 젊은 친구들이 육체적으로 나이 든 더 경험 많은 존재들에게 부족하기 쉬운 안정성을 제공할 것이다. 앞으로 올 세상에 대처하는 데 필요한 기술들은, 빠르게 유명무실해져 가는 세상에서의 경험으로 계발될 수 있는 것이 아니기 때문이다. 고양된 차원의 조건 속에서, 지금 네가 목적지로 삼고 여행하고 있는 에너지 진동 힘의 영역으로 잘 흡수되기 위해 필요한 능력은, 너희 중 가장 어린 존재들이 갖고 태어날 것이다.

변화의 에너지에 저항하지 않는다면 그런 기술들을 쉽게 얻을 수 있다. 이제 너희 중에는 많은 사람이 경험하고 종종 너희 스스로도 경험하곤 하는 '초자연적' 능력이 무엇인지 잘 알고 있는 사람이 많을 것이다. 고양된 현실에서는 그런 종류의 능력들이 매우 일반적이다. 그리고 지금 많은 존재가 초자연적인 경험을 하기 시작했다는 것은, 대중이라 할 수 있는 너희가 초자연적인 현상이 드문 단계를 이미 극복했다는 사실을 증명한다. 앞으로 몇 년 안에 태어날 존재들은 지금까지 '초감각적 인식'이라 간주되었던 것들을 자연스러운 일상으로 보여 줄 것이다. 존재가 태어날 때 얻는 자연스러운 에너지 진동의 가속화의 정도가 점점 세어짐에 따라 위에서 말한 초자연적인 능력들이 더 세련되어질 것을 예상할 수 있다.

소위 텔레파시라고 하는 정신 감응 능력이 인간의 자연스런 조건이 될 것이다. 인간은 본래 동료 인간뿐 아니라 다른 생명체나 다른 차원의 존재와도 정신적으로 감응할 수 있다. 영혼들 간의 '교신' 현상도 일반적이 될 것이다. 따라서 그런 현상이 지금보다 훨씬 덜 흥미로울 것이다. 현재 너의 문화가 '내세'라고 인식하며 대단한 관심을 보이는 것이 더 이상 관심 대상이 되지 못할 것이다. 그도 그럴 것이 한때는 특별한 경험이었던 내세 경험을 거의 모든 사람이 하고, 나아가 그렇다는 것을 인식하기 시작할 테니 말이다. 너는 영적 수준을 세련되게 계발하기 시작할 것이다. 그리고 교류하고 교류하지 않을 의식의 종류들을 '식별'하는, 매우 바람직한 기술들도 계발하기 시작할 것이다. 마지막으로 너는 그토록 열망하던 지혜가 바로 네 안에 있어 실체 없는 다른 원천에서 그것을 찾을 필요가 없음을 깨닫기 시작할 것이다.

너희 중 매우 어린 존재들은 그런 것들을 본능적으로 알고 있기 때문에 현재 기성 세대들보다 내세나 설명되지 않는 것들에 훨씬 덜 끌릴 것이다. 그 매우 어린 존재들은 순간에 사는 삶의 놀라운 본성과 원하는 것을 구현해 내며 현실을 조작하는 그 무시무시한 기술에 더 끌릴 것이다. 그 매우 어린 존재들은 역경을 피하고 장애를 극복하는 일에 현재의 너희들보다 덜 걱정할 것이다. 그런 역경과 장애의 조건들을 창조하는 기준 에너지 자체가 그들에게는 없기 때문이다.

젊은 친구를 가르치는 일을 한다면 그런 차이를 이해하고 너의 한계를 드러내는 과도한 훈육으로 그들에게 부담을 주지 않는 것이 중요하다. 그런 종류의 구속은 그 어린 존재들이 걸어야 할 과정 속에 들어 있지 않기 때문이다. 젊은 존재들이 마음이 원하는 것을 부르는 역동성에 얼마나 쉽게 통달하는가를 보면, 지금 그 개념조차 잡지 못해 힘들어하는 너는 매우 놀랄 것이다. 그들은 자신이 자신의 경험을 스스로 창조하고 있음을 매우 자연스럽게 이해할 것이다. 불운한 생각의 패턴과 말이 함정임을 알게 하는 경험적 훈련까지 마친다면 그들은 다가올 시대에 번성하기 위한 완전무장을 한 것이다. 그들의 최고 스승은 그들 고유의 경험이 될 것이다. 그리고 너는 그들의 매력에 넋을 잃고 빠져들 것이다. 그들이 '너'를 가르칠 것이다. 예를 들어 지금 네가 체화하기 위해 애쓰는 것들을 말이다.

그들에게 이론적 이해는 필요 없다. 변해야 할 것도, 재구축해야 할 신념 체계도, 일생의 조건화를 되돌릴 때 필요한 광범위한 훈련도 그들에게는 필요 없기 때문이다. 그것들은 물론 너희 중 많은 '의식적' 어른들이 지금 대면하고 있는 것들이다. 어린 친구들이 그렇게 잘 준비하고 있는 세상은 현재의 너희가 처한 조건보다 살기에 비정상적으로 좋은 곳이다. 그리고 그 젊은 친구들이 해결해 나갈 문제들은 너의 세대들이 일생 동안 해결해 나가는 종류의 문제들과는 완전히 다를 것이다. 이미 그런 젊은 친구들이 너의 세상에 태어났다.

에너지 진동의 변화가 매우 급격하게 일어나고 있기 때문에 같은 부모에서 태어난 아이들의 성격이 매우 다른 것이 일상이 되고 충분히 예측 가능한 일이라고 말할 수 있다. 조금 일찍 태어난 아이들은 현재 너희 같은 성인들과 에너지적으로 더 잘 맞을 것이다. 아직 태어나지 않은 아이들은 태어날 때부터 먼저 태어난 형, 누나들과 매우 다른 특징을 보일 것이다. 같은 집안의 서로 다른 나이의 아이들 사이에서 영적인 능력이 어떻게 다른지 관찰하는 일은 매우 흥미로울 것이다.

그러한 차이의 본성을 기억하고 너와 그들을 비교하는 습관을 버리는 것이 중요하다. 새로운 종류의 존재는 여러 세대를 거치는 과정에서 단계적으로 태어날 것이다. 그리고 너의 세상이 안정되고 에너지적으로 잘 적응된 존재들이 많아질 때까지 사람들 사이의 능력과 관점들이 서로 극단적으로 다를 수 있다. 너희 중에 다가올 시대에 스승으로 기능하겠다고 선택한 사람들이 있다면, 아이들이 해가 갈수록 매우 다른 성격을 드러내는 것에 적응하기가 상당히 힘들 것이다. 스승의 역할을 선택한 사람들은 훨씬 더 많이 주의할 필요가 있다. 현재 '비정상'이라 간주되는 것들이 곧 매우 정상이 될 것이기 때문이다.

젊은이들을 가르칠 선생이라면 미래의 아이들이 갖고 태어날 재능을 날카롭게 알아챌 필요가 있다. 미래의 아이들은 오늘날의 아이들과는 사실상 다른 종이기 때문이다. 그리고 너의 유년기에 진리였던 것이 더 이상 그렇지 않은 세상이 올 것이기 때문이다. 예상 발전 속도나 성과 판단 기준이 계속 재평가되어야 할 것이다. 그리고 너희는 정규 교육에서 배웠던 것보다 앞으로 다가올 세상이라는 교실에서 순간에 배우는 현실에 더 많이 의지해야 할 것이다.

지금 시기의 선생들 중에 능력이 있는 선생들은 이른바 '가능성'이라는 기준으로 젊은이들의 잠재력을 제한하지 않을 것이다. 해가 바뀔 때마다 그 기준이 점점 더 유명무실해질 것이기 때문이다. 인간 종의 본성을 이해하고 싶다면 아이들 자체가 너를 안내하도록 두어라. 재능 있는 아이들로 하여금 무엇이 '가능하고' 무엇이 '불가능한지' 결정할 인식 능력을 스스로 탐구하게 허락하여, 재능 속 잠재력을 최대화하도록 훈련하는 방법을 너에게 보여 주게 하라. 아이들은 매우 자연스럽게 스스로 알아서 너희가 상상도 못할 일을 할 것이다. 그리고 너희는 매우 다른 종류의 존재를 만나고 양육하고 있음을 점점 더 명확하게 알게 될 것이다. 그 존재들에게 잠재성은 말 그대로 무한하다. 왜냐하면 그들 각각은 매 순간 원하는 모습대로 스스로를 창조하고 그렇게 자신을 정의 내리며 살 것이기 때문이다.

새로운 기준들을 만들어 그들의 세상을 개념화할 필요도 없다. 그런 일은 너의 도움 없이 그들 스스로 충분히 하고도 남기 때문이다. 너의 경험을 기반으로 '가능한 것'처럼 보이는 것만 기대하면서 더 멀리 펼칠 수 있는 그들의 꿈을 제한하려는 유혹을 떨쳐 내라. 미래의 아이들이 살아갈 세상은 너로서는 상상하기도 힘든 세상이기 때문이다. 미래의 아이들이 각자 가지고 태어난 육체로 기적을 탐험할 수 있게 안전한 환경을 만들어 주어라. 그리고 미래의 아이들이 그들 감각 인식의 경계를 맘껏 넓힐 수 있도록 감각적 자극제들을 많이 제공하라.

젊은이들이 열정을 맘껏 표출할 재료를 제공하라. 비록 그 열정의 정도를 이해하기 힘들어도 말이다. 그들에게 열정은 매우 자연스러운 것이다. 네가 감독할 교실에서는 창조적 표현을 자유롭게 할 수 있게 하라. 그리고 그 아이들이 그저 존재하는 것만으로 너에게 제공할 기쁨의 혜택을 맘껏 누려라. 미래의 아이 세대를 현재 낳고 기르고 있는 부모와 선생들은 상승 과정의 가장 심오한 증거들을 목격할 것이기 때문이다. 너희 중에 그런 부모와 선생의 역할을 할 특권을 부여받은 사람은 자신의 삶에 들어온 아이의 작은 손을 잡는 그 순간부터 무한한 잠재력의 발현이라는 '기적'이 단지 그 아이만이 아니라 모든 아이에 의해서 실현될 것을 알게 될 것이다.

지금 떠오르고 있는 새로운 세대의 할아버지, 할머니가 될 너희는 한 생에서 진실로 참 많은 세상을 살았음을 알고 경이로워할 것이다. 앞으로 살아갈 그 축복받은 어린 개척자들이 네가 허락한다면 발견의 놀라운 항해로 너를 데려갈 것이다. 너의 유년기 이야기를 그들에게 하고 싶을 테지만 그들로서는 가늠조차 힘든 이야기가 될 것이다. 그 대신 그 예외적인 존재들이 '너'에게 네 두 번째 유년기의 이야기를 들려줄 수 있게 허락하는 것이 좋을 것이다. 지금 다시 태어나는 과정을 겪고 있는 바로 네 안에 숨어 있는 존재의 유년기에 대한 이야기 말이다. 앞으로는 젊은이들이 전에 없던 방식으로 노인들의 선생이 될 것이다. 그리고 너희들 중 스스로를 '증명'하고 싶은 욕구를 떠나보내고 '있는 그대로'의 모습에 만족하는 사람은 말 그대로 아이들의 손에서 다시 태어날 수 있을 것이다.

미래의 아이들이 될, 지금 너의 세상에서 태어나고 있는 존재들에게 의지로 오르지 못할 산은 없다. 원칙적으로 그들의 세상은 '가능성'이라는 기준 자체가 없는 세상이기 때문이다. 그들의 세상은 그 세상을 창조하는 사람의 구속 없는 상상력만이 관리할 수 있는 끝없는 진화의 세상이다. 그때 그들에게는 가장 열렬히 원하는 것이 '현실'이 될 것이다. 열망이 곧 즉각적인 결과로 이어질 것이다. 준비 운동을 마친 '슈퍼 존재'들이 구현해 가는 일들을 주시하는 일은 너희로서는 매우 유쾌하면서 동시에 매우 두려울 것이다. 하지만 미래에 아이들은 그런 능력을 적절히 통제하지 않았을 때 어떤 결과가 생길지를 통렬한 경험을 통해 금방 배울 것이다.

현실에 대한 책임이 고스란히 자신의 어깨에 놓여 있음을 분명히 알게 되면 그 어린 존재들은 대부분 그들의 놀이터, 즉 그들 세계의 매력에 더 푹 빠지게 될 것이다. 그리고 세상 속 창조 능력이 실로 무한하다는 것을 금방 분명히 알게 될 것이다. 지구의 에너지 조건이 널리 안정되어 각자 현실의 틀 속에서 태어난 존재들의 에너지 진동의 정도가 전체 현실에 더 잘 반영될 때, 바람을 현실화하는 능력을 강화하는 에너지적 토대가 확립된다. 그때 인간은 지금 너의 세상을 구성하고 있는 많은 분리된 세상들 사이 다리를 놓을 것이다.

'지금 여기' 급격하게 과속화된 과정에서는 아이들 사이 수준 차이가 다양하게 날 것이며, 그것이 교육자와 부모들을 당황하게 하고 힘들게 하기 쉽다. 아이들 스스로도 부모들이 여전히 '비정상'으로 간주할 그들의 타고난 능력에 대처할 준비가 되어 있지 않다. 그래서 많은 아이들이 또래 집단으로부터 받는 사회적 압박을 극복하고 스스로를 표현할 타고난 경향을 억압하고 억제할 것이다. 새로 태어난 최초의 개척자 영혼들이 기존의 기준틀 하나 없이 새로운 현실을 다듬는 그들만의 힘든 임무를 해 나갈 때, 그들을 지지할 사람이 바로 너희들 중에 그런 변형의 과정을 인지하고 있는 사람들이다.

미래의 아이들은 미래의 세상에서 길을 잃었다고 느낄 것이다. 그리고 너의 교육 체계에서 네가 억지로 머릿속으로 구겨 넣은 기준들은 그들이 스스로를 알아 가는 데 거의 아무런 도움도 되지 않을 것이다. 미래의 개척자 아이들은 동시에 존재하는 두 세계라는 현실과 싸우고 완전히 성장할 때까지 스스로 그 두 곳 중 어디에도 정말로 어울리지 않는다고 느낄 것이다. 시간이 지나고 (태어나기 전) 이미 사전 제작해 놓은 신념 체계를 찾아낼 삶의 경험들을 축적하게 되면 지금 유아기를 보내고 있는 이 존재들은 세상 속에 안착할 수 있을 것이다. 그리고 그때

쯤이면 세상도 그들을 받아들이기 훨씬 좋은 상태가 되어 있을 것이다.

　미래 세대 아이들의 에너지 진동 수준은 그들이 육체로 태어나겠다고 선택한 현실의 수준에 따라 결정될 것이다. 자신이 살아갈 환경에 대한 적응력을 갖고 태어날 이 아이들은 지금 어른들이 전체적으로 경험하고 있는 격렬한 변화는 겪지 않아도 된다. 지구의 에너지 진동 자체가 전체적으로 계속 빨라지고 있기 때문에 미래의 아이들도 그런 변화와 조화를 이루려고 계속 노력해야 한다. 지금의 너희처럼 에너지 불균형의 결과를 몸소 체험할 수도 있다. 상승 과정의 속도가 느려지고 에너지가 안정되기 시작하고 그 차원에 맞는 '규칙들'이 재정립되면, 미래 세상에 널리 퍼지도록 되어 있는 존재들이 대거 등장할 것이다.

　과도기에 선구자로서 손에 손을 잡고 같이 상승하고 있는 변화하는 존재인 너희들은, 스스로 현실의 수준들을 구현하고 지금은 생각조차 못하는 능력들을 드러낼 것이다. 지금까지의 자신으로 현재의 자신을 규정하거나 제한하지 마라. 반드시 그러지 말아야 한다. 너는 변화의 화신 그 자체이다. 그리고 네 현실의 기초가 유동적임을 받아들이는 것이 다가올 변화에 가장 잘 대처하는 것이다.

　너희 세상에 현재 살고 있는 아이들이 앞으로 직면할 문제들보다 너희가 더 많은 문제에 직면할 것이다. 하지만 육체의 모습을 한 창조적 생명력인 네가 갖고 있는 잠재적 능력은 대단한 것이다. 태어나면서 부여받았던 신뢰할 만한 순수함과 천진한 열정을 얼마나 기꺼이 채택하느냐에 따라, 직선적인 세상의 한계 속에서 일생 동안 축적했던 조건화를 얼마나 초월할 수 있을지가 결정될 것이다. 진실은 네가 더 이상 네가 태어났던 세상에 있지 않다는 것이다. 다만 그렇게 생각하고 있을 뿐이다. 네가 태어났던 세상은 네가 지금 가고 있는 세상과 실질적으로 이미 몇 광년 떨어진 곳에 있다. 너의 목적지는 바로 지금 네가 서 있는 곳에서 볼 때 절대로 네 생각처럼 그렇게 멀리 있지 않다.

26

- 변화를 자기 정체성에 통합하기
- 내면의 변화와 그 변화가 부를 새로운 경험의 범주에 적응하기
- 타인을 평가하고 평가하지 않을 때 달라지는 현실 경험

네가 실제로 표현하고 경험하는 것은 네 존재 자체와 네가 지각하는 것과 네가 행동하는 것의 모든 에너지가 합쳐진 결과다. 네 안에서 변하고 있는 현실을 솔직하게 받아들일수록 인식 확장 과정을 더욱 제대로 따라갈 수 있다. 네가 지속적인 분리 상태에 빠져 있다고 착각하면서 그 착각 속 세상의 구조만 지각하는 것도 충분히 가능하다. 네가 그런 상태에 편안함을 느낀다면 말이다. 그리고 에너지가 상승했음에도 불구하고 단지 조건화 때문에 유물로 남을 존재 방식 속에서 한동안 남아 있을 사람도 많을 것이다.

하지만 너는 네가 구현하고 있는 변화의 현실과 이미 평화롭게 공존하는 법을 알기 시작했기 때문에, 네가 얼마나 변화에 동화할 수 있는지 또 너의 정체성이 얼마나 변화된 모습을 보여 주는지는 별로 중요한

문제가 아니다. 많은 경우 전환은 개인적으로 극적인 결과를 가져올 수 있어 그 당사자를 잘 안다고 믿었던 사람들도 실제로 그를 못 알아볼 수 있다. 정말로 그런 사람들은 한때 자기 인식의 기초를 형성했던 모든 것에서 벗어나 스스로 변태를 거듭한 것이다. 새롭게 발견한 확장된 자기 기준에서 보면 종종 옛날에 중요했던 삶의 부속물들이 매우 불편해져 참을 수 없는 지경에 이를 수도 있다. 그리고 마치 뱀이 허물을 벗듯 이전의 정체성을 벗어나고 싶은 욕구를 억누를 수 없게 될 수도 있다.

그런 과정을 거치는 동안 에너지 층들이 네 인식의 내용 속에 통합되어 드러나면서 자의식이 강해질 것이다. 하지만 너의 초상화는 즉시 완성되는 것이 아니라 조금씩 색이 덧입혀지면서 단계적으로 드러날 것이다. 새롭게 발견한 구조를 미세한 부분까지 구체적인 형태로 드러내느라 '진행 중인 한 가지 일'을 구현하는 데 몇 년이 걸릴지도 모른다. 현재 이런 과도기에 있는 사람이 매우 많으며 이 과도기는 대단한 모험과 도전과 보상으로 가득하다. 한 단계씩 진보하고 그 과정 속에서 에너지 진동 밀도의 각 층이 하나씩 옅어지는 동안 확장된 자아의 본질이 너만의 이미지로 떠오르고, 그렇게 너는 그것을 지각할 수 있을 것이다. 초상화는 간단한 것이다. 너를 붙잡고 있던 잘못된 정체성의 온갖 치장들로부터 해방된 것일 뿐이다. 그리고 그때 너는 전에 느껴 보지 못한 평화와 깊은 내면의 안정 속에서 처음으로 진정한 너를 인식할 것이다.

그때 그동안 추구해 왔던 것이 분명히 그 모습을 드러내기 때문에 갑자기 구도의 과정이 끝난 것처럼 보일 수도 있다. 부족했던 자신감, 진정한 힘으로 무장한 채 앞으로 나갈 것을 주저했던 마음은 자신의 한계 없음을 깊이 절감하게 될 것이다. 그리고 그런 능력을 표현하고 최대한 즐길 방법들이 여기저기서 생겨나 너는 곧 선택을 시작할 것이다.

한때 당연했던 저항은 이제 더 이상 없다. 그리고 인생 경험이 세상에 대한 새로운 채색으로 가득할 것이다. 마침내 이제야 세상이 네가 제공하는 선물을 받아들이는 것 같다. 마치 세상이 변한 것 같다. 이제 삶이 '그래!'라고 말한다. 한때는 한 걸음 한 걸음이 모두 도전이었는데 말이다. 하지만 사실을 말하자면 바뀐 것은 세상이 아니라 그 세상 안 네가 있는 장소이다.

세상, 그리고 너에 대한 세상의 반응은 네가 특정 에너지 수준에서 현실의 스크린에 투사하는 네 에너지의 반영일 뿐이다. 한때 너를 둘러싼 존재들로 하여금 주저하게 만들었던 그 복잡함을 없앤 에너지를 투사한다면 너로 향한 그들의 반응은 이제 거침이 없을 것이다. 그러므로 너만의 에너지 투사가 하나의 증명으로서 너에게 다시 돌아온다고 할 수 있다. 긍정적인 반응의 순수한 에너지는 그 반향이 기하급수적이다. 그런 에너지를 네가 만나는 다른 존재들에게 반영하기 때문이다. 너는 그렇게 모든 사람이 전체에 기여하는 에너지에 기여하는 것이다. 모든 존재가 에너지 상태에 긍정적 에너지 한 조각씩을 더할 때 모든 존재가 가능한 최고의 경험을 할 수 있다. 그리고 너희는 너희와 유사한 긍정적인 에너지 수준에서 반향하는 존재와 만나고 싶을 것이다.

하지만 다 알다시피 속세와 인연을 끊고 오직 지향하는 바가 같은 상대적으로 적은 수의 사람들과만 교류하는 것은 참 힘들다. 그리고 삶은 세상'의' 존재가 아니라 세상 '속의' 존재로 살아야 하는 일종의 도전이다. 일상을 함께하던 사람들로부터 에너지적으로 멀어지는 것을 인식하기 시작하면 누구든 자신의 에너지 영역을 지나치게 방어하기 마련이다. 어디에서 살고 누구와 만날지 선을 긋는 것이 삶의 피할 수 없는 진실이 된다.

다른 사람이 당연히 기대하는 활동과 교류를 갑자기 주저하게 되었다고 해서 변명할 필요는 없다. 지금은 한때 즐겼던 단체 활동에 참여하고 싶은 마음이 그냥 없는 것이다. 그런 마음이라면 그동안 삶의 방식으로 늘 당연하게 생각해 왔던 교류보다는 혼자 있는 것을 점점 더 많이 선호하기 마련이다. 자신을 친구 삼아 보내는 시간에 깊이 만족하고 다른 사람과 교류하는 데 보내는 시간이 줄어들기 시작할 것이다. 그리고 내면 세상과 조율하며 기회가 있을 때마다 그 공간의 신성함 속으로 침잠해 들어갈 것이다.

사람들과 거리를 유지하려는 경향은 이를테면 에너지 진동 완충기를 창조하는 것으로, 본능적인 자기 보호 메커니즘이다. 네가 도달한 가속화한 에너지 진동 수준을 안정시키는 데 익숙해지기 전까지는 너를 둘러싼 에너지 진동수 속에 존재하는 변수들에 쉽게 흔들릴 수 있고, 그럼 극단적인 경험으로 치달을 수도 있다. 너는 특정 환경과 특정 개인이 네 실제적 인생 경험에 부를 효과를 매우 날카롭게 알아채게 될 것이다. 그리고 다른 사람이 급진적이라 여길 수도 있을 선택을 하기 시작할 것이다. 종종 네 고양된 관심에 더 이상 도움이 되지 않는 활동이나 관계는 매정하게 끊어 버리기도 할 것이다.

지금의 가속 에너지는 인생을 축소하고 그 인생을 위해 네가 선택한 시나리오들을 단순화한다. 그런 가속 에너지가 스스로 안정되고 자연스런 상태로 상승하도록 둔다면 너는 진정한 너를 구현할 잠재성이 바로 너에게 있음을 깨닫기 시작할 것이다. 네가 곧 중심인 그런 상태에 있을 때 네 물리적 세상에서 너를 위한 최고의 가능성이 표현될 것임은 의심할 여지가 없다. 그 과정을 통제하려는 충동을 버려라. 그리고 그 과정으로 하여금 고양된 알아차림의 수준들과 깊이 연결될 수 있는 길을 안내하게 하라. 그런 상태에 이르면 생각을 구현하고 경험하는 너의 능력은 더 이상 아무런 방해도 받지 않을 것이다. 그리고 물리적 현실도 너에게 지속적인 기쁨과 놀라움을 선사하게 될 것이다.

물리적 형태 속에서 표현된 존재의 고양된 상태를 한 번 맛보면 당연히 너는 그 경험 수준을 위한 에너지 진동의 토대를 위험에 빠트리는 일은 매우 꺼리게 될 것이다. 그런 단계라면 너는 그 수준을 유지하는 데 집중하는 심적 경향을 계발하게 된다. 그리고 삶을 관찰자의 눈으로 인식하고 상처받기 쉬운 것을 비롯한 너를 둘러싼 모든 것들로부터 스스로를 분리된 존재로 감지할 정도로 성숙하게 될 것이다. 하지만 그때 돌연 너는 '모든 삶'이 서로 연결되어 있음을 분명히 깨닫고 눈에 보이는 모든 것의 상징이 얼마나 완벽한지 감지하기 시작할 것이다.

한때 부정적으로 보였던 것, 혹은 높은 에너지 밀도로 지각했기 때문에 거부하거나 피했던 것이, 이제는 단지 더도 덜도 아닌 네 존재 상태의 반영으로 보이고, 그것을 의식적으로 분명히 알아채기 시작할 것이다. 눈에 보이는 한 장면의 에너지적 본질은 그 장면 자체가 아니라 그 장면을 지각하고 반사하는 존재의 거울에 따라 달라진다. 그 장면을 대하는 너의 자세나 편견이 작동하기 시작하고 그렇게 현실로서 경험되는 모든 에너지 진동 수준의 토대가 형성되는 것이다. 인식이 하나의 에너지로서 너에게 영향을 주는 방법이 그렇다. 하나의 이미지를 네 존재 밖의 것으로 해석해서 받아들여 그 광경을 보고 주춤할 때, 너는 그 이미지 자체에 내재되어 있는 것에 반응하는 것이 아니라 비판하고 심판하는 너의 자세에 반응하는 것이다.

궁극적으로 너희는 개인적 반응을 전부 배제하고 그런 장면들을 관찰할 수 있다. 진실로 너희는 반응이 전혀 없는 연기를 할 수 있다. 단순한 목격자가 되는 것이다. 이분법에 뿌리내린 사고방식에 따라 인식들을 범주화하는 것을 멈출 수 있을 때 너희는 각각의 장면을 평가하기를 멈추고 단순히 그 장면의 존재를 자각하기만 할 수 있다. 그렇게 심판 없는 수준에 이르면 너는 네가 본능적으로 보호하는 고양된 에너지의 소중한 진동 수준과 네 자율성의 신성함에 상처 주지 않고 현실의 토대 하나를 창조할 것이다.

그와 동시에 너희는 돌연 두려워할 것이 정말 아무것도 없음을 쉽게 깨달을 것이다. 그리고 너희는 새로운 수준의 초월적 열정으로 삶을 관찰하기 시작할 것이다. 너는 너 자신이 말 그대로 삶의 모든 것을 창조한다는 것을 깨달을 것이다. 너는 삶에 힘과 에너지를 준다. 그리고 네가 투사하는 '삶에 대한 마음가짐 자체'를 그대로 반영한 삶이 또 너에게 영향을 준다. 특정 경험 범주나 특정 개인들을 거부하지 않으면서 너 자신의 가치에 대한 평가를 기준으로 타인들을 판단하고 그들을 너의 에너지 영역으로 끌어들인 사람이 바로 너라는 것을 깨달을 때, 그 교류에 내재하는 불운한 결과가 사라질 것이다. 뿌리 깊은 이분법에 기반을 둔 평가가 (네 생각에 따라 에너지가 좌우되는) 개념적 비전에 투사되지 않을 때 원칙상 너에게 반사되어 돌아오는 것도 없을 것이다.

고양된 인식 수준으로 넘어갈 때 생기게 되는 이른바 '부정적 에너지'는 결국 너희가 인생에서 창조하는 이미지 종류들에 대한 너희의 인식으로 채색되기 마련이다. 너희는 '모든 생명'이 '하나의' 본질임을 의식하기 시작했다. 그리고 무엇보다도 너희 최고의 모습을 반영한 삶을 살고 싶어 한다. 그때 너희는 원치 않는 다른 종류의 이미지를 명백히 인식하되, 그 이미지에 힘을 가하거나 가하지 않으면서 단지 너희만의 의식 내용 영역 안에 존재하게 둘 수 있다. 그때 너희의 존재 상태는 평가하지 않는 초월된 에너지만을 원하는 것이다.

자극에 반응하지 않는 기술을 습득하면 물리적 세상에 다시 들어가도 에너지적으로 휘둘리지 않으며 자유롭게 다닐 수 있다. 너는 소외감과 두려움으로 가득한 마음이 너로 하여금 '부정적 에너지'의 인식만 더 많이 하게 할 뿐임을 빨리 혹은 천천히 이해할 것이다. 따라서 은둔 기간도 상대적으로 짧을 수도 길 수도 있다. 이미지들이 가지는 힘은 전부 그것의 창조자인 네가 평가하고 준 것이기 때문이다.

너희는 너희의 현실 창조 과정을 이론적으로 이해하는 것에서 나아가 그 증거도 실제로 체험하기 시작할 것이다. 그리고 경험하고 싶은 것을 점점 더 많이 경험하게 하는 기술이 강해질 것이다. 이러한 기술은 하룻밤에 완벽해지는 것은 아니다. 그리고 바람의 구현이라는 기초 개념을 지적으로 이미 파악했다고 해서 그런 이해가 완벽한 결과를 부르는 즉각적인 실행으로 이어진다는 보장도 없다. 모든 기술이 그렇듯 완벽함은 수련을 요구한다. 하지만 너의 인생 드라마에서 네가 진정한 제작자고 감독이고 주연임을 지적으로 이해한 것은 훌륭한 시작이다.

투명한 의식으로 변태의 여정을 뒤돌아보며 지금까지 거쳐 온 개인적 드라마 속 통렬했던 순간들을 재포착할 수 있다. 그때 그 순간들의 원천이 다른 누구도 아닌 바로 너임이 명백해질 것이다. 너에게 그렇게 강한 영향을 끼쳤던 영화 자체는, 사실 네가 너의 현실이라 생각했던 스크린에 투사한 너의 에너지와 사고방식의 상징적 반영에 지나지 않는다. 그런 너의 에너지는 네 인생 시나리오들이 '너를 이용해' 자극하게 되어 있던 감정들로 강화되고 유지되었다. 그리고 그 과정의 안무는 '너에 의해' 절정으로 치닫게 되어 있었다. 그러니 착각의 전체 과정에 불을 붙인 불씨로서 책임은 바로 너에게 있음이 뻔해질 것이다.

그 과정을 거치면 삶의 동그라미가 완성될 것이다. **하나임**의 본질을 완전히 구현하고 너희 자신이 현실 경험의 '원천'임을 알기 위해 분리의 경험 그 가장 최악의 장소로 여행해 볼 필요가 있다. 그곳에서 너희는 존재하지 않는 것이 무엇인지 알아낼 것이다. 그리고 그렇게 진짜로 '존재'하는 것을 알아낼 것이다. 회상 속에서 네가 발견할 '하나'만이 '존재'한다는 개념에 적합하지 않는 경험들은, 막 피어나고 있는 '모든 생명'과 너의 연합에 가장 강력한 영향을 줄 대단한 잠재성을 내포하는 수업이라고 할 수 있다. 왜냐하면 하나가 존재하는 모든 것이기 때문이다.

너의 의식이 자극을 받고 너의 에너지 진동이 너를 둘러싼 세상의 가속화되고 고양된 에너지와 나란히 걷기 시작할 때 너는 자신을 타인과 다른 존재로 인식하기 시작할 것이다. 정직하게 분리의 길로 들어가 '다름'의 경험을 완전히 겪을 때 실제로 '타인과' 다를 수 있는 것은 아무것도 없음(네가 그 다른 존재 모두를 창조했기 때문이다.)을 깨닫게 할 제대로 된 씨앗이 심긴 것이다. 너의 삶은 너만의 에너지 진동 그 본질의 생생한 반영이다. 기본적으로 너는 네가 '원천'임을 스스로 잘 알고 있다. 그리고 깨어남의 과정에서 때로 삶이 불가사의한 것처럼 보이더라도 너는 결국 너의 '창조적 힘'을 완전히 되찾아 '예술가'의 관점으로 삶을 경험하기 시작할 것이다. 바로 '태초에' 네가 그랬던 것처럼 말이다.

상승한 자아로서 강화된 층들을 열어 가는 과정에서 너는 셀 수 없이 많이 그런 태초의 느낌을 받을 것이다. 층들은 정지된 것이 아니라 늘 변하기 때문이다. 현실로 인식하는 여러 경험을 보게 하는 관점들도 따라서 변한다. 종착역처럼 마지막에 도착할 결정적인 경험의 수준이나 노력하는 데 도움이 될 목표 같은 것은 없다. 이 여행에는 '종착역'이 없다. 너만의 변화하는 의식들을 반영할 관점들의 끝없는 연속만이 있을 뿐이다. 이 오디세이에서 네가 삶의 '동그라미를 거듭 완성'할 것이라고 우리는 장담한다. 이 여행이 너로 하여금 인간적임의 최고를 드러내게 하거나 신성한 내면 존재의 깊은 곳으로 들어가게 할 것이기 때문이다.

많은 친구에 둘러싸여 여행할 것이고 동시에 가장 깊고 숭고한 고독과 단절을 경험할 것이다. 그리고 다음 순간 너는 네가 완전히 혼자지만 행복하다는 것을 깨닫게 될 것이다. 그리고 그 깨달음 속에서 환희를 맛볼 것이다. 궁극적으로 너는 네가 '존재하는 모든 것'과 '하나'임을 알 것이다. 혼자라고만 생각하는 것으로 그렇게 깨달을 수 없음을 알 것이다. '혼자임'은 정의상 '혼자임이 아닌 것'을 전제하기 때문이다. 혼자임이 익숙한 것으로부터의 단절인지, 모르는 것으로부터의 단절인지는 중요하지 않다. 그런 단계를 초월해 '혼자임'을 포용하고 혼자임의 토대로 봉사하는 단절까지 포용할 때 너는 단순히 '존재'할 수 있다. 그리고 그런 '존재'의 경험이 여행의 시작으로 다시 돌아가는 길을 열어 줄 것이다. 돌아가기를 원한다면 말이다.

이 끝없는 순환 속에서 지금 네가 서 있는 교차로는 영원한 에너지 속 통렬한 순간을 기록하고 있다. 그곳에서 선택이 이루어진다. 그 마법 같은 순간의 가속 에너지가 존재들로 하여금 그 끝없는 순환, 즉 시스템 자체로부터 근본적으로 벗어나게 하는 선택이 가능하게 한다. 인식 전환 과정을 깊이 경험하면서 그만큼 그 끝없는 순환 속에 내재한 한계를 깨달을 것이다. 그때 기회를 잡아 그동안 이해한 것들을 갖고 자아의 다차원적인 측면들과 함께 **하나임** 속으로 합병해 들어갈 사람이 많을 것이다. 그렇다고 그들의 정체성과 육체가 사라지는 것은 아니다.

그렇게 강화된 관점으로 너희는 '존재할 것'을 선택하고 다차원적 관점을 갖고 '예술가'로서 스스로를 알아 갈 것을 선택할 수 있다. 그 수준의 경험을 선택하기 위해 육체적으로 죽을 필요는 없다. 이 시대는 본질적으로 너희에게 끝없는 순환에 대한 그런 대안을 주게 되어 있다. 현재 끝없는 '지금' 이 순간에 막 눈을 뜨기 시작한 많은 사람들이 이 생에서 실제로 그 대안에 대한 선택권을 얻게 될 것이다.

27

- 집으로 가는 여행
- 너를 둘러싼 이미지 판독하기
- 강한 의도에서 나온 선택의 힘
- '여기 지금 존재하는 법' 깨닫기

　어떤 구도의 길을 걷든 '하나'의 본질적 진실에 이르게 되어 있다. 네 존재의 의미를 찾기 위한 탐험을 선택했다면 어떤 길을 얼마나 많이 걸었느냐는 중요하지 않다. 어떤 길을 얼마나 많이 걸었든 그 정점은 내면의 '원천'과 연결되는 경험으로 모아질 것이기 때문이다. 인류가 전 역사를 통해 추구해 온 것이 바로 그 경험이다. 원천과의 연결에 대한 열망이 그 모든 장벽들을 초월할 수 있다. 문화와 신념에 기반을 둔 너의 정체성이 너를 너 자신으로부터 분리하며 야기한 그 장벽들 말이다. 분리에서 벗어나고자 하는 그 추구가 바로 네 인간성의 한계를 초월하게 하고, 네 존재 자체 속에서 '합일'을 발견하도록 (원천과의 연결을) 재촉하는 가속 에너지와 같기 때문이다.

　너는 인간이 아니다. 인간이란 네가 너 자신을 경험하기 위해 선택한 형태적 표현일 뿐이다. '너는 바위나 나무라기보다는 인간이다.'라고도 할 수 없다. 물론 너는 더할 수 없이 그 모두이기 때문이다. 너라는 존재는 결코 특정 형태에 한정되지 않는다. 그와 동시에 모든 형태를 포괄하기도 한다. 너는 새로우면서도 늘 그곳에 있었던 인식의 수준을 내면으로부터 발견하기 시작했다. 그리고 의식적으로 기억하지는 못하지만 그런 경험이 어쩐지 낯익다고 느낀다. 이전에도 그런 연결을 맛보았던 것 같다. 그리고 실제로 그렇다.

너는 네 스스로 다시 깨어나는 경험을 선택했다. 너는 다시 한 번 진정한 너의 모든 것을 발견하는 전율을 맛보기를 선택했다. '너일 것이 두려운 그 모든 것'을 경험해 꿈에서 깨어나 그 꿈을 '네가 아닌 모든 것'으로 인식하기를 선택했다. 한계의 대량 경험이 선행하지 않고서야 무한한 능력을 발견하고 생생히 경험할 때 희열을 느낄 수 없을 것이다. 너는 대담하게도 지금까지 진정한 너와 너무 많이 단절되고 한계의 착각 속으로 너무 깊이 들어갔다. 그래서 지금이 베일을 벗기고 실제로 그곳에 있는 것을 엿볼 수 있는 가장 적절한 때인 것이다.

네가 이미 깊이 들어와 있는 과정의 성질이 그렇다. 그리고 그 과정에 대한 너의 경험이 충분하더라도 깊은 알아차림 단계로의 전환이 갑자기 일어나지는 않을 것이다. 어느 순간부터 갑자기 모든 것을 깨닫게 되는 것은 아니라는 뜻이다. 너는 지금까지 이미 깨닫는 과정을 겪어 왔다. 그 증거의 조각들을 한 줄로 엮어서 절대 상상이 아닌 어떤 급진적인 변화가 네 안에서 일어나는 중이라는 결론을 현재로서는 내릴 수 없겠지만, 그럼에도 불구하고 그 변화는 절정으로 치닫기 시작했기 때문에 결코 무시할 수 없는 것도 사실이다. 그리고 너는 인식 전환 과정이 훌륭한 방식으로 너로 하여금 깨달음의 기복을 편히 잘 겪어 내도록 해 준다는 것을 인식할 것이다. 너는 그 과정에서 경험하는 일들을 음미하고 평가하여, 미지의 세계를 향한 모험심과 함께 다른 모든 존재들과 연결된 순간을 만끽할 혼자만의 시간을 충분히 가질 것이기 때문이다.

여행의 목적은 단서를 찾아가며 너를 둘러싼 이미지들 속에 암호화되어 있는 것들을 판독하면서 과정 자체의 미스터리를 해결하고 즐기는 것이다. 서두를 필요는 없다. 너를 유혹하는 그 위대한 착각을 천천히 이해하고 그 본성을 숙고하고 적절히 네 일정한 기준들로 만들어라. 그럼 너는 매우 잘 무장한 것이어서 심지어 그 위대한 착각의 비전조차 거부하고 궁극적으로 모든 것이 존재함과 동시에 아무것도 존재하지 않음을 아는 관점에까지 이를 수 있다. 너는 처음으로 돌아가기 위해 이 여행을 시작했다. 하지만 집을 나서서 모험을 하고 주어진 기회를 모두 만나고 겪을 일들을 다 겪기 전까지는 돌아갈 수 없다.

적절한 순간에 이정표와 지도가 있을 테니 돌아오는 데 문제는 없을 거라고 확신하며 너는 이 모험을 시작했다. 그것들을 그곳에 놓아두고 너의 발견을 기다리게 한 사람이 바로 너이기 때문이다. 너는 네가 그곳에 그것들을 놓아두었다는 사실을 완전히 잊어버릴 만큼 충분한 '시간'을 주었다. 그래야 그 발견이 진짜 발견이 될 것이기 때문이다. 이것은 너의 게임이기 때문에 그것을 어렵게 만든 사람도, 신나게 만든 사람도 너이다. 하지만 어쨌든 너는 무사 귀환을 보장하며 그 게임을 만들었다. 너의 깊은 마음은 그 게임에서 패할 리가 없다는 것을 이미 알고 있다.

'이기지' 못해 단절의 착각 속에 영원히 좌초할 일은 단연코 없다. 이미 네가 그렇게 보장해 놓았다. 일정에 많은 우회로와 짧은 방문들을 집어넣어, 결국 집으로 향하고 있음을 발견했을 때 가능한 한 최고로 감사한 마음을 느낄 수 있게 해 둔 것이다.

현재 네가 의식적으로 동의하든 동의하지 않든 너는 집으로 향하고 있다. 집 쪽으로 너를 몰아대는 에너지는 네 의식적·육체적 정체성의 한정된 관점에서 발산되는 것이 아니다. 네가 '바깥에서' 충분히 오랫동안 있어 왔음을 아는 위대한 의식이 자애로운 부모님처럼 그 에너지를 지시하고 있다.

집으로 가는 여행은 너의 선택에 따라 연장될 수도 있다. 하지만 너에게 재결합을 자극하는 순간들이 너의 에너지 가속도를 강화하게 되어 있다. 이 단계 경험으로 미리 짜여 들어가 있는 즐거움 때문이다. 확실히 너는 여행길 내내 분명 느끼게 될 불만, 좌절, 비참함 속에서 더 오래 시간을 낭비하겠다는 선택을 자유롭게 할 수 있다. 하지만 재통합 과정의 본성을 고려할 때 그런 선택이 주기적으로 이루어질 가능성은 별로 크지 않다. 너는 목적지에 '도착할 것이다.' 그것은 확실하다. 하지만 그런 도착을 경험할 '주체'가 누구냐는 선택 사항이다.

영원의 관점에서 보면 '너' 혹은 너의 '미래' 육신들 중 누가 그 궁극적 육신이 되는가를 논하는 것은 부질없다. 그리고 지금 당장 육체를 떠나고 그 과정에서 현재의 정체성을 포기한다고 해서 실패를 의미하는 것도 아니다. '너'는 여행의 일부이기 때문이다. '너'는 집으로 향하는 여행의 경험을 위한 셀 수도 없이 많은 도구 중 하나다. 그 경험은 네가 너 자신에게 주기로 선택한 것이고 네가 즐기기 원했던 것이다. 인식 전환 과정이 열매를 거두는 데 심지어 '깨달은' 사람조차 많은 생이 걸릴 수도 있다. 그리고 비록 이 시간과 이 장소라는 착각이 그 형태와 그 에너지 진동의 성격상 전환을 하고 있는 중이라고 하더라도 '여기 지금'에 대한 너의 인식 자체는 여행 내내 너의 현실로 남게 될 것이다.

그 계속되는 여행을 물리적 관점으로 경험하기 위해 형태를 가진 화신으로 태어나겠다고 선택했다면, 네가 지구라고 부르는 직선적 장소에서 직선적 시간이라는 문맥 속에서 여행하게 될 것이다. 하지만 직선적 기억과 함께하는 자아 인식, 쉽게 말해 이른바 '전생' 개념은 '여기'서 이제 그 많은 역할을 완수할 것이다. '여기' 존재하는 모든 것과 '하나'인 너를 한 번 경험하고 나면 다음 과정이 시작될 것이다. 그 단계가 너를 형태 세계의 다양한 구속 너머로 데려갈 것이다. 그 결정적인 문턱에 도달할 때까지 너는 계속해서 의식을 확장할 것이고, 그 결과 너의 의식은 네가 '너의 인생'이라고 생각하는 주제에 그때그때 강조된 변수들을 계속해서 포용해 나갈 것이다.

너는 인간성의 고양된 상태의 특징인 몇 가지 감각들을 인식하는 데 기쁨을 느끼기 시작했다. 그리고 그런 수준의 경험을 자유롭게 탐험하기 위해 삶의 우선권을 바꿔 왔다. 여행의 한 부분이 그렇다. 종주했다고 혹은 남들보다 빨리 갔다고 추가 '점수'를 받지는 않을 것이다. 여행 중 겪을 경험들을 즐기는 것이 너의 선택이었다. 그리고 아직 여행이 끝나지 않았기 때문에 스스로 자책하는 것은 바보 같은 짓이다. 가장 좋은 부분은 마지막에 드러날 것이기 때문이다.

영원과 너의 연결을 천천히 음미하라. 네 고유한 존재의 고양된 표현에 열려 있을 때 느껴지는 색다른 감각들을 온전히 경험하라. 그런 경험을 네 여행 일정에 '꼭 가야 할 곳'으로 표기하라. 그리고 가늠할 수 없는 것을 이해할 필요가 없음을 알아라. 대신 너에게 그 가늠할 수 없는 것을 완전히 '경험'할 여유를 주어라. 이 여행에서 네가 너에게 준 선택권은 이 생에서조차 무한하다. 너는 원하는 때 언제든 단순히 선택하는 것으로 삶의 방향을 완전히 바꿀 수 있다.

가장 위대한 기쁨으로 향하는 길을 가지 않겠다고 생각하는 것도 그것이 정당하든 정당하지 않든 존중받아야 할 선택이다. 정말 그렇게 선택했다면 그런 선택을 자극한 내면의 방향 에너지를 잘 알아차리고 그 선택을 완전히 포용하라. 의무감 같은 이타적인 느낌으로 마지못해 하는 선택은 아무 짝에도 쓸모 없다. 명쾌하고 기꺼운 선택은 실제로 실행되었을 때 무한한 답례로 돌아올 수 있다. 그리고 너는 기쁘고 놀랍게도 네가 선택한 덜 좋아 보였던 길이 더 좋은 길을 갔을 때 얻을 수 없는 풍성한 관점들을 가져다주는 것을 발견할지도 모른다.

육체적·감정적 느낌의 전체 음역을 넘나드는 인생 경험의 풍성한 변수들을 자신에게 허락할 것을 스스로 선택했음을 알아라. 너는 삶을 진실하고 의미 있게 만드는 깊이와 높이를 건드려 보지도 못한 채 표면만 여행하고 싶지 않았다. 그러므로 특정 방향이 다른 방향보다 상대적으로 더 좋음을 섣불리 예단하지 않았다. 그리고 여러 선택 중 어떤 선택이 사실 가장 풍성한 보상을 줄지 전해 들은 것도 없었다. 옳은 선택도 틀린 선택도, 없다. 단지 선택이 있을 뿐이다.

네가 현재 발전 단계에서 겪는 인생 경험은 개인적으로 좋아하는 점들을 고려해 너를 기쁘게 하기 위해서만 마련된 선택권들이 쭉 나열된 메뉴판 같은 것이다. 지금 일어서서 걸어 나가 굶어 죽을 것을 선택하는 것도 너의 자유다. 언제나 가능한 선택이다. 하지만 네 여행의 지금 단계라면 그런 선택을 하기가 쉽지는 않을 것이다. 어떤 선택을 하느냐는 중요하지 않다. 중요한 것은 결단의 에너지로 일생의 선택을 하고 그렇게 선택한 길을 가장 큰 의지로 지지해야 한다는 것이다.

주저하는 에너지는 선택을 실행하며 최선의 결과를 가져오는 데 전혀 도움이 되지 않는다. 어떤 선택에서든 주저하는 에너지 진동은 모든 가능한 진동을 본질적으로 둔화시키기 때문이다. 삶의 어떤 경험이든 그 경험으로부터 가능한 최고의 결과를 끌어내려면 완전히 몰두해야 한다. 어디서 어느 순간 어느 방향으로 어떤 문제를 갖고 있든 의지 에너지 밸브는 최대한 열어 두어야 한다. 어중간하게 하는 일은 안 하느니만 못하다. 그럼 절대 네가 원하는 결과를 가져올 수 없다. 과거에 원하던 대로 되지 못한 일들을 떠올려 보라. 그때 너의 접근 방식을 되돌아보면 진정으로 완전히 몰두하지 않았음을 알게 될 것이다. 너에게 주어진 방향을 완전히 지지한다면 당연히 그것은 네가 선택한 길이 되고 너에게 좋은 결과를 부른다. 그 반대일 수는 없다.

모든 선택에서 몰두하는 접근 방식을 따른 덕분에 그 안에 내재하는 힘을 일단 한 번 맛보았다면 너는 네 앞에 나타난 선택권에 내재하는 강력한 잠재력을 진정으로 이해하기 시작한 것이다. 그리고 과거에 여러 이유로 생각해 본 적도 없는 여러 경험들 속에서 너를 기다리고 있는 보물들을 인식할 것이다. 살면서 너의 결정에 기반이 되었던 이른바 '이성'은 네가 최고의 가치로 칠 방식으로 최고의 보상보다 못한 것들을 갖는 상황에 대한 합리화일 뿐이다. '이성'은 곧 주저함을 뜻하고 다른 방향과 비교해서 이 방향이 더 좋다는 상대적인 판단을 뜻하기 때문이다.

일단 선택을 했다면 그 경험이 최적의 결과를 가져오는 데 '이성'은 부적절한 도구이다. 선택을 하라. 그리고 완전히 그 선택 안에 있으라. 그리고 그때 네 경험이 발휘하는 역량을 지켜봐라. 네가 하는 모든 일에 에너지적으로 존재할 것을 선택하라. 네가 원하든 원하지 않든 너는 네가 하는 모든 일에 에너지 적으로 '존재하기' 때문이다. 네 인생 경험은 간단히 말해 그런 사실에 대한 네 알아차림의 반영이다.

지금 여기에 있어라. 이런 말을 많이 들어 보고 너희들 중에 현명한 사람들이 그렇게 쓴 것도 많이 읽어 봤을 것이다. 이 말보다 더 위대한 선물은 없다. 너는 이미 큰 결정을 내렸다. 너는 이 시간의 틀 속에 태어날 것을 선택했다. 너는 지금의 정체성을 선택했고 현재 그 속에서 여행하고 있다. 다시 한 번 말하지만 너는 네가 선택한 인생 주제를 너로 하여금 탐험하게 하기 위한 기반을 제공하는 환경을 선택했다. 그리고 너는 지속되는 기쁨과 행복을 위해 육체적 경험의 착각이 주는 한계를 초월하고 그 육체의 형태라는 맥락 속에 내재하는 신성을 인식할 것을 선택했다.

다른 가능한 선택들은 네가 이미 몸과 마음과 영혼을 다해 지지하고 있는 그 선택과 비교하면 아무것도 아니다. 그 정도로 몰두하며 (온 마음을 다해) 삶에 접근할 때 가능한 모든 인생 경험에 내재하는 모든 홀륭한 보상을 받게 될 것이다. 그리고 너는 인간의 조건 안에서 무엇이 가능한지 발견하기 시작할 것이다.

인간적임의 한계를 초월할 수 있으려면 먼저 인간적임을 경험하는 일에 완전히 몰두해야 한다. 그때, 오직 그때만 육체의 한계에 너를 붙잡고 있는 끈을 풀기 시작할 것이다. 그때만 육체 개념에 기반한 '지금 여기'를 초월할 준비가 되고, 네가 준비될 때를 기다리고 있는 '영원성'의 경험을 맛보기 시작할 것이다.

28

• 혼합 현실의 성질, 그리고 변화와 다양성
• 평행 존재하는 현실들을 인식하고 통합하기

지금 네가 알고 있는 세상과 지금 네가 상상하기도 힘든 세상 사이의 본질적인 차이는 한계의 정도에 있다. 너는 이런저런 한계로 무장한 채 인생을 인식한다. 이 한계는 일종의 보호 수단으로 생겨났다. 그 보호 수단 덕에 너는 네가 육체를 갖고 태어난 세상에 에너지적으로 맞는 인식 수준에서 행동할 수 있다. 그러나 지금 네가 살고 있는 세상은 네가 태어난 세상과 다르다. 그리고 너의 인식을 제한하는 용도로 고안된 그 한계의 구속들이 점점 더 급격하게 해체되고 있고, 그 결과 너는 세상의 본성을 이해하면서 정말로 존재하는 것에 대해 천천히 깨달아 가고 있다.

네 현실의 근본 성질을 구성하는 에너지 진동 자체가 가속화하면서 네 현실의 근본 성질이 계속 진화할 것이고, 따라서 세상의 본성에 대한 너의 이해도 급진적으로 변할 것이다. 현재의 많은 정의들에 도전하는 세상이 너의 현실이다. 네 물리적 현실의 토대를 형성하는 중요한 진실들이 구조 자체가 무너지고 있는 세상을 지지하기는커녕 모른 척하고 있기 때문이다.

네가 현실을 보는 수단인 한계의 렌즈들은 뜻하지 않게 여러 변화를 겪어 왔다. 그리고 지금 네가 인식하는 것은 늘 거기에 있다고 늘 말해지던 것과 많은 새롭고 초자연적인 것처럼 보이는 것들의 혼합이다. 하지만 너의 세상을 구성하는 혼합체에 전혀 아무것도 더해진 것이 없음을 알아라. 지금 네가 인식할 수 있는 것들은 모두 에너지적으로 처음부터 그곳에 존재했다. 네가 그것들의 에너지 진동 구성의 특정 요소들을 탐지하지 못했을 뿐이다.

너의 에너지 진동이 계속 가속화하면서 네가 이전에 알아채지 못했던 너의 세상의 층들이 계속 드러날 것이다. 이제 커튼을 연 것이라 할 수 있다. 이제 너의 의식은 너의 세상이 기대하거나 준비하지 못했던 복잡한 수준과 싸우게 되어 있다.

네 세상 곳곳에 권위적 구조들을 제공하는 기관들은 그들만의 '신조'들을 위협하는 증거들에 대처하는 데 어려움을 겪게 될 것이다. 그 '신조'들이 네 세상의 소위 말하는 '사실'의 기반이었다. 하지만 '사실'의 기반은 신조가 아니라 인식이다. 인식되는 순간에만 사실은 사실일 수 있다. '현실'은 '지금 이 순간'에만 존재하기 때문이다. 그리고 네가 '미래'로 인식할 '지금 순간'에서는 특정 '사실들'의 경우 견고한 기반은커녕 아무런 기반도 가질 수 없게 될 것이다.

요지는 인식 전환 과정의 본성에 주의하라는 것이다. 그런 경향이 너로 하여금 사실에 입각한 것으로 알려지고 받아들여지는 것들을 그 반대의 증거들에 비추어 조사하고, 그런 개념들의 성립에 책임 있는 사람들을 비판적으로 보게 할 것이다.

현재의 조건들을 고려할 때 네 현실의 조건들이 기반을 둔 '사실들'이 그대로 남아 있기를 기대할 수 없다는 것이 진짜 사실이다. 그런 구조들 일부의 윤곽을 그리는 데 공헌한 과거 현자들이 잘못 판단하고 분석했다는 뜻이 아니다. 다만 물리적 현실의 성질에 근거할 때 결정적이고 최종적인 진리는 원칙상 불가능하다는 것을 지적하려는 것이다. 지금 진리로 간주되는 것은 모두 매우 많이 반박당할 수 있기 때문이다.

네 현실의 천태만상이 그 속의 모든 존재에 의해 매 순간 바뀌고 있다. 그리고 너희가 집단으로 공동 창조하는 그 혼합 세상은 그런 변화의 단순한 반영이다. 한때 '기적'이라 불렸던 일들이 이제 매우 흔한 일로 보일 수 있다. 과거에 발생했던 기적이라고 하는 것들이 기적이 아니었다는 뜻이 아니다. 과거의 기적들은 직선적 시간의 틀이라는 문맥 속 그것들이 발생했던 그 시대의 관점에서 보면 분명 기적이었다.

네가 부분적으로 기여하고 있는 변화의 가속 에너지를 고려할 때 현재 기적이라 할 만한 일은 얼마 안 가 매우 평범한 일이 될 가능성이 크다. 장막이 계속 걷히고 가속화한 에너지 내 여러 조건 아래서 실제로 가능한 것들이 계속 발견되면서, 과거에 기적이라고 불린 많은 것들이 다시 한 번 상기될 것이다. 변화의 거대한 조류 속에서 희미하게 사라지려고 말이다.

인식 전환 과정이 계속 변하는 과정임(무상함)을 자꾸 의식하는 것이 중요하다. 그러면 과거에 무엇이 이랬고 저랬다고 말하는 관념 논쟁으로 시간을 낭비하지 않아도 될 것이다. 너의 직접적인 경험이 현재에 그렇다고 보여 주는 것만이 의미 있다. 너는 변화의 가속 에너지에 조건화될 것이다. 너를 둘러싼 그 가속 에너지가 계속 가속을 더하고, 그 속도에 맞게 너도 에너지적으로 계속 상승한다면 말이다.

삶의 경험을 공유하는 다른 사람과 너의 관점이 극적으로 다를 수 있다. 너는 누구의 인식이 '옳고' '그르냐'를 따지느라 괴로워하느니 관찰자의 입장에서 그렇게 많은 다양성을 목격할 수 있음에 감탄하는 자세로 그 상황에 대처할 수 있다.

네가 만나는 다른 사람들의 사고방식을 제대로 이해한다면 너는 매 순간 생겨나는 혼합 현실을 제대로 볼 수 있다. 너와 타인의 사고방식을 전체적으로 조망하는 것이 지금 시기를 위해 네가 선택한 일이었다. 다시 말해 너는 지금 네가 네 세상의 물리적 현현을 인식하기 위해 필요로 했던 그 허점 많은 관점을 초월하게 하는 경험을 선택한 것이다.

거의 동시적인 시간의 흐름 속에서 무수한 유사 관점들을 경험할 때가 멀지 않았다. 직선적인 논리에 모순되는 개념들에 직면할 때 어떤 사람들은 자신이 제정신인지 의심할지도 모른다. 하나의 문제를 둘러싸고 서로 모순되는 두 가지의 일 혹은 심지어 더 많은 일이 동시에 벌어질 수 있다. 그때 어떤 일련의 상황이 '진짜'인지 궁금해하는 것은 초기의 단계라면 당연한 반응이다. 이런 상황이라면 주어진 문제에 대한 그 모든 일이 본질적으로 다 '진짜'이다. 주어진 모든 일련의 상황들에 대한 모든 가능한 버전들이 다 항상 '진짜'였다. 주어진 문제에 대한 다양한 버전의 다양한 변수들이 펼쳐졌던 것이다. 하지만 지금까지는 오직 한 버전만이 '현실'로 인식될 수 있었다.

'너'의 혼합 자아를 통일된 관점 속으로 통합시킬 때, 너는 '너'를 구성하는 측면들이 각자 기거하면서 적절한 경험을 하던 '현실들'을 죄다 하나로 합치는 데도 성공한 것이다. 그 평행하게 존재하는 자아들을 합쳤던 초기 에너지와 그 자아들이 집으로 삼고 삶을 스스로 경험하는 현실들이 안정되기 시작하면, 네 인생의 무대 속 다양한 변수들이 하나로 합병되고 너는 그것을 하나의 연합 관점으로 인식할 것이다. 그런 전환이 일어나는 순간에는 의식이 그 현실들의 혼합 안으로 빠른 간격으로 들어갔다 나왔다 할 수 있다. 또 그 혼합 세상의 에너지 진동의 다양한 조합들을 대거 인식하게 될 것이다.

지금까지 그런 경험은 공상 과학 영화에서나 있는 일 혹은 정신 착란의 결과쯤으로 치부되었다. 상승 과정의 일환으로 자아의 다중 측면들의 통합을 성취하기 시작할 때 물건을 나타나고 사라지게 하는 일쯤은 쉽게 할 수 있을 것이다. 그런 경험을 무형의 의식의 부분에서 일어나는 부정 행위의 증거로 치부하지 말아라. 그 경험은 뭔가 잘못되었다는 뜻이 아니라 뭔가 잘되어 가고 있다는 뜻이기 때문이다.

그런 경험을 할 때 공포에 사로잡히는 것은 당연한 반응이다. 그리고 그런 경험들은 초기에 너희 세상의 권력자들에 대한 심판 기준으로 작용할 수 있다. 그런 경험들이 기존의 전문 지식들이 잘못되었거나 구식임을 증명할 것이기 때문이다. 그때 너의 현실에서는 무엇이 '진실'이고 무엇이 '거짓'인가에 대한 큰 논쟁들이 잇달아 일어날 것이다.

대변동 초기에는 에너지가 불안정하기 때문에 초자연적인 일들이 만연할 것이고, 따라서 공포에 기반을 둔 반응들이 전면에 드러날 것이다. 하지만 바로 그때 극적으로 전체 인류가 현실 경험의 무상함을 분명히 받아들이게 될 것이고, 전체 인류의 집단적 사고방식 속에 전환이 일어날 것이며, 너희 세상의 본질 자체가 다른 옥타브의 경험으로 솟구치게 될 것이다.

하나의 '기준'에서 다음 단계의 '기준'으로 변화하기 위해 필요한 시간은 그 일에 참여하는 사람 각각의 개인적인 전망에 따라 다양할 것이다. 그 전환의 최선두에서 현실을 경험하고 있는 사람들은 이미 그 변화의 효과를 느끼기 시작했다. 그리고 '초자연적인' 경험을 일상적으로 점점 더 자주 경험하고 있고 그것을 증명할 수 있는 사람도 많다. 한편 너의 세상에는 그런 변화 과정을 전혀 느끼지 못하는 것처럼 보이는 사람도 많은데, 그들은 앞으로도 한동안 곧 쓸모없어질 현실을 계속 경험하기를 선택할 것이다.

이 시기에 너는 네가 경험하는 것에 계속 주의를 집중해야 한다. 무슨 일이 벌어지고 있는지 아는 네가 할 수 있는 좋은 일이 바로 그것이다. 다른 사람이 무엇을 경험하고 하지 않는 문제에 너의 정신적 에너지를 대거 투입하는 것은 네 개인적 과정에 불필요하다. 다른 사람들이 모두 인정하는 현실이 있다고 해도 그것이 단 1초라도 너의 여행을 지배할 수는 없다. 너의 여행은 네가 지배하는 것이다. 친한 친구, 친척, 혹은 생판 남인 사람들에게 진실인 것이 꼭 너에게도 진실인 것은 아니다.

너의 여행은 너만의 과정에 맞게 맞춤 제작된 것이다. 다른 사람이 따라 할 수 없는 너만의 경험을 하는 데 '틀리'거나 '비정상'인 것은 없다.

매 순간 경험하는 현실이 네가 있는 수준에서 투사한 에너지의 시각적 재현임을 알아라. 네가 짜고 있는 복잡한 드라마, 그것을 위해 캐스팅한 주요 배우들이 지금 네가 파헤치려 하고 있는 미스터리이다. 드라마 속 매번 재현되는 일부 에피소드에 내재한 불운의 에너지를 바꾸고 싶다면 그 에너지가 부르는 경험을 깊이 탐닉해야 한다. 일생의 문제라 할 만한 특정 경험을 자석처럼 반복해서 끌어들이는 배후 정서를 완전히 느껴보는 데 일단 성공했다면, 안개 속에 네 의식을 가둬뒀던 현실들과 연결된 에너지를 끊기 시작한 것이다.

경험의 다양한 범주들에 초연하려면 그런 경험을 지지하기 위해 조직된 현실들에 에너지적으로 너를 묶어 두는 감정들을 반드시 풀어야 한다. 너는 모든 경험 수준에 있기 마련인 필수 감정 요소들로 곧장 돌진할 때 네 인생 드라마와 그 드라마가 펼쳐지는 무대를 동시에 바꿀 수 있음을 발견할 것이다.

가장 당혹스러운 문제에 직면하는 것으로, 그 문제를 야기할 조건들을 너에게 끌어들이는 세상의 모든 것을 피하지 않고 '관통'할 수 있다. 인생 문제의 모든 범주들을 하나씩 풀어 가면서 너는 여러 세상이 충돌하고 있음을 말해 주는 극적인 증거들을 보게 될 것이다. 여러 세상의 현실들이 새로운 공통 토대 위에서 서로 합병하기 때문이다. 그리고 그런 너의 경험은 여전히 익숙한 풍경에 새로운 수준의 화합을 부를 것이다.

네가 처한 환경은 본질적으로 예전과 '같겠지만,' 하나의 존재로서 변화를 의식적으로 더 잘 알아채게 된 너는 그 구조의 질이 극적으로 바뀌었음을 발견할 것이다. 원칙적으로 너는 같은 지역에서 네 인생극장 속 같은 주인공들과 교류하며 살겠지만, 교류의 특정 범주들의 기초는 명백히 예전과 같지는 않을 것이다.

연기를 위한 약속된 큐 사인을 잊어버리기라도 한 듯이 해묵은 갈등이 급작스럽게 다시 나타날지도 모른다. 하지만 너는 이제 상황 속에 단순히 '존재'함을 알아차릴 수 있을 것이다. 상황이 너를 자극하거나 선동하지 못하는 것이다. 다시 말해 너는 관계에 끌려 들어가지 않는다. 한때 너로 하여금 가능한 모든 방법으로 거칠게 반응하게 했던 상황에서 너는 이제 관찰자 역할을 하고 있는 스스로를 관찰하기 시작한다. 이제 너는 단지 '존재하는 것'에 만족한다. '관여하고 싶은' 혹은 도망가고 싶은 충동이 전혀 일어나지 않을 것이다. '어떻다'라는 알아차림과 그 안에 부분적으로 존재하는 스스로에 대한 알아차림만이 있으니까 말이다.

자아들이 더 큰 자아로 통합하기 위한 커다란 에피소드가 있었다면 에너지 안정을 위한 기간이 그 뒤를 따르기 마련이다. 그러한 전환의 성격을 가진 극적 국면에서 벗어나 일시적으로 평화로운 시기가 올 것이다. 너는 너를 위해서 삶이 네가 중요하게 생각하는 것들을 재평가할 공간을 마련해 줄 것이다. 하나의 현실이 더 큰 현실로 통합되는 경험은 네가 새롭게 발견한 존재의 상태를 더 적절히 반영하는 일이다. 그런 일을 겪은 후라면 삶이 너에게 주는 평화의 시간 동안 네가 급격하게 변하는 것은 충분히 있을 수 있다. 이런 일련의 과정은, 시대에 뒤쳐진 네 정체성의 불필요한 장신구들을 네가 계속 벗겨 내는 한 앞으로 거듭 반복될 것이다.

네가 지금 겪고 있는 변태 과정은 살아 있는 한 계속될 것이다. 그 과정은 정상에 도착해 편안히 앉아 쉴 수 있는 과정이 아니기 때문이다. 그 과정은 계속 새로운 광경을 봐야 하는 여행이다. 지금 막 정복한 산의 정상에서 내려다본 경치는 앞으로 나아가기 위한 자극제다.

29

제대로 인식하고 의식하는 상태로 가는 데 특별히 정해진 길은 없다. 특정 현실이 제공하는 경험을 공유하며 유사한 여행을 하고 있다고 해도 너희 각자를 위한 춤의 안무는 다 달라서 그 어떤 사람도 너와 똑같은 안무를 받을 수는 없다. 그러므로 여행의 지금 단계를 특징짓는 현상들의 일반화는 가능하지만 너만의 경험이 그런 일반화에 꼭 들어맞을 거라 장담할 수는 없다.

어떤 사람은 인식 전환 과정의 특정 측면만을 시리즈마냥 연장해 반복 경험할 것이다. 억압된 의식 단계에 자신을 잡아 두는 특정 요소만 집중적으로 파헤치기 위해서다. 또 어떤 사람은 의식을 송곳으로 거듭 파헤치는 아픔을 겪지 않아도 경험의 본질을 즉시 깨달을 것이다. 선택은 너희 각자가 하는 것이다. 그리고 그 선택이 너만의 독특한 여행의 성격을 결정할 것이다.

전통적인 길들이 많이 있어 '신성'과의 연결을 지속적으로 깨닫는 단계로 구도자들을 이끄는 공식들을 제공한다. 사람들은 끊임없이 '신성'과의 연결을 열망하고 그 유서 깊은 방법들이 그들로 하여금 영적 경험을 하는 데 어느 정도 도움을 주었다. 하지만 가능한 최고의 인식 수준에 도달하기 위해 꼭 그런 전통적 방법들이 말하는 영적 훈련을 '받아들여야' 하는 것은 아니다.

하나임을 깨닫는 방법이 나열되어 있는 메뉴판에 메뉴는 무한하고 따라서 너의 선택권도 무한하다. 네가 목적지로 가기 위해 선택할 수 있는 길이 무한하다는 말이다. 어떤 사람들이 이미 발견하고 계발해 놓은 길도 많다. 그 길의 정교한 체계들을 신중히 따르기만 하면 여행을 어느 정도 예측할 수 있고 따라서 편하게 갈 수도 있을 것이다. 하지만 그런 접근 방식이 다소 '기계적 그림 그리기' 같아서 맞지 않는 사람도 있다. 어느 길을 선택하든 결과는 캔버스 위에 고스란히 드러날 것이다. 너만의 예술 작품을 창조하는 과정을 경험하는 데 어떤 방법을 이용하는가는 네가 선택할 문제다.

너는 남들이 많이 걸어간 길을 걷고 싶을지 모른다. 다른 사람들과 함께, 지도와 안내서를 여러 권 챙기고, 기꺼이 길을 안내할 선생들까지 모셔 가며 여행하고 싶을 수 있다. 하지만 어떻게 여행하든 모든 여행은 결국 내면으로 향하게 되어 있다. 안내자와 안내서는 내면으로 들어가는 문까지만 데려다 준다. 기반을 마련했으면 결국 고독한 여행이 뒤따를 것이고 아무도 너의 길을 그대로 따라갈 수 없다. **하나임**으로 향한 신성한 여행을 완수하기 위해 꼭 세상이 인정하는 영적 체계를 선택해 수련하거나 기존 종교에 귀의할 필요는 없다.

그런 선택을 하고 싶을 수는 있다. 그리고 그렇게 해서 '신성'과의 연결을 강렬하게 느끼고 대단한 만족을 느낄 수도 있다. 하지만 그렇다고 그런 선택이 다른 구도자에게도 적당하다는 뜻은 아니다. 다른 사람이 똑같이 선택하면 유사한 결과가 나올 거라고 기대해서도 안 된다. 기존의 길을 따르는 것으로 여행 기간을 단축하겠다고 선택한 사람도 많고 시간은 좀 걸리겠지만 내면의 성소 안에서 길을 찾겠다는 사람도 많다. **하나임**으로 가는 길에는 옳은 길도 틀린 길도 없다. 무한한 길 중에 어떤 길이 지름길에 속하는지 알 수도 없다. 예측도 할 수도 없다. 각각의 여정이 모두 독특하기 때문이다.

직선적 시간에 지배받는 마음속에서 생각만 열심히 하기보다는 직접 과정에 들어가 경험하다 보면 어떤 영적인 길을 갈지 결심하기가 더 쉬울 것이다. 책에서 읽었고 어디서 들었고 누구에게서 배운 영적인 길에 대한 좋은 조언들은 별로 중요하지 않다. 너만의 경험이 말하는 것이 더 중요하다. 영적 깨달음으로 향한 다양한 접근법들의 상대적인 장단점들을 비교하되, 진실 혹은 거짓을 느끼는 너만의 내면의 마음에 가장 집중하라.

네 개인적인 경험이 아니라면, 특정 방법들이 수천 년 동안 말해지지 않은 결과를 가져온다 해도 별 소용이 없다. 어느 정도 시간이 지났는데도 너만의 경험이 적절한 보상을 내놓지 않는다고 해서 주어진 기술이나 훈련에 네가 부적합한 것 같다며 의기소침하지 마라. 잘못은 그 훈련이 '행해지는' 방법에 있는 것이 아니라 네가 그 '행위'로 끌어들이는 에너지에 있을 수 있다.

마음 한쪽은 다른 곳에 두고 주저하는 마음으로 노력한다면 결과는 만족스럽지 못할 것이다. 마음이 '의무적으로' 선택한 구도의 길이라면 결국 실망하기 쉽다. 반복을 즐기기보다는 참아 내면서 마지못해 수련할 때 네가 선택한 방법은 그것이 무엇이든 헛될 것이다. 어떤 접근 방법을 택했든 그 방법의 에너지 진동은 그 방법 내 훈련 메커니즘의 성질 때문이 아니라 그 훈련이 너를 이끄는 방향에 네가 완전히 몰두하느냐 아니냐에 따라 달라진다.

특정 기술의 습득에 '성공'하느냐 '실패'하느냐는 그 기술 자체와는 아무 상관이 없다. 오히려 그 기술에 접근하는 너의 방식이 기쁜 에너지인지 그렇지 못한 부정적인 에너지인지에 달려 있다. 예를 들어 명상을 시작할 때 마음속으로 '시간 낭비'라고 생각하거나 '이걸로는 아무것도 얻을 수 없어.'라고 생각한다면 너는 확실히 아무것도 얻지 못하고 시간 낭비만 할 것이다. 너만의 훈련 방식에 집착하지 않고 과정 자체에 몰두할 때 너는 멋진 경험을 위한 기초를 쌓기 시작할 것이다. 좋은 결과를 기대하는 것은 영적 수련에는 아무런 쓸모가 없을뿐더러 좋은 결과를 얻는 데 오히려 가장 큰 장애다. 수준 높은 수용성의 상태에서 순간에 존재할 때 너는 모든 영적 훈련에 가장 중요한 재료를 얻은 것이다.

마음이 이끄는 곳으로 가는 한, 공경하는 마음으로 선조들의 발자취를 따라가든 아무도 가지 않은 길을 가든 상관없다. 의무감으로 어떤 길을 가거나 하기 싫은 훈련을 계속하는 것은 무의미한 짓이다. 주저하는 에너지가 모든 가능한 긍정적 결과를 불가능하게 만들기 때문이다.

'신성'과의 연결을 드러내는 수단을 선택하는 데 죄책감과 부끄러움이 설 자리는 없다. 그 불운한 감정들이 너로 하여금 과거 조상들이 갔던 길에 집착하게 하는 근본 원인이든 혹은 버려진 기억에 대한 감정적 찌꺼기든, 주저하는 에너지는 네가 선택한 방향에 내재하는 잠재적 달콤함에 신맛을 끼얹는 것이다. 너의 방향을 결정하고 그 결정에 만족하고 그 결정을 깊이 사랑하라. 그럼 가는 동안 내내 성장할 수 있는 길을 이제 막 나선 것이다.

보편적 열망의 하나인 영적 성취는 어떤 단체를 선택하느냐 혹은 어떤 의식을 거행하느냐 하지 않느냐와는 전혀 상관없다. 기쁨 가득한 '신성'과의 연결을 경험하는 것은 모든 문화와 신념의 장벽을 초월하고, 이는 태초부터 모든 종류의 존재들이 경험해 온 것이다.

어떤 길이 유일한 진리라거나 어떤 사람들이 '선택된 존재들'이라는 주장은 절대적으로 잘못된 것이다. 두려움 가득한 인간이 창조해 낸 말들일 뿐이다. '신성'과의 연결이라는 진실을 인식할 것을 자발적으로 선택한 존재들이 다 '선택된 존재들'이다. 그 선택은 외부에 존재하는 신이 너에게 지시한 행위가 아니기 때문이다. 그 선택은 네 안에 있는 '신성'으로부터 나온 것으로 모든 존재의 연결에 대한 긍정이기 때문이다.

진정한 자아는 '선택되는 것'에서 자기 정체성을 찾지 않는다. 그런 선택이란 타인은 물론이고 나아가 '원천'으로부터도 분리되었다는 증명이기 때문이다. 너희는 사실 '내가' 선택한 것을 '내가' 구현한다는 것을 알고 있고, 매번 숨 쉴 때마다 자신이 내린 선택을 긍정해 주는 존재다.

그런 존재의 상태를 드러내는 데 기존의 종교 의식을 이용할 수도 있다. 그것은 너희 개인의 선택에 달렸다. 물론 **하나임**의 상태를 얻고 유지하기 위해 그런 의례 의식이 꼭 필요한 것은 아니다.

너희는 기꺼이 두려움을 멍에처럼 지고 인간이 만든 세상의 모든 독단이라는 무거운 보따리를 메고 힘들게 걸어왔다. 그러는 동안 너희가 구했던 '신성'으로 향한 길은 쭉 뻗은 길이 아니라 복잡한 우회로였다. 너희에게 독단을 가르친 사람들도 대개 누군가로부터 그렇게 잘못 배운 것이다. 특정 숭배 양식에 너를 묶어 두기 위해 고용된, 두려움을 이용한 기술들 자체가 그런 기술을 너에게 가르치는 바로 그 선생들의 심장을 옭아매는 데에도 똑같이 사용된 것이다. 하던 일을 멈추고 두려움을 이용한 종교 체계에 대해 질문해 보면 영적 독재를 영속시키려는, 그 종교 내 구조적으로 내재하는 동기들을 매우 쉽게 볼 수 있을 것이다. 그 종교들은 지금까지 너무 많은 사람에게 영적 독재를 휘둘러 왔다.

네가 알기를 갈망하는 신은 너에게 주어진 자유의지를 표현하고 싶어 하는 너를 통제하거나 벌주지 않는다. 지금까지 네가 육체 안의 '신성'을 경험할 기회를 잡지 못한 것은 단순히 남들이 말하는 특정 길로만 걸어왔기 때문이다. 너에게 주어진 선택의 자유는 무한했다. 네 내면의 '신성'을 표현하기 위한 모든 길들이 그 선택 안에 포함된다. 자기의식이 막 꽃을 피우기 시작한 바로 지금 이 시기에 네가 무엇이든 그리고 누구든 될 수 있다는 그 무한한 잠재성을 인식하고 원한다면, 그런 지혜를 표현할 것을 너에게 허락하는 선물을 줄 기회를 잡을 수 있다.

인간의 조건 속에 내재하는 자유의지는 무조건적이다. 너는 원하는 것이면 무엇이든 자유롭게 할 수 있고, 될 수 있고, 믿을 수 있다. 그것이 신이 너에게 부여한 생득권이다. 그리고 그 자유는 네 모든 행동의 결과를 제대로 수확할 수 있는 권리로 곧바로 이어진다. 네가 '너'를 위해 그런 체계를 만들었다. 그렇기 때문에 '너'는 선택한 대로 경험할 수 있어야 한다.

그러므로 생각 없이 남들이 정해 놓은 길을 따라가기만 하면 기대했던 결과를 얻을 수 있을 거라고는 정말이지 꿈도 꿀 수 없다. 당연히 사회가 너에게 그렇게 해야 한다고 가르쳤고 그 사회가 그렇게 가르칠 수밖에 없었던 것은 그 사회도 그렇게 배웠기 때문이다. 하지만 너의 본성은 그런 규칙을 깰 수밖에 없다. 네 본질과 뗄 수 없는 너의 한 부분이 네가 무한한 능력의 소유자임을 잘 알고 있기 때문이다. 그리고 그 한 부분이 너를 구속하려는 장벽들에 저항할 것이기 때문이다. 그렇게 하기 위해 너는 그 장벽들을 그곳에 둔 것이다. 네가 분노와 좌절을 부르는 장벽들을 만들어 내겠다고 선택한 것이다. '네가 아닌 것'을 그렇게 분명히 드러낸 것은 네 스스로 '너인 것'을 의심의 여지 없이 알기 위해서였다.

너는 너에게 가장 중요한 특정 문제들에 대해 가장 깊은 내면이 믿고 있는 관점들로 너를 인도할 환경을 자진해서 선택 창조했다. 우리의 말을 이해한다는 바로 그 사실이 영적 정체성에 대한 지각이 이 생의 최대 관심사임을 증명하는 것이다. 모든 '창조물'과 네가 **하나임**을 확실히 아는 단계에 도달하기 위해 너는 대개 네 내면의 본질적인 진실을 거스르고 파괴하는 일련의 장벽들을 만들어 너 자신으로 하여금 그것들에 대면하게 했다. 그런 시나리오를 창조한 목적이 너만의 '신성한' 본질을 남들이 다 동의하는 세상 속 집단 의지의 무게로 짓눌러 없애 버리는 것은 절대 아닐 것이다. 세상의 압력을 경험하는 이유는 네가 너에게 진실이 '아닌 것'이 무엇인지 확실히 알고 싶어 했기 때문이다. 그리고 네가 그런 지혜를 실질적으로 자유롭게 이용할 기회를 스스로에게 주겠다고 선택했기 때문이다.

너의 세상 전반에서 너를 유혹하고 있는 두려움에 기반한 독단적 사고들은 네가 아닌 모든 것들을 거듭 보여 주고 있다. 그런 사고 형식에 맞추려고 하면 분명코 참을 수 없이 불편할 것이다. 그러니 너는 걸어 나올 수밖에 없을 것이다. 독단적 사고에 기반한 종교들이 행하는 의례 의식들이 지나치게 물질적이든 혹은 단순히 영혼이 결여된 것이든 그것은 중요하지 않다. 어쨌든 너는 걸어 나올 수밖에 없으니까 말이다. 강요당했던 독단을 거부한 경험으로 너는 네가 선택해서 받은 압력에 대한 의무감을 완전히 벗어 버리는 법을 배울 것이다. 그것은 그 경험으로 얻을 수 있는 아주 중요한 교훈이다.

너의 종교가 독선적이라서 진리와 거리가 멀기 때문에 등을 지겠다고 결심했으면서도 동시에 죄책감을 느낀다면 너는 쓸데없는 짓을 한 것이다. 반면 독선적인 신념 체계에 계속 집착하고 그런 자신에게 분노한다면 그것도 쓸데없는 짓이다. 두 경우 모두 감정과 행동이 서로 따로 놀고, 그럴 경우 모순의 에너지가 신앙 생활 속에 내재하는 좋은 잠재력을 없애 버리기 때문이다.

참으로 많은 너희들을 해치고 있는 의무의 구속에서 진정으로 자유롭고 싶다면 네 충성의 대상을 바꿀 필요가 있다. 너의 의무는 길을 잘못 안내받은 구도자들이 세대를 거쳐 전해 준 이른바 '진리'를 따르는 것이 아니다. 너의 의무는 너의 마음 깊은 곳에서 발굴해 낸 진리를 따르는 것, 오직 그것만 따르는 것이다.

너희들 각자에게는 오직 하나의 진리만이 '존재한다.' 바로 '나'의 진리 말이다. 군중의 힘에 압도당해 특정 사고 집단에 가입하였는데 그 집단이 말하는 개념들이 네 내면에서 진리로 알고 있는 것에 위배된다면, 영적 헌신의 개념 자체에 모순되는 일이다. 영적 헌신의 올바른 개념 자체에 모순되는 일을 하는 것, 그것이 태곳적부터 전 역사를 통틀어 너희 인간을 서로 분리시킨 난제였다. 그리고 지금 모든 인간이 그 난제를 공유하고 있다. 너희들을 구분하고 나누는 다른 점들은 너희들이 단일화한 존재로서 하나의 종이 될 때 결국 모두 다 포용할 개념들일 뿐이다. 지금 이 변형의 시대는 특별히 그런 다른 점들을 초월하게 하는 가속 에너지를 갖고 있다.

역사를 돌아보면 문화가 다르다는 이유로 인간이 동료 인간들을 거의 예외 없이 서로 늘 비난해 왔음을 볼 것이다. 한 사람이 뭔가를 정확히 인식하여 그 인식이 '진실'이라고 판단하면 다른 사람의 다른 인식이 자동으로 '거짓'이 되었다. 하지만 이제 너희들 사이에 존재하는 무수한 다른 점들이 거짓으로 가득한 세상의 증명이 아니라, 너희들 각자의 존재로 인격화한 '신성한' 진실이 무한하다는 증명임을 너희 집단의식이 막 이해하기 시작했다.

너희는 모두 각자 독특한 비전을 갖고 있고 그 비전에 따라 경험하는

'신성'과의 연결 또한 서로 비교할 수 없다. 너는 다른 사람들이 쓰는 똑같은 말로 네 깨달음의 경험을 묘사할 것이다. 혹은 다른 사람의 말을 듣거나 글을 읽으며 네가 경험한 감정을 똑같이 묘사한다고 생각할 수도 있을 것이다. 하지만 언어는 경험의 본질을 묘사하는 데 한없이 부족하다. 전문가라고 하는 사람들이 영적인 길에 위안이 되는 믿을 만한 이정표들을 여기저기 많이 세워 놓았다고 해도 실제 경험은 너의 것이고 너만의 것이다. 언어는 너만의 '신성'과 연합할 때 느낌을 단지 살짝 건드리기만 할 뿐이기 때문이다.

그러므로 말을 할 때는 오직 너 자신을 위해 말하고 있음을 알아라. 너의 진실이 다른 사람의 진실이 될 수는 없다. 너희 각자는 자신만을 위해 맞춤 제작된 비전을 배달하도록 고안된 렌즈를 통해 인생 경험을 인식하기 때문이다. 다른 사람의 인식이 너의 인식과 모순된다는 것을 알게 되었다면 그것은 다름을 기쁘게 인정할 수 있는 일종의 기회이다. 다른 사람의 다른 인식이 너의 인식을 거짓으로 만들거나 무가치하게 만드는 것이 아니기 때문이다. 그 서로 다른 인식은 **하나임**의 혼합 비전 속 대조의 요소를 더 풍성하게 하는 것뿐이다.

중요하게 생각하는 문제에 전반적으로 같은 관점을 가진 사람에게 끌리는 것이 인간의 자연스러운 경향임을 알 것이다. 하지만 그렇게 유사함에도 불구하고 결국엔 미묘한 차이의 그림자가 표면에 떠오를 것이다. 그것은 그렇게 소중히 여기는 관점의 미묘한 부분까지 너희가 스스로 정확히 알고 싶기 때문이다. 다른 사람의 관점은 곧 너의 관점을 비추는 거울이다. 너희는 거울로 서로 대조해 볼 수 있는 선물을 서로에게 준다. 각자 상대의 관점을 더 분명히 인식할 수 있게 하기 위해서다.

'나'와 정확하게 똑같이 세상을 보는 사람을 한 번이라도 만나본 적이 있는가? 너희 중에는 아무도 없다. 원래 그런 것이다. 너희 세상 속 그런 서로 다른 점은 역사적으로 많은 전쟁과 서로를 겨냥한 대학살을 불러왔다. 하지만 지금은 그런 다른 점이 다양성 속에 잠재적으로 내재하는 조화로운 공존을 너희가 집단적으로 인식하도록 고무하는 일을 하고 있다. 모두 같은 음만 낸다면 화음은 생길 수 없다. 인생 캔버스에 모두 똑같이 좋아하는 색깔로 그림을 그린다면 전체 그림은 대비도 디테일도 없어 재미없어질 것이다.

너의 인식을 강화하려 다른 사람의 인식을 거짓으로 만드는 데 더 이상 에너지를 낭비하지 않는다면, 너는 모두가 공유하는 하나의 비전 속 모든 다양성이 다 타당해지는 공간을 창조하여 그곳에서 모두가 조화를 경험하게 하는 토대를 깐 것이다. 이것은 하나의 원칙으로, 개인들 사이, 문화들 사이에 모두 적용될 수 있다. 이 원칙은 결국 지금 너를 다른 사람으로부터 소외시키는 다른 점들이 곧 너희 모두를 연합시키는 힘이 되는 기반을 만들 것이다.

다른 사람의 비전 속 진실과 조화를 이루기 위해서는 먼저 너만의 진실을 보물로 여기고 보호해야 하며 너만의 진실을 받은 것을 영광으로 생각해야 한다. 인생 경험에 대한 너의 관점 속 진실을 인식할 때 너는 현실의 혼합 비전 속 돈으로 따질 수 없이 중요한 한 조각을 잡은 것이다. 다른 사람들에 휘둘려 너의 경험과 감각이 그렇다고 보여 준 것을 부정하려 들지 마라. 너로 하여금 너의 관점을 포기하고 집단의 사고방식을 받아들이게 하려는 압박은 반드시 올 것이기 때문이다.

네 현실의 모든 측면에는 권위자라는 이름으로 네가 '옳다'고 아는 것을 '틀렸다'고 느끼게 하는 존재들이 있다. 너의 세상을 윤색했던 위협의 역사는 개인들 각자가 그들만의 비전 속 진실을 자유롭게 표현했더라면 충분한 가치로 남았을 일들을 모두 제거하는 결과를 불렀다. 너의 비전을 지켜라. 그리고 네가 너이기 때문에, 그렇게 독특하기 때문에 너의 관점이 너의 관점임을 알아라. 현재 육체를 갖고 존재하는 너의 목적은 그 독특함을 구현하는 것이다. 다른 사람에게 너의 독특함을 강요하기 위해서가 아니라 너의 독특함을 너 자신에게 분명히 보여 주기 위해서다.

그러므로 단순히 (다른 사람의) 이 비전에서 (또 다른 사람의) 저 비전으로 옮겨 가려는 목적으로 문화적 조건화를 거부하며 너를 바꿈으로써 영적 성장에 접근해서 안 된다. 설사 너의 목적이 너의 비전을 다른 사람에게 강요하는 것이라 보편성을 요구하는 것이라고 하더라도 말이다. 너의 비전이 신성한 것은 그것이 너만의 비전이기 때문이다. 네가 아는 것이, 그리고 그 네가 아는 것을 표현하려고 선택한 너의 방법이 타당함을 다른 사람에게 설득할 사명은 너에게 없다. 너의 사명은 네가 발견한 그 금광을 너 자신을 위해 깊숙이 그리고 샅샅이 파고 개발하는 것이며 동시에 다른 사람에게도 네가 누린 그런 자유를 허락하는 것이다.

곧 다가올 시대에 너는 일부 몽상가들이 인간 의식의 새로운 수준에 재빨리 길을 내며 독선의 포장지로 꾸민 이른바 '새로운 사조' 때문에 많은 일을 목격하게 될 것이다. 하지만 모두가 **하나임**이 되는 집단 경험(너도 그 경험을 하게 될 것이다.)은 멋지게 치장한 일련의 외부적 새로운 규칙이나 규정과는 함께 올 수 없음을, 너처럼 진정으로 눈을 뜬 사람들은 이미 알고 있다. 인간 의식 그 새로운 수준의 본질, 즉 새로운 진실은 모든 영적 통달의 저변에 깔려 있는 진실과 전혀 다르지 않다. '구하는 것은 안에 있다.'가 그 진실이다.

그 진실은 늘 그대로였다. 변한 것이 있다면 진실이 그렇다는 것을 이제 많은 사람이 알게 되었다는 것이다. 인간 역사를 통해 그 진실을 먼저 알았던 사람들은 그런 말을 하는 자신이 신성시되기를 절대 원하지 않았다. 그들은 단지 자신이 아는 것을 다른 사람들과 공유할 방법을 찾았던 일종의 자원봉사자들이었다. 다른 사람들이 자신과 같은 발견을 하도록 고무할 수 있으면 좋겠다고 생각했던 것이다. 그런 행위로의 충동은 인식 전환 과정을 거치는 동안 네가 내면으로부터 깨닫고 즐겨야 할 형언할 수 없는 희열이다. 재단에 모셔져 숭배받는 것은 너의 역사를 거쳐 갔던 '신성' 전령들이 원한 것이 절대 아니었다. 그런 숭배를 통해 인류는 지금 모든 창조물이 극복하려 고군분투하는 바로 그 단절의 상태를 확정했던 것이다.

너희들 각자가 모두와 하나라는 인식을 부르는 가속 에너지는 '새로운 시대'에 뚜렷하게 드러나는 것은 맞지만 온전히 새것은 아니다. **하나임**의 진리는 시간을 초월한 본질이다. 그리고 '존재하는 모든 것'의 절대적 토대다. 다른 사람들을 위해 길을 밝혀 주는 이 시대의 지도자들은, 진정한 길은 내면으로 이어지게 되어 있다는 사실을 모든 사람들에게 깨우쳐 주고 싶어 한다. 너의 시대 진정한 스승들은 너의 눈에 뛰어나 보이기를 원하지 않는다. 그들은 하나의 본보기를 보여 너희들 모두 각자의 눈에 뛰어나 보이는 비전이 가치 있는 것임을 보여 주려 한다.

길을 알고 있다고 주장하는 사람들이 던지는 메시지를 섣불리 믿지 마라. 전달된 메시지가 그 선생의 권력을 강화하는 데 쓰인다면 그의 발자취를 따르기 전에 매우 신중을 기하라. 이 시대에는 그가 아니라도 정신적으로 깨달은 사람이 많기 때문이다. 그리고 이 시대의 깨달음은 자신의 고양된 비전이 다른 사람의 숭배를 요구할 수 있는 기반이 아님을 잘 알고 있는 사람에게 주어진 선물이기 때문이다.

숭배의 자유는 신이 주신 생득권이다. 어떤 신앙의 길이 너를 위해 가장 좋은지 너보다 더 잘 아는 사람은 없다. 네 심장이 열정적으로 말하는 것을 네가 새롭게 발견한 영적 방향으로 위협 받게 될 사람들의 두려움 때문에 포기하지 마라. 그들의 길은 그들만의 선택임을 알아라. 그리고 가족 구성원이 특정 종교의 전통을 따르겠다고 선택한 것도 그 가족 구성원의 권리다. 하지만 그들이 너에게 그 종교를 강요할 권리는 없다. 지금의 가족에게 내려온 전통이라는 이유만으로 네가 그 종교의 의식에 참여할 필요는 없다. 참여하는 것이 기쁨을 준다면 그렇게 하라. 그럼 너는 최고의 선택을 한 것이다.

마찬가지로 네가 새롭게 발견한 영적 방향으로 가족이나 친구를 끌어들이고 싶은 유혹도 물리쳐라. 그들이 원하지 않는다면 말이다. 너의 길은 너만의 길이다. 다른 사람이 그들의 개인적 신념을 너에게 강요할 수 없듯 너도 그들에게 너의 신념을 강요할 수 없다. 네가 즐기고 싶은 자유를 다른 사람에게도 허락하라. 그럼 너는 네가 진심으로 가장 많이 다른 사람들과 나누고 싶은 것을 나누는 것이다.

네가 나누고 싶은 것이 있다면 본보기를 보여라. 너의 행동이 그 어떤 대단하고 설득력 있는 이론보다 훨씬 더 정확한 말을 하기 때문이다. 너의 선택에 놀란 사람들과 소통하는 데 너의 행동이 가능한 최고의 도구다. 너의 선택이 그들의 삶에도 영향을 미치는 경우 특히 더 그렇다. 현실에 대해 네가 새롭게 발견한 비전을 어떻게 너의 삶에 적용시켰는지를 그들에게 보여 주라. 한때는 대대적인 충돌을 야기했던 문제들에 이제는 네가 매우 잘 반응하고 있음을 그들이 볼 수 있게 하라. 그리고 그들에게 네 개인적 역사에 남아 있던 감정적 찌꺼기들을 제거할 때 어떻게 되는지를 보여 주는 산 증인이 되어라.

가깝지만 의심 많은 사람들(물론 그들이 그런 것도 네가 선택한 것이다.)과 네가 할 수 있는 가능한 최고의 의사소통 방법이 그렇다. 다른 사람과 제일 많이 나누고 싶은 메시지를 제일 그리고 싶어 하지 않는 사람에게 전달할 가장 강력한 방법이 그렇다. 너의 진실을 설파하는 것보다 너의 진실에 따라 살아가는 것이 훨씬 더 강한 영향력을 행사하기 때문이다.

네가 변태 과정을 거치며 진보하는 것을 많은 사람이 멀리서나마 관심 있게 지켜볼 것이다. 다른 사람들이 생각하거나 생각하지 않을 것에 신경 쓰지 마라. 그 시간에 네 경험의 본질을 생각하고 체험하라. 다른 사람들은 단순히 네 주변에 있는 것만으로도 그들만의 분열된 의식들이 많이 통합되는 경험을 할 것이다. 그렇다는 사실을 너에게 인정하지 않을지 모르지만 이 시대에 너의 옆에서 살 정도로 너와 충분히 가까운 것만으로도 그들은 영적인 자극을 많이 그리고 깊게 받을 것이다.

누군가가 너와 가깝다는 이유만으로 너의 관점을 반드시 받아들일 거라고 기대하지 마라. 그러나 다시 말하지만 인식 전환 여행의 지금 이 단계에서 너와 동행하는 것만으로도 그들이 스스로 의식하지는 못해도 많은 방식으로 너의 영향을 받고 있음을 알아라. 지금 이 시기에 너와 가장 가까운 곳에서 삶을 공유하고 있는 사람들에게 인내심을 가져라. 너는 단순히 진정한 너로 존재하는 것만으로 다른 많은 사람의 선생이 될 것이기 때문이다.

30

• 높은 단계 상승 과정에서 생기는 건강 악화

인식 전환의 모든 과정에서 네 육체적 건강 상태는 곧 네 에너지 상태를 뜻한다. 좋은 음식과 규칙적인 운동이 몸에 긍정적으로 작용하는 것은 확실하지만 특정 조건들의 숨겨진 원인들을 계속 외면해 왔다면 그 원인들이 몸의 이상 증세로 떠오르는 것은 어쩔 수 없다.

변형 과정의 높은 단계에 이르렀다면 네가 평생 끌고 다녔던 억압된 에너지가 활동하기 시작할 테고 너는 그 증거들을 더 이상 외면할 수 없을 것이다. 모든 단계 속 모든 의식 층들이 하나씩 벗겨지면서 네 인생 시나리오 형성의 배후 요소인 주요 문제들이 불가피하게 드러날 것이기 때문이다. 너는 네 인생의 시나리오들이 네 인생의 여러 측면(감정, 경험, 육체)에서 다양하게 진행되고 있음을 이미 발견했을 것이다. 인생의 드라마들은 너의 감정뿐 아니라 네가 너에게 끌어들인 경험들과 너의 육체적 조건들을 다루기도 하는 것을 말이다. 특히 육체적 조건들의 좋지 않은 증거들을 무시한다면 쌓이고 쌓인 좋지 않은 에너지가 급기야 목숨을 위협할 수도 있는 에너지 불균형 상태를 유발할 수도 있다.

상승 과정의 성질을 머리로 완전히 이해했다고 해서 에너지 부조화의 매우 심각한 증거들에 대한 면역력이 자동으로 생길 수는 없다. 너는 상당한 수준의 인식 전환에 이미 꽤 성공했고 일생 동안 연구해 온 주요 문제들을 다룰 준비가 되었을 수도 있지만, 여전히 그 문제들 저변에 깔려 있는 억압된 에너지를 풀지는 못한 상태이다. 더 높은 에너지 진동수에 노출될 경우 몸이 쉽게 상처 입을 수 있다는 것을 알아라. 그리고 지금 이 시기에 너의 몸이 보여 주는 단서들에 집중하고 그런 상태의 근본 원인이 무엇인지 깊이 탐구하라.

에너지 진동의 고양된 수준들이 하나씩 네 에너지 영역에 통합될 때마다 몸 상태가 나빠질 것이다. 너희 중 많은 사람이 현재 차원들 사이를 잇는 문들에 접근하고 있고, 앞으로 그 사람들이 가서 살게 될 고양된 수준들은 원칙상 그 사람들이 그들 자신의 몸과 감정체 속에 여전히 갖고 있을 에너지 충전 밀도를 모든 층에서 희박하게 할 것을 요구한다. 지금 너희는 차원 간을 넘나들려고 하기 때문에, 특정 수준에서 미세한 부분까지 에너지 균형을 얻을 때 다른 모든 수준에서도 에너지 균형을 얻어야 하는 필요성이 매우 긴급해진다. 이것이 왜 너희 중 어떤 사람은 인식 전환 과정에 상당한 진전을 이루었음에도 불구하고 매우 심각한 육체적 문제를 드러내고, 또 어떤 사람은 당면한 변화에 무감하면서도 최적의 건강 상태를 유지하는지에 대한 설명이 될 것이다.

너는 왜 갑자기 건강이 나빠졌는지 의아해할지도 모른다. 영적 자질이 부족하다고 단정하며 스스로 탓할 가능성도 크다. 하지만 건강 악화는 뭔가를 잘못했다는 것을 알리는 징후가 아니라 오히려 전진하고 있다는 표시다. 에너지가 더 높이 상승할수록 육체에 축적된 에너지 밀도를 더 많이 버려야 하기 때문이다. 고양된 수준에서는 그 무거운 육체를 갖고 다닐 수가 없기 때문이다. 그 버려진 밀도가 아픔과 질병으로 나타난다.

다 '나았다'고 생각했던 과거의 병이 갑자기 재발하는 경우도 많다. 이전에 그 병은 단지 문제의 증상을 완화한 것뿐이었다. 그 증상을 야기했던 배후의 에너지적 촉발자는 여전히 그대로 남아 있었던 것이다. 종종 몇 년 동안 그 남아 있는 문제가 전혀 그 모습을 드러내지 않기도 한다. 그러다 갑자기 너는 그 문제의 영역이 활동 중임을 가리키는 감각을 또다시 느낄 수 있다. 그 특정 조건이 재출현하는 이유는 그 조건의 원래 원인이 그동안 계속 무시되었기 때문이다. 에너지 충전 찌꺼기는 해결되고 풀어질 것을 자극하는 조건이 형성되기를 기다리며 너의 에너지 영역 속에서 잠복하고 있었던 것이다.

여기서 에테르 몸 상태와 육체적 불균형 표출 사이의 연결 관계를 분명히 아는 것이 중요하다. 실제로 모든 육체적 문제는 기본적으로 에너지와 연결되어 있다. 그러므로 병의 육체적 징후나 증상만 논하고 치료하려는 네 문화의 전반적 경향은 그 병을 또다시 야기할 남아 있는 에너지 밀도의 압박을 없애는 데 전혀 도움이 되지 않는다.

너의 에너지 진동이 가속도가 붙은 수준으로 상승했다면 네가 숨기고 있는 불협화음의 씨앗이 자극받고 육체적 징후의 형태로 너의 의식 표면에 떠오를 것이다. 특정 비육체적 문제를 너에게 알려 주기 위해 육체적 문제가 나타났다면 그 비육체적 문제는 절대 무시할 수 없는 것이라는 뜻이다. 네가 또 한 번 그 징후를 대수롭지 않게 여긴다면 문제 상태의 배후 원인을 더 깊은 곳에 더 꼼꼼히 숨기는 것이다. 하지만 그곳에서 그 원인은 미래에 더 교활한 방법으로 드러나기 위해 힘을 기르게 될 것이다. 결론적으로 네 세포 조직 속에 숨어 있는, 외면된 감정 찌꺼기 에너지들은 네 육체적 건강을 늘 더 위협할 것이다.

육체적 징후가 나타나는 것을 하나의 기회로 여겨라. 그 징후의 배후 조건을 직접 탐구하고 네가 숨기고 있는 해결되지 못한 문제를 찾아낼 기회 말이다. 중요한 인생 문제를 해결할 것을 요구받고 네가 그 과정을 거치는 동안, 너의 몸은 갑자기 변하기도 하고 매우 심각한 징후를 드러내기도 하고 또 언제 그랬냐는 듯 정상으로 돌아오기도 할 것이다. 인생 경험의 주요 범주들의 감정적 토대를 진지하게 다루는 것으로 너는 해당 에너지가 부정적으로 발현될 수 있는 모든 상황을 예방할 수 있다. 이런저런 인생 경험을 하게 하는 감정적 촉매는 네 몸의 불균형 혹은 질병으로 드러나는 에너지와 늘 함께 오기 때문이다.

몸으로 드러나는 감정적 문제의 징후를 덮으려 하지 않고 받아들여 그 표현을 허락하는 것이 중요하다. 제대로 된 인생 문제 해결 프로그램을 의식적으로 지휘한다면 육체적 징후는 빠른 시간에 완전히 해결될 것이고 재발 가능성도 없어질 것이다. 삶의 한 영역에서 어떤 문제가 표면으로 떠오르는 것은 삶의 다른 모든 영역에서 같은 문제가 동시에 떠오를 것임을 경고하는 것이다. 중요한 감정의 신빙성을 억누르지 않고 깊이 느끼는 것이 낮은 수준의 의식에 너를 붙잡아 두고 있는 에너지 찌꺼기의 빽빽한 밀도를 엷게 하는 지름길이다. 그 일을 잘할 수 있을 때 너는 결과에 연연하는 감정도 초월할 수 있을 것이다.

너희는 언제고 죽음에 대한 의문들과 대면할 것이고, 지금은 휴면 중이지만 그 중요한 문제와 함께 올 두려움의 문제도 다루게 될 것이다. 인생 경험은 일종의 촉매 에너지로 인간의 가장 깊은 의문을 조사하도록 자극하여 육체 유지의 집착을 깨는 기초를 마련하는 수단이기도 하다. 두려움 때문에 삶을 통제하고 싶어 하는 마음에서 일단 벗어나게 되면 삶 자체를 위협할 소지가 다분한 깊은 마음속 감정적 구속을 풀기가 한결 쉬워질 것이다.

네가 벼랑 끝에 서 있는 이유는 벼랑 너머를 분명히 보기 위해서일지도 모른다. 벼랑 너머의 풍경을 일단 한 번 보게 되면 인식이 전환될 것이고, 그럼 지금의 특정 육체를 유지하는 것이 하나의 선택이지 강박적으로 무슨 수를 써서라도 지켜야 할 조건이 아님을 이해할 것이다. 벼랑 너머를 본 너는 몸을 던지기로 약속한 순간에 내재하는 자유를 포용함과 동시에 아직은 그럴 때가 아님을 알 것이다. 집착 없이 죽을 운명에 대면할 수 있을 때 너는 그런 죽을 운명이라는 과도기적 시기를 부른 조건들에서 자유로워질 준비가 된 것이다.

상승 과정의 단계들을 빠르게 통과하고 있는 사람이라면 죽음 문제를 대면하고 경험할 것이며 극복할 것이다. 이런 종류의 대면들은 사람들이 일반적으로 경험하는 목숨을 위협하는 에피소드와는 전적으로 다른 것이다. 너만의 죽을 것 같은 징후와 경험 들은 다른 사람의 것과 비슷해 보이지만 너의 영적 발전의 최고 지점에서 구현되는 것이고 상승 과정에 가장 큰 영향력을 행사하는 부분에 해당한다. 고양된 의식 수준에서 육체적 삶을 유지하려면 육체에 대한 집착에서 완전히 벗어나야 하기 때문이다.

삶은 필사적으로 유지해야 하는 것이 아니다. 육체를 통해서만 얻을 수 있는 의식도 분명히 '있다.' 하지만 그 의식도 하나의 관점일 뿐이다. 수없이 많은 다른 관점이 있고, 그 관점으로 너는 수없이 많은 경험을 할 수 있다. 일단 그렇게 깨달으면 너는 인간의 육체적 조건에 대한 숭고한 초연함의 단계에 이르고, 가속화한 의식 단계의 '삶'에 필요조건인 가벼운 영혼을 성취하게 될 것이다. '삶과 죽음'의 문제는 너를 그 가속화한 의식 단계의 입구로 보내기 위해 고안된 것이다. 그 입구에 설 때 너는 지금의 육체를 갖고 계속 나아갈지 아닐지를 의식적으로 선택할 수 있다.

너는 이미 의식의 다음 단계로 나아가기 위한 격통 속에 있을 것이고 그 말은 곧 너는 이미 육체적 문제를 많이 겪어 왔다는 뜻이다. 또 인식 전환 여행 이 단계의 특징이 그렇다. 육체적 문제를 해결하기 위해 모든 물리적 해결책을 다 썼는데도 또다시 닥치는 고난은, 너로 하여금 너의 문화 속 지혜롭다는 사람들이 공통으로 인정하는 뻔한 해결책과 설명 그 너머로 나아가게 하려는 목적으로 고안된 것이다.

지금은 전례 없던 일들이 일어나는 시대다. 그리고 너는 전례 없던 결과에 직면할 때를 대비해야 한다. 너만의 경험과 네가 돕고 있을 사람들의 경험 모두에서 생겨날 새로운 결과 말이다. 문제가 극적으로 해결되는 것은 이 시기의 특징이다. 그런 현상은 무엇이 가능하고 무엇이 불가능한지를 말해 주는 기존 과학 법칙에 도전이 될 것이다. 한때 경외심을 자극했던 이른바 '기적'과 불가사의는 인간 조건 그 한계 끝까지 가 본 이 시대의 사람들에게 충분히 일어날 수 있는 일이다. 그동안 사람들이 한 말들 때문에 네 자체 회복 능력에 한계를 두지 마라. 새로운 세상에 그런 한계란 없다. 너는 지금 단지 순간에 존재하는 것으로 그 새로운 세계의 탄생을 돕고 있다.

너의 인생에서 지금 새롭게 생성되고 있는 현실에 대한 네 저항의 정도에 따라 네가 앞으로 직면하게 될 문제의 난이도가 정해질 것이다. 너는 어느 순간 인식 전환 과정 속 현재의 네 위치의 타당성을 의심하며 변화에 저항하게 될 것이다. 그리고 육체적 상태의 배후 원인이 곧 네 삶의 감정 영역에서 네가 경험하고 있는 에너지 불균형이라는 것조차 의심할지도 모른다.

너는 어쨌든 지금까지 숨겨 왔던, 이른바 육체적 '징후'들을 네 생각 형태의 구현(네 생각이 그 구현을 재촉함)으로 보기 시작할 것이다. 그리고 그 정도의 자발적인 깨달음이 가능하다면 결국 너는 다양한 에너지 구속으로부터 자유로울 수 있을 것이다. 일련의 특정 징후들이 겉으로 확연히 드러나는 것은 너의 심리를 파헤치고 너의 특정 인생 경험으로 귀결된 원인 요소들을 탐구하라는 신호다.

너의 신념은 곧 네 인생의 건축 자재고, 너는 지금까지 그 건축 자재를 이용해 지금 너의 현실이라고 알고 있는 에너지 기준 체계를 구축해 왔다. 그 현실의 에너지 기준 체계 안에서 너는 현재 너의 에너지 존재 상태를 특징짓는 일련의 독특한 가정들과 우선권 같은 여러 조건들을 만들어 왔다. 너의 인생 경험은 그 신념 즉 네 현실 구축을 위한 에너지 청사진을 강화하거나 재건축하는 데 쓰인다. 그리고 전체 에너지 건축물(너의 현실)의 안정은 그 토대 청사진(신념)이 견고하냐 아니냐에 달려 있다. 기본적으로 그 토대 청사진은 네 인생 경험의 층들이 구조물의 전체(너의 현실)적 균형을 강화하느냐 무너뜨리느냐를 판단한다.

물리적 현실에서 인생 경험으로든 육체적 건강 문제로든 그 '징후'라고 하는 것들이 두드러지게 나타날 때, 그 배후 원인을 알아낼 열쇠가 네 에너지 구조 그 바로 중심에 놓여 있을 가능성이 매우 큼을 알아라. 징후로 나타나 갑자기 너의 주의를 끄는 주요 문제가 무엇인지 알기 위해 의식의 표면 아래로 깊이 내려갈 준비를 해야 한다.

그렇게 깊이 내려가는 것도 네가 미리 고안해 둔 경험이다. 네 자체 인식 감지 구조를 분명히 보는 것이 네 깨달음의 과정에서 기본에 해당하기 때문이다. 너는 너의 중심적 본질을 탐험하고 억압된 상태에서 네 진화의 지금 이 순간까지 인내심을 갖고 기다려 온 것들에 직면할 이 완벽한 기회를 잡지 않을 수 없을 것이다.

뭐든 할 수 없다는 마음 자세는, 아무리 그동안의 경험 때문에 그렇게 믿게 되었다고 하더라도, 질병으로 나타날 불화를 유발하게 되어 있다. 너는 네 의지가 꺾이는 경험을 많이 하여 많은 실망과 슬픔을 느꼈고 상처도 받았다. 하지만 지금 너에게는 하나의 기회가 주어졌다. 실망을 느끼고 상처를 받는 그 과정에서 생긴 너만의 특정 가정들이 앞으로 다가올 한계 없는 세상 속에서도 적당한지 아닌지를 알아볼 수 있는 기회 말이다.

너는 네 의식의 특성들 안에서 특정 경험을 계속하다 보면 너의 능력에 한계가 있음을 인정할 수밖에 없다는 꽤 설득력 있는 주장을 할지도 모른다. 하지만 더 깊이 조사해 보면 그런 일련의 특정 경험들을 할 때 너의 에너지 조건들이 지금 네가 너 자신을 발견하면서 느끼는 에너지 조건들과 매우 다르다는 것을 분명히 보게 될 것이다. 지금 네가 느끼는 에너지 조건들이 사실 지금 네가 목표로 두고 상승하고 있는 에너지다. 그렇게 깨달으면 너는 일생 동안 큰 문제였던 정체의 패턴을 초월할 수 있을 것이다. 그리고 위에서 말한 경험들의 구현을 에너지적으로 자극했던 근본적인 오류에서 벗어날 수 있을 것이다.

예를 들어 너는 삶이라는 그 무한한 길 어느 한곳에서 속은 적이 있을 것이다. 하지만 그렇다고 자신을 늘 '희생자'라고 생각하는 네 마음이 정당화될 수는 없다. 그런 속임이 주요 특징인 드라마에 다시는 결부되지 않겠다고 결심한다면 그런 속임을 재촉하는 에너지를 어느 정도 없앨 수는 있을 것이다. 하지만 그런 인생 경험 범주를 구축하는 데 쓰이는 기본 재료 자체를 없애야 한다. 그러기 위해서는 또 그런 건축 재료 형성의 조건을 뒷받침하는 네 에너지 청사진 속 주요 신념들을 먼저 구별해 내야 한다. 그동안 살아온 인생의 두꺼운 역사책에서 몇 페이지를 돌아간다면, 그럴 듯해 보이는 잘못된 전제를 지지하기 위해 모아 온 많은 일련의 경험들을 명확히 볼 수 있을 것이다. 그런 경험들의 패턴을 깊이 조사해 보면 그 최초의 씨앗이 너의 인생 내내 계속 반복됨을 알고 그 사실에 깊은 흥미를 느낄 것이다.

그 최초 경험의 촉발이 다른 생에서 왔을 가능성도 분명히 있다. 혹은 이곳과 평행하게 존재하는 현실(이곳의 현실과 그곳의 현실이 계속 불화하기 때문에 네 인생 주요 영역의 에너지가 조화롭지 못한 것이다.) 속에서 에너지적으로 반복되고 있는 경험일 가능성도 분명히 있다. 다른 현실의 조건이 너에게 에너지적으로 끼치고 있는 나쁜 영향을 바로잡기 위해 '시간 여행'을 떠나거나 다른 현실들 속으로 들어가야 할 필요는 없다. 너만의 자아 안에서 분리된 네 자아를 통합해 전체가 되고 무엇이 너만의 가장 타당한 본질인지, 그리고 무엇이 아닌지가 분명히 보이는 장소로 가는 것만이 네가 해야 할 모든 것이다.

진실은 네 존재 구조의 본질에는 기본적으로 아무런 한계가 없다는 것이다. 사실 너는 네가 선택한 것은 무엇이든 할 수 있다.

한계를 느끼게 하는 상황들을 초월하려면 그 한계 상황의 본성을 분석하는 것이 아니라, 꼭 그리고 확실히, '네가 원하는 것'에 생각을 집중해야 한다. 그러한 상황의 본성이 무엇인지는 중요하지 않다. 그 한계가 없는 상태에 있는 너 자신을 볼 수 있다면 바로 그 한계 없는 상태로 가는 과정을 시작하는 것이다.

특정 상황이 너무 두려워서 그 상황을 절대 '바라지 않는' 상태에 머무른다면 너는 계속 그런 상황을 부르는 에너지 건축 자재를 모으게 된다. 너의 감각이 너의 현실(두려움의 실현)이라 보는 것을 너에게 자꾸 말하여 그 현실에 해당하는 경험을 끌어들이는 에너지 체계를 더 강화하기 때문이다.

그러므로 끈기 있게 버티는 물리적 상황(한계의 상황)들이 너의 현실일 수 있다. 그 상황들을 없애려고 물리적 세상에서 번번이 네가 상당한 노력을 했음에도 불구하고 말이다. 하지만 사실 그 물리적 한계 상황은 전혀 '존재'하지 않는다. 그것이 존재한다고 네가 스스로 고집스럽게 말해 왔던 것뿐이다. 그리고 그런 에너지적 한계 상태를 생각과 말로 강화하면 할수록 그 상태를 유지하기 위해 네가 스스로 만든 토대도 더 강해졌다. 주어진 상황의 물리적 증거들을 의식적으로 초월하고 그 물리적 증거들을 강화하기 위해 썼던 너의 정신 에너지를 인생의 근본 문제를 푸는 데 사용한다면, 실제로 문제가 쉽게 풀릴 것이고 또 너는 네 앞에 놓인 높고 가파른 산을 정복하는 데 전례 없이 진보할 수 있다. 너의 길에 한계라는 그런 물리적 장애물을 배치한 사람이 바로 너이기 때문이다. 그리고 물리적 형태 속 그 착각의 장애물들 사이에서 너의 길을 찾아갈 수 있고 없고를 결정할 수 있는 사람도 너뿐이다.

장애물은 일종의 단서다. 장애물들은 너의 길에 서서 말 그대로 빙산의 일각처럼 거대한 각성을 자극한다. 장애물은 네가 일생 동안 봐 왔던 경험적인 증거들을 계속 무시할 수 없도록 전략적으로 배치된 것이다. 높은 변형 단계의 특징인 목숨을 위협하는 육체적 문제는 지금 당장 네가 아주 주의 깊게 살펴야 하는 에너지 구조 안에서 퍼져 나오는 진동 시그널 그 이상도 그 이하도 아니다.

그 시그널에 어떻게 반응할 것인지 신중히 생각하라. 그리고 시그널을 그 본연의 모습인 선물로 인식하라. 네가 지금 싸우고 있을 아픔이나 질병이라는 환영은 문제가 아니기 때문이다. 그것은 네가 주저하게 만드는, 감정 에너지 축적의 방해로부터 너를 자유롭게 하기 위해 고안된 증상이다. 너를 약화시키는 그 축적을 유지한다면 처음 상승 여행을 시작할 때의 속도로 계속 여행할 수 없을 것이다. 육체적으로 드러나는 상황은 그 시점에서 네 존재 전체 영역 안에서 벌어지고 있는 대대적인 전환을 미리 알려 준다. 그 장애물을 넘어서기만 하면 너는 새로운 범주의 인식을 경험할 수 있을 것이다. 그리고 그 새로운 인식에 따른 새로운 전망을 네 현실의 중심으로 삼고 그 상태를 유지하기 시작할 것이다.

네 인생의 주요 드라마에 마지막 장면들을 미세한 부분까지 잘 완성해 가면서, 너는 인간 관계의 습관적 패턴들이 이 생 전반에서 너를 붙잡고 있던 힘을 매우 급작스럽게 약화시키기 시작할 것이다. 너의 에너지가 절정의 경험을 구축하고 문제를 해결할 기회를 일단 한 번 잡게 되면, 결과로 나타나는 정화 과정이 너무 대단해서 그것을 도저히 우연으로 치부할 수 없을 것이다. 그리고 너는 너무나 오랫동안 갖고 다녀서 익숙해져 버린 부정적 에너지의 축적이 어느새 사라졌음을 '깨달을 것'이다.

그런 전환을 유발하는 것은, 이제 거의 완성 단계에 있는, 습관적 감정 패턴에 대한 인식이 될 것이다. 혹은 그 인식의 결과라 할 수 있는 육체적 상태가 될 것이다. 너는 네 에너지 상태의 육체적 구현에 집중할 수도 있고, 감정적 구현에 집중할 수도 있다. 어느 쪽이든 중요하지 않다. 어쨌든 그 둘은 서로 연결되어 있기 때문이다. 빽빽했던 에너지 밀도가 둘 중 한 수준에서 풀리면 그 밀도가 지지했던 다른 수준에서의 징후들도 십중팔구 사라질 것이다. 그 징후들을 유지할 에너지가 사라졌기 때문이다.

이제 그다음으로 너의 주의를 어디에 집중해야 하는지 말해야 할 때다. 시시때때 변하는 물리적 환경에 휘둘릴 수밖에 없는, 한계를 가진 물리적 창조물로서 자기 인식에 집중하는 존재라면, 매우 물리적인 방식으로 삶의 시험에 반응하는 것이 논리적으로 당연한 귀결일 것이다. 그러나 그런 일이 벌어지고 있는 지금 네가 처한 환경의 에너지적 복잡성이 근래에 더 심해졌기 때문에 물리적 문제에 대한 물리적 해결의 효과도 현저하게 떨어졌다. 에너지가 결국 절정에 이르렀고 그곳에서 너희는 '삶이 단순히 예전 같지 않음'을 분명히 보았다. 너희 물리적 세상에서 인과 관계의 법칙을 기반으로 한 모든 방식과 시도가 더 이상 그동안 그럴 거라고 배운 결과들을 산출하지 않는다. 그리고 너는 기존의 방식으로 특정 결과를 얻으려고 애쓸수록 무능함을 느끼기 시작할 것이다.

결국 너는 그런 접근법이 완전히 무익함을 깨닫고 필사적인 노력을 그만둘 것이다. 그리고 너는 '큰' 질문들을 하기 시작하고 그 질문들은 네가 가진 환상이나 착각을 모두 동시에 흔들기 시작하며 깨달음을 가져올 것이다. 그 순간 너는 '이해'를 능가하는 분명한 이해를 경험할 것이다. 수정 같은 인식의 철저한 분명함 속에서 결국 네가 자유롭다는 것을 알게 될 것이기 때문이다. 너는 일생 동안 걱정해 왔던 그 어떤 일도 사실은 전혀 문제가 아님을 알 것이다.

너만의 상승된 관점에서는 한때 목숨을 위협하는 것 같던 일마저 전혀 중요하지도 않고 아무런 관심도 끌지 못할 것이다. 그리고 너는 목숨을 위협하는 것 같던 그런 '뜨거운 진동 지점'을 즉시 거절할 초대처럼 보기 시작할 것이다. 그리고 의식이 한순간도 갈등으로 뛰어들거나 갈등에 빠지지 않을 것을 선택할 것이다. 그때 무엇을 옹호하거나 증명해야 할 것 같은 느낌은 그런 시나리오에서 완전히 벗어나고 싶은 느낌으로 대체될 것이다. 에고의 독선적인 욕구를 발휘하게 하는 그런 시나리오의 초대는 이제 시간 속 다른 곳으로 좌천될 것이다. 생명을 위협하는 질병으로 너를 시험하는 상황에서 벗어나면 너는 그 즉시 차원 간을 넘나들 수 있는 문턱에 접근하게 될 것이다.

너는 늪을 막 빠져나오느라 마지막 순간의 고통에 몸부림치고 있지만 이미 진실의 순간에 다다랐다. 너는 환상에 대한 집착을 초월하고 그렇게 무섭고 혐오스럽고 인정하고 싶지 않던 육체적 징후들을 그런 징후라는 환상에 대한 모든 집착으로부터 곧 자유로워질 것이라는 증거로 보기 시작한다. 일단 인생 그 최후의 문제(죽음)가 그렇게 두려워할 것이 아님을 알게 되면 치유의 에너지를 잡는 것은 시간문제다. 그 인생 최후의 문제는 본질적으로 더 이상 너의 현실이 아니다.

상승 과정의 부산물로서 매우 흔한 건강의 위기는 진정한 의미의 '치유'로 향한 결정적인 문이다. 육체적 존재로서 완성의 단계에 이를 때 네가 원하는 진정한 의미의 치유는, 한때 너를 어쩔 줄 모르게 했을 그 모든 육체적 징후들로부터 벗어나는 것 이상으로 나아가는 것이기 때문이다. 특정 인식 수준들이 생과 생을 거듭하는 동안 쌓아서 들고 다녔던 깊은 에너지 충전을 성공적으로 풀 때 너는 진정으로 치유된다. 그럼으로써 너는 그 에너지 충전이 야기하는 인생 경험들을 완전히 초월하는 관점에 이를 것이다.

31

• 예술가의 세계 구현하기
• 몽상가의 세계 재창조하기
• 내면의 몽상가 풀어 주기

상승 과정의 초기 단계들을 거쳐 가며 진보하기 시작하고 기본 부분에 해당하는 표출 작업에 꾸준히 대면해 왔다면 너는 갑자기 세상을 전혀 다른 눈으로 보기 시작했음을 깨달을 것이다. 늘 따라다니는 당연했던 고통들. 그것들은 네가 고통이라고 인지했음에도 한동안 떠날 줄 모르더니 이제 더 이상 아무 데도 없다. 그리고 너는 전례 없는 선택의 자유가 주어진 아주 고양된 공간에서 새로운 시작을 인식할 것이다.

나아갈 방향의 범위를 명령하거나 제한하던 익숙한 장애물들은 사라졌고 너는 이 물리적 세상의 맥락 안에서 경험하고 싶다고 선택할 수 있는 범위가 말 그대로 무한하다는 것을 깊이 이해하고 놀란 마음에 한동안 넋을 놓을지도 모르겠다. 하지만 너는 새롭게 발견한 그 한계가 없는 상황에서 무엇을 선택하든 그 선택에, 더 정확히 말해 그 선택 배후

346

에 있는 너의 의도에 완전히 책임져야 한다는 것도 깨달을 것이다.

너는 더 이상 어떤 상황에 대해 '선택의 여지가 없었다.'라거나 선택을 강요당했다고 말하며 책임을 회피할 수 없다. 온전히 하나의 의도만 갖고 전진할 때 의도한 상황이 가능해진다. 그렇게 그 의도가 현실이 된다. 이런 의도의 명백한 현실화 과정은 얼마 되지도 않는 선택권 안에서 선택한 것이 아니기 때문이다. 선택권이 무한한 곳에서 선택으로 포용할 만한 것을 선택해 앞으로 끌고 갔기에 가능한 일이다.

진정으로 원하는 것 혹은 경험하거나 알고 싶은 것을 명확하게 알아라. 그럼 너의 심장이 원하는 것을 탐구할 수 있는 상황이 자석처럼 끌려올 것이다. 인생은 하나의 과정이고 그 과정을 어떻게 살아가느냐에 따라 너에게 맞는 경험을 위한 에너지들이 제작되고 주문된다. 너는 이제 더 이상 네 인생이라는 여행이 기성품이나 대량 생산품이라고 생각하지는 않을 것이다. 누구도 너에게 무엇을 하라고 요구하지 않는다. 네 삶의 모든 미세한 부분까지 전부 다 네가 선택한 것임을 인식하도록 스스로 길들여라. 그것은 분명 도움이 될 것이다.

얼마나 명확한 의도를 갖고 있느냐가 의도를 구현하는 데 쉽고 어려움을 결정한다. 지금 네가 목적지로 삼아 상승하고 있는 고양된 에너지 수준에서 구현 과정에 접근할 때 너는 더 이상 수동적으로 머무는 사치를 누릴 수 없다. 과거에 그랬듯 '두고 보며 기다리기' 같은 구식의 접근 방식은 그 고양된 에너지 진동 수준에서는 혼란 외에는 아무것도 구현하지 못할 것이다. 왜냐하면 거기 그 고양된 에너지 수준에서는 골치 아픈 전제 조건 따위는 없기 때문이다. 그런 것은 에너지 충전 밀도가 높은 세상의 특징이다.

한때 너의 에너지 영역을 손상시켰던 업의 찌꺼기 기록을 청소했다면 네가 원하지 않는 인생 경험을 끌어들일 일은 말 그대로 아무것도 남아 있지 않다. 규칙이 완전히 바뀐 세상에서 효과적으로 작용하기 위해 바뀐 규칙 아래 주어진 상황들을 미리 예상해 보라. 그리고 네가 너의 육체와 함께 이 생에서 어디로 가고 싶은지 시간을 들여 분명히 알아보는 것이 현명하다.

주어진 문제에 복잡한 감정을 갖고 있으면 지금 네가 목적지로 삼아 상승하고 있는 에너지 상태에서는 늘 복잡할 결과가 생겨날 것이다. 주저함이나 무성의는 그 본질상 원하는 상황을 부르는 근본 에너지 충전을 다 방전시켜 버린다. 지금은 어떤 선택을 시작하기 전에 너의 의도를 명확하게 하는 것이 얼마나 중요한지 의식하는 데 집중해야 할 때다. 인생에서 무슨 일이 그저 '발생하기'만을 기다리며 계속 부유한다면 절대 마음이 원하는 것을 구현할 수 없다. 고양된 에너지 수준에서는 단순히 그럴 수 없다.

'예술가'의 세상을 구현하기 위해서는 먼저 '몽상가'의 세상을 재창조해야 한다. 몽상가의 세상은 영원한 아이의 세상이다. 너는 이 생에서 애초에 그 세상(아이의 세상)에 태어났었다. 아이에게는 한계의 개념이 없다. 어른들이 겨우 조금 자라기 시작한 아이의 세상을 한계의 개념으로 닫아 버렸다. 아이의 꿈에 한계란 없다. 아이는 원하고 갈망하는 것으로 모든 순간을 채우며 가장 원하는 것을 가져온다.

아이가 원하는 것은 '대단치 않을 것'이고 또 아이는 원하는 것에 꿍

장히 집중하기 때문에 원하는 것을 더 잘 실현한다. 아이가 자라면서 욕망은 방해받고 꿈은 억지로 강요된 '현실'의 규칙들로 꺾여 버린다. 곧 그 규칙들은 아이의 신념 체계 속으로 통합되어 원하는 것을 구현할 아이의 능력은 불구가 된다. 진짜로 원하는 것은 잊어버리고 '가능하다고 여겨지는 것'에 에너지를 집중하기 시작한다. 심지어 매우 어릴 때부터 미로 같은 인생에서 원하는 길 하나를 찾으려고 고군분투한다. 사실 아이는 원래 꿈의 파편들을 조금이라도 살려 보겠다고 그러는 것이다.

결국 꿈의 마술과 꿈꾸는 즐거움은 논리와 전략이 지배하는 영역에서 길을 잃고 만다. 그리고 꿈꾸는 즐거움에 대한 관심은 사라지고 꿈을 압도적으로 억압하는 데 연료로 쓰이는 두려움만 강해진다. 그렇게 아이는 꿈꾸는 '법'을 잊어버린다. 이 시대는 꿈꾸는 기술을 복원하려 하고 있다. 그 기술이 없다면 너희는 한계와 고통이 만연한 세상을 재창조할 수밖에 없기 때문이다. 본래 너는 목적 지향적 활동 따위는 하지 않았다. 본래 너는 몸과 마음을 온전히 느끼기만 하는 존재였다. 그런데 지금의 너는 꿈을 실현하고 싶어서가 아니라 두려움의 심연으로 빠지지 않기 위해 목적을 달성하려 한다. 그러므로 인생에서 추구할 가치가 있다고 배운 것들을 위한 동기에는 대부분 그 바탕에 두려움이 깔려 있다고 할 수 있다. 두려움의 에너지는 네가 지금까지 여행해 온 영역들에서는 어느 정도 결과를 생산해 내게 되어 있었다. 하지만 두려움 에너지의 쇄도는 네가 곧 도달하게 될 수준에서는 결코 즐겁지 않은 결과를 구현해 낼 것이다. 너는 두려움에 기반한 욕망과 네 근본 본질인 순수한 행복을 위한 욕망을 서로 구별해야 한다.

꿈의 신빙성을 되찾기 위해 너는 네가 원하는 것을 정말 왜 원하는지 그 진정한 동기를 조사하고 싶을 것이다. 예를 들어 네 손으로 멋진 집을 짓고 싶다면, 그 욕망이 그 창조 행위에서 나올 굉장한 기쁨 때문인지 아니면 스스로에게 혹은 다른 사람의 눈에 뭔가를 '증명하고' 싶은 마음이 조금이라도 있는지 아는 것이 중요할 것이다. 전자는 네 안의 '몽상가'의 것이다. 후자는 분리의 에너지에 근거한 것이다.

몽상가는 자신을 기쁘게 하고 행복하게 하는 방식으로 자기 '존재'를 표현해 낸다. 그렇게 몽상가는, 자신에 대한 다른 사람의 좋은 생각이 가져올 혜택들을 무시하면서 무한한 즐거움을 이끌어낸다. 네가 정해 놓은 너만의 목표를 달성한 것에서 오는 자부심조차 '성공과 실패'라는 이분법이 작동할 조건을 만든다. 몽상가에게는 성공도 실패도 없다. 다만 '꿈'의 정수가 있을 뿐이다.

꿈에는 문제가 있을 수 없다. 꿈에는 '나'와 '남'에 대한 판단의 공간이 없다. 몽상가는 꿈의 순수 본질을 풀어내고 에너지의 정수를 포용하며 꿈을 구현하는 동안 결코 사고를 제한하지 않는다. 꿈의 구현이라는 아이디어 자체가 몽상가에게는 그저 무한한 기쁨일 뿐이다. '몽상가'에게는 목표의 성취라는 개념 자체가 없다. 몽상가에게는 무엇이 '가능'하고 무엇이 '불가능'한지를 생각하는 논리적 정신이 없는데, 목표의 성취라는 개념은 논리적 정신으로만 가능하기 때문이다.

몽상가는 가능하고 '가능하지 않은 것'을 생각하고 걱정하지 않는다. 꿈은 기본적으로 한계가 없기 때문이다. 꿈에는 틀 자체가 없다. 꿈은 네 안에 여전히 살고 있는 어린 아이의 마음속 깊은 곳에 있다. 비록 너는 네가 꿈에서 깨어났다고 생각하거나 꿈을 환상으로 간주하더라도 말이다. 네가 고단한 삶에 지치고 무너졌다고 하더라도 네 안의 몽상가는 그대로 살아 있다. 네 안에 존재하는 너만의 '신성'이 내뿜는 그 고결한 불꽃을 다시 한 번 만나는 것이, 삶을 재건하고 인식 전환 과정으로 지금까지 네가 준비한 대로 삶을 변형하는 데 매우 중요하다. '예술가'가 네 존재의 빛나는 중심으로부터 그 모습을 드러내 너의 삶이라는 독특한 창조 행위를 시작하기 전에 너는 반드시 먼저 네 직선적 의식의 죄수로 살고 있는 그 '몽상가'를 발견하고 풀어 주어야 한다.

네가 포용해야 할 몽상가는 너의 야망과 그 야망을 위한 성공 전략 따위를 부추기는 에고 지향적인 자아가 아니다. 몽상가는 활활 타올라야 하는 기쁨의 불꽃이지만 이 생에 '해야 할' 모든 일의 부담 때문에 그동안 짓눌려 왔다. 몽상가는 '해야 할' 일이 있는 곳에서는 살 수 없다. 몽상가는 단지 순수하게 '존재할' 때 빛날 수 있다. 에고의 관점에서 중요한 것을 구석으로 밀쳐 놓아라. 그것들이 지금까지 너의 손발을 묶었었다. 그리고 너의 진정한 본성이 드러나게 하라. 그럼 몽상가는 자유롭다.

내면에서 우러나오는 그 무조건적인 기쁨의 상태와 일단 한 번 연결되면 너는 여행의 방향을 재조정하는 데 위대한 첫걸음을 뗀 것이다. 너의 자아가 그 기쁨의 상태와 연결을 맞볼 때 너는 왜 삶이 어느 수준에 이르면 모든 것의 '일시 정지'를 선언해야 하는지 이해하기 시작할 것이다. 인생이 자동 장치처럼 한 번 설계되고 작동된 대로 계속 가야만 한다면 결코 네가 지금 원하는 목적지에는 도달할 수 없다는 것을 이해하게 될 것이다.

인식 전환 과정의 이 시점에서 너는 네 삶이 평탄한 고원에 이르렀음을 깨닫기 시작할 것이다. 그 고원으로 상승하면서 명료함이 생겼을 테고 그 명료함과 함께 너는 그 안정적 상태가 사라지지 않음을 깨달았을 것이다. 다시 말해, 그 명료함이 그 고원 본질의 잠재적 영속성과 그곳으로부터 더 이상 나아갈 길이 없다는 분명한 느낌을 제공했을 것이다. 애초에 그 '고원으로부터' 하강하지 않았다면 생길 수 없는 일이었다.

네가 처한 상황의 황폐한 구조로부터 벗어나기 시작하면 왜 그런 황폐한 경험이 너의 여행에서 반드시 필요했는지 분명히 볼 수 있다. 네 경험의 고원에 쌓은 성벽은 사실 너의 감옥이었고, 그 감옥 속에서 다른 누구도 아닌 바로 너 자신의 신성한 본성이 인내심을 갖고 때를 기다리고 있었다. 네가 내면에 숨기고 있는, 한없는 기쁨을 주는 활력으로 가득한 순수함은 타협을 전제로 건설된 세상 속에서 네가 창조했던 특정 조건 속에서는 번영할 수 없었다. 네가 재발견하기를 기다리는, '몽상가'의 비전 속 달콤함은 사실 너의 자기 발견 여행에서 참 찾기 어려운 한 조각이다. '몽상가'의 마음에 빛을 비추지 않는다면 너는 맹목적으로 여행하게 될 것이다. 그리고 네가 여행하는 길 자체가 또다시 너를 그 길로 몰아갈 것이다.

인생에서 네가 '하고' 싶은 일이 무엇인지 마음으로 분명히 알고 싶다면 지금 하고 있는 정신없는 활동을 멈추고 진정한 너를 발견해야 한다. 그때, 오직 그때만, 너는 '예술가'의 등장을 위한 준비를 끝낼 수 있다. 그때 나타난 예술가는 네가 조용히 열망하던 모든 것을 만족시키고 윤택한 삶을 제공하며 진정한 너를 표현할 것이다.

한편 너는 외부에서 삶의 원천을 찾아보겠다고 이런저런 시도를 끝없이 할 수도 있다. 하지만 그 삶의 원천은 잡힐 듯하다가도 늘 사라져 버릴 것이다. 너는 잃어버린 카드를 찾아 전체를 완성하려고 부단히 애쓰며 바깥세상이 보여 주는 가능성의 카드를 섞고 또 섞어야 할 수도 있다. 그렇게 무작위로 섞을 때 어쩌다 튀어나온 카드가 너의 잃어버린 조각이 될 수는 없기 때문이다. 하지만 그 잃어버린 조각을 내면에서 진실로 발견하기만 한다면, 그 잡기 어려운 원천은 무한한 가능성의 길들을 통해 스스로를 잘 표현할 것이고, 열정으로 네 진정한 인생을 그리는 완벽한 도구를 네 안의 '예술가'에게 제공할 것이다.

무엇을 '할' 것인지 선택하기 위해 '여기서 어디로 갈 것인가'를 결정하기 전에 네 여행의 이 특별한 교차로에서 너 자신을 다시 알아 가는 시간을 충분히 가져라. 그런 일은 대부분 혼자서 하고 싶을 것이다. 그리고 너는 혼자만의 시간을 부족함 없이 가질 수 있게 될 것이다. 너는 자신도 모르게 남들처럼 살지 않고, 친구도 만나지 않으며, 너만의 의식의 성역 안에 있을 수 있는 환경을 찾을 것이다. 네 인식 변형 과정의 중요한 부분이 그렇다. 그리고 지금 그 부분이 너를 포용하고 있다. '몽상가'와 재결합하려면 침묵하며 내면의 고독 속으로 물러서야 하기 때문이다. 그리고 이 기간 동안에는 정신이 흐트러지지 않게 일상에서 떨어져 있어야 하기 때문이다.

인식 전환 여행의 지금 단계에서는 목적이 단순해질 것이다. 그리고 너를 기다리고 있는 자기 대면의 시간을 미루는 궁색한 변명 따위는 더 이상 없을 것이다. 내면으로 고개를 돌릴 순간은 침묵 속에서 갑자기 그 도착을 선언할 것이다. 그 순간이 왔음을 알리는 표지를 일단 인식하고 그때 생기는 텅 빈 공간을 '바쁜 일'과 세속적 사회 활동으로 다시 채우지 않는다면, 너는 너만을 위해 마련된 그 특별한 시간의 신성함 속으로 편하게 들어갈 수 있다. 바깥세상과는 떨어진 그 은신처 안에서 너는 앞 페이지로 돌아가 다시 읽으며 네 서사 모험의 역사 전체 안에 있는 너의 발자취를 되돌아보기 시작할 것이다. 그리고 그 역사를 빛내는 좋았던 때와 나빴던 때를 살피면서 너는 너의 '몽상가'가 '꿈'을 포기하기 시작한 때를 인식할 수 있을 것이다.

너는 패배해서 실망하고 번뇌하던 시절의 고통을 기억할 것이다. 그 고통이 네 인생을 위한 환멸과 타협의 대본으로 이어졌었다. 너는 열정보다는 단념으로 내렸던 애초의 선택까지 거슬러 올라갈 것이다. 그리고 인생 에피소드들의 공통 주제를 알아 가며 그 속 같은 패턴들을 구별하고 그렇게 명료한 깨달음을 경험할 것이다. 또 너로 하여금 그런 패턴을 반복하게 했던 사고방식에 종식을 구할 것이다. 네 인생의 발자취를 거슬러 올라가다 보면 네 신성한 본성의 중요 부분이 언제부턴가 사라졌음이 분명히 보일 것이다. 그리고 그 신성한 불꽃의 부재 속에서 뒤따른 일련의 에피소드들이 건조하고 생명력을 잃은 것도 분명히 보일 것이다. 네가 소중하게 생각했던 그 모든 물질적 부속물들에도 불구하고 말이다.

회상 과정에서 모든 것을 분명히 봤다면 '몽상가'와 재결합을 준비할 때가 된 것이다. 몽상가는 그동안 재미없어 놀거리를 찾아 집을 나간 아이처럼 어디론가 떠나 있었다. 너는 '일하느라' 바빠 아이가 없어졌는지도 몰랐다. 한참 뒤 뭔가 소중한 것을 잃어버렸음을 깨달을 때까지 말이다.

지금은 단지 멈출 때다. 지금 하고 있는 일을 멈춰라. 깨어 있는 소중한 시간을 흡수해 버리는 기계적 활동들을 모두 멈춰라. 너라는, 그 무대의 중심에 서 있는 사람을 보고 싶지 않아서 다른 사람들을 네 인생의 드라마로 끌어들이고 싶은 충동을 버려라. 인식 전환의 지금 이 단계는 다른 사람을 위한 단계가 아니다. '네가 일상에서 무엇을 해야 하는지? 혹은 누구와 함께 해야 하는지?'를 생각할 단계도 아니다.

너는 '잘못된' 관계, '나쁜' 직업, '그릇된' 영적인 길, 혹은 부정확하게 시행된 정신 수양 기술 때문에 네 본질의 중요한 조각을 잃어버렸던 것이 아니다. 이른바 '잘못된' 것들은 잠재적으로 모두 '몽상가'로 하여금 열정을 표현하게 하는 수단이었다.

이제 자신에게 허락한 신성한 침묵 속에서 너는 자연스럽고 구속 없는 열정과 열렬한 호기심이 자연스럽게 표출되었던 순간들을 기억할 것이다. 그리고 영원한 추억 속에 있는 그 소중하고 단순한 순간들을 재포착하며 자기 발견을 위한 진정한 길을 찾을 것이다. 네가 경험하고 싶어 하는 것, 외부 세상이 제공하지 못한다고 한탄했던 것은 사실 늘 네 안에 있었다. 네 안에서 네가 알아주기를 끈기 있게 기다렸다.

32

• 경험에 비추어 측은지심의 토대 만들기
• 거친 길을 하나의 전망으로 만들기

어떤 눈으로 보든 너희 모두가 지금 내면으로부터 경험하고 있는 변화의 정도를 부인할 수는 없다. 어떤 사람들은 자신의 변화를 다른 사람에게 얘기해 단단한 우정과 후원을 누리는 것으로, 그 변화를 경험하여 새롭게 알게 된 자아를 강화한다. 한편 자신의 인식과 깨달음을 내면 전환의 증거로 혼자 간직하는 사람들도 있다. 깨달음이 너무 심오해서 도저히 부인할 수 없기 때문이다. 진화 과정의 강도가 심해지면서 자기 인식의 수준도 따라서 더 심오하게 진화할 것이다.

너는 네 자의식의 토대가 되었던 과거의 정체성으로는 더 이상 새로운 경험의 의미를 설명할 수 없음을 알게 될 것이다. 그리고 변태의 과정이 본성상 매우 유동적임도 이해할 것이다. 지금 네가 새롭게 얻어 기준으로 삼아 스스로 관찰할 수 있는 관점은 네가 지금까지 걸어온 풍성하면서도 종종 거칠었던 지형을 그 어느 때보다 더 제대로 보게 할 것이다. 그리고 그런 제대로 된 회상으로 너는 지금 이 순간의 명확한 인식을 얻기 위해 지금까지의 여행이 반드시 필요했음을 이해할 것이다. 즉 현재의 명쾌함이 과거의 고통을 정당화하는 셈이다.

이미 임박한 환경 속에서 지금 새롭게 이해한 것이 태어나도록 준비했었더라면 일은 더 쉬웠을 것이다. 그렇게 네 인생 대본을 쓰겠다고 선택했더라면 그토록 많은 노력과 고민과 시간을 들이지 않아도 되었을 것이다. 하지만 그렇게 했더라면 너는 지금 너무도 생생히 보이는 극적인 대조를 몸으로 경험하지는 못했을 것이다. 인생에서 몇 가지 중요한 에피소드를 통렬하게 겪었기 때문에 지금의 영적 깨달음이 더 강렬한 것이다.

달고 쓴 맛을 다 맛보지 않았다면 다른 사람의 삶 속 고난과 시련을 관찰하기만 했을 테고, 그때 너는 세상을 이론적으로만 이해했을 것이다. 그리고 삶의 드라마를 몸소 겪어 왔다면, 마침내 신성과 연결하기 위한 상태가 임박하여 그 환희를 맛보게 되었을 때 상대적으로 더욱 강렬하고 심오한 희열을 느낄 것이다.

깨달음을 위한 여행이 '참 오래 걸린다.'고 실패한 것은 아니다. 산 정상에서 너를 기다리고 있는 희열은 험한 산행을 하지 않았다면 얻을 수 없는 것이다. 너와 신성이 연결되었음을 알았을 때 더 심오한 희열을 느끼고 싶다면, 상반되는 분리의 경험을 더 심오하게 할 필요가 있다.

중요한 네 인생 경험들을 창조하는 이가 바로 너임을 완전히 깨닫기 위해 불의와 속임을 당하는 경험을 네 스스로 제대로 탐험할 필요가 있었다. 너 자신이 진실로 모든 능력을 갖고 있음을 알기 위해 어떤 의지도 관철시킬 수 없는 좌절 속에서 괴로워해야 했다. 네가 '인생'이라 부르는 전체 경험의 배후에는 신성의 토대가 있음을 확고히 알기 위해 신성의 본질이 의심받는 조건들을 네 스스로 창조해야 했다. 네 안에서부터 퍼지는 신성의 위대함을 전부 깨닫기 위해 분리의 상태를 강조하는 불운을 경험해야 했다.

네 성격의 이른바 '어두운 면'은 어두운 반응 패턴 속에 내재하는 에너지 진동을 네가 제대로 인식할 수 있도록 돕기 위해 너를 통해 표현된 것이다. 그도 그럴 것이 어두운 면이 지배하는 상태는 분명 기분 좋은 상태가 아니기 때문이다. 너희 중 일부는 깊은 공포 속에서 물리적 세상의 현실을 탐험해 왔다. 그 깊은 공포는 네가 '상승'해 벗어나고 싶어 한 특정 에너지 진동 수준의 생생한 표현이다.

너는 지금 경험으로부터 얻은 너만의 기준점을 수중에 가지고 있다. 그 기준점을 바탕으로 너는 상승 과정에서 느끼는 생생한 육체적·감정적 감각들을 이전에 느꼈던 감각들과 대조할 수 있다. 그리고 너는 인간 경험의 모든 극단을 포용하는 인생 여행을 해 왔기 때문에 자연스럽게 겸손과 감사라는 토대를 갖게 되었다. 이 생에서 계획하고 걸어왔던 그 놀라운 여행 일정을 뒤돌아보면 그 경험의 윤택함에 다시 한 번 놀랄 것이다. 그리고 네 세상이 왜 그렇게 불운으로 가득했는지도 이해하기 시작할 것이다.

고통을 겪어 본 사람은 다른 사람의 고통을 훨씬 쉽게 이해한다. 이제 분리의 불운에 의한 착각에서 벗어나기 시작했고 네 삶의 환경도 그런 에너지 전환을 반영하기 시작했으니, 너는 여전히 착각의 고통 속에 있는 사람들에게 진심으로 공감할 수 있다. 네 영혼의 여행에서 어두운 밤을 벗어났으니 다른 이들의 악몽에 깔린 진실을 인식하기가 더 쉬울 것이다.

꿈이 좌절되고 너만의 모래성이 네 인생 대본이라는 무자비한 파도 때문에 사라져 버린 경험을 했으니, 너는 강한 파도가 자신의 해변을 망가트리는 것을 참고 살아야 하는 사람들의 절망과 좌절을 그대로 느낄 수 있다. 너는 네 스스로 네 최악의 공포가 거듭 반복되게 함으로써 네 스스로 '자비'를 위한 토대를 닦았다. 네 스스로 그런 공포를 경험하지 않았다면 지금 인생 드라마의 깊은 함정에 빠져 있는 다른 사람들을 전혀 도울 수 없었을 것이기 때문이다.

이제 너는 삶을 아주 다르게 보기 시작했기 때문에 다양성 속에 내재한 완벽성을 볼 수 있을 것이다. 그리고 동시에 한때 너만의 여행을 하며 마음속으로 심판했던 사람들도 너의 인생 경험 패턴과 유사한 패턴을 경험하고 있음을 인식할 것이다. 네 의식의 영역 속으로 끌어들인 존재들의 여행은 너를 위해 너 자신의 경험을 거울처럼 그대로 생생하게 반사할 것이다. 그리고 네가 너만의 인생 대본에서 꼭 완수하고 싶은 것을 그보다 더 강조할 수 없을 것이다. 그런 네 인생이라는 연극 속 연기자들을 그동안 무시하고 싶었을 것이다. 그들이 비중 없는 단역처럼 보였을 것이다. 그들이 그들만의 멜로드라마를 연기하면서 너에게 네 속에서 인식도 인정도 하고 싶지 않았던 것들을 보여 주었기 때문이다.

이제 너는 네가 대단히 성장했음을 알고 있다. 그리고 그런 자각으로 이제 너는 판단을 보류했고 네가 그들보다 나은 존재가 아님을 알기 시작했다. 그리고 나아가 너는 그 모든 일의 바탕이 되는 단순히 '존재함(Isness)'의 의미를 감지하기 시작했다.

영적 여행에 발달 지표나 미진한 발달 같은 것은 없다. '모두가 하나이기 때문이다.' 너희 각자는 단지 서로 다른 순간에 있다. 각자는 모두 영원한 여행 속 각자 다른 한 순간, 한 동작, 한 깨달음에 있다. 그런 반짝임의 순간들이 모여 인식 전환 여행에 '해탈'이라 알려진 종합 관점이 형성된다. 그리고 각각의 뉘앙스가 전체의 본질에 미묘한 요소를 더한다. 너는 네가 해 온 여행이 너의 것이라고 생각할지 모른다. 너의 경험이 그렇게 말했기 때문이다. 하지만 사실 너의 경험은 이 시대가 공유하는 비전, 즉 종합 현실을 일견한 것일 뿐이다.

하나임이 너희 각자로서 이 여행을 하겠다고 선택했다. 그리고 우리도 그렇게 선택했고 '너'도 그렇게 선택했다. '존재하는 모든 것'의 완성 안에 존재하는 모든 것을 경험하며 너 자신을 알기 위해서다. 우리는 영적으로 깨달아 가는 그 소름 끼치는 절대적 행복을 경험할 가능성을 스스로 허락했다. 그리고 그 경험을 할 가장 극적인 방법은, 망각 속에서 다양한 삶을 끝없이 사는 것이었다. 그렇게 우리 고유의 독특한 신성 본질을 거듭 재발견하는 것이다. 네 깨달음이 고양된 순간들은 모든 존재가 공동 창조하는 말로 표현될 수 없는 조화에 놀라운 편린 하나를 덧붙인다. 그렇게 우리는 각자 다차원적 전체에 반향을 더한다.

어떤 사람이 자신의 길에 스스로 놓아둔 단서들을 알아채지 못하고 비틀댄다고 해서 그 사람을 비난해서는 안 된다. 너의 입장에서는 아주 분명히 보일 수 있다. 하지만 무릎을 꿇고 있는 사람이라면 그 단서는 보이지 않을 것이다. 아직은 보이지 않는 것이다. 진창을 충분히 밟아 봐야 그 단서가 보일 것이다. 너는 그것을 알고 있다. 그곳에 있어 봤기 때문이다. 우리 모두 그곳에 있었다. 이 여행의 성질이 그렇기 때문이다. 그리고 도움의 손길을 내밀지만 거절당하거나 상대방에게 가장 필요한, 네가 새롭게 발견한 지혜의 말을 해 줘도 소귀에 경 읽기일 수 있다. 하지만 너는 기억할 것이다. 네가 그랬기 때문이다. 그리고 너는 그동안 그 단서들이 늘 거기에 버젓이 있었는데도 네가 보지 못한 것이 신기하다고 생각할 것이다. 하지만 구도자라면 봐야 할 것을 볼 수 있는 그 특별한 눈이 떠지는 약속된 순간이 오기 전까지, 그 봐야 할 것을 볼 수 없음을 알 것이다. 네가 그랬기 때문에 알 것이다.

마침내 축복 가득한 깨달음을 포용했다면 자비를 통해 그런 너의 이해를 표현할 기회가 올 것이다. 네 여행 지금 단계의 특징이 그렇다. 새로운 눈으로 대담해질 때 사람들과 더 많이 어울리게 될 테고 그때 너는 그들 나름으로 해 나가는 여행의 힘을 인식하고 느낄 수 있을 것이다. 그 힘을 알아채게 하는 단서들은 늘 거기에 있었다. 하지만 지금까지 너는 그것들을 볼 준비가 되어 있지 않았다. 지금까지 너는 다양한 눈가리개를 하고 있었는데, 그것은 통렬한 깨달음의 과정을 건너뛰게 만드는 지식을 너무 빨리 습득하지 못하게 하기 위해서였다. 이제 그런 눈가리개는 없다. 최소한 너만의 비전을 좁히는 눈가리개는 이제 없다. 하지만 눈가리개를 없애는 과정은 착각의 층들을 걷어 올리고 너의 진정한 본질을 드러내는 동안 거듭 계속될 것이다.

네가 뿜어내는 빛이 네 옆에서 걷고 있는 다른 존재들의 길을 잠깐이나마 밝힐 것이다. 너는 단지 순간에 진실되게 존재하는 것만으로 그렇게 할 수 있다. 네가 어렵게 배운 교훈을 지금 배우고 있는 사람을 도우려고 '애쓸' 필요는 없다. 단지 현재에 살고 초연함의 에너지 진동을 유지하는 것으로 너는 상대가 절실히 필요로 하는 후원을 할 수 있다. 그 결과 상대는 바로 네가 그랬던 것처럼 늘 바로 그곳에 있던 것을 발견할 수 있다.

너는 단지 모범을 보여 다른 사람들에게 인식 변태 과정의 기초 원칙들을 가르칠 수 있다. 새로운 이해에 기반한 새로운 관점들을 하나씩 얻고 다듬어 가는 과정에서 너 스스로는 에너지적 안정기와 하강기를 번갈아 가며 겪게 될 것이다. 깨달음의 길에 '깨달음'의 정지된 상태란 없다. 깨달음의 길은 계속 진화하는 멈추지 않는 여행이다. 특정 수준의 에너지 진동을 안정시키고 특정 이해를 했다고 해서 갑자기 인생에서 모든 문제가 사라질 것이라고 기대하지는 마라. 물리적 세상이 제공하는 지형이 산꼭대기냐 골짜기냐에 따라 그때그때 다른 과제에 직면할 것이다.

너의 길을 스쳐 지나간 다른 사람의 불운들은 모두 네가 하던 일을 멈추고 그 상황들이 너에게 무엇을 제공하기 위해 나타났는지 비춰 볼 수 있게 하는 기회다. 그 기회를 잡으면 너는 결국 그 다른 사람들이 마주하고 있는 상황들에서, 네 인생에서 반복되는 주제들과 연결되는 네 인생의 경험들과 유사한 에피소드들을 인식할 것이다. 그리고 너는 그 다른 사람이 네 인생에서 그 반복되는 주제들에 대해 설명해 주는 선물을 주었기 때문에 네 스스로 그 주제를 해결하지 않아도 되었음을 깨달을 것이다.

네 에너지가 계속 상승하면서 너는 그런 종류의 경험 비춰 보기 현상이 점점 잦아짐을 볼 것이다. 상대방의 입장이 되어 그 삶의 드라마가 주는 상징적 교훈이라는 선물을 받아들일 때 너는 그 교훈과 얽힌 주제들이 야기하는 너만의 에너지 패턴의 억압된 요소들을 풀고 나아가 재정비할 수 있다. 그 과정에서 너는 네 경험적 대리인인 상대에게 자비심을 느끼게 될 테고, 그 자비심 때문에 너는 그 상대가 만들거나 풀어낸 부정적인 느낌을 받아들이지 않고도 에너지적으로 조화를 이루며 함께 나아갈 수 있다.

그러므로 자비심은 구속과 자유 사이의 균형을 유지하는 감정이라 할 수 있다. 너는 다른 사람이 겪고 있는 인식 전환 과정의 통렬함을 깊이 염려하며 도움을 줄 수 있다. 너의 경험과도 연결되는 삶의 기본적인 주제를 너 스스로 인식하기 위해서다. 동시에 너는 너를 태워 버릴 불꽃으로부터 에너지적으로 거리를 유지할 수 있다. 나아가 존재 공통 문제에 대해 마침내 통달했다면 너는 그 문제의 드라마 속에 실제로 빠져 있어 그 문제를 해결하려고 열심히 노력하고 있는 다른 사람들에게 에너지 상승의 촉발자로 기여할 수 있다.

그러므로 너는 인식 전환 과정이 정말이지 모두가 함께 추는 춤임을 알 것이다. 너는 다른 모든 사람들과 에너지 반향을 공유하며 매 순간 함께 춤추고 있다. 매우 익숙한 대목이 나오면 네가 춤을 이끌어 나갈 테고 때로는 스텝과 음악을 맞추는 방법에 통달한 다른 사람들이 너를 이끌어 나갈 것이다. 모두 전체 에너지 그 진동 속에서 춤추며 **하나임**을 집단적으로 경험할 그 절정을 향해 움직이고 있다. 춤을 추고 있는 것은 사실 **하나임**이기 때문이다. 다른 사람 속 **하나임**의 존재를 인식하고 그 **하나임**을 서로 공유하는 조화의 기운 속에서 너희를 하나로 묶는 것 또한 너희 안에 존재하는 **하나임**이다. 그리고 모든 교류는 결국 균형을 이루게 되어 있다. 어느 한쪽이 듣기만 하거나 단지 그곳에 있기만 하더라도 말이다.

무언가를 줄 때 주는 행위 자체는 결코 일방적인 것이 아님을 알아라. 주는 사람도 지금 네가 막 이해하기 시작한 방식으로 마찬가지로 받고 있기 때문이다. 너의 고통스럽고 힘든 현실 상황을 다른 사람과 나누어도 너는 상대를 힘들게 하는 것이 아니다. 다만 너희 둘 다 마음으로 알고 있는 노래의 공통 부분을 화음을 맞춰 노래할 기회를 상대에게 제공하는 것이다. 진실로 자비심을 느낄 때 너와 상대의 짐은 동시에 가벼워진다. 도움이 필요한 사람에게 도움을 줄 때 너희는 늘 잠시나마 마음이 가벼워질 것이다. 하지만 왜 그런지는 거의 알지 못한다. 도움을 주고받는 교류가 내뿜는 역동적 에너지는 도움을 주는 사람 안에 숨어 있던 감정 찌꺼기의 축적을 풀어 준다. 그 때문에 너희는 누군가를 도울 때 홀가분한 느낌을 받는 것이다.

너희 각각의 인생 양탄자를 모두 하나로 엮는 실이 바로 자비심이다. 사실 여기에 '존재하는 것'은 오직 우리 '하나'뿐이기 때문이다. 인생이라는 춤을 같이 추고 있는 다른 사람의 삶 속에 너의 삶과 유사한 것을 인식하기 시작할 때 너는 너희를 하나로 만드는 동시성의 법칙을 인식하고 또 그 법칙의 순간순간에 존재하는 신비로운 완벽함을 인식하기 시작할 것이다. 그리고 우연한 일은 없음이 매우 분명해질 것이다. 한때 사소한 일로 치부했을 '우연의 일치'라고 하는 것은 전혀 우연의 일치가 아니었다. 어쩌다 생긴 것 같은 일들은 모두 생각의 완벽한 구현들이다. 그 순간 너희 각자는 너희 각자에 의해 뭔가를 받기 마련이다.

네가 생각했던 네 인생에 갑자기 큰 변화가 생길 것 같다면 하던 일을 멈추고 네 인생에 대해 재고하지 않을 수 없을 것이다. 인생 계획이라는 것들은 사실 진짜 방향이 '우연히' 드러나는 순간으로 가기 위해 네가 선택한 우회로에 지나지 않았다. 너의 주의를 끄는 사람은 너희 둘 공통의 끈을 강화하기 위해 네가 그곳에 전략적으로 배치한 것이다. 너희 각자는 그 춤을 전에도 춘 적이 있다. 둘이 같이 추었을 가능성이 높다. 타인과의 교류라는 그 완벽한 리듬 속으로 쉽게 빠져들어 갈수록 그 우연한 연결처럼 보이는 교류의 의미가 더 크다는 뜻이다.

상대와 네가 나누고 있는 것을 탐구할 시간을 가져라.(그럴 시간이 만들어라.) 상대가 그 교류로부터 더 많은 것을 얻어 가는 것처럼 보일 때 특히 더 그래야 한다. 그런 손해 보는 듯한 교류를 할 때 너는 정말 더 중요한 깨달음을 얻을 수 있기 때문이다. 늘 앞서 나가야만 '이기는' 달리기 선수처럼 누구도 혼자 달릴 수는 없다. 너희 각자가 지금처럼 진보하는 것은 너희 모두가 함께 타고 있는 파도가 갑자기 크게 솟아나고 있는 중이기 때문이다. 그리고 상승하고 있는 것은 너희 집단이다. 비록 네 개인적 관점에서 보면 너만이 그 비약적 도약을 이루고 있는 것처럼 보이더라고 말이다.

너의 파도타기를 에너지적으로 '원조'하고 있는 셀 수도 없이 많은 다른 존재들이 있다. 그들 덕분에 너는 '하나'로서 다른 사람과 함께 파도 끝 한쪽을 타고 갈 수 있는 것이다. 분리의 느낌을 합리화하고 잊어버리기 위해 너의 일생을 소비하는 동안, 또 너희가 서로 공유하는 상호 의존의 추진 에너지에 모든 것을 맡기게 될 때까지 너는 상상도 못했던 마법의 순간들을 경험했다. 그 **하나임**을 경험했다. 너는 네가 그 **하나임**임을 안다. 네가 **하나임** 안에 있었기에 아는 것이다.

33

- '착각'의 세부적인 요소들로부터 거리 두기
- 목격자의 관점 얻기

마음의 경향들을 발견하고 네가 너를 얼마나 속이고 있는지를 분명히 보는 것은 깨달음의 과정에서 매우 흥미진진한 부분이다. 갑자기 너는 네 정체성을 형성하는 네 '성격'들을 보게 될 것이다. 그리고 거리를 두고 즐겁게 그 성격들을 관찰할 것이다. 네 인생 전반에서 연기해 왔던 일부 주요 주제들을 명확하게 찾아내게 되면 지금 그런 연기를 하는 동안 특정 반응 패턴을 보는 너를 관찰하기가 좀 더 쉬워질 것이다. 때로는 마치 두 명의 '내'가 존재하는 것 같다. 한 명은 예의 그 반응을 고집스럽게 계속 반복하고 있고, 다른 한 명은 옆에 서서 그런 고집스러운 일상을 살아가는 다른 자신을 매우 흥미롭게 지켜본다.

너는 네가 좋은 의도로 짜 놓은 복잡한 거미줄을 풀기 시작할 수 있다. 일생 동안 너는 그 속에 너 자신과 다른 사람들을 잡아 두었다. 아무리 처음부터 작정하고 그랬다고 하더라도 말(좋은 의도)과 행동(잡아 두는 행위)이 다를 때 너를 믿어 줄 사람은 결국 너를 포함해 아무도 없다. 진정한 너는 그리고 사람들은 네가 영리한 말과 행동으로 감추고 있는 것(감추고 있다고 믿고 있는 것)이 무엇인지 다 알고 있기 때문이다. 그러면서 너는 너 자신을 스스로 왜 신뢰할 수 없는지 의아해한다. 네가 실제로 얼마나 신뢰할 수 없는 사람인지 계속 스스로에게 증명하면서 말이다.

너는 믿지 못할 사람이 되려는 의도를 가지고 있는 것은 아니다. 인식 전환을 많이 이룬 너는 당연히 지금 자신을 '의식적' 선택을 하는 매우 믿을 만한 존재로 보기 때문이다. 하지만 기회가 주어진다면 너는 스스로 취하지 않겠다고 약속한 음식이나 물건이나 활동을 조금씩이라도 취하며 자신을 '속이는' 데 주저하지 않을 가능성이 높다. 신뢰를 배반한 것에 대해 충분히 그럴듯한 핑계를 대며 다른 사람들을 '비난'하며 스스로 정당하다 느낄지도 모른다. 하지만 아무리 그래도 벌어진 일에 누군가 책임은 져야 한다. 그리고 너 외에 다른 누구도 책임질 수 없다.

너희는 모두 마음에서 우러나온 말을 듣고 있다. 매 순간 네 마음속에서 그리고 너의 드라마에 주의를 둘 정도로 너에게 애정이 충분한 사람들 마음속에서 매 순간 최고의 선택이 무엇인지 알려 주고 있다. 그러므로 문제는 최고의 선택이 무엇인지 모르는 것이 아니라 마치 어른들이 만들어 놓은 경계가 어디인지 시험하는 어린 아이처럼 네가 너만의 자유의지를 이용해 너만의 규칙을 깨는 데서 나온다. 이 경우 경계가 위험해진 어른은 바로 너이다. '한 번쯤은 규칙을 어기고도' 무난히 지나갈 수 있을 거라고 어느 순간 생각할 수 있다. 하지만 네가 규칙을 깨고도 그것을 네가 모르고 그냥 지나가는 일은 실제로 불가능하다.

절대적으로 옳거나 절대적으로 그른 법칙은 없다. 너를 위해 너 자신이 만들어 실행하는 법칙이 있을 뿐이다. 특정 행동의 결과들을 예측해보면 바람직한 선택과 덜 바람직한 선택이 있을 수 있다. 하지만 행동 기준을 거스르는 것은 네가 너를 위해 만든 '규칙'들에만 적용될 수 있다. 욕망에 흔들려, 받아들일 수 있는 행동에 대한 너만의 기준의 경계를 넓히려고 할 때 너는 네가 초월하고자 하는 착각들로 더 깊이 빠져들게 된다. 네가 처한 환경의 원인이 너라는 증거보다, 그 환경에 영향력을 행사할 수 있는 사람이 너라는 증거를 더 많이 믿을 때 너는 '원천'으로부터 분리된 착각의 상태를 강화하는 조건들을 창조한다.

네 개인적인 드라마의 세부 감정들에 초연하기 시작할 때 그리고 자신이 마치 로봇처럼 일정한 방식으로 움직이고 있음을 볼 때 너는 순수 의식의 관점에서 자신을 경험하기 시작한다. 그 너만의 순수 의식이 네가 '너'로 알고 있는 성격으로부터 거리를 두게 하고, 네가 창조한 성격을 연기하는 너를 객관적으로 관찰하게 할 것이다. 너의 깊은 본질을 파고들 때 너는 무엇이 진정한 '너'이고 무엇이 네가 창조한 걸작인지 분명히 볼 수 있다.

네가 처한 환경에 맞게 제대로 창조된 그 성격(너, 걸작)은 살아남기 위한 반응 기술들의 모든 레퍼토리를 갖고 있고 그렇게 너는 네가 너만을 위해 쓴 대본의 측면들과 제대로 맞서기 위해 그 모든 기술들로 무장해 왔다. 너는 네가 네 삶을 살게 한 그 성격 속에 짜 넣어 얻고 싶어 했던 것들을 최고로 잘 드러내는 상황들과 거듭 마주치기 마련이다. 네가 총지휘하는 공연 속 아이러니와 일정한 패턴들을 일단 한 번 관찰하기 시작하면, 너는 네가 스스로 가하는 감정 에너지 찌꺼기의 충전을 풀기 시작할 것이다. 그 충전 에너지로 네 연극의 주연이 그동안 연기를 해 온 것이다.

너의 인생은 하나의 춤이다. 그 춤 속에서 네가 처한 상황들이 네가 전에 자신에게 허락한 성격의 정체성을 정의하고 재정의하는 일을 돕는다. 그리고 그 상황에 대한 그 성격의 반응들을 정의하고 재정의하는 일을 돕는다. 너는 일생 동안 같은 멜로디만 들으며 늘 똑같이 빙빙 돌 수도 있다. 네 선택이 그렇다면 말이다. 네 세상 사람 대부분이 그 이상을 알지 못하는 것도 사실이다. 너는 진실로 깨어 있겠다(의식하겠다) 선택할 수도 있다. 너 자신을 가해자이자, 그 가해자가 창조하는 창조물로서 표적도 될 수 있음을 보기 위해서 말이다.

네가 스스로 부과한 기준들을 위반하고 싶을 때는, 그런 선택의 결과를 완전히 받아들이고 그 선택의 결과에 모두 책임지고 결과적으로 생길 수 있는 희생자 에너지를 무시할 수 있어야만 한다는 것을 잘 알아라. 너는 네 중독, 끝없는 갈망 혹은 욕망의 희생자가 아니다. 너는 선택의 결과에 대한 너의 반응에 완전히 책임져야 하는 적극적 참가자다. 그런 마음가짐으로 모든 선택에 접근할 때 너는 원치 않는 결과를 끌어들일 에너지 충전을 모두 쉽게 흩뜨릴 수 있다.

금지 식품이라 정했던 단 과자를 먹겠다고 선택했다면 그 선택을 완전히 포용하며 한입 한입을 다 즐겨라. 너 자신을 혐오하거나 '배신'했다고 생각지 말고 그렇게 하나의 기준을 깰 수 있는 자신을 사랑하라. 선택을 할 때는 의식적으로 온전한 선택을 하라. 그럼 그 선택은 너를 위한 최고의 선택이 될 것이다.

옳은 선택도 그른 선택도 없다. 행동이 있고 반동이 있을 뿐이다. 행동과 반동은 삶이라는 영원한 춤 속에서 서로 얽혀 있다. 그 춤이 진실이라고 믿는 착각에서 벗어나 춤추고 있는 자신을 볼 수 있을 때 너는 제대로 된 춤을 위한 준비를 시작할 수 있다. 다음 단계는 춤추고 있는 너를 보고 있는 사람이 누구냐 궁금해하는 것일 테다. 스스로 안무가이자 청중이라고 깨달은 그 사람이 무대에서 얌전히 맴을 돌고 있는 내가 아니라면, 그렇다면 그 사람은 누구인가?

그런 끝없는 질문을 하게 되었다는 것은 네가 중요한 시기를 겪고 있다는 뜻이다. 착각의 세상에서 벗어나 가능성으로 가득한 세상을 경험하게 해 달라고 요구하기 시작한 것이다. 네가 살고 있는 세상은 원래 가능성으로 가득한 세상이기 때문이다. 너는 여기 활기로 가득한, 한계도 구속도 없는 기쁨의 세상에 있기 때문이다.

네가 연기했던 비전이 너로 하여금 그 비전의 한계를 초월하고 진정한 너를 알게 했다. 네가 연기한 '네'가 없었다면 네가 '해 온' 일은 모두 있을 수 없기 때문이다. 그리고 진정한 너(The One)는 그런 '행위'들을 할 필요가 없다. 네가 그렇게 베일을 벗기고 싶어 했던 진정한 너는 그렇게 진정으로 '존재'하는 자신을 알기 위해 아무 일도 '할' 필요가 없다. 왜냐하면 진정한 '존재'의 상태에는 판단이나 가치나 무가치에 대한 질문 자체가 없기 때문이다. 진정한 너는 단순히 '존재한다.' 그 단순히

'존재하는 행위' 속에서 진정한 네가 누릴 수 있는 희열을 방해할 것은 아무것도 없다. 착각의 드라마에 갇힌 너에게는 그런 삶을 방해하는 문제들이 너무도 많지만 말이다. 너는 그 진정한 너를 경험하고 궁극적으로 알게 하는 기회를 가졌다. 그 진정한 너는 네 인생 드라마 속 고난과 시련이 침범 불가한 영역이다. 진정한 너는 단순히 '존재한다.' 그리고 안다. 그리고 '존재'의 희열을, 앎의 희열을 반향한다.

진정한 너라는 너의 측면을 경험하면 너는 기준점을 갖게 된다. 착각의 세상에서 불가피하게 힘든 일이 생길 때 그 기준점에 의지할 수 있다. 그 기준점은 무적의 '중심'으로, 거친 파도에 둘러싸여 있지만 그 중심은 고요하고 평온한 폭풍의 눈에 비유될 수 있다. 그 중심은 진정한 네가 머물 수 있는 피난처다. 그 중심에서 보는 관점이 착각의 세상 안에서 살면서 네가 궁극적으로 견지할 관점이다. 앞으로 너는 증인의 입장을 취하기 시작할 것이다. 그리고 인생 드라마의 디테일에 더 이상 집중하지 않게 되면서 심지어 가장 격정적인 상황에서도 그 상황에 휘말리지 않고 단계적으로 거리를 두기 시작할 것이다.

진정한 너는 거기 네 안에 있다. 바로 지금도 그렇다. 진정한 너는 소위 배운 사람들의 특정한 가르침을 많이 듣는 것으로 알 수 있을 거라고 희망하는 그런 것이 아니다. 고행을 해야 경험할 수 있는 것도 아니다. 희생이나 고통을 감당해야 얻을 수 있는 것도 아니다. 지금 너의 세상이 수없이 많이 제공하고 있는 독선적인 종교에 복종하는 것으로 '구입할 수' 있는 상태도 아니다. 하지만 기존 가르침들의 순수했던 최초의 비전을 통해 혹은 미지의 정글 속에서 너만의 의식으로 밝힌 길을 걸어

가면서 너는 **하나임**을 '경험할 수 있고', 또 알 수 있다. 그리고 결코 잊어버리지 않을 것이다.

너는 늘 네 속에 있던 그 앎을 찾으며 일생의 대부분을 허비했을지도 모른다. 그리고 너도 모르는 사이에 네가 찾던 것을 일견했을 수도 있다. 깨달음의 상태는 너에게 소리치며 알아달라고 하지 않기 때문이다. 깨달음의 상태는 미묘한 상태다. 그것은 단순히 거기에 있고 '너'도 거기에 있다. 하지만 너는 착각으로 가득한 세상으로 거듭 되돌아온다. 너는 어떤 빛줄기와 함께 전체를 다 봤다고 느낄 수 있다. 그리고 다음 순간 그 앎의 선명도가 다시 한 번 퇴색될 수도 있다.

궁극적으로 순수 의식의 관점은 유지되기 마련이다. 물리적 인식의 수준들을 통과하며 에너지적으로 계속 상승함에 따라 너는 폭풍의 눈 속에서 '존재하기'를 이미 구현한 바 있음을 깨달을 것이다. 순수 의식의 그런 관점이 인식되어 네 의식을 지배할 때 너는 어떻게 알게 되었는지는 모르겠지만 네가 더 이상 예전의 네가 아님을 알게 될 것이다.

그 순수 의식의 관점에서 보면 네가 태어나고 네 개인적 삶의 생생한 드라마를 연기해 왔던 세상은 추억 속의 세상이다. 그곳은 원한다면 환영받으며 재방문할 수 있는 경험 보관소라고도 할 수 있겠다. 순수 의식을 인식하는 지금의 너는 예전 삶의 에피소드를 되돌아보며 전체 숲을 볼 수 있다. 너는 이제 그 경험들의 진짜 의미를 볼 수 있다. 이제 너는 처음으로 네 강렬한 감정들이 모호하게 하거나 지나치게 과장했던 것들을 제대로 목격할 수 있다. 감정의 베일들이 거둬지면 온전히 객관적으로 볼 수 있다. 과거의 기억은 늘 거기 있던 명확한 앎이라는 선물을 드러내는, 생생히 살아 움직이며 진동하는 하나의 그림이 된다.

네 개인 보관소에 있는 기억들을 조사하고 분류하고 해석하고 재평가하면서 너는 처음으로 네가 어디를 여행했는지 보기 시작할 것이다. 착각하고 있는 동안에는 어디에 있는지 거의 볼 수 없을 것이다. 일단 과거에 겪었던 여러 상황으로부터 거리를 두게 되면 너는 현재 경험 속에 있는 익숙한 과거의 장소도 인식할 수 있다. 렌즈의 시야가 더 넓어지면서, 지금 현재 겪고 있는 경험의 성격도 자동으로 새롭게 규정된다. 그리고 너는 거의 지금과 똑같은 장면인데 에고가 지배하던 과거에는 대단한 사건으로 커져 버렸던 에피소드들을 기분 좋게 떠올릴 것이다.

그런 깨달음은 이제 즉각적일 것이다. 너의 의식이라는 바다에 살고 있는 너의 자의식은 이제 거의 아무런 파도로 일으키지 못한다. 현재 '존재하는' 관점 덕분에 너는 단지 과거의 경험이 무엇이었는지 알게 되어 그런 대단한 모험을 할 수 있었던 것에 감사하고 감탄할 뿐이다.

목격자의 관점은 자책이나 후회 따위는 하지 않는다. 나쁜 이유로 생겨난 상황은 없기 때문이다. 너는 너 자신을 위해 잊을 수 없는 이야기의 주인공이 되었다. 그 이야기의 주제를 이론적으로 맛보기만 했다면 통렬한 경험은 불가능했을 것이다. 다른 사람의 고통과 트라우마를 상상하며 동정할 수는 있지만 그것은 어디까지나 남의 일이 되었을 것이다. 인생을 생생히 살아 보지도 않고 진정한 앎을 바랄 수는 없다.

지금 과거에 네가 있던 자리에 있는 다른 사람에게 네가 주어야 할 것은 네가 힘들게 경험하며 얻은 네 분명한 앎이다. 고통스러운 깨어남의 과정에 있는 다른 사람을 이제 너는 진정으로 도울 수 있다. 이제 너는 자비심을 갖고 한 번에 하나씩 세상을 바꿀 수 있는 입장에 있다. 그 입장이 네가 침묵하며 늘 그토록 원했던 것이다. 이제 너는 누가 가르쳐서 혹은 누구로부터 배워서 아는 지식이 아닌 스스로 깨달은 지식에서 우러나온 말을 할 수 있는 입장에 있다. 그리고 그런 너의 관점은 네 과거라는 영화를 재방영하는 것을 더 큰 눈으로 볼 수 있을 때만 가능한 것이었다.

네가 살아온 대하소설 같은 통렬한 과정을 감출 수는 없다. 네 성스런 여행의 자세한 부분들을 이렇게 저렇게 부정하며 그 본질을 바꿔 버릴 수는 없다. 너도 그것을 바라지 않는다. 인간적인 여행에서 네가 진실로 걸어왔던 길이 단지 예쁜 것이 아니라 진짜이기 때문에 그 여행이 성스러운 것이다. 하나의 이야기가 누군가에게 제공해도 될 정도로 진실로 가치 있는 뭔가를 가지려면 감동적이고 되새길 만해야 한다. 그렇기 때문에 너는 너의 인생에 그런 잊을 수 없는 부분들을 포함시킨 것이다.

깨달음이라는 날개가 돋기를 기다리는 지금은 네 의식 변형 오디세이에 있는 격동으로부터 거리를 둘 때이다. 의식의 변화는 너의 과정이 절정에 이르렀을 때 오는 것이 아니라 그 길 어느 때고 통한의 느낌을 억누르며 발길을 멈추었을 때 온다. 조용한 반추를 위한 그 시기는 너로 하여금 지금까지 걸어온 길을 완전히 이해하고 앞으로 가야 할 길을 준비하게 할 것이다. 상승 과정이 고정된 과정이 아님을 늘 상기하라. 그리고 이 일로부터 휴가는 영원히 없음을 알아라. 단지 이 일을 편하게 느낄 순간이 있을 뿐이다.

고원 위에 올라선 관점을 어느 정도 흔들림 없이 유지하게 될 때 너는 몇몇 가장 험난한 지형을 횡단한 것이다. 그때 너는 여전히 거친 경험의 여파를 감당하고 있겠지만 경험을 보는 너의 온전한 시각을 흐리게 했던 감정의 찌꺼기로부터는 자유로울 것이다. 조용한 반추의 시간에 너는 무슨 일이 일어났었는지 조사하고 이제 어디로 향해야 하는지에 대한 중요한 결정을 내릴 수 있다.

바로 그때 인생의 방향이 급선회할 가능성이 크다. 가까운 인간관계가 갑자기 끝나거나 직장에서 그동안 쌓아 온 경력을 포기할 수도 있다. 진실로 가치 있는 것은 한때 중요한 것 같았던 물질적 부속물들과 거의 아무 상관이 없다는 것을 명확하게 이해하면 집도 팔고 소유물들도 나눠 주면서 지고 갈 짐을 가볍게 하고 싶을 것이다. 증인의 눈으로 착각의 층들을 관통해 보기 시작하면 단출한 삶에 대한 충동이 매우 커질 것이다.

그럼 조용하고 심오한 시기가 찾아올 테고 너는 착각의 세상이 제공하는 익숙한 보호 장치로부터 얼마나 멀리, 얼마나 과감히 떠나야 할지를 결정할 것이다. 익숙한 것에는 분명 편안한 점이 있다. 그런 편안함을 포기하지 않는 사람도 많을 것이다. 진정으로 존재하는 세상을 일견했음에도 이미 사라져 버린 낡은 모든 것을 포기하고 새롭게 시작하기보다 익숙한 착각 속에 매달릴 것을 선택하는 사람이 많을 것이다. 하지만 진정한 변태를 원한다면 새로운 집을 얻고 타협의 가능성을 배제하는 방식을 구축하고 추구해야 한다.

의도 구현의 역할을 이해할 때, 선택과 그 선택의 실행이 반드시 진실한 의지의 반영이자 그 의지 관철의 도구여야 한다는 것이 명확해질 것이다. 타인의 기대와 욕구를 채우기 위한 선택이어서는 안 된다는 뜻이다. 지금 너희가 접근하는 단계의 세상에서 주어진 상황에 가능한 최고의 결과를 얻으려면 행동을 하는 데 여러 마음이어서는 안 된다.

마음에서 우러나온 순수한 열정이 아니라 복잡한 의무감으로 선택에 부담을 주면 갈등의 에너지 때문에 결과는 흐리멍덩해진다. 마음이 원하는 것을 얻고 싶어 하는 것이 인간의 자연스러운 조건임을 알았다면, 자기 모순적인 복잡한 메시지를 전달해서는 원하는 것을 얻을 수 없음을 분명히 알게 될 것이다. 그리고 너를 착각 속에 잡아 두던 감정 에너지 찌꺼기의 층들을 하나씩 벗겨나감에 따라 너와 삶을 공유하는 사람들의 순수하지 못한 동기들도 갑자기 매우 분명히 보일 것이다.

너와 삶을 공유하는 사람들의 동기 속에 네가 갇혀 있는 이유는 네가 계속 심하게 그들의 호감을 사고 싶어 하기 때문이다. 더 넓은 시야에서 보면 그렇게 '평화를 유지하면서' 네가 치러야 할 대가가 너무 크다. 그것을 깨닫게 되었을 때 너는 기존 관계들의 가치에 의문을 품고 너만의 고양된 선택들을 실행하는 데 방해가 되는 관계는 포기하기 시작할 것이다.

너는 자신에게 운신의 폭을 최대한 허용하는 사람들을 만나고 싶을 것이다. 때가 때이니만큼 종종 고독이나 완전한 단절을 선택하기도 할 것이다. 다른 사람들은 네가 그들이 원하는 대로 행동하기를 바랄 것이다. 혹은 최소한 그들이 원하는 것을 지지하기를 바랄 것이고, 때로는 그런 바람을 위해 너의 인생을 조작하려고도 할 것이다. 하지만 너는 그런 일에 별로 신경 쓰지 않을 것이다. 나아가 주위 사람들이 하는 행동들의 의도를 매우 분명히 보고 그것이 코미디 같다고 여길 것이다. 너는 너희 세상에 만연한 조잡한 싸움들을 관찰하고 아무런 상처 없이 그 소란한 장소를 빠져나올 것이다. 너는 그런 싸움의 결과를 걱정하지 않을 것이다. 결과는 전혀 중요하지 않다는 것을 잘 알기 때문이다.

말할 것도 없이 너는 이기적이라거나 무심하다거나 냉담하다는 비난을 들을 것이다. 아이러니하게도 너의 감수성이 가장 고양된 그 시기에 말이다. 그들이 너의 어떤 면에 기분이 상하거나 그 면을 참을 수 없다고 말할지도 모른다. 하지만 그것은 그들이 더 이상 옛날 방식으로 너를 옭아맬 수 없기 때문이다.

다른 사람의 견해에 힘을 실어 주는 일을 멈출 때 너는 너를 착각 속에 묶고 있는 밧줄을 풀 수 있다. 그런 일이 그동안 인식 전환의 과정을 통해 점진적으로 진행되어 왔다. 하지만 너희 중에는 그런 깨달음을 매우 갑작스럽게 경험하는 사람도 있을 것이다. 그때 자신에 대한 충성심도 갑작스럽고 극적인 변화를 겪을 것이다.

변형 여행의 지금 단계에서는 인생 경험의 모든 측면들을 단순화하고 싶은 충동이 지배적인 주제가 될 것이다. 그리고 너는 삶에서 불필요한 것들을 모두 없애는 데 의식적으로 집중할 것이다. 인생의 방향이 살아 움직이는 내면의 기쁨을 반영하는 쪽으로 바뀔 것이다. 이 시기에는 내면의 기쁨을 반영하지 않는다고 인식되는 것은 모두 관심 밖으로 밀려나게 되어 있다. 너는 '자기애(Self-love)'로 새로운 관점을 얻게 될 것이고 그 관점을 기반으로 심오한 변태를 겪으며 성장할 것이다.

여기서 네가 사랑하는 자아(Self)란, 근시안적이고 직선적인 '자아(self)' 개념(이 생에 너는 이 개념을 갖고 태어났다.)에서 벗어나 하나로 '존재하는 것'에 대한 확장된 인식을 가질 수 있을 정도로 성장한 자아를 의미한다. 그 성장 과정에서 직선적 정체성의 결정체라 할 수 있는 착각(물질적인 세상이 진리라고 생각하는 것)도 관심 밖으로 사라질 것이다. 착각 대신 너희는 시간과 공간을 초월한 '신성 자아'를 인식하게 되는 것이다.

'신성 자아'의 인식이라는 옷만 입고 앞으로 나갈 준비를 마쳤을 때 너희는 전환점으로 기록될 변형과 변화를 이룰 것이다. 그 전환점을 너희는 오랫동안 '해탈'이라고 불러 왔다. 그 전환점은 네 여행의 이정표이자 의식의 중심점이다. 그 의식의 중심점을 너희는 '영혼'이라 부를 것이다. 그리고 해탈에 이르렀다는 것은 이 생에 주요 주제가 된 상승의 과정에서 가던 길을 잠시 멈춰야 한다는 뜻이다.

너는 끝없이 펼쳐져 있는 산들을 굽이굽이 감싸는 길을 걷다가 해탈이라는 정류장에서 여러 번 숨을 돌릴 것이다. 해탈은 물리적 세상의 말로 비유하자면 '멋진 광경'이 기다리고 있는 특정 장소와 같다. 그 장소에서 너는 숨을 고르고 쉬면서 네 앞에 펼쳐지는 멋진 풍광을 감상하면 된다. 다시 힘든 산행을 시작하기 전에 말이다.

숨을 고르며 본 광경은 눈앞에서는 사라져도 네 의식에는 남아 있다. 그 광경을 본 후로 너는 한 고개만 넘으면 해탈의 상태가 다시 너를 기다리고 있음을 알 것이다. 그리고 너는 거친 길을 가는 고통이 단순히 착각이라는 것을, 다시 말해 한바탕 꿈으로 사라져 갈 것임을 알 것이다.

34

- 내면의 안내자 찾아내기
- 내면의 문으로 향하는 교차로
- 다시 찾아온 의존 심리 거부하기

지혜는 너희가 자신의 존재를 눈에 보이는 하나의 형태로 받아들이기 시작한 순간부터 찾고 싶어 했던 가상의 실체다. 지혜는 원래의 너와 네가 선택한 너를 식별하게 하는 유일한 요소다. 정체성을 가진 하나의 형태로 출현하겠다는 선택을 하려면 너만의 신성 본질(원래의 너)의 성질에 대한 너의 앎을 포기하는 데 동의해야 한다.

그렇게 포기하고도 정확히 설명할 수 없는 그 어떤 느낌은 여전히 남아 있기 마련이다. 너의 마음 깊은 곳에 있는 무언가가 지금 너를 둘러싸고 있는 모든 것의 배후에 심오한 목적이 있다고 말하는 것 같다. 지혜는 감지하는 것이지 붙잡을 수 있는 것이 아니다. 지혜가 감지되는 것은 한편으로는 한때 그 지혜를 완전히 의식했었기 때문이고 또 다른 한편으로는 그 지혜, 그 앎이 너를 떠난 적이 한 번도 없기 때문이다. 지혜는 네 본질의 한 부분이다. 본질로 향한 통로를 너 스스로 부인해왔을 뿐이다. 모든 역경을 물리치고 그 지혜를 '얻을' 기회를 잡기 위해 너는 그 지혜를 부인해 왔다.

이제 네가 창조해 온 미스터리의 복잡한 실타래를 풀기 시작했기 때문에 때때로 지혜의 단서들이 너의 의식 표면에 떠오를 것이다. 지금은 깨달음의 단서들을 바로 네 발 앞에 두고 있으니 전에 그랬던 것처럼 용케 피하는 일은 불가능하다. 너는 네가 야생에 버려졌다고 생각했지만 사실 너는 네가 있는 바로 그곳에서 매우 주의 깊게 안내받고 있었고, 지금도 받고 있다. 그리고 그 안내자는 네가 논리적 정신을 거부하고 '옳다고 느끼는' 일을 할 것을 선택하라고 자극하고 재촉하고 있다.

깨달음의 빛을 사람들은 '직관'이라 부르기도 한다. 그리고 네가 직선적 세상의 한계를 철석같이 믿고 있는 착각에서 벗어날 때 깨달음의 '빛'은 더 자주, 더 오래 보이게 될 것이다. 그런 자극을 인식하고 자극에 반응하는 연습을 조금 하고 나면 '존재하는 것'의 진정한 본성에 대한 그런 일견들이 신뢰할 만한 것이라고 너의 경험이 말해 줄 것이다. 그 연습의 결과 자체가 그렇게 말할 것이다.

너희는 세상이 말하는 정보들을 섭렵한 다른 사람들이 지혜라는 가면을 씌워 제공한 것을 따르기보다는 내면의 안내자를 따르는 방법을 배우고 있다. '영적 능력'이 있다고 주장하는 사람들에게 너의 힘을 줄때 너는 네가 초월하려고 하는 분리의 바로 그 느낌을 오히려 강화하기 때문이다. 외부적인 원천이 너에게 제공한 정보를 타당하다고 인정할 수 있는 것은 네 내면의 앎뿐이다. 그리고 너에게는 무엇이 타당한 안내자고 정보인지 또 무엇이 아닌지 판단할 수 있는 놀랍도록 정확한 척도가 바로 네 안에 있음을 인식할 기회가 주어졌다.

네가 볼 수 없다고 믿고 있는 것을 '본다'고 주장하는 사람들이 제공하는 정보의 정확성은 그 사람의 의식이라는 필터가 얼마나 깨끗하고 정확하느냐에 달려 있다. 어떤 사람들은 어느 정도 착각의 베일을 벗기고 대체로 정확한 사실을 몰래 들여다볼 수 있으며 그때 보는 것, 느끼는 것, 들리는 것들을 너에게 말해 줄 수도 있다. 하지만 그런 '초자연적인' 비전이 진정한 '지혜'일 경우는 거의 없다. '존재하는 것'은 다른 존재의 눈으로 오염될 수 없고(즉 네가 직접 봐야만 하는 것) 너희 중 자신의 개인적인 여행에서 착각의 베일을 완전히 벗긴 몇 안 되는 사람만이 볼 수 있는 것이기 때문이다.

자신만의 인식 전환 과정에서 착각의 베일들을 벗기는 다양한 단계에 있는 다양한 사람들이 너에게 제공한 너에 대한 비전들은, 대체로 한정된 가능성에 대한 독단적인 일견일 것이다. 그들이 읽고 말한 것은 십중팔구 주어진 상황에서 생겨날 수 있는 수많은 결과 중에 하나이다. 너는 당연히 너의 자유의지로 그런 예언을 바꿀 선택을 할 수 있고, 그렇게 그 예언이 틀렸음을 입증할 수 있다.

다른 존재의 안내에 따라 행동하는 것은, 그 다른 존재가 아무리 '대단한 능력의 소유자'라고 해도, 너로서는 타당한 정보를 직접적으로 얻을 수 없다고 에너지적으로 선언하는 것이나 마찬가지다. 그렇게 선언하면 정말 그렇게 된다. 너는 안목이 의심스러운 다른 존재가 너를 대신해 네 인생의 중요한 일을 선택하게 두려고 이른바 너의 삶을 살기 시작한 것이 아니다. 궁극적으로 너의 삶을 위한 선택은 네가 내려야 한다. 그 선택이 네가 원하는 결과를 가져오려면 말이다.

요즘 '다른 세상'의 존재에게 도움을 요청하며 안내나 정보를 얻는 일이 많아졌다. 그 의식들은 다양한 수준의 관점들을 제공하는데, 그 관점이 어느 정도 객관적인 근거가 있는 것 같으면 너는 그 의식들의 충고를 깊이 받아들이려고 한다. 한때 육체로 있다가 지금은 더 이상 그렇지 못한 존재들과 접촉하는 것이 대단한 능력이라고 할 수는 없다. 너희가 살고 있는 물리적 세상 속 변화의 공간은 그런 존재들로 가득하다. 그리고 그들 대부분이 지나치게 네 삶에 간섭하려 든다.

그 의식들에게 너의 힘을 주려고 결심한다면 그들의 의도가 아무리 좋다고 해도 결국 그들의 충고는 그들의 관점과 문제로 윤색된 것임을 먼저 알아라. 문제와 관점들은 육체를 벗어났다고 해서 단순히 사라지는 것이 아니다. 그들은 그들만의 대하소설에서 '장(章)들 사이'에 있다고 보면 된다. 너에게 영향력을 행사하려고 하면서 그들은 한때 그들과 너 사이에 있었을 연대와 집착을 에너지적으로 강화하려 하고 있다. 그 경우 변할 것은 아무것도 없을 것이다. 의식 조작, 그리고 그런 조작을 향한 너의 열린 마음만 지속될 뿐이다.

그런 '천사'라고 하는 것들로부터 도움을 구할 때는 최소한 그들이 물리적 세상을 떠날 때보다 대단히 영적으로 성장한 상태는 아님을 알아야 한다. 육체를 떠났다는 이유만으로 그들이 반드시 모든 것을 알고 절대적으로 현명해지는 것은 아니다. 그들이 살아 있을 때와 똑같이 그들의 입장과 관점을 존중하되 선택은 너만의 선택이어야 한다.

너는 다른 존재를 통해 혹은 너만의 의식으로 다른 세상의 의식과 때때로 접촉했을 수도 있다. 그리고 너는 그들이 너의 세상 너머의 영역에서 온 소위 말하는 '안내자' 혹은 '수호자'로서 너에게 봉사할 것을 선택한 이유를 알고 싶어 할지 모른다. 매우 존경받는 이 존재들은 네가 너의 인생 목표에 집중하는 것을 돕기로 자청했다. 너를 대신해 중요한 선택을 하려는 것이 절대 아니다. 그렇게 한다면 그들은 그들만의 협정을 위반하는 것이다.

아무리 영적으로 뛰어난 사람이라도 너를 대신해 너의 인생을 살 수는 없다. 그렇게 한다면 그것은 이 세상에 존재하는 너의 목적 자체를 깨고 방해하는 것이다. 여행 중에 있는 네가 어느 순간 벼랑 끝에 서서 아래를 내려다보고 있을 때 너의 수호자가 쏜살같이 날아와 너를 구해 주는 일은 상징적으로도 실질적으로도 있을 수 없다. 그들은 그런 목적으로 존재하는 것이 아니다. 하지만 그들은 네가 너만의 깊은 내면에서 최고의 선택을 부르는 지식을 발견하도록 에너지를 자극할 수는 있다.

눈앞의 상황으로부터 한 발짝 물러서서 조용히 침묵하는 것이 최고로 좋을 때가 생의 중요한 교차로를 지나는 바로 지금이다. 바로 그 침묵의 열림으로 네 의식이 선명해질 때 네 마음 후미진 곳 너머로부터 진정한 수호자가 나타날 것이다. 그 수호자의 안내는 말의 형태로 오지 않지만 모든 한계를 초월한다. 그리고 '앎'으로 너를 위해 그곳에 단순히 존재한다.

이른바 '진실의 순간'이란 정확하게 바로 그런 것이다. 행동을 취할 수밖에 없는 상황에 직면하여 내면으로부터 '진실'을 발견할 수 있게 된 바로 그 순간이 진실의 순간이다. SOS를 치면 마술처럼 누군가 나타나는 일은 너에게는 해당되지 않는다. 그런 일은 네가 스스로 경험하기 위해 힘들게 계획한 일들의 전체 목적을 무너뜨리기 때문이다. 너의 안내자는 정말 중요한 방식으로 너를 돕기 위해 확실히 거기에 있다. 하지만 너의 질문에 대답할 자는 그가 아니다.

자신만의 목적과 동기를 갖고 너의 삶에 간섭하려는 또 다른 범주의 육체를 떠난 존재들이 있다. 네가 원한 것이든 원하지 않는 것이든 육체를 떠난 존재의 안내에 따라 행동해야 할 때는 조심하는 지혜를 발휘하기 바란다.

네 상승 과정의 한 부분으로 네가 경험하기 시작할 의식의 수준들에서는 인생에서 중요한 선택을 하는 데 다른 사람의 의견에 좌우되던 경향에서 조금씩 벗어나야 할 것이다. 이제 깊은 통찰이 가능해졌기 때문에 너는 네가 그동안 찾고 싶어 했던 지혜가 이미 거기에 있음을 발견할 것이다. 네가 찾던 답은 바로 네 앞에 너의 질문이 채 완성되기도 전부터 거기에 있었음을 알게 될 것이다. 이제 너는 설명을 요구할 필요도 없다. 최고의 선택이 무엇인지 분명히 알기 때문이다.

교차로에 서 있음을 알았다면 최고의 선택을 위한 모든 가능성이 네 눈앞에 펼쳐지는 멋진 장면을 허락하라. 그리고 그 불확실한 순간에 성급한 결정을 내리지 않게 조심하라. 모든 정보가 다 드러난 것이 아니라 길 자체가 불투명할 가능성이 크기 때문이다. 너는 네 변형의 여행에서 삶의 방향이 급격하게 변할 가능성이 매우 높은 시기에 들어와 있다. 그런 미로 같은 상황들 속에 너 자신을 놓아둔 목적은 답을 구하는 너만의 능력을 더 강화하기 위해서다. 그리고 지금쯤 너는 다른 존재의 안내를 따르면 종종 점점 더 깊은 혼란에 빠진다는 것을 발견했을 것이다.

일련의 복잡한 변수들이 그 모습을 드러낼 때 네가 원하는 분명함은 네가 네 마음을 초월하는 바로 그 자리에 있을 것이다. 그곳에서 너는 이런저런 행동을 취해야 한다는 압박을 느끼지 않는다. 주어진 일련의 선택권 중에 꼭 하나를 선택해야 한다는 충동과 강박 관념이 들 때 그런 상태를 아무것도 '하지 않고' 내면의 고요함 속으로 들어가 은거해야 한다고 말하는 신호로 인식하라. 충동이나 강박을 느낀다는 것은 잘못 선택할지도 모른다는 두려움이 저변에 깔려 있다는 뜻이기 때문이다. 그런 상태라면 사실 너는 아무런 선택도 하고 싶지 않다.

네가 구하는 답은 너의 논리적 정신에서 오지 않는다. 논리에 도전하는 지혜를 인식할 때 답이 생길 것이다. 다른 사람의 조언이나 안내가 필요 없음을 이해할 때 답이 무엇인지 알 것이다. 그리고 모든 대답을 갖고 있는 사람이 바로 너임을 과감히 믿으려 할 때, 그때 답이 나올 것이다.

다른 사람의 힘에 의존하려는 패턴을 깨는 데 답 그 자체는 전혀 중요하지 않다는 것을 이해할 필요가 있다. 대답을 구하는 행위 자체는 너 자신을 내면으로 이끌기 위해 너 자신이 고안해 뒀던 일종의 연습일 뿐이다. 결국 너를 혼란스럽게 하기 위해 네가 만들어 두었던 인생을 바꾸는 선택들은, 그 선택들을 자극하는 선택의 기로와 함께 기억에서 흐릿해질 것이다. 그리고 너는 질문과 대답은 중요하지 않다는 것을 아는 곳으로 나아갈 것이다. 질문과 대답은 '모든' 상황에서 내면의 방향 감각을 찾아내는 너만의 능력을 무조건적으로 신뢰하게 하기 위한 단순한 도구에 지나지 않는다. 지금 네가 직면하고 있는 딜레마도 바로 그 점을 설명할 뿐이다.

마침내 너는 틀린 답이란 없음을 깨달을 것이다. 실망스러운 결과를 부른 너의 선택들은 그런 선택들이 만들 상황을 네가 인식하게 하기 위해 너에게 주어진 기회였다. 불확실한 조건들 아래 혹은 잘못 선택할 것에 대한 두려움이 있는 상태에서 내리는 선택은 노력을 방해하고 원하는 결과를 방해하는 여러 조건을 만든다.

'천사'나 '영매', 혹은 다른 외부적 관점의 무한한 가능성의 수 중에 너와 선이 닿은 어떤 하나가 말하는 선택들은 너의 의존성을 강화하고 인식 전환 연습의 전체 요지만 흐릴 뿐이다. 그들이 말하는 '답'은 답이 아니기 때문이다. 너희가 찾는 것은 그 답을 주는 원천이다. 친구나 현자나 세상을 떠난 사랑하는 사람이 특정 상황에서 네가 해야 한다고 생각하는 것을 하는 것은 네가 이 세상에 온 목적에 부합하지 않는다. 네가 원하는 것은 모든 대답들의 '원천'이 명백한 곳에서 너 자신을 발견하는 것이고, 그 원천이 네 안에 있다는 것을 아는 것이다.

인식 전환의 고양된 단계에서 진정한 네가 드러나고 그때 네 안에 모든 원천이 있다는 앎이 생겨나면 숭고한 연결의 순간이 올 것이다. 그 순간에 너는 더 이상 '구도자'가 아니다. 구할 것이 아무것도 없기 때문이다. 그리고 너는 모든 가능한 질문에 대한 답을 빠짐없이 갖고 있음을 온몸으로 느끼고 자신을 존재 전체로 의식할 것이다. 그 충만함의 상태는 점진적으로 다가올 것이고 결국 너희 중 많은 사람이 알아차리게 될 것이다. 전통적으로 그런 깨달음의 과정은 셀 수 없는 생을 보내야 완성될 수 있다고 말해지지만 변화의 조건이 가속화한 지금은 그 과정이 빠르게 진행되고 있기 때문이다.

스스로 그 모습을 드러내는 심오한 딜레마들은 그 상황이 말하는 상징적 의미를 인식할 일종의 기회다. 그리고 동시에 물리적 현실을 진실이라 믿는 착각에서 벗어날 것을 도와줄 경험적 증거들을 내 존재 내부에서 찾아낼 기회이다. 너는 네가 만든 분리의 감옥에서 나오는 과정 속에서 거듭 시험을 당하게 될 것이다. 그 잡기 힘든 자유를 위한 열쇠는 길을 알 수도 있고 모를 수도 있는 다른 사람의 손 안이 아니라 너만의 불확실성의 절벽 위에 놓여 있기 때문이다. 너는 목적이 있어서 너 자신을 그 절벽 끝으로 이끌었다. 그곳에서 한 발짝 앞으로 나아가는 것은 곧 뛰어오르는 것이다.

35

• 지금은 네가 태어났던 세상이 아니다
• 세상의 변화에 두려움 없이 직면하기

일상의 안위를 위한 세속적인 걱정으로부터 잠시 거리를 두고 주변의 미묘한 것들에 대한 너의 감각을 알아차려라. 너의 감각이 네가 겪어 온 에너지 변화와 치밀하게 조율하고 과거에 지각했던 감각 정보보다 한 차원 높은 고도의 변주들을 전하고 있음을 알아챌 것이다.

상승 과정의 고양된 단계들에 접근하면서 너는 가능한 물리적 경험들 속에서 생겨나는 날카로운 감각들을 기민하게 알아챌 것이다. 갑자기 꽃은 더 이상 그냥 꽃이 아니게 된다. 꽃은 너를 깊은 향기의 영역으로 안내하는 다중 감각적 여정이 된다. 고양된 감각 경험에 에너지를 열 능력이 된다는 것은 주변 세상을 다르게 인식하기 시작했다는 뜻이다. 그리고 너는 '진짜' 존재하는 것을 이제 매우 다른 방식으로 이해한다는 것을 알아채기 시작할 것이다.

눈앞의 광경에서 전에는 전혀 알아채지 못했던 세부를 조사하게 된다면 네 물리적 세상의 성질이 '초자연적인(다른 세상의)' 특성을 띠기 시작했다는 뜻이다. 색깔들이 전에 없이 강렬해질 것이다. 시각이 너무 생생해져 놀라고 다른 세상에 온 건 아닌가 의아해할 것이다. 그리고 많은 점에서 다른 세상에 온 것이 분명하다는 것을 깨달을 것이다.

보통의 경우라면 그런 변화가 매우 오랫동안 천천히 일어나기 때문에 현실의 층들이 서로 합쳐져 하나가 되는 동안 일어나는 변화들이 매우 미묘해서 그 연결 관계를 인식하기가 어렵다. 하지만 주변의 에너지 진동이 급진적으로 확장된 가속화한 현재에는 네가 의식하는 매 순간마다 그런 변화가 일어나고 있다. 그리고 너는 네 물리적 세상 안에서 그 모양과 성질을 유지하는 것이 실제로 아무것도 없음을 깨닫고 흥분할 것이다. 처음에는 잘 알 수 없을 것이다. 하지만 현실을 통제하려는 본능적 욕구를 포기하고 그런 변화를 인식하여 받아들이겠다고 결심하면 네가 이제 말 그대로 다른 세상에 있음이 명확해질 것이다.

너는 먼저 네 세상에 정체성을 부여했던 많은 사회적 구조가 체계적으로 와해되는 데 주의를 집중하게 될 것이다. 그리고 두려움에 기반을 둔 본능적 반응을 보이지 않고(너희 세상의 많은 사람이 그런 반응을 보인다.) 그런 변화를 볼 수 있는 사람들은 변화의 에너지를 포용하며 그 에너지를 타고 고양된 땅으로 전진해 나갈 것이다.

에너지 변화의 정점에서 만연할 난류(亂流) 상태를 잘 넘기기 위해서는, 사실 무슨 일이 벌어지고 있는지 아직 잘 이해하지 못할 수 있음을 절대적으로 받아들여 변화 과정에 네 몸과 마음을 완전히 그리고 기꺼이 맡기는 것이 중요하다. 변화는 매우 심오하고 광범위해서 정신적·감정적 균형 상태를 유지하기 힘들 수 있다. 하지만 육체적 감각들이 보여주는 현실을 받아들일 때 너는 '통제 상태'에 남아 있을 필요성을 버리고 네가 삶의 모험에 서명했다는 사실을 기꺼이 받아들일 것이다.

사실 너에게는 선택의 여지가 거의 없다. 일생 동안 당연하게 생각했던 착각 속으로 다시 숨어들어 가기에 너는 이 강렬한 구조적 변화를 이미 너무 많이 인식해 버렸기 때문이다. 너를 꽉 잡고 있는 에너지의 가속도가 늘 변한다는 것만이 네가 기댈 수 있는, 인식 전환 과정의 변하지 않는 유일한 특징이다. 이 전례 없던 수준의 변화는 너의 생이 다할 때까지 계속될 것이다. 그리고 다음 생에까지 연결될 가능성이 크다. 차원 전환 후 세상이 안정되기까지, 그리고 네가 들어가게 될 현실이 다시 한 번 예측 가능한 세상이 되기까지 상당한 시간이 소요될 것이기 때문이다.

물리적 인식의 측면에서는 극단적 불확실성이 이 비범한 시대의 특징이라 할 수 있다. 거의 모든 것이 불확실하다. 이른바 '과학'은 곧 다가올 시대의 삶에서 사실이 될 현상들을 설명하지 못해 어려운 시기를 보낼 것이다. 그리고 직선적 현실 이해에 맞지 않는 사건들과 증거들이 계속 나옴에 따라 증명에 기반을 둔 과학적 구조 자체가 와해될 것이다.

앞으로 드러날 현상들은 세상에 대한 너의 이해가 잘못되었음을 증명하는 것이 아니라 세상에 대한 너의 인식을 확장할 때임을 지시한다. 너의 직선적 현실을 규정하는 규칙들은 '과거' 너의 세상에 무엇이 진실이었는지를 정확하게 말해 주는 하나의 구조로서 여전히 기능할 것이다. 하지만 너는 더 이상 직선적 현실이 지배하는 세상에 있지 않다. 그 세상은 시공간의 연속체 속에서 더 이상 너의 의식을 사로잡지 못하는 장소로 보내졌다. 아니 네가 그 세상에서 벗어나 상승했다. 너는 더 이상 그곳에 있지 않다.

네 육체적 감각이 알아차리는 현실은 많은 점에서 네 삶의 대부분 혹은 전부를 소비했던 과거의 현실과 유사하다. 하지만 표면적으로만 그렇다. 이 '지금 여기' 세상의 현실 구현 과정의 역학 전체가 완전히 다르기 때문이다. 옛날과 같은 인물들과 교류하고 같은 집에서 살더라도 혹은 그렇게 보이더라도 그 무대 장치는 이제 완전히 다른 종류의 드라마를 위한 것이다.

육체적 감각 바로 그 속에서 일어나는 변화에 온 마음을 다해 감탄하며 경의를 표한다면 너는 이제 너만의 고유한 정체성 속에 사는 아주 다른 '너'라는 사실을 쉽게 받아들일 수 있을 것이다. 너는 누가 말해주지 않아도 그동안 너의 영원한 정체성이라고 생각했던 물리적 한계를 스스로 극복했음을 돌연 깨닫게 될 것이다. 이제 너는 한때 할 수 없었던 일을 할 수 있음을 발견할 것이다. 그리고 전혀 새로운 것들을 감지할 것이다. 이제 기적이라고 하는 것은 흔한 일이 될 것이다. 너에게만이 아니라 모두에게 그럴 것이다.

깨달음의 과정이 가속화되어 전체적인 의식이 변하고 있음을 공공연히 인정하는 사람들이 그렇지 않은 사람들보다 수적으로 더 많은 지경에 이르렀다. 그리고 그런 공공연한 인정을 기대할 수 없을 것 같은 계층도 모든 것이 변하고 있다는 사실을 공공연히 인정하고 있다. 어디서

나 사람들이 내면으로 의식의 방향을 전환하고 본질을 이해하기 위한 영적 토대를 위해 물리적 현실의 세속적 증거들 너머로 나아가고 있다.

저마다 갖고 있는 개념과 이해력의 정도는 다를 것이나 내면 의식은 보편적인 것이다. 그러므로 일어나야 하고 또 계속 일어나고 있는 일을 받아들이는 방법만이 너희를 다른 사람과 구별시킬 것이다. 혹은 그 방법이 너희를 '하나'로 묶을 것이다. 임박한 현실을 거부하겠다고 선택한 사람들은 자신이 원하는 삶을 얻는 데 힘들고 고통스러운 장애물을 만들 것이다. 반면 한때 너희 세상의 특징이었던 다름과 '분리'의 느낌을 극복할 수 있는 사람은 모든 것이 가능한 관점을 얻을 것이다.

너만의 경험을 이제 더 공공연히 나눌 수 있음을 기대해도 좋다. 너희 중에 진리가 아닌 일시적인 상식들 때문에 억압당한다고 느꼈던 사람들은, 자신의 진정한 느낌과 삶에서 진짜 무슨 일이 벌어지고 있는지 말하는 것이 이제 안전하다고 느낄 것이다. 사람들이 모두 같은 경험을 하고 있기 때문이다. 이제 더 이상 너를 괴짜라고 생각하고 네가 경험한 명백한 현실들을 두려움의 벽장 속에 가둬 둘 필요가 없다. 변화의 고양된 단계로 설명되는 현상을 이제 모두가 볼 수 있기 때문이다.

아직 두려움을 다 청산하지 못한 사람이 많다. 영적 인식들이 네 개인적 역사의 많은 부분을 뒤덮였던 잔혹성에 대한 공포를 경험했던 다른 현실들 혹은 다른 시간의 틀이 준 두려움이 너무 컸기 때문이다. 그 사람들은 이제 그 두려움의 가장 깊은 곳과 대면한 후 이 시대의 새 여명이 돋는 밝고 거침없는 곳으로 나올 기회를 잡을 것이다. 네 세상의 특징이었던 가차 없는 폭정을 가능하게 했던 그 두려움에 기반을 둔 체계는 인간이 만든 모든 차별 구조의 효력을 없애는 깨달음의 결과로 곧 와해될 것이기 때문이다.

감각적 황홀함에 놀랐다면 그런 엄청난 기쁨은 단순히 살아 있기 때문이며 네가 지금 막 구현하기 시작한 인식의 수준들에서는 당연하고 자연스러운 인간의 조건임을 재확인받게 될 것이다. 놀라운 감각과 지각을 하기 시작할 때 뭔가 '잘못됐다'고 생각하고 의심하지 마라. 너희들 중 영적으로 뛰어난 사람들만 경험하던 것을 이제 모두가 경험하게 된 것뿐이다. 이 생에서 너 자신을 무한한 존재로 경험할 가능성에 마음을 연다면 무한한 경험을 위한 무대를 만들 것이다.

네가 그렇게 품기 원하는 하나로 연결하는 데 필요한 지도를 바로 네가 너 자신에게 가져다줄 것임을 알게 될 것이다. 그런 경험의 가능성에 대한 네 저항의 정도가 네가 도달하게 될 수준의 정도를 결정한다. 하지만 아무리 많은 생이 걸려도 결국 너는 모든 존재와 '하나'라는 너의 진실을 받아들일 방향으로 단계적으로 인도될 것이다.

하나임의 진실을 받아들일 수 있는 의식 수준 그 가장자리에까지 도달한 사람이 이미 많다. 너도 **하나임**을 인정하면서 완전히 깨어난 존재 집단에 들어갈 것이다. 원칙상 하나임을 깨닫게 되면 혼자가 아니라는 것을 알게 되기 때문이다. 가장 거친 파도를 타며 지금 그런 깨달음의 도약으로 그 어느 때보다 가까이 가고 있다면 너는 다가올 시대에 너의 발자취를 따를 대중을 위해 스승 혹은 궁극적으로는 영적 지도자로서 봉사하게 될 것이다. 너는 곧 다가올 시간에 다른 사람들의 손을 잡아주기 위해 다른 사람들보다 앞서 여행할 것이다.

정말로 깨어날 때는 깨어남에 상대적인 가치도 상대적인 가치의 결핍도 없다. 깨어남은 고양된 수준에서 했던 선택의 실천일 뿐이다. 변하지 않는 겸손으로 인간적임으로 향한 너의 여행을 얼마나 잘 완성하느냐에 따라 네가 태어날 물리적 세상의 수준이 결정될 것이다. 어떤 사람들은 이 깨달음의 중요한 순간을 더 확실히 이해하기 위해 다중 세상에서 깨달음을 경험하기를 선택할 것이다. 하지만 진실에 눈을 떴다고 해서 모든 것이 끝났다고 생각하지는 마라. 너는 다시 이 여행을 할 것이다. 그리고 또다시 할 것이다. 그리고 마침내 너는 **하나임**인 너 자신을 속속들이 알게 될 것이고 그럼 이 여행을 계속할 필요도 없고 계속 하고 싶지도 않을 것이다.

너는 전에도 이 장소에 있었을 것이다. 경악할지도 모르겠지만 지금 이 순간 깨달은 놀라운 진실을 예전에도 깨달았을 가능성이 아주 높다. 사실을 말하자면 너희가 말하는 직선적인 시간은 '존재하지' 않기 때문이다. 그리고 너는 지금 셀 수도 없이 많은 수준에서 동시에 상승 경험을 완수해 가고 있다. 너는 깨어남의 아찔한 순간을 육체를 가진 인간으로서 경험하고 싶어 했다. 그리고 너는 그 깨어남의 아찔한 순간을 네 존재의 모든 수준에서 앞으로 점점 더 자주 경험할 것이다.

이것은 도저히 실패할 수 없는 일이다. 그렇다는 것을 알아라. **하나임**으로 가는 길에는 성공이나 실패가 없기 때문이다. 그 길에는 경험의 무한한 가능성에 대한 선택권만 있다. 네가 **하나임**으로 향한 여행에 계속 흥미를 느끼고 또 다른 무엇을 위해 계속 그 여행길에 들어서는 이유가 바로 그 선택권 때문이다.

36

• 아무 데도 아닌, 아무것도 아닌, 아무도 아닌, 단지 여기 지금

그 모든 시간 너는 어디에서 헤매고 있었는가? 그렇게 찾아서 어디로 가려고 하는가? 지금 너는 어디에 있는가? 이 모든 질문의 대답은 간단하다. 아무 데도 아니다. 이 생의 많은 시간 동안 네가 스스로 가고 있다고 생각했던 방향은 지금 네가 가고 싶어 하는 곳으로 너를 이끌지 못할 것이다. 그러므로 그 길은 아무 데로도 이어지지 않는다. 결코 잡을 수 없었던 깨달음으로 향한 너의 길도 마찬가지로 너를 아무 데로도 데려가지 않을 것이다. 지금 네가 있는 곳 외에 네가 있을 곳은 아무 데도 없기 때문이다. 눈앞의 저 고개만 넘으면 목적지가 있을 거라고 믿는 한 네가 있는 곳 또한 아무 데도 아니다.

물질의 영역에서 영성의 영역으로 야망의 대상만 바꿀 때 변하는 것은 아무것도 없다. 너는 여전히 네 안에는 없는, 아니 없다고 생각하는

무언가를 고집스럽게 찾고 있다. 여기에도 저기에도 없다면 너는 아무 데도 없다. 지옥 속 결렬한 싸움만 있을 뿐이다. 무조건 네가 없는 곳이라 믿으며 네가 있는 곳의 진실을 무효화하는 상태가 그렇다. 그때 네가 가장 맹렬히 가고 싶은 곳은 사실 '아무 데도 아닌 곳'이다. 그리고 너는 지금까지 그 아무 데도 아닌 곳에 있었다.

네 구도의 길에서 네가 생각했던 목적지는 전혀 목적지가 아니다. 목적지란 정의상 지금 네가 있는 곳이 아니기 때문이다. 그리고 지금 네가 있는 곳이 존재하는 모든 것이고 존재할 모든 것이기 때문이다. 그리고 그곳은 '아무 데도 아니다.' 네가 할 수 있는 것은 현재의 축복받은 상태에 대한 인식을 바꾸는 것뿐이다. 스스로 목표에 못 미친다고 생각하는 한 너는 아무리 많이 가도 늘 불만스러울 것이다. 네 존재의 행복한 언명으로서 '지금 여기'의 순간을 포용할 수 있을 때 어디에 있든 너는 도착한 것이다. '있어야 할' 곳은 '존재하지' 않기 때문이다. 일단 존재하면 존재하기만 한다. 너희는 모든 곳에 있다. 그 말은 또 '아무 곳에도 있지 않다.'는 뜻이다.

네가 향유하고 있는 '지금' 이 순간이 네가 우주에 고하는 완벽한 언명이다. '지금'이 네가 시작한 일에 대한 완벽한 답이다. 그리고 너의 자세, 너의 신념, 너의 이해, 너의 의식, 너의 삶이라 착각했던 육체적 조작에 대한 완벽한 반영이다. 지금이 네가 가장 있고 싶은 곳이다. 이 순간, 바로 지금 말이다. '지금'은 지금까지의 모든 순간의 정점이다. 그리고 '지금'이 여기 너에게 보물을 주려고 한다. 네가 기꺼이 받으려고만 하면 말이다. 하지만 '지금' 속 그 완벽함과 그 '지금'이 너에게 선물로 준 상황들을 부인하는 한 너는 계속 방황하고, 애쓰고, 결코 얻을 수 없는 것을 구하고 열망할 수밖에 없다.

그 모든 너의 행동 메커니즘을 멈추고 단순히 '고요히 존재할' 기회도 '지금' 이 순간에 있다. 그 고요함 속에서 너는 마침내 늘 어땠는지 발견할 것이다. 즉 늘 '아무것도 없었음'을 발견할 것이다. 전혀 아무것도 없다. 위대한 섬광도 없다. 심오한 '우주적' 개념도 없다. '완성'되기 위해 만날 '다른 사람'도 없다. 뭔가를 달성했다는 느낌도 없다. 압도적인 자존의 느낌도 없다. 그 모든 것들은 진정한 '현실' 속으로 과감히 들어갈 때 버려야 할, 직선적 착각의 덫일 뿐이다.

고요함 속에는 '아무것도 없다.' '가질' 것이 아무것도 없다. '소유'는 뭔가 부족하다는 '결핍'의 느낌을 반드시 전제한다. 완벽의 상태에는 아무것도 부족하지 않다. 그러므로 '모든 것이 존재'해야만 한다. 이미 모든 것이 있는 데 더 필요한 것이 있을 수 없다. 그리고 그런 상태는 '아무것도 없을' 때만 가능하다. 아무것도 원하지 않을 때만 가능하다. '그 아무것도 없는' 상태에서만이 '존재하는 모든 것이' 현존하기 때문이다.

게다가 그런 영원의 고요함 속에 빠져들었는데 '너는' 대체 누가 더 되고 싶겠는가? 너는 지금의 너로 남겠는가? 네가 생각하는 더 고귀하고, 더 영리하고, 더 세련된 '너'가 될 것인가? 아니다. 둘 다 아니다. 영원의 '고요함' 속에서 '자기 인식'을 한 사람은 '아무도 아니다.' 왜냐하면 원칙상 '너'는 그 영원의 '고요함' 속에 있을 수 없기 때문이다. 아무것도 그곳에 있을 수 없다. 아무도 그곳에 있을 수 없다. 그런데도 너는 깊은 평정 속으로 들어가 '깨달음'을 경험할 것이다. 그리고 동시에 너는

'그곳'에 '깨달은 사람'은 아무도 없음을 알 것이다.

누가 깨닫는가? '너'는 그곳에 있을 수 없으니 '너'일 수는 없다. 유일하게 가능한 대답은 '아무도 아니다.'이다. 그것이 궁극적으로 네가 스스로 발견하게 될 너의 '존재 상태'이다. '지금의 너인' '누군가'가 되기 위해서는 '지금의 너가 아닌' 무언가가 있어야 하기 때문이다. 둘 다 영원의 '고요함' 속에는 있을 수 없다. 왜냐하면 그곳에는 아무것도 있을 수 없기 때문이다. 그러므로 '깨달음'의 축복 상태에 있는 너는 오직 '아무도 아니어야'만 한다. 그와 동시에 너의 '깨달음'이 그곳에 존재하는 모든 것이다. 그 '고요함' 속으로 들어갈 때 그 상태를 네 스스로 이해할 것이다.

순간이나마 착각에서 벗어나고 이른바 현실에 대한 집착을 내려놓을 때 미래도 과거도 없는 현실 속으로 들어갈 가능성이 늘 존재한다. 순간이나마 그런 의식 상태에서는 오직 '지금'만이 존재할 수 있기 때문이다. 그리고 바로 그 '지금' 상태만이 '존재하는 모든 것'이다. 그것만이 너의 세상에서 현재 시제로 항상 존재한다.

착각 속에서만 과거가 있다. 또 네 마음속에서만 너는 그 결코 오지 않는 미래를 향하여 갈망하고 미래에 산다. '고요함' 속에서 너는 편재하는 모든 것인 '지금 상태'를 경험하고 그것이 '존재하는 모든 것'임을 인식한다. 너는 그 영원한 '지금' 속에서, 늘 존재하는 '깨달음'을 경험한다. 그리고 너는 너의 '깨달음'이 그 '지금'에 '존재함'을 이해할 것이다. '존재하는 그 모든' 영원한 것과 함께 **하나임**으로 녹아 들어가며 동시에 존재하는 느낌을 이해할 것이다.

바로 그 존재의 느낌, 바로 그 자의식의 느낌 속에서 너는 네가 너의 삶이라 생각할 착각의 현실을 재방문하고 재경험할 것을 선택할 것이다. 너는 그 탁월한 초연함을 다시 경험할 것을, '고요함' 속에서 잠시 맛본 그 '존재감'을 다시 경험할 것을, 그리고 '여기 지금'을 '존재하는 모든 것'으로 다시 경험할 것을 선택할 것이다. 착각이 '존재하는' 모든 것의 양극성 안에, 그리고 착각이 '존재하지 않는' 모든 것의 양극성 안에 존재의 전체 스펙트럼이 있으며, 그 전체 스펙트럼이 더도 덜도 아닌 '존재하는 모든 것'이기 때문이다. 착각은 모든 곳이며 동시에 아무 곳도 아닌 곳이다. 착각은 모든 것이고 아무것도 아니다. 정체성의 모든 부속물을 떠나보내고 자신이 '아무도 아님'을 여기 '지금'의 끝없는 영원함 속에서 스스로 아는 사람이 '너', 진정한 '너'이다.

37

• 타협 없는 갈등 해결의 의미
• 평화와 조화를 위한 에너지적 토대

　현재라는 시간의 틀 속 너의 세상 전반에서 지금 거대한 변화가 일어나고 있다. 그리고 너희 모두가 '실재'라고 생각하는 근본 구조들이 더 높은 에너지 진동 현실의 특징들과 조화롭게 공명하기 위해 재건을 거듭하고 있다. 그 과정에서 안정적이었던 것들이 갑자기 격변과 부조화를 전면적으로 경험하게 될 것이다. 그리고 너는 십중팔구 무슨 일이 벌어지고 있는지 의아해할 것이다.

　너의 사회가 기반으로 삼고 있는 체계들이 와해될 가능성이 아주 크다. 그 체계가 이제는 힘없는 에너지 진동으로 되어 있기 때문이고 그 진동은 지금 계속 가속화하고 있는 에너지 조건에서는 살아남을 수 없기 때문이다. 집단의식은 현재 급진적으로 다른 경향을 보이고 있다. 무엇보다도 그 집단의식은 앞으로 대중을 상대로 한 억압적이고 강압적인 조건들을 더 이상 참지 않을 것이다. 그리고 그 집단의식은 부분 의식들의 합일 뿐이다.

너희 각자의 안에서 벌어지고 있는 변화는 너희 각자가 에너지적으로 부분인 전체 의식에 그대로 반영된다. 그리고 인간 교류의 구식 모델을 대표하는 옛 구조들은 지금 벌어지고 있는 인간 의식의 보편적 변화 때문에 자체적으로 무너지기 시작할 것이다. 더 이상 소용없는 것들을 유지하려는 생각 자체가 없으니 당연한 것이다.

너희 현실의 모든 측면이 실제로 그렇게 변할 것이다. 너는 앞으로 일어날 대중 의식의 엄청난 수준의 변화를 보고 놀라지 않을 수 없을 것이다. 이미 모든 곳에서 사람들이 고양된 의식 수준으로 깨어나는 과정을 시작했다. 비록 많은 사람이 사회가 자신을 심판하거나 배척할지도 모른다는 두려움 때문에 그런 현 상태에 대한 인식을 여전히 억누르고는 있지만 너희 안에서 너희를 가둬 놓았던 습관적 패턴들을 하나씩 벗겨 낼 것을 자극하는 에너지는 이미 돌이킬 수 없다. 집단의식이 동요하기 시작했기 때문에 그것이 곧 전면에 나서서 개인의 자유를 제한하는 모든 구조를 몰아내는 촉매자로 활약할 것이다.

전체 인류가 이미 인간의 자유를 억압하는 토대들을 의심하기 시작했다. 대중은 앞으로 자유를 억압하는 정권들이 기반으로 삼는 주요 개념들을 전체적으로 부적절하다고 생각할 것이다. 정부가 생겨났다 사라질 것이다. 경제가 무너질 것이다. 상부 구조 개념들도 쇠퇴할 것이다. 지지를 잃은 너희 세상의 권력 계층은 그동안 움켜쥐고 있었던 집단의식의 생명력을 해방시켜야 할 것이다. 그리고 모든 존재의 집단 의지를 억압하기보다 권장하는 데 기여할 새로운 종류의 사고로 향한 문이 열릴 것이다.

변화와 전환이 이루어지는 동안 두려움 때문에 변화에 저항하는 경향이 있는 사람들은 변하는 세상의 상황을 매우 위협적으로 느낄 것이다. 계속 형성되는 가차 없는 가속 에너지를 인식하는 사람들은 그렇게 자연스럽게 일어나는 변화를 개인적으로도 허락하여 에너지 가속화 과정을 도울 수 있다. 과거에 집착하는 것은 도움이 못 된다. 과거에 대한 집착은 변화의 에너지에 호응하는 데 필요한 에너지를 오직 자극만 할 뿐이기 때문이다. 그리고 너희로 하여금 삶의 본질에 근본적으로 의문을 갖게 하기 위해 때로 변화가 매우 극적으로 진행될 수도 있는데, 그때 너희 세상에는 확실한 것이 아무것도 없게 될 것이다.

완전한 너로 진정 거듭나려면 너를 구속하려 드는 모든 것으로부터 반드시 벗어나야만 한다. 꼭 그래야만 한다. 너는 착각의 세상 속 풍경 변화가 진정으로 무엇을 의미하는지 알기 위해 필요한 에너지 상승을 충분히 이루었고 그만한 능력도 충분하다. 세상의 변화는 '너에게' 어쩌다 생기는 것이 아니라 '네가' 에너지적으로 일으켰던 일이다. 너를 둘러싸고 벌어지는 그런 변화의 생리를 잘 안다면 그런 변화를 쉽게 겪어 낼 것이고 너와 삶을 공유하는 사람들에게도 좋을 것이다. 살면서 네가 처하는 상황은 변화의 에너지를 받아들이느냐 아니면 저항하느냐에 따라 달라지기 때문이다. 그리고 주위 사람들도 그런 너를 보며 인생에서의 변화를 인식하는 데 속도를 적절히 조절할 것이기 때문이다.

오래된 조건들에 기인한 잘못된 집단의식을 지금 네가 깨닫고 초월하는 것은 결코 우연이 아니다. 네가 특별히 골라 선택한 이 생으로 향한 육체 여행의 정점이 바로 그런 깨달음이기 때문이다. 그리고 너의 본질이 그 정점으로 향하는 너를 방해하는 그 어떤 노력도 뿌리칠 것을 요구했기 때문이다. 지금 너에게는 갈등과 대립 없이 그런 깨달음을 불러올 인식의 전환을 성취할 기회가 주어졌다.

너의 목적에 방해되고 너의 안정된 상태를 위험에 빠트리는 일에 부딪혔을 때, 너는 너의 기대에 반하기는 하지만 자신만의 진실을 말하고 있을 뿐인 다른 존재들을 인식하고 존중할 기회를 얻은 것이다. 무엇이 어때야만 한다는 너만의 생각에 집착하는 것은 갈등의 불협화음만 증폭시킨다. 상황이 자연스럽게 그 해결책을 찾을 때까지 기꺼이 기다린다면 관련 모든 사람이 가장 편하게 받아들일 결과를 쉽게 도출해 낼 수 있을 것이다.

시대에 뒤쳐진 합의들에서 벗어나지 못하면서 정말 '가고 싶은' 방향으로 갈 수는 없다. 전반적으로 가장 중요한 일이 갑자기 극적으로 바뀔 것이다. 그런 상황이라면 사람들은 이전에 했던 말 혹은 하지 않았던 말과 상관없이 급격하게 방향을 전환할 것이다.

다른 사람들에게 그들이 더 이상 진실이 아니라고 생각하는 합의를 존중하라고 강요하는 일은 무의미하다. 다른 사람의 입장에서 그들 관점의 타당성을 받아들이고 서로 도움이 되는 해결책을 함께 찾아내고 지금까지 기대하지 않았던 고양된 길을 여는 것이 훨씬 낫다. 네가 그동안 겪었던 일촉즉발의 매우 예민했던 에피소드들을 되돌아보면, 모든 관련자들에게 가능한 한 가장 좋은 결과를 위한 준비 차원에서, 너에게는 너무 분명해 보이는 것을 포기하는 지혜를 발휘했던 경우가 참으로 적절했던 것을 인식할 것이다.

지금부터 네가 계속 겪게 될 갈등들은 많은 경우 기본적으로 업에 의한 것일 수 있다. 그리고 특히 격렬한 갈등의 경우 다른 현실 수준에서 벌어지고 있는 갈등 해결 과정의 직접적인 반영일 가능성이 크다. 오랫동안 알아 온 특정 개인이 갑자기 의외의 극단적인 반응을 보일 때 너희 각자의 또 다른 측면들 사이에서 벌어지고 있는 또 다른 교류의 에너지적 반동일 수 있음을 간과하지 말아라. 현실의 그 다른 측면들 속 에너지를 건드려 그 측면들 안에서, 현실의 지금 이 측면에서 삶을 공유하는 사람과 갖는 다른 관계 속에서 벌어지고 있을 드라마를, 나란히 존재하는 지금 이 현실의 측면에서도 펼쳐지게 하는 것은 매우 흔한 일이다.

특정 개인과 언뜻 부당해 보이는 갈등을 해결하려고 애쓸 때는 지금 네가 대면하고 있는 것이 '에너지'일 뿐 그 이상도 그 이하도 아니라고 생각하라. 그리고 사실이 그렇다. 지금 네가 대면하고 있는 것은 너희 둘 각자가 끌려 들어갔던, 평행하게 존재하는 다른 현실 수준에서의 다른 교류 덕분에 현재 너의 에너지 영역에서 두드러지게 구현된 에너지일 것이다. 다른 현실 수준에 있는 에너지가 해결을 구할 때 그것은 네 현실의 현재 측면으로 올라와 특정 개인과 너 사이의 교류에 영향을 미칠 수 있다. 그때 너희 둘은 갑자기 전혀 다른 말과 행동을 할 수 있다. 하지만 상대가 '원하는 대로' 화를 내고 싶은 것을 참을 때 모든 사람이 가능한 최고로 행복한 결과를 이끌 수 있다. 그런 자극은 네가 의식하지 못하는 현실에서 왔으며 단지 '지금 여기'에서 유사한 감정을 야기할 뿐이다.

너와 네 인생의 많은 배우들과 함께 너는 해결의 장소에 다다랐다. 그리고 너는 그들과 나눴던 특정 관계들을 현실의 여러 측면에서 네 스스로 완성하고 싶어 한다는 것을 인식하기 시작할 것이다. 또 특정 관계에 토대로 기능했던 것들이 이제 바뀌고 있음을 감지할 것이다. 그 특정 사람들과 계속 삶과 친분을 공유하면서도 너는 마음속 깊은 곳에서부터 그런 연대가 더 이상 탄탄하지 못함을 느낄 것이다.

너희 중 한 명이 한동안 공유해 왔던 길에서 벗어날 것을 선택할 가능성이 크다. 그리고 한때 너희 사이에 자연스럽게 흐르던 에너지가 경직될 것이다. 너희는 각자 한동안 그 관계를 유지하려고 애쓸 것이다. 하지만 너희는 한때 너희 둘을 자연스럽게 동맹자로 만들었지만 이제 더 이상 둘 다에게 도움이 되지 못하는 연결을 끊을 것을 불가피하게 선택할 것이다.

지금은 현실의 양상이 너무 빠르게 변하기 때문에 뭐든 잠시도 그대로 머물지 않는다. '지금' 이 순간의 진실을 존중하며 특정 관계를 끊겠다고 선택할 때 그러고 싶은 너의 느낌이 그동안 그 상대와 나눴던 삶을 헛되게 하는 것이 아님을 알아라. 그때는 그때고 지금은 지금이다. 그리고 더 이상 편하지 않은 상황에 너를 계속 묶어 두는 관계를 자비와 사랑의 에너지로 끊을 기회가 너에게 주어졌다고 보아라. 그렇게 함으로써 너는 최고의 선택을 실행하고 있고 '평화와 조화'의 이름으로 타협하라는 권유를 거절한 것임을 알아라. 평화와 조화는 한 사람이 자신의 내면의 진실을 포기한다고 얻을 수 있는 것이 아니기 때문이다.

평화와 조화는 관련된 사람들 모두가 호응하는 토대 위에 구축되어야만 오래 유지될 수 있다. 갈등의 상황을 통제하고 조작하려는 시도들이 늘 '평화와 조화'라는 명목을 내세우곤 한다. 하지만 협상 테이블에 앉은 사람들의 마음속에 평화와 조화라는 목적은 거의 찾아볼 수 없다. 평화와 조화의 '에너지'는 '타협'의 구조와는 잘 어울리지 않기 때문이다.

평화와 조화를 성취하려면 진심으로 평화와 조화를 원해야 한다. 상대의 안녕을 진실로 걱정하는 에너지적 토대 없이 '타협'의 제스처로 드러나는 노력은 실패할 수밖에 없다.

상대가 자신의 목적을 정직하게 천명할 때 그런 목적에 허울 좋게 부응하는 시나리오를 만든다면 양쪽 모두에게 좋을 것은 하나도 없다. 그렇게 할 때 문제의 양쪽이 갈등하는 기간이 연장될 수밖에 없다. 너희 세상의 역사가 그 진실을 증명한다. 서로 다른 관점들이 인류라는 하나의 존재를 에고의 표현인 복수나 그 비슷한 것들에 몰두하며 싸우기 좋아하는 두 집단으로 양분되는 데 기여해 왔다.

실력 행사, 즉 다른 집단의 전체 의지의 실현을 방해하는 행위는 소위 하나의 인류라는 너희들이 너희 역사 전체를 통해 '분리'의 에너지를 강화하는 방법이었다. 바로 그런 경향이 하나의 종으로서 연합으로 나아가는 너희의 노력을 방해하는 성질이다. 그리고 바로 그런 경향이 지금까지 인류가 가장 원하는 것, 즉 하나로의 연합을 이루지 못하게 했다.

이제 다른 사람 혹은 다른 집단의 반대되는 관점이나 의지에 대면했을 때 어떻게 해야 하나 묻고 싶을 것이다. 일단 상대의 동기를 조사하기 전에 너의 동기를 조사하라. 너는 네 입장의 깊은 속내를 정직하게 파고 '네' 자리의 진정한 의미를 조사하는 것으로 시작할 수 있다. 이 작업에 조금의 거짓도 없이 접근한다면 에고라는 토대 위에 건설된 크나큰 요새를 발견할 것이다. 그때 네 의지의 표현은 다른 사람의 의지와 에고에 억압당할지도 모른다는 두려움에 기인한 것이다. 그런 의지의 표현이 **하나임**을 위한 레시피일 수는 없다. 너희 모두가 겉만 번지르르하게 말해 대는 '세계 평화'를 위한 레시피일 수는 더더욱 없다.

집단 인류로서의 **하나임** 개념은 그 **하나임**을 구성하는 개인의 마음을 속속들이 분석하는 일 없이는 그 이해를 시작조차 할 수 없다. 다른 사람이 정말로 원하는 것을 억압하려는 의지밖에 없는 사람들은 너희들 사이에 존재하는 양극성만 강화한다. 그럴 때 너희들 사이의 분리는 더욱 심해진다. 그리고 현재 모든 창조물들이 애써 얻으려 하고 있는 **하나임**과의 연합에서도 점점 더 멀어질 것이다. '힘이 정의를 만든다.'는 사고방식을 강화하는 습관적 패턴들을 계속 반복할 때 너는 네가 애써 도달하고 싶어 하는 바로 그 에너지 상태를 거부하는 것이다.

주변 사람들과 진정한 의미의 '평화와 조화'를 이뤄내지 못하면서 인류의 '평화와 조화'를 희망할 수는 없다. 해당 문제 속 너의 입장을 철저히 조사하면 네가 에고의 동기들을 갖고 다른 사람으로부터 얻어 내려 하는 것이 무엇인지 보일 것이다. 그리고 자세히 살피면 아무도 다치거나 상처받지 않고도 양쪽 모두 겸허히 자신의 진실을 표현할 수 있는 해결책이 결국에는 자연스럽게 도출되기 마련이다. '타협'의 함정을 피하고 진정한 평화를 얻기 위해서는 현실의 모든 수준에서 최적의 해결책을 찾아야 한다.

개인적으로 삶에서 구하는 대답은 네가 너의 이웃, 나라, 그리고 세계가 구하는 대답과 전혀 다르지 않다. 일시적이 아닌 진정한 해결책을 찾으려면 반드시 '에너지'에서 답을 찾아야 한다. 변한 것이 아니라 좌절된 에너지는 너희가 그 반쪽의 마음으로 아무리 세심하게 동의서를 작성했다고 해도 새로운 힘과 함께 새로운 형태로 또다시 표면에 떠오를 것이기 때문이다.

상대의 이기적인 동기는 그만 찾고 너의 행동 배후에 도사리고 있는 이기적인 동기를 찾기 시작하라. 그것이 너희 모두가 마음속 깊은 곳에서 열망하는 진정한 조화를 위한 기초 작업이다. 세상의 상황은 너희 집단의식 에너지의 확대 반영에 지나지 않기 때문이다. 너는 집단 동력의 일부다. 그리고 상대 집단의 세계관을 바꿀 유일한 방법은 너의 세계관에 투사하는 목표를 바꾸는 것이다. 너희 모두에게 해당되는 말이다. 그렇게 한 번에 하나씩 갈등을 해결해 나가는 것이다.

어떤 일에 투사하는 너의 에너지를 전환하는 것은 전혀 사소한 일이 아니다. 그 순간 너는 네가 속한 우주 전체로 투사하는 너의 에너지 진동을 바꾼 것이다. 개인적 의지가 다른 사람의 의지에 부딪힐 때마다 너희 모두가 그런 일을 한다면 너희는 세계 평화를 이룰 것이다. 그리고 마침내 너희 모두가 태곳적부터 갈망하던 **하나임**을 이룰 것이다.

38

- 감정의 길을 통해 정체성 조각들 통합하기
- 통렬한 장면을 함께 연기하며 온전한 존재로 거듭나기

고양된 에너지 진동수를 흡수하여 철석같이 믿었던 현실에 대한 집착을 풀기 시작할 때, 의식의 새로운 경지로 인식한 것들이 눈앞에 드러나기 시작할 것이다. 어떤 것도 그렇게 영원하지 않다. 실재 세상에서는 아무것도 영원하지 않다. 영원은 네가 만들었으면서도 실재한다고 생각하는 착각의 세상에만 있을 뿐이다. 그 착각의 세상에서는 절박한 느낌이 기본이고 늘 시간을 다퉈야 한다. 네가 스스로 그곳에서 그렇게 살겠다고 선택한 것이다. 하지만 이제 너는 시야를 넓힐 것을 선택했고 그런 착각의 세상을 계속 탐험하는 것이 진정으로 네가 원하는 것인지를 의심하고 있다. 그리고 이제는 정말 시간에 구속받지 않는 영역으로 가서 그곳에 있는 것을 육체를 갖고 경험해야 할지도 모른다고 생각하고 있다.

이런 말들이 처음에는 난센스로 들릴 수 있다. 하지만 최우선으로 하는 것과 책임질 것들을 비롯해 네가 중요하다고 생각했던 것들을 모두 샅샅이 조사하다 보면, 어느 빛나는 순간에 너는 그 모든 것 속에 내재하는 불합리함을 인식하게 될 것이다. 그리고 그 인식 속에서 너는 앞으로 나아가며 새로운 관점에서 볼 때 네 인생에서 그래도 중요하게 남는 것을 경험할 길을 준비할 것이다. 네 존재의 고양된 측면들과 에너지적으로 조화를 이루기 시작할 것이기 때문이다. 그리고 처음에는 새로운 눈을 통해 삶을 경험하면서도 무슨 일이 벌어지고 있는지 완전히 의식하지는 못할 것이다.

너는 변화를 단계적으로 인식할 것이다. 그리고 의식의 다양한 수준들 사이를 왔다 갔다 하는 한동안은 변화의 상세한 부분들을 알아채지 못할 것이다. 하지만 그때도 주변이 조용해지고 상황이 안정될 것이며 너는 네가 예전의 네가 아님을 아는 존재의 상태에 이를 것이다. 같은 몸을 갖고 같은 정체성으로 치장하고 있지만 너는 달라졌다.

무슨 일이 일어나는지는, 그 일이 있고 난 후에 네가 새롭게 너를 둘러싸고 있는 고양된 에너지 진동에 적응했을 때 자연스럽게 인식될 것이다. 지금은 모든 일이 더 빨리 진행된다. 너는 너의 에너지를 어디에 집중해야 하는지를 잘 알고 너의 목적을 잘 아는 상태에 와 있다. 그리고 너는 유사한 존재들과 완벽하게 같은 삶의 목적을 실제로 공유하고 있음을 발견하는 중이다. 앞으로는 삶이 쉽게 흘러갈 것이다. 미래가 불투명하고 갈등이 커지는 순간들이 확실히 있을 테지만 그런 불안과 갈등의 에너지가 아주 자연스럽게 풀릴 것이다. 길모퉁이를 돌 때마다 이른바 '탄탄대로'가 나타날 것이고, 너는 그 길을 본능적으로 선택할 것이며, 그때 너는 네가 '너의 삶'이라 부르는 쪽에서 점점 더 깊은 만족감을 느끼게 되는 쪽으로 가게 될 것이다.

뒤돌아보면서 지금과 참 다르게 그때는 왜 그렇게 모든 것이 복잡하고 절망적이고 답답했는지 모르겠다고 생각할 것이다. 그리고 너는 지금의 '네'가 그때의 '네'가 아님을 깨달을 것이다. 너는 경험의 다른 수준으로 과감히 나아가고 또 거기서 더 나아가 의식의 다각적 층들 모두와 합일할 것이다. 의식의 그 모든 층들이 모두 다 '너'다. 그럼 '지금' 이 순간을 인식하는 관점이 바로 그 다각 의식들의 종합 비전의 결과가 될 것이다. 그리고 그 비전은 다면적 인생 경험의 저장고를 요구한다. 네가 '너의 삶'이라 믿고 있는 주제에 대한 모든 가능한 변수들을 탐험한 결과가 그 저장고다.

네가 일상적으로 교류하는 다른 존재들이 꼭 네가 지금 있는 곳에 같이 있는 것은 아니다. 그들이 '여기' 네 앞에 있다는 이유만으로 그들이 너와 같은 에너지 진동수를 반향하고 있는 것은 아니기 때문이다. 너는 너와 유사한 정체성의 존재임을 뜻하는, 그 중요한 종합 비전의 '파편'과 맞닥뜨릴지도 모른다. 하지만 그 존재가 네가 목격해 온, 역사의 진정한 흐름에 꼭 부합하리라는 보장은 없다. 그런 대면에 대비해 의식적으로 아량을 쌓는 것이 중요하다. 너도 그들과 비슷한 방식으로 너만의 인식의 주요한 전환들을 겪어 왔음을 알아야 할 것이다. 꼭 너의 과거와 같은 정도는 아닐지라도 다른 사람도 그런 과정을 겪어야 하는 것이다.

특정 개인의 본질의 파편과 교류하다가 문득 한때 느꼈던 '연결'의 느낌이 사라졌음을 깨달을 수 있다. 그때 비판하려 들지 마라. 단순히 교류가 일어나고 에너지가 안정되게 내버려 두어라. 인식 전환 과정의 고양된 단계들에서는 너희들이 서로에게, 서로의 주어진 정체성 내에서 가장 집중하고 있는 문제들에 최종 해결책을 찾도록 돕는 촉매자로 활약할 가능성이 크기 때문이다. 촉매자로서의 에너지가 원하는 대로 맘껏 표현되게 두라. 먼지가 가라앉을 때까지 기다려라. 그리고 그런 만남을 통해 상대의 의식이 상승하고 성장하는 모습을 기쁘게 지켜봐라.

특정 존재와 가공할 만한 충돌을 할 수도 있다. 유일하게 탄생의 순간에 비교될 수 있는 과정을 둘이 같이 통과하며 서로 돕고 있기 때문이다. 사실 그런 충돌은 현실의 다른 측면에서부터 계속 갖고 온 에너지의 해소를 촉발하는 것으로, 그때 너희는 에너지적으로 서로 손을 잡아 주는 것이다. 둘 다 각자 존재의 고양된 측면들로 합일하고 있기 때문이다. '업'으로 인한 습관적 교류 속에 너희를 가둬 두는 복잡한 실을 풀도록 서로 도울 수 있는 때가 대부분 바로 그런 가장 신랄하고 통렬한 갈등을 겪고 있을 때(더 이상 연기할 수 없다고 생각이 들 정도의 장면)다.

너희들 대부분이 의식의 특정 수준에 에너지 구속들을 숨겨 두고 짐처럼 지고 다니는데, 그것들을 떨쳐 버릴 때 너희는 네 본질의 조각난 파편들을 통합할 길을 열 수 있다. 억압된 에너지의 '충전'이 일단 한 번 방전되면 서로가 서로에 의해 경험했던 분노와 상처와 격정이 마침내 표면 위로 떠오를 것이다. 너희 둘 사이에서 진정한 사랑과 신뢰의 무조건적인 연대를 가로막았던 저류의 현주소가 그렇게 돌연 눈앞에 나타날 것이다. 그리고 그동안 인정할 수 없었던 혹은 기꺼이 받아들일 수 없었던, 네 존재 그 고유한 본질의 잃어버린 가장 큰 조각을 네 다차원적인 의식이 목격할 것이다.

가장 통렬한 감정적 발산은 이 생에서 네가 가장 가까운 동지라고 생각하는 사람 때문에 일어나기 쉽다. 역할이란 기본적으로 상대를 전제하기 마련이다. 네 인생 극본의 주연 배우들은 너를 위해 늘 거기에 있었다. 그리고 너도 그들을 위해 늘 거기에 있었다. 인생 전반에서 서로에게 가능한 최대의 역할을 하면서 말이다. 너희는 소중한 애인이자 혐오스러운 적이었다. 너희는 아이처럼 삶이라는 운동장을 함께 뛰어다녔다. 너희는 셀 수 없을 정도로 많이 서로에게 부모였다. 그리고 너희는 오랫동안 그 모든 충전된 감정의 교류를 통해 의식이 조금씩 깨어날 때마다 서로를 도왔다.

이제 너희의 의식 변화 과정이 절정으로 치닫고 있기 때문에 너는 네 다차원적 의식의 측면들이 감정의 유로(油路)를 통해 자극받아 표면에 떠오르는 상황에 처해질 것이다. 감정의 폭발을 야기하는 실질적인 원인은 중요하지 않다. 누가 '틀렸고' 누가 '옳은지'를 따지는 것은 적절한 행동이 아니다. '옳음'은 단순히 관점에 따라 달라진다. 그리고 그런 순간에는 모두가 자신만의 이익에 단단히 집착하는 근시안적인 태도를 보이기 마련이다. 억압된 감정 에너지가 촉발되어 일어나는 그런 폭발에서 진짜 중요한 것은 그것으로 너희가 마음 깊은 곳에 있는 무엇을 건드리게 되는가다. 그렇게 한 번씩 네 깊은 마음속의 감정을 건드리는 것으로 너희는 한때 두려움, 수치심, 분노 혹은 어떤 다른 깊은 감정들 때문에 어느 순간 혹은 여러 번 해결할 수 없어 그냥 내버려 두었던 네 존재의 측면들과 온전한 하나로 결합할 수 있다.

네 인식 전환 과정의 이 단계에서는 조사되고 '인정받기' 위해 모든 감정이 반드시 표면으로 떠올라야 한다. 아무것도 묻혀 있어서는 안 된다. 그리고 네 인생의 주역들이 늘 바로 거기서 너를 돕기 위해 큐 사인을 기다리고 있다. 네가 네 자신으로부터 꽁꽁 숨겨 온 감정들을 풀어내기 위해 필요한 것은 뭐든 하면서 말이다. 그 주역들이 너와 멋지고 화려한 장면들을 연기하면서 드러낼 것들을 보면서 너는 움찔하며 뒤로 물러설 수도 있다. 하지만 너는 그들과 너 사이에 일어난 일이 상징하는 것을 인식할 수 있을 것이다. 그리고 마침내 너는 그들을 한없이 사랑하는 단계에 이르게 될 것이다. 그들과 너 사이에 일어난 일에도 불구하고가 아니라 그 일 '때문에' 말이다. 각자는 각자만의 진실에 따라 행동하기 때문이다. 그리고 그렇게 진실에 따라 행동함으로써 각자는 각자의 동반자, 애인, 적, 친구, 자녀, 부모, 그리고 '자아'가 그들만의 진실을 목격하고 포용하게 돕기 때문이다.

우리는 지금 전체로 향하는 길의 가장 중요하고 필수적인 부분을 말하고 있다. 그리고 너희들 중에 '아, 이제 나는 더 높은 관점으로 세상을 보기 시작했으니 앞으로 순풍에 돛 단 듯 잘 나갈 것이다.'라고 생각하는 사람들은 그 사람이 가장 사랑하는 사람 때문에 전혀 생각지도 못한 종류의 문제로 타격받게 될 것이다. 너는 그런 순간에 감정이 폭발할 정도로는 흔들리지 않았을 것이다. 그것보다는 네 온전한 전체(그렇게 오랫동안 숨어 있던 너의 모든 측면들)가 드러나게 두고 진정한 너의 다차원적인 종합 속으로 합일해 들어가며 한 걸음 크게 전진할 수 있을 것이다.

개인적 정체성의 합일 과정을 완성하려 들 때 감정의 기복이 심해지는 것은 당연하다. '지금' 정체성의 모든 감정적 측면들을 샅샅이 점검하지 않고서 다차원적 의식이 무한히 더 복잡한 영역 속으로 상승할 것을 기대할 수는 없기 때문이다.

그러므로 축복의 순간들이 다가올 때 반드시 그 환희를 만끽하라. 네 인식 전환 여행의 고양된 단계의 특징이 그런 축복이고 환희다. 그리고 그때 반드시 동시에 다가올 깊은 갈등의 순간도 똑같은 축복임을 알아라. 네 안에서 모든 창조물과 '하나가 되기' 위해 여행하는 존재는 한 차원의 존재가 아니기 때문이다. 최고로 빛날 때의 진실한 너, 다시 말해 네 인간 존재의 전체 스펙트럼이 이 여행을 조종하고 있기 때문이다. 이른바 이 세상의 '너'는 배에 승선한 승객 한 명(한 점 의식)일 뿐이다. 그리고 그 배는 세상에서 가장 멋진 항해를 시작했다.

39

• 신의 발견

육체적 존재로서의 최초 자의식이 생긴 이래로 너는 네 존재에 의미를 주는 단서들을 찾기 위해 네 세상을 조사해 왔다. 너는 무한한 우주의 방대함을 사색했고 모든 상상할 수 있는 작은 틈들을 들여다봤다. 전문가라고 자신하는 사람들이 말하는 영적 지혜들도 조사했다. 그리고 그들의 지도를 생을 거듭하며 헌신적으로 따랐다. 언젠가는 마침내 '그 답'을 얻고 어느 정도라도 깨달을 것을 기대하며 말이다.

하지만 네가 어떤 문화적 배경을 가지든 질문은 오직 더 많은 질문을 불러올 뿐이었다. 더 깊이 탐구하고 더 깊이 이해할수록 여전히 만족할 수 없고 마음속 깊은 곳에서 더 깊고 더 심오한 질문들이 떠올랐다. 결국 그 질문들이 너를 지금 여기로 데려온 것이다. 비록 이 생의 극본과 같은 극본을 전에도 연기했음을 너는 어느 정도 알고 있지만, 이번에는 다를 것도 마음속으로 알고 있다.

마침내 너는 그 질문들이 부질없음을 볼 수 있는 존재의 상태로 과감히 뛰어들었다. 처음부터 알고 싶어 했던 것의 주변만 맴도는 그 모든 과정에 지친 것이다. 대답은 '밖'에 있지 않다는 것을 본능적으로 알고 있었기 때문이다. 그 대답은 사실 마음속에 있는 것도 아니다. 가장 깊은 수준에서 열망하는 그 '앎'은 이해되지 않을 것이다. 영적 수행의 길을 '의식적으로' 수천 번 더 걸어도 알 수 없다. 알 수 없는 것을 알 수는 없기 때문이다. 헤아릴 수 없는 것의 헤아림을 바랄 수는 없기 때문이다. 떠나 본 적도 없으면서 어떻게 목적지에 '도달할 수' 있겠는가? 너희는 자신이 '여기'에 존재함을 알 수 있을 뿐이다. 여기 지금.

여기에 존재하는 네가 이 장소 너머 어딘가에 있는, 네가 그렇게 희망했던 다른 '신'을 여기서 발견할 수는 없다. 여기에 존재하는 네가 인간이 쭉 향유해 왔던 무한한 철학적 질문들의 답을 찾을 수는 없다. 여기에 존재하는 네가, 네가 결코 알아낼 수 없을 거라 두려워하며 찾고 있는 지혜를 찾을 수 없다. 네가 그것을 찾아다니는 한 절대 찾을 수 없다. 여기서 네가 할 수 있는 일은 네 자신을 찾고 싶어 하는 것이다. 그리고 그렇게 함으로써 아마도 너는 내려놓음의 멋진 순간을 경험하고 또 경험할 것이다. 그리고 아마도 '지금'의 영원한 순간 속에서 네가 그렇게 오랫동안 찾아 헤매던 것이 바로 '너'임을 알게 될 것이다. 분명히 알게 될 것이다. 충분히 알고 이해했기 때문이 아니라 단지 너 자신이 그동안 네가 찾던, '그것'이기 때문이다. 그 사실은 그동안의 네 경험 속에 완전히 녹아 있었다. 네가 바로 네가 찾던 신성과의 연결 그 자체다.

네가 바로 네가 원하던 본질의 체험 그 자체다. 그뿐이다.

너는 이제 폭풍의 눈에 다다랐다. 전에도 그곳에 있었기 때문에 잘 알 것이다. 비록 네가 그렇게 원하던 것으로 향한 문을 매번 그냥 지나쳤다 하더라도 전혀 기대하지도 않은 순간에 너는 그 신성한 안식처로 과감히 들어왔다. 그리고 이제 그 안식처가 익숙하고 편안하며 안전하다고 느낄 것이다.

그리고 너는 그 안식처에서 최후의 도전, 바로 마지막 깨달음이 이루어질 것을 알고 있었다. 해탈은 만만한 일이 아니다. 신을 찾는 것 또한 얼마나 큰일인가? 하지만 단지 네가 그럴 것이라고 믿었기 때문이다. 사실 해탈도, 신을 찾는 것도 매우 간단한 일이다. 그렇지 않다는 착각에 얽매어 있었기 때문에 너는 '이번에는 어쩌면' 하고 생과 생을 거듭했던 것이다. 이번에 너는 수수께끼를 풀지도 모른다. 이번에는 실제로 신과 대면할지도 모른다. 그리고 앞으로 영원히 진실을 알게 될지도 모른다. 이번에는 그렇다.

40

- 자극적 경험
- '기억'의 합성인 의식 속에서 깨어나기
- 차원 간 문턱에서 두 세계 잇기

우리 말을 듣는 사람들 중에는 현실에서 무슨 일이 벌어지고 있는지 분명히 보면서도 미지의 세계로 발을 들여놓는 것을 꺼리는 이도 많을 것이다. 게다가 모든 준비가 끝나고 목적지가 바로 눈앞에 보일 때 갑자기 회의에 빠지는 것은 흔한 일이다. 지적으로만 이해하고, 이해한 것을 실천하는 시늉만 하는 것과 고양된 에너지를 구현하고 그때 나타나는 자극들을 경험하기 시작하는 것은 전혀 다른 문제이기 때문이다.

고양된 에너지 진동을 처음 느낄 때 인식 전환 과정의 높은 수준에서 느낄 감정들에 준비되어 있지 않았다면 놀랄 수도 있다. 차원 간을 잇는 문턱에 접근할 때 너희는 네 인생 극본의 세속적인 측면들에 비정상적으로 초연해지는 경험을 할지 모른다. 그와 동시에 의식 전체로 이유 없는 깊은 만족감이 퍼질 수도 있다.

삶의 파노라마 속 결과에 연연하지 않기 때문에 실제로 공중에 떠 있는 것처럼 느낄 것이다. 결과에 연연할 필요 자체가 없어진다. 네 인식 전환 여행의 이 단계에서는 삶의 페이지가 너무 빨리 넘어가기 때문에 '정상적인' 조건 아래에서 결과를 느낄 새도 없기 때문이다. '인과의 법칙'은 인식 전환 과정의 지금 시기에서 그동안 급진적으로 재정의되어 왔다. 그리고 너희는 실제로 드러난 현실이 때때로 기대했던 것과 상당히 다름을 볼 것이다.

도저히 근거가 없는 일이 일어날 것이다. 최소한 직선적 논리의 관점에서는 근거가 없는 일 말이다. 너희 각자를 위한 가능한 해결책들이 다 드러날 시기에 도달하면, 각각의 해결책에 해당하는 문제들이 마치 네가 얻어야 하는 특정 인생 교훈을 강조라도 하듯 연달아 너를 공격할 것이다. 너는 부당해 보이는 자극을 '연쇄적으로' 경험하느라 실제로 마치 포위라도 당한 듯 느낄 것이다. 이 단계에서 너는 무엇에, 어떻게 반응할지를 시험당하게 되어 있다. 이 단계에서 '정당하고 싶은' 방어 심리 기제를 발동하며 후퇴하는 것은 흔한 일이다.

패턴을 인식할 때까지 길고 힘든 그런 순환을 계속할 수 있다. 그러다 갑자기 에너지가 다시 한 번 전환되고 불운의 공격이 사라질 것이다. 그리고 너는 신성한 무관심으로 무장한 '증인'으로 네가 처한 상황에 진정으로 존재하는 상태에 도달할 것이다. 상황이 전개되는 것을 가만히 지켜보게 될 것이다. 그리고 예전과 달리 쌓인 감정으로 폭발하는 일 없이 험한 파도에도 불구하고 편하게 항해하는 자신을 발견할 것이다.

네 인식 전환 여행의 이 단계에서는 (감정, 행동 등의) 패턴들이 한 현실에서 시작되어 다른 현실에서 끝나게 되어 있다. 그러므로 이전 현실에서 생겨 고착되어 온 패턴에 지금 현실의 완전히 다른 일련의 변수들을 추가한다고 해서 원하는 결과를 얻을 수는 없다. 정지된 상태에서 현실들을 섞지 않는다면, 그리고 천재적인 전략과 주도면밀한 계획이 노력을 뒷받침한다면 원하는 승리를 거둘 수는 있다. 하지만 고양된 에너지 진동 상태에서는 늘 현실의 전환이 발생하기 때문에 지금 현실의 변수들은 이전 현실의 목적에는 늘 부족할 수밖에(혹은 넘칠 수밖에) 없다. 그렇게 모든 것이 '잘못되는 것'처럼 보일 때 너희는 쉽게 좌절하고 번민할 것이다.

믿을 수 없어 헛웃음만 나오는 불운한 상황에 처하면 또다시 쉽게 다른 사람 혹은 운수를 탓하거나 그 어떤 그럴듯한 이유를 대며 변명할 수 있다. 급격히 빨라지는 에너지 진동수에 따른 제각기 다른 현실들 속에서 각각 다른 상황들이 차례대로 해결책을 구하며 전면에 나타날 것이다. 불운한 상황들은 네가 어떤 한 현실에 들어갔지만 그 현실 속 가장 낮은 에너지 진동 단계에 머무를 때 나타난다. 그런 불운에 감정적으로 반응하지 않는 것이 좋다. 그럼 새로운 현실 속 네 에너지를 빨리 안정시킬 것이고, 그럼 불운을 야기하는 조건도 사라질 것이기 때문이다.

차원 간을 넘나드는 이 단계는 가능한 모든 방식으로 너의 '신경'을 건드릴 것이다. 그런 일들에 휘둘리지 않을 때 너는 이 불안하고 심란한 단계를 훨씬 쉽게 넘어갈 것이다. 에너지 동화가 고양된 상태임에도 불구하고 일련의 마땅찮은 '불운'을 겪는 것이 그 순간에는 매우 모순적으로 보일 수 있다. 하지만 나중에 돌아보면 그랬기 때문에 이야기가 더 위대해짐을 알게 될 것이다. 그리고 곧 밝아 올 여명의 불빛 속에서 보면, 그런 시련의 시간은 멀리 보이는 꿈의 아지랑이 속으로 순식간에 사라질 것이다.

너를 꼼짝 못하게 했던 교류들에 거리를 두기 시작할 때 인식 전환 과정 속 그런 위기 만발의 시기도 조금씩 그 강도가 줄어들기 시작할 것이다. 특정 방식으로 반응할 수밖에 없고 그렇게 극단적인 결과를 부를 수밖에 없었다는 것이 이해가 안 갈 정도가 될 것이다. 이제 새로운 불빛 속에서는 같은 상황들이 고요의 렌즈를 통해 보이기 때문에 네 의식의 바다에 거의 아무런 물결도 일으키지 못할 것이다. 한 페이지가 넘어갔기 때문이다. 그리고 그 전환 상태가 안정된다면 마침내 삶이 편하게 흐르는 상황이 드러날 것이다.

차원 간의 문턱 바로 앞으로 너를 데려갈 상황들의 본성이 그렇다. 극단적인 모순의 상태라면 그 순간에서 헤어나지 못할 때 너는 매우 혼란스러울 수 있다. 추진 에너지와 온 마음으로 연결되어 있음에도 불구하고 동시에 신경을 거스르는 것들을 스스로 계속 만들어 내는 상황이 그런 극도로 모순되는 상황이다. 하지만 신경을 거스르는 일상의 드라마들로부터 거리를 유지할 때 너는 너를 꽉 잡고 있던 모든 것으로부터 번쩍이는 '불빛'을 보고 느낄 수 있다. 그럼 모든 일이 갑작스럽고 극적으로 해결될 것이다. 그리고 아무 이유도 없는 것 같은데 갑자기 너는 존재의 다른 옥타브로 전환해 들어갈 것이다. 그리고 너는 아무도 말해 준 적 없는데도 뭔가 매우 중요한 일이 진실로 일어났음을 알 것이다.

그 시점이라면 너는 더 이상 그 모든 것이 지나친 상상력의 결과일지도 모른다고 의심하지 않을 것이다. 네 의식 바깥 영역으로의 그 여행이 실재인지 허상인지 생각하기를 멈출 것이다. 그 답은 그냥 알게 될 것이기 때문이다. 의심할 수 없는 답을 말이다. 자신이 '상승했는지' 아닌지 물을 필요도 없다. 그냥 알 것이다. 그런 앎에도 불구하고 여전히 너의 삶을 사는 데는 아무 지장이 없을 것이다. 너는 여전히 네 영화에 출현할 것이다. 그리고 너를 둘러싼 모든 연기자들도 네가 그들을 떠났던 바로 그 자리에 계속 있을 것이다. 변한 것은 오직 '너'와, 앞으로 일어날 수밖에 없는 일들에 대해 네가 반응하는 방식일 뿐이다.

다른 세상에 있는 것처럼 느끼지도 않을 것이다. 너는 여전히 같은 세상에서 같은 경험을 할 것이다. 하지만 그 경험에 대한 너의 인식이 돌연 고양될 것이다. 너는 가속화한 에너지를 감지하게 될 것이다. 그리고 다른 사람들도 너를 다른 방식으로 인식하여 너에게 다르게 반응할 것이다. 너에게 좋지 않은 일을 야기할 에너지의 종류를 공기 중으로 쏘아 올리는 일을 네가 더 이상 하지 않을 것이기 때문이다. 다른 사람들은 이제 에너지적으로 너에게 나쁘게 반응할 필요가 없게 된다. 그리고 너는 두 현실 속에 동시에 존재한다고 느낄 것이다.

사실 두 현실 속에 동시에 존재하는 것이 정확하게 앞으로 일어날 일이다. 너의 육체보다 신비체가 차원 간 문턱에 먼저 다다를 것이기 때문이다. 너의 '에너지'는 고양된 차원에 충분히 기거하는 동시에 너는 이 '지금 여기' 세상 속 의식을 유지할 것이다. 존재의 더 높은 옥타브로 너의 에너지를 합병하는 과정은 단계적이다. 그리고 너의 신비체들이 더 높은 차원에서의 '너'의 측면의 에너지 영역 속으로 흡수될 때 너는 지금 여기에서 '너'로 존재하며 동시에 고양된 관점을 감지하기 시작할 것이다.

갑자기 너는 익숙한 상황에 전혀 다르게 반응할 것이다. 마치 누군가 다른 사람이 너의 눈을 통해 완전히 똑같은 경치를 보는 것처럼 말이다. 그리고 세상이 돌연 매우 유쾌한 장소가 될 것이다. 인식 전환 과정 속 중간적 시기라 할 수 있는 차원 간 상승이 안정되었다는 의미다. 그런 상태가 한동안 지속될 것이다. 너희 중 일부는 남은 인생 동안 지금 현실의 육체적 의식을 유지할 것이다. 그렇게 '여기'에 남아 있을 너희들은 고양된 '인생' 경험을 기대해도 좋다.

네 존재의 고양된 측면들로 완전히 그리고 전부 흡수될 예정인(의식이 다음 차원의 현실로 가는 것) 또 다른 너희들의 경우 이 중간기적 전환 상태가 곧 다가올 에너지적 전환에 토대로 작용할 것이다. 다음 차원은 산뜻하고 새로운 안정기로 다가올 것이다. 숨을 고를 시간이라 할 수 있다. 너는 그 시기에 의식의 고양된 수준을 뜻하는 고양된 에너지 수준을 실제 삶으로 구현하는 경험을 원하는 만큼 할 수 있다.

그런 극적인 전환을 하기 전에 너는 이 생의 특징이었던 복잡한 주제들을 완성할 것이다. 오랫동안 잊어버렸던 힘든 일들이 갑자기 의식 표면으로 떠오를 것이다. 그럼 너는 상상 속에서 그 옛날 영화를 다시 체험하게 될 것이다. 하지만 이번에는 다른 눈으로 그 영화의 가장 중요한 의미를 보게 될 것이다. 그리고 그 영화 속 상황에 초연하는 동시에 그 영화가 강조하는 해결책을 감지하게 될 것이다.

너는 플래시백처럼 말 그대로 휙휙 지나가는 네 인생을 보게 될 것이다. 그리고 네 개인적 역사 속 변화의 기간에 겪었던 다양한 고민들을 생생히 느낄 것이다. 그때 네가 얼마나 멀리 왔는지 확실히 깨달을 것이다. 그렇게 행동했고, 그런 선택을 내렸으며, 지금의 너로부터 그렇게 완전히 분리된 상태를 구현했던 '너' 자신을 짐짓 믿을 수 없다는 듯 의아해할 것이다. 그럼에도 불구하고 너는 그 드라마를 연기한 사람이 '너'임을 잘 알 것이다. 그 하나의 '너'를 이제 너는 비난도 비판도 평가도 하지 않고 온전히 포용할 수 있을 것이다. 한때 완전히 길을 잃었던 네 신성의 한 조각이 이제 네 존재에 완전히 통합된 것이다.

너는 네가 그런 일을 했다는 것을 알 것이다. 기억하기 때문이다. 하지만 정말 '네'가 그랬나? 자신을 모욕했던 사람이 정말 '너'였나? 그 모든 끔찍했던 악몽에서 무신경하고 무심한 역할을 맡았던 사람이 정말 '너'였나? 아무도 모를 거라 생각하고 하지 않겠다고 다시금 맹세했던 사람이 '너'였나? 지금 괴로울 정도로 상세하게 그 모든 것을 기억하는 사람이 옛날의 '너'가 맞나? 아니면 네 마음의 어떤 정신적 일탈이 형상화한 것인가? '그 사람'이 어떻게 '너'일 수 있는가? 도대체 어떻게?

그 '어떻게?'에 대한 답이 이 인식 전환 여행의 전체 요지다. 무한한 수의 다면적인 '너'가 있기 때문에 그런 극단적인 인식과 행동이 가능했던 것이다. 네가 너 자신에게 지금 네가 뒤돌아보고 다시 체험하고 그것이 '너의 삶'이라 가정하는 그 모든 경험의 풍성한 면면을 제공하기 위해 그 길을 계획했던 것이다. 그 모든 경험의 합성이 네 정체성을 구성하는 내용 속에 들어 있다. 그리고 그 경험에 대한 기억도 '너의 것'이다. 하지만 각각의 주제에 대해 선택한 각각의 경험을 실행시킨 사람은 지금 네가 '너'라고 생각하는 무한한 수의 '너'다. 이제 네가 네 의식의 파편들을 모았으니 너는 지금까지 겪어 온 가장 힘들었던 모험들 속 선물도 인정하기 시작한 것이다. 그리고 세속적으로 심하게 겪어야 했던 일들도 그래야만 했다고 인정할 수 있다.

그 모든 것들이 각각의 자리에서 존재의 중요한 본질을 조각했고, 그 존재의 본질이 지금 그 모든 다양한 경험 속 선물들을 인식하고 있다. 네가 '했던' 일이 '현재의' 너를 부정하지 않는다. 그것은 현재의 너를 규정하고 현재의 너를 인간답게 한다. 그리고 현재의 너로 하여금 '과거의' 네가 당시로서는 매우 정당하고 가치 있었음을 알게 한다. 과거에 그런 경험으로부터 소중한 선물을 얻지 못했다면 지금 그 드라마들을 그렇게 믿을 수 없다는 듯 되돌아볼 수는 없기 때문이다.

'너'는 자아의 그 모든 측면들의 합성물이다. 가장 추한 일을 저지른 너도 지금 우리 말을 듣고 있는 너만큼 '너'의 일부다. 그리고 지금 우리 말을 듣고 있는 '너'도 저 멀리 희열 속에서 그 모든 너를 하나로 만드는 너를 지켜보고 있는 '너'만큼 '너'의 일부다. 네가 인식 전환 과정의 고양된 수준으로 완전히 들어가면서 다음에는 더 높은 이기심이 네 에너지 영역에 단계적으로 흡수될 것이다. 너는 뭔가 '더 많은 혹은 더 높은' 것과 연결되었음을 확신하는 순간을 경험할 것이다. 그리고 동시에 네 인생의 계속되는 수수께끼 속에서 다시 한 번 혼자 떨어져 고립의 공허함 속으로 돌아가는 순간도 경험할 것이다.

특정 교차로에 서 있을 때 너로 하여금 어떤 길을 가야 할지 알아채게 하고 너를 재촉하는 것이 바로 그 '네' 의식의 고양된 측면이다. 네가 위험에 처했을 때를 알게 하고 네가 자신의 길인 줄로만 알았던 길에서 빨리 벗어날 것을 지시하는 것도 바로 그 네 의식의 측면이다. 지금 너를 무조건적으로 포용하는 것도 그 고양된 측면이다. 너의 고양된 측면은 너의 모든 것을 포용한다. 네가 금방 잊어버릴 부분들도 잊지 않고 다 포용한다.

상승 과정에서 너의 어떤 조각이 버려지는 일은 있을 수 없다. 빛나는 너의 모습이든, 수치스러운 너의 모습이든 네가 '너'라고 믿는 합성으로의 융합에는 모두 자격이 동등한 후보자들이다. 그리고 다음 단계 의식에 완전히 동화되기 위해서는 네 존재의 모든 미세한 측면들까지 모두 드러나야 한다.(네 숭고한 '인간적임'이 모두 드러나야 한다.)

일부 기억들을 의식 깊숙이 숨길 수 있을 거라 희망하는 것은 부질없다. 삶의 여정에서 네가 모아 온 결점과 상처들을 숨길 벽장은 없다. 그것들은 모두 '너'의 부분들이다. 그리고 네가 그렇게 많이 원하고 사랑했던 너의 모든 것들이다.

살면서 겪어 왔던 다양한 일들을 흥미롭게 바라볼 때, 그런 대서사시를 써내고 그 속에서 주연을 맡는 데 그야말로 '수천 명의 출연진'이 필요했음을 알아라. 네가 혼자 할 수 있는 일이 아니었다. 그건 최고로 기발한 상상 속에서도 불가능한 일이다. 그런 이해를 인생 경험에 대한 너의 기억 속에 통합할 때 영원한 질문, '나는 누구인가?'가 완전히 새로운 가능성의 문을 열게 될 것이다. 그리고 그 영원한 질문을 숙고하는 일이 가장 흥미로운 일이 될 것이다.

41

- 내면의 '신성'과 결합하기
- 증명하고 싶은 욕구에서 벗어나기
- 숭고한 무관심의 상태 껴안기
- 세속에 초연하기

고양된 인식 전환 단계의 특징인 초자연적 감각을 너희가 알아채든 않든 깨달음의 과정이 깊은 내면에서부터 마침내 시작되었다는 것에는 의심의 여지가 없다. 너는 분명 '깨달음'에 대해 말하고 읽었을 것이다. 그리고 지금 이미 깨달음의 과정이 시작되었다고 알고 있을 것이다. 열심히 여행해 왔기 때문에 이제 네 안의 문들이 마침내 매우 다른 방식으로 열리기 시작했다. 그리고 너는 마음속 새로운 차원의 활력을 맛보기 시작했다.

지금까지 인생 동안 뜬눈으로 동면하고 있었던, 부인이라는 깊은 잠에서 너는 깨어났다. 이제 너는 네 '세상' 사람 대부분이 갖고 사는 가리개들을 생생히 알아챌 것이다. 그 사람들이 사는 세상은 비난과 비판의 세상이다. 독선과 분노의 세상이고, 허위와 오역의 세상이고, 오해와 불신의 세상이다. 그리고 가깝고 멀고를 떠나 '타인'은 무조건 적이 되는 세상이다. 그곳은 환멸과 실망의 세상이다. 실제로 모든 것에서 그렇다.

하지만 그런 세상에 살아서 너는 결국 한때 소중하게 생각했던 모든 것으로부터 감정적으로 거리 두는 법을 배울 것이다. 더 이상 고통받고 싶지 않기 때문이다. 나아가 그런 본능적 반응의 에너지에 힘입어 마침내 너 자신으로부터도 거리를 둘 것이다. 너는 네가 일생을 투자해 창조했던 네 정체성의 특징들을 모두 인식한 다음 한쪽으로 밀쳐놓을 것이다. 그 정체성이 네가 아니라 너의 가면임을 마침내 알았기 때문이다.

네 인생이라는 연극에서 네가 정교하게 만들어 온 역할은 단순하지가 않고 네가 갖고 있다고는 상상도 할 수 없는 가치와 행동들로 가득하다. 그리고 너는 지금까지의 '네'가 다른 사람 같다는 생각을 할 것이다. 지금 너의 몸 안에서 지금 너의 정체성을 가진 '너'는 네가 세상에 태어날 때 무기 삼아 가져왔던 문화적 바탕의 반응 메커니즘과 반사 작용들을 거의 다 초월했다.

네가 빠르게 통과했던 현실들의 에너지는 네 성장한 사고방식에 맞는 에너지 진동 수준을 이제 감당할 수 없다. 그리고 너는 옛날에 대단히 중요하다고 생각했던 허식과 태도를 때로 포기한 줄도 모른 채 포기할 것이다. 위대한 탈피의 잔해 속에서 너는 이제 너 자신을 발견할 것이다. 그리고 한때 정당하며 의미 있다고 생각했던 모든 찌꺼기들을 쓰레기통에 던져 넣고 뒤돌아가 버리고 싶은 대단한 유혹을 느낄 것이다.

물론! 그런 일이 그렇게 간단하다면야 말이다. 하지만 당연히 그렇게 간단하지가 않다. 네가 간단한 것을 원하지 않을 것이다. 이 연습의 목적이 분리가 아니라 **하나임**이기 때문이다. 그 말은 과거 너의 모든 것도 **하나임** 안에서 포용되어야 한다는 뜻이기 때문이다. 네 옛날의 정체성을 묻어 버리는 것으로 네 역사에 큰 구멍들을 숭숭 뚫어 놓고서 더 높은 에너지를 포용하기 위해 상승하기를 바랄 수는 없다. 곧 다가올 너의 도착을 기다리는 네 자아의 측면들은 너의 부분만을 바라고 있는 것이 아니다. 네 자아의 측면들은 너의 모든 것을 인내심을 갖고 기다리고 있다. '너'의 사랑 가득한 포용을 위해 가장 필요한 것은, 네가 보기 싫어하는 정체성의 조각들을 모두 하나로 통합하는 것이다.

지금의 너는 지금까지 네가 보여 줬던 그 모든 태도와 지금까지 네가 써 왔던 그 모든 가면보다 더하지도 덜하지도 않다. 그 모두가 해결책을 찾는 한 정체성(존재)의 유기적인 부분들이다. 그리고 그 존재는 과거 혹은 현재의 자신을 버리는 것이 아니라 그 모두를 '존재하는' 전체로 통합하는 것으로 해결책을 찾으려고 한다.

너는 너의 이름과 너의 주소와 너만의 복장과 너의 직업을 당연히 바꿀 수 있다. 친분 관계도 바꾸고 세상과의 소통 방식도 바꿀 수 있다. 하지만 네가 진실로 의미 있는 변화를 이루었다면 너는 굳이 겉으로 표현하고 싶지는 않을 것이다. 무언가를 겉으로 표현하는 행위는 사람들이 모든 '외부적인 것'에 부과하는 중요성을 (그리고 그 사람들의 너에 대한 견해를) 인정했다는 말이기 때문이다. 의미 있는 변화는 보여줄 필요도, 들려줄 필요도, 알려 줄 필요도 전혀 없다. 그 변화를 알아야 할 사람은 너뿐이기 때문이다.

너는 진리를 만났다. 네 존재를 구속하는 모든 것, 네 존재가 이러저러해야 한다며 특정 정체성과 틀을 주는 지금 세상을 초월할 수 있는 가능성의 문을 활짝 열었다. 게다가 가장 이해하기 힘든 존재 간의 '동질성'을 내면의 불빛으로 인식하고 포용한다면 너는 엄청난 도약을 하는 것이다. 내면의 불빛으로 인식하는 것이 중요하다. 네가 원하는 고양된 의식과 다른 존재와의 유대감이란 결국 네 자신의 '신성 자아'와의 유대감이기 때문이다. 네 '신성 자아'에 동질감을 느끼는 것은 그것이 너와 '동질이기' 때문이다. 즉 바로 '너'이기 때문이다. 지금 너에게 이 말을 하고 있는 존재도 바로 너다.

네가 높이 받들고 엎드려 숭배하는 신은 바로 네 마음속에 있다. 이 신성한 인식 전환 '여행들' 속에서 네가 하나로 잇고 싶은 차원들은 저기 '밖' 어딘가에 있는 것이 아니다. 그것들도 네 안에 있다. 너를 고통스럽게 하고 기쁘게 하던 네 존재의 측면들도 모두 네 안에 있다. 이 생과 함께하는 그 모든 걸출한 과거 생들도 모두 네 안에 있다. 너는 아직 쓰이지 않았다고 믿겠지만 너의 미래 인생을 위한 대본을 연기할 자아들도 모두 네 안에 있다. 모두 네 안에 네 영원한 존재의 신성한 본질, 그 안에 숨어 있다.

네 전체 경험의 축적이 인격화해 너라는 한 인간이 태어난다. 그리고 그 인간이 네 안의 '신성' 본질의 익숙함과 편안함을 인식한다. 신을 알아 가면서 그 과정이 초자연적이라거나 그 신이 외부의 존재라고 느낄 수는 없다. 그 과정에서 느끼는 것은 바로 네 속에 늘 존재하던 너의 '신성' 본질이기 때문이다. 신이 갑자기 네 속으로 들어오는 일은 없다.

굳이 말하자면 신은 너를 떠난 적이 한 번도 없다.

　신과 연결될 수 있다고 믿고 안 믿고는 중요하지 않다. 지금 너에게 말하고 있는 존재도 네 안에 살고 있다. 그렇게 말하는 너를 정신 나간 사람으로 치부하는 사람들과 멋지게 논쟁할 수 있고 없고는 중요하지 않다. 그리고 너는 삶을 극적으로 바꿀 수도 있고 아무 일도 없었던 것처럼 그대로 살아갈 수도 있다. 어느 쪽이든 아무 상관 없다. 잠시라도 내면의 불빛이 말하는 조화를 경험한다면 그 앎은 네 의식에 영원히 새겨질 것이다. 그 수준의 앎은 절대 잊을 수 없는 것이다.

　물론 맛본 걸 알고 있으면서 스스로에게 그러지 않은 척할 수도 있다. 네 마음이 영적인 길을 떠난 지 이미 오래되었는데도 그쪽으로는 아주 무지하다고 주장할 수도 있다. 하지만 일단 한 번 알게 되면 절대 잊을 수는 없다. 의식 표면으로 틈틈이 떠오르거나 네가 가장 방심할 때 기억의 형태로 찾아올 것이다. 그 기억과 함께 예의 동질감의 불빛도 찾아올 것이다. 너에게 '네'가 잊히지 않았음을 상기시키기 위해서 말이다.

　하나임은 네 인식 전환 과정의 예정표에 관해서라면 아무런 계획도 갖고 있지 않다. 네가 올해 혹은 이 생에 진정한 너를 포용하고 말고는 아무 문제가 아니다. 그런 시간적 구분은 네가 너의 인생이라 부르는 직선적 꿈 속에만 존재하는 착각일 뿐이기 때문이다. 우리는 영원의 시간 동안 그러했듯이 여기서 인내심을 가지고 너를 기다리고 있다. 우리는 기꺼이 기다린다. 필요하다면 네가 해낼 때까지 '영원히' 기다릴 것이다. 네가 진리를 알아채는 데 영원의 시간이 걸린다고 해서 우리가 너를 조금이라도 덜 사랑하는 것은 절대 아니다.

의식이 수정처럼 투명해지는 단계에 이르면 다시 한 번 안정기에 접어들 것이다. 그때부터 너는 해당 영역을 매우 분명히 볼 수 있다. 그리고 이번에 찾아온 그 안식의 시간이 주는 선물을 인식하고 지나간 시간의 모든 것이 너에게 동화되는 것도 인식할 수 있을 것이다. 한때 너의 길로 침식해 들어와 너로 하여금 힘들고 피곤한 길을 한동안 걷게 했던 그 모든 의심들이 다 사라질 것이기 때문이다.

새로 도달한 평탄한 지역에서는 넓게, 멀리, 확실히 볼 수 있으므로 너는 편하게 길을 갈 수 있을 것이다. 네가 걷던 길을 그때까지 상당히 어지럽혔던 장애물들이 다 사라졌으니 말이다. 그리고 마침내 너는 네 안에서 벌어졌던 일을 이해하고 그 일 때문에 네 삶의 상황이 전에 없이 단순해졌음을 체득할 기회를 잡을 것이다. 절대 풀 수 없을 것 같이 복잡하고 절대 끝날 것 같지 않게 힘들고 긴박했던 일들이 다 해결된 것에서 더 나아가 마치 먼 나라 얘기 같을 것이다. 그리고 그때부터는 내면으로 향할 여행만이 가능함을 분명히 알게 될 것이다.

너는 그 축복 가득한 고독의 상태에 좀 오래 머물고 싶을 것이다. 그리고 한때 너의 주의를 끌었던, 사실상 모든 것으로부터 너의 에너지와 현존을 되찾을 것이다. 너는 한때 너의 세상이었던 곳의 정치와 경제에서 일어나는 일에 대단히 무관심할 것이다. 지금 네가 서 있는 곳에서 보면 그 모든 것이 부적절해 보이기 때문이다.

외부 세계에서 일어나는 세세한 일들은 이제 더 이상 아무 흥미도 끌지 못한다. 타인과의 교류는 변함없이 불화로 가득하기 때문이다. 마치 여전히 네가 만나는 모든 사람들의 화를 돋우고 불만을 터뜨리게 하는 것 같을 것이다. 그것이 정확하게 네가 도달한 상태다. 세속적 일의 유혹에서 벗어났음에도 불구하고 네 안에 있는 특정 에너지 찌꺼기가 상대에게 불운으로 드러나는 해당 에너지 진동의 경험을 계속 끌어들일 것이기 때문이다. 그 에너지의 충전이 완전히 풀릴 때까지 너는 계속 신경을 거스르는 엉뚱한 사건들의 포화를 맞게 될 것이다.

이 단계에 얼마나 오랫동안 머무르느냐는 그런 자극에 대한 너의 반응에 달려 있다. 이 휴지 단계가 네가 짊어지고 있는 모든 찌꺼기 에너지 보따리를 풀 마지막 시기이기 때문이다. 조건반사적인 반응이 다시 한 번 시험대에 오를 시기이기도 하다. 그리고 마침내 초연함의 기술에 통달할 시기이기도 하다.

이제 너는 스스로를 관찰하여 네가 어떻게 인생 경험들을 수집하여 축적해 왔고, 그런 경험들이 어떻게 너를 위해 늘 똑같은 이야기를 평생 반복하게 하는 에너지를 모아 왔는지 조사할 기회를 잡을 것이다. 지금 전개되는 네 인생 마지막 에피소드를 보다 보면 유사한 상황들에서 네가 전에 어떻게 반응해 왔는지를 생생하게 알아챌 수 있기 때문이다. 그리고 위대한 무관심으로 자극들이 너를 그냥 지나치게 할 것이다. 특정 상황을 바로잡기 위한 노력을 이제 그만두었기 때문이다. 그런 것은 중요하지 않다는 것을 너는 알고 있다. 그리고 그런 초연한 행동으로 너는 또 다른 에너지 충전 찌꺼기를 다시 한 번 청소할 것이다. 한때의 너를 지지하고 증명하기 위해 그런 부정적인 에너지를 계속 갖고 있을 필요는 없다. 한때의 너, 즉 너의 한 측면은 네가 향하고 있는 단계에서는 더 이상 그 존재를 증명할 필요가 없다.

초연함의 기술을 꾸준히 연마하다 보면 한때 너를 감옥에 가두었던 모든 것으로부터 마침내 벗어나기 시작할 것이다. 증명하고 싶은 너의 욕구가 너를 가둬 두었기 때문이다. 너의 옳음과 타인의 그름을 증명하려 했기 때문에 너는 자유롭지 못했다. 너는 네가 옳다는 것을 증명하는 경험을 계속하게 하는 에너지 구조를 구축하기 위해 수없이 많은 인생을 소비했다. 그리고 그런 구조를 만들고 싶은 욕구에서 이제 막 벗어났다.

너는 갑자기 특정 상황에서 네가 '옳고' 상대가 '그른' 것 따위는 전혀 중요하지 않음을 깨달을 것이다. 정말 중요한 것은 내면의 평화를 유지하고 그 평화의 '원천'과 차질 없이 연결을 이어 가는 것이다. 에너지적으로 그 목적을 방해하는 것은 무엇이든 (정말 무엇이든) 중요하지 않다. 갈등을 부르는 초대는 그것이 아무리 대단해 보여도 중요하지 않다. 그리고 너에게 자신의 의지를 강요하고 네 내면의 평화를 어지럽히는 시도는 무엇이든 너에게 중요하지 않다.

너에게 그 모습을 드러내는 것 혹은 사람은 그 자체로 '가치'의 유무를 따질 수 없다. 그것이 가치를 가지냐 마느냐는 단순히 너의 선택에 달려 있다. 너는 에너지적으로 관여하기를 선택할 수 있다. 혹은 에너지를 그냥 보내고 방해받지 않을 것을 선택할 수도 있다. 모든 것이 단순히 선택이다. 그 사람이나 대상 자체로는 '아무 의미가 없다.' 하나의 기호 체계일 뿐이다. 그리고 그 사람이나 대상과 관여할 기회의 에너지를 받아들여야 하는지 아닌지를 평가하고, 그 결과를 하나의 경험으로 맛보아야 하는지 아닌지를 평가할, 너에게 주어진 일종의 기회일 뿐이다.

인식 전환 여정의 이 단계에서는 특정 에너지에 관여할 때 자칫 굉장한 '대가'를 치러야 할지도 모른다. 그러니 너는 아주 조금도 흔들리지 않을 것이다. 계속 그런 초연한 반응을 보이면 너는 차츰 물질적 존재의 본능 자체를 초월하고 다른 수준의 현실을 경험하고 있음을 깨닫기 시작할 것이다.

너는 어디에도 '가지' 않았음을 인식할 것이다. 너를 둘러싸고 있는 세상의 외부적인 일들로부터 너의 에너지를 되찾았을 뿐이다. 너는 거주할 곳을 찾은 것이다. 너의 내면이 바로 그곳이다. 그때가 네 안의 그 영원한 아이가 늘 하는 질문, '아직도 멀었어요?'에 답할 수 있는 인식의 순간이다. 이제 너는 더 이상 묻지 않아도 된다. 그렇지 않은가?

42

- 조화의 개념과 조화를 유지하는 '다름'의 본질
- '지상의 천국' 그 예언이 실현되는 길

조화는 인생 대부분을 차지하는 부조화의 무한한 그늘을 덮고도 남을 정도로 유감없이 충분히 경험해 봐야 비로소 습득하기 시작할 수 있는 개념이다. 조화의 경험은 처음에는 신기함으로 다가오고 나중에는 단순한 즐거움으로 규정된다. 하지만 그 즐거움으로 규정된 상태가 지속되면 너희는 인식 전환 다음 단계의 변형이 가까워 왔음을 인식할 것이다.

너희는 모든 가능성이 열려 있음을 갑자기 그리고 대개 극적으로 깨달을 것이다. 너희가 경험하고 경험하지 않느냐는 단지 너의 선택에 달려 있다. 한때 가능성을 제한했던 한계와 구속들이 에너지적으로 사라졌기 때문이다. 그리고 너희는 그동안 중요하게 생각했던 것들이 아마도 처음 객관적으로 재평가되는 단계에 이르렀음을 인식할 것이다.

갑자기 세상이 '예스'라고 말한다. 불운을 뿌리치느라 바쁘던 사람이 이제 자신이 정말 원하는 것이 무엇인지 알아내는 데 집중하기 시작한다. 원하는 것의 중점이 자신의 개인적 이득에서 세상의 더 큰 관점을 강조하는 것으로 옮겨 가는 사람이 많아질 것이다. 너희는 삶의 주요 목표를 바꾸고 기본적으로 인류에게 장기간 혜택을 주는 일을 위해 노력하는 데 헌신하고 싶어질 것이다. 개인의 안녕은 인류를 위한 의도의 부산물임을 알고, 개인의 안녕이 인류를 위한 너의 기본적인 관심을 좌지우지하지 못할 것을 이해했기 때문이다.

그런 인식의 전환 때문에 개인적으로 번영하지 못할 리는 없다. 개인의 번영이 더 이상 중요하지 않은 상태라면 의도의 초점을 개인의 이득에서 세상의 이득으로 미세하게 옮기는 것이 개인의 번영을 유지하는 열쇠가 될 것이기 때문이다. 인류의 평화나 자연 환경의 회복을 위해 헌신하겠다고 결심한 사람이 그런 이타성을 증명하기 위해 꼭 가난을 선택할 필요는 없다. 가장 고귀한 목적에 흔들리지 않는 마음으로 임한다면 물질적 안락을 보장하는 상황이 아주 자연스럽게 생겨날 것이다.

그럼 문제는 무슨 일을 선택하느냐가 아니라 무슨 의도로 그 일을 하느냐가 될 것이다. 너희 세상 대다수의 사람들처럼 기본적으로 물질적 획득이 목적이고 그 목적에만 집중한다면, 원하는 것을 얻지 못할지도 모른다는 '두려움' 때문에 결과는 오히려 제한적일 것이다. 자신의 안녕이 사라질 거라는 두려움 없이 모든 생명을 위한 보다 높은 선에 초점을 맞추고 이타적으로 봉사한다면 모두를 위한 최고의 결과를 얻을 수 있을 것이다.

우리의 말을 듣는 많은 사람이 이 부분에서 힘들어할 것이다. 심지어 지금 살고 있는 네 인생 외에 너의 길에 많은 측면들이 있음을 알아차린 뒤에도 그럴 수 있다. 많은 사람이 내면의 변태를 거듭해 왔음에도 불구하고 개인적 번영에 대한 위 개념들에 대면해 여전히 혼란스러워한다. 일부는 실제로 이 단계에서 자신이 성취해 온 개인적 성장에 대한 일종의 감사의 제스처로 대단한 자기희생을 해야 한다고 생각한다. 하지만 이보다 더 어리석은 생각은 없다.

　네 영적 여행을 위해 치러야 할 대가는 절대로 아무것도 없다. 대가를 치를 사람이 누구이겠는가? 또 누구한테 대가를 치를 수 있겠는가? 우리는 모두가 **하나임**일 뿐이다. 그러므로 네 영적 관심을 증명하기 위한 한 방법으로 금욕을 하거나 개인적 재산을 포기하겠다고 결정했다면 그런 선택을 한 존재는 너이고 너뿐임을 분명히 알아야 한다. 누군가 그렇게 요구한 것도 그렇게 기대한 것도 아니다. 세상의 모든 '증명'은 '타인'에게 강하거나 좋은 인상을 남기려는 행동으로 '타인'과 네가 분리되어 있음을 알리는 일종의 성명이다. 그러나 애초에 그런 '타인'은 없다. 네가 물질을 포기한다고 **하나임**이 감동 받을 리 없다. **하나임**은 네 세속적 선택과 아무 상관이 없다. 원하는 대로 선택하라. 그리고 그 선택의 결과를 즐겨라.

　진정으로 '모든 존재'에게 좋은 최고의 선을 위한 삶을 살겠다고 결정하기 전에 그 모든 존재의 모든 측면들을 연합해야 하고, 너를 중요한 부분으로 포함하는 **하나임**을 먼저 인식해야 할 것이다. 최고의 선을 위한 삶을 사는 데 이타적이다 못해 자기희생적인 자세로 접근한다면 아무리 맹렬히 노력해도 역효과를 낳을 것이다. 너는 '삶'으로부터 분리된 증명이 아니라 '삶'과 결합한 증명의 구현으로서 여기에 있는 것이다. 진정으로 상대를 도울 때 너는 '그 상대'를 돕는 것이 아니다. 너는 너의 '신성 자아'를 돕는 것이다. 그 '신성 자아'가 **하나임**이고 너는 그 **하나임**의 부분이기 때문이다. 그 '상대'의 부분이 아니다.

열심히 인도주의적 행위를 할 때 느끼는 깊은 내면의 만족감은 네 동료 존재들과 비교해 '내가 너보다 낫다.'라는 생각 때문이 아니다. '모든 생명'이 성스러움을 인식하고 각각의 창조물들이 자신의 역할을 충실히 하고 있음을 생생히 깨달았기 때문이다. 네 인생의 주제는 무한에 가까운 다른 방식으로 다른 사람 인생의 주제가 된다. 그리고 너희들은 모두 본질적인 측면에서 서로 전혀 다르지 않다. 너희는 '지금 여기'에서 전체 공명의 특정 음표만을 가지고 경험의 특별 교향곡을 연주하고 싶을 뿐이다. '하나의 신성한 존재'의 그러한 측면을 어떻게 경험할지는 전적으로 너에게 달려 있다.

금욕을 실천해 내면의 '신성'을 인식하겠다고 선택했다면 반드시 그렇게 하라. 하지만 그런 의지 표명의 동기를 분명히 인지하라. '다른 사람들'에게 신성 존재와 네가 얼마나 가까운지를 보여 주는 것이 목적이라면, 너는 그 신성 존재를 구성하는 모든 존재와 분리되었음을 스스로 증명하면서 목적 달성에 실패할 것이다. 아무도 없는 산속에 숨어 철저한 금욕으로 신을 감동시키는 것이 목적이라면 네 안의 '원천'으로부터 소외되어 있음을 매우 성공적으로 증명한 것임을 알아라. 이미 갖고 있는 것을 '가지려고' 애쓸 필요는 없기 때문이다.

자신을 죽이고 타인과의 연결을 증명하려 할수록 네가 그렇게 원하는 조화는 점점 더 멀어질 것이다. 조화는 오직 '합일' 안에서만 가능하기 때문이다. 분리의 행위로는 불가능하다.

네 여행의 지금 단계에서 경험할 수 있는 기쁨은 너의 생득권이다. 너는 너 자신에게 무한한 번영을 선물할 수 있다. 단순히 선택만 하면 되는 일이다. 그리고 선택에는 고귀한 선택도 천한 선택도 없다. 모두 무한한 가능성 속 하나의 선택일 뿐이다. 메뉴는 무한정인 것이다. 너는 좋을 것 같은 메뉴를 선택하기 마련이다. 그리고 그렇게 좋을 것 같은 메뉴를 선택하면서 동시에 '신성 자아'도 잊지 않는다면 다른 사람과 함께 나누어도 무한한 즐거움이 절대 반감되지 않는다.

'신성 자아'와 연결되는 경험을 다른 사람과 함께하겠다고 선택할 수도 있다. 그때 네 존재의 특정 측면들이 그 상대의 본질 에너지와 조화를 이룰 수 있다. 하지만 '신성 자아'와 너의 연결은 온전히 너의 것으로 남을 것이다. 다른 사람과 함께 유사한 길을 걸으며 특정 경험을 같이 하더라도 너의 길은 너만의 길로 남는다.

너는 '신성 자아'와의 연결을 깨닫고 그런 깨달음을 발산할 수 있으며 다른 사람들도 그런 너를 곁에서 지켜보며 느끼는 것들을 표출할 수 있다. 하지만 그들과 과거에 인연을 맺었다는 이유만으로 그들을 산꼭대기까지 데리고 가야 할 의무는 없다. 이 생에서 만난 너의 자식이나 부모조차 너의 복제는 아니다. 그리고 다른 어느 누구도 너의 성장 속도를 모사할 수는 없다. 아무리 친한 사이라고 해도 말이다.

너희 각자는 전체 세상과 다른 사람과의 관계 속에서 드러날 여러 독특한 변수들을 갖고 이 세상에 왔다. 너희는 다른 사람과 의미 있는 관계를 맺음으로써 많은 사람의 영적 성장에 촉매자로서 활약할 것이다. 하지만 이해를 하고 그것을 실질적 앎으로 만드는 속도는 모든 관계에서 사람마다 다 다를 것이다.

너는 조화를 유지하느라 특정 관계에 머무르고 있을지도 모른다. 하지만 너의 여행이 계속됨에 따라 남을 생각하는 그런 숭고한 상태에서도 어느새 벗어나게 될 것이다. 그때 너와 속도를 맞추지 못하고 너의 기대에 미치지 못하는 상대를 쉽게 탓할 수 있다. 하지만 그 상대가 너를 위해 연기하도록 되어 있는 역할의 중요성을 평가 절하하지 마라. 서로 같은 목적을 갖고 나아가는 상태가 조화인 것은 맞다. 하지만 다른 사람과 진정으로 조화하고 싶다면 너희 각자의 에너지 영역 안에 충전된 밀도 높은 찌꺼기들을 반드시 모두 표면에 떠올리고 풀어 줘야 한다. 한동안 마모되는 과정이 없다면 모두가 늘 희망하는 부드러운 표면은 불가능하다.

이 신성한 인식 전환 여행에서는 아주 가까운 두 사람일 경우 서로가 서로의 성장 목표를 위해 중요한 역할을 한다. 그리고 둘 사이 좋은 에너지가 흘러 한때 서로에게 많은 도움이 되었던 관계가 갑자기 급격한 물살의 변화 속에 던져질 수도 있다. 그것이 자연스러운 과정임을 알 때 너는 충돌의 강렬함에서 한 걸음 물러나 그 배후에 깔려 있는 원인을 인식할 수 있다. 관계가 너의 계획대로 진행되지 않을 때 상대의 인식 전환 과정을 대수롭지 않게 취급하기는 너무 쉽다. 그리고 의지가 서로 충돌하는 상황이 부를 좋은 반전의 결과를 놓치기도 너무 쉽다. 좋던 관계가 나빠지는 것은 관계 속에서 진정한 조화를 경험하려면 먼저 둘 사이에 반향하고 있는 모든 나쁜 에너지가 완전히 '표현되어야' 하기 때문이다.

네가 지금 다른 사람과 삶을 공유하고 있다면 그것은 우연이 아니다. 너는 '관계'라는 도구를 받았고, 그 도구를 통해 너와 네 내면의 존재 사이 친밀한 관계를 발견할 것이다. 인생의 파트너와 갈등할 때 가장 깊은 의미에서의 친밀감(너와 너의 내면에 있는 존재 사이의 친밀감)에 대한 너의 느낌이 너 자신을 위해 더 강렬해지고 더 생생해질 것이기 때문이다. 인생의 파트너라는 촉발자가 없다면 너는 아주 편하게 세상의 모든 것이 아주 좋다고 믿으며 목적 없이 표류할지도 모른다. 사실 가장 중대한 문제의 본질을 감쪽같이 숨긴 채 말이다. 너의 파트너처럼 너를 잘 아는 사람은 없다. 그리고 너의 파트너처럼 너로 하여금 너의 문제를 생생히 의식하게 자극할 수 있는 사람도 없다. 그런 자극을 받을 때 너는 더 이상 실재하는 것을 부인하지 못할 것이다.

영적 여행에서 처지는 것 같은 파트너나 친한 친구는 너와의 신성한 약속을 충실히 실행하고 있는 것이다. 네가 너 자신으로부터 가장 잘 숨겨 온 감정 에너지의 충전과 부인의 패턴들을 보여 주겠다는 약속 말이다. 영혼이 차원과 차원을 잇는 문턱에 접근할 때 네가 가장 해결하고 싶은 문제가 바로 그런 네가 오랫동안 너 자신으로부터 숨겨 왔던 것들이다. 불균형 상태에서 여행을 완수할 수는 없기 때문이다.

힘든 관계를 오랫동안 유지하고 있다면 너는 상황이 안 좋다고 쉽게 관계를 저버리지 않을 정도로 위기의 관계에 정통한 파트너를 선물로 받은 것이다. 너희 둘은 너희 둘을 연결했던 최초의 화합의 느낌을 재창조할 특권을 갖고 있다. 상대와의 그런 경험을 통해 너희 둘은 '연결' 자체의 본질을 맛보도록 되어 있기 때문이다. 바로 너 자신의 신성한 본질과의 연결 말이다. 그리고 결국엔 너희 모두가 그 '신성'과의 연결을 일상적으로 경험할 것이다.

갑옷처럼 입고 온 에고를 벗어 던질 때, 너는 다른 존재를 진정으로 포용하고 그 존재와의 관계 속에서 그리고 그 관계를 통해 '신성 자아'를 인식할 수 있다. 그것을 위해 서로 똑같이 닮아 갈 필요는 없다. 어느 한쪽이 둘 사이 중요한 문제를 모른 척 덮었다는 뜻도 아니다. 그리고 '신성 자아'를 인식했다고 해서 둘이 같이하려던 일을 꼭 다 완수했다는 뜻도 아니다. 다른 사람 속에서 (나의 너의 그리고 모두의) '신성 자아'를 인식했다는 것은 곧 다름의 진정한 의미를 확실히 알아챘다는 뜻이다. 매우 힘든 일이다. 그리고 그것은 곧 '대비'의 깊은 의미에 대한 증명이다. 대비가 없다면 조화도 없다.

'다름'으로 구성된 조화만이 진정한 조화다. 진공 상태에서 조화가 생겨날 리 없다. 물론 모든 개인과 집단이 자신이 원하는 것만 추구할 때에도 조화는 없다. '다름을 인정하면서도 이미 알게 된 너만의 진실을 기꺼이 지킬 때에만 진정한 조화를 이룰 수 있다.'

'모든 생명'과 하나로 공명하게 될 때에만 너희는 조화의 기쁨을 만끽할 수 있다. 다른 존재가 너와 전혀 다르지 않음을 보면 조화 자체가 필요 없어지고 조화의 기쁨도 없어질 것이기 때문이다. 그곳에는 오직 **하나임**만 '존재한다.' '타인'은 없다. 그곳에는 너와 타인을 비교하며 조화의 기쁨을 맛보는 데 쓸 만한 도구가 아무것도 없을 것이다.

그곳이 모든 이야기가 시작되는 곳이다. 그리고 모든 의식적 존재들이 지금 귀환하려고 애쓰는 마지막 장소이기도 하다. 너는 조화의 필요성을 초월하고 '모든 생명'과 합일해 '존재하는 것'의 의미를 알게 되어 있다. 이는 너희가 모두 갑자기 사라진 다음 자아가 영원히 소멸된 비존재의 상태로 들어간다는 뜻이 아니다. 너희 모두는 자기 인식의 상태에 영원히 머물 것이다. 높은 의식 상태로 들어갈 때 너희는 모두 그리고 각자 '자기 인식'의 축복을 누릴 것이다.

그것이 우리가 지금까지 말해 온 **하나임**의 본질이다. 우리가 **하나임**이다. 우리는 너희 각자의 본질이다. 그리고 너희들 중에 '모든 존재'와의 재합일로 향한 에너지 속에서 길을 잃을 사람은 아무도 없을 것이다. 합일은 너의 모든 측면과 타인을 '신성 자아'로 인식할 때 생겨난다. 아무도 버려지지 않을 것이다. **하나임**의 신성한 본질을 구성하는 조각들 모두가 특정 존재 수준의 자아의식(정체성 의식)을 갖고 있을 것이다. 그것이 '신성의 계획'이기 때문이다.

인식 전환 과정을 생생히 경험하고 있는 너희들 앞에 이제 **하나임** 속 합일의 개념이 물리적인 관점으로 해석될 수 없다는 것을 볼 기회가 열렸다. **하나임** 속 합일의 개념은 말하자면 경험 여행이다. 일부는 육체를 경험하는 것을 통해 그것을 깨닫겠다고 선택하고 그렇게 함으로써 '다름'을 맛보고 조화의 기쁨을 경험하게 될 것이다. 또 일부는 어떤 물리적 형태로 드러나는 것 없이 '존재'의 서로 포용하는 에너지 속에서 스스로를 하나의 개체로 인식하며 동시에 '모든 생명'과 **하나임**을 아는 것에 만족할 것이다.

경험하는 주체와 경험 대상의 본성이 변할 것이다. 업의 법칙이라는 지상명령은 결국 직선적 역사의 한 페이지를 장식하는 것으로 끝날 것이다. '때'가 되었기 때문에 온갖 드라마를 낳았던 물리적 영역의 맥락에서 업의 에너지가 완성 상태에 이를 것이기 때문이다. 육체적 형태를 하고 자신의 '신성'을 맛보겠다고 선택한 사람들은 더 이상 업의 법칙에 좌우되는 경험을 하지 않을 것이다.

다가올 세상에서도 지금의 물리적 영역이 존재할 것이다. 다만 영적 변형을 경험할 것이다. 너희의 물리적 영역은 영적 여행자에게 목적지를 제공할 것이고, 영적 여행자는 그 목적지를 바라보며 가다가 물리적으로 최적의 조건이 올 때 '신성한 본질'을 재발견하게 될 것이다. 비교를 통해 '진정한 너'를 인식하기 위해 '네가 아닌 것'(너의 측면들)을 경험할 필요는 더 이상 없을 것이다. 모두가 '자아'의 본성을 완전히 깨닫고 '모든 생명' 속에서 **하나임**을 인식할 것이기 때문이다.

앞으로 다가올 고양된 차원 속에서 네가 경험하기를 선택할 수도 선택하지 않을 수도 있는 세상의 본성이 그렇다. 너는 이번 생을 다할 때까지 '업의 대가를 치르라.'는 선도를 받지 않았다. 명부의 기록이 다 지워졌기 때문이다.

육체를 가진 존재의 수는 당연히 지금보다 확실히 적어질 것이다. **하나임**의 영원한 본질 속에 남을 수 있는 선택권이 있을 때 상대적으로 적은 존재들이 육체 모험을 선택할 것이기 때문이다.

육체를 가진 존재들이, 갈등에 휘둘리거나 갈등의 당연한 여파로 인해 상처받지도 않는 신성한 세상으로 돌아갈 것이다. 대중의 사고방식이 그렇게 상당히 바뀔 것이기 때문이다. 그리고 '지금'과 같은 너의 세상을 구현하는 의식 존재들은 얼마 되지 않을 것이다. 지금 우리는 '지금' 세상의 마지막 시기에 와 있다.

집단으로 행동하며 너의 이 생에서의 경험을 위한 현실 그 에너지 진동을 유지하게 도왔던 너의 측면들은, 다른 의지의 에너지로 옮겨 갈 것이다. 너는 그런 현실의 물리적 조건들을 더 이상 인식할 수 없는 곳으로 나올 것이다. 너는 상승할 것이다.

현실은 오직 너희 각자가 경험할 때만 '존재한다.' '네 세상은 본질적으로 현재 너의 의식이 만들어 내는 종합적 비전의 반영일 뿐이다.' 다가올 시간에는 네 의식의 성질이 바뀔 것이다. 따라서 그 의식이 반영되는 세상도 바뀔 것이고, 너는 그 바뀐 세상 안에서 '삶'을 경험하기로 선택할 것이다.

앞으로 다가올 세상은 진정한 조화의 에너지를 사방으로 발산할 것이다. 다가올 세상에는 비물질적 영역의 고양된 에너지 진동들이 퍼져 나갈 것이고 따라서 그 다가올 시대를 위해 너희 역사가 예언했던 '지상의 천국'이 구현될 것이다. 저 하늘 어딘가 있다는 전지전능한 신이 그렇게 만들었기 때문이 아니다. 너희 각자가 '신성의 의도'로 조화 속에서 '신성의 의지'를 관철시켰기 때문이다. 바로 네가 자신을 **하나임**으로 인식하고 '하나'의 에너지를 발산하여 새로운 세상을 창조할 존재이다. '태초에' 그랬던 것처럼 말이다.

43

•고양된 관점으로 본 오래된 예언, '종말'

지금 너희가 살고 있는 시대의 본성에 대해 옛날부터 전해 내려오는 예언과 금언이 많다. 이 시대를 성인들은 태곳적부터 '종말의 시대'라고 불렀다. 우리의 말을 듣는 너는 '종말'이라는 말을 사람들이 직선적 관점의 역사 안에서 액면 그대로 받아들여 온 탓에 불필요한 공포와 사회적 히스테리가 상당히 많이 생겨났음을 이미 알고 있을 것이다.

대대적인 변화가 급하다는 것은 너에게도 분명할 것이다. 그런 변화를 거부하고 이미 제 기능을 하지 못하는 세상에 집착하는 것은, 확실히 대중의 의식 속에서 눈에 띄게 자라고 있는 새 세상을 위한 답이 아니다. 네가 처한 상황들 속에서 그리고 네 존재의 깊은 내면 속에서 급진적 변화가 일어나는 꼭 그만큼 현실도 변할 것이기 때문이다. 현실은 너희 집단의식의 반영이다.

인류에 재앙이 닥칠 거라 생각하는 것은 너의 세상 자체를 재물로 바치는 행위다. 그리고 그렇게 너의 세상을 버려도 되는 잡석으로 취급하는 것은 기본적 진실만을 담고 있는 종말이라는 말을 액면 그대로 해석해 버렸기 때문이다. 이 시대를 위한 예언들은 '네가 기대할 만한' 그런 의미가 아니다. 현재 너의 현실을 대표하는 집단 사고방식이 그런 재앙의 에너지를 전혀 반향하고 있지 않으니까 말이다.

그렇지 못한 다른 영역들도 있다. 에너지 찌꺼기의 축적이 다양하고 방대한 현실들이 있다. 너는 너의 현실에도 그런 에너지 찌꺼기와 관련된 문제들이 많다고 생각할 수도 있겠지만 말이다. 그 다른 현실들 속 환경은 너의 현실 속 존재들에 비해 전 우주의 에너지 상승에 훨씬 더 위험하게 반응하는 생명체들을 받아들이고 지지한다. 그런 경험 수준 속에서라면 '종말' 예언의 극단적 해석이 현실로 드러날 상황들이 계속 이어질 수 있다.

먼 옛날의 종말에 대한 예언들은 보통 그렇게 에너지 진동이 축소된 영역을 두고 한 말이었다. 에너지 찌꺼기 축적이 심한 그런 영역의 경우 현실의 모든 수준에서 진행되고 있는 상승의 에너지와 보조를 맞추기 위해 더 급진적인 변화가 필요한 것이다. 너희의 의식은 이미 에너지 찌꺼기 축적이 심한 그 영역을 벗어났기 때문에 재앙을 통한 극적인 변화는 없을 것이다.

이 시대를 위해 예견된 모든 종류의 사건들을 알고 있던(알도록 되어 있는) 너라면, 이 시대의 변화들이 그 예견들처럼 꼭 그렇게 심한 에너지 밀도를 갖고 있지 않다는 것을 알 것이다. 여기서 최고의 목적은 육체적 삶을 유지하는 것이 아니다. 네 안과 네 주위에서 지금 일어나고 있는 모든 일의 목적은 그보다는 차라리 '모든 생명'의 에너지와 그 모든 생명을 유지하는 환경 에너지의 고양이다.

신중하게 가능성 하나를 생각해 보아라. 이 생의 과업을 완수한 어떤 사람들의 경우 마지막으로 그들의 집단 운명(에너지의 고양)을 가능한 최고로 잘 이루는 방법이 대개 그들의 육체를 포기하는 것일 수 있음을 말이다. 그렇게 육체를 포기할 때 그들은 육체적 정체성이 주는 한계를 초월할 수 있다. 그런 사람들은 대부분 이미 업의 빚을 상당 부분 갚았을 것이다. 그리고 육체의 포기라는 바로 그 위대한 행위를 통해 에너지가 억압된 수준들로 계속 다시 태어나지 않아도 되는 자유를 얻는 것이다. 인식 전환 과정에서 그런 방법으로 많은 사람들이 경험하는 심오한 단계의 해방이 결코 과소평가되어서는 안 된다.

네가 사는 물리적 세상에서 우연한 사고란 없다. 모든 것이 신중하게 조직되고 편성된 것이다. 그리고 끔찍한 상황이나 사태를 보게 되더라도 문제의 사람이 '스스로' 그런 상황이 발생하게 했고 그곳에서 논리가 아닌 영혼으로 그 상황을 이해하려고 했던 것임을 알아라. 너희 모두는 같은 수준으로 계속 다시 태어나지 않아도 될 정도로 스스로를 고양시키기 위해 '고통'이라는 대가를 자진해서 치르겠다고 선택했다.

얻고 싶은 교훈을 다 얻고 이해했다면 단지 육체가 건강하다는 이유만으로 삶을 계속할 필요는 없다. 유아기에 죽든 노인이 되어 죽든 본질적으로 삶은 죽음의 순간 완성되는 것이다. 육체적 삶의 목표는 장수가 아니라 인생 목표의 성취다.

다른 나라에서 많은 사람이 재앙을 겪고 목숨을 잃는 경우를 볼 것이다. 그것은 억압적인 조건 아래 있던 에너지 찌꺼기의 축적이 대량으로 풀린 것이다. 그렇게 그 사람들은 자유를 얻은 것이다. 그 사람들은 재앙 속에서 '끔찍한 일'을 겪음으로써 유사한 주제와 관련된 일들을 계속 반복 경험해야 하는 필요성을 상당 부분 없앤 것이다. 그들은 치러야 할 대가와 그 결과 얻을 자유를 충분히 알고 자발적으로 그런 재앙의 상황을 겪을 것에 동의했던 것이다.

'지각 변동'은 그런 급진적인 자유를 위한 기회를 제공하려 제작·편성된 시나리오들이다. 가장 뜻밖의 재앙으로 삶을 마감하는 것으로 의식의 굉장한 도약이 가능하기 때문이다. 파도의 끝을 타고 의식의 최선봉을 달리는 많은 사람이 그런 선택을 할 것이다.

위와 같은 재앙의 상황을 전혀 겪지 않는 지역도 있다. 너희들은 의식적으로 더 높은 이해 속으로 들어갔기 때문에 대체로 격변하는 환경의 영향을 받지 않을 것이다. 요즘에는 많은 사람이 그렇다. 지진과 해일은 네 안에서 일어나고 있고, 기근, 약탈, 질병도 네가 상징적으로 경험해야 할 것들이다.

너는 교훈을 얻기 위해 네 세상의 다른 지역의 사람들처럼 육체를 포기하는 큰 대가를 치르지 않아도 된다. 너희들이 대체로 지불하는 데 동의한 대가는 그것보다는 훨씬 온화하다. 그동안 자기 패배적인 패턴에 오랫동안 속박당했었고 그 과정에 너의 존재 자체가 실제로 사라질 뻔한 것을 대단한 용기로 극복해 왔기 때문이다. 그런 경험 속에서 네가 마음으로 겪어야 했던 재앙을 절대 과소평가해서는 안 된다. 그런 극복의 상태를 유지하는 데 얼마나 노력해 왔느냐에 따라 너에게 가해지는 변화 에너지의 정도가 결정될 것이다.

너희는 시간이 다 되었을 때 겪을 트라우마를 다 알고 그런 인생을 살 것에 동의했다. 하지만 너희는 힘들기가 거의 재앙 수준인 격변을 헤쳐 나가는 것으로 다가올 시기의 급진적인 변화의 에너지를 감당해 낼 수 있다는 것도 다 알고 있었다. 그런 정보를 바탕으로 너희는 너희가 갖고 있던 선택권을 행사했다. 그리고 깊은 영혼의 마음으로 격변의 시간들을 헤쳐 나갈 것을 기도했고 정확하게 기도한 대로 살아왔다. 마지막 순간 그동안 거듭해 왔던 감정과 경험의 패턴으로부터 벗어나고 네 안의 진정한 너를 알아볼 기회를 위해서 말이다.

격변하는 이 시대를 두고 전해지는 예언들을 두려워할 필요는 없다. 그 예언들은 재앙을 부르는 신성한 에너지와 접촉할 만큼 충분히 운이 좋은 사람들이 포용할 하나의 가능성들이다. 그 예언들은 너희가 온 영혼으로 열망해 온 기념비적인 순간을 뜻한다. 그 예언들은 구원을 위한 선물이다.

지금 많은 사람이 집중하고 있는 소위 말하는 '종말'은 물리적 세상의 '끝'이라기보다는 직선적 관점이 부르는 한계가 초월되는 상태로 보아야 한다. 종말이라는 사건의 목적은 많은 사람의 육체적 죽음이 아니다. 비록 그 사건이 많은 죽음을 야기할 수는 있지만 말이다. 종말은 오히려 다른 경험의 수준으로 향한 출입구로 봐야 하고 너는 그 다른 수준으로 갈 때 육체를 동반할 수도 있고 동반하지 않을 수도 있다.

'지금 여기' 안에서 끝나려고 하는 것은, 본질적으로 계속되고 피할 수도 없는 시스템 안에서 너희가 에너지적으로 겪을 수밖에 없었던, 업을 상쇄하는 강렬한 패턴들이다. 업을 상쇄하는 현실을 영속시키는 기본 에너지를 바꿈으로써 너희는 다시 한 번 너희의 자유의지를 관철하고 '지금' 이 순간의 삶을 온전하게 살 수 있는 가능성의 문을 열고 있다. 고양된 에너지 진동을 받아들이고 네 고유의 에너지 진동도 고양시키는 것으로 너희는 선택 영역을 상당 수준 확장하고 덜 힘든 상태의 현실 수준에서 '삶'을 이어 갈 것을 선택할 수 있다.

예언들을 액면 그대로 받아들이면 '세상의 끝이 다가오고 있다.'고 생각할 수 있다. 그런 시기가 올 때 그런 상태에 빠지기를 선택한 사람이라면 그렇게 보일 수도 있다. 하지만 너희들 대부분은 그런 상태에 더 이상 의식을 집중하지 않을 것이다. 심지어 '한때 네가 있었던 곳'에서 그런 가공할 만한 재앙이 정말 일어났는지 아닌지도 알 수 없을 것이다. 너는 그 세상을 떠나 상승할 것이기 때문이다. 그리고 너는 고양된 에너지 속에서 그 예언된 사건이 주장하는 주제의 다른 버전을 경험할 것이다.

관찰자들, 즉 사람에게 종종 정보를 흘리곤 하는 이른바 '영혼들'이 '애초의 예언대로' 모든 상황이 하나씩 벌어지고 있다고 말하는 것 같을 것이다. 예언들은 오직 다양한 변수들의 예측 가능한 논리적 종합이고, 그 다양한 변수들이 모두 에너지 패턴들이라 관찰자, 혹은 지구 밖의 존재들이 그 패턴들을 볼 수 있고 그것에 대해 언급할 수 있기 때문이다.

하지만 그 의식 형태들은 '자신과' 에너지적으로 맞는 현실밖에 인식하지 못한다. 그들은 너희 각자가 네 에너지 상태만으로는 매 순간 실제로 감지하는 '너의' 현실은 감지할 수 없다. 그러므로 다른 세상의 관찰자들이 보고하는 현실이 반드시 네가 경험할 현실은 아니다.

고대의 예언은 그 예언자가 미래의 모습을 본 그 순간에만 정확한 것이었다. '과거'의 특정 순간의 관점에서 보면 그가 말한 특정 사건이 실현되는 것은 매우 가능성 있는 일이었다. 하지만 현재 그 특정 사건은 이미 수많은 다른 상황으로 바뀌었을 것이다. 현대를 사는 존재들의 집단의식 속 자유의지에는 지금의 현실을 공동 창조하는 힘이 있기 때문이다. 특정 예언이 그 옛날 드러난 영상 그대로 구현될 가능성은 좋게 봐도 매우 적다. 대중의 의식이 '변해 왔기' 때문이다. 그 의식을 반영하는 현실도 따라서 변해 왔기 때문이다.

변화의 시대에는 모든 것이 가능함을 알아라. 각자의 내면에서 분출되고 있는 변화의 충들을 너희가 기꺼이 포용하면 할수록 너희 인생의 대본이 더 빨리 새로 쓰일 것이다. 동요의 시대로 '역사'에 기억될 이 시대 속 삶은 에너지 전환의 과정을 통제하려는 마음을 얼마나 극복하느냐에 따라 달라질 것이다. 과거의 체제가 안전하다고 믿고 그것에 집착하는 것은, 사나운 파도의 시기를 유유히 건너갈 수 있는 너의 능력에 에너지적으로 죽음을 선고하는 것이나 마찬가지고, 너를 지지할 강력한 파도를 꼼짝 못하게 묶어 두는 것이다.

네가 만약 현재 너희 세상에 넘쳐 나고 있는 '최악의 예언 시나리오'에 필요 이상으로 압도된 상태라면 너는 너 자신을 다시 한 번 멋지게 시험하고 싶은 것이다. 너는 이미 과거의 다른 존재들이 마음의 눈으로 보았던 영상을 너만의 영상으로 볼 것을 선택했기 때문이다. 혹은 아직 드러나지 않은, 너만을 위해 맞춤 제작된 고양된 현실 표현을 경험하기를 선택했기 때문이다.

강한 논리적 정신은 무시해도 되기 때문에 흔히 말하는 신념의 도약이 생길 수 있다. 논리가 과거의 고통스러운 경험에 강하게 윤색된 두려움 때문인 경우가 많기 때문이다. 지금 시대는 과거와 과거의 기본 규칙들은 모두 더 이상 적절하지 않다고 봐야 한다.

두려움에 기반한 예언들을 믿고 안 믿고는 전부 너의 선택이다. 그러나 그 예언들은 '종말'에 대한 '너의' 대서사시 그 한 부분으로서 네가 너의 대본에 포함시키겠다고 선택한 멋진 변수들 중 하나다. 그 예언의 의미를 '이해하려고' 머리를 짜내며 애쓰는 너 자신을 바라보는 것도 확실히 너의 '종말' 대서사시적 경험의 일부가 될 것이다.

하지만 보통 절망의 중심에서 '휴식'을 선언하게 되는 순간이 올 것이다. 그리고 너는 네 주위에서 휘몰아쳤던 착각의 태풍으로부터 벗어날 것이다. 그리고 그 모든 드라마를 겪은 후 결국 네 안의 고요함이 여전히 거기서 너를 기다리고 있음을 알게 될 것이다. 그것은 너를 떠난 적이 없다. 비록 너가 떠났을지라도 말이다. 너는 혼돈의 난해한 실마리들을 여기저기 떨어트리며 떠났다. 그렇기 때문에 모든 것이 실패해도(당연히 실패한다.) 집으로 가는 길을 찾는 일은 실패할 수가 없다.

44

• 하나임의 눈으로 본 너의 인생

주의를 집중할 문제들을 선택하면 현재 모든 '창조물'의 의식이 집중되는 인식 전환 과정에 네가 어느 수준에서 얼마나 관여할지가 결정될 것이다. 네가 인식 전환 과정의 특정 단계를 완수하는 데 구체적인 예정표가 있는 것은 아니다. 모든 것이 너의 선택에 달려 있다. 그리고 우리 가르침의 어떤 부분이 너의 마음속 깊은 곳을 건드렸다면 그 모처럼 얻은 숙고의 기회로 너는 안으로부터의 기념비적인 전환을 시작할 수 있고, 그 전환은 네가 조건화한 반응 패턴에서 벗어나 '고요함을 유지'하게 도울 것이다.

모든 순간을 의식적으로 통제하려는 자동 반사적인 마음을 허락하는 한, 또 무슨 문제에서든 생각 없이 오직 네가 '옳다'는 것을 증명하려는 마음만 앞선다면, 지금 너를 기다리고 있는 모든 존재와 연결되는 놀라운 상태를 경험할 수 없을 것이다. 또 세속적인 걱정에 빠져 딴 생각을 할 수 없다면 침묵의 외침으로 너를 부르고 있는 '신성' 본질을 인식할 수 없을 것이다.

정신적 격앙을 경험하다가 어느 순간 너는 마침내 가야 할 길을 찾을 것이다. 이제 끝나지 않는 해설 시리즈 같은 삶의 드라마가 되었다고 느끼는 상태에 도달한 것이다. 삶의 그 모든 드라마 시리즈를 떠날 준비가 되었다는 뜻이다. 그런 드라마는 이제 전혀 아무 소용이 없음을 알았기 때문이다. 그것이 네가 기다려 왔던 깨달음의 순간이다.

몸에 밴 패턴을 반복하는 것으로 잃을 것도 얻을 것도 없을 때가 되어서야 급진적인 변화의 계기가 생길 것이다. 그 순간까지는 지금까지 네가 겪어 온 인생 주제들의 예가 거듭 드러나는 상황이 계속될 것이다. 정말 벌어지고 있는 일이 무엇인지 깨닫고 난 후에도 상당히 오랫동안 너는 너를 시험에 들게 하는 일을 계속 겪게 될 것이다. 하지만 그 과정을 겪다 보면 너의 그 뿌리 깊던 감정 및 반응 패턴을 단번에 초월하게 될 것이다.

감정 반응 패턴을 이론적으로 다 이해한 후에도 그런 이해를 시험하는 상황을 너 스스로 계속 오랫동안 만들어 낼 것이다. 하나의 앎으로써 반사 반응을 일으킬 정도로 네 의식 속에 깊이 뿌리박힐 때까지, 그 새로운 반응 패턴을 강하게 할 기회를 너 스스로 계속 만들 것이기 때문이다. 익숙한 옛날의 감정적 반응들이 다시 느껴질 때 인식 전환의 과정에서 네가 하고 있는 일이 무엇인지 완전히 의식하라. 그럼 그런 감정적 반응들을 다시 느끼게 하는 상황을 너에게로 끌어당기는 감정 에너지 충전 찌꺼기의 분산을 시작할 수 있다.

그 과정을 완전히, 생생히, 분명히 의식할 때 너의 과거 인생의 장면들이 눈앞에 휙휙 지나가는 때가 올 것이다. 그리고 너는 환희와 기쁨의 에너지로 네가 경험하겠다고 선택했던 그 고난들의 일부를 다시 집약적으로 볼 수 있을 것이다. 그 순간의 생생한 의식 속에서 너는 과거의 감정 및 반응 에너지 패턴의 '쇠퇴'를 상징하는 에피소드들을 위한 무대를 만들 것이다.

그다음, 말 그대로 깨달음의 포화를 맞을 것이다. 모두 논리와는 거리가 먼 깨달음으로, 네가 인식 전환을 통해 존재의 새로운 양식 속으로 들어가도록 자극할 것이다. '옳음을 증명하고 싶은 욕구'에서 벗어나면 초연함이라는 선물이 따라오게 되어 있다. 그리고 너는 깊은 초연함 속에서 너의 진정한 본질로 향한 문을 여는 '고요함'을 네 존재 안에서 발견할 것이다.

너는 사람들과의 일상적인 관계에서 맡은 역할을 계속할 것이다. 하지만 시각이 매우 달라질 것이다. 사람들이 네가 쓴 대본을 읊으며 너를 '춤추게' 하는 연기자로 보일 것이다. 그 춤을 즐겨라. 너는 옆에 비켜 앉아 네가 없는 삶이 어떻게 흘러가는지 보려고 거기에 있는 것이 아니다. 너는 완전히, 행복하게, 의식적으로 참여하기 위해 거기에 있는 것이다. 그리고 일단 네 삶의 드라마를 그렇게 연기하기 시작하면 삶이 이제 매우 다른 방식으로 진행되고 있음을 곧 의식하게 될 것이다.

너는 네가 앞으로 에너지적으로 구현할 네 존재의 더 높은 옥타브를 '경험'하기 시작할 것이다. 그리고 네 인생 드라마의 주변에서 자신만의 역할을 신중히 연기하며 너의 새로운 깨달음을 말하는 사람들을 인식할 것이다. 그들은 그동안 어디에 있었나? 네가 너만의 괴물과 '늘 같은 내리막길로 떨어지는 일'을 고통 속에서 반복하고 또 반복할 때 그들은 어디에 있었나? 그들은 지금 그들이 있는 곳, 즉 바로 네 옆에서 곧 임박한 너의 도착을 기다리고 있었다.

내면에서 우러나오는 조화의 에너지가 다른 종류의 경험을 위한 탄탄한 기반을 마련했기 때문에 새로운 템포의 춤이 시작될 것이다. 삶이 다른 종류의 모험으로 바뀔 것이다. 너는 너처럼 그 새로운 현실을 인식할 수 있는 존재들과 함께 그 새로운 삶을 즐기게 될 것이다.

육체를 동반한 너의 이 인생은 서로 다른 경험들을 무한히 할 수 있는 잠재력을 갖고 있다. 언제든 원하는 순간에 진로를 다른 방향으로 바꿀 수 있다. 원한다면 네가 네 인생의 대본이라 굳게 믿었던 것으로부터도 벗어날 수 있다. 너는 너만의 '신성 자아'를 제외한 그 어느 누구도 책임질 필요가 없다. 육체적으로 계속 존재하는 한 앞으로도 너는 계속 선택들을 해 나갈 테고 그 선택의 원인과 결과도 계속 이어질 것이다. 하지만 이제 너는 의식적인 선택을 할 것이다. 그리고 그런 존재 상태에서 내린 선택은 모든 관련 존재들에게 가능한 한 최고로 좋은 결과를 부를 것이다.

너에게 '좋은' 삶이 다른 사람에게 나쁠 수는 없다. 원래부터 그럴 수는 없다. 착각일지라도 누군가 외부의 존재에게 기대고 싶은 생각이 들 수 있지만, 그것은 모든 존재를 위한 결정적인 해결책의 가능성을 없애 버리는 일종의 시험이다. 네가 깨달은 진실에 무조건적으로 경의를 표하면 변형의 연쇄 반응이 하나도 빠짐없이 일어날 수 있는 무대가 만들어 질 것이다.

지금 네가 통과하며 나아가고 있는 고양된 차원의 현실들이 넓은 스펙트럼의 렌즈를 허용할 것이기 때문에 너는 너만의 독특한 관점에 집중할 수 있을 것이다. 하지만 그 너만의 관점은 보편적인 관점이 착색된 관점일 것이다. 너는 본능적으로 세상을 너 자신을 보듯이 보게 될 것이고 따라서 그 세상 속 너의 역할도 달라질 것이다. 남다른 자비심이 네 의식의 표면을 자극할 것이다. 다른 사람의 처지를 깊이 '느낄' 수 있을 것이다. '다른 사람'을 바로 너의 '신성 자아'로 인식할 것이기 때문이다.

상당 기간 너의 적으로 행세했던 사람들도 이제 자연스럽게 너에게 호의적으로 바뀔 것이다. 그리고 너의 삶은 평탄하게 거의 아무런 갈등 없이 흐르는 단계로 들어갈 것이다. 분리의 사고방식이 갈등의 소재를 만들고 그 소재들이 때때로 극단으로 치달아 계속 전쟁을 일으켰던 세상을 네가 에너지적으로 이미 지나왔기 때문이다. 자신을 '타인'으로 보고 자신으로부터 분리하지 않으면 더 이상 충돌할 일이 없다. 그럼 삶이 즐거워질 것이다.

지금까지 네가 열심히 걸어온 여행이 그렇다. 너는 흔히 말하는 돌이킬 수 없는 일을 수십 수백 번이나 겪었을 것이다. 그리고 최악의 상황으로 떨어졌기 때문에 한계를 넘어 진정한 변화의 서막을 위한 자극을 받았을 것이다.

너는 실제로 네 무릎을 꺾기 위해 고안된 수많은 에피소드들을 겪었고, 그래도 살아 있다. 분명 그랬을 것이다. 지금까지 말한 정도의 대대적인 인식 전환 직전에 서 있다면 죽었을 수도 있을 일을 용케 견뎌 왔음이 분명하기 때문이다. 너는 네가 '도착했음'을 분명히 알 것이다. 너는 갓 태어난 아기의 순수한 마음 그대로 간직한 채 최초의 숨을 토해내며 자신이 안전하다고 완벽하게 믿으며 거기 서 있을 것이다.

지금은 네가 정확히 어디서 왔는지 알고 있을 테니 이 '시작'은 그동안 네가 반복해 온 시작과 다르다. 이번에는 출생 과정 내내 의식이 생생할 것이기 때문이다. 현실의 다음 차원에 태어나는 그 전 과정을 너는 온전히 의식할 것이다. 그동안 공부를 '완수'했기 때문이다. 이제 다시 시험에 들기 위해 유사한 경험의 기억 목록들을 지울 필요는 없다. 이번에는 처음부터 다시 시작하지 않아도 된다. 너는 네가 떠났던 곳에서 시작한다. 바로 직전에서 시작할 것이다.

네가 만나는 모든 다른 존재와 '하나'임을 알게 될 현실로의 상승은 의식이 정확히 '신성 자아'와 함께하는 지점에 다다른 것이며, 네 진화 과정에 하나의 중요한 분기점이라 할 수 있다. 그 지점 이후부터 너는 과거 행동이 남긴 에너지 충전 찌꺼기를 제거하는 데 집중하지 않아도 될 것이다. 그보다는 계속되는 '지금' 이 순간에서 '모든 생명체'와 서로 연결되어 있음에 대한 너의 앎을 강화하는 일을 실질적으로 경험할 것이다.

너는 네 '신성 자아 의식'이 계속 써 나가는 대하소설 속 새로운 페이지를 시작할 것이다. 그리고 네가 이해한, 너와 '신성'과의 연결을 증명하는 일들을 실질적으로 하나씩 겪어 나갈 것이다. 네가 함께하겠다고 선택한 다른 사람들과 같이 겪어 나갈 일들이 바로 그렇다. 앞으로 네

462

가 연기할 인생 드라마가 거듭 **하나임**을 긍정할 것이다. 물론 네가 **하나임**의 부분이라는 것도 긍정할 것이다.

　네가 걷고 있는 상승 여행의 성질이 그렇다. 이번에 다가올 탄생 과정은 상대적으로 순탄할 것이다. 또 괴로울 정도로 길고 지루할지도 모른다. 어느 쪽인지는 네가 선택해야 하고 가능성은 무궁무진하다. 거기에 이 여행의 아름다움이 있다. 너를 기다리고 있는 다음 단계의 의식 속으로 네가 어떻게 들어가든 너의 여행이 완벽한 것임에는 추호의 의심도 없다. **하나임**의 눈으로 볼 때 그것만이 유일하게 가능하다. 그리고 **하나임**의 눈만이 너로 하여금 그 모든 것을 목격하게 할 수 있다. 결코 끝나지 않을 '지금' 이 순간 속 영원에 빛날 모든 소중한 순간에.

옮긴이 | 추미란

동국대학교 인도철학과에서 석사 과정을 수료하고, 인도 델리 대학교에서 인도 고대사와 철학으로 석사 학위(M.A)와 준박사(M.phil.) 학위를 받았다. 델리 대학교 불교학과에서 박사(Ph.D.) 과정을 수료했다. 주간지 《뉴스메이커》의 통신원으로 활동했고, 격월간지 《불교와 문화》에 수행 문화를 연재했으며, 대한무역진흥공사(KOTRA) 주관 사업 상담 통역 일을 했다. 현재 정신세계, 영성, 인문 분야 출판 기획 및 번역 전문가로 활동하고 있다. 옮긴 책으로는 『생의 아침에 문득 돌아보다』, 『구루 종교 권위주의』, 『혼자 걷다』, 『자각몽, 또 다른 현실의 문』, 『달라이 라마의 고양이』, 『소울 포토』, 『평화 만들기 101』 등이 있다. ccmr72@daum.net

원네스

1판 1쇄 펴냄 2014년 1월 8일
1판 2쇄 펴냄 2021년 3월 3일

지은이 | 라샤
옮긴이 | 추미란
발행인 | 박근섭
책임편집 | 강성봉
펴낸곳 | 판미동

출판등록 | 2009. 10. 8 (제2009-000273호)
주소 | 135-887 서울 강남구 신사동 506 강남출판문화센터 5층
전화 | 영업부 515-2000 **편집부** 3446-8774 **팩시밀리** 515-2007
홈페이지 | panmidong.minumsa.com

한국어판 © ㈜민음인, 2014. Printed in Seoul, Korea
ISBN 978-89-6017-921-9 03840
판미동은 민음사 출판 그룹의 브랜드입니다.